अच्युतानंद मिश्र

समावेशी शब्द साधक

अच्युतानंद मिश्र

समावेशी शब्द साधक

संपादक
मनीषचन्द्र शुक्ल

प्रलेक प्रकाशन

प्रलेक प्रकाशन

PRALEK PRAKASHAN

मुख्य कार्यालय : 702, जे-50, ग्लोबल सिटी, विरार (वेस्ट), मुम्बई, महाराष्ट्र-401303

दिल्ली एनसीआर ऑफिस पता : 03/सी, ज्ञान खण्ड-4 इंदिरापुरम, गाजियाबाद, उ.प्र.-201014

E-mail : pralek.prakashan@gmail.com

Website: www.pralekprakashan.com

दूरभाष : +91 7021263557

अच्युतानंद मिश्र : समावेशी शब्द साधक

संपादक : मनीषचन्द्र शुक्ल

Achyutanand Mishra : Samaveshi Shabd Sadhak

Editor : Manishchandra Shukla

ISBN : 978-93-5869-858-9

प्रथम संस्करण : 02 दिसंबर, 2024

मूल्य : 599/-

मुद्रक : रेप्रो इंडिया लिमिटेड

आवरण चित्र : गौतम दलाल

आवरण एवं पुस्तक सज्जा : प्रलेक स्टूडियो

(प्रलेक प्रकाशन का लोगो मिक्की पटेल की तूलिका से।)

अच्युतानंद मिश्र

समावेशी शब्द साधक

संपादक
मनीषचन्द्र शुक्ल

प्रलेक प्रकाशन

प्रलेक प्रकाशन

PRALEK PRAKASHAN

मुख्य कार्यालय : 702, जे-50, ग्लोबल सिटी, विरार (वेस्ट), मुम्बई, महाराष्ट्र-401303

दिल्ली एनसीआर ऑफिस पता : 03/सी, ज्ञान खण्ड-4 इंदिरापुरम, गाजियाबाद, उ.प्र.-201014

E-mail : pralek.prakashan@gmail.com

Website: www.pralekprakashan.com

दूरभाष : +91 7021263557

अच्युतानंद मिश्र : समावेशी शब्द साधक

संपादक : मनीषचन्द्र शुक्ल

Achyutanand Mishra : Samaveshi Shabd Sadhak

Editor : Manishchandra Shukla

ISBN : 978-93-5869-858-9

प्रथम संस्करण : 02 दिसंबर, 2024

मूल्य : 599/-

मुद्रक : रेप्रो इंडिया लिमिटेड

आवरण चित्र : गौतम दलाल

आवरण एवं पुस्तक सज्जा : प्रलेक स्टूडियो

(प्रलेक प्रकाशन का लोगो मिक्की पटेल की तूलिका से।)

अनुक्रम

खंड दो : व्यक्तित्व

खंड तीन : जनसत्ता परिवार

संपादकीय

'नवनीड़ मनोहर कृतियों का यह विश्वकर्म रंगस्थल है'–प्रसाद की यह पंक्ति प्रज्ञा पुरुष श्री अच्युतानंद मिश्र की उदात्त मानवीयता को रूपायित करती है। यह सहज मानवीयता ही उनके व्यक्तित्व के केन्द्र में है, जो भारतीय मानस में नैतिक एवं श्रेष्ठ जीवन मूल्यों की निर्मिति करती है। व्यक्तित्व की इसी बुनावट के कारण वे साधुमना, शिष्ट, संस्कारवान, परहितकारी, भारतीय संस्कृति के पुरस्कर्ता के रूप में समादृत हैं। वे सच्चे अर्थ में संत पुरुष हैं। उनमें आध्यात्मिक मनोवृत्ति, निःस्वार्थता, निर्भयता, स्वाभिमान जैसे संतों के गुण समाहित हैं।

दिन था 17 मार्च, 2013। गांधी दर्शन, नई दिल्ली में श्री कैलाशचन्द्र पंत (मंत्री संचालक, मध्यप्रदेश राष्ट्रभाषा प्रचार समिति हिंदी भवन, भोपाल) के संयोजन में 'भारतीय भाषाओं का अंतःसंवाद' और 'भारतीय भाषाओं में अंग्रेजी का हस्तक्षेप' विषय पर दो दिवसीय राष्ट्रीय संगोष्ठी का आयोजन हुआ था, जिसका उद्घाटन श्री सुशील कुमार शिंदे (तत्कालीन गृहमंत्री, भारत सरकार) एवं समापन श्रीमती सुषमा स्वराज ने किया था। उस संगोष्ठी में श्री अच्युतानंद मिश्र वक्ता के रूप में उपस्थित थे। उसी संगोष्ठी में श्रोता के रूप में मैं भी उपस्थित था। सुना था कि अच्युतानंद मिश्र जी पत्रकारिता के उन कृती पुरुषों में हैं, जिन्होंने अपनी पत्रकारीय शुचिता, आदर्शों एवं जीवन मूल्यों को संजोकर रखा। एक संपादक की गरिमा और शुचिता क्या होती है, यह अच्युतानंद मिश्र जी के व्यक्तित्व में देखी जा सकती है। मेरे मन में उनसे मिलने की एक उत्कट लालसा थी। मैं उस संगोष्ठी में बार-बार अच्युतानंद मिश्र जी को देख रहा था। उनके गौर वर्ण, स्वस्थ काया और प्रसन्नचित्त व्यक्तित्व पर उनका पहनावा कुर्ता-पायजामा फब रहा था। मन में इस बात को लेकर खुशी भी थी कि आज पत्रकारिता के एक कृती शब्द साधक से मुलाकात होगी तथा लोकतंत्र और मीडिया से संबद्ध अनेक सवाल, जो एक लंबे अरसे से मेरे जेहन में उग रहे थे, शायद उनका समाधान भी हो जाए। उनके चेहरे पर एक तेज, सौम्यता और विनम्रता झलक रही थी। उसी संगोष्ठी में मेरे लघु शोध प्रबंध की निर्देशिका

प्रो. कुमुद शर्मा जी भी मौजूद थीं। प्रथम सत्र की समाप्ति के पश्चात जैसे ही दोपहर भोजन का अवकाश हुआ, मैंने कुमुद शर्मा जी से कहा 'मैडम, मैं अच्युतानंद मिश्र जी से मिलना चाहता हूँ।' वहाँ पर खड़े तमाम लोगों के बीच मेरा परिचय प्रो. कुमुद शर्मा जी ने अच्युतानंद जी से कराया। सर, यह मेरा शिष्य मनीषचन्द्र शुक्ल है। बहुत ही मेधावी, होशियार और कर्मठ है। 'लोकतंत्र और मीडिया की निरंतर बदलती चुनौतियाँ' पुस्तक पर कार्य कर रहा है। आपसे लोकतंत्र और मीडिया से जुड़े पहलुओं पर बात करना चाहता है। श्री अच्युतानंद जी ने बहुत ही विनम्र भाव से पूछा–बेटा, मेरा दूरभाष नंबर है आपके पास? मैंने जवाब दिया, नहीं सर, मेरे पास आपका दूरभाष नंबर नहीं है। तुरंत अच्युतानंद जी ने अपना दूरभाष नंबर दिया और कहा कि दो दिन बाद फोन करके घर पर आ जाना। तब से लेकर आज तक मुझे उनका प्यार, दुलार और स्नेह मिलता रहा है। वह पुस्तक 'लोकतंत्र और मीडिया की निरंतर बदलती चुनौतियाँ' श्री अच्युतानंद मिश्र के स्नेह और आशीर्वाद से पूर्ण हुई। पुस्तक की भूमिका अच्युतानंद जी ने ही लिखी और उनके अत्यंत प्रिय साहित्यकार पद्मश्री श्री कृष्णबिहारी मिश्र का हस्तलिखित शुभकामना पत्र भी मुझे प्राप्त हुआ। शुभकामना पत्र में उन्होंने लिखा है–"प्रख्यात हिंदी पत्रकार पं. अच्युतानंद मिश्र के अंतरंग सान्निध्य में रहकर मनीषचन्द्र शुक्ल ने विशिष्ट विद्या संस्कार और पत्रकारिता विषयक गहरी अभिज्ञता अर्जित की है।" यह मेरे जीवन का बहुत पुण्यकर्म है कि मुझे श्री अच्युतानंद मिश्र के अंतरंग सान्निध्य में रहने का सौभाग्य प्राप्त हुआ। वह 17 मार्च, 2013 का दिन मेरे जीवन का सबसे महत्त्वपूर्ण दिन आज भी है और हमेशा रहेगा, क्योंकि यहीं से शुरू होती है मेरी पत्रकारिता की वह पढ़ाई जो, केवल मीडिया संस्थानों में रहकर नहीं बल्कि श्री अच्युतानंद मिश्र जैसे वरेण्य संपादक के सान्निध्य में रहकर ही सीखी जा सकती है। वह पत्रकारिता की विरासत है।

मानव जीवन में भी ऐसे कतिपय सज्जन होते हैं जो अपने आचार, विचार और व्यवहार से समस्त समाज के हो जाते हैं। उनके सोच के दायरे में सबका कल्याण समाहित होता है। श्री अच्युतानंद मिश्र ऐसे साधक हैं, जिनकी सोच में लोकमंगल का भाव है। उन्होंने अपने त्याग और साधना के बल पर सहजता को अर्जित किया है। सहज होना उस परमतत्त्व को प्राप्त कर लेने जैसा ही है, जहाँ इस सांसारिक बन्धनों से व्यक्ति को मुक्ति मिल जाती है। श्री अच्युतानंद मिश्र ऐसे ही सहज व्यक्ति हैं। उन्होंने अपने जीवन को सरल, जीवंत और क्रियाशील बनाने के लिए कठिन साधना की। कबीर कहते हैं–

सहज सहज सब कौ कहै, सहज न चीन्है कोय।
जिन्ह सहजै विषया तजै, सहज कहीजै सोय।

सहजता के अलावा परदुःखकातरता अच्युता जी में कूट-कूटकर भरी है। साहित्य समालोचक प्रभाकर श्रोत्रिय बीमार चल रहे थे और उन्हें दिल्ली से भोपाल

ले जाने का दायित्व आदरणीय अच्युता जी ने मुझे सौंपा। अच्युता जी स्वयं श्रोत्रिय जी के आवास से लेकर दिल्ली हवाईअड्डे तक हमें छोड़ने गये और भोपाल हवाईअड्डे पर श्रोत्रिय जी को लेने कैलाशचन्द्र पंत जी आये थे। श्रोत्रिय जी को लेकर पंत जी सीधे अस्पताल गये। इसी तरह बीमार चल रहे साहित्य समालोचक नामवर सिंह को बनारस से दिल्ली लाकर उनके समुचित इलाज का प्रबंध अच्युता जी ने किया था।

जब कोई व्यक्ति कर्मयोग की साधना में निष्णात हो जाता है तो उसके आचार-विचार और व्यवहार स्वयं दूसरों के लिए प्रेरणास्पद बन जाते हैं। श्री अच्युतानंद जी का सम्पूर्ण जीवन साहित्य, पत्रकारिता, समाज सेवा, अध्यात्म, संस्कृति और जनहित जैसे श्रेष्ठ कार्यों में बीता है। इससे उनके बहुआयामी व्यक्तित्व का दिग्दर्शन होता है। यह पुस्तक श्री अच्युतानंद मिश्र के बहुआयामी कृतित्व, लोकसंग्रही व्यक्तित्व और नेतृत्व पर केंद्रित है। जिन विद्वान अध्येताओं ने इस पुस्तक के लिए लेखकीय सहयोग दिया है, उनके प्रति अशेष आभार।

प्रलेक प्रकाशन के निदेशक श्री जितेंद्र पात्रो के प्रति भी अपना आभार व्यक्त करता हूँ, जिन्होंने अल्प समय में पुस्तक का प्रकाशन किया।

- मनीषचन्द्र शुक्ल

अपेक्षित विचार का पोषण

महाश्वेता देवी

अच्युतानंद मिश्र की चिंता यह है कि आज का परिदृश्य क्यों श्रीहीन हो गया है? इस खूँखार समय के हमले में जो लोग आहत हो रहे हैं, उनका उपचार कैसे किया जाए? अपेक्षित विचार को पोषण कैसे दिया जाए? जातीय चेतना का विकास कैसे सुनिश्चित किया जाए? मिश्र औपनिवेशिक आक्रमण से उपजे सवालों पर एक मूल्य चेतस भारतीय नागरिक एवं लेखक के रूप में विचार करते हैं। वे एक गहरे सरोकार के साथ स्वाधीनता के उपरांत लोकतंत्र में आये क्षरण का प्रतिरोध करते दिखते हैं। लेखक की चिंता यह है कि आजादी के बाद प्रतिरोध की संस्कृति क्यों सिकुड़ती गयी और राजनीति क्यों पाखंडपूर्ण होती गयी?

प्रधानमंत्री जब संसद से कहते हैं कि सदन ही बताए कि विश्व व्यापार संगठन के दबावों से कैसे बचा जाए तो उनका यह बयान लेखक को पाखंडपूर्ण प्रतीत होता है। लेखक पूछता है कि संसद के संकल्प के साथ वादाखिलाफी करने वाले प्रधानमंत्री को सहानुभूति की भीख माँगने का क्या अधिकार है? अनौचित्य को टोकना हर जागरूक लेखक का धर्म होता है। भले वह अनौचित्य सत्ता के शीर्ष पद पर बैठे व्यक्ति द्वारा किया गया ही क्यों न हो? प्रधानमंत्री भी यदि लोकहित के बजाय बाजार की शक्तियों का प्रवक्ता बनने लगें तो उन्हें टोका जाना चाहिए। अच्युतानंद ने टोका है और पूरी ताकत से टोका है और राजनीति और लोकहित के संबंधों को इतनी जीवंतता से रचा है कि आज की नकली राजनीति की असली तसवीर जीवंत हो उठती है। लेखक बताता है कि सांसद कैसे संसद पर हमला बोलते हैं। वे सांसदों द्वारा संसद की गरिमा को क्षत-विक्षत किये जाने के लिए उन्हें धिक्कारते हैं तो उसी के समांतर वे भारत के मौजूदा यथार्थ के सर्वग्रासी संकट तथा आजादी के उपरांत औपनिवेशिक मूल्यों के तहत पनपते मध्यवर्गीय जीवन एवं उसके सुख-दुःख की गहरी एवं वस्तुनिष्ठ पड़ताल करते हैं। इस पड़ताल के क्रम में वे आद्योपांत विमर्श

का एक लचीला सांचा प्रस्तुत करते हैं। समाज, साहित्य, संस्कृति, राजनीति, धर्म एवं मीडिया के सरोकारों से जुड़े सवाल हर कहीं जिंदगी की आपाधापी में मानुष बने रहने की शर्त पर खड़े किये गये हैं, इसलिए अच्युतानंद मिश्र की पुस्तक 'सरोकार के दायरे' के निबंधों में बाहरी नहीं, भीतरी आँच है। वह आँच जातीय चेतना एवं जातीय मनोरचना को ताप देने वाली है।

'सरोकार के दायरे' पुस्तक चार खंडों में विभक्त है। हर खंड का अभीष्ट स्वाधीनता पूर्व की चेतना से लेकर आज के वैश्वीकरण तक की बदलती प्रवृत्तियों की यात्रा करते हुए यथार्थ से उद्‌भूत अपने समय का सम्यक् मूल्यांकन करना है। इसके हर यथार्थ के भीतर कई यथार्थ हैं। पहले खंड में चिंतनपरक निबंध हैं जिनमें समूची पृथ्वी-अंतरिक्ष का विस्तार है। यह विस्तार हिंदी की नई वैश्विक दृष्टि की ओर संकेत करता है। पिछली सहस्राब्दी की इतिहास गाथा पर रोशनी डालते हुए लेखक इस निष्कर्ष पर पहुँचता है कि करोड़ों नरसंहारों से लहूलुहान पिछली सहस्राब्दी राजनीति और युद्ध, शोषण और अन्याय के इतिहास का संग्रहालय है। 'कटघरे में कैद भारतीय बुद्धिजीवी' शीर्षक निबंध में लेखक का जागरूक विवेक विद्याधर नायपाल के विरोध के चालू साहित्यिक मुहावरे से नहीं जुड़ता। भारतीय बुद्धिजीवियों के दायित्व बोध की चर्चा करते हुए अच्युतानंद मिश्र इस नतीजे पर पहुँचते हैं कि आजादी के बाद के पाँच दशक बौद्धिक पाखंड के दशक रहे हैं।

पुस्तक के पहले खंड में देश के नये राजनीतिक दलों की जरूरत से लेकर संयुक्त राष्ट्रसंघ के विकल्प के संधान पर लेखक जोर देता है। मेरी राय में ऐसे सुझावों पर धैर्य से गौर किया जाना काम्य है। दूसरे खंड में व्यक्तिव्यंजक निबंध हैं। देश ने जिन्हें लोकनायक माना था, उन जेपी की लोक यात्रा पर दो मूल्यवान निबंध हैं तो 'का-पुरुषों को ललकारतीं तसलीमा' पर भी दो महत्त्वपूर्ण आलेख हैं। यह देखकर मुझे संतोष है कि पितृ सत्तात्मक समाज से लड़ती और निर्वासन का दंश झेल रही तसलीमा के संघर्ष को सभी भारतीय भाषाओं ने उचित मान दिया है।

पुरुष प्रधान समाज एवं धार्मिक कट्टरता से लड़ने की जो कीमत तसलीमा ने देश निकाले के रूप में चुकाई है, वह किसी लेखक ने नहीं चुकाई है। तसलीमा के लेखन से यह सीख ली जा सकती है कि संघर्ष चाहे जितना कड़ा हो, टूटना नहीं चाहिए और स्त्री के विषयों पर लिखते समय आत्म दया का शिकार नहीं होना चाहिए। इन्हीं निष्कर्षों पर अंततः 'सरोकारों के दायरे' के लेखक भी पहुँचते हैं।

(बांग्ला की सुप्रतिष्ठित लेखिका महाश्वेता देवी ने अच्युतानंद मिश्र की पुस्तक 'सरोकारों के दायरे' पर यह टिप्पणी लिखी थी।)

एक कृती पत्रकार के सरोकार

कृष्ण बिहारी मिश्र

मेरे एक स्नेहभाजन पत्रकार एक विवाहोत्सव में मिल गये थे। अर्थ शक्ति की उस अश्लील प्रदर्शनी में सामाजिक शिष्टाचार के दबाव में मुझे शरीक होना पड़ा था। भीतर गहरी असुविधा महसूस कर रहा था। उस फूहड़ महफिल में 'ब्राह्मण समाज में ज्यों अछूत' जैसी मेरी दशा थी। पत्रकार ने अपनी बतकही से मेरी मनोदशा को स्पर्श किया, "इस जगह का रिआयती भाड़ा दो लाख रुपये है सर। आप किस दुनिया में जीते हैं सर! पत्रकारिता संबंधी आपकी किताबें पढ़ते बड़ा गुस्सा आता है आप पर। मूल्यों का ऐसा हठीला आग्रह। उसका एक कतरा भी आज का पत्रकार अपना ले तो उसके बच्चे खाने के बिना मर जाएँगे। बीवी साथ छोड़कर किसी और का साथ पकड़ लेगी और पत्रकार पागलखाने में कैद होने को मजबूर हो जाएगा। आप ही को मुबारक हो किराए के टूटे घर में साँस लेना और मूल्यों का हल्ला रचना। अचरज होता है, आप कैसे नहीं समझते कि वे सारे मूल्य कब के मर चुके हैं।" अच्छा लगा उनका आक्रोश। उनकी बतकही ने मुझे उस असह्य दृश्य से, जो मेरे सामने बेहद उद्दाम अंदाज में नाच रहा था, थोड़ा विलग किया। उनकी खीज के जवाब में मैंने सहज भाव से सिर्फ इतना ही कहा कि पत्रकारिता का दूसरा अर्थ मेरी समझ में नहीं आता। मेरी लाचारी है कि जीने का एक ही अंदाज मैं जानता हूँ। आज की राह पकड़ दो कदम चलते हाँफने लगूँगा, और भहराकर गिर पडूंगा। एक युवा सज्जन उनकी ओर लपके। उनसे पत्रकार ने मेरा परिचय कराया, "साइंस पढ़ाते हैं। सत्ता पर बैठे राजनीतिक दल से जुड़े हैं। इस अंचल में इनका बड़ा दबदबा है। जरूरी है सर, अस्तित्व की रक्षा के लिए।" यह आम अंदाज है आज की बेहद मुखर युवा पीढ़ी का। भीतर जवाब घुमड़ रहा था। बोलने की एक व्याकुलता। कहना चाहता था कि कर्म को समष्टि का सम्मान मिलता है, कंठ को नहीं। सिद्ध वाचस्पति को काल देवता चबा जाते हैं। कर्म ही अक्षत रहता है। पिछली सदी के दो नाम-गांधी और

'प्रताप' संपादक गणेश शंकर विद्यार्थी जीवित हैं, जीवित रहेंगे। अंधड़ हल्ला मचाकर थक जाएगा। मगर चुप लगा गया।

देर रात को बेटे के साथ घर लौटते विवाहोत्सव में नाचते फूहड़ प्रदर्शन और युवा पत्रकार और युवा अध्यापक की मुद्रा मन पर छाई हुई थी और चित्त उन्मथित था। पाप से अर्जित पूँजी और युवा पत्रकार-अध्यापक किस जमीन पर खड़े हैं, सोच रहा था। तभी 'प्रभात खबर' के प्रधान संपादक हरिवंश की वह टिप्पणी, जो 1 जनवरी, 2006 के अंक में छपी थी और जिसमें मूल्यों की प्रभावी गुहार थी, तथा 'जनसत्ता' और 'लोकमत समाचार' के प्राक्तन प्रधान संपादक अच्युतानंद मिश्र की सद्यः प्रकाशित पुस्तक 'सरोकारों के दायरे', जिसे अभी-अभी पढ़ा था, याद आई और चित्त ने थोड़ी आश्वस्ति महसूस की। आज की विचक्षण पत्रकार-पीढ़ी यह कैसे नहीं समझती कि पत्रकार का सरोकार महज भोग के लिए अर्थार्जन तक सीमित नहीं होता और यह कि वह लोकनायक का दर्जा अर्जित करता है, अपनी लोक-हितैषी व्यापक भूमिका से। वर्तमान सघन तमस में एक पुस्तक के पाठ ने किंचित आश्वस्त किया रोशनी के प्रति तो इसका मुख्य कारण है पत्रकार-लेखक के सरोकार के व्यापक दायरे और उसके विमर्श का विधायक कोण। अच्युतानंद मिश्र की पुस्तक 'सरोकारों के दायरे' अपने समय के अनेक ज्वलंत सवालों और संवेदनशील संस्कृति-बिन्दुओं से गहरी संसक्ति के साथ संवाद करती है और आश्वस्त चित्त से सोचता हूँ उस युवा पत्रकार की ढीठ वाचा के बारे में, जो मेरे मूल्य आग्रह को निरर्थक दुराग्रह मानकर बड़ी तल्खी के साथ मुझे समय का मिजाज समझाते अपनी निरंकुश भूख की ओर इशारा कर रहे थे। अच्युतानंद मिश्र की चिन्ता मेरी चिन्ता को सहारा देती है, जब वे सवाल खड़ा करते हैं कि "आज का भारतीय युवा मानस उदास क्यों है? उत्कंठा रहित और अवसादग्रस्त क्यों होता जा रहा है? क्योंकि सुरक्षा और संपन्नता की तलाश से उसने अपने वसंत को प्रकृति से काटकर आधुनिक सभ्यता के सूरज से जोड़ लिया है। उसकी पूरी सोच कैरियर केन्द्रित है। बाजार और रोजगार को समर्पित है।" जवाब देते हैं अच्युतानंद मिश्र और स्मरण आता है उस पीढ़ी का जो स्वधर्म की धुन को समर्पित थी मूल्यों के प्रति और जिसका प्रसंग सामने आते ही नयी पीढ़ी चिढ़ती है, 'बेमौसम की शहनाई पेर रहे हैं।' बात समझ में आती है कि उद्धत बाजारवाद के वर्तमान कोहराम में किसका सरोकार है? 'मराठा', 'केसरी' संपादक तिलक से, 'आज' संपादक बाबूराव विष्णु पराड़कर से, 'प्रताप' संपादक गणेश शंकर विद्यार्थी से या धुन के धनी देवेन्द्र सत्यार्थी से। शायद इसीलिए युवा पत्रकार मुझे टोकता-डाँटता है और समय के रुख से रुख मिलाकर चलने का संकेत करता है। अपने समय की सूक्ष्म धड़कन को विचक्षण पत्रकार अच्युतानंद मिश्र अचूक जागरूकता से समझ रहे हैं और

बड़े बल के साथ स्वधर्म-निष्ठा को सही मानते हैं, "आधुनिक इंडिया के बुद्धिवादी फैशन से मुक्त बुद्धिजीवियों और श्रमजीवियों का एक बड़ा समूह है, जो प्रमाणित बुद्धिविक्रेताओं की नजर में अवैज्ञानिक और पिछड़ा है। उसे असंस्कृत, पूर्वग्रही और कुजात घोषित किया गया है; क्योंकि वह 'नेटिव' है। इसलिए कि उसके आदर्श परम्पराओं और सांस्कृतिक मूल्यों से जुड़े हैं। वह अपनी जातीय स्मृति, नैतिक चेतना और देशात्म-बोध से जुड़कर हीनता नहीं, गौरव अनुभव करता है। जो सत्ताधीशों की जय जयकार नहीं करते, लेकिन राजनीति के सतरंगी वादों और सांस्कृतिक साजिश रचनेवालों के बीच के गहन रिश्तों को पहचानते हैं। जो आर्थिक, सांस्कृतिक और शैक्षणिक सत्ता के महानायक नहीं हैं, लेकिन अपनी अदम्य शक्ति, पैनी प्रतिभा और समानधर्मी लोगों को जोड़कर अघोषित रूप से युद्धरत हैं।" और इसी केन्द्रित ऊर्जा से एक विधायक समाधान रचना की उम्मीद कर सकता है। वह विवेक जो तथाकथित बौद्धिकों के चारित्रिक पाखंड के घिनौने रूप को समझ रहा है कि "भारतीय बुद्धिजीवी सुविधाभोगी, समझौतापरस्त और अनुदार हो गया है। उसमें क्रान्ति का नकली आक्रोश है, बड़बोलापन और बुद्धिविलास है। लेकिन शिक्षा या समाज, खेत या कारखाने में परिवर्तन की दृढ़ इच्छाशक्ति लेकर खड़े होना उसके वश के बाहर की बात है। सेवा नहीं, तिकड़म के सहारे सत्ता शीर्ष पर पहुँचना, पार्टी और सरकार को परिवार के हित में इस्तेमाल करना उसकी फितरत हो गयी है।"

इन्हीं बुद्धिजीवियों की व्याकुल स्पृहा और तिकड़म-कौशल आज की संस्कारहीन पीढ़ी का आदर्श है, जो बड़े ढीठ तरीके से दूसरे के आदर्श के आग्रह पर थूकती रहती है तथा जीवन-चर्या और बोली-बानी पर विद्रूप करती है। यह पीढ़ी अपने अर्जित औद्धत्य और आक्रामक मुद्रा में उन्हें धक्का मारकर आतंकित करती है, जो संस्कार के अनुशासन में जीने के आग्रही हैं। दोष इसका कतई नहीं है। एक जागरूक कोशिश से रची गयी राह पकड़कर यह दौड़-हाँफ रही है। यह राह समझौतापरस्त, सफलताकामी बुद्धिजीवी पीढ़ी ने रची है और भौतिक उन्नति की एकमात्र राह घोषित करते अपनी हीन रहनि से नई पीढ़ी को इसी से जोड़ दिया है। इसी सयानी बुद्धिजीवी पीढ़ी से आज के चतुर पत्रकार जुड़ गये हैं, जिनकी समाज के प्रति प्रत्यक्ष-प्रभावी भूमिका होती है और समाज रहनुमाई के लिए इनका मुखापेक्षी होता है और इस गुरुतर दायित्व से उदासीन आज के पत्रकार का सरोकार सिकुड़कर स्वार्थ केन्द्रित हो गया है। लेकिन क्षीण आश्वासन के रूप में अच्युतानंद मिश्र जैसे पत्रकार विभिन्न भारतीय भाषाओं में जब-तब दिखाई पड़ते हैं, जिनके सरोकार का फलक बड़ा है, जो अपने समाज से प्रतिबद्ध हैं और समाज-दशा में सबल हस्तक्षेप करते हैं।

अधोगामी प्रवाह को जो मानव-मूल्यों और मानवीय संस्कृति के विनाश की

भूमिका रच रहा है, टोकने वाले बौद्धिकों की संख्या विश्व-परिदृश्य में बड़ी तेजी से क्षीण हो रही है और उसी मात्रा में नाना तकनीकी संसाधनों से घिरा मनुष्य रोज-रोज गहरानेवाली हताशा-निराशा से आतंकित है। वैज्ञानिक आविष्कार-उपलब्धियों के मालिक पाश्चात्य बौद्धिकों पर बेबाक टिप्पणी करते हैं अच्युतानंद मिश्र। मूल्यों और उसके प्रभावों की चिन्ता वैज्ञानिकों की ओर से उपेक्षित पक्ष है। विज्ञान का तथ्य इन्द्रियों को दिखाई देता है, जबकि मूल्यों का सत्य अतीन्द्रिय और अनुभूतिजन्य होता है। शायद यह पूर्व और पश्चिम की चिंतनधारा का मौलिक अन्तर है। अन्तर के बारीक तंतुओं को प्रामाणिकता से समझते हुए अपने विचार-कोण से अच्युतानंद मिश्र गंभीर आग्रह के साथ अपने देश को सचेत करते हैं, इतिहास की यह चेतावनी बार-बार सही साबित होती है कि कोई भी देश, जो अपनी संस्कृति, लोक-परम्परा और इतिहास की उपेक्षा करके केवल आर्थिक उन्नति से जुड़ जाता है उसका राष्ट्रीय चिंतन क्षीण हो जाता है। उसकी युवा पीढ़ी के आदर्श शिथिल हो जाते हैं। उनकी नैतिकता और ईमानदारी नष्ट हो जाती है। जड़ से उखड़ी हुई बौद्धिक पीढ़ी ने तात्कालिक स्वार्थ के दबाव में यही जघन्य जातीय अपराध किया है कि अपने आचरण से युवा पीढ़ी को संस्कारहीन बना दिया है।

आज का त्रासद सत्य है कि राजनीति हो या अर्थव्यवस्था, शिक्षा हो या व्यवसाय काले धन की कमाई से प्रभुत्व वाले लोग तो अपनी शैली में पूरे वर्ष फागुन और वसंत में ही जीते है। इन्हें कहीं अभाव-यातना नहीं दिखाई पड़ती, क्योंकि इनका सरोकार महज अपने विलास-वैभव से है। इसी वर्ग के नायक हैं विश्व के सुविधापरस्त बुद्धिजीवी, जिन्हें तत्त्वचिंतक विनोबा भावे अपनी संतशैली में 'इन्द्रियजीवी' कहते थे और आग्रह करते थे कि बौद्धिक विमर्श से ये विरत हो जाएँ तो दुनिया तबाह होने से बच जाए। हताशा की चरम दशा में अवाम को रोशनी की उम्मीद केवल बुद्धिजीवी के दरवाजे से रहती है। इतिहास साक्षी है कि इस पक्ष ने अपनी बौद्धिक और चारित्रिक दृढ़ता से कमजोर पड़ते जा रहे हताश गणदेवता को बल दिया है, रोशनी की राह दिखाई है। आज की दस्तक के जवाब में बौद्धिक कपाट से निकलने वाला अंधेरा बची-खुची रोशनी को लीलने को व्याकुल आवेग में दौड़ता है और दर्प यह कि रोशनी हमारे भरोसे पृथ्वी पर टिकी हुई है जैसे दीनता दर्प की बोली से मुँह छिपाने के लिए व्याकुल हो। जागरूक पत्रकार अच्युतानंद मिश्र इस छल-मुद्रा पर विचक्षण टिप्पणी करते हैं विभिन्न प्रसंगों संदर्भों में।

पर्यावरण-प्रदूषण का संकट आज की विश्व-सभ्यता के सामने विकट चुनौती के रूप में खड़ा हो गया है। विश्व मंचों से इस चुनौती के समाधान-सूत्र रचे जा रहे हैं। हिंदी पत्रकार अच्युतानंद जी ने सटीक कोण से बौद्धिक दावे-दम्भ को

स्पर्श किया है, ''पूरी दुनिया के वैज्ञानिक बुद्धिजीवी, जिसे अपनी श्रेष्ठतम उपलब्धियों का काल मानते हैं, उसमें प्रकृति और मनुष्य के बीच का असंतुलन सबसे अधिक बढ़ा है।'' प्रखर अंदाज में अच्युतानंद मिश्र टिप्पणी करते हैं, ''पर्यावरण के विनाश का जो अपराध विकासशील देशों के मत्थे मढ़ा जाता है, वह इतिहास का एक प्रमाणित झूठ है।'' इतिहास प्रामाणिक तथ्य संजोए है कि जब मनुष्य को प्रकृति से विमुख-विलग किया गया है, पर्यावरण क्षीण और प्रदूषित किया गया है, मानव-मूल्यों में भयंकर ढाही शुरू हुई है। आज की सभ्यता यही घिनौना छल कर रही है और इस विषैली सभ्यता, जो आज के मनुष्य की नियति बन गयी है, ने अनेकमुखी रंगीन मुद्राओं को जन्म दिया है। जागरूक पत्रकार की अचूक वीक्षा उसे सही रूप में देख-पढ़ रही है। विभिन्न संदर्भों से जुड़ी छल-मुद्रा पर अच्युतानंद मिश्र ने गहरे दायित्व-बोध से उन्मथित होकर निर्भीक टिप्पणी की है। आज के जितने ज्वलन्त सवाल हैं, मानव-जीवन की विभिन्न सरणियों से जुड़ी समय-संवेदना चाहे राजनीति, साहित्य, संगीत, धर्म, भाषा, कानून व्यवस्था, समाज-नीति और कृती पुरुषों से जुड़ी हो, अच्युतानंद मिश्र का विवेक कहीं चूकता नहीं और न तो उनके विमर्श में किसी प्रकार का स्खलन आता है। आज की समस्याओं के कुछ अनछुए पहलू को भी अच्युतानंदजी ने ऐसे मार्मिक स्पर्श दिये हैं, जो सनातन सत्य को उजागर करते हैं।

स्त्री-विमर्श की वैश्विक चिन्ता पर अच्युतानंद मिश्र ने गहरी संवेदनशीलता के साथ विचार किया है और मूल्यवान निष्कर्ष प्रस्तुत किये हैं। आँख में उंगली डालकर उन्होंने सवाल किया है, ''प्रगतिशील और आधुनिक होने का दावा करने वालों ने भविष्य की नई स्त्री को कहाँ ले जाकर खड़ा किया है? साहित्य ने अगर उसे सहानुभूति का संबल दिया है तो राजनीति और अर्थतंत्र ने उसे परिवार से विस्थापित कर ऐसे बाजार में धकेल दिया है, जहाँ अपसंस्कृति का वाहक बनने के लिए वह मजबूर है। कोई भी समाज स्वेच्छाचार नहीं चाहता।'' अर्थ और संस्कृति के भूमंडलीकरण के बीच स्त्री-मुक्ति के पश्चिमी नारे भले ही लुभावने हों, लेकिन वह नये विस्थापन और नई बर्बरता को पोषित कर रहे हैं। उनकी स्त्री-मुक्ति की परिणति देह व्यापार और देहप्रदर्शन तक जाती है। वे राष्ट्रों से नैतिकता का सफाया चाहते हैं। इन पश्चिमी मानदंडों पर न तो कोई स्त्री मुक्त होगी और न कोई देश गुलाम बनने से बचेगा। इसी गंभीर मुद्रा में पत्रकार विचारक अच्युतानंद मिश्र ने 'समान नागरिक संहिता के द्वंद्व' से जुड़े छल और क्लीवता पर तेजस्वी टिप्पणी की है। इसी प्रकार उन्होंने 'उस्ताद बिस्मिल्लाह खाँ के बहाने' कलाकार के निजी दर्द को, 'का'—पुरुषों को ललकारतीं तसलीमा' की धधकती संवेदना-ज्वाला को प्रभावी अभिव्यक्ति

दी है।''

'संयुक्त राष्ट्र संघ का विकल्प' उन्हें छोटे-बड़े राष्ट्रों की अस्तित्व-रक्षा के लिए जरूरी लगता है। इस महत्त्वपूर्ण मुद्दे पर विचार करके उन्होंने पाश्चात्य जगत् के साम्राज्यशाही मिजाज और लोकतंत्र की गुहार करके अपनी प्रभुता को अक्षत बनाए रखने के घिनौने कूट कौशल को अपनी तीखी टिप्पणी से बेनकाब किया है। अच्युतानंद मिश्र के सरोकार के व्यापक फलक को और तटस्थ विवेचना को देखते अनायास हिंदी पत्रकारिता के शलाका पुरुष 'प्रताप' संपादक गणेश शंकर विद्यार्थी के अग्रलेख की जागरूक समाज-संसक्ति और आग्नेय विचार-मुद्रा याद आती है। होली-दिवाली पर केन्द्रित गणेश जी के लेखों की याद ताजा हो जाती है, जहाँ अच्युतानंद जी के संस्कृति विषयक निबंधों पर दृष्टि पड़ती है।

फिर मुझे युवा पत्रकार और युवा अध्यापक की विक्षोभक मुद्रा और भाषा-बोली का उद्धत अंदाज स्मरण आता है। और स्मरण आता है 'केसरी', 'मराठा' संपादक लोकमान्य तिलक का, 'वन्देमातरम्', 'धर्म', 'कर्मयोगिन' संपादक श्री अरविंद घोष का, 'आज-संपादक बाबूराव विष्णु पराड़कर का। वे अध्यापक भी थे और पत्रकार भी। अपने समय के शीर्ष राजनेता बाल गंगाधर तिलक से एक दिन एक पत्र के संवाददाता ने प्रश्न किया था, भारत साम्राज्यशाही से मुक्त हो जाएगा तो आप प्रशासन के किस पद पर बैठना चाहेंगे? ''पुनः गणित की अध्यापना से यानी स्वधर्म से जुड़ जाऊँगा। राजनीति मेरा आपद् धर्म है, अध्यापना स्वधर्म है।'' मगर आज का युवा अध्यापक गद्दीनशीं राजनीति के साथ जुड़कर अपने समाज पर अपना दबदबा जमाए रहना चाहता है और युवा पत्रकार अपनी सुरक्षा के लिए इसे यानी इस स्वांग को उचित मान रहा है। पत्रकार उसे ही उचित मान रहा है, जो किसी के प्रति ईमानदार और प्रतिबद्ध नहीं है। न अध्यापन के प्रति, न राजनीति के प्रति। और एक पीढ़ी थी तिलक, श्री अरविंद और पराड़कर की जो स्वधर्म और आपद् धर्म के प्रति गहरी निष्ठा से पुष्ट थी। उस पीढ़ी के कृती पुरुषों ने अपनी जोखिमभरी देशसेवा का कोई पुरस्कार नहीं लिया। चाहते तो तिलक, श्री अरविंद और पराड़कर अपने अवदान का कुछ भी मूल्य प्राप्त कर सकते थे। तिलक ने आजाद देश का चेहरा नहीं देखा, श्री अरविंद ने स्वतंत्रता संग्राम का नायकत्व छोड़कर अध्यात्म की राह पकड़ ली और बाबूराव विष्णु पराड़कर भारतीय आत्मा (माखनलाल चतुर्वेदी) की तरह अपने धर्म-धरातल पर गहरी निष्ठा के साथ क्रियाशील रहे आजीवन। उन्हें आत्मसुरक्षा के लिए, निजी प्रयोजन की पूर्ति के लिए, किसी विजातीय शक्ति को अनुकूल बनाए रखने के लिए स्वांग रचने की जरूरत नहीं पड़ी और आज किसिम किसिम की स्वांग-मुद्रा ढीठ शैली में क्रियाशील है। आज का युवा मेरी मूल्य-पक्षधरता को टोकते

हुए मुझे बोध कराता है, ''ये सारे मूल्य कब के मर चुके हैं, आपको पता नहीं है।'' मुझे धक्का लगता है, पर वह आज के दुर्भाग्यपूर्ण यथार्थ का ही बयान कर रहा है। खिन्न मनोदशा को रोशनी की तसल्ली मिलती है जब पत्रकार-विचारक अच्युतानंद मिश्र के सरोकार का फलक और समाज-संस्कार की चिंता की निश्छलता याद आती है। अच्युतानंदजी के विधायक विमर्श-कोण की राजेन्द्र मिश्र और रमेशचन्द्र शाह की अनुशंसा आश्वस्त करती है। मूल्यों के जागरूक पहरुओं से समाज और विचार-जगत अभी पूरी तरह रिक्त नहीं हुआ है। हताशा की बात नहीं है। अधोगामी प्रवाह को टोकने वाली आवाज अभी जीवित है तो दिग्भ्रमित युवा पीढ़ी को सही जमीन पर खड़ा किया जा सकता है। सही राह दिखाई जा सकती है। अगवाह राह से विरत कर साधना की राह का मूल्य समझाया जा सकता है। चाकचिक्य के प्रति सतृष्ण उसकी मोहासक्ति और दिग्भ्रम को तोड़ा जा सकता है, ताकि अपनी उज्ज्वल विरासत के व्याकरण और आदर्श को वहन करने की पात्रता वह उपलब्ध कर सके।

(हिंदी के प्रख्यात ललित निबंधकार और पत्रकारिता के इतिहास के विशेषज्ञ कृष्ण बिहारी मिश्र ने अच्युतानंद मिश्र की पुस्तक 'सरोकारों के दायरे' पर यह टिप्पणी लिखी थी।)

दुर्निवार्य दायित्व

रमेशचन्द्र शाह

उन्नीसवीं सदी की आखिरी रात और बीसवीं सदी की पहली सुबह के संधिस्थल पर शिवशंभु शर्मा उर्फ बालमुकुंद गुप्त ने एक सपना देखा था, जो उस वक्त की सर्वाधिक संवेदनशील और कालज्ञ पत्रकार-प्रतिभा द्वारा अपने देशवासियों के हाथों में थमाया गया एक ऐसा आईना था, जिसमें वे अपना चेहरा यथावत देख सकते थे। आज, इक्कीसवीं सदी की चौखट पार करते हुए यह सवाल बड़ी बदतमीजी से सिर उठा रहा है कि जैसे जो भी लेखक या पत्रकार हमें फिलहाल नसीब हैं, क्या वे सचमुच हमें हमारा चेहरा दिखाने में सक्षम हैं? जो आईने वे थामे हुए हैं, वे स्वयं कितने प्रामाणिक और विश्वसनीय हैं? क्या उनकी और हमारी बौखलाहट हमें आश्वस्त करती है कि यह स्वयं हमारा ही सिर है, जो बाकायदा हमारे घड़ पर टिका हुआ है? 'दर्पण केरी गुफा में स्वनहा पेठा धाय, देखिकै प्रतिमा आपनी भूँकि-भूँकि मरि जाय।' कबीर की यह उलटबांसी ही मानो एकदम सीधी-सपाट अभिधा बनकर हमारे सिर पर चढ़कर बोलने लगी हो।

हमारा सार्वजनिक जीवन एक विचित्र विरोधाभास से ग्रस्त है। एक ओर तो लगता है कि भारतीय समाज की जितनी भी संचित कुंठाएँ-कमजोरियाँ या कि विकृतियाँ हो सकती हैं, सदियों की पराधीनता और तदुपरांत दो अनमेल सभ्यताओं के मेल की कुछ मायनों में खच्चर सरीखी बाँझ परिणति से उन सबका इकट्ठा विस्फोट अब जाकर इतिहास देवता की मेहरबानी से खुलकर सामने जा रहा है और इस प्रक्रिया और परिणति को हमारे द्वारा अपनाया गया पश्चिमी काट का प्रशासन और प्रजातंत्र तथा उसके साथ अनिवार्यतः जुड़ी हुई प्रेस, संचार माध्यम इत्यादि नियामतें भी बखूबी उकसा रही हैं–जिसके चलते सर्वव्यापी भ्रष्टाचार और तज्जन्य सर्वग्रासी मूल्यभ्रंश या मूल्यमूढ़ता हमारे भीतर घर कर चुकी है। स्वातंत्र्योत्तर या कह लें, दास्योत्तर दशकों के दौरान हमारे पढ़े-लिखे और सत्ताजीवी वर्गों में आ बैठा यह

'सिनिसिज्म' हमारे द्वारा अर्जित सारी 'प्रगति' और असंदिग्ध उपलब्धियों को भी मुंह चिढ़ाता ही नहीं, घुन की तरह खाता भी प्रतीत होता है। दूसरी ओर धुप अंधेरे में भी जगह-जगह टिमटिमाते दीयों की तरह व्यक्तिगत और सामुदायिक स्तरों पर ऐसी गतिविधियाँ भी इसी समाज के भीतर से लगातार समय-समय पर प्रकट होती रही हैं, जो आशा का आधार जुटाती हैं और जताती हैं कि नहीं, भारतीय समाज अभी भी गहरे में कहीं मूल्यों की किसी आधारभित्ति पर खड़ा है और उसमें इस 'सिनिसिज्म' को प्रतिरोध दे सकने की क्षमता अभी भी विद्यमान है। जरूरत केवल उसे यथातथ्य पहचानने और उसके अनुरूप एक उत्तरदायी बुद्धिजीवी वर्ग को सक्रिय करने की है।

इसी परिदृश्य में एक पत्रकार-बुद्धिजीवी की खासतौर पर भारत की समग्र अस्मिता को वाणी देने वाले हिंदी के पत्रकार की भूमिका कितनी जरूरी और कारगर हो सकती है, कहने की बात नहीं। पत्रकार-बुद्धिजीवी और अध्यापक बुद्धिजीवी किसी भी देश-काल में भारत सरीखे अति प्राचीन, किंतु गांधीजी के मुहावरे के नवजाग्रत तरुण भारत (यंग इंडिया) में अपने लोगों की परंपरा और प्रगति के दोनों मोर्चों पर शिक्षित करने का काम करते हैं। वे एक ओर साहित्य और दूसरी ओर राजनीति की दुनियाओं के बीच जरूरी सेतुबंध रचते रहते हैं और इस तरह कमजोर वर्गों को आवश्यक पोषण पहुंचाते हुए व्यापक समाज में एक जीवंत क्रिया-प्रतिक्रिया का माहौल भी रचने में सहायक होते हैं, जो बुद्धिजीवी का अनिवार्य दायित्व है। यह दायित्व, कहना न होगा–उस संकल्प से भी जुड़ा हुआ है, जिसे हिंदी के ही एक साहित्यकार-बुद्धिजीवी ने 'आलोचक राष्ट्र का निर्माण' कहकर परिभाषित किया था। वरिष्ठ और अनुभवी पत्रकार श्री अच्युतानंद मिश्र के अग्रलेखों का यह संकलन (सरोकारों के दायरे) अभी हाल के सामाजिक-राजनीतिक घटनाक्रम का लेखा-जोखा ही नहीं, सम्यक् मूल्यांकन भी प्रस्तुत करता है। एक स्वाधीन मूल्य-चेतस विवेक का स्वर इसमें आद्योपांत सुनाई पड़ता है, जो इसे अपना अलग ही वैशिष्ट्य प्रदान करता है। 'कठघरे में कैद भारतीय बुद्धिजीवी' की विडंबना को उजागर करने वाला विवेक ही यह भी देख और दिखा सकता है कि किस तरह स्वातंत्र्योत्तर 'अंग्रेजीपरस्त प्रशासकों और निहित स्वार्थों से ग्रस्त बौद्धिकों ने अंग्रेजी थोपने और प्रादेशिक भाषाओं की हिंदी के विरुद्ध खड़ा करने का अपराध किया है।' जनमानस से संवेदित और अपने लोगों के हितों के प्रति जागरूक बुद्धि ही एक ओर समान नागरिक संहिता और एकरस समाज बने रहने की चुनौती स्वीकारने की अनिवार्यता को रेखांकित कर सकती है और दूसरी ओर राज्य-निरपेक्ष समाज के अंतःसत्त्व को उसकी स्वतः प्रेरित पहल के उजले उदाहरणों को भी। यह स्वाध्याय आंदोलन की विलक्षण उपलब्धियों को रेखांकित करते हुए हमारे जातीय चरित्र के उस दर्दनाक पहलू को

भी उजागर करना नहीं भूलती, जिसके चलते कैसा भी अनूठा और असरदार उपक्रम उसके पीछे की चालक शक्ति के तिरोभाव के साथ ही बिखर जाता है। इसे वंशवाद-परिवारवाद कहें या एक व्यक्ति पर निर्भर रहने की पिछलग्गू वृत्ति कहें अथवा संगठन-अनुशासन का बुनियादी अभाव कहें, हमारे सार्वजनिक जीवन की यह सबसे बड़ी गाँठ है–सबसे घातक चारित्रिक दुर्बलता, जिसका इलाज हमें अब ढूंढ़ना ही होगा। अच्युतानंद मिश्र इस दुश्चक्र को भली-भांति पहचानते हैं। अकेले के आत्मदान का अपना असंदिग्ध मूल्य है, इस तथ्य को वे बड़े पैने और सचेत ढंग से उद्धृत करते हैं। वे देवेन्द्र सत्यार्थी की विलक्षण लोकयात्रा को, जल-योद्धा राजेंद्र सिंह के जीवट को सराहते हैं, किंतु एक के बिसार दिये जाने को और दूसरे पर पड़े सार्वजनिक 'तमाचे' को भी रेखांकित करना नहीं भूलते। कहना न होगा कि यह भूलना हमारे सार्वजनिक जीवन की दूसरी बड़ी व्याधि है, जिसे कैसी भी अमूर्त जनवादी लफ्फाजी बहला नहीं सकती। अच्युतानंद मिश्र की पत्रकारिता अक्षरशः इस 'भूलने के विरुद्ध' है।

उन्हें साहित्यकार के अपने स्वधर्म की स्वायत्त गरिमा की पक्की पहचान है, इसलिए वे अपने बहीखाते में साहित्यिक घटनाओं को भी दर्ज करना नहीं भूलते। किंतु वहाँ भी जो प्रमाद या स्खलन उन्हें दिखता है, उसे भी वे अनदेखा नहीं करते। पत्रकार-धर्म और साहित्य-धर्म के बीच का जो उभयनिष्ठ क्षेत्र है और जो हिंदी में कभी खासा उपजाऊ रहा है, उसका भी उन्हें बराबर भान रहता है; किंतु दोनों को गड्डमड्ड करके दोनों की ऐसी-तैसी होते देखना उन्हें गवारा नहीं। उनका स्वाधीन विवेक जिस तरह नायपॉल विरोध के चालू साहित्यिक फैशन से अप्रभावित रह सकता है उसी तरह यह 'का' पुरुषों को ललकारतीं तसलीमा नसरीन की असामान्य साहसिकता और मुक्ति-चेष्टा को यथातथ्य आंक सकता है। वे इराक युद्ध के सामने 'मीडिया की बिखरती विश्वसनीयता' को लक्षित करते हैं और प्रदूषण की पीड़ा और कठघरे में गरीब देश की भयावह नंगी विडंबना को भी।

चुनाव आयुक्त लिंगदोह की टिप्पणी 'अमर्यादित' ही सही, किंतु 'क्या यह सही नहीं है कि उसने देश के आम और ईमानदार आदमी की पीड़ा को स्वर दिया है' अच्युतानंद राजनीति के शीर्ष नेतृत्व को भी कठघरे में खड़ा कर सकते हैं– यह सवाल उठाते हुए कि 'संसद के संकल्प के साथ वादाखिलाफी करने वाले प्रधानमंत्री को दुनिया भर में सहानुभूति की भीख मांगने का क्या हक है?' प्रधानमंत्री का यह कथन कि 'संसद उन्हें बताए, विश्व व्यापार संगठन के दबावों से कैसे बचा जाए,' उन्हें एक पाखंडपूर्ण और चालबाजी से भरा बयान लगता है। 'जरूरी है देश में नये राजनीतिक दल' शीर्षक टिप्पणी इसीलिए हमें एक साथ चौंकाती और कहीं आश्वस्त

भी करती है। इसलिए कि लेखक की तरह उसके सजग पाठक को भी पता है कि 'चुनावों में जीत और सुशासन के बीच कोई अनिवार्य रिश्ता नहीं है।' इस आह्वान की सदाशयता पर भी भला किसी को क्यों संदेह हो सकता था कि 'चौदहवीं लोकसभा का चुनाव अगर 'फीलगुड फैक्टर' दिखाकर सत्ता हासिल करने के लिए लड़ा जा रहा है तो ईमानदार विकल्प देने की पहल युवाओं को देशव्यापी समझ और संकल्प-शक्ति से ही प्रकट होनी चाहिए।'

लेखक ने वामपंथी इतिहासकारों के झूठ को भी नहीं बख्शा है, जो झूठ हमारी तीसरी बड़ी सामुदायिक व्याधि का पोषक है—अप्रिय सत्य को निरंतर टालते-झुठलाते चले जाने की वृत्ति। 'विवादों के घेरे में सावरकर', 'धर्मांतरण विरोधी अध्यादेश', 'शिक्षा में राजनीतिक वर्चस्व का विवाद' सरीखी टिप्पणियों में लेखक के विवेक का यह रंग बखूबी झलकता है।

'तथ्यों को तोड़-मरोड़कर मन चाहे निष्कर्ष निकालने' की इस दुरभिसंधि का उन्मूलन भारत के बौद्धिक पुनर्जागरण की एक जरूरी शर्त है। लेखक, बुद्धिजीवी, साहित्यकार हों चाहे पत्रकार, इस दुर्निवार्य दायित्व से आखिर कब तक कतरा सकते हैं।

(हिंदी के प्रसिद्ध साहित्यकार रमेशचन्द्र शाह ने यह टिप्पणी अच्युतानंद मिश्र की पुस्तक 'सरोकारों के दायरे' की भूमिका के रूप में लिखी थी।)

साहित्य से सरोकार ज्यादा

विनोद कुमार शुक्ल

अच्युतानंद मिश्र से मेरा परिचय राजेंद्र मिश्र ने कराया। जब मैं यह सोचता हूँ कि बहुत दिन नहीं हुए हैं मिश्र जी से परिचय के, तो लगता है कि एक परिचय जो बहुत पहले हो जाना चाहिए था, वह बहुत बाद में हुआ। अच्युतानंद जी की पत्रकारिता पर मेरा उस तरह तो ध्यान नहीं गया। उनके संपादन में निकले हुए अखबारों से मेरा आमना-सामना होता नहीं था। लेकिन, उनकी पुस्तक 'सरोकारों के दायरे' लोकमत समाचार में रहते हुए किसी स्तंभ में उनके प्रकाशित लेखों से इकट्ठे होकर बनी। यह किताब मिश्र जी ने मुझे राजेंद्र मिश्र के साथ पहली मुलाकात के समय वर्ष 2005 में दी, इस किताब का नाम मुझे बहुत अच्छा लगा। जिसके साथ सरोकार होना चाहिए, उसके साथ तो असीमित सरोकार होना चाहिए। लेकिन, तब भी हमारी सीमाएं हैं, जो सरोकार के साथ बनती चली जाती हैं।

मिश्र जी की भाषा आजकल की पत्रकारिता की भाषा नहीं है। मुझे लगता है कि मिश्र जी ऐसे पत्रकार हैं, जिनका साहित्य से सरोकार ज्यादा है। जब हम अखबारों को देखते हैं, अखबार में काम करने वालों को देखते हैं, तो अखबार में संपादक नाम का एक परोक्ष किस्म का व्यक्ति बैठा हुआ होता है। अखबार में जितने लोग काम करते हैं, वे सारे परोक्ष किस्म के लोग होते हैं। वे अपने विचार से काम न करके अखबार के मालिक के लिए बैठे हुए हैं। लेकिन अच्युतानंद मिश्र जी अपनी उपस्थिति दर्ज कराते हैं। वे अनुपस्थित संपादक कभी नहीं रहे। अखबार निकालना एक बहुत लाभ का उद्योग जैसा बन गया है। समाचार-पत्र दूसरे उद्योगों के लिए एक आड़ भी हैं। एक समय आजादी के लिए अखबार का निकलना जरूरी था। गांधीजी भी इसके साथ जुड़े। लेकिन अब समाचार-पत्रों से सच्चाई, बौद्धिकता खत्म हो गयी है। अब समाज की बुराइयों से भी मनोरंजन होता है। यह कितने आश्चर्य की बात है कि जो बुरा है, उससे भी मनोरंजन का वर्ग तैयार हो रहा है। आंकड़ों जैसा

समाचार हो गया, जिसमें संवेदना का कोई प्रश्न नहीं उठता है। मनोरंजन का एक सबब तो बाजार है। मनोरंजन, बौद्धिकता पर हावी हो गया है। दुःख तो यह है कि साहित्य से भी बौद्धिकता कम हो गयी है। विज्ञान की बौद्धिकता बची हुई है। विनाश के विज्ञान की बौद्धिकता बढ़ी है। मनोरंजन एक प्रकार का कीटाणु जैसा हो गया, जो सारी अच्छाइयों पर बाजार के सहारे कब्जा करता चला जा रहा है। हमारा अधिकांश अवकाश का समय फूहड़ मनोरंजन में जाता है। हर मनोरंजन करता हुआ आदमी एक बदहवास आदमी है। इस तरह की पत्रकारिता जो ढूंढ़ने से नहीं मिलती, उसका अनायास अहसास अच्युतानंद मिश्र जी से मिलने पर होता है। मैं कृषि महाविद्यालय, जबलपुर में था और नरेश सक्सेना इंजीनियरिंग महाविद्यालय में थे। यह सन 1960 का दशक था, उन दिनों हम चर्चा किया करते थे कि कॉलेज से निकलने के बाद एक साहित्य की पत्रिका और अखबार निकालेंगे। अखबार का नाम भी हम लोगों ने सोच लिया था—'अच्छी खबर'। सोचा करते थे कि रोज कितनी अच्छी सुबह होगी कि हॉकर यह आवाज लगाते हुए जायेगा—आज की अच्छी खबर, आज की अच्छी खबर और उसके बाद आज की अच्छी खबर जानने के लिए हम अखबार खोलेंगे। वह सपना था, बड़ा सुखद सपना था। मुझे लगता है कि अच्छाई बहुत आसानी से इधर-उधर ढूंढ़ने से नजर आ सकती है। लेकिन वह इस तरह से गैरहाजिर हो गयी है कि हमको नजर ही नहीं आती है। 'सरोकारों के दायरे' को पढ़ने पर अहसास होता है कि होने की सच्चाई, होने की अच्छाई तब भी है। मनुष्य अपनी मनुष्यता के साथ उपस्थित होता है।

मैं दिल्ली गया था। अच्युतानंद जी उन्हीं दिनों दिल्ली के पास कहीं रहते थे। मैंने फोन से उन्हें खबर दी कि मैं दिल्ली आ रहा हूँ। दिल्ली में मुझे ऐसे इलाके में ठहराया गया था जो आसान नहीं था। उसे ढूंढ़ने में मुझे बहुत परेशानी हुई थी। लेकिन अच्युतानंद जी बहुत दूर से मुझसे मिलने के लिए आये। वे अपने साथ बायोकैमिक की दवा लेकर आये थे। मेरे मुँह में उस समय छाले थे। कई तरह की और दिक्कतें थीं। उन्होंने कहा—आप इन दवाओं को लीजिए। उनसे उम्र में शायद कुछ ही महीनों का अंतर होगा। मैं इस घटना को याद करता हूँ कि शुरुआत के परिचय के बाद मिश्र जी उसी तरह से उपस्थित हुए जैसे घनिष्ठतम हैं। उनसे भरोसा बनता है। एक बात मैं फिर कहता हूँ अच्छे लोग बाद में मिले। जब उम्र को बहुत जी चुके जैसी स्थिति में पहुँच गये होते हैं, तो लगता है कि वे पहले मिले होते। अच्युतानंद मिश्र जी से जब पहली बार मिलना हुआ, इसे अधिक दिन नहीं हुए। फिर भी कुछ लोग मिलते हैं तो पहले नहीं मिलने की दूरी को हटाकर मिलते हैं, आत्मीयता से। जब भी मिलते हैं, लगता है कि नहीं मिलने की भरपाई हुई।

अगर तटस्थ होकर दुकानों में लगे हुए साइन बोर्ड को देखें, तो वे ज्यादातर अंग्रेजी में लिखे हुए हैं। अंग्रेजी, आधुनिक दुकानदारी के लिए एक जरूरत बन गयी है। इस तरह की दुकानदारी समाचार-पत्रों से भी आई है। मालिकों को यह लगने लगा कि एक दुकानदार अंग्रेजी में फैशन-हाउस जैसा कोई नाम रखता है, तो अखबार में अंग्रेजी भाषा का भी उस समाचार को बेचने के लिए, उसकी सजावट के लिए इस्तेमाल होने लगा है। सबसे कठिन और मुश्किल बात यह है कि हिंदी की आंचलिक भाषाओं के अनेक पर्यायवाची शब्दों के चलन में होने के बाद भी अंग्रेजी के शब्दों को जानबूझकर लाया गया है। उस अखबार को बेचने के लिए संभवतः एक फैशनेबल तरीका ढूंढ़ा गया है। अच्युतानंद जी के लिखे हुए को याद करें तो उसमें भाषा समृद्ध होती है। उसमें भाषा की जो जगह होनी चाहिए, जिन शब्दों की जो जगह है, वे शब्द उस जगह में आकर उपस्थित होते हैं। कई जगह वे अपनी अभिव्यक्ति में अत्यंत महत्त्वपूर्ण होते हैं। मिश्र जी का जो सरोकार है, वह साहित्य का है। 'सरोकारों के दायरे' पुस्तक के लेखों में मिश्र जी ने राकेश श्रीमाल की कविता का उद्धरण दिया, जयशंकर का उल्लेख किया। कई बार साहित्य के लेखन में हम अपनी अभिव्यक्ति में, अपनी संवेदनाओं को, सरोकारों को अनेक बिम्बों और तरीकों के साथ स्पष्ट करने की कोशिश करते हैं। क्या किसी समाचार का कोई यथार्थ ऐसा भी हो सकता है कि जिसमें कोई संवेदना न हो। यदि ऐसा है तो वह समाचार मृत जैसा है। समाचार को पत्रकार या उस अखबार की संवेदना के साथ भी स्पष्ट होना चाहिए। मिश्र जी ने उस्ताद बिस्मिल्ला खाँ, लता मंगेशकर, त्रिलोचन और तसलीमा पर लिखा। उनकी दृष्टि केवल राजनीति पर नहीं थी। जिंदगी जीने के और भी बहुत से जो पक्ष होते हैं, जो मनुष्य के लिए जरूरी हैं, उन सभी पक्षों पर भी उनकी नजर पड़ी है। राष्ट्रीयता हमें पूरी स्वतंत्रता का बोध कराती है, परंतु, पृथ्वी, मंगल और अंतरिक्ष के विषय में जब हम सोचते हैं, तब हम मनुष्य के मंगल के बारे में सोचते हैं। हमारी सच्ची स्वतंत्रता मनुष्यता का बोध ही है। अच्युतानंद मिश्र जी पत्रकारिता में एक रचनात्मकता का बोध कराते हैं।

(हिंदी के प्रसिद्ध साहित्यकार विनोद कुमार शुक्ल ने राजेन्द्र मिश्र से बातचीत में अच्युतानंद मिश्र की पुस्तक 'सरोकारों के दायरे' पर यह टिप्पणी की थी।)

नैतिक आग्रह का बल

राजेंद्र मिश्र

अच्युतानंद मिश्र से परिचय तब हुआ जब वे 'लोकमत समाचार' नागपुर में संपादक थे। उन्होंने 'मध्यभारत' नाम से एक विशेषांक निकाला था। शायद वह 'दीवाली' विशेषांक था। इस विशेषांक के लिए मिश्र जी ने मुझसे श्रीकांत वर्मा से बातचीत करने का आग्रह किया था। उसी अंक में मिश्र जी चाहते थे कि विनोद कुमार शुक्ल से भी बातचीत का सिलसिला शुरू हो। इसके बाद मिश्र जी रायपुर आये और विनोद कुमार शुक्ल जी के यहाँ भी गये। फिर निरंतर एक-दूसरे से मिलते-जुलते रहे। मैंने उन्हें हिंदी पत्रकारिता में एक अपवाद की तरह देखा। आज जिस तरह की पत्रकारिता हो रही है, उस पर बाजार का जबरदस्त दबाव है। ऐसे में पत्रकारिता की विश्वसनीयता कम हुई है। बहुत ही कम पत्रकार बचे हैं, जो अपने नैतिक आग्रह के बल पर अलग से दिखाई देते हैं।

आजादी के पहले की हिंदी पत्रकारिता जीवन मूल्यों से बंधी हुई थी। उस समय के संपादकों में एक नैतिक सरोकार था। दुर्भाग्य से आजादी के बाद उन सरोकारों का स्खलन होता चला गया। अच्युतानंद मिश्र ने भारतीय बुद्धिजीवियों पर खूब लिखा है। मिश्र जी ने अपने लेखों और अपनी संपादकीय टिप्पणियों में यह बताने की कोशिश की है कि समाचारपत्रों के जो नैतिक स्रोत थे, वे किस तरह कुंद होते चले गये। परिणामस्वरूप समाचार पत्रों में आज जिस तरह की अराजकता दिखाई पड़ रही है, वह देश के लिए बहुत खतरनाक है। 'सरोकारों के दायरे' पुस्तक में देखें कि बौद्धिक और नैतिक लगावों से हीन पत्रकारिता किस तरह जीवन लय के साथ खिलवाड़ करती है। इस पुस्तक में दो लेख भारतीय बुद्धिजीवियों पर हैं। बुद्धिजीवियों में किस तरह कर्म और विचार का ठहरा हुआ अंतराल है, वह अंतराल देश को अजीब ढंग से आगे ले जा रहा है। इसकी चिंता स्वयं बुद्धिजीवियों को भी नहीं है। मुझे कम से कम अच्युतानंद जी के संपर्क से, उनकी किताब को पढ़ते हुए यह बात रेखांकित करने योग्य लगती है।

अच्युतानंद जी को पढ़ते हुए मुझे एक बात और याद आती है। इधर पचास-साठ साल में या उससे पहले भी औपनिवेशिक आधुनिकता की खूब चमक-धमक रही है। इसके विपरीत एक देशज किस्म की भी आधुनिकता है। अच्युतानंद मिश्र की देशज आधुनिकता की जड़ें अपनी भूमि में, अपनी परंपराओं में, अपने इतिहास में हैं। इसे वे अपने व्याख्यानों में, अपने लेखन में बराबर अभिव्यक्त करते रहे हैं। हिंदी के विरल किस्म के पत्रकारों में मिश्र जी को लिया जाना चाहिए। अभी के समाचार–पत्रों को पढ़ें, तो उनका एप्रोच काफी नकारात्मक होता है। मिश्र जी तथ्यों को पहचानते हैं। तथ्यों के माध्यम से यह देखने की कोशिश भी करते हैं कि समाज पूरी तरह से मरा नहीं है, कहीं न कहीं आशा का एक स्पेस है। उस स्पेस को, उस आशा को उजागर करना भी पत्रकारिता का धर्म है। इसीलिए वे केवल दुःखद संवाद नहीं देते हैं, केवल चोरी, डाका, बलात्कार पर ही नहीं लिखते हैं, बल्कि आपने यदि भूल से दो रुपये गिरा दिये और किसी रिक्शे वाले ने पैसा वापस कर दिया है, तो ये विरल किस्म की जो सच्चाइयाँ हैं, अच्युतानंद मिश्र उस पर भी ध्यान देते हैं। वह मानते हैं कि अंधकार सब तरफ है, लेकिन यह अंधकार मनुष्य की नियति नहीं है।

स्वाधीनता आंदोलन के समय के संपादकों को देखें, तो उन्होंने नये-नये शब्द हिंदी संसार को दिये। जैसे–'राष्ट्रपति' शब्द है। ये पत्रकारों के दिये शब्द हैं। भाषा का जिम्मेदारी से आह्वान करने की बड़ी जरूरत है। अंग्रेजी के शब्दों का इतना अधिक इस्तेमाल हो रहा है–डिफकल्टियां, पेंशन, सीएम, पीएम ये सभी शब्द अंग्रेजी के लदे हुए हैं। मिश्र जी की पुस्तक में एक शीर्षक ही है–बौद्धिक गुलामी। अच्युतानंद मिश्र ने जिम्मेदारी से भाषा का इस्तेमाल अपनी किताब और व्याख्यानों में बार-बार किया है। एक समय था, जब पत्रकार और साहित्यकार दोनों एक थे। इन दोनों के बीच अंतराल नहीं था। अज्ञेय, धर्मवीर भारती, रघुवीर सहाय, श्रीकांत वर्मा पत्रकार भी थे और साहित्यकार भी। मुझे लगता है कि अच्युतानंद मिश्र भी इन्हीं की तरह हैं। साहित्यकारों में विशेषकर अज्ञेय, निर्मल वर्मा, रघुवीर सहाय के साहित्य का अच्छा अध्ययन उन्होंने किया है। आपातकाल में किस पत्रकार ने, किस व्यक्ति ने उसके विरुद्ध लिखा, उसका प्रतिरोध किया, उसे मिश्र जी महत्त्व देते हैं। इस संबंध में मिश्र जी ने अज्ञेय को याद किया। अज्ञेय उन साहित्यिक पत्रकारों में से थे, जिन्होंने अपने लेखन के जरिये और दूसरे माध्यमों से उसका सघन प्रतिकार किया। अज्ञेय को इसलिए वे बार-बार पढ़ते हैं, उनके प्रति सम्मान व्यक्त करते हैं कि उन्होंने एक जबर्दस्त प्रतिरोध दिया। अज्ञेय की पत्रकारिता पर उन्होंने बहुत अच्छा लिखा भी है। प्रकाशन के मामले में वे बहुत गंभीर नहीं हैं। 'सरोकारों के दायरे' पुस्तक के बारे में भी मैंने मिश्र जी को कई बार कहा कि आपके लेखों को किताब के रूप में आना चाहिए। और भी मित्रों ने उनसे कहा कि आप उसे पुस्तक के रूप में लाइए। तब

बड़ी मुश्किल से यह किताब आई। अब भी नई पुस्तक के लिए उनके पास सामग्री पूरी है।

अपनी पुस्तक के लिए वे भले उदासीन रहते हों, दूसरों की किताबों के प्रकाशन के लिए तत्पर रहते हैं। उन दिनों मैं बीमार था। मिश्र जी ने मुझसे कहा कि 'लोकमत समाचार' के स्तंभ में मैंने जो लिखा है, उसे भेज दीजिए। मैंने जो लिखा था जस का तस मिश्र जी को भेज दिया। मिश्र जी ने उन लेखों को व्यवस्थित किया। शीर्षक तय किया। प्रकाशक को भेज दिया। मुझे कुछ भी पता नहीं। एक बार मिश्र जी का फोन आया कि आरंभ के लिए कुछ लिख दूँ। मैंने कहा—वह भी आप लिख दें। कई दिनों बाद एक पार्सल आया। उसमें 'गांधी अंग्रेजी भूल गया है' की दस प्रतियाँ थीं। आरंभ से अंत तक अहैतुक रूप से मिश्र जी ने यह सब किया। अब मैं क्या कहता। शब्द भी तो अंततः अधूरे माध्यम हैं। उच्चारण माँगते हैं। आज भी जब उस पुस्तक को देखता हूँ तो मिश्र जी की स्नेहसिक्त तस्वीर ही सामने दिखाई पड़ती है। इस समय हमारे समाज के जो केंद्र हैं, वे भाषा के बारे में बिल्कुल चिंतित नहीं हैं। यानी भाषा का काम चलाऊ इस्तेमाल। अच्युतानंद मिश्र ने अभिव्यक्ति की भाषा को अस्तित्व की भाषा के रूप में स्वीकार किया। वर्तमान समय में यह प्रयोग बहुत कम होता जा रहा है। मिश्रजी जिस भाषा में लिखते हैं और जिस भाषा को पूरे समाज के लिए आवश्यक समझते हैं, वह भाषा मुझे आकर्षित करती है।

एक बार अच्युतानंद जी ने कहा था कि समाचार-पत्र अब पाठक को पाठक की तरह न देखकर उपभोक्ता की तरह देखते हैं। ये भी बाजारू संस्कृति का असर है कि समाचार पत्र अब पाठक नहीं जुटाते, उपभोक्ता जुटाते हैं। मैंने देखा है मिश्र जी का अनेक संस्थाओं से संबंध रहा है और इसमें दलीय आग्रह बिल्कुल नहीं है। हो सकता है उनके अपने राजनीतिक विचार हों, लेकिन उन्होंने उन विचारों को अपने पत्रों में, लेखों में लादने की कोशिश नहीं की है। जितना स्वतंत्र बनाना संभव है, उतना बनाने की कोशिश की है। इस पुस्तक में देखें आप जयप्रकाश जी पर लेख है। जयप्रकाश जी के जो सांस्कृतिक सरोकार थे। त्रिलोचन जी पर एक लेख है। दलीय आग्रह नहीं होने के कारण एक स्पेस स्वतंत्रता का बनता है। उसके वे पक्षधर हैं। मिश्र जी चाहते हैं कि लेखक दलीय घेरे में न बँधें। स्वतंत्र रूप से आत्मचेता बनें। राजनीति जीवन का एक अविभाज्य हिस्सा है तो ठीक है, लेकिन जीवन केवल राजनीति का पर्याय नहीं है। राजनीति में संस्कृति भी आती है, साहित्य भी और भी दूसरी चिंताएं भी समाहित हैं। अच्युतानंद मिश्र की पत्रकारिता एक समावेशी दृष्टि का संधान करती है। यह चीज मुझे उनके समूचे कृतित्व में नजर आती है।

(जानेमाने आलोचक राजेन्द्र मिश्र ने विनोद कुमार शुक्ल से बातचीत में अच्युतानंद मिश्र की पुस्तक 'सरोकारों के दायरे' पर यह टिप्पणी की थी।)

तीन श्रेष्ठ कवियों का हिंदी पत्रकारिता में अवदान

कैलाशचन्द्र पंत

हिंदी साहित्य के इतिहास को दोहराएँ तो ज्ञात हो जाएगा कि हिंदी के साहित्यकार भारतेंदु मंडली से लेकर महावीर प्रसाद द्विवेदी, बालमुकुंद गुप्त, अंबिका प्रसाद वाजपेयी, माखनलाल चतुर्वेदी, गणेश शंकर विद्यार्थी, बाबूराव विष्णु पराड़कर ने उसी हिंदी को स्वाधीनता संग्राम की भावना जगाने का माध्यम बना दिया। कहा जा सकता है कि पत्रकारिता की भाषा, भावना और तेवर बदलने में साहित्यकारों ने महती भूमिका निभाई। स्वाभाविक था कि तब पत्रकारिता और साहित्य के संबंध प्रगाढ़ थे।

उपर्युक्त तथ्यों को अपनी पुस्तक 'तीन श्रेष्ठ कवियों का हिंदी पत्रकारिता में योगदान' की प्रस्तावना में उल्लेख करते हुए विख्यात पत्रकार श्री अच्युतानंद मिश्र ने भाषा को, सामग्री चयन को तथा वैचारिकता को लेकर सर्वाधिक योगदान देने वाले तीन कवियों—अज्ञेय, रघुवीर सहाय और धर्मवीर भारती की विस्तृत चर्चा की है। साहित्यकार स्व. कृष्ण बिहारी मिश्र ने पुस्तक पर लिखा है—"संवेदना के आग्रह से पत्रकारिता को भी अपनी विचारणा संवेदना की अभिव्यक्ति का उपजीव्य बनाया है। उनका यह उपक्रम उनकी प्रतिभा के मूल्यवान आयाम को द्योतित करता है। मगर कैसी विडम्बना इतिहास की कि इस मार्मिक और मूल्यवान बिन्दु के प्रति हिंदी पत्रकारिता के इतिहास लेखक प्रायः उदासीन रहे हैं। हिंदी पत्रकारिता के कर्मधन्य संपादक पं. अच्युतानंद मिश्र की विलक्षणता ने इतिहास के इस अनवधानता जनित बिन्दु को लक्ष्य किया और इस मार्मिक बिन्दु को विशेष गुरुता के साथ रेखांकित किया है।"

वास्तव में पत्रकारिता के इतिहास में हिंदी साहित्यकारों के योगदान की बहुत कम चर्चा हुई है। श्री अच्युतानंद मिश्र की यह पुस्तक श्रमसाध्य तो है, यह

पत्रकारिता और साहित्य के बीच संतुलन स्थापित करने का प्रयास भी है। हिंदी साहित्य के विद्यार्थी पुस्तक को पढ़कर पत्रकारिता में साहित्य की भूमिका तय कर सकते हैं।

पुस्तक में अज्ञेय के विराट व्यक्तित्व और भाषा संबंधी उनकी मान्यताओं का जिक्र करते हुए पहले अध्याय में अच्युतानंद मिश्र ने संकेत दे दिया है—"साहित्यकार अपने दौर के सत्य को देखता और परिभाषित करता है, वहीं एक पत्रकार अपने प्रत्यक्ष और अनुभूति सत्य को संप्रेषित करता है। साहित्य और कला एक वृहत्तर यथार्थ को संवेदना के साथ अभिव्यक्त करते हैं लेकिन पत्रकारिता यथार्थ को चीरकर रख देती है। मुखौटे नोचकर बेनकाब कर देती है।" इस मान्यता को लेकर प्रश्नचिह्न खड़े किये जा सकते हैं। क्योंकि साहित्यकार यथार्थ के साथ ही किसी आदर्श से भी उत्प्रेरित होता है।

मिश्र जी के इस कथन से शायद ही कोई असहमत हो कि साहित्य की आत्ममुग्धता और पत्रकारिता की अहमान्यता से हिंदी की अक्षम्य क्षति हुई है। यह कटु सत्य है। इस विरोधाभास को दूर करने के प्रयास में मिश्र जी की यह पुस्तक एक शोधपरक दस्तावेज का काम करेगी। इस पुस्तक में तीनों के पत्रकारिता लेखन, उनको केन्द्र में रखकर लिखी गयी पुस्तकें, उस दौर के साक्षी रहे साहित्य चिन्तकों, विद्वानों, पत्रकारिता में सहयोगी पत्रकारों द्वारा उनका संपादकीय आकलन शामिल कर पुस्तक को अधिक विश्वसनीयता प्राप्त हुई है। पाठकों को और शोधकर्ताओं को शीर्षस्थ तीन कवियों का सम्यक् आकलन कराने के लिए वस्तुपरक सामग्री प्राप्त हो जाती है।

एक विशेष बात यह है कि अज्ञेय, रघुवीर सहाय और भारती तीनों ही डॉ. राममनोहर लोहिया के विचारों से प्रभावित थे। तीनों मार्क्सवादी भी नहीं थे। तोनों को स्वतंत्रता आंदोलन की पृष्ठभूमि और लक्ष्यों का भरपूर ज्ञान था। फिर भी तीनों में विचारगत और व्यवहारगत जो अन्तर्विरोध थे, उनको मिश्र जी ने पूरी सहृदयता से सामने रखा है। वैसे तो श्री अच्युतानंद मिश्र की पत्रकारिता की दीर्घ अवधि में सदा एक सधा हुआ संतुलन कायम रहा। उनके विश्लेषण सदैव निष्पक्ष और तार्किक रहे हैं। इसलिए भी इस पुस्तक का विश्लेषण विश्वसनीय बन पड़ा है। मिश्र जी के अनुसार तीनों ही राष्ट्रीय हितों के प्रति सजग थे, तीनों अभिव्यक्ति की स्वतंत्रता के पक्षधर थे और तीनों भारतीयजन को लोकतंत्र की मर्यादा में प्रशिक्षित करने का प्रयास करते रहे। एक लेखक अपने विचारों की अभिव्यक्ति के लिए जिस स्वतंत्रता की अपेक्षा रखता है उसी तरह एक पत्रकार को पूरे समाज की स्वतंत्रता के प्रति तत्पर रहना होता है।

'दिनमान' ने कीर्तिमान बनाया और 'धर्मयुग' ने हिंदी साप्ताहिक की प्रसार संख्या के रिकार्ड तोड़ दिये। आखिर इसके पीछे संपादकों की दृष्टि ही तो थी। अंग्रेजी पत्रकारिता की श्रेष्ठता का भ्रमजाल तोड़ने में तीनों ने ही अपने-अपने ढंग से भूमिकाएँ निभाई थीं। तीनों ने ही संपादक के स्वातंत्र्य की रक्षा की और अपने स्वाभिमान को किसी भी परिस्थिति में झुकने नहीं दिया। ऐसी परिस्थिति में उन्होंने स्वयं को संस्थानों से अलग कर लिया।

अज्ञेय जी पर विख्यात आलोचक प्रो. रामस्वरूप चतुर्वेदी की महत्त्वपूर्ण टिप्पणी उनके व्यक्तित्व को समग्रता में प्रस्तुत करती है। उन्होंने लिखा है—"हिंदी साहित्य में अज्ञेय को लेकर आकर्षण-विकर्षण का क्रम कुछ ज्वार-भाटे की तरह चलता रहा है। नई पीढ़ी के अनेक कवियों ने उन्हें अपने काव्य संग्रह समर्पित किये हैं। बहुतों की पुस्तकों की भूमिकाएँ अज्ञेय ने लिखी हैं। किसी कवि के चित्रों का परिचय और किसी की कविताओं का परिचय भी अज्ञेय ने लिखा। सप्तकों के संपादन से लेकर विभिन्न साहित्यिक आयोजनों तक में अज्ञेय की अग्रणी भूमिका रही है। इलाहाबाद में तो अज्ञेय की तरह के कुर्तों और कंधों पर डालने वाले झोलों की धूम थी। वर्षों तक असाध्य वीणा रचने के बाद अज्ञेय कुछ-कुछ सध रहे थे और सब अलग-अलग उनमें अपना संगीत सुनते। हिंदी साहित्य में वे कुछ उत्सव जैसे दिन थे।"

पुस्तक में इलाचन्द्र जोशी, गणेश मंत्री का स्मरण भी कराया गया है, जिन्हें हिंदी जगत प्रायः भूल चुका है। इन कवियों के प्रयास से हिंदी पत्रकारिता की भाषा को नई संवेदना प्राप्त हुई थी। तीनों के अलग-अलग साक्षात्कारों से पुस्तक की उपयोगिता बहुत बढ़ गयी है। एक प्रकार से मिश्र जी की यह पुस्तक उन साहित्यकारों को भी समझा देती है कि आलोचना की, समीक्षा की, आकलन की पहली शर्त निष्पक्षता, संवेदनशीलता और वस्तुपरकता का उपयोग कैसे किया जाता है। इस बेहद उपयोगी और श्रमसाध्य पुस्तक को हिंदी जगत् के लिए अमूल्य उपहार माना जाएगा।

(लेखक मध्यप्रदेश राष्ट्रभाषा प्रचार समिति एवं हिंदी भवन न्यास, भोपाल के मंत्री-संचालक हैं।)

हिंदी पत्रकारिता के तीन कवि-शिखर

प्रकाश चन्द्रायन

हिंदी साहित्य और हिंदी पत्रकारिता के उत्पादक, रचनात्मक और मानक सम्बन्धों को व्याख्यायित करते हुए एक पठनीय किताब आई है—'तीन श्रेष्ठ हिंदी कवियों का हिंदी पत्रकारिता में अवदान।' इस शोधपरक पुस्तक के लेखक हैं वरिष्ठ पत्रकार अच्युतानंद मिश्र। उन्होंने प्रस्तावना में ही दर्ज किया है कि स्वाधीन भारत के पहले और दूसरे दशक के हिंदी साहित्यकारों, पत्रकारों को तराशने का काम जिन अग्रणी संपादकों ने किया, उनमें पहला नाम आता है—सच्चिदानंद हीरानंद वात्स्यायन 'अज्ञेय'। फिर रघुवीर सहाय और धर्मवीर भारती। जो उस दौर के सचेत पाठक रहे हैं, वे लेखक की इस स्थापना से सहज सहमत होंगे कि तीनों पेशेवर पत्रकार नहीं थे, लेकिन पत्रकारिता के मूल्यों के प्रति उनकी प्रतिबद्धता कम नहीं थी। साहित्य की तरह ही संपादक के रूप में भी तीनों अपने पाठकों में अलग-अलग पहचान के साथ लोकप्रिय थे। तीनों के बीच लोकतंत्र, समाजवाद, व्यवस्था विरोध और हिंदी की अस्मिता निर्विवाद थी। तीनों ने हिंदी क्षेत्र में मध्य वर्ग के बेचैन युवाओं को भाषायी स्वाभिमान, अभिव्यक्ति की स्वतंत्रता और सांस्कृतिक पहचान दिलाने में पहल की। अज्ञेय ने सच्चिदानंद हीरानंद वात्स्यायन के मूल नाम से ही 'सैनिक', 'विशाल भारत', 'प्रतीक', 'दिनमान', 'वाक्', 'एवरीमेंस', 'नवभारत टाइम्स' और 'नया प्रतीक' के संपादन की अपनी पत्रकारीय यात्रा पूरी की। चार 'सप्तकों' और 'रुपाम्बरा' का काव्य संपादन भी उन्होंने किया था। इस लिहाज से उनकी पत्रकारीय पूँजी उल्लेखनीय रही। उनका सर्वाधिक अवदान 'राष्ट्र की भाषा में राष्ट्र का आह्वान' करता हुआ साप्ताहिक 'दिनमान' था। इस साप्ताहिक का प्रबुद्ध वर्ग में भरपूर स्वागत हुआ। इसी पुस्तक में पत्रकार त्रिलोकदीप से बातचीत में वात्स्यायन जी ने कहा है, ''जब मैंने आरंभ किया तब एक तो यह बात थी कि ऐसा कोई पत्र हिंदी में क्या, किसी भी भारतीय भाषा में था ही नहीं, उस परिस्थिति में जो काम किया, उसकी

ओर लोगों का ध्यान आकृष्ट हो, यह स्वाभाविक था। फिर मैं तो आरंभ से ही पेशेवर पत्रकार नहीं था। साहित्य के क्षेत्र से आया था, इसलिए शायद मैंने भाषा की ओर अधिक ध्यान दिया था। अनुवाद की भाषा हम नहीं चाहते थे। हम मौलिक पत्रकारिता की भाषा चाहते थे। अब इस मामले में काफी ढील आती गयी है।'' भारतभूषण अग्रवाल से बातचीत में उन्होंने कहा कि मुझ तथाकथित व्यक्तिवादी ने स्वेच्छापूर्ण सहयोग से जितने काम किये हैं, आप जैसे घोषित जनवादियों ने नहीं किये होंगे। इसी पुस्तक में अज्ञेय का 'आज की भारतीय पत्रकारिता' शीर्षक आलेख जाहिर करता है कि उनकी संलग्नता बारीक थी। इसे बिहार में सूखा और अकाल की उनकी रपट में भी देखा जा सकता है। उनके संपादन कर्म पर अनेक मतों के साथ उनकी प्रसिद्ध लंबी कविता 'असाध्य वीणा' भी उनकी रचनात्मक संवेदनशीलता की पुष्टि करती है।

साहित्यकार रघुवीर सहाय के लिए पत्रकारिता का क्षेत्र पूर्वपरिचित था। वे 'नवजीवन', 'आकाशवाणी', 'अमृत पत्रिका', 'प्रतीक', 'कल्पना', 'वाक्', 'नवभारत टाइम्स' में काम करते हुए 'दिनमान' में आये और बतौर समाचार संपादक, कार्यकारी संपादक और संपादक (1968-1983) रहे। बाद में अनेक पत्र-पत्रिकाओं में स्तंभकार भी रहे। इस तरह अनेक भूमिकाओं में उन्होंने हिंदी पत्रकारिता का पोषण और प्रयोग किया। वे मानते थे कि दमन की खबर दे देने की निर्भीकता बहुत मिलेगी, पर दमन के विरुद्ध जनमत बनाने की निर्भीकता नहीं मिलेगी। इस कसौटी पर उनका मानना था कि खुद लोहिया अपने समय के ही नहीं, गांधी के बाद के युग के सारे पेशेवर संवाददाताओं के मुकाबले भारत के सबसे बड़े संवाददाता कहे जाएंगे। इसी पुस्तक में उनकी विविध विषयक अनेक लेखांश, लघुलेख और टिप्पणियां संकलित हैं, जिसमें उनका चिंतन, चिंताएं और स्थापनाएं उपस्थित हैं। वे किसी भी विषय का अंतर्पाठ कर अपना मंतव्य देते थे। दलीय केंद्रीकरण और राजनीतिक वंशवाद के अंतर्सम्बंध को वे इस तरह देखते हैं, ''हमारे देश की केंद्रीकरण समर्थक राजनीति में नया प्रधान चुनना जब तक दलीय व्यवस्था के अधीन ही संभव है तब तक वंशवाद और कुछ नहीं, बहुमत के आधार पर सत्तासीन दल के भीतरी लोकतंत्र की असफलता का ही दूसरा नाम बना रहेगा।'' रघुवीर सहाय ने आमफहम भाषा में साहित्य रचा और पत्रकारिता भी की। प्रस्तुत पुस्तक में उनके साहित्येतर आलेखों और 'आत्महत्या के विरुद्ध' शीर्षक लंबी कविता में इस एका को समझा जा सकता है। उनका स्पष्ट मानना था, ''मैं साहित्यकार और पत्रकार में कोई अंतर नहीं मानता। साहित्यकार के लिए तथ्यों की जानकारी उतनी ही अनिवार्य है जितनी पत्रकार के लिए है।'' यहाँ एक तथ्य उल्लेखनीय है कि टाइम्स प्रबंधन की आपातकाल समर्थक नीति से

'दिनमान' की विश्वसनीयता और रघुवीर सहाय के मानस पर प्रतिकूल प्रभाव पड़ा, जो पुनः प्राप्त नहीं हो सका।

तीसरे संपादक धर्मवीर भारती का पत्रकारिता से सीधा संबंध नहीं था। वे 'संगम', 'अभ्युदय', 'निकष' आदि पत्रिकाओं में पत्रकारिता करते हुए 1960 में 'धर्मयुग' साप्ताहिक के संपादक हुए और 1987 तक उसके प्रति समर्पित रहे। डॉ. भारती ने उसे विविध आयाम दिये, जिससे वह हिंदी समाज में प्रतिष्ठित होती गयी। कभी-कभी कोई पाठक कहता कि 'दिनमान' दिमाग की खुराक है तो 'धर्मयुग' दिल की। इस तर्क से भी सिद्ध होता है कि भारती के सत्ताईस वर्षीय संपादन काल में 'धर्मयुग' ने पाठकों के दिल से रिश्ता बनाए रखा। इसी पुस्तक में डॉ. भारती के कई पठनीय आलेख, रिपोर्ताज, स्तंभ और एक बहुचर्चित कविता 'मुनादी' संकलित हैं, जिनसे उनके वैचारिक क्षितिज का साक्षात्कार होता है। उनका स्वतंत्रताकामी मानस 'हिंदी पत्रकारिता के डेढ़ सौ वर्ष' और 'रोटी और कमल' शीर्षक निबंधों में प्रखरता से व्यक्त हुआ है। उनका 'कहनी-अनकहनी' स्तंभ सामाजिक संवेदना की बानगी है तो बांग्लादेश मुक्ति संग्राम का जंगी रिपोर्ताज पत्रकारिता में नये पृष्ठ जोड़ता है। इसी तरह 'मुनादी' उनकी परिमली वैचारिकी का काव्यात्मक रूपांतरण है। प्रसिद्ध पत्रकार नारायण दत्त का कथन सटीक है कि लाखों की संख्या में बिकने वाले 'धर्मयुग' की लोकप्रियता और विशिष्ट विक्रय-स्तर के पीछे महज व्यावसायिक क्षमता नहीं, बल्कि उस क्षमता का समुचित नियोजन करनेवाला संपादक भारती का कृती व्यक्तित्व था। इससे भी आगे बढ़कर विष्णुकांत शास्त्री की टिप्पणी है कि भारतीजी ने अपने सर्जनात्मक लेखन की बलि चढ़ाकर संपादकीय कर्तव्य का जो मानदंड स्थापित किया है, उसका अतिक्रमण करना सहज नहीं होगा। 'धर्मयुग' से सेवानिवृत्त होने के बाद एक बातचीत में भारतीजी ने कहा था कि पत्रिकाओं के छीजने के बाद दैनिकों के चौपनियां परिशिष्ट पत्रिकाओं की कमी को पूरा करेंगे, लेकिन महज दो दशक बाद ही चौपनियां परिशिष्टों के लापता होने में देर नहीं लगी। अव्वल तो प्रसिद्ध संपादक राजेंद्र माथुर की उस मान्यता का भी लोप हो गया कि अखबार पाठकीय जनतंत्र होते हैं।

निस्संदेह, प्रस्तुत पुस्तक और इसके लेखक अच्युतानंद मिश्र ने हिंदी पत्रकारिता के एक भरे-पूरे दौर के इन तीनों संपादकों के सगुण अवदान को रेखांकित करने का उल्लेखनीय कार्य किया है। इससे हिंदी समाज, साहित्य और पत्रकारिता को लाभान्वित होना ही चाहिए।

(लेखक वरिष्ठ पत्रकार हैं, नागपुर में रहते हैं।)

कवियों की पत्रकारिता

यतीन्द्र मिश्र

समय-समय पर देश के मूर्धन्य साहित्यकारों ने समाज और राष्ट्र निर्माण में सक्रिय भागीदारी सुनिश्चित करने एवं साहित्यिक और व्यक्तिगत आदर्शों को साकार करने के लिए पत्रकारिता का सहारा लिया, जो साहित्य और समाज के बीच एक प्रभावी संवाद स्थापित कर सकने में सर्वथा सक्षम सिद्ध हुआ। सच्चिदानंद हीरानंद वात्स्यायन 'अज्ञेय', रघुवीर सहाय और धर्मवीर भारती ऐसे ही महान् कवि और लेखक हुए, जिनकी पत्रकारिता संबंधित सत्यापित दास्तान को वरिष्ठ पत्रकार अच्युतानंद मिश्र ने 'तीन श्रेष्ठ कवियों का हिंदी पत्रकारिता में अवदान' में दर्ज करने का प्रयास किया है। पत्रकारिता और साहित्य के गहरे संबंधों को उजागर करती इस पुस्तक के माध्यम से लेखक ने साहित्य के साथ-साथ पत्रकारिता को अपनी अभिव्यक्ति का साधन बनाने वाले इन तीन मूर्धन्य कवियों के संपादकीय कौशल, उनकी पत्रकारिता और सामाजिक दृष्टिकोण को प्रामाणिक ढंग से परोसा है। इन तीनों ने लगभग एक ही समय पर साहित्य और पत्रकारिता में अपना लेखन शुरू किया था। अज्ञेय की 'तारसप्तक़' और 'प्रतीक' के जरिये, रघुवीर सहाय की पत्रकारिता 1947 में लखनऊ के दैनिक 'नवजीवन' और धर्मवीर भारती की 1948 में प्रयाग में 'संगम' के माध्यम से शुरू हुई थी। पुस्तक का उद्देश्य उनकी रचनाओं, पत्रकारिता संबंधी कार्यों एवं संपादित पत्र-पत्रिकाओं का विश्लेषण और आकलन करना है, साथ ही यहाँ उन पर केंद्रित पुस्तकों, उस काल के साक्षी रहे साहित्यिक चिंतकों, विचारकों और उनके सहयोगियों द्वारा दिये गये साक्षात्कारों का भी उल्लेख है। इस आलोचना कर्म में इन विद्वानों द्वारा साहित्य और पत्रकारिता में योगदान को अलग करके देख पाना श्रमसाध्य है।

अज्ञेय, रघुवीर सहाय, और धर्मवीर भारती की वैचारिक अंतर्दृष्टि में समानताएँ और विरोधाभास दोनों ही स्पष्ट थे। पेशेवर पत्रकार न होने पर भी पत्रकारिता के मूल्यों

के प्रति उनमें अटूट आस्था विद्यमान थी। इन्होंने हिंदी पत्रकारिता की भाषा को अपने अंदाज में समृद्ध करते हुए अनुवाद और मौलिक लेखन के जरिए हिंदी को सशक्त बनाने का अभूतपूर्व काम किया। बावजूद इसके अच्युतानंद मिश्र पहले अध्याय 'साहित्य के तीन महानायक और पत्रकारिता' में तीनों की संपादक छवि के नगण्य उल्लेख को लेकर एक महत्त्वपूर्ण सवाल करते हैं, ''जहाँ साहित्य में उनके सृजन और स्थापनाओं पर शोध विश्वविद्यालयों में हुए, वहीं उनके संपादन या पत्रकारीय लेखन को लेकर कभी कोई विमर्श या शोध क्यों नहीं शुरू हुआ? उनके कई फैसलों—जैसे इमरजेंसी के दौर में 'दिनमान' की भूमिका, रघुवीर सहाय द्वारा लिखी गयी टिप्पणियाँ या जे.पी. केंद्रित धर्मवीर भारती की कविता 'मुनादी' का सबसे पहले 'धर्मयुग' में न छपना जैसे मुद्दों को लेकर आज भी सवाल उठाए जाते हैं।'' पुस्तक की रचनात्मक अभिव्यक्ति के कुल छह अध्यायों के दूसरे अध्याय में विद्यानिवास मिश्र की टिप्पणी है—''वर्ष 1929 से 1936 की अवधि अज्ञेय के क्रांतिकारी आंदोलन में प्रविष्ट होने, गिरफ्तारी, यातना और मुकदमों का दौर था।'' यही कारण था कि अज्ञेय ने कई कहानियों के साथ 'शेखर एक जीवनी' का लेखन लाहौर, अमृतसर और दिल्ली की यातनाओं भरी काल कोठरी में किया था। आगरा में 'सैनिक' संपादन मंडल में प्रभाकर माचवे से उन्हें 'तार सप्तक' की प्रेरणा मिली। 'प्रतीक' और 'दिनमान' पर विपुल लेखन के साथ लेखक अज्ञेय के अंतिम दिनों, समकालीनों और सहयोगियों की दृष्टि में अज्ञेय एवं अन्य संदर्भों पर प्रकाश डालते हुए उन्हें 'हिंदी साहित्य के ऊर्जा पुंज' की संज्ञा देते हैं। तीसरा अध्याय रघुवीर सहाय के पत्रकारिता आयामों को उजागर करता है।

लेखक के अनुसार—रघुवीर सहाय की रचनाएँ सिखलाती हैं कि भाषा के विविध स्तरों का उचित इस्तेमाल कैसे करना चाहिए? उन्होंने हिंदी पत्रकारिता और कविता की भाषा में सामंजस्य स्थापित किया। पुस्तक में 'दिनमान', 'जनसत्ता', 'रविवारी पत्रिका', 'माया', 'इतवारी पत्रिका' और अनेक पत्र-पत्रिकाओं में रघुवीर सहाय की बेबाक टिप्पणियों के कुछ उत्कृष्ट उदाहरण शामिल हैं। चौथा अध्याय धर्मवीर भारती के संपादक व्यक्तित्व को समर्पित है, जिसकी शुरुआत 1960 में हुई, जब 'धर्मयुग' का संपादन करने वे मुंबई पहुंचे थे। पुस्तक अनेक पत्र-पत्रिकाओं, समकालीन रचनाकारों के साथ लेखक के स्वयं के लेखन से भारती जी की निडर और साहसिक पत्रकारिता को समझने का प्रयास करती है।

अगला अध्याय विभिन्न साहित्यिक संवादों को समर्पित है, जिसमें त्रिलोकदीप की अज्ञेय से बातचीत (जो अप्रैल 1987 में प्रकाशित हुई थी) के अतिरिक्त नरेश कौशिक और भारतभूषण अग्रवाल का अज्ञेय से साक्षात्कार एवं अंत में जवाहरलाल

कौल से लेखक की बातचीत का समावेश है।

यहाँ कविताएं जैसे—'असाध्य वीणा'—अज्ञेय, 'आत्महत्या के विरुद्ध'—रघुवीर सहाय और 'मुनादी'—धर्मवीर भारती शामिल हैं। इस पुस्तक में अज्ञेय के उत्तरदायित्व बोध को दर्शाता एक कथन प्रस्तुत है—"जहाँ भी मैं संपादक रहा हूँ, लगातार अपना उत्तराधिकारी तैयार करता रहा हूँ। इसे मैं काम के प्रति भी अपना कर्तव्य समझता हूँ और अपनी आजादी का अंग भी।" सम्यक् दृष्टि से लिखी गयी निश्चित रूप से यह एक पठनीय पुस्तक है।

(लेखक जाने-माने कवि, समीक्षक तथा संगीत-सिनेमा के गंभीर अध्येता हैं।)

पत्रकारिता और साहित्य का समन्वय

रेशमी पांडा मुखर्जी

'लोकतंत्र समाज में समाचार पत्र का एक विशिष्ट स्थान होता है, क्योंकि समाज के साथ उसका अस्तित्व गहरे ढंग से जुड़ा होता है। जितना वह समाज स्वस्थ या बीमार, स्वतंत्र या परमुखापेक्षी होता है उतने ही उसके समाचार पत्र भी स्वस्थ या बीमार स्वतंत्र या पर निर्भर होते हैं। इसी संबंध के कारण लोकतंत्र समाज में समाचार पत्र का विशेष उत्तरदायित्व भी होता है। पत्र अगर स्वतंत्र न होता तो उत्तरदायित्व भी उस पर कहाँ आता।' (तीन श्रेष्ठ कवियों का हिंदी पत्रकारिता में अवदान, पृ.-21)

अज्ञेय, रघुवीर सहाय और धर्मवीर भारती के पत्रकार रूप पर केंद्रित अच्युतानंद मिश्र की सद्यः प्रकाशित पुस्तक 'तीन श्रेष्ठ कवियों का हिंदी पत्रकारिता में अवदान' राष्ट्रीय पुस्तक न्यास से पाठकों के हाथ में आई। स्वयं पत्रकारिता से दीर्घ समय से जुड़े रहने के कारण अच्युतानंद मिश्र ने हिंदी साहित्य में कवि रूप में ख्यातिलब्ध इन तीनों के चिर उपेक्षित पत्रकार रूप को अपने शोध, चिंतन और लेखन का विषय बनाया। पुस्तक की भूमिका हिंदी पत्रकारिता के क्षेत्र को अपने शोध से ऊर्जस्वित-परिमार्जित करने वाले निबंधकार डॉ. कृष्ण बिहारी मिश्र द्वारा हस्तलिखित रूप में प्रस्तुत है। तात्पर्य यह है कि लेखक अच्युतानंद मिश्र ने हिंदी पत्रकारिता से जुड़े सभी महत्त्वपूर्ण साहित्यकारों का यहाँ समागम किया है। इन तीनों कवियों की पत्रकारिता के संबंध में अच्युतानंद मिश्र लिखते हैं–'तीनों संपादकों में बहुत कुछ समान था और कई वैचारिक अंतर विरोध भी थे। तीनों पर स्वतंत्रता पूर्व के संपादकों की छाप थी। उनमें से कुछ के साथ उन्होंने काम किया था और कई को नजदीक से काम करते हुए देखा था। साहित्य तीनों का पहला आकर्षण था। तीनों पेशेवर पत्रकार नहीं थे, लेकिन पत्रकारिता के मूल्यों के प्रति उनकी प्रतिबद्धता कम नहीं थी। साहित्य की तरह ही संपादक के रूप में भी तीनों अपने पाठकों में अलग-अलग पहचान के साथ लोकप्रिय थे। तीनों के बीच लोकतंत्र, समाजवाद,

व्यवस्था विरोध और हिंदी की अस्मिता निर्विवाद थी। हिंदी पत्रकारिता की भाषा गढ़ने में तीनों ने अपनी शैली में योगदान किया था। तीनों ने हिंदी के साथ भारतीय साहित्य और भाषाओं को प्रोत्साहित किया था। तीनों का फलक विशाल था। वे साहसी और प्रयोगधर्मी थे। भारतीय मनुष्य और मानवीयता उनके साहित्य और पत्रकारिता दोनों के केंद्र में थी। तीनों ने मौलिक लेखन के साथ-साथ अनुवाद से भी हिंदी को समृद्ध किया। तीनों को लेकर साहित्य में जो गुटबंदी या विवाद उछाले गये थे, उसकी छाया उनकी पत्रकारिता पर भी थी। लेखन और संपादन में तीनों अपने कथ्य और शिल्प को लेकर बेहद सजग थे। तीनों ने अपने दौर के चर्चित श्रेष्ठ साहित्यकारों से अपनी पत्रिकाओं में बार-बार लिखवाया और छापा था। अज्ञेय, रघुवीर सहाय और धर्मवीर भारती एक समय में एक ही प्रकाशन संस्थान से जुड़े थे। उन्होंने प्रकाशकों की तीन पीढ़ियों और बदलते मैनेजरों के तेवर भी देखे थे। तीनों अपने दौर के उन साहित्यकारों में शामिल नहीं थे, जो यह मानते थे कि पत्रकारिता साहित्य कर्म की साधना को पथभ्रष्ट करती है, अथवा साहित्य अनुभूति और जीवन के सत्य का दर्शन है जबकि पत्रकारिता इंद्रिय गोचर सूचनाओं या तथ्यों की प्रस्तुति का विश्लेषण मात्र है।' (तीन श्रेष्ठ कवियों का हिंदी पत्रकारिता में अवदान, पृ.-3-4)

यह पुस्तक अज्ञेय, रघुवीर सहाय और धर्मवीर भारती के जीवन के अंतरंग और बहिरंग पक्षों में झांकती हुई उनसे संबंधित प्रसंग बटोरती हुई कड़ियां बनाती है। इन तीनों लेखकों के पत्रकारिता में अवदान के बयान देते हुए अच्युतानंद मिश्र ने स्वातंत्र्योत्तर भारत की हिंदी पत्रकारिता के इतिहास के कई संग्रहणीय दस्तावेज प्रस्तुत किये हैं। यह पुस्तक यद्यपि निबंध विधा में अपना नाम दर्ज कराती है, परंतु इसमें जीवनी, संस्मरण, साक्षात्कार, इतिहास, कविता जैसी कई विधाओं का संगम है। पत्रकारिता के क्षेत्र में आने वाली कठिनाइयों-चुनौतियों का कच्चा-चिट्ठा खोला गया है। पत्रकार —संपादक के संबंधों की खटास-मिठास का ताना-बाना बुना गया है। पत्रकारिता के दौरान इन तीनों लेखकों के अंतःसंबंध, संबंधों में आई दरार, संबंधों में एक-दूसरे के प्रति प्रेम, आदर को यहाँ अभिव्यक्त किया गया है। 'अज्ञेय धर्मवीर भारती से उम्र में ठीक उतने ही बड़े थे जितने रघुवीर सहाय। भारती और रघुवीर सहाय का जन्म इलाहाबाद और लखनऊ में दिसंबर 1929 में हुआ। एक दौर में जब इलाहाबाद साहित्य सृजन और बौद्धिक बहसों का सबसे चर्चित केंद्र था, तीनों इलाहाबाद में थे। तीनों में चिंतन और सृजन की मौलिकता, मार्क्सवाद से मोहभंग, भारतीय और पश्चिमी जीवन-दृष्टि की समझ, परंपरा और इतिहास के आकलन का ढंग कमोबेश समान था। रघुवीर सहाय की तरह धर्मवीर भारती अज्ञेय के प्रत्यक्ष सहयोगियों में कभी नहीं रहे, लेकिन अज्ञेय से भारती की पारिवारिक निकटता लगातार बनी रही। इसका प्रमाण है कि दूसरा सप्तक में रघुवीर सहाय की तरह भारती की कविताओं को उन्होंने स्थान

दिया था।' (तीन श्रेष्ठ कवियों का हिंदी पत्रकारिता में अवदान, पृ. 35-36)

पत्रकारिता को अपने जज्बे में घोलने वाले चर्चित पत्रकार अच्युतानंद मिश्र ने भोपाल स्थित माखनलाल चतुर्वेदी पत्रकारिता एवं संचार विश्वविद्यालय के कुलपति के पद को भी सुशोभित किया, अर्थात् उन्होंने भारतीय पत्रकारिता से लेकर हिंदी पत्रकारिता के रग-रग को टटोला है, उसके तेवर की जाँच की है। यह पुस्तक उनके अनुभव, अध्ययन, कार्य-प्रणाली के सालों के सफर का निचोड़ है। 'साहित्य के तीन महानायक और पत्रकारिता' शीर्षक प्रथम अध्याय में श्री मिश्र ने भारत में हिंदी पत्रकारिता के जन्म की स्थितियाँ, उसके विकास पथ पर आने वाली विघ्न-बाधाओं, बंगाल का हिंदी पत्रकारिता में आशेष योगदान, भारतेंदु व उनके मंडल के पत्रकारों-लेखकों का युगदर्शी अवदान, स्वातंत्र्योत्तर युग में हिंदी पत्रकारिता की यात्रा का विश्लेषण किया। पुस्तक में अज्ञेय, रघुवीर सहाय और धर्मवीर भारती के हिंदी पत्रकारिता से जुड़ाव की दस्तानें, स्वाभिमान पर चोट लगने पर महत्त्वपूर्ण पदों को त्यागकर आगे बढ़ जाने, अपने समकालीन साहित्य शिल्पियों व पत्रकारों से संबंध, मनमुटाव और जुड़ाव की कथा दर्ज है।

संपादक के रूप में इन तीनों साहित्य-सेवियों ने उस जमाने के सर्वाधिक चर्चित और बहु-पठित पत्र-पत्रिकाओं का दायित्व ग्रहण किया था। इन तीनों की संपादन -कला को इस पुस्तक के माध्यम से पाठक समझता है, उससे प्रेरित व प्रभावित होता है। संपादक की यात्रा तय करते हुए ये तीनों साहित्यकार कितने राजनीतिक, आर्थिक और साहित्यिक दबाव झेलने और सहने पर बाध्य हुए, पर पत्रकारिता के प्रति उनकी निष्ठा को कृतिकार पग-पग पर पन्ने-दर-पन्ने सलाम करता चलता है। विभिन्न पत्रिकाओं में इन तीनों की टिप्पणियों, संपादकीय अंशों तथा उनकी संपादन कला के विषय में अन्य लेखकों-कृतिकारों की उल्लेखनीय टिप्पणियों को उद्धृत करते हुए मिश्र जी ने पाठक-मन में पत्रकारिता धर्म के प्रति इन तीनों की एकाग्रता, कर्म-निष्ठा, त्याग, समर्पण, विषय-ज्ञान, स्वाभिमान, बहुमुखी प्रतिभा, तीक्ष्ण बुद्धि, प्रगाढ़ चेतना, व्यंग्य कला पर आलोकपात किया। इन तीनों ने समय-समय पर राजनीतिक झंझावातों, इमरजेंसी के बाधा-निषेध, विपरीत खेमों के व्यंग्यपूर्ण मंतव्य सहे, पर इनकी पत्रकारिता के प्रति अटूट निष्ठा में कभी दरार नहीं पड़ी। रघुवीर सहाय और धर्मवीर भारती दोनों ही अज्ञेय से उम्र में 18 वर्ष छोटे थे। इन्होंने अपने साक्षात्कारों, टिप्पणियों, संपादकीयों में अनेकों बार अज्ञेय से मिली प्रेरणा का जिक्र किया है। पत्रकारों की इस त्रिवेणी की हर छोटी से छोटी बात, तथ्य, घटना, प्रामाणिक दस्तावेज प्रस्तुत करते हुए मिश्र जी ने उक्त ग्रंथ का नाम हिंदी पत्रकारिता की संग्रहणीय सूची में दर्ज किया है। मिश्र जी लिखते हैं—"समकालीन दौर में रघुवीर सहाय की कविता और पत्रकारिता का साहित्य और पत्रकारिता के क्षेत्र में विशिष्ट स्थान है। सहाय जी ने भाषा को

आभिजात्य और शालीनता से मुक्त करके बोलचाल की भाषा में दैनिक जीवन के औसत संदर्भों में लिपटी हुई विडंबनाओं, विसंगतियों और नाटकीयता को मूर्त करने का अविस्मरणीय कार्य किया है। उनकी रचनाएं हमें यह सिखलाती हैं कि भाषा के विविध स्तरों का उचित इस्तेमाल कैसे करना चाहिए। सहाय जी ने हिंदी पत्रकारिता और कविता की भाषा में सामंजस्य स्थापित किया है। उन्होंने भाषा को संकुचित दायरे से निकालकर व्यापक करने में महत्त्वपूर्ण योगदान दिया है।'' (वही, पृ. 87)

साक्षात्कार के माध्यम से व्यक्ति का व्यक्तित्व खुलता है, उसके मन के उधेड़बुन को प्रकाशित किया जा सकता है, उसके जीवन के अचर्चित अंश पर चर्चा छेड़ी जा सकती है। उसकी यात्रा में आई बाधाओं, विपत्तियों की फर्स्ट हैंड जानकारी मिलती है। इस दृष्टि से आलोच्य पुस्तक में अज्ञेय से लिये गये तीन साक्षात्कार तथा अच्युतानंद मिश्र से लिया गया एक साक्षात्कार हिंदी पत्रकारिता जगत की तरफ खुलने वाले वे गवाक्ष हैं, जिनसे पत्रकारिता जगत के कई प्रेरक, महत्त्वपूर्ण, अनुकरणीय, कटु सत्य से भरे दृश्य देखे जा सकते हैं। ग्रंथ में मिश्र जी ने अज्ञेय की 'असाध्य वीणा', रघुवीर सहाय की 'आत्महत्या के विरुद्ध' और धर्मवीर भारती की 'मुनादी' कविताओं को संकलित किया है। इन कविताओं को संकलित करने का क्या तात्पर्य है? यह पुस्तक तो इन तीनों के पत्रकारिता में योगदान पर अलोकपात करना चाहती थी तो फिर ये कविताएं क्यों शामिल की गईं? कदाचित कारण यह है कि इन तीनों कालजयी कविताओं के माध्यम से मिश्र जी इन तीनों रचनाकारों के जीवट जुझारूपन और असाध्य को साधने की अबाध्य जिद का अक्स खींचना चाहते हैं। श्री मिश्र ने इन तीनों साहित्यकारों-पत्रकारों के महत्त्व व प्रेरक साहित्य की छोटी-सी झलक देकर पाठकों को अभिभूत करने की उद्देश्यपूर्ति की है। परिशिष्ट में इन तीनों लेखकों का विस्तृत परिचय जोड़ा गया है।

निष्कर्षतः कह सकते हैं कि यह पुस्तक अज्ञेय, रघुवीर सहाय और धर्मवीर भारती के व्यक्तिगत जीवन, साहित्यिक छवि, पत्रकारिता यात्रा, संपादन की कर्तव्य-निष्ठा, दूरदर्शन, आकाशवाणी में निभाई गयी भूमिका तथा हिंदी पत्रकारिता को अंग्रेजी पत्रकारिता के बरक्स साहस और गर्व से खड़े करने के शक्ति-संचरण की कथा प्रस्तुत करती है।

(लेखिका गोखले मेमोरियल गर्ल्स कॉलेज, कोलकाता में सहायक प्रोफेसर हैं।)

कोई यूँ भी देखता है इतिहास को

अभिजीत सिंह

कुछ पुस्तकों का निर्माण योजना के तहत होता है, लेकिन कुछ पुस्तकें नियति के नियंत्रण में निर्मित होती हैं। जब नियति को कालजयी पुस्तकों का निर्माण करना होता है तो वह एक निमित्त तलाशती है और उसे उस निमित्त की क्षमताओं पर इतना विश्वास होता है कि वह उसे अपना काम सौंप कर निश्चिंत हो जाती है। वर्ष 2024 में ऐसी ही एक पुस्तक की आमद होती है—'तीन श्रेष्ठ कवियों का हिंदी पत्रकारिता में अवदान'—जिसके रचयिता हैं अच्युतानंद मिश्र। इस पुस्तक में अपने समय के तीन महान कवि-चिंतकों—अज्ञेय, रघुवीर सहाय और धर्मवीर भारती—के हिंदी पत्रकारिता में अवदान पर न सिर्फ चर्चा है, बल्कि उनके दौर का प्रामाणिक दस्तावेजीकरण भी किया गया है, जिससे एक सामान्य पाठक को यह सोचने को विवश होना पड़ता है कि जिस दौर में इन तीनों कवियों ने पत्रकारिता की ओर रुख किया, उस दौर तक ये तीनों काव्य जगत के स्तंभ के रूप में मान्यता प्राप्त कर चुके थे और अपनी उपलब्धियों और ख्याति के चरम पर थे। फिर अपने सूझे-सुझाए मार्ग से इतर पत्रकारिता के मार्ग पर चलने की क्या आवश्यकता पड़ी, जहाँ की डगर जाहिर तौर पर कुछ आरामदायक नहीं थी। ऐसे कितने ही प्रश्न हैं जिनकी पड़ताल अच्युतानंद जी इस पुस्तक में, उस दौर की उनकी पत्रकारिता की शैली, उद्देश्य और संघर्षों के दस्तावेजों के माध्यम से करने की कोशिश करते हैं। इस पुस्तक में विष्णुकांत शास्त्री और कृष्ण बिहारी मिश्र जी के दो आलेखों के साथ अज्ञेय का एक साक्षात्कार भी संकलित है—जो इस पुस्तक की न सिर्फ एक उपलब्धि है, बल्कि इसकी प्रामाणिकता का मानक भी है।

इस पुस्तक में विविध तथ्यों और आलेखों के माध्यम से एक ऐसे दौर पर अलोकपात किया गया है, जब हिंदी साहित्य के तीन महान रचनाकारों का साहित्यिक लेखन से इतर एक व्यक्तित्व निखर रहा था। अज्ञेय हों या रघुवीर सहाय

या फिर धर्मवीर भारती हों, तीनों ने लगभग एक ही दौर में पत्रकारिता की शुरुआत की। लेकिन अच्युतानंद जी इस तथ्य पर चिंता जाहिर करने में गुरेज नहीं करते कि उनके पत्रकारीय लेखन पर बौद्धिक जगत में कभी भी कोई गंभीर चर्चा नहीं हुई। संभवतः यही कारण रहा हो जिसने मिश्र जी को इस महती परियोजना पर विचार करने को बाध्य किया होगा। इस पुस्तक की सबसे बड़ी खासियत यही है कि आप इसे किसी विधा के तहत श्रेणीबद्ध नहीं कर सकते। यह पुस्तक किसी विमर्श का हिस्सा नहीं है। विमर्श तो आलोचकों के हिस्से की चीज है। यह पुस्तक तो बस उन आलोचकों और विमर्शकारों के लिए उस आईने की तरह है, जिसमें उन्हें अपने पिछले 6-7 दशकों के वे चित्र देखने को मिलेंगे, जिसे अपने दौर के बड़े आलोचकों ने छोड़ दिया था।

यह पुस्तक इसलिए भी महत्त्वपूर्ण है कि इसमें जिन हस्तियों पर चर्चा की गयी है, वे तीनों मूलतः साहित्यकार थे, पत्रकार नहीं। लेकिन पत्रकारिता के मूल्यों के प्रति उनकी प्रतिबद्धता भी निर्विवाद थी। पत्रकारिता के लिए समाज, राजनीति और व्यवस्था की जिस गहरी जानकारी और समझ की अपेक्षा की जाती है, वह भी इन तीनों में ही निसंदेह उपस्थित थी। तो ये कुछ सामान्य तथ्य थे जिन पर मिश्र जी का जोर है। पत्रकारिता हो या साहित्य लेखन—आजीविका के मूल्यों के साथ किस हद तक समझौता किया जा सकता है, यह एक बड़ा प्रश्न है। लेकिन मिश्र जी की मानें तो अज्ञेय इसके अपवाद थे और आपातकाल में उनका लेखन इस अपवाद होने का पुख्ता प्रमाण है। असल में यह बात समझनी होगी कि इस पुस्तक में मिश्र जी तीनों लेखकों के पत्रकारीय अवदान पर चर्चा के माध्यम से यह स्पष्ट संकेत देते हैं कि साहित्य हो या पत्रकारिता उनके लिए यह सिर्फ एक साधन है न कि साध्य। 'प्रतीक' और 'दिनमान' में रघुवीर सहाय अज्ञेय के निकट सहयोगी थे और 'प्रतीक' के बंद हो जाने पर वे खास दुःख व्यक्त करते हुए 'अपने को कहने और पहचान पाने के साधन छिन जाने' की बात करते हैं। यह मामला ठीक तुलसीदास की तरह का है, जो राम भक्त होते हुए भी अपने काव्य में 'केशव' और 'हरी' या 'माधव' जैसे शब्दों का प्रयोग कई बार करते हैं। क्योंकि यह नाम उनके लिए साधन भर हैं—भक्ति के तात्त्विक धरातल पर सब एक उद्देश्य की पूर्ति करते हैं—लोक संप्रेषण। ठीक वैसे ही जैसे सामाजिक दायित्व के तात्त्विक धरातल पर लोक संप्रेषण ही साध्य था—फिर क्या फर्क पड़ता है कि वह 'प्रतीक' को साधन बनाए या 'दिनमान' को या फिर 'विशाल भारत' को या 'वॉक' आदि को—क्योंकि यदि ऐसा न होता तो 'प्रतीक' के बंद होने का खामियाजा अज्ञेय को बड़ी आर्थिक क्षति से न उठाना पड़ता। अच्युतानंद जी पंडित महावीर प्रसाद द्विवेदी के ब्याज से बताते

हैं कि संपादक की पहली योग्यता ही उसकी निर्भीकता होती है और 'सैनिक' हो या 'विशाल भारत' या 'दिनमान' या 'नवभारत टाइम्स'—अज्ञेय की पत्रकारिता का यह स्थाई भाव रहा है।

रघुवीर सहाय 'दिनमान' में अज्ञेय के सहयोगी की तरह आये जरूर थे, लेकिन यह स्पष्ट था कि कोई किसी का वैचारिक पिछलग्गू नहीं था। 'दिनमान' का संपादन संभालते ही रघुवीर सहाय ने उसे अपनी मान्यताओं और मानदंडों के अनुरूप आगे ले जाना उचित समझा और इसमें कहीं से कोई नकारात्मकता भी नहीं थी। जाहिर तौर पर अज्ञेय वामपंथी नहीं थे, लेकिन बकौल जवाहर लाल कौल, सहाय जी की दृष्टि वामपंथी थी और इसी कारण उनके संपादन में 'दिनमान' का कलेवर भी बदला। वर्तमान सत्ता से प्रश्न करना पत्रकारिता का पहला दायित्व है और कहना न होगा कि सहाय जी ने इस दायित्व को बखूबी निभाया। एक बानगी देखिए—क्या इमरजेंसी फिर लगेगी?—यह भ्रम फैलाना है कि इमरजेंसी नहीं है तो शासन अधिनायक वादी नहीं होगा। वास्तव में वह व्यक्ति की स्वतंत्रता सीमित करने के अन्य तरीकों से भी लोक शक्ति का दमन और एकाधिकार का संचय कर सकता है। इसी प्रकार यह पूछना कि क्या सेंसर फिर लगेगा—यह भ्रम फैलाना है कि सेंसर के मामले में कानूनन दयालु होना लोक शक्ति के पक्ष में होना है। आतंक, भय और निराशा फैलाने के साधन—प्रतिष्ठित गुंडे और एक किस्म के पत्रकार अधिनायक को लोक से बचाए रखने में इतनी दूर तक मददगार हो सकते हैं कि कानूनन सेंसर के बिना भी सेंसर बना रह सकता है।" (पृ. 48)

कहना न होगा कि इन पंक्तियों में हमें हमारे देश, समाज, राजनीति और पत्रकारिता के बदले स्वरूप या कहें कि वर्तमान में बदले स्वरूप की स्पष्ट झाँकी दिखाई देती है। यह चर्चा 1979 में 'दिनमान' में सहाय जी करते हैं, फिर 1990 में वे 'जनसत्ता' में लिखते हैं—"हिंदी पत्रकारिता अभी इसी दौर से गुजर रही है। जैसे-जैसे नये अखबार निकलते जाएंगे, यह खतरा और अधिक मौजूद होता जाएगा कि उनमें कुछ इन नकारात्मक शैलियों को अपनाएं, इनमें विश्वसनीयता का धोखा सबसे अधिक है। यह नई पत्रकारिता निर्भीकता को एक निरपेक्ष मूल्य मानती है। उनके यहाँ हत्यारे का दुस्साहस भी निर्भीकता है। पत्रकार द्वारा किसी का अपमान करना भी निर्भीकता है। झूठ बोलकर सीनाजोरी करना भी निर्भीकता है। प्रच्छन्न लांछन और अस्पष्ट आरोप अपुष्ट तथ्य और अतार्किक भावना को यह अभिव्यक्ति का आधार बनाती है, मानो अभिव्यक्ति के अधिकार की रक्षा के लिए यह सब जरूरी हो।" (पृ. 60) अब हम समझ सकते हैं कि एक चिंतनशील संपादक जब पत्रकारिता को अपने व्यापक चिंतन के नजरिये से देखता है, तो वह सिर्फ एक वर्ष

या एक समय को ध्यान में रखकर बात नहीं करता, वह पूरे के पूरे एक दौर को ध्यान में रखकर अपनी बातें रखता है। सहाय जी के इस वक्तव्य से हम समझ सकते हैं कि पत्रकारिता के गिरते स्तर से या उसके जटिल होते स्तर से सहाय जी उसके भविष्य को भांप रहे थे और कहीं न कहीं अपने इन अलग-अलग समय में लिखे संपादकीय वक्तव्यों से हमें आगाह करने का प्रयास भी कर रहे थे।

धर्मवीर भारती पर चर्चा के दौरान मिश्र जी 'प्रतीक' के साथ 'परिमल' की भी चर्चा करना नहीं भूलते—जो कि इस पुस्तक की एक और अच्छी बात है। असल में 'परिमल' ही वह केंद्र था जिसकी धुरी पर हम इन साहित्यकारों व पत्रकारों को देख पाते हैं। 'परिमल' के मित्रों के साथ ही 'निकष' का संकलन एवं संपादन भी किया गया था। भारती जी "परिमल' समूह में एक महत्त्वपूर्ण स्थान रखते थे। पुस्तक में आचार्य विष्णुकांत शास्त्री का आलेख भी संकलित है, जो भारती जी की उस समझ का मुरीद है, जहाँ व्यावसायिक साधन—शक्ति के दबाव में संपादकीय समझ टूटती है, समझौते होते हैं। लेकिन भारती जी यहाँ भी एक अपवाद की तरह सामने आते हैं। शास्त्री जी के अनुसार भारती जी का वह व्यक्तित्व था, जो न तो विचार के तले पत्र-पत्रिका की व्यावसायिक क्षति का पक्षधर था और न व्यावसायिक दबाव में अपने दामन पर दाग लगने देने का। यानी कुल मिलाकर बेहद संतुलित। लेकिन जब इसी सिलसिले में आदरणीय कृष्ण बिहारी मिश्र के लेख को देखें तो वहाँ यह स्पष्ट होता है कि—"अपनी स्वतंत्रता की रक्षा के आग्रह से ही कदाचित् 'धर्मयुग' के दशकों पुराने रिश्ते को भारती ने समेट लिया। किसी विजातीय दबाव से 'धर्मयुग' ने अधोगामी रंगीन राह पकड़ ली, जो भारती की चिंतन और संस्कृति रुचि के विपरीत थी।" (पृ. 112) धर्मवीर भारती अपनी पत्रकारिता में किसी एक पक्षीय दृष्टि के समर्थक नहीं थे। वे एक तरह से बौद्धिक उदारता की राह पर चलने के पक्षधर थे। भारती जी की इस वैचारिक उदारता का प्रमाण देते हुए अच्युतानंद जी उन्हें ही उद्धृत करते हैं—"अगर रचना में मूलभूत संवेदना और अभिव्यक्ति की कलात्मक परिपक्वता है और वह हमारी साहित्यिक कसौटी पर खरी उतरती है, तो हम उस रचना को ग्राह्य मानेंगे—चाहे उसका लेखक सी.पी.एम. का हो, सी.पी.आई. का हो, जनता का हो, कांग्रेस का हो, राष्ट्रीय स्वयंसेवक संघ का हो, डीएमके का हो या इनमें सबसे सर्वथा असंलग्न पूर्णतः गैर राजनीतिक मानसिकता का हो। इन बिल्लों से क्या फर्क पड़ता है। अच्छी रचना टिकती है—संप्रदाय और राजनीति की संकीर्णताएँ समय के साथ विलीन हो जाती हैं।" (पृ. 123) पुस्तक के अंतिम हिस्से में मुक्ति वाहिनी के साथ उनके अनुभव—जो इस पुस्तक का एक महत्त्वपूर्ण हिस्सा है—एक अलग ही रोमांच पैदा करने वाला है—जहाँ ग्राउंड जीरो पर स्वयं उनकी उपस्थिति होती है और वह

आँखों देखी गतिविधियाँ सैनिकों के डिप्लॉयमेंट्स, मिलिट्री की युद्ध संबंधी योजनाएँ, सैनिकों के संघर्षों आदि को अपनी कलम से सजीव कर देते हैं। कहना न होगा कि वह पत्रकारिता का ऐसा दौर था, जिसके मायने आज के वातानुकूलित कमरों में बैठकर, इंटरनेट से जुटाई सूचनाओं के आधार पर की जाने वाली लगभग प्रायोजित पत्रकारिता से बिल्कुल भिन्न थे।

यानी कुल मिलाकर अगर इस पुस्तक के बारे में यह कहा जाए कि जिस पुस्तक का लेखन अच्युतानंद मिश्र जैसे प्रखर और जिम्मेदार चिंतक ने किया हो, जिस पुस्तक को आदरणीय कृष्ण बिहारी मिश्र जैसे चिंतक की आश्वस्ति प्राप्त हुई हो—उस पुस्तक के कालजयी होने में शायद ही किसी को कोई संदेह हो।

(लेखक विद्यासागर कॉलेज फॉर वुमन, कोलकाता में सहायक प्रोफेसर हैं।)

साहित्य ने कैसे गढ़ा हिंदी पत्रकारिता को

उमेश चतुर्वेदी

नब्बे के दशक में जब हिंदी की पत्रकारिता पर प्रगतिवाद का दबदबा बढ़ा तो सबसे पहला काम यह हुआ कि हिंदी के पत्रों से साहित्यिक विषयों और विचारों को तिलांजलि देना शुरू हो गया। तब एक और विचार ने जोर पकड़ा। पत्रकारिता और साहित्य को अलग विधाओं के रूप में स्वीकार किया जाने लगा। इस बदले माहौल में पत्रकारिता में सक्रिय उन लोगों की अहमियत को जानबूझकर कम आंका जाने लगा, जिनकी अभिरुचि साहित्यिक थी। हिंदी की शीर्ष पत्रकारिता, साहित्यिक पृष्ठभूमि और अभिरुचि वालों को पोंगापंडित और पत्रकारिता की राह की बाधा बताने लगी। इसका असर यह हुआ कि हिंदी में सांस्कृतिक और साहित्यिक पृष्ठभूमि वाले पत्रकारों को दोयम माना जाने लगा। भविष्य की ऊर्जावान हिंदी पत्रकारिता और नये दौर की नई हिंदी एवं विषयों की जरूरत के नाम पर सांस्कृतिक और साहित्यिक पत्रकारिता को तिलांजलि दी जाने लगी। इसका असर किस तरह पत्रकारिता पर पड़ा, वह अब सामने है। हिंदी के अखबारों में बदलाव और छूट के नाम पर भाषाई अराजकता का जो दौर शुरू हुआ, वह अब चलन बन गया। लेकिन हिंदी पत्रकारिता का जिसे हम गौरवकाल मानते हैं, उसको तराशने और बनाने में सबसे बड़ा योगदान साहित्यिक पत्रकारिता का ही है। साहित्यिक पत्रकारिता ने ही हिंदी को माँजा। इसमें भी हिंदी के तीन वरेण्य पत्रकारों अज्ञेय, रघुवीर सहाय और धर्मवीर भारती का बड़ा योगदान है। उनके इसी योगदान को वरिष्ठ पत्रकार और संपादक अच्युतानंद मिश्र ने अपनी पुस्तक 'तीन श्रेष्ठ कवियों का हिंदी पत्रकारिता में अवदान' में गहनता से न सिर्फ याद किया है, बल्कि उनकी दृष्टि का गहन विवेचन किया है।

राष्ट्रीय पुस्तक न्यास से प्रकाशित इस पुस्तक के पृष्ठों से गुजरते हुए हिंदी के सुधी पाठकों और पत्रकारों को पता चलेगा कि बुनियादी रूप से साहित्यिक होते हुए इन संपादकों ने किस तरह अपने संपादन में 'दिनमान' और 'धर्मयुग' को न

सिर्फ स्थापित किया, बल्कि दोनों को राजनीतिक, साहित्यिक, सांस्कृतिक और पारिवारिक पत्रकारिता का प्रतिमान बना दिया। 'दिनमान' बैनेट कोलमैन समूह की पत्रिका थी, जिसकी कल्पना वैश्विक स्तर पर प्रतिष्ठित अमेरिकी पत्रिका 'टाइम' मैगजीन से प्रेरित थी। प्रकाशक, विशेषकर रमा जैन चाहती थीं कि हिंदी में भी अपनी 'टाइम' मैगजीन होनी चाहिए, जो हिंदी पाठकों की सुरुचि बढ़ाते हुए वैश्विक और राष्ट्रीय राजनीतिक, सांस्कृतिक और आर्थिक घटनाओं की विवेचनात्मक जानकारी दे। हिंदी के 'टाइम' मैगजीन की तर्ज पर 'दिनमान' का संपादन अज्ञेय ने शुरू किया और बाद में उनके उत्तराधिकारी रघुवीर सहाय ने इसे आगे बढ़ाया। दिलचस्प यह है कि नई कविता के प्रमुख हस्ताक्षर के रूप में अज्ञेय स्थापित हैं, हालांकि उन्होंने उपन्यास और कहानियाँ भी लिखीं और उन विधाओं में भी समादृत हुए। रघुवीर सहाय भी हिंदी के प्रतिष्ठित और सुपरिचित रचनाकार हैं। धर्मवीर भारती ने उपन्यास, कहानी और यात्रा वृत्तांत खूब लिखा, लेकिन बुनियादी रूप से उनकी प्रतिष्ठा कवि रूप में ही है। इन तीनों कवियों ने किस तरह हिंदी की पत्रकारिता को समृद्ध किया और उसे माँजा है, अच्युतानंद मिश्र अपनी पुस्तक में इसका गंभीरता से विवेचन करते हैं। 'दिनमान' ने तो हिंदी को गढ़ने में भी योगदान दिया है। हिंदी के नये शब्दों को गढ़ने में 'दिनमान' आगे रहा।

तीनों संपादकों की वैचारिक दृष्टि में अंतर्विरोध था। अच्युतानंद मिश्र इसकी चर्चा करते हुए कहते हैं कि तीनों पर स्वतंत्रता पूर्व के संपादकों की वैचारिक छाप थी। साहित्य तीनों का पहला आकर्षण था। अच्युतानंद जी लिखते हैं कि तीनों पेशेवर पत्रकार नहीं थे, लेकिन तीनों की पत्रकारिता के मूल्यों के प्रति प्रतिबद्धता कम नहीं थी। तीनों के बीच लोकतंत्र, समाजवाद, व्यवस्था विरोध और हिंदी की अस्मिता निर्विवाद थी। हिंदी पत्रकारिता की भाषा को गढ़ने में तीनों ने अपनी शैली में योगदान किया था। तीनों ने हिंदी के साथ भारतीय भाषाओं को प्रोत्साहित किया था। सबसे बड़ी बात यह है कि तीनों ने अपने-अपने तरीके से अपने पाठकों को गढ़ा भी था।

अच्युतानंद मिश्र अपनी इस पुस्तक में तीनों संपादकों के पत्रकारीय योगदान को अलग-अलग ढंग से अलग-अलग अध्यायों में याद करते हुए इस बात पर अफसोस जताते हैं कि बाद के दिनों में तीनों को पत्रकारिता का मठाधीश बताने की जो प्रक्रिया शुरू हुई, वह गलत थी। सच तो यह है कि बाद की पीढ़ी के पत्रकारों ने खुद को स्थापित करने के लिए बड़ी लकीर खींचने के बजाय दूसरा रास्ता अपनाया। इसलिए इन कृती संपादकों की दृष्टि, उनके अवदान और उनकी महत्ता को नकारने और कमतर दिखाने का प्रयास तेज हुआ। लेकिन उसके लिए नई जरूरत का बहाना गढ़ा गया। नये विषयों और नये दौर के लिए प्रगतिशील सोच को आगे बढ़ाने की कोशिश

हुई। इससे हिंदी पत्रकारिता में उफान तो आया, लेकिन उसकी मूल प्रवृत्ति जैसे खोती चली गयी। इसका असर यह हुआ कि पत्रकारिता की जैसे चमक खोती चली गयी। यह एक तरह से पत्रकारिता से संस्कारों की विदाई की कहानी है। साहित्य संस्कार देता है और लेकिन साहित्यिक अभिरुचि, पृष्ठभूमि और खुद साहित्य ही जब पत्रकारीय परिदृश्य से गायब होता गया तो पत्रकारिता में संस्कार कहाँ बचने थे।

बेशक तब हिंदी अखबारों की प्रसार संख्या लाखों नहीं थी, आज की तरह चौबीसों घंटे वाले टेलीविजन चैनल नहीं थे, इंटरनेट का मायाजाल नहीं था, लेकिन जितनी भी पत्रकारिता थी, वह सुसंस्कारी थी, समृद्ध थी। हिंदी पत्रकारिता की जो समृद्धि दिखती है, उसकी बुनियाद साहित्यिक अभिरुचि वाले पत्रकारों ने रखी थी। उनमें तीन नाम प्रमुखता से लिए जा सकते हैं। अज्ञेय, रघुवीर सहाय और धर्मवीर भारती। अज्ञेय ने भारतीय न्यूयार्क टाइम्स 'दिनमान' निकाला, जिसे सहाय ने आगे बढ़ाया। पिछली सदी के पचास के दशक से लेकर नब्बे के दशक तक मुंबई से प्रकाशित होने वाले 'धर्मयुग' ने हिंदी पाठकों के दिलों पर न सिर्फ राज किया, बल्कि पाठकों को सुरुचि संपन्न भी बनाया। हिंदी पत्रकारिता को नई राह भी दिखाई और साहित्य को भी नई दृष्टि दी।

पत्रकारिता का प्रशिक्षण आज तमाम विश्वविद्यालयों, कॉलेजों और संस्थानों में हो रहा है। पत्रकारिता की कम होती चमक को लेकर बौद्धिक जगत में चिंताएं भी जताई जाती हैं। लेकिन पत्रकारिता को माँजने, उसे भविष्य दृष्टि देने और हिंदी को समृद्ध बनाने वाली हमारी विरासत की चर्चा कम होती है। कई बार तो उसकी ओर ध्यान नहीं दिया जाता है।

जिन तीन साहित्यकारों के पत्रकारीय रूप की इस पुस्तक में चर्चा की गयी है, वे तीनों हिंदी के जाने-माने कवि और साहित्यकार रहे। इनकी पत्रकारिता ने किस तरह हिंदी को समृद्ध किया, इसकी गहन चर्चा पत्रकारिता के अध्येता और माखनलाल चतुर्वेदी राष्ट्रीय पत्रकारिता एवं संचार विश्वविद्यालय के पूर्व कुलपति रहे वरिष्ठ पत्रकार अच्युतानंद मिश्र की इस पुस्तक में दिखती है। पत्रकारिता के विद्यार्थियों, शोधार्थियों, पत्रकारों और पत्रकारिता में अभिरुचि रखने वाले सामान्य जनों के लिए यह पुस्तक बेहद उपयोगी है। इसके जरिए वे हिंदी पत्रकारिता के विकास में साहित्य के अवदान को तो समझ ही सकते हैं, पत्रकारिता की उन्नत धारा को कैसे बचाए रखा जा सकता है, इसका संदेश भी ग्रहण कर सकते हैं।

(लेखक वरिष्ठ पत्रकार एवं स्तंभकार हैं, संप्रति प्रसार भारती में परामर्शदाता हैं।)

पत्रकारिता में साहित्यकारों का योगदान

मनीषचन्द्र शुक्ल

वरेण्य पत्रकार-संपादक पंडित अच्युतानंद मिश्र की नई पुस्तक 'तीन श्रेष्ठ कवियों का हिंदी पत्रकारिता में अवदान—अज्ञेय, रघुवीर सहाय एवं धर्मवीर भारती' राष्ट्रीय पुस्तक न्यास से प्रकाशित हुई है। यह पुस्तक श्री अच्युतानंद मिश्र की कई वर्षों की सतत साधना का फल है। मिश्र जी पत्रकारीय शुचिता के धरातल को अक्षत और पुष्ट करने के लिए सदैव सक्रिय रहे हैं। इस पुस्तक में साहित्य, पत्रकारिता और भाषा पर जिस संवेदनशीलता, गहन-अध्ययन और अंतर्दृष्टि से विवेचन-विश्लेषण किया गया है, वह अपने आपमें अनुकरणीय है। तीनों कवि मूलतः साहित्यकार थे लेकिन पत्रकारिता में आने से पूर्व साहित्य में सक्रिय और मान्य हो चुके थे। अज्ञेय ने 'दिनमान' एवं 'प्रतीक' के माध्यम से, रघुवीर सहाय ने 'नवजीवन', और 'दिनमान' के माध्यम से तथा धर्मवीर भारती ने 'धर्मयुग' और 'संगम' के माध्यम से एक बृहद् पाठक समुदाय को प्रशिक्षित किया। इन पत्रिकाओं में आलोचनात्मक विवेक के साथ साहित्य और राजनीति का मूल्यांकन हुआ करता था। ये अपने समय की बहुत सरोकार वाली पत्रिकाएँ थीं। पुस्तक में 'दिनमान और अज्ञेय' अध्याय में उल्लिखित अज्ञेय द्वारा इंदिरा गांधी और उनकी सरकार की 'हिंदी की राह के रोड़े' शीर्षक से तीखी आलोचना हो या 'सूखे की रपट' अध्याय के अंतर्गत फणीश्वरनाथ रेणु का 1966 में बिहार सूखे के मार्मिक विवरण का सचित्र वर्णन हो, उसका अनुसरण करते हुए देश के अनेक समाचार-पत्रों ने सूखे की विभीषिका को प्रमुखता से छापा था। इसीलिए 'दिनमान' हिंदी का ही नहीं, भारत का विशिष्ट साप्ताहिक समाचार-पत्र बन गया। 'दिनमान' का ध्येय वाक्य था—'राष्ट्र की भाषा में राष्ट्र का आह्वान।' यहाँ 'आह्वान' शब्द 'दिनमान' के चरित्र की सही व्याख्या प्रस्तुत करता है, 'दिनमान' अपने स्तम्भों एवं स्तम्भों में छपे लेखों के माध्यम से संगत भाषा का आह्वान अपने पाठकों, लेखकों, पत्रकारों एवं तमाम बुद्धिजीवियों से करता हुआ

दिखाई देता है। 'दिनमान' के इसी कार्य को आगे रघुवीर सहाय ने बढ़ाया। पुस्तक की प्रस्तावना में अच्युतानंद मिश्र लिखते हैं—"स्वाधीन भारत के पहले और दूसरे दशक के हिंदी साहित्यकारों-पत्रकारों को तराशने का काम इन अग्रणी संपादकों ने किया था। उसमें सबसे पहले नाम आता है सच्चिदानंद हीरानंद वात्स्यायन 'अज्ञेय' जिन्होंने 'तारसप्तक' और 'प्रतीक' के माध्यम से उस दौर के कवियों, लेखकों और पत्रकारों को पहचान दी थी। उनके सहयोगी के रूप में रघुवीर सहाय की प्रतिभा सामने आई थी। रघुवीर सहाय की पत्रकारिता 1947 में लखनऊ के दैनिक 'नवजीवन' के माध्यम से और धर्मवीर भारती की पत्रकारिता 1948 में प्रयाग में 'संगम' के माध्यम से शुरू हो चुकी थी। स्वाधीन भारत के पहले दशक तक स्वाधीनता संग्राम के कई अग्रणी संपादक सेनानी जीवित थे। पंडित बाबूराव विष्णु पराड़कर, पंडित अंबिकाप्रसाद वाजपेयी, पंडित माखनलाल चतुर्वेदी जैसे तेजस्वी संपादकों ने हिंदी पत्रकारिता को नये शब्द, नई भाषा, नये तेवर और नये संस्कार दिये थे। उनका आशीर्वाद इन्हें प्राप्त था। इन्हीं तीन साहित्यकार-संपादकों की कहानी इस पुस्तक में वर्णित है।"

ये तीनों कवि उस समय के संपादक हैं, जब साहित्यकार की भूमिका लोकनायक की होती थी। उस समय के साहित्यकार अपने लेखन के माध्यम से समाज के हर पक्ष पर अपनी बात रखते थे। उनकी बात बहुत चाव से लोगों के द्वारा पढ़ी या सुनी जाती थी। तीनों कवियों ने साहित्य के साथ-साथ पत्रकारिता को भी जीवंत बनाए रखा, साथ ही पत्रकारिता की जनपक्षधरता को भी। पुस्तक में कृष्णबिहारी मिश्र लिखते हैं—"विज्ञप्त तथ्य है कि पत्रकारिता से जब साहित्यकार की भूमिका जुड़ती है, तो पत्रकारिता को विधायक आयाम से सम्पन्न करती है।" यह पुस्तक इन्हीं तीन विशिष्ट कवियों की पत्रकारिता विषयक कृती भूमिका को रेखांकित करती है। हालाँकि साहित्य जगत में इनके इस पत्रकारीय अवदान को देखने का कोई सायास प्रयास नहीं किया गया। यह दुर्भाग्यपूर्ण है। ये कवि हिंदी साहित्य और हिंदी पत्रकारिता दोनों में समादृत रहे हैं। इन्हें साहित्य में भरपूर सम्मान भी मिला। पुस्तक में कृष्णबिहारी मिश्र लिखते हैं—"कैसी विडंबना है इतिहास की कि इस मार्मिक और मूल्यवान बिन्दु के प्रति हिंदी पत्रकारिता के इतिहास लेखक प्रायः उदासीन रहे हैं। हिंदी पत्रकारिता के कर्म-धन्य संपादक पंडित अच्युतानंद मिश्र की विचक्षणता ने इतिहास के इस अनवधानता जनित बिन्दु को लक्ष्य किया और इस मार्मिक बिन्दु को विशेष गुरुता के साथ रेखांकित किया है।"

यह पुस्तक छह अध्यायों में विभक्त है। संवाद और साक्षात्कार पर आधारित अध्याय में वरिष्ठ पत्रकार जवाहरलाल कौल से अच्युतानंद मिश्र की

विस्तृत बातचीत है। यह साक्षात्कार स्वाधीन भारत की हिंदी पत्रकारिता की दिशा तथा 'दिनमान' और 'धर्मयुग' में अज्ञेय, रघुवीर सहाय और धर्मवीर भारती के संपादकीय विवेक को पुष्ट करता है। यह पुस्तक अज्ञेय, रघुवीर सहाय और धर्मवीर भारती की पत्रकारीय दृष्टि, उनकी उपलब्धियों को समझने तथा पत्रकारीय अवदान को नई पीढ़ी तक संप्रेषित करने का सार्थक प्रयास है। तीनों संपादकों में वैचारिक अंतर्विरोध के बावजूद अनेक समानताएँ भी थीं। ये तीनों कवि पेशे से पत्रकार नहीं थे। लेकिन अपने लेखन से पत्रकारीय मूल्यों के एक सजग प्रहरी के रूप में उन्होंने पत्रकारिता को एक नई दिशा दी तथा साहित्यिक विषयों को सामान्य पढ़े-लिखे व्यक्ति तक पहुँचाने का काम पत्रकारिता के माध्यम से करते रहे। इनका मानना है कि यदि पाठकों की चेतना को समृद्ध करना है या उनकी चेतना में सम्पन्नता लाना है, तो पत्रकारिता में साहित्य का होना जरूरी है। इन तीनों कवियों ने 'दिनमान', 'प्रतीक' और 'धर्मयुग' के माध्यम से पत्रकारिता में साहित्य की महत्ता को प्रतिपादित किया। पुस्तक में अच्युतानंद मिश्र लिखते हैं कि—"हिंदी पत्रकारिता की भाषा गढ़ने में तीनों ने अपनी शैली में योगदान दिया था। तीनों ने हिंदी के साथ भारतीय साहित्य और भाषाओं को प्रोत्साहित किया था। वे साहसी और प्रयोगधर्मी थे। भारतीय मनुष्य और मानवीयता उनके साहित्य और पत्रकारिता दोनों के केन्द्र में थी।" अनेक वैचारिक अंतर्विरोधों के बावजूद भारतीय मनुष्य और मानवीयता इनके केन्द्र में थी। तीनों के आपसी संबंध बहुत प्रगाढ़ थे। रिश्तों में निकटता थी। यह पुस्तक इसका प्रमाण है।

'एक सहकर्मी को श्रद्धांजलि' लेख जो 'दिनमान' के अप्रैल 1986 अंक में छपा था, को पढ़कर अज्ञेय और रघुवीर सहाय के रिश्तों की आत्मीयता को बहुत बारीकी से समझा जा सकता है। इसी तरह अज्ञेय भारती परिवार के कितने निकट थे, अज्ञेय के निधन के बाद 'धर्मयुग' के अप्रैल 1987 अंक में 'अज्ञेय और धर्मवीर भारती' शीर्षक से प्रकाशित लेख को पढ़कर समझा जा सकता है। इस पुस्तक में 'अज्ञेय और धर्मवीर भारती' लेख का एक प्रसंग उद्धृत है—"अगस्त 1959 में कोलकाता के किसी साहित्यिक समारोह में अज्ञेय आये थे। सारे शहर में उनकी चर्चा थी। एक दिन दोपहर को मेरे छोटे-से एक कमरे के घर के द्वार की कुंडी खड़की और मैंने चकित होकर देखा—अरे, अज्ञेय जी! सादर भीतर बुलाया, उन्होंने साधारण कुशल-क्षेम पूछी। एक गिलास ठंडा पानी पिया और बोले, 'बहुत अधिक आदर-सत्कार, मान-सम्मान से घबरा गया हूँ। मखमली गुदगुदे गद्दों पर दो दिन से नींद भी ठीक से नहीं आई। सोना चाहता हूँ, मेरे कमरे में एक खूँटी लगी थी। जो झोला बगल में लटकाए आये थे उसे उस पर टाँगा और बोले, 'आशा करता हूँ कि आपको

असुविधा नहीं होगी।' मैंने कहाँ, असुविधा, मेरा तो अपने ऊपर इतराने का मन हो रहा है। ''तो हल्का सा मुस्कुराए और एक साधारण-सी दरी बिछे हुए मेरे तख्त पर ऐसे सोए जैसे मानो कहीं से लंबी कैद से छूटकर निश्चिन्त मन से कोई खुली हवा में साँस ले।'' इस पुस्तक में ऐसे अनेक प्रसंग हैं, जो मानवीय मूल्यों के प्रति भारतीय मानस को सचेत करते हैं। यह पुस्तक बुद्धिजीवियों, लेखकों, पत्रकारों और अनुसंधित्सुओं के लिए एक उपयोगी पुस्तक सिद्ध होगी। इतिहास में जब भी अज्ञेय, रघुवीर सहाय और धर्मवीर भारती के पत्रकारीय अवदान को उल्लिखित किया जाएगा, यह पुस्तक सदैव रेखांकित की जाएगी।

आध्यात्मिक पत्रकारिता के पुरोधा का पत्राचार

रमेश नैयर

अंग्रेजी, हिंदी और अन्य भारतीय भाषाओं में लोकमान्य बाल गंगाधर तिलक, महात्मा गांधी, महर्षि अरविंद, लाला लाजपत राय और उनके समकालीन अनेक स्वतंत्रता संग्रामियों ने स्वाधीनता संघर्ष को अध्यात्म के साथ जोड़ा था। स्वयं नेताजी सुभाषचन्द्र बोस ने भी अपने पत्रकारीय लेखन में महाशक्ति काली का कई बार उल्लेख किया। अविभक्त मध्यप्रदेश में पं. माधवराव सप्रे ने अपने 'छत्तीसगढ़ मित्र' के अलावा अन्य समाचार-पत्रों में भारत के स्वतंत्रता आंदोलन के साथ अधिकाधिक लोगों को जोड़ने के ध्येय से आध्यात्मिक पत्रकारिता का भी प्रयोग किया। यह लगभग सर्वज्ञात तथ्य है कि सप्रे जी ने लोकमान्य तिलक के द्वारा बर्मा की मांडले जेल में लिखे गये 'गीता रहस्य' के अतिरिक्त 'महाभारत मीमांसा', समर्थ गुरु रामदास के 'दासबोध' आदि ग्रंथों का मराठी से हिंदी में अनुवाद करके उनके अंश 'छत्तीसगढ़ मित्र' सहित कुछ पत्रिकाओं में प्रकाशित किये। गांधीजी द्वारा संपादित पत्र-पत्रिकाओं में अध्यात्म-चर्चा के लिए स्थान सुरक्षित रहता था। स्वतंत्रता आंदोलन के निर्णायक दौर में भारत राष्ट्र-राज्य निर्माण के लिए ऋषि संपादक हनुमान प्रसाद पोद्दार ने 'कल्याण' पत्रिका का संपादन-प्रकाशन आरंभ किया। पत्रकारिता की इस विधा में श्रीराम शर्मा आचार्य के युग निर्माण अभियान को गतिशील करने के ध्येय से प्रकाशित पत्रिकाओं का उल्लेख करना आवश्यक हो जाता है। लगभग गत आठ दशकों से प्रकाशित 'अखण्ड ज्योति' पत्रिका का संपादन-प्रकाशन श्रीराम शर्मा आचार्य द्वारा किया गया। आचार्य जी के निधन के उपरांत 'अखण्ड ज्योति' का सारा उत्तरदायित्व दक्षतापूर्वक डॉ. प्रणव पंड्या निभा रहे हैं।

भारत में आध्यात्मिक पत्रकारिता का श्रेष्ठतम प्रतीक है–हनुमान प्रसाद

पोद्दार द्वारा स्थापित पत्रिका 'कल्याण'। श्री हनुमान प्रसाद पोद्दार का व्यक्तित्व कितना विराट् और उनकी पत्रकारिता का कृतित्व कितना विशाल था, उसका एक प्रमाण यशस्वी पत्रकार और विचारक श्री अच्युतानंद मिश्र द्वारा संकलित और संपादित पुस्तक है।

मिश्र जी ने इस दुर्लभ पत्राचार का संकलन अपनी पुस्तक 'पत्रों में समय संस्कृति' में किया है। उनके पत्राचार को प्राप्त करना एक दुष्कर कार्य था। वह इसलिए कि जो भी पत्र श्री हनुमान प्रसाद पोद्दार उपाख्य 'भाईजी' की प्रशंसा में लिखा जाता था, उसे पढ़ कर वे उसे तत्काल अग्नि को समर्पित कर दिया करते थे। उनके विराट् और दिव्य व्यक्तित्व के सम्यक् मूल्यांकन में वे पत्र बहुत सहायक हो सकते थे, जिनका भाई जी निरंतर अग्नि संस्कार करते रहते थे। फिर भी उनके निजी सचिव ने किसी युक्ति से कुछेक पत्र बचाकर रख लिए थे। कुछ ऐसे पत्र भी उपलब्ध हो सके जिनकी कार्बन या टंकित प्रति उन्हें पत्र लिखने वाले महानुभावों ने अपनी फाइल में रख ली थी।

लोकेषणा से नितांत निस्पृह और विस्मयकारी रूप से विनम्र तथा संकोची भाईजी ने आध्यात्मिक पत्रकारिता के प्रति संपूर्ण समर्पण के ध्येय से स्वाधीन भारत का प्रथम 'भारत रत्न' अलंकरण भी स्वीकार करने से इनकार कर दिया था। तत्कालीन गृहमंत्री पं. गोविंद वल्लभ पंत उनके पास भारत के प्रथम अजातशत्रु राष्ट्रपति डॉ. राजेन्द्र प्रसाद का व्यक्तिगत प्रस्ताव लेकर पहुँचे। पंत जी ने संत राजनीतिज्ञ बाबू राजेन्द्र प्रसाद का एक लिखित प्रस्ताव पोद्दार जी के सामने रखा, जिसमें उनसे 'भारत रत्न' अलंकरण को स्वीकार करने का आग्रह किया गया था। भाईजी ने अत्यंत विनम्रता से उस पर सहमति देने से इनकार करते हुए कह दिया था कि जिस कार्य में वे लगे हुए हैं, उससे यह सम्मान उन्हें कहीं कुछ विरत न कर दे। इस प्रसंग की पुष्टि राजेन्द्र बाबू के आत्मज श्री मृत्युंजय प्रसाद द्वारा पोद्दार जी को लिखे एक पत्र की इन पंक्तियों से होती है, "पूज्य पिताजी की यह आंतरिक अभिलाषा थी कि भाईजी को 'भारत रत्न' की उपाधि से विभूषित करके उनके आध्यात्मिक व्यक्तित्व को राजकीय सम्मान प्रदान करने का अवसर मिले, परंतु ऐसे सम्मानों-अभिनंदनों के प्रति भाईजी की घोर उदासीनता के कारण उनकी वह सात्त्विक अभिलाषा पूर्ण नहीं हो पाई। वह अभिलाषा मात्र चर्चा का विषय बनकर रह गयी।" (पृ. 255)

'पत्रों में समय संस्कृति' पुस्तक में प्रसिद्ध लेखक-विचारक डॉ. कृष्ण बिहारी मिश्र की प्रस्तावना से पता चलता है कि "क्रांतिकारी दल और 'अनुशीलन समिति' की विप्लवी चर्चा से सक्रिय रूप से जुड़कर वणिक कुल में जन्मे हनुमान

प्रसाद पोद्दार ने देशभक्ति का प्रमाण दिया था। देशमाता की निष्ठा का पुरस्कार नजरबंदी के रूप में भोगा था। नजरबंदी के काल में उन्हें उस ज्योति के दर्शन हुए थे, जिसका साक्षात्कार श्री अरविंद को लाल बाजार के पुलिस कारागार, अलीपुर जेल की कालकोठरी और अलीपुर कोर्ट में वासुदेव के रूप में हुआ था। उसी क्षण श्री अरविंद और श्री हनुमान प्रसाद पोद्दार के जीवन में उज्ज्वल सोपान की दिशा में दिव्य प्रस्थान जन्मा था। वह अध्यात्मबोध का आलोक-स्पर्श था और उन्होंने सनातन धर्म की राह पकड़ ली थी। 'कल्याण' का प्रकाशन और 'गीता प्रेस' की स्थापना उसी स्पर्श का प्रकट रूप था और उसी स्पर्श ने श्री अरविंद की नियति तय कर दी पुडुचेरी-प्रवास की अध्यात्म-साधना के रूप में।''

अच्युता जी ने अपनी पुस्तक 'पत्रों में समय-संस्कृति' की भूमिका में लिखा है कि भाईजी एक गृहस्थ के धर्म का निर्वाह करते हुए संन्यासी बने रहे। इस तरह रहना कितना दुष्कर होता है, इसका आभास श्रद्धेय स्वामी विवेकानंद द्वारा दी गयी कर्मयोग की व्याख्या की इन पंक्तियों से हो जाता है, ''एक आदर्श संन्यासी होने की अपेक्षा एक आदर्श गृहस्थ होना अधिक कठिन है। यथार्थ कर्ममय जीवन यथार्थ त्यागमय जीवन की तुलना में अधिक कठिन नहीं तो कम-से-कम उसके बराबर कठिन अवश्य है।''

अच्युता जी द्वारा संकलित पत्रों को पढ़ते हुए बीसवीं सदी के साठ-सत्तर वर्षों के समय और संस्कृति से आत्मीय साक्षात्कार होता है। उस दौर के धर्म, अध्यात्म, साहित्य, राजनीति और पत्रकारिता का संक्षिप्त परंतु जीवंत वृत्तांत इस पुस्तक में प्राप्त होता है। महात्मा गांधी के परामर्श पर पोद्दार जी ने 'कल्याण' में कोई भी विज्ञापन प्रकाशित न करने का संकल्प किया और उसे निभाया भी। गांधी जी से वे प्रभावित थे, उनका सम्मान करते थे और उनसे उनका आत्मीय पत्राचार भी था, परंतु एक निष्पक्ष विचारक तथा संपादक होने के नाते उन्होंने बेबाकी से उनके कई वक्तव्यों को नकार देने की अपील कई बार पाठकों से की थी। अच्युता जी ने उनके व्यक्तित्व का मूल्यांकन करते हुए पुस्तक की भूमिका में लिखा, ''भाई जी जितने सहज और सरल थे, उससे कहीं अधिक कर्म कठोर थे। उनके चिंतन में देश प्रेम, धर्मप्रेम और निष्कपट मानव-सेवा का भाव बार-बार प्रकट हुआ है। हिंदू धर्म के अनन्य विद्वान् स्वामी करपात्री जी ने उन्हें भारतीय धर्म, संस्कृति के साथ गाय, गंगा और गीता का संरक्षक बताते हुए कहा था कि हिंदू धर्म और पूरे विश्व में फैला हिंदू जगत् चिरकाल तक भाईजी का ऋणी रहेगा।''

भाईजी की आध्यात्मिक पत्रकारिता में हिंदू धर्म-दर्शन को महत्त्व तो निश्चय ही दिया गया, परंतु सर्वधर्म समभाव उनके संपादन कार्य में सदैव

अंतःसलिला-सा प्रवहमान रहा। ईसाई धर्मशास्त्री रेव. एडविन ग्रीव्ज, सुप्रसिद्ध ब्रिटिश भाषाशास्त्री जॉर्ज ए. ग्रियर्सन, सी.एफ. एंड्रयूज और मुस्लिम विद्वान् डॉ. मुहम्मद हाफिज सईद से उनका पत्राचार होता रहता था। डॉ. मुहम्मद हाफिज सईद इलाहाबाद विश्वविद्यालय में दर्शनशास्त्र के प्रोफेसर थे। डॉ. सईद भारतीय दर्शन, धर्म और संस्कृति के अधिकारी विद्वान् थे। वे गीता के भी अध्येता थे और गीता पर प्रवचन भी दिया करते थे। उनके अनेक लेख सम्मानपूर्वक 'कल्याण' में प्रकाशित हुए। भाईजी के संपादन धर्म में किसी उपासना पद्धति का कोई छोटा-सा भी प्रचार कभी नहीं रहा।

रेव. एड्विन ग्रीव्ज का 2000 शब्दों का आलेख 'ईसाई धर्म में ईश्वर' 'कल्याण' के सातवें वार्षिक विशेषांक में प्रकाशित हुआ। श्रीराम भाईजी के आदर्श थे। उनका एक सर्वमान्य स्वरूप समाज के सामने रखने के लिए उन्होंने स्तुत्य अवदान दिया। रामकथा के विभिन्न पाठों में श्रीराम के व्यक्तित्व को विभिन्न रूपों में व्यक्त किया गया था, इसलिए भाईजी ने रामचरित मानस में पाए गये पाठ भेद के स्थान पर एक सर्वमान्य पाठ निर्धारित करने के लिए नागरी प्रचारणी सभा, काशी के प्रधानमंत्री राजबली पांडेय से आग्रहपूर्वक मानस मर्मज्ञों की एक संयुक्त बैठक आयोजित करने का आग्रह किया। कालांतर में हिंदी भाषी जगत् में गीता प्रेस, गोरखपुर द्वारा प्रकाशित 'रामचरित मानस' ने ही रामायण के सर्वमान्य पाठ की प्रतिष्ठा प्राप्त कर ली।

भाईजी की संपादकीय सजगता इतनी थी कि छोटी-छोटी भूलों को भी वे प्रायः तत्काल पकड़ लेते। उस पर दृढ़ता भी इतनी कि बड़े से बड़े लेखक को उसके चौर्यकर्म के प्रति चेतावनी देने से कभी हिचकिचाए नहीं। पाठकों के पत्रों और प्रतिक्रियाओं को ध्यान से पढ़ते और तदनुसार त्वरित निर्णय लेने को तत्पर रहते। पंडित नारायण दामोदर शास्त्री को सम्मानपूर्ण संबोधन और सादर प्रणाम के साथ कुछ पाठकों के पत्रों का हवाला देते हुए उन्होंने स्पष्टतः लिख दिया, "आपके 'रस-सिद्धांत' शीर्षक लेख पर प्रतिक्रियाएँ हुई हैं। कुछ ऐसे पत्र भी आने लगे हैं जिनको पढ़ने से विदित होता है कि आपका वह लेख मौलिक नहीं है। वह गुजराती के लेखक श्री छोटालाल जीवनलाल जी, संपादक महाकाल लिखित 'दोगिनी कुमारी' नाम की पुस्तक के प्रथम भाग के किसी प्रकरण का अनुवाद है। यदि है तो आपने उसके मूल लेखक का नाम क्यों नहीं दिया और अनुवाद करने से पूर्व उस पुस्तक के अधिकारियों की आज्ञा प्राप्त करने की आवश्यकता क्यों नहीं जान पड़ी।" (पृष्ठ 167-168)

गीता प्रेस से प्रकाशित पुस्तकों में यदि किसी भी व्यक्ति द्वारा कोई अशुद्धि भाईजी के ध्यान में लाई जाती तो तत्काल आश्वस्त करते कि प्रेस में उपलब्ध प्रतियों

में भूल सुधार के पृष्ठ जुड़वा दिये जाएँगे। साथ ही यह विश्वास भी दिला देते कि आगामी संस्करण इन अशुद्धियों से मुक्त रहेंगे। पाठकों पर यदि किसी धार्मिक कथा के किसी अंश का विपरीत प्रभाव पड़ने की आशंका हो तो वे लेखक को सूचित करते कि उसको पुस्तक से हटा देना हितकारी होगा। उदाहरणार्थ श्री इन्द्रनारायण द्विवेदी को उन्होंने लिखा, ''दिति और कश्यप के संवाद को मैं घटाना चाहता हूँ। बात यह है कि गीता प्रेस के ग्राहकों में अधिकतर भक्त, साधु, विधवा माताएँ, बहनें हैं। इतिहास की दृष्टि से सत्य होने पर भी उनके सामने ऐसी कोई भी बात हम नहीं रखना चाहते, जिससे उनके मन में विकार पैदा होने की संभावना हो। कुछ सहृदय सज्जनों ने इस प्रसंग पर आपत्ति भी की है। इसी प्रकार देवर्षि नारद में से पृष्ठ 37-38 का शिवजी का रति प्रसंग निकालने का विचार है। ऐसा प्रसंग कहीं भी न आने दें। पाराशर -सत्य का प्रसंग नहीं आने दीजिए। व्यास जी की उत्पत्ति के संबंध में इतना ही लिखना काफी होगा कि भगवान व्यास पाराशर जी के औरस और सत्यवती के गर्भ से उत्पन्न हुए थे। इस प्रसंग के विस्तार की आवश्यकता नहीं।'' (पृ. 184)

बड़े से बड़े लेखक की कमजोर कृति को विनम्रतापूर्वक लौटा देने से उन्होंने किंचित मात्र संकोच नहीं किया। द्वारका प्रसाद शर्मा (चतुर्वेदी) की छिन्द्रान्वेषी प्रवृत्ति और अनावश्यक दोषारोपण की प्रवृत्ति को भी उन्हें सादर प्रणामोपरांत दर्पण दिखा दिया। दो टूक लिख भी दिया कि, ''जब तक मन का संदेह न दूर हो जाए तब तक पत्र-व्यवहार न होना ही अच्छा रहता है।'' (पृष्ठ 166)

कहाँ क्या प्रकाशित और प्रसारित हो रहा है, इससे भाईजी यथासंभव अवगत रहते। उसका यदि समाज-संस्कृति पर कोई कुप्रभाव पड़ रहा है तो संबंधित अधिकारी को तत्परता से अंकुश लगाने का आग्रह करते। दूरदर्शन पर विदेशी फिल्म 'बुल फाइटिंग' में बीसियों बैलों (सांडों) की भाले मार-मारकर की गयी हत्या के दृश्यों के प्रसारण पर भाईजी ने तत्कालीन सूचना-प्रसारण मंत्री श्री सत्यनारायण सिंह को लिखा, ''आपसे यह विनीत प्रार्थना है कि भारतीय संस्कृति के अनुसार भगवान राम-कृष्ण और महात्मा गांधी के देश में इस प्रकार बैलों की क्रूर हत्या की फिल्म कभी न दिखाई जाए। ऐसी व्यवस्था अवश्य करा दें। भारतीय संस्कृति पर वास्तव में यह अत्याचार है और आप इसे अवश्य मिटा दें।''

श्रद्धेय हनुमान प्रसाद पोद्दार को बीसवीं सदी के तीसरे दशक से उनके संपादन काल के अंत तक हिंदी के प्रत्येक महत्त्वपूर्ण कवि, लेखक, समीक्षक और संपादक पत्र लिखते रहते थे। भाईजी मनोयोग से उनका तत्परतापूर्वक उत्तर दिया करते थे। जयशंकर प्रसाद, सूर्यकांत त्रिपाठी 'निराला' से लेकर डॉ. हरिवंश राय बच्चन और उनके समकालीन यशस्वी साहित्यकार उनसे पत्राचार किया करते।

भाईजी के संपादन तथा लेखन के वे सभी प्रशंसक भी थे। उन सबकी प्रशस्तियों का उल्लेख इस समीक्षात्मक लेख में समाया नहीं जा सकता। फिर भी हिंदी की, प्रतिष्ठित साहित्यिक पत्रिका 'सरस्वती' के संपादक महावीर प्रसाद द्विवेदी द्वारा उन्हें सात सितंबर 1932 को लिखे गये पत्र की इन पंक्तियों को उद्धृत करने के लोभ का संवरण नहीं कर पा रहा हूँ—''सांसारिक यातनाओं की ज्वाला से मुझ झुलसे हुए पर आपने घड़ों का जल क्या, पीयूष की वर्षा कर दी। कल के 'कल्याण' के ईश्वरांक पाठ में आनंद प्राप्त कर रहा हूँ। आज 612 पृष्ठ पर आपका लेख पढ़ा। 614 के पहले कॉलम की पहली 5 सतरें पढ़कर यह कार्ड लिख रहा हूँ। मेरी आँखों से जो आँसू निकले हैं और अब तक निकल रहे हैं, उनका कुछ अंश ऊपर कार्ड पर भी लग गया है। आप धन्य हैं, आपकी योजना धन्य है भगवद्भक्ताय ते नमः। कृतार्थ।''

(जाने-माने पत्रकार, पटकथा लेखक और अनुवादक श्री रमेश नैयर ने अच्युतानंद मिश्र की संपादित पुस्तक 'पत्रों में समय संस्कृति' पर यह टिप्पणी लिखी थी।)

समय संस्कृति के पत्र

अनंत विजय

वरिष्ठ पत्रकार अत्युतानंद मिश्र के संपादन में निकली किताब 'पत्रों में समय संस्कृति' एक जमाने में मशहूर पत्रिका 'कल्याण' के सर्वेसर्वा रहे हनुमान प्रसाद पोद्दार को लिखे पत्रों का संग्रह है। किताब को मैं जैसे-जैसे पलटता चलता था, मेरा अचंभा बढ़ता जाता था। 'कल्याण' पत्रिका को अब की पीढ़ी नहीं जानती है। बचपन में हमारे घर में 'कल्याण' पत्रिका आती थी। मुझे अब भी याद है कि खाकी रैपर में लिपटी 'कल्याण' को डाकिया एक तय तिथि को हमारे घर दे जाता था। उस वक्त मुझे लगता है कि 'कल्याण' हर घर के लिए जरूरी पत्रिका थी। 'कल्याण' को बाद के दिनों में इस तरह से प्रचारित किया गया कि वह धार्मिक पत्रिका है। अच्युतानंद मिश्र के संपादन में निकली इस किताब को पढ़ने के बाद यह भ्रांति दूर होती है। हनुमान प्रसाद पोद्दार जी के पत्रों को पढ़ते हुए यह साफ तौर पर साबित होता है कि उस वक्त 'कल्याण' में समाज के हर क्षेत्र और वर्ग के विद्वान् लिखा करते थे। इस किताब में नंददुलारे वाजपेयी, जयशंकर प्रसाद, प्रेमचंद, महावीर प्रसाद द्विवेदी, मैथिलीशरण गुप्त, सियारामशरण गुप्त, कन्हैयालाल मिश्र, चतुरसेन शास्त्री आदि के तमाम पत्र हैं। तीन मार्च बत्तीस का प्रेमचंद का एक पत्र है, जिसमें वे कहते हैं, ''आपके दो कृपापत्र मिले। काशी से पत्र यहाँ आ गया था। 'हंस' के विषय में आपने जो सम्मति दी है, उससे मेरा उत्साह बढ़ा। मैं 'कल्याण' के ईश्वरांक के लिए अवश्य लिखूंगा। क्या कहें आप काशी गये और मेरा दुर्भाग्य कि मैं लखनऊ में हूँ। भाई महावीर प्रसाद बाहर हैं या भीतर मुझे ज्ञात नहीं। उनकी स्नेह स्मृतियाँ मेरे जीवन की बहुमूल्य वस्तु हैं। वे तो तपस्वी हैं, उन्हें क्या खबर कि 'प्रेम' भी कोई चीज है।'' इसी तरह के कई पत्र हैं, जिनसे उस वक्त के परिदृश्य से परदा हटता है, धुंध भी छंटती है।

इस किताब को पढ़ते हुए जेहन में एक बात बार-बार कौंध रही थी कि

इस वक्त को पकड़ने के लिए पत्र तो नहीं होंगे। इंटरनेट के फैलाव ने पत्रों की लगभग हत्या कर दी है। पत्रों की जगह ईमेल ने ली है। पत्रों की जगह एस.एम. एस. ने ले ली है। पत्रों के बजाय अब फेसबुक पर संवाद होने लगे हैं। तकनीक ने पत्रों को महसूस करने के अहसास से हमें महरूम कर दिया। इस भावनात्मक नुकसान के अलावा एक और नुकसान हुआ है। वह ये कि पत्रों में एक वक्त का इतिहास बनता था। उस वक्त चल रहे विमर्शों और सामाजिक स्थितियों पर प्रामाणिक प्रकाश डाला जा सकता था, लेकिन पत्रों के खत्म होने से साहित्य की एक समृद्ध विधा तो लगभग खत्म हो ही गयी है। इतिहास का एक अहम स्रोत भी खत्म होने के कगार पर है। अब अगर हम महावीर प्रसाद द्विवेदी जी के पत्रों की बात करें या मुक्तिबोध को लिखे पत्रों की बात करें तो यह साफ तौर पर कह सकते हैं कि इन संग्रहों में उस दौर को जिया जा सकता है।

अच्युतानंद मिश्र जी द्वारा संपादित इस किताब में निराला जी का एक पत्र है सत्रह अक्तूबर उन्नीस सौ इकतीस का, जिसमें वे लिखते हैं, "आपका पत्र मिला। मैं कलकत्ता सम्मेलन में जाकर बीमार पड़ गया। पश्चात् घर लौटने पर अनेक गृह प्रबंधों में उलझा रहा। कई बार विचार करने पर भी आपके प्रतिष्ठित पत्र के लिए कुछ नहीं लिख सका। क्या लिखूं, आपके सहृदय सज्जनोचित बरताव के लिए मैं बहुत लज्जित हूँ। आपके आगे के अंकों के लिए कुछ-कुछ अवश्य भेजता रहूँगा। एक प्रबंध कुछ ही दिनों में भेजूंगा।" अब निराला के इन पत्रों या 'कल्याण' में छपे निराला के लेखों का सामने आना शेष है। अगर मेरी स्मृति मेरा साथ दे रही है तो नंदकिशोर नवल द्वारा संपादित निराला रचनावली में न तो ये पत्र हैं और न ही 'कल्याण' में छपी उनकी रचनाएँ। कहने का अर्थ यह है कि पत्रों के माध्यम से हम साहित्येतिहास को भी सही कर सकते हैं।

(लेखक 'दैनिक जागरण' में एसोसिएट एडिटर हैं।)

सजग इतिहासबोध

संजय द्विवेदी

अच्युतानंद मिश्र हिंदी के यशस्वी संपादक और पत्रकार हैं। आजादी के बाद की हिंदी पत्रकारिता के इतिहास को सहेजने, संरक्षित करने और उसके नायकों के योगदान को रेखांकित करने का उनका पुरुषार्थ विरल है। माखनलाल चतुर्वेदी राष्ट्रीय पत्रकारिता एवं संचार विश्वविद्यालय, भोपाल के कुलपति रहते हुए उन्होंने स्वतंत्र भारत की हिंदी पत्रकारिता पर शोधकार्य का बीड़ा उठाया, जिसके चलते अनेक चीजें प्रकाश में आ सकीं। स्वतंत्र भारत की पत्रकारिता पर शोध परियोजना के माध्यम से उन्होंने देश भर के पत्रकारों, संपादकों और शोधकर्ताओं को विश्वविद्यालय से जोड़ा। उनकी शोध परक दृष्टि और कुशल संपादन क्षमता से शोध परियोजना को बहुत लाभ हुआ। इस दौरान अनेक विशिष्ट आयोजनों के माध्यम से देश की श्रेष्ठतम बौद्धिक विभूतियों का विश्वविद्यालय में आगमन हुआ। शोध परियोजना के तहत देश भर में बौद्धिक आयोजन भी हुए। इन गतिविधियों से विश्वविद्यालय अपनी राष्ट्रीय पहचान बनाने में सफल रहा। यह हमारे तत्कालीन कुलपति अच्युतानंद जी के निजी संपर्कों और औदार्य के चलते हो पाया। यह साधारण नहीं है कि इस परियोजना में 80 से अधिक पुस्तकों और मोनोग्राफ का प्रकाशन हुआ। अपने इस कार्य को मिश्र जी "इतिहास संरक्षण का विनम्र प्रयास" कहते हैं।

शोध परियोजना के तहत ही चार खंडों में 'हिंदी के प्रमुख समाचारपत्र और पत्रिकाएँ' पुस्तक अच्युतानंद जी के संपादन में प्रकाशित हुई। इस किताब में अच्युतानंद जी की विलक्षण संपादकीय दृष्टि का परिचय मिलता है। इस किताब के बहाने हम हिंदी पत्रकारिता के उजले इतिहास से परिचित होते हैं। अच्युतानंद मिश्र विलक्षण संपादक हैं। चीजों को देखने और मूल्यांकन करने की उनकी दृष्टि विरल है। अपनी संपादन कला में माहिर संपादक जब आजाद भारत की हिंदी पत्रकारिता के योगदान को रेखांकित करने के लिए आगे आता है तो उसके द्वारा चयनित

प्रतिनिधि पत्रों, पत्रिकाओं का चयन बहुत खास हो जाता है। इसके साथ ही वे ऐसे लेखकों का चुनाव करते हैं जो विषय के साथ न्याय कर सकें।

प्रथम खंड :

पहले खंड में वे 'साप्ताहिक हिंदुस्तान', 'धर्मयुग', 'दिनमान' और 'रविवार' का चयन करते हैं। जाहिर तौर पर ये चार प्रतिनिधि पत्रिकाएँ हमारे तत्कालीन समय का न सिर्फ इतिहास लिखती हैं, बल्कि हिंदी समाज के बौद्धिक विकास में, चेतना के स्तर पर उन्हें समृद्ध करने में इनका बहुत बड़ा योगदान है। हिंदी समाज की निर्मिति में इन पत्रिकाओं का योगदान रेखांकित किया जाना शेष है। आजादी के बाद की पत्रकारिता की ये चार पत्रिकाएँ न सिर्फ मानक बनीं, वरन् अपनी संपादकीय दृष्टि, प्रस्तुति, कलेवर और भाषा के लिए भी याद की जाती हैं। व्यापक प्रसार और हिंदी समाज के मन और चेतना की समझ से निकली ये पत्रिकाएँ पत्रकारिता का उजला इतिहास हैं। ये बताती हैं कि कैसे हिंदी पत्रकारिता ने अपने बौद्धिक तेज और तेवरों से अंग्रेजी पत्रकारिता के समतुल्य आदर प्राप्त किया। इन पत्रिकाओं के यशस्वी संपादकों ने जो योगदान किया, उससे हिंदी पत्रकारिता आज भी प्रेरणा ले रही है।

हिंदी के वरिष्ठ पत्रकार, कभी 'कादम्बिनी' के संपादक मंडल में रहे संत समीर ने अपने विस्तृत लेख में 'साप्ताहिक हिंदुस्तान' के महत्त्वपूर्ण अवदान को रेखांकित किया है। गांधी जयंती, 2 अक्टूबर, 1950 को गांधी अंक के साथ 'साप्ताहिक हिंदुस्तान' की यात्रा का शुभारंभ होता है। राष्ट्रपिता महात्मा गांधी के पुत्र देवदास गांधी इस पत्रिका के प्रकाशन के मूल में थे। उस समय वे हिंदुस्तान समूह के प्रबंध निदेशक थे। वे चाहते थे कि हिंदी में एक ऐसी पत्रिका प्रकाशित हो जो स्पष्ट गांधीवादी नीति, उच्च पारिवारिक आदर्श, मानवीय मूल्यों की स्थापना के साथ शुद्ध, सरल सारगर्भित भाषा में छपे। आजादी के आंदोलन से निकले तपस्वी राजनेताओं की छाया में पत्रकारिता का भी विकास हो रहा था। पत्रकारिता उस समय तक प्रायः राष्ट्र के नवनिर्माण में अपनी भूमिका भी देख रही थी। 'साप्ताहिक हिंदुस्तान' के राष्ट्रीय नवनिर्माण विशेषांकों को इसी दृष्टि से देखा जा सकता है। संत समीर ने बड़ी कुशलता से उस मनोविज्ञान का वर्णन किया है, जो आजादी के बाद की पत्रकारिता का भावभूमि बना। समीर लिखते हैं यह दौर संपादकों की हस्ती का था। प्रकाशन संपादकों के नाम से पहचाने जाते थे। पत्रकारिता बाजार के दबावों सें मुक्त थी और विचार पर केंद्रित थी। साहित्य और पत्रकारिता प्रायः एक मंच पर थे, जाहिर है लेखक संपादकों का यह समय हिंदी पत्रकारिता का साहित्य से भी सेतु बनाए रखता था। जो सिर्फ पत्रकारिता में थे वे साहित्यिक संस्कारों से संयुक्त थे। निश्चय ही भाषा उसमें बहुत खास थी। उसका सही प्रयोग और विकास सबके ध्यान में था। पत्रिका

के प्रथम संपादक मुकुट बिहारी वर्मा रहे, जो संस्थान के हिंदी अखबार दैनिक 'हिंदुस्तान' के भी संपादक थे। बाद में बांकें बिहारी भटनागर को संपादन का दायित्व मिला। वे 1953 से 1666 तक संपादक रहे। फिर कुछ समय गोविंद केजरीवाल ने अस्थायी तौर पर काम देखा और फिर रामांनद दोषी लगभग एक साल संपादक रहे। 'साप्ताहिक हिंदुस्तान' के संपादक के रूप में सबसे लंबा कार्यकाल मनोहर श्याम जोशी का था। उन्होंने इसे विविध प्रयोगों से एक शानदार पत्रिका में बदल दिया। फिर शीला झुनझुनवाला, राजेंद्र अवस्थी और मृणाल पाण्डेय को भी संपादक बनने का अवसर मिला। पत्रिका के बंद होने के समय मृणाल जी इसकी संपादक थीं। 'साप्ताहिक हिंदुस्तान' की समूची यात्रा गांधीवादी विचारों के संवाहक की रही। मनोहर श्याम जोशी का कार्यकाल इसका उत्कर्ष काल रहा, जिसमें उसे बहुत लोकप्रियता मिली। अपने अनेक विशेषांकों से भी पत्रिका खासा चर्चा में रही जिनमें टालस्टाय अंक, अंतरराष्ट्रीय कहानी विशेषांक, फिल्म विशेषांक, विश्व सिनेमा अंक की खासी चर्चा रही। माना जाता है कि 60 से 70 का दशक इस पत्रिका का सर्वश्रेष्ठ समय रहा है और बाद में बाजारवाद और अन्य कारणों से पत्रिका का प्रकाशन बंद हो गया। बताया जाता है कि जोशी जी के संपादन काल में पत्रिका के अंक डेढ़ पौने दो लाख तक छपे और विशेषांक तीन लाख तक, किंतु ऐसी लोकप्रिय पत्रिका का बंद होना हिंदी जगत् की बहुत बड़ी बौद्धिक हानि थी, इसमें दो राय नहीं।

'धर्मयुग' का नाम लेते ही परंपरा और आधुनिकता से जुड़े एक ऐसे प्रकाशन की स्मृति कौंध जाती है, जिसने समय की शिला पर जो लिखा वह अमिट है। अपने यशस्वी संपादक धर्मवीर भारती और उनकी टीम ने जो रचा और जो प्रस्तुत किया, वह अप्रतिम है। आलोच्य पुस्तक में श्री सुधांशु मिश्र ने बहुत गंभीरता के साथ 'धर्मयुग' की यात्रा और भावभूमि का अध्ययन प्रस्तुत किया है। इस यात्रा से गुजरते हुए अद्भुत अनुभूति होती है कि किस तरह एक पत्रिका समाज की आवाज और जरूरत बन जाती है। इस खंड में पत्रिका के इतिहास विकास से लेकर उसके प्रदेय पर बहुत सार्थक चर्चा की गयी है। देश की आजादी के साथ ही हुए इस पत्रिका के प्रकाशन ने हिंदी समाज में क्रांति ला दी। हिंदी के विकास और उसे नये विषयों के साथ संवाद की क्षमता दी। पत्रिका के दिग्गज संपादकों ने हिंदी को सरोकारी पत्रकारिता का अहसास कराया। समाज जीवन के हर पक्ष पर सामग्री का प्रकाशन करते हुए यह एक संपूर्ण पत्रिका की तरह सामने आई। साहित्य और संस्कृति पत्रिका का मूल स्वर रहा। 1960 से 1987 तक इसके संपादक रहे धर्मवीर भारती की साहित्यिक प्रतिभा से सभी परिचित हैं, किंतु संपादक के नाते उन्होंने जो किया वह स्वर्णिम इतिहास है। वे और 'धर्मयुग' पर्याय ही हो गये। बाद में गणेश मंत्री

पत्रिका के संपादक बने। हालांकि संपादक के रूप में प्रारंभ में प्रीतीश नंदी का नाम जाता था। मंत्री जी का नाम कार्यवाहक संपादक के नाते जाता रहा। 1987 के अंत में वे इसके संपादक बने। किंतु बदली हुई परिस्थियों, बाजारवाद और नये समय में बहुत बेहतर करने के बाद भी 'धर्मयुग' साप्ताहिक से पाक्षिक हुआ और उसका आकार भी घटा। 'धर्मयुग' ने पाठकों के साथ-साथ लेखकों का भी एक नया संसार खड़ा किया। अनेक लेखकों को मंच और ख्याति यहाँ से मिली। चार दशकों तक हिंदी समाज पर इस पत्रिका की उपस्थिति बनी रही।

संपादक श्री अच्युतानंद मिश्र ने 'दिनमान' के खंड के अध्ययन का काम दिल्ली के चर्चित पत्रकार श्री उमेश चतुर्वेदी और म.प्र. के पत्रकार श्री सुधांशु मिश्र को सौंपा। जाहिर है हिंदी में वैचारिक पत्रकारिता का ध्वज ऊँचा करने का काम 'दिनमान' ने किया। यशस्वी साहित्यकार सच्चिदानंद हीरानंद वात्स्यायन 'अज्ञेय' की परिकल्पना से बनी यह पत्रिका अपनी खास प्रवृत्तियों के लिए भी पहचानी गयी। अज्ञेय जी ने जो टीम 'दिनमान' के लिए चुनी वह हिंदी पत्रकारिता की आदर्श टीम कही जा सकती है। विविध धाराओं और विशेषताओं के पत्रकार, साहित्यकार, कवि इस टीम का हिस्सा बने, जिनमें रघुवीर सहाय, मनोहर श्याम जोशी, सर्वेश्वर दयाल सक्सेना, श्रीकांत वर्मा, त्रिलोक दीप, जवाहरलाल कौल जैसे हिंदी पत्रकारिता के नायक शामिल थे। 'दिनमान' का ध्येय वाक्य था 'राष्ट्र की भाषा में राष्ट्र का आह्वान'। टाइम्स समूह की मालकिन रमा जैन की कल्पना 'टाइम' जैसी विचार प्रधान पत्रिका निकालने की था। उसी संकल्पना से 'दिनमान' की शुरुआत हुई। हालांकि पत्रिका के 28 फरवरी,1965 के अंक में छपी संपादक की टिप्पणी कहती है–"दिनमान के लिए टाइम नमूना नहीं है। हाँ, समाचार संग्रह के लिए जितना बड़ा संगठन दिनमान कर सकेगा, करेगा।" 'दिनमान' जिंदगी के हर रूप को छूनेवाला बने, अज्ञेय जी ने इसकी कोशिश की। बाद में रघुवीर सहाय इसके संपादक बने। वे 13 साल इसके संपादक रहे। बाद में कन्हैयालाल नंदन, सतीश झा, घनश्याम पंकज भी इसके संपादक रहे। बाद में यह पत्र 'दिनमान टाइम्स' के नाम से निकला और कुछ समय बाद बंद हो गया। 'दिनमान' की आरंभिक टीम में साहित्यकार ज्यादा थे। इसका असर उसके कथ्य और भाषा पर भी दिखता है। वैचारिकता के साथ उदारवादी और मानवीय चेहरा इसकी पहचान बना। पत्रकारों की एक पूरी पीढ़ी के निर्माण का श्रेय इस पत्रिका को जाता है। यह भी कहा जाता है कि दिनमान एक ऐसी पत्रिका बन पाई जो अंग्रेजी पत्रकारिता के बरक्स शान से खड़ी हो पाई।

संपादक श्री अच्युतानंद मिश्र ने अपने समय की महत्त्वपूर्ण पत्रिका 'रविवार' के अध्ययन का काम सुधांशु मिश्र को सौंपा। पुस्तक के अंतिम अध्याय में 'रविवार'

के इतिहास, विकास और योगदान की गंभीर चर्चा की गयी है। पत्रिका के उद्भव और विकास के खंड में बताया गया है कि इसके प्रथम संपादक एम.जे. अकबर बने और पत्रिका का प्रकाशन 28 अगस्त, 1977 को प्रारंभ हुआ। आनंद बाजार पत्रिका समूह की इस पत्रिका ने बहुत कम समय में हिंदी जगत् में अपनी खास जगह बना ली। प्रकाशन के आठ माह बाद सुरेंद्र प्रताप सिंह इसके संपादक बने। वे सात साल संपादक रहे। फिर उदयन शर्मा और विजित कुमार बसु इसके क्रमशः संपादक और कार्यवाहक संपादक बने और अंततः 22 अक्टूबर, 1989 को 'रविवार' का प्रकाशन बंद कर दिया गया। पत्रिका देश में हो रहे राजनीतिक परिर्वतनों की साक्षी बनी और इसका मूल स्वर राजनैतिक ही रहा। तेवरों भरी राजनीतिक रिपोर्ताज इसकी पहचान बनी। इसके साथ ही प्रादेशिक राजनीति, नक्सल संकट, दस्यु समस्या और सांप्रदायिक मुद्दों पर भी इसकी रिपोर्ट सराही गयी। अंतरराष्ट्रीय विषयों के साथ-साथ, राजनीति में योगियों और तांत्रिकों की छाया के बारे में भी काफी कुछ छपा। आपातकाल के बाद की राजनीति और समाज को इस पत्रिका ने बहुत गंभीरता से रेखांकित किया।

द्वितीय खंड :

पुस्तक के द्वितीय खंड में 'आज', 'हिंदुस्तान', 'दैनिक नवज्योति' और 'नवभारत' जैसे चार दैनिक अखबारों की चर्चा की गयी है। ये चार अखबार हिंदी पट्टी के न सिर्फ नामवर अखबार हैं, बल्कि इनमें आजादी के पहले और बाद का भी इतिहास दर्ज है। इस खंड में 'आज' के बारे में डॉ. धीरेंद्रनाथ सिंह, 'हिंदुस्तान' के बारे में संत समीर, 'दैनिक नवज्योति' के बारे में सत्यनारायण जोशी और 'नवभारत' के बारे में मनोज कुमार ने बहुत बेहतर तरीके से शोधपरक सामग्री प्रस्तुत की है। 'आज' के उद्भव और विकास के अध्याय में बताया गया है कि राष्ट्ररत्न श्री शिवप्रसाद गुप्त ने अपनी ब्रिटेन यात्रा के दौरान 'लंदन टाइम्स' का कार्यालय देखा और वैसा ही अखबार भारत से निकालने का संकल्प लिया। यह भारत का एक ऐसा अखबार था जिसके विदेशों में भी प्रतिनिधि थे। 'आज' राष्ट्रीय आंदोलन से जुड़ा हुआ था। इसके यशस्वी संपादक बाबूराव विष्णु पराड़कर हिंदी के उन्नायकों में हैं। उनके संपादकीय नेतृत्व से भाषा का बहुत विकास हुआ, हिंदी आत्मनिर्भर बनी। पराड़कर जी के बाद इसके यशस्वी संपादकों में संपूर्णानंद जी, कमलापति शास्त्री, विद्याभास्कर, कालिका प्रसाद, श्रीकांत ठाकुर विद्यालंकार, रामकृष्ण रघुनाथ खाडिलकर जैसे लोग रहे, जिन पर सारा हिंदी समाज गर्व करता है। यह एक संपूर्ण अखबार था जिसने स्थानीयता, विकास और राष्ट्रीयता का विमर्श साथ में चलाया।

दूसरे चयनित पत्र 'हिंदुस्तान' के बारे में संत समीर ने विस्तार से वर्णन किया है। 12 अप्रैल, 1936 को इस अखबार का प्रकाशन हुआ और जल्दी ही

जनभावनाओं का आईना बन गया। यह पत्र भी राष्ट्रीय विचारों का संवाहक बना और आजादी की लड़ाई में सहयोगी रहा। कांग्रेस की विचारधारा से जुड़ा रहा यह पत्र विचारों की अलख जगाता रहा। इसे अनेक बार प्रतिबंधों का सामना करना पड़ा। इसके आद्य संपादक सत्यदेव विद्यालंकार रहे। आज यह पत्र काफी विस्तार कर उत्तर भारत के बहुत प्रसारित दैनिकों में शामिल हो चुका है। इसके यशस्वी संपादकों में मुकुट बिहारी वर्मा, हरिकृष्ण त्रिवेदी, रतनलाल जोशी, चंदलाल चन्द्राकर, विनोद कुमार मिश्र, हरिनारायण निगम, मृणाल पाण्डेय, आलोक मेहता, अजय उपाध्याय के नाम उल्लेखनीय हैं। इन दिनों श्री शशि शेखर इसके संपादक हैं।

राजस्थान के प्रमुख हिंदी दैनिक 'दैनिक नवज्योति' पर सत्यनारायण जोशी ने अध्ययन प्रस्तुत किया है। 2 अक्टूबर, 1936 को अजमेर से प्रकाशित यह अखबार आज भी राजस्थान में एक प्रमुख उपस्थिति बनाए हुए है। अखबार ने अपने प्रकाशन के साथ ही सामंती शासन और अंग्रेजी सरकार दोनों को चुनौती दी। इस दौरान सरकार ने अपना दमन चक्र भी चलाया। इस तरह जनचेतना फैलाने और सामाजिक सरोकारों के प्रति सजगता के लिए यह पत्र ख्यात रहा है। कांग्रेस समर्थक पत्र होने के कारण इसका स्वतंत्रता आंदोलन से सीधा रिश्ता रहा। आदर्श, नीति और सिद्धांतों पर चलने वाले पत्रों में इसका हमेशा उल्लेख होगा।

इसी क्रम में 'नवभारत' समाचार पत्र का विशेष अध्ययन मनोज कुमार ने प्रस्तुत किया है। रामगोपाल माहेश्वरी इसके संस्थापक संपादक थे। 1938 में नागपुर से प्रारंभ हुआ यह पत्र आज भी महाराष्ट्र, छत्तीसगढ़ और मध्यप्रदेश का प्रमुख अखबार है। अपने समय में इसकी ख्याति एक गांधीवादी विचारों के समाचार पत्र की रही है। कांग्रेस से भी इसका जुड़ाव स्पष्ट ही है। स्वतंत्रता संग्राम में भी इस समाचार पत्र की सकारात्मक भूमिका रही है। पुस्तक में बताया गया है कि पत्र की रीति 'न काहू से दोस्ती न काहू से बैर' वाली रही है। आजादी के बाद इसका काफी विस्तार हुआ, यह पत्र मध्यभारत की आवाज बन गया। 'नवभारत' से अनेक प्रमुख संपादक और पत्रकार जुड़े रहे, जिनके योगदान से यह अखबार शिखर पर पहुँचा। जिनमें कुंजबिहारी पाठक, मायाराम सुरजन, कालिका प्रसाद दीक्षित कुसुमाकर, गंगा पाठक, मधुप पाण्डेय, विष्णु, दाऊलाल साखी, ध्यानसिंह राजा तोमर, विजयदत्त श्रीधर, राजेंद्र नूतन, जगत पाठक, गिरीश मिश्र, श्याम बेताल, गोविंदलाल वोरा, बबनप्रसाद मिश्र, कमल दीक्षित, राकेश पाठक आदि प्रमुख हैं।

तृतीय खंड :

पुस्तक के तीसरे खंड में संपादक श्री अच्युतानंद मिश्र ने 'नवभारत टाइम्स', 'नई दुनिया', 'स्वतंत्र भारत', 'दैनिक जागरण' और 'अमर उजाला' का चयन

किया है। निश्चित तौर पर ये समाचार पत्र हिंदी पट्टी के ऐसे पत्र हैं जिनके बिना हिंदी पत्रकारिता का इतिहास अधूरा रहेगा। इन पांचों समाचार पत्रों के व्यापक प्रसार, विषय सामग्री और श्रेष्ठ संपादकों के नेतृत्व ने इन्हें खास बनाया है।

बेनेट कोलमैन कंपनी के अखबार 'नवभारत टाइम्स' की विकास यात्रा और उसके प्रदेय पर अमरेंद्र कुमार राय ने अध्ययन किया है। पहले यह अखबार 'नवभारत' नाम से निकला और बाद में यह 'नवभारत टाइम्स' बना। इसके प्रथम संपादक सत्यदेव विद्यालंकार थे। बाद के दिनों में सुरेंद्र बालूपुरी, राणा जंगबहादुर सिंह, अक्षय कुमार जैन, सच्चिदानंद हीरानंद वात्स्यान अज्ञेय, आनंद जैन, राजेंद्र माथुर, एसपी सिंह, विद्यानिवास मिश्र, सूर्यकांत बाली, रमेश चन्द्र जैन, मधुसूदन आनंद जैसे दिग्गज संपादकों ने इसे दिशा दी और लोकप्रियता के शिखर तक पहुँचा दिया। विश्लेषण में कहा गया है कि अपने आरंभिक दिनों की तरह यह पत्र अब साहित्य-संस्कृति का वाहक नहीं रहा, बल्कि बाजार की हवाओं ने इसके रुख में बहुत परिवर्तन किया है। अब यह तमाम उत्पादों की तरह एक उत्पाद है।

इंदौर से छपकर राष्ट्रीय ख्याति पाने वाले 'नई दुनिया' के बारे में श्री शिव अनुराग पटैरया ने अपना अध्ययन प्रस्तुत किया है। इस पत्र ने जो प्रतिष्ठा पाई वह आज भी इतिहास है। अपने दिग्गज संपादकों, श्रेष्ठ छाप-छपाई और प्रस्तुति, विषय वस्तु ने इसे राष्ट्रीय अखबारों के समतुल्य खड़ा कर दिया। 5 जून, 1947 को सांध्य अखबार के तौर पर निकले इस अखबार के प्रधान संपादक थे कृष्णकांत व्यास और प्रकाशक थे कृष्णचन्द्र मुद्गल। मुद्गल के हटने के बाद बाबू लाभचंद छजलानी के हाथ में इसकी कमान आई, साथ में नरेंद्र तिवारी और बसंतीलाल सेठिया भी जुड़ गये। इसके बाद से अखबार ने पीछे मुड़कर नहीं देखा। राहुल बारपुते, विष्णु चिंचालकर और रणवीर सक्सेना की त्रिमूर्ति ने अखबार का चेहरा बदलकर रख दिया। आधुनिक तकनीक, पाठकों से जीवंत रिश्ता, संपादकीय सामग्री की उत्कृष्टता तीन कारणों ने अखबार को शिखर पहुँचा दिया। इस अखबार के संपादकों में राहुल बारपुते, अभय छजलानी, राजेंद्र माथुर ने इसे विविध प्रयोगों से राष्ट्रीय ख्याति दिलाई।

कभी उत्तर प्रदेश के लोकप्रिय दैनिक रहे 'स्वतंत्र भारत' के बारे में रजनीकांत वशिष्ठ ने अध्ययन प्रस्तुत किया है। इसमें अखबार के उत्कर्ष से अवसान तक की गाथा को उन्होंने बहुत अच्छे से पिरोया है। अशोक जी जैसे दिग्गज संपादकों ने इस अखबार को संवारा और इसने लंबी यात्रा तय की। जयपुरिया से थापर और बाद में अनेक मालिकों के हाथों से गुजरते हुए यह अखबार अब बहुत दुर्बल अवस्था में है। राजनाथ सिंह, घनश्याम पंकज, ज्ञानेंद्र शर्मा जैसे दिग्गज इसके संपादक रहे।

उत्तर प्रदेश के कानपुर शहर से 21 सितंबर, 1947 को प्रकाशित हुए

'दैनिक जागरण' की प्रगति यात्रा विस्म्यकारी और निरंतर है। पुस्तक में इसका अध्ययन बच्चन सिंह ने प्रस्तुत किया है। यह समूह अपनी निर्भीकता, जनपक्षधरता और स्थानीय खबरों को महत्त्व देकर आगे बढ़ा। विस्तारवादी सोच ने इसे हिंदी का सबसे प्रसारित अखबार भी बना दिया है। यह सही मायने में एक संपूर्ण अखबार है, जिसने अपने पाठकों को हमेशा केंद्र में रखा है। रंगीन साप्ताहिक परिशिष्टों और तकनीकी के नये प्रयोगों से एक सुदर्शन अखबार की प्रस्तुति कैसी होनी चाहिए, प्रबंधन का ध्यान सदैव इस ओर रहा है। राष्ट्रीय विचारों और भारतीयता के प्रति समर्पित यह समाचार उत्तरभारत के पाठकों में बहुत लोकप्रिय है। अपने वैचारिक पृष्ठों और आग्रहों के लिए भी यह चर्चित रहा है।

'अमर उजाला', अपनी खास तरह की पत्रकारिता और संपादकीय परंपरा को उन्नत करने वाले समाचार पत्रों में एक है। इसका अध्ययन अभय प्रताप ने किया है। 'अमर उजाला' ने अपने प्रकाशन के साथ ही अपनी आचार संहिता प्रस्तुत की और अपने मानक तय किये। यह किसी भी प्रकाशन के लिए बहुत महत्त्वपूर्ण है। 'अमर उजाला' ने अपना व्यापक विस्तार किया है और हिंदी के अग्रणी प्रकाशनों में शामिल है। एक व्यावसायिक पत्र होते भी 'अमर उजाला' कुछ मूल्यों के साथ जुड़ा हुआ है। क्षेत्रीय पत्रकारिता का अग्रणी होने के साथ 'अमर उजाला' को क्षेत्रीय पत्रकारिता के मूल्य विकसित करने चाहिए, ऐसा सुझाव भी अध्ययनकर्ता ने दिया है।

चतुर्थ खंड :

पुस्तक के चौथे खंड में 'राजस्थान पत्रिका' पर अचला मिश्र, 'युगधर्म' पर अंजनी कुमार झा, 'दैनिक भास्कर' पर सोमदत्त शास्त्री, 'देशबंधु' पर डॉ. देवेशदत्त मिश्र, 'स्वदेश' पर रामभुवन सिंह कुशवाह और 'प्रभात खबर' पर जेब अख्तर की टिप्पणी है। इस खंड में शामिल अखबारों का प्रभाव प्रमुख क्षेत्र मध्यप्रदेश, छत्तीसगढ़, राजस्थान और झारखंड रहा है। इन अखबारों ने पत्रकारिता की जो उजली परंपराएं स्थापित कीं उसने इन्हें राष्ट्रीय ख्याति दिलाई है। 'स्वदेश' और 'युगधर्म' तो राष्ट्रीय भावधारा के पोषक पत्र रहे। बहुत प्रसार न होने के बाद भी इनकी बात गंभीरता से सुनी जाती थी। इन समाचार पत्रों को असहमति के पक्ष की तरह भी देखा जाना चाहिए। तो वहीं 'दैनिक भास्कर', 'राजस्थान पत्रिका' और 'प्रभात खबर' ने अपने व्यापक प्रसार क्षेत्र से हिंदी पत्रकारिता का गौरव बढ़ाया। इस खंड में चयनित अखबार संपादक के व्यापक दृष्टिकोण के परिचायक हैं, किस तरह हिंदी क्षेत्र के सामान्य अखबारों ने भी निरंतर चलते हुए अपना न सिर्फ सामाजिक आधार बढ़ाया, बल्कि देश के एक बड़े भौगोलिक क्षेत्र को भी संबोधित कर रहे हैं। पुस्तक के चारों खंड आजादी के बाद हिंदी पट्टी में चली पत्रकारिता का विहंगावलोकन प्रस्तुत करते हैं।

इन्हें पढ़ते हुए हमें न सिर्फ एक पूरी यात्रा समझ में आती है, बल्कि हिंदी पत्रकारिता का आत्मसंघर्ष, संपादकों और प्रकाशकों की जिजीविषा भी दिखती है। इनमें ज्यादातर प्रकाशन बहुत सामान्य स्थितियों से प्रारंभ होकर बहुत बड़े प्रकाशन बने। टाइम्स और हिंदुस्तान टाइम्स समूहों के अखबारों और पत्रिकाओं की बात छोड़ दें तो ज्यादातर प्रकाशन सामान्य मध्यवर्गीय पत्रकारों या परिवारों द्वारा प्रारंभ किये गये, जिनके पास बहुत पूँजी लगाने को नहीं थी। बावजूद इसके उनका विस्तार हमें प्रेरित करता है। 'राजस्थान पत्रिका' के संपादक-प्रकाशक कुलिश जी तो एक पत्रकार थे और आज यह समूह देश का गौरव है। अहिंदीभाषी इलाकों से भी अपने संस्करण प्रकाशित कर हिंदी सेवा में लगा है।

'हिंदी के प्रमुख समाचारपत्र और पत्रिकाएँ' का संपादन कर श्री अच्युतानंद मिश्र ने इतिहास के संरक्षण का काम तो किया ही है, वे इस बहाने हिंदीभाषी समाज में गौरवबोध भी भरते नजर आते हैं। अखबारों और पत्रिकाओं का चयन भी उन्होंने इस तरह से किया है, जिससे समूची हिंदी पट्टी का पत्रकारीय स्वर और व्यक्तित्व सामने आता है। चारों खंडों का पाठ हमें हमारी जातीय स्मृति का बोध तो कराता ही है, भाषा के विकास में पत्रकारिता के योगदान को भी रेखांकित करता है। एक ओर जहाँ ऐसे पत्र हैं जिन्होंने विचार को आगे रखकर अपनी यात्रा की तो वहीं ऐसे पत्र भी हैं। जिन्होंने आक्रामक विपणन और मार्केटिंग रणनीतियों से हिंदी का बाजार व्यापक किया। हिंदी की संभावनाओं को बहुज्ञात कराया। हिंदी सिर्फ विचार, साहित्य, सूचना के बजाय बाजार में भी इसके चलते स्थापित होती नजर आई। पाठकीय रुचियों और पाठकों के मन का अखबार बनाने के तौर तरीके भी इस अध्ययन से सामने आते हैं। इनमें 'दैनिक जागरण', 'अमर उजाला', 'दैनिक भास्कर', 'हिंदुस्तान' ऐसे पत्र हैं जो आज देश के प्रथम दस अखबारों की सूची में जगह बनाते हैं। जाहिर तौर पर यह अध्ययन हिंदी के आत्मविश्वास, हिंदी के आत्मसंघर्ष और उससे उपजी सफलताओं का दस्तावेज है। इसके लिए संपादक की विलक्षण दृष्टि, संतुलित चयन और अध्ययनकर्ता लेखकों का श्रम स्तुत्य है।

(लेखक भारतीय जनसंचार संस्थान के पूर्व महानिदेशक एवं माखनलाल चतुर्वेदी राष्ट्रीय पत्रकारिता एवं संचार विश्वविद्यालय, भोपाल में प्रोफेसर हैं।)

भारतबोध के अन्वेषी शब्द साधक

राकेश मिश्र

पत्रकार अच्युतानंद मिश्र की पहचान जुझारू संपादक, लेखक और सामाजिक कार्यकर्ता की रही है। लगभग तीन दशकों तक हिंदी के प्रतिष्ठित दैनिक समाचार पत्रों में लेखन और संपादन करते हुए वे माखनलाल चतुर्वेदी पत्रकारिता एवं संचार विश्वविद्यालय, भोपाल के कुलपति रहे और विभिन्न सामयिक, सामाजिक और अंतरराष्ट्रीय मुद्दों पर लिखते हुए उन्होंने खासी ख्याति अर्जित की। 'कुछ सपने कुछ संस्मरण' अच्युतानंद मिश्र की सद्यः प्रकाशित कृति है, जिसमें उन्होंने विभिन्न विषयों पर अपने विचार व्यक्त किये हैं। यह आलेख पिछले कई दशकों के दौरान सृजित हुए हैं, इसलिए इन आलेखों में लेखक के क्रमशः विकसित हो रहे मस्तिष्क और विचारों का सुरुचिपूर्ण स्वरूप मिलता है। इसमें समकालीन इतिहास, बदलती राजनीतिक परिस्थितियों, युवाओं की परिवर्तित सोच और प्राचीन संस्कृति की झलक भी दिखाई देती है। इस किताब में भारत की स्वाधीनता के पूर्व और उसके पश्चात् के मूर्धन्य संपादकों का मूल्यांकन उनकी पत्रकारिता दृष्टि और उनके योगदान की झलक भी दिखाई देती है। पुस्तक छह अध्यायों में विभक्त है। लेकिन इस विभाजन के बावजूद मनुष्य के सामने की चुनौतियां उसके ज्ञान और मेधा, उसका संघर्ष और साधना और मनुष्यता को प्राप्त सामाजिक स्वीकृति की झलक इस पुस्तक में केंद्रीय तत्त्व के रूप में उभरती है।

अच्युतानंद मिश्र का अपना एक भारतबोध है और उनकी समस्त चिंताएं इसी भारतबोध से उपजी चिंताएं है। वे संविधान की प्रस्तावना में वर्णित 'इंडिया दैट इज भारत' की अवधारणा से इत्तेफाक नहीं रखते और उसके स्थान पर 'भारत दैट इज इंडिया' की प्रस्तावना करते हैं। उनकी दृष्टि में इंडिया एक औपनिवेशिक सोच को व्यक्त करने वाला शब्द है, उसके बरक्स भारत वास्तविक अर्थों में एक परंपरा संवाहक पद है। वह समझते हैं कि इस 'इंडिया' और 'भारत' के विभाजन ने देश

को स्पष्ट तौर पर दो और समान हिस्सों में बांट दिया और आजादी के बाद निरंतर भारत की शर्त पर इंडिया की अभिवृद्धि हुई है, लेकिन अपने इस भारत को खोजने या उसे स्थापित करने के लिए अच्युतानंद जी सुदूर अतीत की यात्रा नहीं करते हुए प्रथम स्वतंत्रता संग्राम मतलब 1857 को भारत का प्रस्थान बिंदु मानते हैं और इस बात को स्पष्ट करते हैं कि औपनिवेशिक शासन से पहले भारत की सामाजिक राजनीतिक और आर्थिक परिस्थितियां विश्व में किसी भी औपनिवेशिक देश की इन परिस्थितियों से कहीं ज्यादा बेहतर थीं। औपनिवेशिक शासन ने जिस तरह भारत के शोषण की शुरुआत की और उसकी ध्वंसात्मक प्रवृत्ति ने भारत की पुरानी सामाजिक व्यवस्थाओं को निर्ममतापूर्वक नष्ट किया और अंग्रेजी शिक्षा परस्त बौद्धिक वर्ग ने जिस तरीके से उसका गुणगान शुरू किया उससे एक नये 'इंडिया' का जन्म हुआ, जिसने लगातार 'भारत' को हीनता की ग्रंथि से भरना शुरू किया।

1857 की क्रांति को अच्युतानंद जी भारतीय अस्मिता और एकता की चरम अभिव्यक्ति के तौर पर देखते हैं। वह विंसेंट स्मिथ के हवाले से इस बात को रेखांकित करते हैं कि भारत में प्रारंभ से ही एक गहरी बुनियादी एकता रही है, जो भौगोलिक अलगाव या राजनीतिक अधिराज्य से उत्पन्न स्थितियों से अधिक शक्तिशाली है। यह एकता खून, रंग, भाषा, पोशाक, तौर-तरीकों, संप्रदाय जैसी असंख्य विभिन्नताओं से परे है। अंग्रेजों ने दरअसल भारत की इसी बुनियादी एकता पर हमला किया था। 1857 के विद्रोह के बाद जिस तरीके से ब्रिटिश राज ने 'फूट डालो राज करो' की नीति कायम की, जिसका परिणाम बाद में विभाजन के रूप में सामने आया, अच्युतानंद की नजर में यह भारत के लिए एक दीर्घकालिक विनाशकारी अनुभव साबित हुआ। इसने न केवल भारत के इतिहास और भूगोल को विकृत किया, बल्कि भारतीय राष्ट्र की अखंडता, एकात्मकता, निरंतरता और सांस्कृतिक विरासत को भी बांट दिया। वे खंडित चेतना के बावजूद नये भारत की संकल्पना के बनने के प्रति सजग और सचेत दिखाई देते हैं और इन्हीं संदर्भों में भारत की चुनौतियों की चर्चा करते हैं। दरअसल इस पुस्तक के लगभग सभी निबंध अच्युतानंद मिश्र के इसी भारतबोध से उपजी चिंताओं के विविध स्वरूप हैं।

'भारतीय पत्रकारिता और संपादक के प्रतिमान' नाम से इस पुस्तक में एक स्वतंत्र खंड है जो अच्युतानंद मिश्र की पत्रकारिता दृष्टि का परिचय देता है। आजादी से पहले की पत्रकारिता पर बात करते हुए अच्युतानंद जी, अरविंद और उनके 'वंदेमातरम्' की चर्चा करते हैं। बंकिम चन्द्र चटर्जी के प्रसिद्ध गीत 'वंदेमातरम्' को जिस तरह से भारतीय स्वतंत्रता संग्राम में एक महत्त्वपूर्ण नारे के तौर पर जगह मिली और जैसे उसने समस्त भारतीय जनमानस को राष्ट्रवाद और राष्ट्रप्रेम के रंग में रंग

दिया था। अच्युतानंद जी इस शब्द की जादुई ताकत को और उसकी अर्थवत्ता को सही संदर्भों में पहचानने की कोशिश करते हैं। वे अरविंद की देशभक्ति की चर्चा करते हुए 'वंदेमातरम्' को अपने पत्र का नाम देना एक सहज प्रक्रिया का हिस्सा समझते हैं। महर्षि अरविंद ने अपने राजनीतिक जीवन में जिस तरीके से एक प्रबल और अपरिमित क्रांति के संवाहक की भूमिका निभाई और यह घोषित किया कि ईश्वर की सच्ची सेवा निरुत्साही सेवकों के द्वारा नहीं की जा सकती और उस समय के युवाओं के सामने समझौतावादी स्थिति से अलग एक क्रांतिकारी रास्ते की रूपरेखा रखी। अच्युतानंद जी स्वतंत्रता पूर्व की पत्रकारिता के इस आदर्श को भारत की पत्रकारिता का एक प्रस्थान बिंदु मानते हैं। इसी कड़ी में वह पराड़कर जी की पत्रकारिता को भी याद करते हैं, पराड़कर जी द्वारा पत्रकारिता के बहाने आजाद भारत में भारतीयों के मस्तिष्क को झकझोरने वाली देशभक्त पत्रकारिता का जिक्र करते हुए उस स्वर्णिम अतीत को याद करते हैं, जो पत्रकारिता के मापदंडों में लोकमान्य तिलक और बाद में गांधी जी को अपना आदर्श मानते थे।

बाबू रामानंद चटर्जी, बाबू चिंतामणि घोष, बाबू शिव प्रसाद गुप्त जैसे महान प्रकाशकों की दृष्टि से गुजरते हुए उन तमाम संपादकों अंबिका प्रसाद वाजपेयी, अमृतलाल चक्रवर्ती, बालमुकुंद गुप्त, लक्ष्मण नारायण गर्दे, बाबूराव विष्णु पराड़कर, आचार्य शिवपूजन सहाय, रामवृक्ष बेनीपुरी और बनारसी दास चतुर्वेदी जैसे मूर्धन्य संपादकों के योगदान को वे भारतीय पत्रकारिता खासकर हिंदी पत्रकारिता का एक महत्त्वपूर्ण युग स्वीकार करते हैं। वह पत्रकारिता के इसी स्वर्णिम युग के बरक्स समकालीन पत्रकारिता को देखने की कोशिश करते हैं और एक गहरी हताशा से भर उठते हैं। इस संदर्भ में पराड़कर जी के उस प्रसिद्ध कथन को याद करते हैं, जो उन्होंने भविष्य की पत्रकारिता के संदर्भ में व्यक्त किये थे—"पत्र निकालकर सफलतापूर्वक चलाना बड़े-बड़े धनिकों अथवा सुसंगठित कंपनियों के लिए ही संभव होगा। पत्र सर्वांग सुंदर होंगे, आकार बड़े होंगे, छपाई अच्छी होगी। मनोहर, मनोरंजन और ज्ञानवर्धक चित्रों से सुसज्जित होंगे, लेखों में विविधता होगी, कल्पनात्मकता होगी, गंभीर गवेषणा की झलक होगी और मनोहारिणी शक्ति भी होगी। ग्राहकों की संख्या लाखों में गिनी जाएगी, यह सब कुछ होगा पर पत्र प्राणहीन होंगे, पत्रों की नीति देशभक्ति, धर्म भक्ति तथा मानवता के उपासक महाप्राण संपादकों की नीति न होगी। इन गुणों से संपन्न लेखक विकृत मस्तिष्क के समझे जाएंगे। संपादक की कुर्सी तक उनकी पहुंच भी न होगी। वेतन भोगी संपादक मलिक का काम करेंगे और बड़ी खूबी के साथ करेंगे पर आज भी हमें जो स्वतंत्रता प्राप्त है वह उन्हें नहीं होगी।" परंतु इस नैराश्यपूर्ण स्थिति में भी वह कुछ आशाओं के दीप ढूंढ़ लेते हैं। सच्चिदानंद

हीरानंद वात्स्यायन 'अज्ञेय', पंडित विद्यानिवास मिश्र, प्रभाष जोशी आदि की पत्रकारिता को वह इसी आशा भरी नजर से देखते हैं।

अच्युतानंद जी वर्तमान पत्रकारिता की गिरावट को इसके मूल संदर्भों में समझने की कोशिश करते हैं। वे पत्रकारिता की शिक्षा में आये गतिरोध को इसका एक मूल कारण भी मानते हैं। उनकी नजर में भारत में पत्रकारिता की शिक्षा के प्रति सरकार की उदासीनता निजी संस्थाओं के हितों को बढ़ावा देने वाली है। अपने निबंध 'पत्रकारिता की शिक्षा, बाजार और सरोकारों के बीच' इस प्रश्न पर विस्तार से विचार करते हुए इस निष्कर्ष पर पहुंचते हैं कि यह सिर्फ वरिष्ठ पत्रकारों की मेहनत और उनके अवदान के सहारे हिंदी पत्रकारिता का वर्तमान परिदृश्य नहीं संभल सकता उसके लिए एक निश्चित प्रशिक्षण की आवश्यकता है, जिसमें सरकारी संरक्षण भी जरूरी है।

अपनी इस किताब में अच्युतानंद जी ने कई महान विभूतियों को भी याद किया है। इस क्रम में आचार्य हजारी प्रसाद द्विवेदी पर लिखा उनका लेख 'आचार्य हजारी प्रसाद द्विवेदी का लोक और लोक दृष्टि' महत्त्वपूर्ण है। अपने इस दीर्घ निबंध में अच्युतानंद जी हजारी प्रसाद द्विवेदी की लोक दृष्टि की सूक्ष्म पड़ताल करते हैं। यहाँ वे परिवेश को ज्यादा महत्त्वपूर्ण मानते हुए आचार्य हजारी प्रसाद द्विवेदी की बनक में काशी की पांडित्य परंपरा और शांतिनिकेतन के भद्र लोक की परंपरा का सम्मिश्रण देखते हैं। वे आचार्य द्विवेदी की मानसिक बनावट में काशी से विछोह की पीड़ा और वहाँ लौट आने की तड़प को एक महत्त्वपूर्ण सूत्र के रूप में उद्घाटित करते हैं। उनका मानना है कि आचार्य द्विवेदी की संपूर्ण बनावट में काशी की पांडित्य परंपरा, काशी की मस्ती, काशी का उन्मुक्त वातावरण प्रमुख तत्त्व के रूप में है लेकिन उनकी बौद्धिक निर्मिति में जो शांतिनिकेतन का योगदान है, उसको भी वह इस संदर्भ में अपने व्यक्तित्व का अंग मानते हैं। इस तरीके से आचार्य हजारी प्रसाद द्विवेदी की जो लोक की दृष्टि बनती है, वह व्यापक सामाजिक सरोकारों को समेटे हुए है। अच्युतानंद जी हजारी प्रसाद द्विवेदी के तमाम निबंधों से उदाहरण देते हुए इस बात को स्पष्ट करते हैं कि 'सामाजिक मान्यता' का सवाल हजारी प्रसाद द्विवेदी के लिए सर्वाधिक बड़ा सवाल था। वे लोक को उसी अर्थ में स्वीकार करते थे जो वास्तविक है, जो निर्धन है, जो सामान्य है, जो आम है, उसी से समाज बनता है और उसी के अपने निकष पर कोई व्यक्तित्व खड़ा होता है। वह आचार्य हजारी प्रसाद द्विवेदी के शब्दों का ही सहारा लेते हुए इस बात को स्थापित करते हैं कि रूप व्यक्ति सम्मत हो सकता है, लेकिन नाम तो समाज सम्मत ही होता है। इस दृष्टि से आचार्य हजारी प्रसाद द्विवेदी के व्यक्तित्व और उनके पूरे 'लोक' की व्याप्ति का मूल्यांकन बहुत कम

निबंधों में हुआ है।

अच्युतानंद जी के पूरे लेखन में लगभग अपनी परंपरा के प्रति मोह है। वे अपने व्यक्तित्व के निर्माण में उन तमाम लोगों का उद्गम स्वीकार करते हैं, जिन्होंने पत्रकारिता के क्षेत्र में अपने निजी परिश्रम से, निजी अध्यवसाय से और निजी कौशल से, अनवरत निष्ठा से पूरे भारत की पत्रकारिता के परिदृश्य का निर्माण किया है। वे जिन संपादकों से मिले, जिनके साथ उन्होंने काम किया, उनको तो याद करते ही हैं, लेकिन जिनसे उनका मिलना नहीं हुआ लेकिन भारतीय पत्रकारिता को निर्मित करने में जिनका योगदान अतुल्य है, अच्युतानंद जी उन सबके अवदान को भी अत्यंत विनम्रता के साथ स्वीकार करते हैं और अपनी निर्मिति में उनके महत्त्व को स्वीकारते हैं।

जैसे हजारी प्रसाद द्विवेदी को समझने के लिए 'लोक' या 'पुनर्नवा' एक कुंजी है, वैसे ही अच्युतानंद मिश्र के मानस को समझने के लिए 'भारतबोध' एक कुंजी साबित हो सकती है। पूरी किताब में इसी भारतबोध को समझने की छटपटाहट है। वे इंडिया और भारत के बीच की बढ़ती खाई को लेकर परेशान हैं। वे पत्रकारिता में आये क्षरण को लेकर चिंतित हैं। वे राष्ट्रीय सामाजिक मुद्दों में लगातार जिस तरह की गिरावट आ रही है, उसको लेकर चिंतित हैं और इन सब के बीच से वे कहीं-न-कहीं उस दिशा को तलाशने की जिद किये बैठे हैं, जो उन्हें असली भारत के दर्शन करा सके, जिसमें वह भारत जो शताब्दियों से चला आ रहा है और वह बोध जिसमें यह देश सांस लेता है, यह देश अपना आकार ग्रहण करता है और इस देश के लोग इस देश को लेकर अपना स्वप्न संजोते हैं। अच्युतानंद जी लगभग उन्हीं लोगों के साथ खड़े दिखते हैं।

(लेखक जाने-माने कथाकार हैं। संप्रति म.गां.अं.हिं. विश्वविद्यालय, वर्धा के गांधी एवं शांति अध्ययन विभाग के अध्यक्ष हैं।)

एक संपादक के कुछ सपने, कुछ संस्मरण

नंदिनी सिन्हा[1] सुधीर कुमार[2]

प्रभात प्रकाशन, दिल्ली से सद्यः प्रकाशित 'कुछ सपने, कुछ संस्मरण' पुस्तक अच्युतानंद मिश्र के पिछले दशकों में लिखे गये व्यक्तिव्यंजक निबंधों, आलेखों और व्याख्यानों का मूल्यवान संकलन है। पुस्तक साहित्य और पत्रकारिता के सहकार संबंधों का आईना है तो इसमें एक साथ समकालीन इतिहास, बदलती राजनीतिक परिस्थितियाँ, युवाओं की परिवर्तित सोच और पुरानी संस्कृति की झलक देखने को मिलती है। पुस्तक में हिंदी समेत भारतीय भाषाओं और मातृभाषाओं के संकटों पर विचार किया गया है तो भारत की स्वाधीनता के पूर्व और उसके पश्चात् के यशस्वी संपादकों के अवदान का मूल्यांकन भी। आज की पत्रकारिता जो 'मीडिया' बनकर और व्यावसायिक होकर संचार क्रांति और नकली मेधा 'आर्टिफिशियल इंटेलिजेंस' से निर्देशित होने जा रही है, उस पर भी लेखक ने सुचिंतित ढंग से दृष्टिपात किया है।

छह खंडों में विभाजित पुस्तक में मनुष्यों के सामने चुनौतियाँ, उनके ज्ञान और मेधा, उनका संघर्ष और साधना और उनको प्राप्त सामाजिक सम्मान की झलक से नई पीढ़ी को परिचित कराया गया है। स्वाधीनता संग्राम सेनानी अरविंद घोष और उनका 'वंदेमातरम्' समाचारपत्र, वरिष्ठ संपादक बाबूराव विष्णु पुराड़कर, आचार्य नंददुलारे वाजपेयी, डॉ. राम मनोहर लोहिया, माखनलाल चतुर्वेदी, आचार्य शिवपूजन सहाय, राष्ट्रकवि मैथिलीशरण गुप्त, आचार्य हजारी प्रसाद द्विवेदी, विद्यानिवास मिश्र जैसे विद्वानों के अवदान का भी मूल्यांकन है। आज के साहित्य, आज की पत्रकारिता के भविष्य पर भी चर्चा है। लेखक ने राष्ट्रीय शिक्षा, उच्चशिक्षा, नई शिक्षा नीति पर विचार किया है तो भारतीय संस्कृति में जीवन मूल्यों के साथ राजनीति की निकटता, लोकतंत्र की पुनःप्रतिष्ठा, समाचार में तथ्यों की पवित्रता के मानदंड पर भी दृष्टिपात किया है। लेखक ने 'भारत' होने के नैतिक और सांस्कृतिक पक्ष पर भी प्रकाश डाला है।

अच्युतानंद मिश्र ने पुस्तक के पहले खंड भारतीय अस्मिता और हिंदी के

अंतर्गत भारतीय भाषा दिवस, हिंदी-अस्मिता-अपमान और आशावाद, पाठकों और दर्शकों की संपादकों से अपील, वैश्वीकरण, मीडिया और हिंदी, भारतीय लोकतंत्र में भाषाई समाचारपत्रों की भूमिका, मातृभाषाओं का अस्तित्व संकट में—शीर्षक आलेख शामिल किये हैं। लेखक ने दूसरे खंड 'भारतीय पत्रकारिता और संपादक' के प्रतिमान में—अरविंद और 'वंदेमातरम', पराड़कर युग और आज की पत्रकारिता, आचार्य नन्ददुलारे वाजपेयी संपादक के प्रतिमान, अज्ञेय और पत्रकारिता के प्रतिमान, पंडित विद्यानिवास मिश्र और हिंदी पत्रकारिता, हिंदी विद्वानों की दृष्टि में संपादक 'भारती' का मूल्यांकन—शीर्षक निबंधों को शामिल किया है। तीसरे खंड—मीडिया और संचार क्रांति की चुनौतियाँ में लेखक ने—परंपरागत ज्ञान को कृत्रिम मेधा और संचार क्रांति की चुनौतियाँ, साहित्य, पत्रकारिता और मीडिया, मीडिया, जनाकांक्षा और लोकतंत्र, मीडिया, माध्यम और नैतिकता, भूमंडलीकरण, मुक्त व्यापार तथा भारतीय मीडिया की चुनौतियाँ, नागरिक नहीं उपभोक्ता समर्थक है मीडिया, मीडिया और नैतिकता, महिला सशक्तीकरण और मीडिया, समाचार-व्यावसायिक मीडिया का सबसे बड़ा हथियार—शीर्षक लेख शामिल किया है। तो चौथे खंड—शिक्षा, साहित्य और संस्कृति के अंतर्गत 'भारत' की संकल्पना, उच्च शिक्षा में मूल्यनिष्ठा का प्रवेश, राष्ट्रीय शिक्षा का पहला प्रयोग, आधुनिक मीडिया शिक्षण-बाजार और सरोकार के बीच एक पाठ्यक्रम, अप्प दीपो भव, राष्ट्रकवि दद्दा मैथिलीशरण गुप्त, आचार्य हजारीप्रसाद द्विवेदी का लोक और लोकदृष्टि, गँवई संवेदना के साधक, हिंदी पत्रकारिता और साहित्य का नैकट्य जरूरी, पद्मश्री पंडित कृष्णबिहारी मिश्र को 'संस्कृति सौरभ सम्मान', राष्ट्रीय आस्था और राजनीति, भारतीय संस्कृति और जीवन मूल्य, नदी संस्कृति की पुनःप्रतिष्ठा का संकल्प, भारतीय परिवेश, सामाजिक न्याय और मीडिया, डॉ. जोशी—एक संस्कृति पुरुष शीर्षक आलेख प्रकाशित हैं। पांचवें खंड संसदीय लोकतंत्र और मीडिया में अच्युतानंद मिश्र के स्वतंत्रता का अधिकार और दुरुपयोग के खतरे, स्वैच्छिक क्षेत्र और विधायिका, आरक्षण : देश तोड़ो-वोट जोड़ो, कल बहुत देर हो जायेगी शीर्षक लेख संकलित हैं तो छठे खंड संस्मरण में मानसिक गुलामी को तोड़ना ही लोहिया को सच्ची श्रद्धांजलि है, पुण्यस्मरण-एक भारतीय आत्मा का, अजातशत्रु आचार्य शिवपूजन सहाय और उऋण होने की कोशिश शीर्षक श्रद्धांजलियाँ हैं।

अच्युतानंद मिश्र का मूल्यांकन कितना सटीक है, इसे उनकी इस टिप्पणी में देखा जा सकता है, "विद्यानिवास मिश्र के लिए साहित्य, पत्रकारिता और मुख्यरूप से हिंदी पत्रकारिता से जुड़े वे सभी लोग आकर्षण और प्रेरणा के केंद्र रहे हैं, जो ध्येयवाद और जीवन-मूल्यों के साथ साहित्य, पत्रकारिता या राजनीति के लिए प्रतिबद्ध थे। उन्होंने स्वतंत्रता संघर्ष का अंतिम दौर और उसके पश्चात् भी ऐसे मनीषियों को निकट से देखा था, जो दधीचि की तरह हड्डियाँ गलाकर हिंदी भाषा,

हिंदी साहित्य और पत्रकारिता के उन्नयन के लिए प्रतिबद्ध और कटिबद्ध थे। यह सत्य है कि विद्यानिवास जी की प्राथमिकता में साहित्य का दर्जा प्रथम था और पत्रकारिता का दोयम। उन्होंने आजीविका के लिए भी शिक्षा का सहारा लिया था, पत्रकारिता का नहीं। इसके बावजूद हिंदी पत्रकारिता के संघर्षपूर्ण इतिहास और उसके सामाजिक सरोकारों के प्रति वे आशान्वित थे। पत्रकारिता में उनके योगदान को किसी परिभाषा या पुस्तक के दायरे में बाँधा नहीं जा सकता।"

पुस्तक के अध्याय चार शिक्षा, साहित्य और संस्कृति में आचार्य हजारीप्रसाद द्विवेदी के लोक और लोकदृष्टि आलेख में लेखक ने उनके व्यक्तित्व के बारे में बताया है जिसमें काशी की पांडित्य परंपरा और विश्वभारती की भद्रलोक परंपरा दोनों का समावेश रहा। उन्होंने काशी और बनारस दोनों को अपना गुरुभूमि माना था। दोनों शहरों के प्रति उनका लगाव दिन पर दिन ऐसा बढ़ा कि अपने एक जवाब में उन्होंने लिखा "काशी विश्वविद्यालय की सेवा तो करूँगा ही। चाहे जैसे हो, पर शान्तिनिकेतन छोड़ूंगा नहीं। वह भी गुरुभूमि है, यह भी गुरुभूमि है।" लेखक इस बात पर जोर डालते हैं कि एक तरफ महामना पंडित मदनमोहन मालवीय की प्रेरणा से काशी में उनमें ज्ञान चेतना लोकचेतना का विकास हुआ, तो दूसरी तरफ गुरुदेव रवीन्द्रनाथ ठाकुर के सान्निध्य में कविता, कला, साहित्य, चिंतन, मानवता के लिए प्रेम और बंगाल के नवजागरण को समझने की दृष्टि पायी जिसका प्रभाव उनके सम्पूर्ण साहित्य और चिंतन पर बना रहा। उनके निबंधों में केवल पांडित्य ही नहीं, इतिहास भी है, सभ्यता और धर्म की बानगी के बारे में बताया है।

इस लेख में लेखक ने स्पष्ट किया है कि वे आचार्य हजारीप्रसाद द्विवेदी के साहित्य के एक सामान्य पाठक हैं, अध्येता नहीं हैं। पुस्तक में छपा यह आलेख द्विवेदी के लोक पर लिखा एक पाठक का दृष्टिकोण है जिसमें लोक भी है इतिहास भी है, सभ्यता, संस्कृति और धर्म की बानगी है। लेखक हजारीप्रसाद द्विवेदी के लेखों पर कबीर के प्रभाव को भी बयां करते हैं, उन्होंने इसके लिए लिखा हैं कि लोक के पक्ष में शास्त्रों के अतिक्रमण की नवीन और क्रांतिकारी दृष्टि उन्हें कबीर से मिली है जो उनके व्यक्तित्व में अक्खड़पन और फक्कड़पन को दर्शाता था। आलेख में लिखा गया है की आचार्य द्ववेदी का लोक औसत प्रतिभावाले मनुष्य का लोक है जो कबीर, तुलसी, रहीम, रसखान से लेकर नागार्जुन, धूमिल और क्षितिमोहन सेन, महात्मा गांधी, दुष्यंत कुमार का लोक है। लेखक ने इसे ही पत्रकारिता के केंद्र से जोड़कर बताया है जो स्वतंत्रता और लोकतान्त्रिक मूल्यों के रक्षक हैं। आज के मीडिया के दृष्टिकोण और आचार्य द्विवेदी की पत्रकारिता के दृष्टिकोणों का तुलनात्मक विवरण देते हुए लिखा है कि आचार्य द्विवेदी की लोकदृष्टि समाज और पाठकों पर केन्द्रित थी, जिसकी उर्जा वे सामाजिक विमर्श से ग्रहण करते थे जबकि आज मीडिया

के दृष्टिकोण का वास्तविक उद्देश्य सर्वशक्तिमान बनना और अर्थ केन्द्रित अधिक है। यह जानना महत्त्वपूर्ण है कि आचार्य द्विवेदी के नैतिक दृष्टिकोण से प्रभावित होकर कैसे पंडित बनारसीदास चतुर्वेदी ने उनसे उम्र में बड़े होते हुए भी उन्हें अपना गुरु माना।

ब्रिटिश दमनचक्र के विरुद्ध गुरुदेव द्वारा लिखी प्रसिद्ध कविता 'प्रश्न' को विदेशों में मिलने वाले सम्मान के पूरे दौर के साक्षी रहे हैं। लेखक ने उस दौर की महत्त्वपूर्ण घटनाओं का जिक्र करते हुए बताया कि कैसे आचार्य द्विवेदी ने अविभाजित भारत में स्वतंत्रता पाने की बेचैनी से लेकर देश विभाजन की त्रासदी को भी शान्तिनिकेतन में रहते हुए स्वयं अनुभव किया।

अध्याय चार के शिक्षा, साहित्य और संस्कृति में 'गँवई संवेदना के साधक' में पंडित कृष्णबिहारी मिश्र से हुई पहली मुलाकात से लेकर उनसे मिलने वाले आत्मीय नेह और बड़े भाई के रूप में मिले प्रेम को बयां किया और बताया है कि कैसे लेखक की कलकत्ता की हर यात्रा इसकी गवाह बनी है। पंडित कृष्णबिहारी मिश्र के विद्यासंस्कार, चिंतनदृष्टि, लेखन विधा और उनकी रचनाधर्मिता के बारे में बताया है जिसे एक नहीं बल्कि उनके कई वरिष्ठों ने संवारा और सराहा है। इनमें सच्चिदानंद हीरानंद वात्स्यायन 'अज्ञेय', पंडित विद्यानिवास मिश्र, डॉ. शिवप्रसाद सिंह जैस रचनाकार शामिल हैं।

लेखक ने कृष्णबिहारी मिश्र पर एक अध्याय केन्द्रित किया है जिसमें उनके विधा कौशल, निबंध लेखन जो उनका प्रिय कार्य था, साहित्य, लेखन, शिक्षण और पत्रकारिता के क्षेत्र में उनके अतुलनीय योगदान से लेकर उनके गँवई व्यक्तित्व का उल्लेख है। आलेख में कृष्णबिहारी मिश्र द्वारा गद्य साहित्य और पत्रकारिता में दिये गये योगदान का ऐसा उल्लेख है कि जिससे नई पीढ़ी को विशाल और विस्तृत परंपरा का ज्ञान हासिल हो सकता है। इसमें कलकत्ते की हिंदी पत्रकारिता के विवेचन के माध्यम से राष्ट्रीय चेतना के विकास को उजागर किया गया है। उनके द्वारा हिंदी पत्रकारिता की अप्रतिम सेवा का उल्लेख करते हुए लेखक ने बताया है कि कैसे कृष्णबिहारी मिश्र ने पत्रकारिता पर शोध का मन बनाया और साहित्य की सेवा के लिए पत्रकारिता को नहीं बल्कि हिंदी पत्रकारिता की सेवा के लिए साहित्य शिक्षण को आजीविका का माध्यम बनाया था। ऐसे उदाहरणों के जरिये लेखक ने कृष्णबिहारी मिश्र के हिंदी पत्रकारिता के प्रति समर्पण का बेहतरीन उल्लेख किया है, जिससे हिंदी पत्रकारिता के हर दौर के छात्रों, शिक्षकों और अध्येताओं को प्रेरणा मिलेगी। लेखक ने कृष्णबिहारी मिश्र के इन सभी योगदानों में सर्वश्रेष्ठ यह योगदान माना है कि उन्होंने लोकभाषाओं से शब्द चुनकर हिंदी की शब्द संपदा को निरंतर समृद्ध किया है।

विभिन्न उदाहरणों के माध्यम से लेखक ने बताया है कि कैसे अपने गुरु

आचार्य हजारी प्रसाद द्विवेदी की तरह कृष्णबिहारी मिश्र का भी गहरा लगाव काशी से था, जो कि उनके लेखों में हर बार उद्धृत हो जाता था। साथ ही कृष्णबिहारी मिश्र द्वारा लिखी गयी पुस्तकों, संस्मरणों और निबंधों में कैसे उन्होंने अपने गुरुओं और साहित्य साधकों का गौरवपूर्ण उल्लेख किया, जिसमें पंडित विद्यानिवास मिश्र के लिए उनका अपार आदर दिखता है, को लेखक ने बताया है।

पुस्तक के अध्याय दो, 'भारतीय पत्रकारिता और संपादक के प्रतिमान' में लेखक ने 'पंडित विद्यानिवास मिश्र और हिंदी पत्रकारिता' शीर्षक से आलेख लिखा है, जिसको वे एक जोखिम भरा कार्य मानते हैं। लेखक उनकी सृजनात्मकता, अध्ययन, चिंतन और अनुभव की विशालता और गंभीरता का उल्लेख करते हैं, जो अप्रतिम है। बहुत ही खूबसूरती से लेखक ने उनकी विधाओं और कौशल को बयान किया है जिसके लिए उन्होंने लिखा है कि पंडित विद्यानिवास मिश्र के पांडित्य और वैदुष्य का फलक इतना उन्नत, उदात्त और सर्वग्राही है कि उसमें आगम और निगम, लोक और शास्त्र सहित ज्ञान-विज्ञान की आधुनिकतम विधाएं और कला-कौशल सम्मिलित हैं। यही वजह रही कि उन्होंने साहित्य, संस्कृति, दर्शन, भाषा, शिक्षा और कला के क्षेत्रा में नियमित और अद्‌भुत लेखन किया। लेखक घटनाओं, लेखों, लेखमाला, निबंध, ललित निबंधों और अन्य उदाहरणों द्वारा बताते हैं कि कैसे राजनीति और पत्रकारिता के कई बड़े राजनेता, स्तंभकार या संपादक उनसे बखूबी परिचित थे। इन सबके बीच कैसे विद्यानिवास जी आजीवन प्रयोगधर्मी रहे और कैसे उन्होंने अपने प्रयोगों की नई दृष्टि से परंपराओं के नये-नये वृत्त बनाए, इसका उल्लेख किया गया है। उनके द्वारा पत्रकारिता में किये गये प्रयोगों के लिए उनकी तुलना भैया साहब पंडित श्रीनारायण चतुर्वेदी और अज्ञेय से की। लेखक विद्यानिवास मिश्र की मुख्यधारा की पत्रकारिता की प्रवृत्तियों और तौर-तरीकों के प्रति तल्ख होने का उल्लेख करते हैं। इसे उन्होंने बहुत ही बेहतरीन ढंग से लेख में प्रस्तुत किया है। लेखक ने विद्यानिवास मिश्र के 'नवभारत टाइम्स' के दो वर्ष के कार्यकाल की चर्चा करते हुए बतौर संपादक उनके अंतिम संपादकीय को उद्धृत करते हुए पूरे संपादकीय को ही प्रस्तुत कर दिया है। जिसे पढ़ना बेहद रोचक है। लेखक इसे एक संपादक का उसके पाठकों से संवाद बताते हैं, जो स्वतंत्रता के बाद की पत्रकारिता में संपादक के स्वाभिमान के इतिहास का एक दुर्लभ दस्तावेज है, जिसमें लेखक ने 'एक स्वाभिमानी संपादक की अपमान की गहन पीड़ा' लिखकर संबोधित किया है। बावजूद इन सबके विद्यानिवास मिश्र का पत्रकारिता से लगाव और समर्पण कम न हुआ। हिंदी पत्रकारिता के संघर्षपूर्ण इतिहास और उसके सामाजिक सरोकारों के प्रति वे कैसे आशान्वित थे, इस बात का जिक्र लेख में स्पष्ट रूप से किया गया है। लेखक ने ऐसे लेख और उनके व्याख्यानों को उद्धृत किया है जिनमें उनके इस जुड़ाव को

महसूस किया जा सकता है।

लेखक ने अध्याय चार में शिक्षा, साहित्य और संस्कृति में राष्ट्रकवि दद्दा मैथिलीशरण गुप्त को सेनानी कवि लिखकर संबोधित किया है। उनके समकक्ष कवियों और चिंतकों के लक्ष्य को बताते हुए उनके लिए राष्ट्रीय चेतना के महत्त्व को विभिन्न उदाहरणों के साथ उल्लेख किया है। उन्हें राष्ट्रीय स्वाभिमान और गौरव के प्रतिनिधि कवि के रूप में पहचान मिली और राष्ट्रकवि होने का सम्मान भी उन्हें मिला और उस दौर के अनेक कवियों ने उन्हें अपने काव्यगुरु के रूप में स्वीकारा। लेखक ने उनकी काव्य रचनाओं और टिप्पणियों के उदाहरणों से इस बात का समर्थन किया है। उनके द्वारा सांस्कृतिक संस्कार की अभूतपूर्व देन को लेखक ने सोदाहरण बताते हुए उन्हें आज भी उतना ही सामयिक और प्रासंगिक बताया है।

अध्याय दो के 'भारतीय पत्रकारिता और संपादक के प्रतिमान' में लेखक ने हिंदी विद्वानों की दृष्टि में संपादक 'भारती' का मूल्यांकन डॉ. धर्मवीर भारती के अतुलनीय योगदान के बारे में किया है। लेखक ने बताया है कि कैसे भारती ने एक तेजस्वी कवि, कथाकार, उपन्यासकार, नाटककार और निबंधकार के रूप में हिंदी साहित्य को समृद्ध किया है। साथ ही मूलतः वे साहित्यकार होने के साथ-साथ एक पत्रकार और संपादक भी थे। अपने इन्हीं गुणों के कारण उनको अज्ञेय का विशेष आशीर्वाद प्राप्त था। लेखक ने विभिन्न उदाहरणों और भारती की कृतियों के माध्यम से उनकी विशिष्टता को बताने की कोशिश की है। पुस्तक में उनके गद्य लेखन में संरचनागत वैविध्य को स्पष्ट करते हुए उनके द्वारा लिखित व्यंग्यात्मक निबंध, संस्मरण, साहित्य सर्वेक्षण का विशेष उल्लेख किया गया है। लेखक ने भारती द्वारा अद्‌भुत लोकप्रियता को त्यागकर 'धर्मयुग' का संपादन करने के लिए मुंबई जाने की घटना का भी उल्लेख किया है। साथ ही अनेक उदाहरणों के माध्यम से यह भी बताया है कि बम्बई में 1960 से 1987 के लम्बे कालखंड में भारती ने साहित्यिक पत्रकारिता की एकांतिक साधना को कैसे समर्पित कर दिया और तीन दशक तक बम्बई में रहकर 'धर्मयुग' के माध्यम से उन्होंने हिंदी पत्रकारिता को गरिमा और लोकप्रियता दिलाई। कैसे भारती ने 'धर्मयुग' के माध्यम से हिंदी पाठकों के बारे में पुरानी चली आ रही सभी अन्यथा धारणाओं का निरसन किया; अपनी जागरूक भूमिका से भारती ने 'धर्मयुग' के माध्यम से कैसे नये प्रयोग की अपनी परिकल्पना को रूपायित किया, इसका उल्लेख करते हुए लेखक उनके पूरे योगदान को मील के पत्थर से संबोधित करते हैं।

(डॉ. नंदिनी सिन्हा सरला बिरला विश्वविद्यालय, रांची में सहायक प्रोफेसर हैं, श्री सुधीर कुमार उसी विश्वविद्यालय के जनसंचार विभाग के अध्यक्ष हैं।)

एक अविरल सृजन उत्सव

नर्मदा प्रसाद उपाध्याय

विचार आता है कि उत्स से ही उत्सव जन्मा होगा। गंगा, यमुना और नर्मदा का उद्भव क्षीण धाराओं के रूप में होता है लेकिन प्रयागराज और महेश्वर में वे महान जलसागर में परिणत होकर पवित्रता का उत्सव हो जाती हैं। दादा अच्युतानंद ऐसे ही उत्सव व्यक्तित्व हैं जिनका उत्स गाजीपुर के निकट का एक छोटा-सा गांव वीरभानपुर है, लेकिन जो आज साहित्य और पत्रकारिता की धरती के विराट और अविचल सृजन उत्सव के रूप में प्रतिष्ठित हैं। वे व्यक्ति नहीं, व्यक्तित्व हैं, व्यक्ति तो अपनी वैयक्तिकता के घेरे से बाहर नहीं निकल पाता और अपने ही सरोकारों के दायरे में परिक्रमा कर अपने जीवन को विराम दे देता है, लेकिन व्यक्तित्व, वैयक्तिकता के इस घेरे को तोड़ देता है और वह अपने निजी सरोकारों को त्यागकर लोक के सरोकारों के बीच अपने स्व को विसर्जित कर उसका अंग बन जाता है। दादा इसी लोक सरोवर की अभिन्न लहर हैं। वे इन अर्थों में परिक्रमा नहीं करते, यात्रा करते हैं और उनकी सृजन यात्रा वास्तव में साहित्य और पत्रकारिता के अभूतपूर्व गंतव्यों तक पहुंचने की यात्रा है।

मुझे सौभाग्य से उनके निश्चल सान्निध्य को पाकर उनके आशीर्वाद से अभिषिक्त होने का अवसर मिला। व्यक्तिगत रूप से तो मैं उनसे बाद में मिला, लेकिन उनके कृतित्व के सौष्ठव से सबसे पहले परिचित कराया श्रद्धेय विद्यानिवास मिश्र ने, जब वे 'नवभारत टाइम्स' के प्रधान संपादक बने और दादा ने उनके साथ कार्य किया। पंडित जी जब भी मेरे पास खंडवा आते तब उनके पास कुछ समय होता अन्यथा दिल्ली और बनारस में तो उन्हें समय मिलता नहीं था, तब विशेष रूप से ओंकारेश्वर की यात्रा के दौरान वे प्रसन्नता से बातें करते।

ऐसे ही एक अवसर का मुझे अच्छे से स्मरण है जब बात करते हुए वे कहने लगे कि साधना नदी की भी होती है और मनुष्य की भी। फिर जब मानुष साधना

के व्यक्तित्वों के उन्होंने नाम गिनाए, जो उनके समय के और उनके आसपास के व्यक्तित्व थे तो उन्होंने अच्युतानंद जी का नाम लिया और उनके समर्पण भाव तथा कार्यशैली की भूरि-भूरि प्रशंसा की। उसके बाद तो यह क्रम निरंतर बना ही रहा। इस तरह श्रद्धेय पंडितजी के माध्यम से दादा से पहिला आत्मीय परिचय हुआ। यों उनके नाम और कार्य से तो पूर्व से ही परिचित था, लेकिन उनकी दृष्टि संपन्नता से गहरे प्रभावित हुआ तब जब पंडितजी 'सपने कहाँ गये' की शृंखला 'जनसत्ता' में लिख रहे थे। यह शृंखला 'जनसत्ता' में श्री राहुल देव के समय आरंभ हुई थी लेकिन उनके दूरदर्शन में जाने के बाद दादा जब उनके स्थान पर आये तो उन्होंने पंडितजी को चैन नहीं लेने दिया। वे जब कभी मेरे पास खंडवा या उज्जैन आते तब उनकी एक ही चिंता होती कि 'जनसत्ता' वाला आलेख लिखकर भेजना है नहीं तो अभी तगादा रास्ते में ही होगा और उन्होंने इस बात का उल्लेख भी इसी कृति के 'आभार' में किया है। उन्होंने लिखा कि "उनके (राहुल देव के) उत्तराधिकारी एवं मेरे अनन्य सहयोगी श्री अच्युतानंद मिश्र ने तगादे पर तगादे कर मुझसे 'सपने कहाँ गये' लेखमाला लिखवा ली। रविवार-रविवार वे उसे विशेष महत्त्व देकर छापते रहे।"

वह समय जब यह लेखमाला लिखी जा रही थी तब दादा ने पूरी निर्भीकता के साथ उसे निरंतरता में प्रकाशित किया। उस समय इन आलेखों ने बहुत उथल-पुथल भी की। दादा ने छापा—'पहला गवर्नर जनरल था वह आदमी जो भारत का मित्र बनकर एक के बाद दूसरे गड्ढे में ढकेलता रहा। भीतर से भारत की जड़ खोदता रहा। उसका और उसके परिवार का जाने क्या जादू था कि भावुक नेहरू देश के इतने प्रिय होते हुए भी देश की भावना से काफी दूर होते गये।' यह लेखन शृंखला बहुत लोकप्रिय हुई तथा इसके आलेख पंडितजी की एक कृति 'सपने कहाँ गये' में संकलित हैं।

दादा से तब इतना मिलना नहीं होता था क्योंकि दिल्ली जाने के अवसर कम मिलते थे। लेकिन जब वे माखनलाल चतुर्वेदी राष्ट्रीय पत्रकारिता एवं संचार विश्वविद्यालय, भोपाल में कुलपति बनकर आये तब उनसे निरंतर भेंट होती रही। उनका सान्निध्य मिलता रहा विशेष रूप से हिंदी भवन में जब भी कार्यक्रम होते तो उनसे लंबी चर्चा के अवसर मिलते और दुनिया जहान की बातों से लेकर घर-परिवार की तमाम चर्चा होती। हिंदी साहित्य सम्मेलन के संस्थापक कैलाशचन्द्र पंत उनके अभिन्न मित्र हैं। इसलिए उनके प्रत्येक कार्यक्रम में दादा की उपस्थिति और सहभागिता अपरिहार्य रही और आज भी इतनी वय होने के बाद उनका प्रयास भोपाल के उनके कार्यक्रम में आने का रहता है। एक बार दादा का आदेश हुआ कि आप आओ और माखनलाल जी पर बोलो। दादा माखनलाल चतुर्वेदी मेरे कस्बे हरदा के निकट बाबई के ही थे और जब कभी स्वतंत्रता संग्राम के दिनों में अंग्रेजों से छुपने का अवसर आता

तो वे हरदा आ जाते या पास में हिरनखेड़ा में छुपते। ख्यात स्वतंत्रता संग्राम सेनानी और गांधीजी के सचिव रहे प्रोफेसर महेशदत्त मिश्र के पिताजी स्वर्गीय चन्द्रगोपाल जी मिश्र के यहाँ वे महीनों रहते। मेरे दादाजी और उनके अग्रज भी कवि थे, जिनकी नियमित रचनाएं गयाप्रसाद शुक्ल 'सनेही' की पत्रिका 'सुकवि सरोज' में छपती थीं और मेरे दादाजी स्वर्गीय मिश्रजी के साथ हरदा की नगर पालिका में उपसभापति तथा मेंबर होते थे, इसलिए दादा माखनलाल चतुर्वेदी मेरे घर भी आते थे।

मेरी दादी से उनके जाने कितने संस्मरण मैंने सुने थे और बाद में अरसे के बाद जब मैं खंडवा पदस्थ हुआ तो माखनलाल जी के भाई स्वर्गीय बृजभूषण चतुर्वेदी और उनके भांजे प्रख्यात कवि स्वर्गीय श्रीकांत जोशी का मुझे अपार स्नेह मिला और साथ ही माखनलाल जी से जुड़े अछूते संस्मरण सुनने को मिले। 'कर्मवीर' के पुराने अंक और उनका अप्रकाशित साहित्य पढ़ने को मिला। इस तरह कुल मिलाकर मेरे पास पर्याप्त अछूती सामग्री थी, दादा माखनलाल चतुर्वेदी पर व्याख्यान देने के लिए। दादा से चर्चा के दौरान उन्हें मैंने इन सबसे अवगत कराया था और इसी का परिणाम उनका आदेश था। बहरहाल व्याख्यान हुआ और लोग माखनलाल जी के व्यक्तित्व तथा कृतित्व के अनेक पहलुओं से परिचित हुए। उस दिन पूरे समय दादा माखनलाल जी की स्मृतियों में डूबे रहे और माखनलाल जी के बहाने से मैं उनसे पत्रकारिता के इतिहास को सुनकर समृद्ध होता रहा, जो उनके कंठ के गौमुख से गंगा की तरह निसृत हुआ। भोपाल में उनके समय में पत्रकारिता के इस विश्वविद्यालय ने अनेक शिखर छुए और मुझे यह कहने में कोई संकोच नहीं कि उनका कार्यकाल इस विश्वविद्यालय का सबसे उज्ज्वल कार्यकाल रहा। कार्यकाल समाप्त होने के बाद उनसे भोपाल छूट गया, लेकिन संपर्क कभी नहीं टूटा। आदरणीया डॉ. कुमुद शर्मा से उनके हालचाल मिलते रहे। फोन से बात होती, लेकिन एक हृदयविदारक घटना घटी और वह थी विद्यानिवास जी का आकस्मिक महाप्रयाण। दादा भी स्तब्ध थे। जब मैं संभला तो मन बनाया कि उन पर कुछ लिखूं। उनकी स्मृतियों और अवदान पर केंद्रित कृति बनी 'रस पुरुष पंडित विद्यानिवास मिश्र' और तब मैंने दादा से कहा कि वे उसकी भूमिका लिखें। उनसे उपयुक्त कोई दूसरा व्यक्ति पंडितजी पर लिखने के लिए हो भी नही सकता था।

मेरी पचास से अधिक कृतियां कला और साहित्य तथा संस्कृति पर हैं, लेकिन केवल दो कृतियां ऐसी हैं जिनकी भूमिका लिखी गयी है। एक तो मेरा पहला ललित निबंध संग्रह 'एक भोर जुगनू की' है जिसकी भूमिका पूज्य पंडितजी, विद्यानिवास जी ने लिखी और दूसरी पंडितजी के महाप्रयाण के बाद लिखी गयी यह कृति 'रस पुरुष पंडित विद्यानिवास मिश्र।' और क्या भूमिका है! दादा ने अपने मन

की समूची आर्द्रता इसमें अक्षरों में द्रवीभूत कर मानों उड़ेल दी। इस कृति की उनकी लिखी भूमिका का शीर्षक है, 'ऋषि तर्पण का सार्थक प्रयास' और आगे लिखा है, ''उपाध्याय जी की यह पुस्तक 'रसपुरुष पं. विद्यानिवास मिश्र' एक साथ अपने गुरुऋण और ऋषिऋण से उऋण होने का सत्प्रयास है। पिछले वर्ष उनकी एक पुस्तक 'पार रूप के' प्रकाशित हुई थी। उसका पहला आलेख है 'त्रिवेणी स्नान एक कला पुरुष की स्मृति में'। कला पुरुष की संज्ञा से विभूषित करते हुए उन्होंने पंडितजी की कला-दृष्टि के तीन मौलिक तत्त्वों को रेखांकित किया है। इस पुस्तक में उन्होंने विद्यानिवास जी को उजासपुरुष, रागपुरुष भी कहा है, लेकिन सबसे पहले वे रसपुरुष थे। पिछली पुस्तक में भी उन्होंने रस और भाव के बारे में पंडितजी की व्याख्या और अपनी टिप्पणी दी है। उपाध्याय जी ने विद्यानिवास मिश्र के विराट व्यक्तित्व के ऐसे अछूते पक्ष को उद्‌घाटित किया है, जिसकी गहराई से अधिकतर लोग अपरिचित थे।''

फिर आगे उनकी भाषा का चमत्कार देखिए कि कैसे केवल कुछ पंक्तियों में उन्होंने पंडितजी के समूचे व्यक्तित्व और कृतित्व को बांध दिया है। उन्होंने लिखा, ''पं. विद्यानिवास जी बहुश्रुत भी थे, श्रुतिधर भी, बहुज्ञ भी और गुणग्राहक भी, निस्संग भी थे और रस सिक्त भी। उनमें विलक्षण सहजता और प्रचंड स्वाभिमान साथ-साथ थे। उन्होंने भारतीय साहित्य, संस्कृति, कला और शिल्प के अंतरानुशासनों के बीच अन्तर्निहित लालित्य भाषा को आत्मसात कर लिया था। संपूर्ण पुस्तक में इन्हीं लोकोत्तर गुणों को खोजा और परोसा गया है।" हाल ही में दादा की कृति प्रभात प्रकाशन से आई है 'कुछ सपने कुछ संस्मरण'। इसमें छह खण्डों में उनके विभिन्न विषयों पर आलेख हैं जिनमें भाषा दिवस, पराड़कर युग, अज्ञेय, विद्यानिवास मिश्र और धर्मवीर भारती के द्वारा सम्पादन के क्षेत्र में स्थापित प्रतिमानों की यदि एक ओर चर्चा है तो मीडिया और उसकी नैतिकता से लेकर साहित्य व पत्रकारिता तथा भारत की संकल्पना से लेकर उच्च शिक्षा जैसे विषयों पर भी विमर्श है।

दादा अच्युतानंद मिश्र वस्तुतः एक अंतरानुशासनिक व्यक्तित्व हैं, जो सच्चे संपादक के स्वरूप का पर्याय होता है। हम यदि आचार्य महावीर प्रसाद द्विवेदी के द्वारा सम्पादित 'सरस्वती' के अंक देखें तो ज्ञात होता है कि उन्होंने साहित्य के साथ-साथ कला के विभिन्न अनुशासनों और उनके मानक उदाहरणों पर भी बड़ी गहन दृष्टि डाली है और उन पर संपादकीय लिखे हैं। वर्ष 1908 के 'सरस्वती' की एक संपादकीय में उन्होंने सांची के तोरण द्वारों पर जो लिखा वह वास्तव में हमें किसी मंजे हुए पुरातत्त्ववेत्ता की लेखनी का स्मरण कराता है। यही दृष्टि हमें दादा के द्वारा 'जनसत्ता' में लिखे गये संपादकीय आलेखों में मिलती है। इस कृति के चौथे खण्ड में उन्होंने शिक्षा, साहित्य और संस्कृति के बारे में जो आलेख लिखे हैं, उनसे मेरे इस

कथन की पुष्टि हो जाती है। इस खण्ड में उन्होंने जहाँ एक ओर स्वामी श्रद्धानंद पर अपने विचार रखे, वहीं दूसरी ओर मैथिलीशरण गुप्त के अवदान पर भी लिखा और आचार्य हजारीप्रसाद द्विवेदी की लोक दृष्टि तथा पंडित कृष्णबिहारी मिश्र को गँवई संवेदना के साधक के रूप में संबोधित करते हुए उनके अवदान को रेखांकित किया।

उनकी सजग दृष्टि ने बड़ी बेबाकी के साथ संसदीय लोकतंत्र और मीडिया को लेकर अपने विचार रखे तथा स्वतंत्रता के अधिकार और उसके दुरुपयोग को लेकर भी यह प्रश्न उपस्थित किया कि, "आज यह सबसे ज्वलंत प्रश्न है कि नागरिकों की अभिव्यक्ति की स्वतंत्रता के अधिकार का मीडिया किस सीमा तक प्रयोग कर सकता है।" उन्होंने यह बेबाकी के साथ, स्वयं मीडिया को आगाह करते हुए लिखा कि मीडिया ने किसी आलोचना या आचारसंहिता के अंतर्गत चूंकि अपने को नहीं बांधा है इसलिए उसकी विश्वसनीयता पर कभी कभी प्रश्नचिह्न लगता है। उसे यदि औद्योगिक संस्थानों और विज्ञापनदाताओं के बजाय जनता की आवाज बनना है तो उसे अपनी भूमिका पर पुनर्विचार करना पड़ेगा। अपनी विश्वसनीयता और प्रभाव को यदि उसे बरकरार रखना है तो उसे अधिकारों का दुरुपयोग रोकना होगा तथा सरकारों, राजनेताओं और आर्थिक संस्थानों के दबावों से भी बचना होगा। केवल निर्भीकता और निष्पक्षता से ही उसकी घटती विश्वसनीयता लौटेगी।

इस कृति के खण्ड छह में उन्होंने संस्मरण लिखे हैं। डॉ. राममनोहर लोहिया को लेकर उन्होंने लिखा है कि "वे विभाजन के गुनहगारों को पहचानते थे तथा लोहिया ने मार्क्स और गांधी दोनों से ग्रहण भी किया और उनका अतिक्रमण भी किया। उन्होंने कांग्रेस सोशलिस्ट पार्टी में आचार्य नरेन्द्र देव और जयप्रकाश नारायण जैसे वरिष्ठ समाजवादियों के साथ काम किया था और अपने विचारों की दृढ़ता के लिए उनकी नाराजगी झेलने का जोखिम भी उन्होंने उठाया था।" डॉ. लोहिया ने मार्क्स और मैकाले के उत्तराधिकारियों के गुलाम दिमागों को पहचाना था और आह्वान किया था कि इस बौद्धिक गुलामी को दूर करने की कोई ठोस कार्ययोजना बनायी जानी चाहिए। दादा ने माखनलाल जी का स्मरण एक भारतीय आत्मा के रूप में किया है। उनके अवदान को रेखांकित करते हुए वे कहते हैं कि दादा के दर्जनों साहित्यिक उपनामों में सर्वाधिक उपयुक्त उपनाम एक भारतीय आत्मा है इसलिए कि वे आपाद मस्तक भारतीय आत्मा थे। उन्होंने दादा माखनलाल चतुर्वेदी को कर्मयोगी करुणा पुरुष के नाम से संबोधित करते हुए यह लिखा है कि जो लोग स्वयं को उनकी साहित्यिक, सांस्कृतिक और पत्रकारीय धरोहर के प्रति वफादार और उत्तराधिकारी मानते हैं, उन पर ही यह उत्तरदायित्व है कि देशभर में मीडिया और साहित्य में दीक्षित हो रही नई पीढ़ी को उन सरोकारों और आदर्शों से रू-ब-रू कराएं जिन्हें कभी दादा

माखनलाल चतुर्वेदी ने जिया था। वे शिद्दत से इस कृति में शिवपूजन सहाय सहित अज्ञेय और प्रभाष जी को भी याद करते हैं।

राष्ट्रीय पुस्तक न्यास से उनकी दूसरी नई कृति आयी है 'तीन श्रेष्ठ कवियों का हिंदी पत्रकारिता में अवदान'। ये तीन कवि हैं अज्ञेय, रघुवीर सहाय तथा धर्मवीर भारती। यह कृति भी छह खण्डों में विभाजित है। पहले अध्याय में इन तीनों कवियों के संबंध में लिखते हुए उन्होंने एक महत्त्वपूर्ण तथ्य यह रेखांकित किया कि हर युग में जहाँ साहित्यकार अपने दौर के सत्य को देखता और परिभाषित करता है, वहीं एक पत्रकार अपने प्रत्यक्ष और अनुभूतिसत्य को सम्प्रेषित करता है। साहित्य और कला एक वृहत्तर यथार्थ को संवेदना के साथ अभिव्यक्त करते हैं, लेकिन पत्रकारिता कठोर यथार्थ को चीरकर रख देती है और मुखौटे नोंचकर बेनकाब कर देती है।

जैसा कि मैंने पूर्व में इंगित किया, दादा एक अंतरानुशासनिक व्यक्तित्व हैं, इसलिए वे साहित्य, कला, संस्कृति के विराट परिप्रेक्ष्य में अपनी पत्रकारिता को स्थापित करते हैं। उनका कहना है, "साहित्य के केंद्र में समाज के साथ संस्कृति और भाषा होती है। प्रतीक, बिंब और उपमान होते हैं। संवेदना और हृदय पक्ष का प्राधान्य होता है। अनुभूति को अभिव्यक्त करने की स्वतंत्रता होती है। बौद्धिक चेतना का अनंत विस्तार होता है, जबकि पत्रकारिता की असली पहचान उसकी लोक प्रतिबद्धता, लोकभाषा, सूचनाओं की सत्यता, विश्लेषण की निष्पक्षता और आलोचना की निर्ममता से होती है। उसमें अपने पाठकों तक शीघ्र पहुंचने, उनके दुःख-सुख में भागीदारी करने, चेतावनी देने और चुनौती स्वीकारने की प्रवृत्ति होती है। गोलबंदी और अहंकार, तटस्थता और पक्षधरता तो दोनों ओर होती है, लेकिन आत्मप्रेरित सृजन की गुणवत्ता का जितना सघन परीक्षण साहित्य में होता है वैसा शायद पत्रकारिता में होना संभव नहीं है। तथ्यों की पवित्रता और पत्रकार की पारदर्शी छवि पत्रकारिता के विश्वसनीय होने की पहली शर्त है; जबकि साहित्य में तथ्य से अधिक महत्त्वपूर्ण अभिव्यक्ति की मौलिकता, अध्ययन की गहराई और कथ्य शिल्प होता है। साहित्य पहले मन को स्पर्श करता है और बाद में बुद्धि को, जबकि पत्रकारिता की प्राथमिकता ठीक इससे उलट होती है। मौलिकता या सर्जनात्मकता से अधिक जरूरी उसमें परिस्थिति सापेक्ष फौरी प्रतिक्रिया होती है। शायद इसीलिए उसे हड़बड़ी में लिखा साहित्य कहते हैं।"

दादा ने बारीकी के साथ इन तीनों कवियों की संपादकीय वैचारिक अंतर्दृष्टि पर भी गहराई से विचार किया है। उनका मानना है कि इन तीनों संपादक कवियों में यदि बहुत कुछ समान था तो कई वैचारिक अंतर्विरोध भी थे। इन तीनों पर स्वतंत्रता पूर्व के संपादकों की छाप भी थी और साहित्य तीनों का पहला आकर्षण

था। ये तीनों पेशेवर पत्रकार नहीं थे, लेकिन पत्रकारिता के मूल्यों के प्रति, उनकी प्रतिबद्धता कम नहीं थी। तीनों अपनी अलग-अलग पहचान के साथ अपने पाठकों के बीच लोकप्रिय थे, तीनों ने हिंदी की पत्रकारिता को गढ़ने में अपनी शैली का योगदान दिया था, तीनों साहसी और प्रयोगधर्मी थे। मनुष्य और मानवीयता उनके केन्द्र में थी तथा तीनों के बीच लोकतंत्र, समाजवाद, व्यवस्था विरोध और हिंदी की अस्मिता निर्विवाद थी। उन्होंने प्रकाशकों की तीन पीढ़ियों और बदलते मैनेजरों के तेवर भी देखे थे। मेरे विचार से इस तरह का मूल्यांकन पहली बार हिंदी पत्रकारिता के क्षेत्र में किया गया है। अज्ञेय को लेकर उन्होंने विस्तार से लिखा है और 'दिनमान' में एक संपादक के बतौर उनकी भूमिका क्या रही, इस पर भी उन्होंने विचार किया है। उनके मत में 'दिनमान' अज्ञेय का साध्य नहीं रहा, साधन रहा। वे 'दिनमान' में उतने आसक्त नहीं हैं जितने अपने कर्तव्य-बोध से आबद्ध हैं और विद्यानिवास जी के इस कथन की वे ताकीद करते हैं कि अज्ञेय जी साहित्य और सम्प्रेषण को अलग नहीं करते थे और पत्र-पत्रिकाओं को पाठक और रचना के बीच संवाद के लिए अपरिहार्य माध्यम मानते थे तथा एकांतप्रिय होते हुए भी इस संवाद के प्रति उनका आग्रह निरंतर बना रहा। इस कृति में उन्होंने अज्ञेय से लिए गये विभिन्न साक्षात्कारों को भी समाविष्ट किया है।

रघुवीर सहाय की पत्रकारिता को लेकर उन्होंने विचार करते हुए, उनके 'दिनमान' के अनेक संपादकीय लेखों को उद्धृत किया है। उनके अनुसार रघुवीर सहाय ने पत्रकारिता को एक नई ऊर्जा दी थी तथा नई भाषा का तेवर भी और उन्होंने कविता तथा पत्रकारिता के द्वारा पूर्व प्रचलित सभी मानदण्डों को सफलतापूर्वक तोड़ा भी। उनके दौर में भाषा का मुहावरा नई कविता व नई पत्रकारिता का मुहावरा बना। उन्होंने ऐसी भाषा गढ़ी, जिसने पाठकों से आत्मीयता स्थापित की तथा उन्होंने भारी-भरकम शब्दों के बजाय बोलचाल की सरल व सहज भाषा में दैनिक जीवन के प्रतीकों, बिंबों, उपमानों का प्रयोग करके हिंदी साहित्य और हिंदी पत्रकारिता को नई अर्थवत्ता प्रदान की। यही कारण है कि उनकी भाषा में कहीं ऐंठन नहीं आती। दादा ने अज्ञेय और रघुवीर सहाय की 'दिनमान' की संपादकीय भूमिका को लेकर लिखा कि रघुवीर सहाय ने कविता की तरह हिंदी पत्रकारिता को नई भाषा दी और अज्ञेय के बाद 'दिनमान' को भाषा के साथ विचार से जोड़ा तथा यह करके उन्होंने हिंदी पत्रकारिता को एक नया प्रतिमान दिया। अज्ञेय ने भाषा को परिष्कृत तथा सुसंस्कृत किया पर सहाय ने उसे लोकभाषा और पाठक से जोड़कर एक नया आयाम दिया।

धर्मवीर भारती और 'धर्मयुग' एक समय एक-दूसरे के पर्याय बन गये थे। दादा ने उनके बारे में लिखा कि 1960 से 1987 के बीच 27 वर्ष का लम्बा कालखंड

भारती ने पत्रकारिता की एकांतिक साधना के लिए समर्पित किया था तथा यह भी कि छठे दशक में आरंभ के कुछ वर्ष ऐसे भी थे जिनमें अज्ञेय, रघुवीर सहाय और भारती इलाहाबाद में ही थे तथा उनमें गहरी निकटता थी।

भारती जी के गद्य लेखन को लेकर अच्युता जी कहते हैं कि उनके गद्य लेखन में पर्याप्त संरचनागत वैविध्य है। उन्होंने हिंदी पत्रकारिता के बारे में यह लिखा कि हिंदी पत्रकारिता का काम पाठक के मर्म तक पहुंचना है और वहाँ पहुंचकर उसकी जरूरतों को सहानुभूति से समझना और कुशलता से अपनी बात उसे समझाने का है और यह कार्य चाहे जितना श्रमसाध्य हो लेकिन वह एक नैतिक जिम्मेदारी है। ललित निबंधकार और पत्रकारिता के इतिहास के विशेषज्ञ कृष्णबिहारी मिश्र से मेरा संवाद होता रहा। उनका मानना था कि भारती जी ने अपनी ललित संवेदना को पत्रकारिता में एक नई शैली में ढाल दिया था।

इस कृति के अंत में वरिष्ठ पत्रकार जवाहरलाल कौल से दादा की बातचीत है, जिसमें अज्ञेय, रघुवीर सहाय तथा भारती को लेकर विस्तार से चर्चा है। इसमें रघुवीर सहाय के निकट की पत्रिका 'रविवार' पर भी बात की गयी है। उक्त विवरण और विवेचन से यह स्पष्ट हो जाता है कि वे एक अनुभव सम्पन्न ही नहीं, अपितु दृष्टिसम्पन्न साहित्यकार और पत्रकार रहे हैं। दादा ने अपने जीवन के विभिन्न कालखण्डों में जो किया, वह संघर्ष भी है और साधना भी, किंतु अंततः उनके संघर्ष का विलय उनकी साधना में हो जाता है तथा एक शब्द साधक के रूप में ही वे हमारे समक्ष प्रस्तुत होते हैं।

हम किसी भी क्षेत्र के श्रद्धेय साधक के बारे में कहते हैं कि उन्होंने समर्पित जीवन जिया। यहाँ जीवन महत्त्वपूर्ण हो जाता है और साधक की साधना गौण। इसलिए मैं दादा को देखकर, उनकी अपरिमित साधना और उनकी निस्पृहता को देखकर कहता हूँ कि इन्हें देखकर स्वयं जीवन को स्पृहा होती होगी कि वास्तव में मैं गौण हूँ, वास्तविक प्राणवान तो अच्युतानंद हैं जिनका कृतित्व ही वास्तविक जीवन है, जिनके कृतित्व के स्पंदनों को कभी विराम लेना ही नही। मुझे लगता है कि दादा ने जीवन को पराजित कर दिया है और वे स्वयं अमृतमय प्राण के पर्याय हो गये हैं।

(लेखक सुप्रसिद्ध ललित निबंधकार एवं कला इतिहासकार हैं।)

संस्कृति-संवेदना की साधना

गिरीश्वर मिश्र

संस्कृति इस अर्थ में एक जीवंत प्रक्रिया है कि मनुष्य और प्रकृति के बीच सामंजस्य की स्थापना चलती रहती है। अपनी बौद्धिक क्षमता के कारण मनुष्य संस्कृति के एक विवेकशील वाहक की भूमिका निभाता है। अतीत को संजोता वह कल्पना के साथ भविष्य की ओर आगे बढ़ता है। यद्यपि परिस्थितियाँ भिन्न-भिन्न काल खंडों में अलग-अलग अवसर देती है। मानवीय चैतन्य का तकाजा होता है कि मनुष्य इस भूमिका में अनवरत चलता रहे। सभ्यता-यात्रा में इस चैतन्य को सक्रिय रखने के उपाय भी किये जाते रहे हैं। संवाद और संचार के उपक्रम इसके माध्यम बन गये। काल-क्रम में पत्रकारिता ने इस भूमिका को सँभाला और राष्ट्र के आह्वान की कोशिश होती रही। समाचार पत्र समाज की आवाज बन गये। वे हर अत्याचार और अनाचार का प्रतिरोध करने के लिए तत्पर होने लगे। साथ ही उनके द्वारा समाज को प्रेरित ही नहीं किया गया, बल्कि दायित्व-बोध और भागीदारी को भी सहज बनाया गया। भारतीय स्वतंत्रता संग्राम में समाचार पत्रों की निर्णायक भूमिका थी और अनेक पत्रकारों ने इस लक्ष्य के लिए अपने को हर तरह से समर्पित किया था। प्रामाणिक संचार और मूल्य-बोध की अमिट गाथा गणेश शंकर विद्यार्थी, माखनलाल चतुर्वेदी, माधव राव सप्रे, बाबूराव विष्णु पराड़कर आदि के पत्रकारिता कर्म में सरलता से देखी जा सकती है। साथ ही यह बात भी रेखांकित की जानी चाहिए कि महात्मा गांधी, बाबासाहब डॉ. भीमराव अंबेडकर, महामना पंडित मदन मोहन मालवीय, नेताजी सुभाषचन्द्र बोस, श्री अरविंद घोष आदि सभी मूर्धन्य नेता सामाजिक प्रयोजन सिद्ध करने की भावना से प्रेरित होकर पत्रकारिता के क्षेत्र में आये और कार्य किया। वस्तुतः बड़ी संख्या में स्वातंत्र्य-वीर पत्रकारिता से जुड़े थे और स्वराज की भावना का पूरे देश में विस्तार किया।

पत्रकारिता की प्रयोजनशीलता उसका स्वभाव बन गयी। यह क्रम आगे भी चलता रहा और अनेक लोगों ने पत्रकारिता की परम्परा को समृद्ध किया। निकट

अतीत में जाएँ तो हिंदी-पत्रकारिता के क्षेत्र में प्रभाष जोशी, राजेंद्र माथुर, स.ही. वात्स्यायन 'अज्ञेय', विद्यानिवास मिश्र, धर्मवीर भारती, रघुवीर सहाय, मनोहर श्याम जोशी, अच्युतानंद मिश्र, हरिवंश तथा राहुल देव आदि का नाम स्मृति में कौंध उठता है। इन लोगों ने हिंदी-पत्रकारिता को पहचान और धार देने का काम किया। साहित्य से निकटता और संस्कृति के प्रति खुली परंतु संवेदनशील दृष्टि अपनाने के कारण इन अध्यवसायी प्रवृत्ति के लेखक पत्रकार जनों की उपस्थिति ने संस्कृति-संवाद को जीवंत बनाए रखा। उन्होंने पाठकों की रुचि को भी परिमार्जित किया और सार्थक पत्रकारिता का उदाहरण पेश किया। इसे निश्चय ही राष्ट्रीय जीवन में एक महत्त्वपूर्ण रचनात्मक हस्तक्षेप कहा जा सकता है। यह कार्य किसी भी तरह सरल न था, परंतु सबने अपने-अपने स्थानीय देश-काल की विभिन्न सामाजिक, व्यावसायिक और राजनैतिक चुनौतियों को स्वीकार किया और राष्ट्रहित को साधने की चेष्टा की। अभिव्यक्ति की जरूरत उनके लिए सबसे पहले आती थी और सबने उसके लिए राह बनायी। प्रतिगामी शक्तियों के चलते संस्कृति के प्रवाह में बाधाएँ भी आती रहीं, पर सबने उनका प्रतिरोध भी किया।

उपर्युक्त शृंखला में श्री अच्युतानंद मिश्र की विशेष भूमिका रही। उन्होंने दैनिक समाचार पत्रों के सम्पादन की लम्बी पारी खेली। दिल्ली से प्रकाशित राष्ट्रीय दैनिक समाचार पत्रों—'जनसत्ता', 'नवभारत टाइम्स' और उत्तर प्रदेश के प्रमुख हिंदी दैनिक 'अमर उजाला' में तीन दशकों से अधिक अवधि तक प्रमुख संपादकीय दायित्व सँभाला और कई तरह की पहल भी की। 'नवभारत टाइम्स' में पंडित विद्यानिवास मिश्र के सहयोगी के रूप में उन्होंने उल्लेखनीय कार्य किया। उन्होंने नागपुर से प्रकाशित दैनिक समाचार पत्र 'लोकमत समाचार' का भी सम्पादन किया। बाद में मध्य प्रदेश शासन के अनुरोध पर माखनलाल चतुर्वेदी राष्ट्रीय पत्रकारिता एवं संचार विश्वविद्यालय, भोपाल के कुलपति का पद स्वीकार किया। हिंदी पत्रकारिता और संचार पर केंद्रित यह एक अनूठी पहल थी। यह एक व्यावसायिक विषय था और उसे औपचारिक रूप देना तथा छात्रों को प्रशिक्षण और अभ्यास का अनुभव प्रदान करने की व्यवस्था करना आवश्यक था। इस दायित्व के साथ हिंदी पत्रकारिता को एक विश्वविद्यालय स्तरीय अध्ययन विषय या अनुशासन के रूप में स्थापित करने के लिए मिश्र जी ने विशेष प्रयास किया और प्रतिष्ठा दिलाई। मिश्र जी ने कुलपति के अपने कार्यकाल में शोध और अन्वेषण के कार्य को प्रोत्साहन देने के साथ हिंदी पत्रकारिता पर केंद्रित एक महत्त्वाकांक्षी पुस्तक शृंखला भी प्रकाशित की, जिसमें 80 खंड हैं। यह अध्येताओं और छात्रों के लिए एक महत्त्वपूर्ण अकादमिक संसाधन है।

अपनी व्यस्तताओं के बीच मिश्र जी ने कई पुस्तकों की भी रचना की। चार खंडों में प्रकाशित उनकी संपादित पुस्तक 'हिंदी के प्रमुख समाचारपत्र और पत्रिकाएँ'

आजादी के बाद हिंदी पत्रकारिता के उभरते स्वरूप को, उसके जमीनी यथार्थ को और उनके बनने-बिगड़ने की प्रक्रिया के ज्ञात और अलक्षित कई पहलुओं को प्रस्तुत करती है। मिश्र जी ने गीता प्रेस से प्रकाशित प्रख्यात 'कल्याण' नामक पत्रिका के यशस्वी संपादक और परम भागवत स्वर्गीय हनुमान प्रसाद पोद्दार के चुने हुए दुर्लभ पत्रों का एक अनूठा संकलन 'पत्रों में समय-संस्कृति' शीर्षक से सम्पादित कर प्रकाशित किया है। साहित्य प्रेमियों और सामान्य जनों दोनों के लिए ये पत्र उपयोगी और प्रेरक हैं। अज्ञेय, रघुवीर सहाय और धर्मवीर भारती पर केंद्रित 'तीन श्रेष्ठ कावियों का हिंदी पत्रकारिता में अवदान' अपने ढंग की अनोखी कृति है, जिसमें कवि प्रतिभाओं और उनके द्वारा की गयी पत्रकारिता के कई आयाम उद्घाटित हुए हैं। साहित्य और पत्रकारिता की निकटता और दोनों के लोक कल्याण के लक्ष्य की साझेदारी द्रष्टव्य है। इसी तरह 'कुछ सपने कुछ संस्मरण' शीर्षक संकलन में मिश्र जी ने शीर्ष व्यक्तित्वों की विचार-यात्रा के कई मार्मिक पक्षों को उकेरा है। ये पुस्तकें मिश्र जी के सरोकारों के दायरे को उजागर करती हैं। ऐतिहासिक तथ्यात्मकता के साथ संदर्भ के बीच विषयवस्तु का सरल और सुग्राह्य विवेचन उनके लेखन की खासियत है।

अच्युतानंद जी की नौ दशकों तक की अब तक की जीवन यात्रा संघर्ष, सुख, दुःख और उतार-चढ़ाव के साथ गतिमान रही है। सात्त्विक बुद्धि वाले, सहृदय, सहनशील और उदारमना मिश्र जी संवाद और अच्छे कार्य में सहयोग के लिए सदा तैयार रहते हैं। वे दिखावे में विश्वास नहीं करते और अपने विश्लेषण को तथ्यों तक सीमित रखते हैं। गांव, शहर, महानगर में आ रहे परिवर्तन पर उनकी पैनी नजर रहती है। पत्रकारों की प्रचलित छवि के विपरीत मिश्र जी गंभीरता और सतर्कता के साथ अपनी बात कहते हैं और दूसरों की बात भी सुनते हैं। वे असहमति को भी शालीनता से व्यक्त करते हैं। सहज़ और सामान्य भाव से जीवन में जो प्राप्त है, उसे गरिमा के साथ स्वीकार करते हैं। कई बैठकों और संगोष्ठियों में मैंने देखा है कि मिश्र जी से छोटे-बड़े जो भी मिलते हैं, उनके साथ यथोचित स्नेह भाव के साथ मिलते हैं। कुछ माह पहले मैंने अपने नये संकलन 'समाज का देश काल' के लिए प्राक्कथन लिखने के लिए अनुरोध किया था। उसे उन्होंने स्वीकार किया और दो सप्ताह के भीतर पांडुलिपि को पढ़ कर मुझे उपलब्ध भी करा दिया। उनसे मिलकर, उनकी बातों को सुनकर मिलने वाला समृद्ध होता है। ऐसे सत्पुरुष मार्गद्रष्टा का कार्य करते हैं।

(लेखक सुप्रसिद्ध शिक्षाविद, मनोवैज्ञानिक और महात्मा गांधी अंतरराष्ट्रीय हिंदी विश्वविद्यालय, वर्धा के पूर्व कुलपति हैं।)

सर्वसमावेशी दृष्टि के धनी

विजयदत्त श्रीधर

किसी व्यक्ति को ठीक से जानने-पहचानने के लिए उसके दैनन्दिन कार्य-व्यवहार, आचार-विचार-सरोकार, वार्तालाप-विमर्श, लेखन-पठन आधारभूत तत्त्व का काम करते हैं। खासतौर से 'लाभ' को ही सर्वस्व मानने वाले इस बाजारू दौर में उपर्युक्त कसौटियाँ किसी व्यक्ति की पहचान का आईना बन सकती हैं। भौतिक स्वरूप में 'बड़ा' होना कोई बड़ी बात नहीं, बड़प्पन होना ही सचमुच बड़ी बात है। दुर्लभ उपलब्धि है। 55 बरस के पत्रकार-जीवन में सैकड़ों स्वनामधन्य व्यक्तियों से मेल-मुलाकात, संपर्क-संवाद का अवसर मिला। इनमें से कई पद के कारण तात्कालिक प्रतिष्ठा पाये हुए थे। कई विधा-विशेष के साधक होने के कारण प्रतिष्ठित थे। कई ने लगन-निष्ठा-परिश्रमपूर्वक अपने-आपको प्रतिष्ठा के लिए सिद्ध किया था। कई को सहज औदार्य और सर्वसमावेशी व्यवहार के कारण लोक ने प्रतिष्ठा के आसन पर आसीन कर दिया। मूर्धन्य संपादक श्री अच्युतानंद मिश्र इसी कोटि के व्यक्ति हैं। उन्होंने कठोर परिश्रम, अध्ययन-अध्यवसाय, सत्संग-मिलनसारिता, संकल्प-दूरदृष्टि, सहिष्णुता-सराहना के सद्गुणों से अपने सकारात्मक-रचनात्मक-सर्जक व्यक्तित्व की नींव रखी। संस्कृति -संस्कार के खाद-पानी से उसे पुष्ट किया। पुष्पित-पल्लवित किया।

श्री अच्युतानंद मिश्र से पहला परिचय तब हुआ, जब वे 'लोकमत समाचार' के प्रधान संपादक थे। वे हिंदी पत्रकारिता पर केन्द्रित दो खंडों के दीपावली विशेषांक के लिए माधवराव सप्रे स्मृति समाचारपत्र संग्रहालय एवं शोध संस्थान, भोपाल से संदर्भ-सामग्री जुटाने में सहयोग की अपेक्षा कर रहे थे। 'लोकमत समाचार' के साहित्य संपादक श्री प्रकाश चन्द्रायन इस सिलसिले में भोपाल आये थे। पृष्ठ संख्या की दृष्टि से विशेषांक का आकार काफी बड़ा और सामग्री की गुणवत्ता की दृष्टि से कलेवर काफी समृद्ध था। 'लोकमत समाचार' का वह दीपावली विशेषांक हिंदी पत्रकारिता के दस्तावेज के रूप में मान्य और चर्चित हुआ। खूब पढ़ा गया और सहेज

कर रखा गया। 'लोकमत समाचार' के विशिष्ट दीपावली विशेषांक की मिश्र जी द्वारा शुरू की गयी वह परम्परा जारी है। हर साल किसी विषय-विशेष पर दो खंड का उत्कृष्ट विशेषांक प्रकाशित किया जा रहा है। ऐसा करने वाला 'लोकमत समाचार' हिंदी का इकलौता समाचारपत्र है।

श्री अच्युतानंद मिश्र ने सन 1963 में लखनऊ से प्रकाशित 'पाञ्चजन्य' से पत्रकारिता शुरू की। वे काशी हिन्दू विश्वविद्यालय में पढ़ते समय 'आज', 'संसार' और अन्य पत्रों में लिखने लगे थे। लंबे समय तक मिश्र जी दैनिक 'अमर उजाला' के लखनऊ ब्यूरो प्रमुख रहे। पश्चात 'जनसत्ता' और 'नवभारत टाइम्स' में क्रमशः समाचार संपादक और कार्यकारी संपादक हुए। 'जनसत्ता' के संपादक भी रहे। फिर 'लोकमत समाचार' के प्रधान संपादक का दायित्व निभाया। काशी की विद्वत् मंडली से आपका सघन संबंध रहा। देशभर के ख्यात संपादकों तथा हिंदी के वरेण्य साहित्यकारों से निकट संपर्कों ने मिश्र जी के संपादक -मन की संवेदनशीलता और सरोकारी भावना को पुष्ट किया। पं. विद्यानिवास मिश्र का गहरा प्रभाव उन पर था। पंडित जी के प्रति उनकी भावना इस शब्दों में अभिव्यक्त हुई है, ''पंडित विद्यानिवास मिश्र के पाण्डित्य और वैदुष्य का फलक इतना उन्नत, उदात्त और सर्वग्राही है कि उसमें आगम और निगम, लोक और शास्त्र सहित ज्ञान-विज्ञान की आधुनिकतम विधाएँ और कलाएँ सम्मिलित हैं। मेरी राय में उनके चिन्तन, अध्ययन और अनुभवों की समेकित ज्ञान राशि पूरी तरह उनके ग्रंथों, निबंधों या व्याख्यानों में समा नहीं पाई है। उदाहरण के लिए राजनीति, धर्म और अध्यात्म उस रूप में उनके नियमित लेखन के क्षेत्र नहीं थे, जिस तरह साहित्य, संस्कृति, दर्शन, भाषा, शिक्षा या कला का क्षेत्र था; लेकिन तीनों क्षेत्र उनकी चिंता और विमर्श के दायरे में गंभीरता से उपस्थित थे।''

आपातकाल-पश्चात की हिंदी पत्रकारिता के दो शिखर संपादक श्री राजेन्द्र माथुर और श्री प्रभाष जोशी, मिश्र जी के प्रिय संपादक रहे हैं। प्रभाष जी के साथ आपने काम किया। माथुर साहब की विद्वत्ता, विश्लेषण, भाषाशैली के वे प्रबल प्रशंसक हैं; वहीं जोशी जी के देशज आग्रहों और दो टूक कहन के मुरीद हैं। संपादकद्वय को वे हिंदी पत्रकारिता का मुकुट-मणि मानते हैं।

मिश्र जी उस धारा के संपादक हैं, जो मानते हैं कि हिंदी पत्रकारिता और साहित्य का नैकट्य जरूरी है। अच्युता जी इस तथ्य को रेखांकित करना नहीं भूलते कि जब पत्रकारिता और साहित्य में दूरी और दुराव नहीं था, तब पत्रकारिता को मानवीय संवेदना और सुघड़ भाषा के संस्कार मिले। दूसरी तरफ हिंदी पत्रकारिता ने साहित्य और साहित्यकारों को लाखों लाख पाठकों तक पहुँचाया। मिश्र जी आज के हिंदी पत्रों की फूहड़ भाषा पर क्षुब्ध टिप्पणी करते हुए कहते हैं, ''जिस हिंदी पत्रकारिता को हिंदी

गद्य के विकास और हिंदी शब्द संपदा को समृद्ध करने में यश का भागी माना जाता है, आज की पत्रकारिता हिंदी भाषा के अधोपतन की इबारत लिखने में बढ़-चढ़कर हिस्सेदारी करती प्रतीत होती है।''

15 जनवरी, 2005 को श्री अच्युतानंद मिश्र ने माखनलाल चतुर्वेदी राष्ट्रीय पत्रकारिता एवं संचार विश्वविद्यालय के महानिदेशक (कुलपति) का पदभार ग्रहण किया। यह एक संपादक के शिक्षाविद में रूपांतरण का समय था। मिश्र जी ने विद्यार्थियों के प्रवेश का उत्सव और उन्मुखीकरण की परंपरा शुरू की। कुलपति के द्वार विद्यार्थियों और अध्यापकों के लिए सदैव खुले रखने की पहल की। पत्रकारिता के सभी आयामों और प्रारूपों के ख्यात विशेषज्ञों के साथ विद्यार्थियों के संवाद और प्रेरणा का सिलसिला चलाया। प्रतिभा के प्रोत्साहन और पुरस्करण का सालाना जलसा शुरू किया।

विश्वविद्यालय की स्थापना के सत्रह बरस बाद दीक्षांत समारोह का आयोजन पहले पहल मिश्र जी के कुलपतित्त्व में हुआ। पहले ही दीक्षांत समारोह में हिंदी के मूर्धन्य साहित्यकार और हिंदी पत्रकारिता पर गहन शोध करने वाले डॉ. कृष्ण बिहारी मिश्र तथा मनीषी संपादक श्री नारायण दत्त को डी.लिट्. की मानद उपाधि से विभूषित किया गया। इस श्रेष्ठ चयन की देशभर में भूरि-भूरि प्रशंसा हुई।

श्री अच्युतानंद मिश्र की गहरी रुचि स्वतंत्र भारत में पत्रकारिता की दशा और दिशा की पड़ताल में रही है। कुलपति के रूप में उन्होंने विश्वविद्यालय में शोध कार्यों की स्थिति जानी। डी.लिट्. और पीएच.डी. की जानकारी निराशाजनक मिली। उधर पत्रकारिता की पड़ताल को सैद्धांतिक-परंपरागत जामा पहनाना उनका अभीष्ट नहीं था। वे कार्यरत पत्रकारों/संपादकों/अध्येताओं से विश्लेषण और लेखन का कार्य कराना चाहते थे, जो व्यावहारिकता के धरातल पर सटीक हो। वे कतई यह नहीं मानते थे कि इस रूप में तैयार होने वाली किताबें, 'अंतिम और सौ टंच खरी' होंगी, परंतु आगे चलकर शोध करने वालों के लिए आधारशिला अवश्य साबित होंगी। वैसे भी इतिहास लेखन और शोध में पूर्णविराम का दावा कोई समझदार लेखक-संपादक कभी करता नहीं है।

उपर्युक्त भाव-भूमि पर शोध परियोजना का काम शुरू हुआ। कदम-कदम पर विज्ञ जनों से परामर्श की रीति-नीति अपनाई गयी। मिश्र जी की परिकल्पना की शुरुआत हिंदी पत्रकारिता से हुई। इसमें हिंदी भाषी राज्यों में राज्यवार हिंदी पत्रकारिता का शोध-लेखन कराया गया। फिर हिंदीतर राज्यों में हिंदी पत्रकारिता की पड़ताल का काम जुड़ा। सबसे पहले प्रादर्श के रूप में कुछ काम कराए गये। यह विवरण देने का अर्थ यह नहीं है कि मिश्र जी की शोध परिकल्पना बेतरतीब थी, बल्कि वे अनुभव और विमर्श के आधार पर आगे बढ़ने में भरोसा रखने वाले कुलपति रहे थे। उन्होंने

कभी यह भ्रम और अहंकार नहीं पनपने दिया कि हमने जो तय कर लिया, वही अंतिम है। इसी उदात्त भावना के कारण शोध-परियोजना से देशभर के पाँच सौ से अधिक विद्वान् किसी-न-किसी रूप में जुड़े और सक्रिय सहयोगी बने।

स्वतंत्र भारत में भारतीय भाषाओं की शोध परियोजना में मिश्र जी के नेतृत्व और मार्गदर्शन में हिंदीभाषी राज्यों की राज्यवार पत्रकारिता का इतिहास, बांग्ला पत्रकारिता, मलयालम पत्रकारिता, उर्दू पत्रकारिता, गुजराती पत्रकारिता, तेलुगु पत्रकारिता, अन्य भारतीय भाषाओं की पत्रकारिता, प्रमुख हिंदी पत्र-पत्रिकाओं की केस स्टडी, आर्थिक पत्रकारिता, राजनीतिक पत्रकारिता, साहित्यिक पत्रकारिता, खेल पत्रकारिता, फोटो पत्रकारिता, विज्ञान पत्रकारिता, प्रेस विधि, फिल्म पत्रकारिता इत्यादि पुस्तकों का लेखन प्रकाशन हुआ। शोध परियोजना की विशिष्ट उपलब्धि है—हिंदी पत्रकारिता की शब्द संपदा, 'हिंदी की वर्तनी' और 'पत्रकारिता का आपातकाल' पुस्तकें।

युग निर्माता मूर्धन्य संपादकों पर मोनोग्राफ रचकर पत्रकारिता विश्वविद्यालय ने पूर्वज पीढ़ी के प्रेरक कृतित्व की विरासत वर्तमान पीढ़ी को सौंपने का सत्कर्म किया है। ये महान संपादक हैं—महात्मा गांधी, महावीर प्रसाद द्विवेदी, माधवराव सप्रे, भीमराव आंबेडकर, गणेश शंकर विद्यार्थी, माखनलाल चतुर्वेदी, बाबूराव विष्णु पराड़कर, अम्बिका प्रसाद वाजपेयी, लक्ष्मण नारायण गर्दे, बालमुकुंद गुप्त, हेमंत कुमारी देवी चौधरी, हनुमानप्रसाद पोद्दार, बनारसी दास चतुर्वेदी, बाल कृष्ण शर्मा नवीन, शिवपूजन सहाय, राहुल बारपुते, मनोहरश्याम जोशी, राजेन्द्र माथुर, धर्मवीर भारती, सच्चिदानंद हीरानंद वात्स्यायन 'अज्ञेय', पदुमलाल पुन्नालाल बख्शी, मूलचंद अग्रवाल, कृष्णानंद गुप्त, मायाराम सुरजन, कर्पूरचंद कुलिश, अशोक जी, योगीन्द्रपति त्रिपाठी आदि। निश्चित ही श्री अच्युतानंद मिश्र इस श्रेय के अधिकारी हैं कि उन्होंने माखनलाल चतुर्वेदी राष्ट्रीय पत्रकारिता विश्वविद्यालय को एक बृहत् बहुआयामी सोद्देश्य शोध परियोजना को क्रियान्वित करने वाला अभिनव संस्थान सिद्ध किया।

'सरोकारों के दायरे' मिश्र जी के प्रखर वैचारिक निबंधों का संग्रह है। वरेण्य लेखिका महाश्वेता देवी की सम्मति में—''इसके हर यथार्थ के भीतर कई यथार्थ हैं। चिंतापरक निबंध हैं, जिनमें समूची पृथ्वी-अंतरिक्ष का विस्तार है। यह विस्तार हिंदी की नयी वैश्विक दृष्टि की ओर संकेत करता है। पिछली सहस्त्राब्दी राजनीति और युद्ध, शोषण और अन्याय के इतिहास का संग्रहालय है। भारतीय बुद्धिजीवियों के दायित्व-बोध की चर्चा करते हुए अच्युतानंद मिश्र इस नतीजे पर पहुँचते हैं कि आजादी के बाद के पाँच दशक बौद्धिक पाखंड के दशक रहे हैं।'' महाश्वेता जी ने इन्हें 'जातीय मनोरचना को ताप देते निबंध' कहा है।

प्रतिष्ठित निबंधकार डॉ. विवेकी राय की सम्मति में, 'राजनीति से आक्रांत

होकर बिखरते समाज, साहित्य, मीडिया, धर्म और संस्कृति के सर्वकालिक सरोकारों के मानदंडों से जुड़े सवाल इसमें हैं।'' श्री अच्युतानंद मिश्र की एक और किताब आई है, 'पत्रों में समय-संस्कृति'। यह आध्यात्मिक पत्रकारिता के पुरोधा भाईजी हनुमानप्रसाद पोद्दार के दुर्लभ पत्राचार का संकलन है। वरिठ पत्रकार रमेश नैयर कहते हैं, 'संकलित पत्रों को पढ़ते हुए बीसवीं सदी के साठ-सत्तर वर्षों के समय और संस्कृति से आत्मीय साक्षात्कार होता है। उस दौर के धर्म, अध्यात्म, साहित्य, राजनीति और पत्रकारिता का संक्षिप्त, परंतु जीवंत वृत्तांत इस पुस्तक में प्राप्त होता है।''

श्री अच्युतानंद मिश्र की महत्त्वपूर्ण पुस्तक 'तीन श्रेष्ठ कवियों का हिंदी पत्रकारिता में अवदान' वास्तव में साहित्य और पत्रकारी समीक्षा में उनका प्रभावी हस्तक्षेप है। इस पुस्तक के माध्यम से पाठक सच्चिदानंद हीरानंद वात्स्यायन 'अज्ञेय', रघुवीर सहाय और धर्मवीर भारती के यशस्वी कृतित्व का समुचित परिचय पा सकेंगे। अनुसंधित्सुओं के लिए इसमें विस्तृत शोध और व्याख्या-विश्लेषण का आधार मिल सकेगा। तीनों विभूतियों ने साहित्य में जैसा ऊँचा मुकाम हासिल किया, वैसी ही प्रतिष्ठा संपादन में भी अर्जित की। सरोकार और संवेदना उनके कृतित्व के केन्द्र में रहे। उत्कृष्टता और लोकप्रियता ने उनकी सर्जना और अभिव्यक्ति को अर्थवत्ता प्रदान की। मिश्र जी की पुस्तक संभवतः पहली कृति है, जिसने इस जरूरी विषय को चुना और उसका उत्तमता से निर्वाह किया। राष्ट्रीय पुस्तक न्यास ने इस पुस्तक का प्रकाशन वर्ष 2024 में किया है।

इसी वर्ष प्रभात प्रकाशन ने श्री अच्युतानंद मिश्र के भावप्रवण आलेखों का संग्रह 'कुछ सपने कुछ संस्मरण' शीर्षक से प्रकाशित किया है। भारतीय अस्मिता और हिंदी, भारतीय पत्रकारिता और संपादक के प्रतिमान, मीडिया और संचार क्रांति की चुनौतियाँ, शिक्षा, साहित्य और संस्कृति, संसदीय लोकतंत्र और मीडिया तथा संस्मरण इन छह खण्डों में विभक्त इस पुस्तक में कुल 44 आलेख संकलित हैं। इनका लेखन इस तरह हुआ है कि वे चिर प्रासंगिक बन गये हैं। उनमें अपने समय की चिंताएँ और सरोकार मुखर हुए हैं।

मिश्र जी राष्ट्रभाषा हिंदी के प्रबल पक्षधर हैं। हिंदी के सवाल पर वे सरकारों के खिलाफ आंदोलन छेड़ने में भी संकोच नहीं करते। ऐतिहासिक प्रसंगों, सामयिक सवालों, कठिन चुनौतियों, महापुरुषों की जयंतियों पर केन्द्रित विमर्श और आयोजनों में आपकी गहरी रुचि रही है। मूर्धन्य संपादक बाबूराव विष्णु पराड़कर की जन्मशती पर मिश्र जी ने पुस्तक का संपादन किया। गणेश शंकर विद्यार्थी, माखनलाल चतुर्वेदी, माधवराव सप्रे पर केन्द्रित आयोजन किये। ज्यादा से ज्यादा विद्वानों को विमर्श में भागीदार बनाने के लिए वे जगह-जगह जाकर संवाद करने में भरोसा करते हैं।

मिश्र जी के लोकाचार-आग्रहों का प्रत्यक्ष परिचय तब मिला, जब भोपाल में नेशनल यूनियन आफ जर्नलिस्ट का राष्ट्रीय अधिवेशन संपन्न हुआ। मिश्र जी तब एन.यू.जे. के राष्ट्रीय अध्यक्ष थे। देशभर से आये प्रतिनिधियों को जहाँ-जहाँ ठहराया गया था, वे सुबह-शाम वहाँ पहुँचते और अतिथियों की सुविधाओं और आवश्यकताओं की जानकारी लेते। पहली बार भोपाल आने वाले प्रतिनिधियों के लिए भोपाल के समीपी महत्त्वपूर्ण पर्यटन स्थलों के भ्रमण की व्यवस्था की। पूरे पाँच साल मिश्र जी भोपाल में रहे। इस बीच बारम्बार यह अनुभव और एहसास हुआ कि शिष्टाचार और फिक्र करना उनका स्वभाव है।

श्री अच्युतानंद मिश्र के बहुआयामी कृतित्व का अनेक संस्थाओं और सरकारों ने अभिनंदन किया है। उत्कृष्ट पत्रकारिता के लिए केन्द्रीय हिंदी संस्थान का 'गणेश शंकर विद्यार्थी पुरस्कार', हिंदी साहित्य सम्मेलन प्रयाग का 'अंबिकाप्रसाद वाजपेयी पुरस्कार', उत्तरप्रदेश हिंदी संस्थान का 'पत्रकार' भूषण सम्मान' आपको प्रदान किये गये। उत्तरप्रदेश के यशस्वी सपूतों को दिये जाने वाले सबसे बड़े 'यश भारती' सम्मान से मिश्र जी को सम्मानित किया गया। न्यूयार्क विश्व हिंदी सम्मेलन (2007) में हिंदी की सुदीर्घ एवं समर्पित सेवाओं के लिए आपका अभिनंदन हुआ। छह मार्च, 2017 को दिल्ली में हिन्दुस्थान समाचार और सप्रे संग्रहालय, भोपाल की ओर से अस्सीवीं वर्षगाँठ पर श्री अच्युतानंद मिश्र का सार्वजनिक अभिनंदन किया गया। उनकी सोच के अनुरूप जो ग्रंथ उन्हें समर्पित किया गया, उसमें आजादी के बाद की हिंदी पत्रकारिता का विश्लेषण केन्द्रीय विषय है। अलग-अलग कार्यक्षेत्रों के भिन्न-भिन्न सोच वाले व्यक्तियों की जैसी सहभागिता इस समारोह में हुई, वह अपने आपमें विलक्षण दृष्टांत है। यह मिश्र जी के सर्वसमावेशी दृष्टिकोण और व्यवहार का भी साक्ष्य है। अभी तो उनसे और कई पुस्तकों के सृजन की आशा-अपेक्षा है।

(लेखक भारतीय पत्रकारिता के इतिहास के विशेषज्ञ और सप्रे संग्रहालय, भोपाल के संस्थापक संयोजक हैं।)

साहित्य और पत्रकारिता के अंतर्संबंध का संधान

कृपाशंकर चौबे

हिंदी के तमाम मूर्धन्य संपादकों ने किसी विश्वविद्यालय या संस्थान से पत्रकारिता की शिक्षा नहीं ली थी, किंतु वे अपने आप में शिक्षण संस्थान थे। वे पूरे के पूरे पाठ्यक्रम थे और वे ही प्रयोगशाला थे। उनके भीतर अपने समाज को देखने और समझने की निर्मल दृष्टि थी। उन्हीं मूर्धन्य संपादकों की एक कड़ी अच्युतानंद मिश्र से जुड़ती है। अच्युतानंद मिश्र की लिखी या संपादित पुस्तकों के माध्यम से साहित्य और पत्रकारिता के अंतर्संबंध तथा भारतीय समाज के भीतर पत्रकारिता के स्वाभाविक विकास को समझा जा सकता है। अच्युतानंद मिश्र जैसा मूर्धन्य संपादक यानी पत्रकारिता के भीतर का अनुभवी व्यक्ति अपनी ज्येष्ठ पीढ़ी के मूर्धन्य संपादकों की कहानी बताता है तो जाहिर है कि प्रामाणिकता उसकी सबसे बड़ी पूँजी होती है। उस कहानी में पत्रकारिता का सिद्धांत है तो तकनीक, उद्देश्य और भविष्य के लिए प्रेरणा भी। अच्युतानंद मिश्र ने अपनी सद्यः प्रकाशित पुस्तक 'तीन श्रेष्ठ कवियों का हिंदी पत्रकारिता में अवदान' में सच्चिदानंद हीरानंद वात्स्यायन 'अज्ञेय', रघुवीर सहाय और धर्मवीर भारती की पत्रकारिता की कहानी लिखी है। अच्युतानंद मिश्र ने अपनी सद्यः प्रकाशित दूसरी पुस्तक 'कुछ सपने, कुछ संस्मरण' के एक खंड में भी अज्ञेय, धर्मवीर भारती के अलावा प्रतिमान रचनेवाले संपादक अरविंद घोष, नंद दुलारे वाजपेयी और विद्यानिवास मिश्र की पत्रकारिता की कहानी अलग-अलग अध्यायों में कही है। पराड़कर युग और आज की पत्रकारिता जैसे लेख तो आँख खोल देनेवाले हैं। वस्तुनिष्ठ विवेचन में अच्युतानंद मिश्र का कोई सानी नहीं है। यह विशेषता अच्युतानंद मिश्र की लिखी पुस्तक 'सरोकारों के दायरे' और उनकी संपादित पुस्तकों 'हिंदी के प्रमुख समाचार पत्र और पत्रिकाएँ' (चार खंड) तथा 'पत्रों में समय-संस्कृति'

में भी विद्यमान है।

अच्युतानंद मिश्र ने पिछली आधी शताब्दी की अपनी पत्रकारिता में राष्ट्रीय साख बनायी है। दो दिसंबर 1937 को उत्तर प्रदेश के गाजीपुर शहर में श्री रामचन्द्र मिश्र और श्रीमती राम प्यारी देवी के पुत्र के रूप में जन्मे अच्युतानंद मिश्र की आरंभिक शिक्षा वहीं ग्रामीण अंचल में हुई। गाजीपुर जिले का वीरभानपुर उनका पैत्रिक गांव है। अच्युतानंद मिश्र ने काशी हिंदू विश्वविद्यालय से राजनीति विज्ञान में स्नातकोत्तर उपाधि ली और पेशे के रूप में पत्रकारिता का चयन किया। बनारस में 'आज' और 'गांडीव' से उनकी पत्रकारिता प्रारंभ हुई। फिर लखनऊ चले गये। वहाँ उन्होंने साप्ताहिक 'पाञ्चजन्य' और सांध्य दैनिक 'तरुण भारत' में काम किया। उसके बाद अच्युतानंद मिश्र ने 'अमर उजाला' के लखनऊ ब्यूरो को स्थापित किया। 'अमर उजाला' से वे डेढ़ दशक तक जुड़े रहे। फिर 'जनसत्ता' में समाचार संपादक बनकर दिल्ली चले गये। एक बार पुनः संपादक बनकर 'अमर उजाला', कानपुर लौटे। विद्यानिवास मिश्र जब 'नवभारत टाइम्स' में प्रधान संपादक बने तो अच्युतानंद मिश्र वहाँ कार्यकारी संपादक बनकर गये। साढ़े तीन वर्षों के बाद वे 'जनसत्ता' के पहले वरिष्ठ संपादक और फिर कार्यकारी संपादक बने। उसके बाद अच्युतानंद मिश्र 'लोकमत समाचार' के प्रधान संपादक बने। राष्ट्रीय समाचार पत्रों में संपादक का दायित्व निभाते हुए भी साहित्य और पत्रकारिता के अंतर्संबंधों पर वे अनुशीलनरत रहे। उसी अनुशीलन का परिणाम उनकी सद्यः प्रकाशित पुस्तक 'तीन श्रेष्ठ कवियों का हिंदी पत्रकारिता में अवदान' है।

साहित्यिक पत्रकारिता का इतिहास :

'तीन श्रेष्ठ कवियों का हिंदी पत्रकारिता में अवदान' पुस्तक में सच्चिदानंद हीरानंद वात्स्यायन 'अज्ञेय', रघुवीर सहाय और धर्मवीर भारती की पत्रकारिता की कहानी कहने के पूर्व अच्युतानंद मिश्र संक्षेप में हिंदी पत्रकारिता और साहित्यिक पत्रकारिता का इतिहास बताते हुए तब के संपादकों की संघर्ष गाथा का वर्णन करते हैं। हिंदी का पहला समाचार पत्र 'उदंत मार्तंड' 30 मई, 1826 को कलकत्ता से युगल किशोर शुक्ल के संपादन में निकला था, किंतु साधनों के अभाव में वह केवल डेढ़ वर्ष चला। 'हिंदी प्रदीप' के संपादक बालकृष्ण भट्ट इलाहाबाद की कायस्थ पाठशाला में संस्कृत अध्यापन करते थे। शहीद खुदीराम बोस को भरे सभा मंडप में श्रद्धांजलि देने और एक कविता छापने के कारण उनका पत्र बंद हो गया और नौकरी चली गयी (मिश्र, 2024, पृष्ठ-07)। पंडित मदनमोहन मालवीय 'हिंदोस्तान' के संपादक थे। उसके मालिक कालाकांकर के जमींदार राजा रामपाल सिंह उनका आदर करते थे। एक दिन तयशुदा शर्त के विपरीत नशे की हालत में उन्होंने मालवीय जी को अपने

पास बुला लिया और मालवीय जी नौकरी छोड़कर प्रयाग वापस चले गये। महावीरप्रसाद द्विवेदी ने 150 रुपये मासिक वाली रेलवे की नौकरी छोड़कर केवल बीस रुपये मासिक में 'सरस्वती' का संपादक बनना स्वीकार किया था। 'हिंदी बंगवासी' के संपादक अमृतलाल चक्रवर्ती की मातृभाषा हिंदी नहीं थी। अपने शहर कलकत्ता (अब कोलकाता) से दस वर्ष तक उन्होंने 'हिंदी बंगवासी' का संपादन किया था। पंडित अम्बिकाप्रसाद वाजपेयी उस पत्र को हिंदी पत्रकारिता की प्राथमिक पाठशाला मानते थे। श्री चक्रवर्ती बाद में मुंबई के 'श्रीवेंकटेश्वर समाचार' के संपादक हुए। उन्होंने 1914 में इसका प्रकाशन दैनिक पत्र के रूप में शुरू कर दिया। एक समाचार छापने से इनकार करने पर उन्हें नौकरी छोड़नी पड़ी थी। सन् 1925 में सोलहवें हिंदी साहित्य सम्मेलन के सभापति बनकर जब वे वृंदावन पहुंचे थे तो उनके पास न तो सर्दियों में पहनने लायक कपड़े थे और न वापस लौटने के लिए रेल का किराया। एक बार ऋण न चुका पाने के कारण उन्हें जेल भी जाना पड़ा था। 'मणिमय' के संपादक रामव्यास पांडेय ने लिखा है कि वे आपाद मस्तक सैद्धांतिक थे। 1936 में कोलकाता में बेहद गरीबी भोगते हुए उनका निधन हुआ था (मिश्र, 2024, पृ. 07)। नित्यानंद चटर्जी ने अपनी पत्नी के जेवर बेचकर पांच सौ रुपये दिये थे, जिससे इलाहाबाद से मशहूर साप्ताहिक 'कर्मयोगी' निकला था।

मिश्र जी याद दिलाते हैं कि हिंदी के प्रथम संपादकाचार्य पंडित रुद्रदत्त शर्मा चार दशक तक हिंदी पत्रकारिता की सेवा करने के बाद अंतिम दिनों में आजीविकाविहीन थे। पांच रुपये मासिक के लिए किसी को पढ़ाने उन्हें तीस मील पैदल जाना पड़ता था। विपन्नता में हुई उनकी मौत को पूरे हिंदी समाज के लिए लज्जाजनक कहा गया था (मिश्र, 2024, पृ. 08)। महान कथाकार और 'हंस' के संस्थापक-संपादक प्रेमचंद की एक अनाम व्यक्ति की तरह हुई मौत पर काशी के हिंदी विद्वान आज तक शर्मिंदा हैं (मिश्र, 2024, पृ. 08)। उस युग के अधिकतर संपादकों और पत्रकारों ने अंग्रेजी, बांग्ला, गुजराती, मराठी और संस्कृत की रचनाओं का अनुवाद करके हिंदी पत्रकारिता का कोष समृद्ध किया था।

अच्युतानंद मिश्र लिखते हैं कि आधुनिक हिंदी गद्य के जन्मदाता भारतेंदु हरिश्चन्द्र ने 18 वर्ष की आयु में अपनी पत्रिका 'कविवचन सुधा' (1867) के माध्यम से साहित्य की जिस पत्रकारिता का आरंभ किया था, उसे ठोस विस्तार, भाषा और तेवर देने का काम पंडित बालकृष्ण भट्ट के 'हिंदी प्रदीप' (1877), पंडित छोटूलाल मिश्र के 'भारतमित्र' (1878), सदानंद मिश्र के 'सारसुधानिधि' (1879) और दुर्गाप्रसाद मिश्र की पत्रिका 'उचितवक्ता' (1880) ने किया था। उस दौर के पत्रों में स्वाधीनता की चेतना और उग्र राष्ट्रीयता तो थी ही, पत्रकारों की निष्ठा, आदर्शवादिता, साहस

और बलिदान के सैकड़ों उदाहरण भरे पड़े हैं। बाद के वर्षों में सर्व आदरणीय पंडित महावीरप्रसाद द्विवेदी, बालमुकुंद गुप्त, पंडित अम्बिकाप्रसाद वाजपेयी, पंडित माखनलाल चतुर्वेदी, गणेश शंकर विद्यार्थी, बाबूराव विष्णु पराड़कर जैसे अनेक साहित्यिक प्रतिभा वाले पत्रकारों ने राष्ट्रीय चेतना को आंदोलित कर घर-घर पहुँचाने में अप्रतिम योगदान दिया। स्वाधीनता आंदोलन के इतिहास में इनका योगदान अमर हो गया है। इनको प्रेरणा देने का काम उस दौर के संपादक-राजनेता लोकमान्य तिलक, पंडित मदनमोहन मालवीय, देशबंधु चित्तरंजन दास, लाला लाजपत राय और महात्मा गांधी जैसे लोगों ने किया था (मिश्र, 2024, पृ. 09)।

स्वाधीन भारत में भारतीय भाषाओं की पत्रकारिता को व्यवस्था विरोध की सशक्त भाषा, भाषा के संस्कार, सरोकारों के लिए संघर्ष और वैचारिक आधार देने का काम भी ऐसे संपादकों-पत्रकारों ने किया था, जो मूलतः साहित्य से पत्रकारिता में आये थे। उन्होंने साहित्य के साथ-साथ पत्रकारिता को भी अपनी अभिव्यक्ति का साधन बनाया था।

हिंदी गद्य के निर्माण में पत्रकारिता का योगदान :

अच्युतानंद मिश्र ने लिखा है कि स्वतंत्रता संग्राम के दौरान हिंदी साहित्य और हिंदी पत्रकारिता के बीच विभाजक रेखा अदृश्य थी। प्रस्तुति की शैली और अनुशासन अलग-अलग थे, लेकिन दोनों के सामाजिक सरोकार, राष्ट्रभाषा हिंदी के प्रति निष्ठा और राष्ट्रीयता की दृष्टि समान थी। हिंदी गद्य के निर्माण में पत्रकारिता की महत्त्वपूर्ण भूमिका को सभी ने स्वीकार किया है। साहित्य की प्राचीनता और पत्रकारिता की आधुनिकता के बावजूद हिंदी की सांस्कृतिक विरासत और संपूर्ण शब्द संपदा दोनों की अविभाज्य धरोहर है (मिश्र, 2024, पृ. 01)। पौने दो सौ वर्ष के सहविकास का यह रिश्ता अटूट है। अपने दौर के श्रेष्ठतम साहित्य सर्जकों और संपादकों ने इतिहास के इस शानदार और गौरवपूर्ण अध्याय को साथ-साथ लिखा और जिया है। साहित्य के प्रति पूर्ण सम्मान के साथ ही यह स्वीकार करना पड़ेगा कि स्वतंत्रता प्राप्ति के युद्ध में लोक प्रतिबद्ध पत्रकारिता ने अपने सर्वस्व की आहुति दी थी। सैकड़ों पत्र-पत्रिकाओं और पत्रकारों ने अपना अस्तित्व दाँव पर लगाकर सच लिखने, छापने और बोलने का जोखिम उठाया था (मिश्र, 2024, पृ. 01)।

अच्युतानंद मिश्र की स्थापना है कि स्वतंत्र भारत की पत्रकारिता में चुनौती स्वीकार करने की प्रवृत्ति घटी है। कहानियाँ, कविताएँ, उपन्यासों के अंश और समीक्षाएँ छापकर पत्रकारिता ने साहित्य के पाठकों की संख्या में अकल्पनीय वृद्धि की है, लेकिन स्वतंत्रता के बाद की पत्रकारिता को नई भाषा, नये तेवर और वर्तनी के संस्कार देने की जो अपेक्षा साहित्य से थी, वह पूरी नहीं हुई (मिश्र, 2024, पृ.

01)। हिंदी साहित्य ने यदि पत्रकारिता को अभिव्यक्ति की नई शब्दावली और अपनी आचार सहिता तय करने के लिए प्रेरित किया होता तो बाजार और प्रबंधन का गठजोड़ या सार संहिता परिदृश्य इतना अराजक नहीं होता। पिछले तीन दशकों से दोनों पक्षों की संवादहीनता ने खाई गहरी करने का काम किया है। साहित्य की आत्ममुग्धता की पत्रकारिता की अहमन्यता से हिंदी की अक्षम्य क्षति हुई है। रचनात्मक सृजन घटा है, आत्मकेंद्रित लेखन बढ़ा है। संबंधों में तनावों के बावजूद दोनों के बीच का रिश्ता आज भी अभिन्न है। यह रिश्ता वैसा ही है जैसे फूल और सुगंध का, ध्वनि और गूँज का, अनुभूति और अभिव्यक्ति अथवा भाषा और व्याकरण के बीच होता है। आरोप यह है कि स्वतंत्रता के बाद साहित्य और पत्रकारिता ने एक संवेदनशील और क्रियाशील समाज बनाने की कोई लक्ष्यनिष्ठ कोशिश नहीं की है। समाज के साथ उनका रिश्ता मोलभाव और ग्राहक उपभोक्ता का बन गया है। पिछली पीढ़ी के दसियों ऐसे साहित्य मनीषी हैं, जिनका नाम साहित्यिक पत्रिकाओं के संपादक के रूप में बड़े आदर और सम्मान से लिया जाता है। उन्होंने पत्रकारिता के धर्म और गुणवत्ता को भी समृद्ध किया है। उसी पीढ़ी के तीन ऐसे शलाका हिंदी संपादक हैं—सच्चिदानंद हीरानंद वात्स्यायन अज्ञेय, रघुवीर सहाय और धर्मवीर भारती। उन तीनों ने साहित्य के साथ हिंदी पत्रकारिता में भी सशक्त और सार्थक हस्तक्षेप किया, लेकिन पत्रकारिता में प्रायः उपेक्षित रहे (मिश्र, 2024, पृ. 02)।

अज्ञेय, रघुवीर सहाय और धर्मवीर भारती में समानता :

अच्युतानंद मिश्र के अनुसार अज्ञेय, रघुवीर सहाय और धर्मवीर भारती को साहित्य से भरपूर सम्मान और पत्रकारिता से अभूतपूर्व लोकप्रियता मिली थी। तीनों ने अपना-अपना साहित्यिक और पत्रकारीय लेखन लगभग साथ-साथ शुरू किया था। तीनों संपादकों में बहुत कुछ समान था और कई वैचारिक अंतर्विरोध भी थे। तीनों पर स्वतंत्रता पूर्व के संपादकों की छाप थी। उनमें से कुछेक के साथ उन्होंने काम किया था और कई को नजदीक से काम करते हुए देखा था। साहित्य तीनों का पहला आकर्षण था। तीनों पेशेवर पत्रकार नहीं थे, लेकिन पत्रकारिता के मूल्यों के प्रति उनकी प्रतिबद्धता कम नहीं थी। साहित्य की तरह ही संपादक के रूप में भी तीनों अपने पाठकों में अलग-अलग पहचान के साथ लोकप्रिय थे। तीनों के बीच लोकतंत्र, समाजवाद, व्यवस्था विरोध और हिंदी की अस्मिता निर्विवाद थी (मिश्र, 2024, पृ. 03)। हिंदी पत्रकारिता की भाषा गढ़ने में तीनों ने अपनी शैली में योगदान किया था। तीनों ने हिंदी के साथ भारतीय साहित्य और भाषाओं को प्रोत्साहित किया था। तीनों का फलक विशाल था। वे साहसी और प्रयोगधर्मी थे। भारतीय मनुष्य और मानवीयता उनके साहित्य और पत्रकारिता दोनों के केंद्र में थी। तीनों ने मौलिक

लेखन के साथ-साथ अनुवाद के माध्यम से भी हिंदी को समृद्ध किया। तीनों को लेकर साहित्य में जो गुटबंदी या विवाद उछाले गये थे, उसकी छाया उनकी पत्रकारिता पर भी थी। लेखन और संपादन में तीनों अपने कथ्य और शिल्प को लेकर बेहद सजग थे। तीनों ने अपने दौर के चर्चित श्रेष्ठ साहित्यकारों से अपनी पत्रिकाओं में बार-बार लिखवाया और छापा था। अज्ञेय, रघुवीर सहाय और धर्मवीर भारती एक समय एक ही प्रकाशन संस्थान से जुड़े थे। उन्होंने प्रकाशकों की तीन पीढ़ियों और बदलते मैनेजरों के तेवर भी देखे थे। तीनों अपने दौर के उन साहित्यकारों में शामिल नहीं हैं, जो यह मानते थे कि पत्रकारिता साहित्य कर्म की साधना को पथभ्रष्ट करती है अथवा साहित्य अनुभूति और जीवन के सत्य का दर्शन है, जबकि पत्रकारिता इंद्रिय गोचर सूचनाओं या तथ्यों की प्रस्तुति और विश्लेषण मात्र है। यह भी कहा गया कि वे हिंदी साहित्य के मठाधीश थे और हिंदी पत्रकारिता में प्रोजेक्ट किये गये। उनके प्रयोग अपारंपरिक, साहसिक और सरोकारों से जुड़े थे। राजनेताओं से गहरे निजी रिश्तों के बावजूद वे राजनीति में नहीं गये। उनका चिंतन प्रगतिशील और आधुनिक था लेकिन वे मार्क्सवादी नहीं थे। उन पर मानवेन्द्रनाथ राय, राममनोहर लोहिया और जयप्रकाश नारायण की गहरी छाप थी। उनके आदर्श उदात्त थे। बिक्री और विज्ञापन बढ़ाने के लिए पत्रिकाओं को सस्ता बनाने के तीनों खिलाफ थे। उन्होंने अपने लेखकों, सहयोगियों और पाठकों की एक पूरी पीढ़ी को अपने ढंग से गढ़ने का काम किया था (मिश्र, 2024, पृ. 04)।

अच्युतानंद मिश्र के मुताबिक तीनों अपने पांडित्य से आक्रांत करने के बजाए अपने साहचर्य से एक नई स्फूर्ति देते थे। उस दौर के सैकड़ों लेखकों और हजारों प्रबुद्ध पाठकों को उन्होंने स्वयं पत्र लिखकर लेखन के लिए प्रेरित किया और सम्मान से छापा भी था। यह निर्विवाद है कि तीनों ने हिंदी क्षेत्र में मध्य वर्ग के बेचैन युवाओं को भाषाई स्वाभिमान, अभिव्यक्ति की स्वतंत्रता और सांस्कृतिक पहचान दिलाने में पहल की थी। तीनों स्वप्नद्रष्टा भी थे और कर्मकठोर भी। तीनों ने बुद्धिजीवियों को उनकी निष्क्रियता तथा अकर्मण्यता पर जमकर लताड़ा है। अज्ञेय तो क्रांतिकारियों के सहयोगी रहे और सीमा पर हथियार उठाकर लड़े भी। उसी तरह रघुवीर सहाय और धर्मवीर भारती ने बांग्लादेश का युद्ध या जयप्रकाश नारायण के आंदोलन के दौरान संपूर्ण हिंदी क्षेत्र के ध्येयवादी युवकों के मानस को हर संघर्ष के लिए तैयार किया था (मिश्र, 2024, पृ. 05)।

अच्युतानंद मिश्र ने तीनों मूर्धन्य संपादकों में समानता का वर्णन किया है तो उनके वैचारिक अंतर्विरोध को भी उजागर किया है। उन्होंने लिखा है कि तीनों के कई फैसले आज तक विवादों के घेरे में हैं। जैसे इमरजेंसी के दौर में 'दिनमान'

की भूमिका, संपादक के रूप में रघुवीर सहाय द्वारा लिखी गयी टिप्पणियाँ या जयप्रकाश नारायण को केंद्र में रखकर लिखी गयी धर्मवीर भारती की प्रसिद्ध कविता 'मुनादी' का सबसे पहले 'धर्मयुग' में न छपना जैसे मुद्दों को लेकर आज भी सवाल उठाए जाते हैं। यह पूछा जाता है कि आजीविका के लिए मूल्यों के साथ समझौता किस सीमा तक होना चाहिए। अज्ञेय उसके अपवाद हैं। उन्होंने पूरा जोखिम उठाकर इमरजेंसी के खिलाफ 'नया प्रतीक' में लिखा और छापा था। विवाद इस पर भी है कि तीनों को उनके संचालकों ने प्रताड़ित और अपमानित किया था, लेकिन तीनों ने उसके विरुद्ध आवाज नहीं उठाई। अच्युतानंद मिश्र ने नंद किशोर त्रिखा के हवाले से लिखा है कि अज्ञेय जी ने अपनी शर्तों पर लेकिन पूरी कीमत चुकाकर संपादन का काम किया था। टाइम्स प्रबंधन ने प्रेस आयोग से असहयोग करने के लिए एक आदेश जारी किया था लेकिन अज्ञेय जी को यह मंजूर नहीं था। इसी कारण उनको प्रबंधन ने संपादक पद का विस्तार नहीं दिया था (मिश्र, 2024, पृ. 19)। उनके संपादक पद से हटने के बाद भी कोई शून्य नहीं पैदा हुआ, क्योंकि अज्ञेय जिस भी पत्र-पत्रिका में रहे, अपने उत्तराधिकारी बनाते चलते थे।

अज्ञेय, रघुवीर सहाय और धर्मवीर भारती के बारे में अनेक विद्वानों के विचार भी पुस्तक में दर्ज हैं। वे विचार सटीक मूल्यांकन भी हैं। उदाहरण के लिए जवाहरलाल कौल से अच्युतानंद मिश्र की बातचीत को देखा जा सकता है। अच्युतानंद मिश्र के प्रश्न के उत्तर में जवाहर लाल कौल कहते हैं—धर्मवीर भारती में आपातकाल का वह टूटन नहीं दिखाई पड़ता था जो रघुवीर सहाय में दिखाई पड़ा। धर्मवीर भारती की कविता मुनादी यदि 'कल्पना' में छपी तो ये ज्यादा समझदारी है। रघुवीर सहाय तो आकलन लिख रहे थे और 320 सीटें कांग्रेस को मिलता दिखा रहे थे। सवाल है कि क्या ये आकलन लिखना जरूरी था? (मिश्र, 2024, पृ. 145)

पुस्तक में अज्ञेय ही रहे 'अज्ञेय', रघुवीर सहाय ने पत्रकारिता को नई ऊर्जा दी, 'धर्मयुग' और धर्मवीर भारती, संवादों और साक्षात्कारों के बीच अज्ञेय, अज्ञेय से त्रिलोकदीप की बातचीत, अज्ञेय से नरेश कौशिक की बातचीत, अज्ञेय से भारतभूषण अग्रवाल की बातचीत शीर्षक अध्याय भी पठनीय हैं। उन अध्यायों से पाठकों के सामने एक नया परिप्रेक्ष्य खुलता दिखाई पड़ता है। उनमें विचार की कई बार एक नई कौंध मिलती है। यह विशेषता मिश्र जी की सद्यः प्रकाशित दूसरी पुस्तक 'कुछ सपने, कुछ संस्मरण' में भी विद्यमान है।

'कुछ सपने, कुछ संस्मरण' पुस्तक अच्युतानंद मिश्र के आलेखों और व्याख्यानों का संग्रह है। यह पुस्तक छह खंडों में विभाजित है। पहले खंड 'भारतीय अस्मिता और हिंदी' में छह आलेख हैं—भारतीय भाषा दिवस, हिंदी-अस्मिता-अपमान

और आशावाद, पाठकों और दर्शकों की संपादकों से अपील, वैश्वीकरण, मीडिया और हिंदी, भारतीय लोकतंत्र में भाषाई समाचारपत्रों की भूमिका तथा मातृभाषाओं का अस्तित्व संकट में। ध्यान देनेयोग्य है कि अच्युतानंद मिश्र केवल संकट की चर्चा नहीं करते, वे समाधान भी बताते हैं। 'मातृभाषाओं का अस्तित्व संकट में' शीर्षक लेख में वे लिखते हैं, "अंग्रेजी को राजभाषा और रोमन लिपि को सभी भारतीय भाषाओं की लिपि बनाने की मानसिकता हमारी संस्कृति ही नहीं, मातृभाषाओं के अस्तित्व के लिए गंभीर चुनौती बनती जा रही है। इसके राजनीतिक, सामाजिक, सांस्कृतिक और आर्थिक आयाम दूरगामी और चिंताजनक हैं। इस चुनौती का समाधान राजनीति से नहीं, बल्कि अंतरभाषाई स्वतःस्फूर्त विमर्श में ही तलाश करना होगा। भारतीय राष्ट्रीयता की अवधारणा भाषाओं और लोकसंस्कृतियों के बीच परस्पर संवाद, अंतःक्रिया और सांस्कृतिक पर्यावरण के निर्माण पर निर्भर है। साहित्य ही नहीं, साहित्येतर विधाओं जैसे पत्रकारिता के बीच अंतरसंवाद से भी मानसिक गुलामी की इस प्रवृत्ति से संघर्ष करने का वातावरण निर्मित किया जा सकता है।"(मिश्र, 2024, पृ. 44)

पुस्तक के दूसरे खंड 'भारतीय पत्रकारिता और संपादक के प्रतिमान' में छह लेख हैं—अरविंद और 'वंदेमातरम्', पराड़कर युग और आज की पत्रकारिता, आचार्य नन्ददुलारे वाजपेयी संपादक के प्रतिमान, अज्ञेय और पत्रकारिता के प्रतिमान, पंडित विद्यानिवास मिश्र और हिंदी पत्रकारिता और हिंदी विद्वानों की दृष्टि में संपादक भारती (धर्मवीर भारती)। 'अरविंद और वंदेमातरम्' शीर्षक लेख में अच्युतानंद मिश्र बताते हैं कि वंदेमातरम् गीत कैसे देशप्रेमियों की प्रेरणा का स्रोत बन गया था। अच्युतानंद मिश्र लिखते हैं, "बंकिमचन्द्र चटर्जी के उपन्यास 'आनंद मठ' में प्रकाशित होकर 'वंदेमातरम्' गीत पूरे देश में लोकप्रिय हुआ था। अरविंद ने इस गीत का अंग्रेजी अनुवाद किया था और युवा रवींद्रनाथ ने आरंभिक पंक्तियों को संगीतबद्ध करके स्वयं बंकिमचन्द्र को सुनाया था। इसी गीत की प्रेरणा से बिपिनचन्द्र पाल ने 'वंदेमातरम्' दैनिक पत्र निकाला। अरविंद के राजनीतिक लेखन और संपादकीय टिप्पणियों से ब्रिटिश सत्ता थर्रा गयी थी। जनवरी, 1908 को अरविंद ने 'वंदेमातरम्' में लिखा था, "उत्पीड़ित देशवासियों के लिए हम बड़ी तीव्रता से संवेदना अनुभव करते हैं, पर उन्हें सिवा इसके और कोई परितोष नहीं दे सकते कि दुःख से सुख की ओर, अँधेरे से उजाले की ओर, दुर्बलता से शक्ति और शर्म से कीर्ति की ओर जाने के लिए कोई राजपथ नहीं है। बिना बलिदान के हमारा उत्थान नहीं हो सकता। बंगाल ने इस बलिदान की महिमा समझी है और देश के लिए कष्ट सहने को आमंत्रित लोगों की उज्ज्वल कथा आशा और विश्वास जगाती है।" (मिश्र, 2024, पृ. 47)

'पराड़कर युग और आज की पत्रकारिता' शीर्षक लेख में अच्युतानंद मिश्र ने मीडिया द्वारा हमारे जीवन और चिंतन को नियंत्रित करने पर गंभीर चिंता प्रकट की है। उन्होंने लिखा है, "पराड़कर जी के दौर की पत्रकारिता ने अगर हमें राष्ट्रीय स्वाभिमान और सांस्कृतिक श्रेष्ठता की पहचान दी थी तो आज की मीडिया उस पहचान पर प्रश्नचिह्न खड़ा कर रही है। उसका नियंत्रण उन शक्तियों के हाथों में है, जो भारत ही नहीं, पूरी दुनिया की आर्थिक गुलामी का तानाबाना बुन रही हैं। आज का यक्ष प्रश्न है कि अपनी विश्वसनीयता दाँव पर लगाकर भारतीय मीडिया का एक बड़ा वर्ग बाजार की उन शक्तियों के साथ क्यों खड़ा है, जो हमारी राजनीति, अर्थव्यवस्था, संस्कृति, खेती, कुटीर उद्योग, चिकित्सा, संगीत और कुल मिलाकर सामाजिक अस्मिता को समाप्त करना चाहता है।" (मिश्र, 2024, पृ. 54)

पुस्तक के तीसरे खंड 'मीडिया और संचार क्रांति की चुनौतियाँ' में नौ लेख संकलित हैं। उनके शीर्षक हैं—परंपरागत ज्ञान को कृत्रिम मेधा और संचार क्रांति की चुनौतियाँ, साहित्य, पत्रकारिता और मीडिया, मीडिया, जनाकांक्षा और लोकतंत्र, मीडिया, माध्यम और नैतिकता, भूमंडलीकरण, मुक्त व्यापार तथा भारतीय मीडिया की चुनौतियाँ, नागरिक नहीं उपभोक्ता समर्थक है मीडिया, मीडिया और नैतिकता, महिला सशक्तीकरण और मीडिया, समाचार-व्यावसायिक मीडिया का सबसे बड़ा हथियार। चौथे खंड 'शिक्षा, साहित्य और संस्कृति' में 15 लेख संकलित हैं। वे हैं—'भारत' की संकल्पना, उच्चशिक्षा में मूल्यनिष्ठा का प्रवेश, राष्ट्रीय शिक्षा का पहला प्रयोग, आधुनिक मीडिया शिक्षण-बाजार और सरोकार के बीच एक पाठ्यक्रम, अप्प दीपो भव, राष्ट्रकवि दद्दा मैथिलीशरण गुप्त, आचार्य हजारीप्रसाद द्विवेदी का लोक और लोकदृष्टि, गँवई संवेदना के साधक (कृष्णबिहारी मिश्र), हिंदी पत्रकारिता और साहित्य का नैकट्य जरूरी, पद्मश्री पंडित कृष्णबिहारी मिश्र को 'संस्कृति सौरभ सम्मान', राष्ट्रीय आस्था और राजनीति, भारतीय संस्कृति और जीवन मूल्य, नदी संस्कृति की पुनःप्रतिष्ठा का संकल्प, भारतीय परिवेश, सामाजिक न्याय और मीडिया, डॉ. जोशी—एक संस्कृति पुरुष (मुरलीमनोहर जोशी)।

'हिंदी पत्रकारिता और साहित्य का नैकट्य जरूरी' शीर्षक लेख में अच्युतानंद मिश्र ने बताया है कि हिंदी पत्रकारिता को सवालों और संदेहों के दौर से क्यों गुजरना पड़ रहा है? उन्होंने लिखा है, "मुख्य प्रश्न विश्वसनीयता के संकट का है। ये सवाल चुभ रहे हैं कि क्या पत्रकारिता में जनपक्षधरता और आंतरिक प्रतिरोध की जिजीविषा समाप्त हो गयी है? क्या सामाजिक सरोकार से जुड़ाव का स्थान सिर्फ और सिर्फ मुनाफे ने ले लिया है? चूँकि यह एहसास हो रहा है कि कहीं-न-कहीं कोताही और विचलन हुआ है, इसलिए इस स्थिति से उबरने की फिक्र भी सता रही है। इसका

उपाय भी है—पारदर्शिता और जवाबदेही। ध्यान रहे, प्रेस को लोकतंत्र का चौथा स्तंभ संविधान में नहीं कहा गया है। यह लोक मान्यता है और लोक मान्यता अर्जित करना जितने जीवट का काम है, उससे कहीं ज्यादा साधना और तपस्या लोक मान्यता को बनाए रखने के लिए अपेक्षित है।" (मिश्र, 2024, पृ.182)

पांचवें खंड 'संसदीय लोकतंत्र और मीडिया' में चार लेख संकलित हैं—स्वतंत्रता का अधिकार और दुरुपयोग के खतरे, स्वैच्छिक क्षेत्र और विधायिका, आरक्षण : देश तोड़ो, वोट जोड़ो और कल बहुत देर हो जाएगी। छठे खंड में राम मनोहर लोहिया, माखनलाल चतुर्वेदी, शिव पूजन सहाय और प्रभाष जोशी की याद में श्रद्धांजलि-लेख हैं। इस तरह पत्रकारिता के अलावा अच्युतानंद मिश्र ने शिक्षा, साहित्य और संस्कृति, समकालीन इतिहास, बदलती राजनीतिक परिस्थिति, युवाओं की परिवर्तित सोच और पुरानी संस्कृति का सम्यक् विवेचन पुस्तक में किया है।

सामाजिक और सांस्कृतिक संदर्भों का सटीक मूल्यांकन :

अच्युतानंद मिश्र ने राष्ट्रीय समाचार पत्रों में पिछले तीन-चार दशकों में प्रचुर लेख लिखे हैं। उन लेखों का संकलन पुस्तक रूप में होना शेष है। राहत की बात है कि दो दशक पूर्व कम से कम 'लोकमत समाचार' में उनके साप्ताहिक स्तंभ में प्रकाशित लेखों का संकलन 'सरोकारों के दायरे' शीर्षक से छपा था। 'सरोकारों के दायरे' पुस्तक से पता चलता है कि समाज में जहाँ भी अनौचित्य दिखता है, अच्युतानंद मिश्र उसे टोकते हैं। उस पुस्तक में अच्युतानंद मिश्र ने साहित्य-कला-संस्कृति के कई सबल पक्षों को हिंदी पाठकों के समक्ष प्रस्तुत किया और राजनीति, शिक्षा, स्वास्थ्य, पर्यावरण, स्त्री-विमर्श, दलित और अल्पसंख्यकों के समसामयिक सवालों को भी उम्दा तरीके से उठाया।

'सरोकारों के दायरे' पुस्तक में बीसवीं शताब्दी की सांध्य वेला और इक्कीसवीं सदी के आरंभ के भारतीय परिदृश्य का सटीक विवेचन किया गया है। समकालीन सामाजिक और सांस्कृतिक सन्दर्भों व सवालों का अच्युतानंद मिश्र का मूल्यांकन इतना सम्यक् और सुचिन्तित है कि वह समाज, संस्कृति और राजनीति के प्रश्नों को जाँचने-परखने का मानक बन जाता है। इस किताब के लेख दीर्घजीवी और पठनीय हैं। इनमें निबंध की बुनावट, कहानी सी रोचकता, रेखाचित्र सी चुस्ती और पत्रकारिता जैसी यथार्थता है। अपनी सहजता और लालित्य में विशिष्ट इन लेखों को अच्युतानंद मिश्र ने इतनी जीवन्तता से रचा है कि पूरा समकालीन परिदृश्य सजीव हो उठता है। पुस्तक चार खंडों में विभक्त है—चिंतन, ऊर्जा-पुंज, सरोकार और परिदृश्य। चिंतन खंड का पहला आलेख है 'पृथ्वी, मंगल और अंतरिक्ष'। यह लेख इस तथ्य की ओर इशारा करता है कि अच्युतानंद मिश्र के चिंतन व चिंता के दायरे

में समूची पृथ्वी और अंतरिक्ष का विस्तार है। इसी खंड में एक टिप्पणी है–'एक सहस्राब्दी बेचने का सुख'। इसके तहत दूसरी सहस्राब्दी के अवसान और तीसरी के आगमन पर विचार करते हुए लेखक का ध्यान इस प्रश्न पर जाता है कि पहली सहस्राब्दी की समाप्ति पर दुनिया का मानचित्र कैसा था? और उस सहस्राब्दी का इतिहास रचनेवालों को इतिहासकारों ने कितनी ईमानदारी से पेश किया है? दूसरी सहस्राब्दी को लहूलुहान करने वाले युद्धलोलुप सूरमाओं ने अपनी विजय गाथाओं को इतिहास की आड़ लेकर नई पीढ़ी के लिए किस रूप में पेश किया है? अच्युतानंद मिश्र ने एक हजार वर्ष की इतिहास-गाथा को कुछेक शब्दों में चामत्कारिक ढंग से समेटा है–"पूरी अन्तिम शताब्दी राजनीतिक और आर्थिक उपनिवेशों, महायुद्धों, एटम बमों और आतंकवादियों की कहानी कह रही है। ताकतवर देशों की असभ्यताओं को पराजित देशों पर थोपना ही उसका इतिहास है। जो युद्ध का उन्माद और हथियार साथ-साथ पैदा करते हैं, वे विश्व संस्कृति, मानवाधिकार और सहस्राब्दी भी साथ-साथ बेचते हैं।... करोड़ों नरसंहारों से लहूलुहान यह शताब्दी राजनीति और युद्ध, शोषण और अन्याय के इतिहास का अद्‌भुत संग्रहालय है।... क्यों पूरी दुनिया को लुभाने के लिए यह झूठ फैलाया जा रहा है कि तीसरी सहस्राब्दी के नये सूरज की पहली किरण देखने वाले एक इतिहास के साक्षी बनेंगे।" (मिश्र, 2005, पृ. 28)

अच्युतानंद मिश्र ने जिस शिद्दत से भारतीय बुद्धिजीवियों के दायित्वबोध के सवाल पर विचार किया है, उसी आवेग के साथ राष्ट्रभाषा बनाम राजभाषा पर भी। श्री मिश्र के इस कथन से किसी की असहमति नहीं हो सकती कि आजादी के बाद के छह दशकों में राजनेताओं और सभी क्षेत्रों के बुद्धिजीवियों की प्रामाणिकता घटी है। उनके राष्ट्रीय चिंतन, बौद्धिक ईमानदारी तथा सैद्धान्तिक प्रतिबद्धता पर से लोगों का भरोसा उठता जा रहा है, क्योंकि उनके जीवन आदर्श राजनेता और अभिनेता हो गये और इतिहास के मूल्यों व संस्कारों की ओर देखने की उनकी दृष्टि विखंडित हो गयी। श्री मिश्र के चिंतन-मनन और संवेदन-संस्कारों पर आजादी की लड़ाई के मूल्य- मानकों का गहरा प्रभाव है। पुस्तक में सर्वत्र अच्युतानंद मिश्र की मूल्य चिंता और मनुष्यता, सच्चाई की रक्षा की चिंता मुखर है। 'कठघरे में कैद बुद्धिजीवी' शीर्षक आलेख में एक राजनेता के कथन का हवाला देते हुए श्री मिश्र ने कहा है, "अगर राजनीति का अपराधीकरण करने का आरोप राजनीतिक दलों पर है तो शिक्षा, न्याय, प्रशासन, मीडिया, कला, साहित्य या इतिहास में फैली हुई विकृतियों के लिए वे बुद्धिजीवी जिम्मेदार क्यों नहीं हैं, जो अपने आपको सामाजिक नैतिकता का पहरुआ मानते हैं।" (मिश्र, 2005, पृ. 34)

अच्युतानंद मिश्र की चिंता यह है कि सत्ता से सच कहने, उससे बेबाक

ढंग से असहमति जताने और खरी-खरी कहने व प्रतिरोध की ताकत क्यों सिकुड़ती गयी? इन कारणों ने पार्टी व सरकारों के संचालन में विचारधारा और आदर्शवाद को खो दिया है। इसीलिए उनकी विश्वसनीयता के साथ समाज के लिए उपयोगिता भी तेजी से घट रही है। राजनीति में आई विकृतियों पर श्री मिश्र उँगुली रखते हैं और मूल्यों की हाँक लगाते हैं। अच्युतानंद मिश्र जलयोद्धा राजेंद्र सिंह पर हुए प्रहार को देश पर प्रहार की संज्ञा देते हैं। (मिश्र, 2005, पृ. 74) पूरी दुनिया में उग्र हो रहे जल संकट और वर्षा जल संरक्षण के क्षेत्र में राजेंद्र सिंह की उपलब्धियों पर दृष्टिपात करते हुए राजेंद्र सिंह पर हुए प्रहार के प्रतिकार का वे आह्वान करते हैं। राजेंद्र सिंह सरीखी समाज की कई विभूतियों के रचनात्मक अवदान को अच्युतानंद मिश्र ने इस तरह प्रस्तुत किया है, ताकि वह दिशाहीन हो रहे समाज को सर्जनशील दिशा दे सके। सुगम संगीत की साम्राज्ञी लता मंगेशकर की वाणी की मधुरता, मन के सौन्दर्य और हर ऊँचाई के साथ बढ़ती विनम्रता का उल्लेख करते हुए श्री मिश्र जड़ता पर रचनात्मक चोट करना नहीं भूलते (मिश्र, 2005, पृ. 77)।

उस्ताद बिस्मिल्ला खाँ पर लिखते हुए उनकी गहरी पीड़ा और असुरक्षा बोध के लिए श्री मिश्र ने सत्ता को फटकार लगाई है और कहा है कि भारतीय संगीत के इस पुरोधा के प्रति समाज और सरकार की उपेक्षा अक्षम्य अपराध है (मिश्र, 2005, पृ. 81)।

श्री मिश्र का मूल्य चेतस मन विद्याधर नायपाल के बुद्धिजीवियों संबंधी विचारों के सतही विरोध से प्रभावित नहीं होता तो 'का-पुरुषों को ललकारती तसलीमा नसरीन' के साहस का भी विवेक-सम्मत विवेचन करता है (मिश्र, 2005, पृ. 84)। जन संस्कृति मंच के अध्यक्ष पद से त्रिलोचन के हटाये जाने पर टिप्पणी करते हुए श्री मिश्र ने ठीक कहा है, "उन्हें प्रगतिशीलता का किसी मंच से प्रमाण-पत्र नहीं चाहिए। वे एक जन पक्षधर योद्धा एवं साहित्यकार हैं और बने रहेंगे। संगठनों की आवश्यकता से कोई इनकार नहीं कर सकता, लेकिन साहित्य के नाम पर गठित संगठन जब राजनीतिक मतवादों से प्रेरित होते हैं तो वे मार्गदर्शन से ज्यादा फतवा देने का काम करते हैं।" (मिश्र, 2005, पृ. 93)

श्री मिश्र ने स्त्री अस्मिता और स्त्री मुक्ति के प्रश्नों पर विचार किया है तो कामगारों और उनके जन आंदोलनों पर भी। उनकी नजर शिक्षा में राजनीतिक वर्चस्व पर है तो नदियों को जोड़ने के सम्भावित खतरों और प्रदूषण की पीड़ा पर भी। मिश्र जी ने पेप्सी कोक के लिए सरकार की बेशर्मी को कोसा है तो लोकसभा में लोकपाल, नकली राजनीति की असली तस्वीर भी उनकी नजर से नहीं छूटी है। पुस्तक में संकलित निबंधों व लेखों में राजनीति से आक्रान्त होकर बिखरते समाज,

साहित्य और मीडिया, धर्म और संस्कृति के सार्वकालिक सरोकारों के सवालों पर विचार करते हुए अच्युतानंद मिश्र उन जगहों में भी जाते हैं जहाँ अभी भी सम्भावनाएँ बची हुई हैं।

इतिहास संरक्षण का मूल्यवान कार्य :

अच्युतानंद मिश्र समालाप शृंखला के हिमायती रहे हैं। यानी उनकी आकांक्षा रही है कि दो बड़े व्यक्तित्व आपसे में संवाद करें। इसी शृंखला के तहत 'जनसत्ता' के संपादक के रूप में अच्युतानंद मिश्र ने रामविलास शर्मा से नामवर सिंह की बातचीत रेकार्ड कराई थी। कहने की जरूरत नहीं कि इस तरह का मौलिक प्रयोग वही कर सकता है जो विजनरी हो। साहित्य और पत्रकारिता के अंतर्संबंध पर अच्युतानंद मिश्र ने दिल्ली में अलग से संवाद शृंखला शुरू की थी। इसी तरह जब वे माखनलाल चतुर्वेदी राष्ट्रीय पत्रकारिता एवं संचार विश्वविद्यालय के कुलपति बने तो भारतीय भाषाओं की पत्रकारिता पर शोध व लेखन प्रकल्प प्रारंभ किया और उसके तहत अस्सी किताबें निकालीं। उसी प्रकल्प के अंतर्गत 'हिंदी के प्रमुख समाचार पत्र और पत्रिकाएँ' पुस्तक चार खंडों में प्रकाशित हुई। उसका संपादन अच्युतानंद मिश्र ने किया है। इस पुस्तक में स्वतंत्रता के बाद हिंदी की प्रतिनिधि पत्र-पत्रिकाओं के योगदान का वर्णन है तो उनकी कमजोरियों का विवेचन भी किया गया है। 'हिंदी के प्रमुख समाचार पत्र और पत्रिकाएँ' पुस्तक ऐसा प्रामाणिक दस्तावेज है, जिसमें एक विस्मृत और उपेक्षित इतिहास का प्रामाणिक इतिवृत्त दर्ज हुआ है। कहने की जरूरत नहीं कि पत्रकारिता के विद्यार्थियों और शोधार्थियों के लिए यह अनिवार्य पाठ सामग्री है। पुस्तक के पहले खंड में संत समीर ने 'साप्ताहिक हिन्दुस्तान', सुधांशु मिश्र ने 'धर्मयुग', उमेश चतुर्वेदी तथा सुधांशु मिश्र ने 'दिनमान' और सुधांशु मिश्र ने 'रविवार' का प्रामाणिक इतिहास लिखा है। पुस्तक की संपादकीय टिप्पणी का शीर्षक अच्युतानंद मिश्र ने 'इतिहास संरक्षण का विनम्र प्रयास' सटीक रखा है। उसमें उन्होंने लिखा है कि स्वाधीन भारत में पत्रकारिता के संचालकों और प्रकाशकों की पीढ़ियों ने विरासत में उनकी विश्वसनीयता और लोकप्रियता तो ग्रहण कर ली किंतु यह कड़वा सच है कि बाद की हिंदी पत्रकारिता ने न तो उन आदर्शों की ओर रुख किया और न उस कसौटी पर खरी उतरी जो स्वतंत्रता आंदोलन के दौरान इसका प्राणतत्त्व थी। महात्मा गांधी मानते थे कि निर्भयता पत्रकारिता की सबसे पहली और आवश्यक शर्त है। आज के दौर में शायद यह अंतिम वरीयता है। आपातस्थिति के दौरान प्रेस सेंसरशिप का लचर विरोध इसका प्रमाण है (मिश्र, 2010, पृ. 08)।

अच्युतानंद मिश्र लिखते हैं कि सन् 1950 में इलाचन्द्र जोशी के संपादन में प्रकाशित 'धर्मयुग' अपने समय की सर्वाधिक लोकप्रिय पत्रिका थी। 27 वर्षों के

अपने संपादन काल में डॉ. धर्मवीर भारती ने संपादन के अप्रतिम कीर्तिमान रचे। डॉ. भारती ने विचार-दर्शन, साहित्यिक विमर्श, सांस्कृतिक संचेतना और आर्थिक मुद्दों पर उत्कृष्ट सामग्री का संयोजन किया, जिसके कारण देश के प्रबुद्ध पाठकों के बीच और मध्यवर्ग के हर हिंदी भाषी परिवार में 'धर्मयुग' की उपस्थिति अपरिहार्य थी। 'धर्मयुग' ने हिंदी पत्रकारिता की भाषा को संस्कारित किया। हिंदी के युवा लेखकों को 'धर्मयुग' ने भरपूर प्रोत्साहन दिया, महिला कथाकारों का एक बड़ा वर्ग भी तैयार किया, जिनमें से अधिकतर समकालीन हिंदी साहित्य के बड़े नाम हैं। यह ऐसा समय था जब 'धर्मयुग' में छपना न केवल प्रतिष्ठा की बात मानी जाती थी अपितु नवोदित लेखकों के लिए यह 'लेखक' होने का प्रमाणपत्र जैसा था। डॉ. भारती ने भारत-पाक युद्ध के समय पूर्वी बंगाल के युद्ध क्षेत्र में अग्रिम मोर्चे तक स्वयं जाकर जो रिपोर्ताज लिखे, वे हिंदी पत्रकारिता की धरोहर हैं। 'धर्मयुग' सुसंपादित और सुरुचिपूर्ण संपूर्ण पारिवारिक पत्रिका थी। भारती जी के सभी रचनाकारों से व्यापक एवं प्रगाढ़ संबंधों का भरपूर प्रतिसाद 'धर्मयुग' को मिला। उनके बाद श्री गणेश मंत्री और श्री विश्वनाथ सचदेव 'धर्मयुग' के संपादक बने। डॉ. भारती की देखरेख में दीक्षित तब के युवा पत्रकार आज पत्रकारिता जगत में कीर्ति पताका फहरा रहे हैं। आपातकाल के दौरान 'धर्मयुग' की चुप्पी ने इससे जुड़े प्रबुद्ध वर्ग को निराश किया था (मिश्र, 2010, पृ. 10)। 'धर्मयुग' ने राष्ट्रीय और अंतरराष्ट्रीय परिदृश्य पर राजनीति को सदैव आलोचनात्मक नजरिए से देखा। टाइम्स आफ इंडिया समूह से हिंदी की सुरुचिपूर्ण पत्रिकाओं के प्रकाशन का जो दौर श्रीमती रमा जैन ने शुरू किया था, वह उनकी तीसरी पीढ़ी तक आते-आते पूरी तरह बदल गया। अब इसी नीति के कारण पत्रिकाओं को भी उनकी सुरुचि, गुणवत्ता और लोकप्रियता से नहीं, बल्कि विशुद्ध व्यावसायिक लाभ की दृष्टि से देखा जाने लगा। अन्ततः 'धर्मयुग' जैसी प्रकाशन समूह की अत्यंत लोकप्रिय पत्रिका बंद कर दी गयी।

टाइम्स समूह ने ही 1965 में समाचार और बिचार पत्रिका के रूप में साप्ताहिक 'दिनमान' का प्रकाशन वरिष्ठ साहित्यकार सच्चिदानंद हीरानंद वात्स्यायन अज्ञेय के संपादकत्व में प्रारंभ किया। मिश्र जी लिखते हैं कि अज्ञेय ने 'दिनमान' को जीवन के हर पक्ष को छूने वाली एक संपूर्ण पत्रिका बनाने का सफल प्रयत्न किया। 'दिनमान' ने विषयवस्तु, प्रस्तुति और भाषा के मान से जो सामग्री दी, वह हिंदी पत्रकारिता में पहला और उत्कृष्ट प्रयोग था। 'दिनमान' का मूल स्वर गैर कांग्रेसवाद से प्रभावित रहा है। अज्ञेय के बाद लंबे समय तक प्रसिद्ध साहित्यकार रघुवीर सहाय 'दिनमान' के संपादक रहे। 1975 में जब आपातकाल और प्रेस की स्वतंत्रता पर प्रतिबंध लगा तो 'दिनमान' के पृष्ठों पर विरोध का कोई स्वर नहीं उभरा

(मिश्र, 2010, पृ. 10)। बल्कि इसका स्वर सत्ता-समर्थन का हो गया था। 'दिनमान' की इस बदली भूमिका ने प्रकाशकों को भले ही प्रसन्न किया हो, लेकिन हिंदी के बुद्धिजीवियों को निराश किया था।

अच्युतानंद मिश्र ने लिखा है कि 'दिनमान' को हिंदी पत्रकारिता में नई भाषा गढ़ने का श्रेय दिया जाता है। इसने अनेक नये शब्दों का प्रयोग किया। 'दिनमान' ने साहित्य, कला, संस्कृति, संगीत की समीक्षा और समालोचना के नये मुहावरे और भाषा देकर पाठकों और युवा लेखक-समीक्षकों को प्रशिक्षित किया। 'दिनमान' के अधिकतर अंक अपनी समृद्ध और विचारपरक सामग्री के कारण संग्रहणीय होते थे। रघुवीर सहाय, जितेंद्र गुप्त, सर्वेश्वर दयाल सक्सेना, श्रीकांत वर्मा, महेश्वर दयालु गंगवार, प्रयाग शुक्ल, जवाहरलाल कौल और स्वयं अज्ञेय ने अपनी सशक्त लेखनी से 'दिनमान' को गहरे सामाजिक सरोकार वाली वैचारिक पत्रिका बनाया। आरंभ में कुछ समय तक श्री मनोहर श्याम जोशी भी इससे जुड़े रहे। बिहार में बाढ़ और सूखे की आपदा पर फणीश्वरनाथ रेणु के रिपोर्ताज पत्रकारी धरोहर बन गये। 'दिनमान' ने पत्र लिखनेवाले अपने अनेक पाठकों की प्रतिभा को पहचाना, तराशा और उन्हें पत्रकारिता में दीक्षित कर सुदूर कस्बों में नये-नये पत्रकार तैयार किये। सातवें और आठवें दशक में हिंदी पट्टी के युवाओं को वैचारिक दीक्षा और तेवर देने का योगदान 'दिनमान' ने किया था (मिश्र, 2010, पृ. 11)।

यह निर्विवाद है कि स्वाधीन भारत में हिंदी की पत्रिकाएँ विचारों की संवाहक और भाषा की शुद्धता की समर्थक रही हैं, साथ ही उनमें राजनीतिक, सामाजिक, साहित्यिक और सांस्कृतिक आंदोलनों और परिवर्तनों की जो अनुगूंज मुखरित हुई है, वह देश में लोकतंत्र और हिंदी साहित्य के विकास का गौरवपूर्ण अध्याय है।

अच्युतानंद मिश्र लिखते हैं कि देश के हिंदी भाषी समाज को साहित्यिक, नैतिक और राजनीतिक विचारधारा से संस्कारित करने की सात्त्विक महत्त्वाकांक्षा के साथ 'साप्ताहिक हिन्दुस्तान' का प्रकाशन आरंभ हुआ था। मुकुटबिहारी वर्मा, बांके बिहारी भटनागर, रामानंद दोषी, मनोहरश्याम जोशी, शीला झुनझुनवाला, राजेंद्र अवस्थी, मृणाल पांडेय ने 'साप्ताहिक हिन्दुस्तान' का संपादन किया। 42 वर्षों के अपने प्रकाशन काल में यह साप्ताहिक पहले 21 वर्षों में गांधीजी के विचारों का पैरोकार रहा। बाद के समय में जब सत्तारूढ़ दल ने गांधीवाद से किनारा कर लिया तब उसका प्रभाव इस पत्रिका में भी दिखा जिसके चलते 'साप्ताहिक हिन्दुस्तान' के सामाजिक-सांस्कृतिक सरोकार बदल गये। भारतीय संस्कृति के संवाहक के रूप में इसने हिंसा की तुलना में अहिंसा को, आडंबर की तुलना में सरलता को और

भौतिकता की तुलना में आध्यात्मिकता को प्रश्रय और समर्थन दिया (मिश्र, 2010, पृ. 9)। सबसे लंबी अवधि तक इसके संपादक रहे मनोहर श्याम जोशी की संपादकीय टिप्पणियों की भाषा धारदार, प्रवाहमयी और मुहावरेदार है। उनकी टिप्पणियां सत्ता-प्रतिष्ठान पर हमले की सी स्थिति में दिखाई पड़ती हैं। साहित्य के क्षेत्र में भी इसका योगदान इस मायने में महत्त्वपूर्ण रहा कि इसने न केवल समकालीन सभी बड़े साहित्यकारों की रचनाओं को प्रकाशित किया वरन् अन्य भारतीय भाषाओं की उत्कृष्ट रचनाओं के हिंदी अनुवाद भी प्रकाशित किये। एक लाख प्रसार संख्या होने के बावजूद इस लोकप्रिय पत्रिका का अचानक बंद किया जाना सभी पाठकों के लिए वज्राघात था (मिश्र, 2010, पृ. 09)।

आपातकाल के हटने के बाद देश में नये पत्र-पत्रिकाओं के प्रकाशन का दौर आया, उसमें आनन्द बाजार पत्रिका समूह, कोलकाता द्वारा प्रकाशित समाचार साप्ताहिक पत्रिका 'रविवार' सर्वाधिक महत्त्वपूर्ण है। उसके युवा संपादक सुरेंद्र प्रताप सिंह ने अपने अभिनव प्रयोगों और संपादन कौशल से 'रविवार' को थोड़े ही समय में सर्वथा भिन्न तेवर वाली लोकप्रिय समाचार पत्रिका बना दिया। 'दिनमान' में जो कुछ कम था, उसे 'रविवार' ने पूरा करने का प्रयास किया था। बाद में पत्रिका के संपादक रहे उदयन शर्मा के अनुसार ''एस.पी. ने जिस नये अंदाज और दिलेरी के साथ इस पत्रिका का संपादन किया, उससे हिंदी पत्रकारिता को नई दिशा के साथ-साथ तरोताजा मुहावरा भी मिला। 'रविवार' ने दक्षिणपंथी राजनीति पर तीखी टिप्पणियां तो की ही हैं, समाजवादियों की कार्यशैली और सत्तालोलुपता पर भी खूब निशाना साधा था। इसने मार्क्सवादी विचारधारा की दिशाहीनता पर भी गहरे कटाक्ष किये। तब जबकि देश में विश्वनाथ प्रताप सिंह की छवि भ्रष्टाचार से संघर्ष करने वाले साफ-सुथरे राजनेता की बन रही थी, 'रविवार' उनके खिलाफ खड़ा दिखाई दिया। इसने समाजवादी विचारक डॉ. राममनोहर लोहिया और जयप्रकाश नारायण के विचारों को प्रमुखता से छापा। इसने देश के सभी राज्यों के सत्तासीन दलों की कमियों, खामियों और प्रशासनिक असफलताओं पर खोजपूर्ण और तथ्यपरक सामग्री लगातार छापी। पत्रकारिता के चरित्र की तरह इसका मूल स्वर प्रायः व्यवस्था विरोधी रहा। 'रविवार' ने सांप्रदायिकता का, चाहे वह मुस्लिम सांप्रदायिकता हो अथवा हिन्दू, बराबर विरोध किया। पूरे प्रकाशन काल में 'रविवार' ने गहरे सामाजिक सरोकार का परिचय दिया और वंचितों, शोषितों तथा पीड़ितों के पक्ष में दृढ़ता से खड़ा रहा (मिश्र, 2010, पृ. 11)। इसने पत्रकारिता क्षेत्र की कमजोरियों और गोरखधंधों को बेबाकी से उजागर किया। इसने खोजी तथा ग्रामीण पत्रकारिता को नया आयाम दिया। राजनीतिक समाचार पत्रिका होने के बावजूद इसने साहित्य को भी समुचित स्थान दिया। इसने

देश की राजनीति, सामाजिक और आर्थिक विद्रूपताओं पर तीखे प्रहार किये। साहित्य, कला एवं संस्कृति को, उनकी समकालीन सर्जनात्मक जिजीविषा को, उनकी रागात्मकता और सुंदरता को सहज अभिव्यक्ति प्रदान की। 'रविवार' ने 'दिनमान' अथवा 'धर्मयुग' की तरह तो नहीं, लेकिन साहित्य, संस्कृति, कला, इतिहास, पुरातत्त्व, फिल्म जैसे विषयों पर स्तरीय और विचारोत्तेजक सामग्री निरंतर प्रकाशित की।

अच्युतानंद मिश्र द्वारा संपादित 'हिंदी के प्रमुख समाचार पत्र और पत्रिकाएँ' पुस्तक के दूसरे खंड में डॉ. धीरेंद्र नाथ सिंह ने 'आज', संत समीर ने 'हिन्दुस्तान', सत्यनारायण जोशी ने 'दैनिक नवज्योति' और मनोज कुमार ने 'नवभारत' का इतिहास प्रस्तुत किया है। तीसरे खंड में अमरेंद्र कुमार राय ने 'नवभारत टाइम्स', शिव अनुराग पटैरया ने 'नई दुनिया', रजनीकांत वशिष्ठ ने 'स्वतंत्र भारत', बच्चन सिंह ने 'दैनिक जागरण' और अभय प्रताप ने 'अमर उजाला' का इतिवृत्त प्रस्तुत किया है। चौथे खंड में अचला मिश्र ने 'राजस्थान पत्रिका', अंजनी कुमार झा ने 'युगधर्म', सोम दत्त शास्त्री ने 'दैनिक भास्कर', देवेश दत्त मिश्र ने 'देशबंधु', रामभुवन सिंह कुशवाह ने 'स्वदेश' और जेब अख्तर ने 'प्रभात खबर' का इतिहास लिखा है।

अच्युतानंद मिश्र की संपादित पुस्तक 'पत्रों में समय संस्कृति' हनुमान प्रसाद पोद्दार के पत्र-व्यवहार का मूल्यवान संकलन है। भाई जी के नाम से मशहूर हनुमान प्रसाद पोद्दार स्वाधीनता संग्राम के सेनानी थे। उनकी लोकसेवा, दिव्य तेज और भावपूर्ण जीवन के बारे में कई विद्वानों ने अत्यंत आदर सहित उल्लेख किया है। तत्कालीन केंद्रीय गृहमंत्री गोविंद वल्लभ पंत को लिखे हनुमान प्रसाद पोद्दार के पत्र से पता चलता है कि तत्कालीन राष्ट्रपति राजेंद्र प्रसाद और तत्कालीन प्रधानमंत्री जवाहरलाल नेहरू हनुमान प्रसाद पोद्दार को भारत रत्न देना चाहते थे और इसीलिए उन्होंने पंत जी को पोद्दार जी के पास भेजा था। पंत जी को लिखे हनुमान प्रसाद पोद्दार के पत्र से इसका पता चलता है। उस पत्र में पोद्दार जी लिखते हैं—"आपने मेरे लिए लिखा कि आप इतने महान हैं, इतने ऊँचे महामानव हैं कि भारतवर्ष को क्या, सारी मानवी दुनिया को इसके लिए गर्व होना चाहिए। मैं आपके स्वरूप के महत्त्व को न समझकर ही आपको 'भारत रत्न' की उपाधि देकर सम्मानित करना चाहता था। आपने उसे स्वीकार नहीं किया, यह बहुत अच्छा किया। आप इस उपाधि से बहुत-बहुत ऊँचे स्तर पर हैं। मैं तो आपको हृदय से नमस्कार करता हूँ। आपके इन शब्दों को पढ़कर मुझे बड़ा संकोच हो रहा है। पता नहीं, आपने किस प्रेरणा से यह सब लिखा है। मेरे तो आप सदा ही पूज्य हैं। मैं जैसा पहले था, वैसा ही अब हूँ, जरा भी नहीं बदला हूँ। आप सदा मुझ पर स्नेह करते आये हैं और मुझे अपना मानते रहे हैं। मैं चाहता हूँ, वैसा ही स्नेह करते रहें और अपना मानते रहें। मैं आपकी

श्रद्धा नहीं चाहता, कृपा तथा प्रीति चाहता हूँ, स्नेह चाहता हूँ। मेरे लायक कोई सेवा हो तो लिखें। आपके आदेशानुसार पत्र जला दिया है। आप भी मेरे इस पत्र को गुप्त ही रखिएगा।" (मिश्र, 2015, पृ. 252)

जीवन के हर क्षेत्र के महापुरुषों से पोद्दार जी का जीवंत संबंध था। वह संबंध कैसा था, इसे देखने के लिए प्रेमचंद के पत्र को पढ़ा जा सकता है। तीन मार्च 1932 को हनुमान प्रसाद पोद्दार को लिखे पत्र में प्रेमचंद कहते हैं, "आपके दो कृपा पत्र मिले। काशी से पत्र यहाँ आ गया था। 'हंस' के विषय में आपने जो सम्मति दी है, उससे मेरा उत्साह बढ़ा। मैं 'कल्याण' के ईश्वरांक के लिए अवश्य लिखूंगा। क्या कहें आप काशी गये और मेरा दुर्भाग्य कि मैं लखनऊ में हूँ। भाई महावीर प्रसाद बाहर हैं या भीतर, मुझे ज्ञात नहीं। उनकी स्नेह स्मृतियां मेरे जीवन की बहुमूल्य वस्तु हैं। वह तो तपस्वी हैं, उन्हें क्या खबर कि 'प्रेम' भी कोई चीज है।" (मिश्र, 2015, पृ.40) 17 अक्टूबर, 1931 को लिखे पत्र में निराला कहते हैं, "प्रिय श्री पोद्दार जी, नमो नमः। आपका पत्र मिला। मैं कलकत्ता सम्मेलन में जाकर बीमार पड़ गया। पश्चात घर लौटने पर अनेक गृह प्रबंधों में उलझा रहा। कई बार विचार करने पर भी आपके प्रतिष्ठित पत्र के लिए कुछ नहीं लिख सका। क्या लिखूं, आपके सहृदय सज्जनोचित बरताव के लिए मैं बहुत ही लज्जित हूँ। आपके आगे के अंकों के लिए कुछ-कुछ अवश्य भेजता रहूँगा। एक प्रबंध कुछ ही दिनों में भेजूंगा।" (मिश्र, 2015, पृ. बैक कवर)

मैथिलीशरण गुप्त ने चिरगांव (झाँसी) से 26-6- 2009 (संवत्) को लिखे पत्र में कहा है, "प्रिय पोद्दारजी, मैं पिछले दिनों बंबई गया था। वहाँ कुछ थका। वहाँ से मुझे इंदौर जाना पड़ा। शरीर पर सब झेल नहीं सका और मुझ पर हृदय रोग का आक्रमण हुआ। किसी प्रकार बच गया। अब भी कहीं आता-जाता नहीं। ऐसी स्थिति में कुछ लिखना संभव नहीं है (मिश्र, 2015, पृ. 40)। इस पुस्तक में केवल साहित्यकारों के ही पत्र संकलित नहीं हैं, अपितु संतों, विद्वानों, पत्रकारों, राजनीति, समाज, संस्कृति के कृती पुरुषों के पत्र भी संकलित हैं। उन पत्रों में सामाजिक, साहित्यिक, राजनीतिक, बौद्धिक, सांस्कृतिक, दार्शनिक, धार्मिक और आध्यात्मिक जिज्ञासाओं के पक्ष उजागर हुए हैं। इन पत्रों में पोद्दारजी के ज्ञान, विनम्रता, शील और मर्यादा की यथेष्ठ पहचान होती है। इन पत्रों में एक पूरें दौर की समय संस्कृति अभिव्यक्त हुई है।

निष्कर्ष :

अज्ञेय, रघुवीर सहाय और धर्मवीर भारती के पत्रकारीय अवदान पर न तो साहित्य में और न पत्रकारिता में कभी कोई बौद्धिक हलचल हुई। अच्युतानंद मिश्र

की पुस्तक 'तीन श्रेष्ठ कवियों का हिंदी पत्रकारिता में अवदान' का महत्त्व इसलिए है कि यहाँ पहली बार इन तीन श्रेष्ठ कवियों के पत्रकारीय अवदान को प्रकाश में लाया गया है। कृष्णबिहारी मिश्र ने ठीक ही इसे अनुशीलन का एक और गवाक्ष कहा है। अच्युतानंद मिश्र की पुस्तक 'कुछ सपने, कुछ संस्मरण' पुस्तक में भी कई महत्त्वपूर्ण पत्रकारों, संपादकों और साहित्यकारों की उपलब्धियों का वस्तुपरक आकलन किया गया है। अच्युतानंद मिश्र ने अपनी पुस्तक 'सरोकारों के दायरे' के निबंधों में साहित्य-कला-संस्कृति, शिक्षा, स्वास्थ्य, पर्यावरण, राजनीति, स्त्री, दलित और अल्पसंख्यकों के ज्वलंत प्रश्नों पर सुचिंतित ढंग से विचार किया है। स्वतंत्रता के बाद देश के राजनीतिक, सामाजिक, आर्थिक, साहित्यिक और सांस्कृतिक क्षेत्रों में योगदान करनेवाली हिंदी की प्रतिनिधि पत्र-पत्रिकाओं का इतिहास पहली बार अच्युतानंद मिश्र की संपादित पुस्तक 'हिंदी के प्रमुख समाचार पत्र और पत्रिकाएँ' में दर्ज हुआ है। उस पुस्तक के चारों खंडों में प्रमुख पत्र-पत्रिकाओं को जिस तरह संपादक ने संयोजित किया है, वह एक दृष्टांत भी है कि विस्मृत और उपेक्षित इतिहास का दस्तावेजीकरण कैसे कराया जाना चाहिए। यह ग्रंथ अच्युतानंद मिश्र की कुशल संपादन दृष्टि का भी परिचायक है। उनकी यह संपादन दृष्टि 'पत्रों में समय संस्कृति' पुस्तक में भी मुखरित है। संपादक के रूप में सुदीर्घ अनुभव रखने वाले अच्युतानंद मिश्र के अध्ययन, चिंतन और मनन का सर्वाधिक महत्त्वपूर्ण विषय साहित्य और पत्रकारिता का अंतर्संबंध रहा है और इसकी झलक उनकी लिखी या संपादित सभी पुस्तकों में मिलती हैं। दूसरे शब्दों में कहें तो अच्युतानंद मिश्र की लिखी या संपादित सभी पुस्तकें साहित्य और पत्रकारिता के अंतर्संबंध के संधान का सुपरिणाम हैं।

संदर्भ

मिश्र, अच्युतानंद (2024). तीन श्रेष्ठ कवियों का हिंदी पत्रकारिता में अवदान (अज्ञेय, रघुवीर सहाय एवं धर्मवीर भारती). नई दिल्ली : राष्ट्रीय पुस्तक न्यास. पृ. 07.

मिश्र, अच्युतानंद (2024). तीन श्रेष्ठ कवियों का हिंदी पत्रकारिता में अवदान (अज्ञेय, रघुवीर सहाय एवं धर्मवीर भारती). नई दिल्ली : राष्ट्रीय पुस्तक न्यास. पृ. 07.

मिश्र, अच्युतानंद (2024). तीन श्रेष्ठ कवियों का हिंदी पत्रकारिता में अवदान (अज्ञेय, रघुवीर सहाय एवं धर्मवीर भारती). नई दिल्ली : राष्ट्रीय पुस्तक न्यास. पृ. 08.

मिश्र, अच्युतानंद (2024). तीन श्रेष्ठ कवियों का हिंदी पत्रकारिता में अवदान (अज्ञेय, रघुवीर सहाय एवं धर्मवीर भारती). नई दिल्ली : राष्ट्रीय पुस्तक न्यास. पृ. 08.

मिश्र, अच्युतानंद (2024). तीन श्रेष्ठ कवियों का हिंदी पत्रकारिता में अवदान (अज्ञेय, रघुवीर सहाय एवं धर्मवीर भारती). नई दिल्ली : राष्ट्रीय पुस्तक न्यास. पृ. नौ.

मिश्र, अच्युतानंद (2024). तीन श्रेष्ठ कवियों का हिंदी पत्रकारिता में अवदान (अज्ञेय, रघुवीर

सहाय एवं धर्मवीर भारती). नई दिल्ली : राष्ट्रीय पुस्तक न्यास. पृ. 01.

मिश्र, अच्युतानंद (2024). तीन श्रेष्ठ कवियों का हिंदी पत्रकारिता में अवदान (अज्ञेय, रघुवीर सहाय एवं धर्मवीर भारती). नई दिल्ली : राष्ट्रीय पुस्तक न्यास. पृ. 01.

मिश्र, अच्युतानंद (2024). तीन श्रेष्ठ कवियों का हिंदी पत्रकारिता में अवदान (अज्ञेय, रघुवीर सहाय एवं धर्मवीर भारती). नई दिल्ली : राष्ट्रीय पुस्तक न्यास. पृ. 01.

मिश्र, अच्युतानंद (2024). तीन श्रेष्ठ कवियों का हिंदी पत्रकारिता में अवदान (अज्ञेय, रघुवीर सहाय एवं धर्मवीर भारती). नई दिल्ली : राष्ट्रीय पुस्तक न्यास. पृ. 02.

मिश्र, अच्युतानंद (2024). तीन श्रेष्ठ कवियों का हिंदी पत्रकारिता में अवदान (अज्ञेय, रघुवीर सहाय एवं धर्मवीर भारती). नई दिल्ली : राष्ट्रीय पुस्तक न्यास. पृ. 03.

मिश्र, अच्युतानंद (2024). तीन श्रेष्ठ कवियों का हिंदी पत्रकारिता में अवदान (अज्ञेय, रघुवीर सहाय एवं धर्मवीर भारती). नई दिल्ली : राष्ट्रीय पुस्तक न्यास. पृ. 04.

मिश्र, अच्युतानंद (2024). तीन श्रेष्ठ कवियों का हिंदी पत्रकारिता में अवदान (अज्ञेय, रघुवीर सहाय एवं धर्मवीर भारती). नई दिल्ली : राष्ट्रीय पुस्तक न्यास. पृ. 05.

मिश्र, अच्युतानंद (2024). तीन श्रेष्ठ कवियों का हिंदी पत्रकारिता में अवदान (अज्ञेय, रघुवीर सहाय एवं धर्मवीर भारती). नई दिल्ली : राष्ट्रीय पुस्तक न्यास. पृ. 19.

मिश्र, अच्युतानंद (2024). तीन श्रेष्ठ कवियों का हिंदी पत्रकारिता में अवदान (अज्ञेय, रघुवीर सहाय एवं धर्मवीर भारती). नई दिल्ली : राष्ट्रीय पुस्तक न्यास. पृ. 145.

मिश्र, अच्युतानंद (2024). कुछ सपने, कुछ संस्मरण. नई दिल्ली : प्रभात प्रकाशन. पृ. 44.

मिश्र, अच्युतानंद (2024). कुछ सपने, कुछ संस्मरण. नई दिल्ली : प्रभात प्रकाशन. पृ. 47.

मिश्र, अच्युतानंद (2024). कुछ सपने, कुछ संस्मरण. नई दिल्ली : प्रभात प्रकाशन. पृ. 54.

मिश्र, अच्युतानंद (2024). कुछ सपने, कुछ संस्मरण. नई दिल्ली : प्रभात प्रकाशन. पृ. 182.

मिश्र, अच्युतानंद (2005). सरोकारों के दायरे. नई दिल्ली : प्रभात प्रकाशन. पृ. 28.

मिश्र, अच्युतानंद (2005). सरोकारों के दायरे. नई दिल्ली : प्रभात प्रकाशन. पृ. 34.

मिश्र, अच्युतानंद (2005). सरोकारों के दायरे. नई दिल्ली : प्रभात प्रकाशन. पृ. 74.

मिश्र, अच्युतानंद (2005). सरोकारों के दायरे. नई दिल्ली : प्रभात प्रकाशन. पृ. 77.

मिश्र, अच्युतानंद (2005). सरोकारों के दायरे. नई दिल्ली : प्रभात प्रकाशन. पृ. 81.

मिश्र, अच्युतानंद (2005). सरोकारों के दायरे. नई दिल्ली : प्रभात प्रकाशन. पृ. 84.

मिश्र, अच्युतानंद (2005). सरोकारों के दायरे. नई दिल्ली : प्रभात प्रकाशन. पृ. 93.

मिश्र, अच्युतानंद (सं.). (2010). हिंदी के प्रमुख समाचार पत्र और पत्रिकाएँ. नई दिल्ली : सामयिक प्रकाशन. पृ. 08.

मिश्र, अच्युतानंद (सं.). (2010). हिंदी के प्रमुख समाचार पत्र और पत्रिकाएँ. नई दिल्ली : सामयिक प्रकाशन. पृ. 10.

मिश्र, अच्युतानंद (सं.). (2010). हिंदी के प्रमुख समाचार पत्र और पत्रिकाएँ. नई दिल्ली : सामयिक प्रकाशन. पृ. 10.

मिश्र, अच्युतानंद (सं.). (2010). हिंदी के प्रमुख समाचार पत्र और पत्रिकाएँ. नई दिल्ली : सामयिक प्रकाशन. पृ. 11.

मिश्र, अच्युतानंद (सं.). (2010). हिंदी के प्रमुख समाचार पत्र और पत्रिकाएँ. नई दिल्ली : सामयिक प्रकाशन. पृ. 09.

मिश्र, अच्युतानंद (सं.). (2010). हिंदी के प्रमुख समाचार पत्र और पत्रिकाएँ. नई दिल्ली : सामयिक प्रकाशन. पृ. 09.

मिश्र, अच्युतानंद (सं.). (2010). हिंदी के प्रमुख समाचार पत्र और पत्रिकाएँ. नई दिल्ली : सामयिक प्रकाशन. पृ. 11.

मिश्र, अच्युतानंद (सं.). (2015). पत्रों में समय संस्कृति (श्री हनुमान प्रसाद पोद्दार के नाम कुछ विशिष्ट व्यक्तियों के पत्र). नई दिल्ली : प्रभात प्रकाशन. पृ. 252.

मिश्र, अच्युतानंद (सं.). (2015). पत्रों में समय संस्कृति (श्री हनुमान प्रसाद पोद्दार के नाम कुछ विशिष्ट व्यक्तियों के पत्र). नई दिल्ली : प्रभात प्रकाशन. पृ. 40.

मिश्र, अच्युतानंद (सं.). (2015). पत्रों में समय संस्कृति (श्री हनुमान प्रसाद पोद्दार के नाम कुछ विशिष्ट व्यक्तियों के पत्र). नई दिल्ली : प्रभात प्रकाशन. पृ. बैक कवर.

मिश्र, अच्युतानंद (सं.). (2015). पत्रों में समय संस्कृति (श्री हनुमान प्रसाद पोद्दार के नाम कुछ विशिष्ट व्यक्तियों के पत्र). नई दिल्ली : प्रभात प्रकाशन. पृ. 40.

(लेखक महात्मा गांधी अंतरराष्ट्रीय हिंदी विश्वविद्यालय, वर्धा में प्रोफेसर हैं।)

मीडिया श्रम आंदोलन में नेतृत्वकारी भूमिका

प्रमोद कुमार

अच्युतानंद मिश्र जी को अधिकतर लोग एक पत्रकार, लेखक, संपादक और शिक्षाविद के रूप में जानते हैं। लेकिन उनका व्यक्तित्व इससे कहीं बढ़कर है। वे भारत में राष्ट्रीय मीडिया श्रम आंदोलन के एक मजबूत स्तंभ रहे हैं। श्री मिश्र ने बनारस से प्रकाशित 'आज' और 'गांडीव' पत्रों से अपना पत्रकार जीवन आरंभ किया। बाद में वे लखनऊ में हिंदी दैनिक 'अमर उजाला' से जुड़ गये। 'अमर उजाला' में कार्य करते हुए वे उत्तर प्रदेश जर्नलिस्ट्स एसोसिएशन (उपजा) के सदस्य बने और बाद में एक युवा पत्रकार नेता के रूप में स्थापित होकर उपजा के महामंत्री बने। वे देश के अग्रणी पत्रकार संगठन, नेशनल यूनियन ऑफ जर्नलिस्ट्स (इंडिया) के अध्यक्ष भी चुने गये। नेशनल यूनियन ऑफ जर्नलिस्ट्स (इंडिया) द्वारा पत्रकारों के कल्याण हेतु गठित जर्नलिस्ट वेलफेयर फाउंडेशन के वे प्रमुख शिल्पियों में से एक हैं। अच्युतानंद जी की खूबी यह है कि वे जिस क्षेत्र में भी गये, वहाँ ऐसे प्रतिमान गढ़े, जो भावी पीढ़ियों के लिए मानक बन गये। संपादक रहते हुए उन्होंने मूल्य आधारित पत्रकारिता की मिसाल पेश की। पत्रकार श्रम आंदोलन में उन्होंने सात्विक संघर्ष की जो मिसाल पेश की वह आज के श्रम नेताओं के लिए एक मिसाल है। प्रस्तुत आलेख में भारतीय मीडिया श्रम आंदोलन में उनके योगदान पर प्रकाश डालने का प्रयास किया गया है।

मीडिया श्रम आंदोलन के अगुवा :

भारतीय मीडिया जगत में श्री अच्युतानंद मिश्र को चाहने वालों की संख्या लाखों में है। कोई उन्हें एक पत्रकार के रूप में जानता है तो कोई एक लेखक और शिक्षाविद के रूप में। उनके और भी कई रूप हैं। वे एक कुशल प्रबंधक और शोधकर्ता भी हैं। लेकिन यह कम लोगों को मालूम है कि वे भारतीय मीडिया श्रम

आंदोलन के एक सशक्त नेता भी रहे हैं। भारतीय मीडियाकर्मियों की आवाज को उन्होंने विश्व पटल पर भी स्वर प्रदान किया है। भारत में मीडिया श्रम आंदोलन की शुरुआत स्वतंत्रता से पहले ही कुछ राज्यों में हो गयी थी। आरंभ में यह क्षेत्र भी वामपंथी विचारों के प्रभाव में रहा, परंतु भारत के मीडिया श्रम आंदोलन को राष्ट्रीय दृष्टि प्रदान करने में जिन लोगों का योगदान रहा, उनमें श्री अच्युतानंद मिश्र की गणना अग्रणी लोगों में होती हैं। जिस दौर में अच्युता जी मीडिया श्रम आंदोलन से जुड़े उस समय यह आंदोलन पूर्ण रूप से वामपंथी विचार के प्रभाव में था और इसमें हिंसक स्वर भी उभरने लगे थे। इससे विचलित तत्कालीन संपादकों और पत्रकारों के जिस समूह ने उस समय हिंसा और अराष्ट्रीय विचार के साथ खड़ा होने से इनकार किया उनमें अच्युतानंद मिश्र भी थे। उस समय वे लखनऊ में थे और उत्तर प्रदेश जर्नलिस्ट एसोसिएशन (उपजा) में सक्रिय थे। विगत पाँच दशकों में पत्रकारों के संघर्षों की अगुवाई करते हुए वे सतत संगठन को शक्ति देते रहे। इन पंक्तियों के लेखक का उनसे संपर्क मीडिया श्रम आंदोलन के अगुवा के रूप में ही हुआ।

पत्रकारिता में प्रवेश :

अच्युता जी ने हाई स्कूल तक गाजीपुर में पढ़ाई की और उसके बाद बनारस पहुँचे। 1954 में चिंतामणि एंग्लो बंगाली इंटर कॉलेज से 12वीं पास कर काशी हिंदू विश्वविद्यालय में अगली पढ़ाई के लिए दाखिला लिया। वहाँ से 1960 में राजनीति शास्त्र में स्नातकोत्तर किया। पढ़ाई पूरी करने के बाद वे अपने भविष्य से बेफिक्र होकर समाज सेवा में जुट गये। उन दिनों उनका लिखना-पढ़ना जारी रहा। बनारस के 'आज' और 'गांडीव' में वे समाचार लिखते थे। तीन साल तक यह सिलसिला चला। वहीं से उन्हें पत्रकारिता की पगडंडी मिली। 1963 में वे लखनऊ आये, जहाँ 'पाञ्चजन्य', 'राष्ट्रधर्म' और 'तरुण भारत' से जुड़े। वर्ष 1972 से 1985 तक वे 'अमर उजाला' लखनऊ में विशेष संवाददाता और ब्यूरो प्रमुख रहे। 1986 से 1991 तक दिल्ली में इंडियन एक्सप्रेस समूह द्वारा प्रकाशित हिंदी दैनिक 'जनसत्ता' में समाचार संपादक की जिम्मेदारी निभाने के बाद 1992 में 'अमर उजाला' के कानपुर संस्करण में संस्थापक संपादक बने। उसके बाद 1993 से 1995 तक 'नवभारत टाइम्स' नई दिल्ली में कार्यकारी संपादक की जिम्मेदारी निभाई। उसके बाद एक बार पुनः 'जनसत्ता' से जुड़े और वरिष्ठ संपादक और कार्यकारी संपादक की जिम्मेदारी 1996 से 1998 तक निभाई। उसके बाद 2001 से 2004 तक नागपुर, अकोला और औरंगाबाद से प्रकाशित 'लोकमत समाचार' के प्रधान संपादक रहे। तत्पश्चात् जनवरी 2005 से जनवरी 2010 तक माखनलाल चतुर्वेदी राष्ट्रीय पत्रकारिता एवं संचार विश्वविद्यालय के कुलपति रहे। मीडिया श्रम आंदोलन

की बात करें तो वे श्रमजीवी पत्रकारों की सबसे बड़ी संस्था, नेशनल यूनियन ऑफ जर्नलिस्ट्स (इंडिया), के संस्थापक सदस्य हैं और बाद में इसके राष्ट्रीय अध्यक्ष भी रहे। साथ ही एडिटर्स गिल्ड ऑफ इंडिया की कार्यकारिणी के सदस्य रहे। भारतीय पत्रकार संगठन के नेता के रूप में संयुक्त राज्य अमेरिका, कनाडा, इंग्लैंड, फ्रांस, स्विट्जरलैंड, बेल्जियम, हॉलैंड तथा मॉरीशस, दक्षिण और दक्षिण पूर्व एशिया के देशों की यात्राएँ कीं।

भारत में मीडिया श्रम आंदोलन :

मीडिया में श्रम आंदोलन की शुरुआत 1925 के आसपास हुई। उस समय नेशनल यूनियन ऑफ जर्नलिस्ट्स ब्रिटेन की तर्ज पर भारत में भी पत्रकारों और गैर-पत्रकारों ने स्वयं को संगठित करना आरंभ कर दिया था। उस समय साउथ इंडियन फेडरेशन मद्रास, इंडियन जर्नलिस्ट्स एसोसिएशन कलकत्ता, बोम्बे यूनियन ऑफ जर्नलिस्ट्स जैसी संस्थाओं की स्थापना हुई। दिल्ली में दिल्ली यूनियन ऑफ जर्नलिस्ट्स की स्थापना हुई। उत्तर प्रदेश में उत्तर प्रदेश वर्किंग जर्नलिस्ट्स यूनियन और उत्तर प्रदेश जर्नलिस्ट्स एसोसिएशन की स्थापना हुई। 30 अक्टूबर, 1950 को इंडियन फेडरेशन ऑफ वार्किंग जर्नलिस्ट्स की स्थापना हुई, जो मीडिया श्रम संगठनों का अखिल भारतीय संघ है। इसकी शाखाएँ बाद में बीकानेर, बड़ौदा, रीवा जैसी छोटी रियासतों में भी आरंभ हुई। उस समय मीडिया श्रम आंदोलन का नेतृत्व बड़े समाचार पत्रों के संपादकों के हाथ में था। उन्हीं के प्रयासों से देश में प्रथम प्रेस आयोग बना, जिसकी सिफारिशों के आधार पर पत्रकारों के लिए वेज बोर्ड गठन, प्रेस परिषद् आदि की स्थापना हुई। बाद में इंडियन फेडरेशन ऑफ वर्किंग जर्नलिस्ट्स के नेताओं में आपसी विवाद के बाद हुए विभाजन के चलते 23 जनवरी, 1972 को नेशनल यूनियन ऑफ जर्नलिस्ट्स (इंडिया) की स्थापना हुई। इंडियन फेडरेशन ऑफ वार्किंग जर्नलिस्ट्स में नेताओं के आपसी विवाद के चलते 1990 में इसमें एक और विभाजन हुआ और इंडियन यूनियन ऑफ जर्नलिस्ट्स नाम से एक नये पत्रकार संगठन की स्थापना हुई। वैसे अब इंडियन फेडरेशन ऑफ वार्किंग जर्नलिस्ट्स, इंडियन यूनियन ऑफ जर्नलिस्ट्स और नेशनल यूनियन ऑफ जर्नलिस्ट्स (इंडिया) में भी कई-कई विभाजन हो गये हैं और मीडिया श्रम आंदोलन जबरदस्त बिखराव के दौर से गुजर रहा है। नेशनल यूनियन ऑफ जर्नलिस्ट्स (इंडिया) हालांकि हाल ही में एकीकरण के प्रयास हुए हैं। जिसके कारण चार में से तीन समूह फिर से एक हो गये हैं। यह मीडिया श्रम आंदोलन के लिए एक शुभ संकेत है।

अच्युतानंद मिश्र से साक्षात्कार :

मीडिया श्रम आंदोलन में अच्युतानंद मिश्र जी के योगदान से संबंधित

सामग्री कहीं उपलब्ध नहीं है। इस विषय पर कभी लिखा ही नहीं गया। इसलिए लेखक ने भारत के मीडिया श्रम आंदोलन से उनके जुड़ाव से संबंधित सही जानकारी प्राप्त करने के लिए उनसे लंबा साक्षात्कार किया। यह साक्षात्कार सितम्बर 2024 में किया गया। प्रस्तुत हैं उस बातचीत के मुख्य अंशः

प्रश्नः आपका मीडिया में प्रवेश कैसे हुआ?

उत्तरः मैं काशी हिंदू विश्वविद्यालय में राजनीति विज्ञान का छात्र था। 'आज' वहाँ का प्रमुख अखबार था। उसके दो-तीन बड़े पत्रकार थे, जिन्हें मैं बहुत आदर के साथ बहुत पहले से जानता था। उनमें एक सिन्हा जी नाम के वरिष्ठ पत्रकार थे। वे अखबार में पूर्वी उत्तर प्रदेश के प्रभारी होते थे। वे इतने सम्मानित थे कि जब वे मेरे गृह जनपद गाजीपुर जाते थे तो मैंने स्वयं देखा कि जिला मजिस्ट्रेट उन्हें 'रिसीव' करने के लिए स्वयं रेलवे स्टेशन जाता था। उन्हें डाक बंगले में ठहराया जाता था। वहीं सब लोग आकर उनसे मिलते थे। मैंने उनका वह सम्मान और वैभव देखा था। वहीं पर मेरा उनसे थोड़ा सा परिचय हुआ था। विश्वविद्यालय में पढ़ते हुए ही मेरा भी थोड़ा लिखने-पढ़ने का मन होने लगा था। इसलिए मैं सिन्हा जी के पास गया। उनसे जुड़ा तो उन्होंने कुछ विषय बताए। उन्होंने मुझे लिखने के लिए प्रोत्साहित किया। इस प्रकार मैं लिखने लगा। बनारस का दूसरा मशहूर अखबार था 'गांडीव', जो शाम को निकलता था। उस समय 'आज' भी शाम को निकलता था। उन दोनों अखबारों में मैं लिखता था। इस तरह धीरे-धीरे मेरा पत्रकारिता की तरफ झुकाव हुआ। मेरे परिवार वाले चाहते थे कि मैं एम.ए. करके कोई सरकारी नौकरी कर लूं। लेकिन मेरा मन सरकारी नौकरी का नहीं था। इस तरह से पत्रकारिता में प्रवेश हो गया।

प्रश्न : पत्रकारिता में प्रवेश के बाद मीडिया श्रम आंदोलन से आपका जुड़ाव कैसे हुआ?

उत्तर : मीडिया ट्रेड यूनियन मूवमेंट से मेरा जुड़ाव 1963 में हुआ। उस समय मैं लखनऊ में था। उत्तर प्रदेश जर्नलिस्ट एसोसिएशन (उपजा) से उसकी स्थापना से ही मैं जुड़ गया था। हालाँकि उस समय इंडियन फेडरेशन ऑफ वर्किंग जर्नलिस्ट्स (आईएफडब्ल्यूजे) पत्रकारों की बड़ी और प्रभावी संस्था थी, लेकिन उस पर कम्युनिस्ट पार्टी के लोगों का कब्जा था। उसी में सक्रिय कुछ लोगों ने, जिनमें सत्येंद्र शुक्ल और मुकुल वर्मा जी आदि थे, मिलकर उत्तर प्रदेश जर्नलिस्ट्स एसोसिएशन की स्थापना की थी। उस समय 'दैनिक जागरण' के लखनऊ संवाददाता श्री भगवत शरण थे। वो भी हम लोगों के साथ थे। 'पायनियर' अखबार के समाचार संपादक एस.के. राव भी हमारे साथ थे। उन सब लोगों ने मिलकर 1972 में नेशनल यूनियन

ऑफ जर्नलिस्ट्स (इंडिया) की स्थापना में महत्त्वपूर्ण भूमिका निभाई। वास्तव में उपजा की पहल पर ही एन.यू.जे. (आई) की स्थापना हुई थी। उसमें दो राज्यों की मुख्य भूमिका थी, पश्चिम बंगाल और उत्तर प्रदेश। मैं उस समय उपजा का सबसे कम आयु का सदस्य था।

मुझे याद है कि शुरुआती दिनों में उपजा का एक अधिवेशन हुआ था, जिसमें मैं बढ़-चढ़कर कई जिम्मेदारियां निभा रहा था। उस अधिवेशन में मुकुल वर्मा जी और एच.के. गौड़ साहब भी कई जिम्मेदारियां निभा रहे थे। उन दिनों उत्तर प्रदेश सरकार की ओर से एक मान्यता समिति बनी थी। उपजा के लोगों ने कहा कि मान्यता समिति में हमारा भी प्रतिनिधि होना चाहिए, पर सवाल था कि मान्यता समिति में कौन जाएगा। इस पर उपजा के बड़े नेताओं में आपस में मतभेद था, क्योंकि सभी लोग उस समिति में जाना चाहते थे। 'नेशनल हेराल्ड' के सहायक संपादक गौड़ साहब ने मुझसे कहा कि हम लोगों में तो आपस में मतभेद हैं, इसलिए आप मान्यता समिति में चले जाओ। इस तरह उपजा का नया सदस्य होने के बावजूद उत्तर प्रदेश जर्नलिस्ट्स एसोसिएशन का प्रतिनिधि बनकर मैं उत्तर प्रदेश सरकार की मान्यता समिति में सदस्य बन गया। उस समिति में मीडिया मालिक भी थे और पत्रकार भी। चूँकि उस समय मीडिया मालिकों के खिलाफ माहौल रहता था, इसलिए पत्रकारों और मालिकों दोनों में खूब चलती थी। उस समय 'दैनिक जागरण' के मालिक नरेंद्र मोहन जी थे। मान्यता समिति में ही उनसे परिचय हुआ था। 'अमर उजाला' के मालिक डोरीलाल अग्रवाल जी भी मान्यता समिति में थे। इसलिए उनसे भी परिचय हो गया था।

उस समय 'दैनिक जागरण' के खिलाफ 'उत्तर प्रदेश जर्नलिस्ट एसोसिएशन' ने लेबर ट्रिब्यूनल में एक वाद दायर किया था। उस मामले में 'दैनिक जागरण' के खिलाफ ट्रिब्यूनल में मुझे ही प्रस्तुत होना होता था। उस मामले को देखने वाले न्यायाधीश हाईकोर्ट से सेवानिवृत्त थे। जज साहब ने मुझसे पूछा कि आपको नरेंद्र मोहन जी से क्या शिकायत है? हमने कहा कि साहब, हमको तो कोई शिकायत नहीं है, लेकिन वहाँ काम करने वाले जो वर्किंग जर्नलिस्ट हैं उनका भविष्य दिखाई नहीं देता। मैंने कहा कि नरेंद्र मोहन जी अखबार के मालिक हैं। इनके पिता जी ने यह अखबार निकाला था, उस नाते ये संपादक हो गये। इनके बेटे का भी भविष्य सुरक्षित है, वो भी संपादक हो जाएगा। लेकिन वहाँ काम करने वाले जो वर्किंग जर्नलिस्ट हैं, उनके बच्चों का भविष्य नहीं पता। वह बड़ा ही रोचक केस था। मीडिया ट्रेड यूनियन का मेरा सफर ऐसा रहा। ट्रेड यूनियन में एन.यू.जे.(आई) और उपजा में बहुत सारे पदों पर काम किया। उपजा का महासचिव भी रहा।

प्रश्न : नेशनल यूनियन ऑफ जर्नलिस्ट्स (इंडिया) की स्थापना में दिल्ली की क्या भूमिका थी?

उत्तर : दिल्ली की अधिक भूमिका नहीं थी। स्थापना में प्रमुख भूमिका निभाने वाला तीसरा राज्य था तमिलनाडु। तमिलनाडु इकाई के संस्थापक एल. मिनाक्षी सुन्दरम वास्तव में एन.यू.जे. के संस्थापक थे। वे 16 वर्ष तक आईएफडब्ल्यूजे के महासचिव रह चुके थे। एनयूजे (आई) की स्थापना में उपजा का बड़ा सहयोग था। एल. मीनाक्षी सुंदरम एन.यू.जे. के पहले अध्यक्ष हुए और उपजा के एस.के. राव, जो उस समय 'पायनियर' अखबार के न्यूज एडीटर और उपजा के वरिष्ठ नेता थे, महामंत्री हुए। दिल्ली में उस समय के.एन. गुप्ता के अलावा 'हिंदुस्थान समाचार' के संपादक बालेश्वर अग्रवाल ने भी बड़ी भूमिका निभाई थी। 23 जनवरी, 1972 को एन.यू.जे. (आई) की स्थापना हुई। बाद में उसमें डॉ. नंदकिशोर त्रिखा और राजेंद्र प्रभु भी सक्रिय हो गये। शुरू के दौर में प्रभु जी सक्रिय थे। वे उस समय 'हिंदुस्तान टाइम्स' में ब्यूरो प्रमुख और पृथ्वीश चक्रवर्ती के सहयोगी थे।

प्रश्न : एनयूजे (आई) के शुरुआती दौर के कुछ संस्मरण बताइए।

उत्तर : शुरुआती दौर में अनेक बड़े नेता थे। उस समय पृथ्वीश दा बहुत हिम्मत वाले नेताओं में से थे। जब देश में आपातकाल लगा तो पृथ्वीश दा ने श्रीमती इंदिरा गांधी के सामने जाकर उनके मुंह पर कह दिया था कि 'आपके आसपास जो लोग नारे लगा रहे हैं, वे आपके शुभचिंतक नहीं खुशामदखोर हैं।' उन्होंने यह बात कह तो दी, परंतु उसका नुकसान होना ही था। पृथ्वीश दा को ब्यूरो चीफ पद से हटा दिया गया और बाद में उनको नौकरी भी छोड़नी पड़ी। एनयूजे (आई) के नेताओं और कार्यकर्ताओं ने इस स्तर तक त्याग और समर्पण किया। आपातकाल के दौरान श्याम खोसला गिरफ्तार कर जेल भेजे गये। अलग-अलग राज्यों में एन.यू.जे. के लोगों को इमरजेंसी का विरोध करने के कारण प्रताड़ित किया गया। आई.एफ.डब्ल्यू.जे. ने उस समय संजय गांधी के बीस सूत्री कार्यक्रम का समर्थन किया था और वे खुलकर कम्युनिस्ट पार्टी के साथ थे। कम्युनिस्ट पार्टी ने भी उसका समर्थन किया था। वास्तव में वे लोग ही एन.यू.जे. के लोगों को गिरफ्तार करवा रहे थे। उस नाते उत्तर प्रदेश में भी हम लोगों के ऊपर संकट था। वरिष्ठ पत्रकार पी.के. राय के खिलाफ वारंट था। पी.के. राय इमरजेंसी के दौरान मेरे घर पर रहते थे। मेरे घर पर भी पुलिस की निगाह थी। संयोग यह था कि उस समय के मुख्यमंत्री नारायण दत्त तिवारी हमारे मित्र थे और कभी-कभी हमारे ऑफिस (अमर उजाला) में भी आ जाया करते थे। आई.बी. के लोग हमारे ऑफिस पर नजर तो रखते थे, लेकिन हाथ नहीं डालते थे। वे देखते थे कि वहाँ कौन-कौन लोग आते हैं। उस समय मैं 'अमर

उजाला' का लखनऊ में ब्यूरो चीफ था।

एक घटना मुझे आज भी याद है। पी.के रॉय मेरे घर में रहते थे। एक दिन सुबह-सुबह दरवाजे की घंटी बजी। हमने दरवाजा खोला तो देखा एक मौलाना खड़े थे। उनके साथ समाजवादी पार्टी का एक कार्यकर्ता था। उसने कहा कि आप ही से मिलने आये हैं। आप कमरे में चलिए तो बताते हैं। अब कमरे में तो पी.के. राय बैठे थे। मैंने सोचा कि इनके खिलाफ तो वारंट है। इसलिए मैंने पी.के. दादा को घर के अंदर भेज दिया और उन्हें बाहर से लाकर कमरे में बैठाया। वो कर्पूरी ठाकुर थे। कर्पूरी ठाकुर ने कहा कि उन्हें चन्द्रभानु गुप्ता से बात करनी है। चन्द्रभानु गुप्ता को इंदिरा गांधी ने गिरफ्तार नहीं किया था, उनको अपने ही घर में नजरबंद कर रखा था। बाहर पुलिस का पहरा था। पुलिस वाले देखते रहते थे कि कौन-कौन उनसे मिलने जा रहा है। राजनाथ सिंह जी हमारे पड़ोसी थे और मित्र भी थे। वे गिरफ्तार तो नहीं हुए थे, लेकिन उन पर भी पुलिस की निगाह थी। मैं और राजनाथ सिंह मिलकर कर्पूरी ठाकुर को चन्द्रभानु जी से मिलवाने ले गये। उनकी भेंट करवा दी फिर उनको गाड़ी में बैठा दिया। इस तरह की घटनाएं होती रहती थीं। जिला स्तर पर भी एन.यू.जे. से जुड़े लोग गिरफ्तार किये गये थे।

बाद में जब पत्रकारों के लिए पालेकर अवॉर्ड गठित हुआ, तो उसमें एनयूजे भी पार्टी था। उसकी कार्रवाई में शामिल होने के लिए मैं उत्तर प्रदेश से बंबई गया था। वेज बोर्ड के अध्यक्ष पालेकर जी ने एनयूजे की उस समय बहुत तारीफ की थी और उन्होंने एनयूजे की सब बातें मानी थीं। उन्होंने कहा था कि एनयूजे ही पत्रकारों की असली संस्था है, जो पत्रकारों के हित में लड़ाई लड़ रही है। इससे एनयूजे के पत्रकार हित में संघर्ष का पता चलता है। इमरजेंसी खत्म होने के बाद कांग्रेस के लोगों ने एनयूजे की मदद की। कांग्रेस के लोग संसद में भी एनयूजे के साथ थे और हम लोगों के समर्थन में वहाँ मांगें उठाते थे। यह देखकर इंडियन फेडरेशन ऑफ वर्किंग जर्नलिस्ट्स से जुड़े काँग्रेसियों को बहुत तकलीफ होती थी। आई.एफ.डब्ल्यू. जे. से जुड़े कांग्रेसी तो राजीव गांधी से भी इसकी शिकायत करते थे। इस तरह एनयूजे एक बहुत प्रतिष्ठित संस्था बन गयी। 2013 में एनयूजे का अलीगढ़ में जो सम्मेलन हुआ था, उसमें तत्कालीन उपराष्ट्रपति हामिद अंसारी ने एनयूजे की बहुत तारीफ की। हालाँकि वही हामिद अंसारी कम्युनिस्टों के साथ रहे हैं। उन्होंने शायद रिकॉर्ड दिखवाया होगा कि कांग्रेस के लोग एनयूजे के साथ थे। यही देखकर उन्होंने कार्यक्रम में आना स्वीकार किया था।

प्रश्न : मीडिया ट्रेड यूनियन में आपने किन-किन जिम्मेदारियों का निर्वहन किया?

उत्तर : मैं उपजा और एनयूजे में महामंत्री था, अध्यक्ष भी था। इसके अलावा बिना किसी पद पर रहते हुए भी सक्रिय रहता था। संगठन में कुछ ही लोगों का हमेशा पद पर बने रहना उचित नहीं है। नये लोगों को भी आगे बढ़ने का अवसर मिलना चाहिए। इससे नया नेतृत्व तैयार होता है। संगठन के वरिष्ठ लोगों की ही यह जिम्मेदारी है कि वे दूसरे लोगों को संगठन में आगे बढ़ाएं। हमने इस परंपरा का सदैव पालन किया।

प्रश्न : वर्ष 2013 में अलीगढ़ अधिवेशन के दौरान आप एनयूजे अध्यक्ष पद के उम्मीदवार थे। बताया जाता है कि आपको हराने वाले उम्मीदवार ने अपना 'विड्रॉल' एनयूजे के तत्कालीन कुछ वरिष्ठ नेताओं को पहले ही दे दिया था। वह 'विड्रॉल' एनयूजे के निर्वाचन अधिकारी को नहीं दिया गया और पोलिंग कराई गयी जिसमें आप चुनाव हार गये। 2013 के उस घटनाक्रम पर आप कुछ टिप्पणी करना चाहेंगे?

उत्तर : मुझे पहले से पता था कि उस चुनाव में त्रिखा जी और प्रभु जी जैसे नेता हमारे विरुद्ध हो गये थे। यहाँ तक कि पी.के. राय भी हमारे साथ नहीं थे। उपाला लक्ष्मण ने नामांकन वापसी का फॉर्म डॉ. त्रिखा को भेजकर मुझे बता दिया था लेकिन उसके बाद भी चुनाव हुआ। मुझे मालूम था कि चुनाव में मुझे हारना है। वह मेरे लिए कोई नई चीज नहीं थी। जब दूसरे लोगों ने मुझे इस बारे में पूछा तो मैंने कहा कि जिस संस्था को हमने बनाया और खड़ा किया है उस संस्था के खिलाफ मेरी ओर से कोई गलत कदम शोभा नहीं देता। हार-जीत तो लगी रहती है। इसलिए मैंने उस पर कोई प्रतिक्रिया नहीं दी। आपको जानकारी होगी ही कि उस अधिवेशन की पूरी व्यवस्था मेरे पास थी। लोगों के आने-जाने की सारी व्यवस्था मैं देख रहा था। अधिवेशन संपन्न होने के बाद त्रिखा जी ने स्वीकार किया कि 'उनके पास उपाला लक्ष्मण ने नामांकन वापसी का फॉर्म कई दिन पहले भेज दिया था और हमसे अलीगढ़ में पास हो गया'। प्रभुजी ने भी ऐसा ही कहा। उस समय विरोध करके मैं अपना नामांकन वापस भी ले सकता था। चुनाव से पहले गाजियाबाद में मेरे आवास पर मीटिंग हुई थी, जिसमें मैंने अध्यक्ष पद के लिए 'जनसत्ता' के वरिष्ठ पत्रकार मनोज मिश्र का नाम प्रस्तावित किया था। मैं तो अध्यक्ष और महासचिव पहले रह ही चुका था। इसलिए अध्यक्ष बनना या महामंत्री बनना मेरे लिए कोई आकर्षण नहीं था। इसीलिए चुनाव परिणाम आते ही मैंने लक्ष्मण को तुरंत बधाई दी। हालाँकि उस समय हमारे अनेक सहयोगी भावुक थे। मैंने अपने मन में किसी के प्रति कभी कोई बैर भाव नहीं पाला।

प्रश्न : भारत का मीडिया ट्रेड यूनियन मूवमेंट आज बिखराव के दौर से गुजर

रहा है। सभी संगठनों के नेताओं में अहम और बहम की लड़ाई है। आपकी राय में इस बिखराव के क्या कारण हैं?

उत्तर : यह नई बात नहीं है। मीडिया ट्रेड यूनियनों में बिखराव उस समय शुरू हो गया था जब मीडिया मालिकों ने ट्रेड यूनियन नेताओं को बाईपास करके पत्रकारों से सीधा संपर्क करना शुरू कर दिया था। यह इमरजेंसी के बाद की बात है। हालाँकि इमरजेंसी से पहले भी यह हुआ था। 'नॉर्दन इंडिया पत्रिका' इलाहाबाद से निकलती थी। उसमें बहुत लंबी हड़ताल चली पचास-साठ दिन। दूसरी हड़ताल 'इंडियन एक्सप्रेस' में हुई थी। उस समय मोरारजी देसाई की सरकार थी। वह हड़ताल लगभग बीस दिन चली। हड़ताल के दौरान कुछ पत्रकारों ने मोरारजी देसाई के पास जाकर कहा कि रामनाथ गोयनका जी हमारी बात नहीं सुन रहे हैं। वह बड़ी रोचक कहानी है आपको जाननी चाहिए। पत्रकारों ने मोरारजी देसाई को कहा कि हमारी बात तो रामनाथ गोयनका जी नहीं सुनते, आपकी शायद सुनेंगे इसलिए आप उनसे बात कीजिए। मोरारजी देसाई ने कहा कि वो किसी की बात नहीं सुनेंगे, जिद्दी हैं। लेकिन चूंकि तुम लोग आये हो तो मैं तुम्हारे सामने ही उनसे फोन पर बात करता हूँ। मोरारजी देसाई ने रामनाथ गोयनका को फोन किया और कहा कि सुना है आपके कर्मचारी पंद्रह-बीस दिन से हड़ताल पर हैं। वो यहाँ आये हुए हैं और हमसे अनुरोध कर रहे हैं कि हम आपसे बात करें। ये आपका आपसी मामला है, आप ही के बच्चे हैं ये, आप निपटाइए इस मामले को। इनसे कोई गलती हुई तो माफ करो। उस पर रामनाथ गोयनका ने मोरारजी देसाई से कहा कि आप जानते नहीं ये सब लोग कितने दुष्ट हैं। ये आपके यहाँ कैसे पहुंच गये? आप इनको अपने यहाँ से अभी भगाइए।

उन घटनाओं के बाद मालिकों ने मीडिया ट्रेड यूनियन से जुड़े लोगों को अपने यहाँ नौकरी देनी बंद कर दी। साफ कह दिया जाता था कि अगर आप ट्रेड यूनियन में हैं तो हमारे यहाँ आपके लिए जगह नहीं है। आप ट्रेड यूनियन से हटिए और हमें लिखित में दीजिए कि आप ट्रेड यूनियन में शामिल नहीं होंगे। तब हम आपके नाम पर विचार करेंगे। चूँकि पत्रकारों को नौकरी चाहिए थी, इसलिए उन्होंने लिखकर देना शुरू कर दिया। यह इमरजेंसी से पहले ही शुरू हो चुका था। लेकिन इमरजेंसी के बाद तो तेज गति से शुरू हो गया। भारत में जो प्रेस परिषद् बनी उसे पर्याप्त मात्रा में शक्तियां नहीं दी गयीं। प्रेस परिषद् में जो पत्रकार जाते थे उन्हें परिषद् कहती थी कि हम तो 'टूथलैस टाइगर' हैं। हमारे पास कोई पॉवर नहीं है। हम सिर्फ सिफारिश कर सकते हैं। प्रेस परिषद् की बात पर भी मीडिया मालिक ध्यान नहीं देते थे। सरकार भी पूरी तरह मालिकों के साथ थी। सरकार को लगता था कि मालिकों से सीधा डील करना बेहतर है। कुछ पत्रकार उन्हें ब्लैकमेल भी करते

थे। इस प्रकार ट्रेड यूनियनों में गिरावट शुरू हुई और मीडिया ट्रेड यूनियन आंदोलन एक प्रकार से 'डिफन्क्ट' होता गया। ट्रेड यूनियनों का 'डाउन फॉल' उन्हीं के अपने कारणों से हुआ। उनके नेताओं ने ही मालिकों से समझौता कर लिया।

प्रश्न : क्या भारत में मीडिया ट्रेड यूनियन मूवमेंट फिर से खड़ा हो सकता है?

उत्तर : जिस तरह से पहले मीडिया ट्रेड यूनियनें थीं और जिस तरह से मीडिया मालिकों के साथ उनका व्यवहार था वह तो वापस नहीं आ सकता। ट्रेड यूनियनों के नेता मालिकों से मिल जाते थे और कहते थे कि जो हम कह रहे हैं वह करो। सरकार ने मालिकों पर दबाव डाला। सरकार ने जो नियम-कानून बनाए वो ट्रेड यूनियन के हित में नहीं थे, मालिकों के हित में थे। मालिकों ने कह दिया था कि वे ट्रेड यूनियन से जुड़े लोगों को नहीं लेंगे। पहले लिखकर दीजिए कि आप किसी ट्रेड यूनियन से नहीं हैं। जिस रूप में ट्रेड यूनियनें पहले प्रभावी थीं, उस रूप में वापस आना असंभव है। इसलिए आज हालत खराब है। आज जो ट्रेड यूनियनें हैं, वो केवल नाममात्र की हैं, दिखावटी हैं। अब वे प्रेस काउंसिल आदि संस्थाओं में अपनी जगह बनाने के लिए कोशिशें कर रही हैं। अपना अस्तित्व बचाए रखने की कोशिश कर रही हैं और अस्तित्व बचाने के लिए जो हथकंडे अपना रहे हैं वह ठीक नहीं हैं। पांच दशक पहले जो मीडिया ट्रेड यूनियनों की स्थिति थी, उसमें और आज की स्थिति में बड़ा अंतर है। आज ट्रेड यूनियनों के साथ बड़ी संख्या में वास्तविक पत्रकार नहीं हैं। ये नाममात्र की संस्थाएं चल रही हैं। उनका उद्देश्य मात्र प्रेस परिषद् और अन्य सरकारी संस्थाओं में प्रतिनिधित्व रह गया है, पत्रकारों और मीडिया का हित बिल्कुल नहीं।

प्रश्न : माना जाता है कि 1950 में जब राष्ट्रीय स्तर पर मीडिया ट्रेड यूनियन खड़ा हुआ तो उसके कारण ही देश में प्रथम प्रेस आयोग बना और उसकी सिफारिशों से प्रेस काउंसिल, वर्किंग जर्नलिस्ट एक्ट, पत्रकारों के लिए वेज बोर्ड आदि संस्थाएं बनीं। क्या यह सच है?

उत्तर : नहीं, उसमें ट्रेड यूनियन की कोई भूमिका नहीं थी। ये सब संस्थाएं प्रथम प्रेस आयोग की सिफारिशों से बनीं। प्रेस कमीशन के एक सदस्य थे, एम. चलपति राव, जो 'नेशनल हेराल्ड' के संस्थापक संपादक थे और नेहरू जी के दोस्त थे। उन्हीं की पहल पर पहला प्रेस कमीशन बना था। प्रेस कमीशन में उनकी एक बड़ी भूमिका थी।

प्रश्न : क्या आपको लगता है कि अब तीसरा प्रेस आयोग बनना चाहिए?

उत्तर : बनना तो चाहिए, परंतु तीसरा प्रेस आयोग किन मुद्दों पर बनेगा? प्रेस कमीशन की सिफारिशों से जो संस्थाएं बनी हैं जैसे कि प्रेस काउंसिल आदि, वे अब कालातीत हो गयी हैं। मीडिया का भी अब बहुत विस्तार हो चुका है। अभी तक

तो प्रेस काउंसिल भी मीडिया काउंसिल नहीं बन पाई है।

प्रश्न : एनयूजे में जर्नलिस्ट्स वेलफेयर फाउंडेशन की स्थापना कैसे हुई थी और इसके लिए आप लोगों ने धन संग्रह कैसे किया था?

उत्तर : जर्नलिस्ट् वेलफेयर फाउंडेशन की स्थापना श्याम खोसला जी और मेरा मूल प्रयास था। हम दोनों ने ही मिलकर उसके लिए धन संग्रह किया था। खोसला जी ने पहले हरियाणा में यह प्रयोग किया था। उस समय हरियाणा में चौधरी देवीलाल मुख्यमंत्री थे। उन्होंने खोसला जी को उस समय करीब पांच लाख रुपए दिये थे। श्री नारायणदत्त तिवारी जब उत्तराखंड के मुख्यमंत्री बने तो उन्होंने ने भी उत्तराखंड में आयोजित एनयूजे के सम्मेलन में भाग लेते हुए दस लाख रुपये देने की घोषणा की थी। वह राशि उन्होंने बाद में दी भी थी। उस सम्मेलन में श्री भैरोसिंह शेखावत भी गये थे। कार्यक्रम में भाग लेने से पहले तिवारी जी ने संदेश भेजकर पूछा था कि क्या उनकी ओर से कोई घोषणा करने की जरूरत है? संदेशवाहक के माध्यम से मैंने संदेश भिजवाया था कि कुछ-न-कुछ घोषणा तो अवश्य करनी चाहिए। तब उन्होंने दस लाख रुपये के सहयोग की घोषणा की थी। इस प्रकार जर्नलिस्ट्स वेलफेयर फाउंडेशन के लिए धन संग्रह किया गया। कुछ वर्षों तक तो सब ठीक चला। जर्नलिस्ट्स वेलफेयर फाउंडेशन को एनयूजे के साथ ही जोड़ दिया गया था। एनयूजे की बैठक के दौरान ही फाउंडेशन की भी बैठक हो जाती थी। जरूरतमंद पत्रकारों के आवेदन एनयूजे के माध्यम से ही आते थे। जिस पत्रकार की जैसी आवश्यकता होती थी उसे वैसा ही सहयोग दिया जाता था। कुछ दिन तक तो यह ठीक चला, लेकिन जैसे ही एनयूजे में कुछ समस्याएँ पैदा होनी शुरू हुईं तो फाउंडेशन का मामला भी गड़बड़ाने लगा। फाउंडेशन का कुछ पैसा अभी भी बैंक में जमा है, लेकिन कई सालों से उसका पत्रकारों के हित में इस्तेमाल नहीं हो रहा है। चूँकि फाउंडेशन एनयूजे से जुड़ा है इसलिए वहाँ जो बदलाव होते हैं उनका असर उस पर भी पड़ता है। जब तक पीके रॉय फाउंडेशन के अध्यक्ष थे तब तक तो पैसा लोगों को दिया जाता रहा, परंतु उसके बाद नहीं दिया जा सका। पिछले दो साल से तो अध्यक्ष मैं ही हूँ लेकिन हम भी किसी को कुछ नहीं दे पाए। फाउंडेशन की शुरुआत तो अच्छी भावना से हुई थी और इसकी आज भी बहुत जरूरत है। बहुत से पत्रकार हैं जिन्हें संकट की स्थिति में कहीं से कोई मदद नहीं मिल पाती। खासतौर से जिला स्तर पर काम करने वाले पत्रकारों के लिए तो मदद की कोई व्यवस्था नहीं है।

प्रश्न : एक मीडिया ट्रेड यूनियन नेता की हैसियत से आपने कई विदेश यात्राएँ भी कीं। उन यात्राओं का क्या अनुभव रहा?

उत्तर : पहली यात्रा यूरोप की थी, जिसमें राजेंद्र प्रभु, पी.के. राय, के. एन. गुप्ता

और श्याम खोसला भी साथ थे। वास्तव में एनयूजे (आई) का गठन लंदन स्थित नेशनल यूनियन ऑफ जर्नलिस्ट के पैटर्न पर हुआ था। ब्रिटेन में इस संगठन की बड़ी महत्त्वपूर्ण भूमिका थी। मीडिया संस्थानों के मालिक किसी पत्रकार को अपने यहाँ रखने से पहले नेशनल यूनियन ऑफ जर्नलिस्ट से मशविरा किया करते थे। वे कई बार यूनियन से अच्छे लोग मांगते भी थे और यूनियन के नेता अच्छे पत्रकारों के नाम उन्हें सुझाते भी थे। मीडिया संस्थान यूनियन के नेताओं की राय को बहुत महत्त्व देते थे। हम भी भारत में ऐसा ही पत्रकार संगठन खड़ा करना चाहते थे। जब एनयूजे की इंटरनेशनल फेडरेशन ऑफ जर्नलिस्ट (आईएफजे) से संबद्धता हुई तो उसके पीछे भी यही दृष्टिकोण था। आईएफजे के विश्वभर में जहाँ-जहाँ भी सम्मेलन होते थे, उनमें एनयूजे के नेताओं को बुलाया जाता था। दूसरी यात्रा न्यूयॉर्क की थी। न्यूयॉर्क की एक यात्रा यूनियन की दृष्टि से हुई थी और दूसरी विश्व हिंदी सम्मेलन के निमित्त हुई थी, जिसमें मुझे सम्मानित किया गया था। न्यूयॉर्क से हम स्विट्जरलैंड भी गये थे। हर यात्रा से कुछ-न-कुछ सीखने को मिलता था। आईएफजे भारत में भी एनयूजे को प्रमुखता देता था। आईएफडब्ल्यूजे तो मुख्य रूप से वामपंथी विचार के लोगों का संगठन था, जिन्होंने हमेशा धोखा दिया। आपातकाल के दौरान भी वे सरकार के लिए जासूसी करते थे और एनयूजे के नेताओं को पकड़वाने में उनकी बड़ी भूमिका थी। हालाँकि कांग्रेस के कुछ नेता एनयूजे के नेताओं की संसद के अंदर और बाहर सब जगह सहायता करते थे। प्रेस काउंसिल के अध्यक्ष भी एनयूजे का बहुत सम्मान करते थे। एनयूजे पत्रकारों का एक प्रतिष्ठित संगठन रहा है।

प्रश्न : भारत के मीडिया ट्रेड यूनियन मूवमेंट को लेकर आप कोई अन्य जानकारी देना चाहें?

उत्तर : मीडिया ट्रेड यूनियन में प्रामाणिक और ईमानदार लोग हों, राजनीतिक हस्तक्षेप दूर हो। राजनीति से जुड़े हुए लोग अगर उसमें नहीं रहेंगे, तो ही कुछ उम्मीद की जा सकती है। आज यह असंभव है। ईमानदार लोग ढूंढ़ना मुश्किल है, क्योंकि राजनीति ईमानदार नहीं है। सारे स्टेकहोल्डर्स को लेकर कोई चीज सोची जा सकती है।

आईएफडब्लूजे की फिसलन को नया मोड़ देने वाला व्यक्तित्व :

इस साक्षात्कार में अच्युतानंद मिश्र जी ने बेबाक बात की है। इसमें कुछ बातें ऐसी भी हैं जो वर्तमान मीडिया ट्रेड यूनियन मूवमेंट में सक्रिय लोगों को पसंद नहीं आयेंगी। सच्चाई कड़वी होती है और कड़वी दवा किसी को पसंद नहीं आती। अच्युतानंद मिश्र के पत्रकार संगठनों से जुड़ाव पर टिप्पणी करते हुए वरिष्ठ पत्रकार श्री राम बहादुर राय कहते हैं—"अच्युतानंद मिश्र उन लोगों में से हैं जिन्होंने आईएफडब्लूजे की फिसलन को नया मोड़ दिया। उसे विचार और राह दी। नया

संगठन बनाया। उस जमाने के शिखर पत्रकार फ्रेंक मोरेस से नये संगठन के स्थापना समारोह की शुरुआत करवाई। यह 1972 की बात है। जिसमें हिरण्मय कारलेकर, पृथ्वीश चक्रवर्ती, मीनाक्षी सुंदरम जैसे दिग्गज पत्रकारों को जोड़ा। वही संगठन आजकल एनयूजे के नाम से जाना जाता है। एक बात और कहना जरूरी है। 'अमर उजाला' अखबार को निष्पक्ष और स्वतंत्र बनाने में भी अच्युतानंद मिश्र के नाम से मदद मिली।" (राय, 2014, पृ. 27) वे आगे कहते हैं, "1970 से वे मुख्यधारा की पत्रकारिता में आये। 'अमर उजाला' से जुड़े। जहाँ 1985 तक रहे। ऐसा उदाहरण कम ही मिलेगा कि लखनऊ में करीब ढाई दशक तक कोई पत्रकार निष्कलंक बना रहे और पत्रकारिता के साथ पत्रकारों की राजनीति भी करता चले।" (राय, 2014, पृ. 26-27)

एनयूजे के आधार स्तंभ :

एनयूजे के वरिष्ठ नेता एवं वरिष्ठ पत्रकार श्री मनोज मिश्र, जिनका अच्युतानंद मिश्र जी से करीब चार दशक का निकट संपर्क रहा है, बताते हैं, "अच्युता जी एनयूजे के कर्ताधर्ता रहे हैं। एनयूजे से पहले उपजा का गठन हुआ और उसकी शुरुआती टीम में वे थे। चूँकि इनके संपर्क हर दल के नेताओं से रहे हैं, नारायण दत्त तिवारी से लेकर मुलायम सिंह यादव और कल्याण सिंह तक तो उसका भरपूर लाभ उन्होंने संगठन को दिलाया। एनयूजे के कई अधिवेशन उन्होंने अपने बलबूते पर कराये। हरिद्वार, झाँसी, अलीगढ़ और भोपाल के अधिवेशन तो मुझे ठीक से याद हैं। भोपाल में अधिवेशन की घोषणा हो गयी थी, लेकिन राज्य यूनिट ने अचानक हाथ खड़े कर दिये। लेकिन उसके बावजूद अच्युता जी ने पुराने विधान सभा भवन में अधिवेशन कराया। हैदराबाद में अधिवेशन होना था, लेकिन अधिवेशन से पहले यूनियन में लड़ाई हो गयी, जिसके कारण सारी व्यवस्थाएं गड़बड़ा गईं। उस समय नारायण दत्त तिवारी आंध्र प्रदेश के राज्यपाल थे। हालाँकि तिवारी जी अधिवेशन में आये नहीं, परंतु वह पूरा अधिवेशन अच्युता जी ने कराया। इस प्रकार वे संगठन के सदैव आधार स्तंभ रहे हैं। जर्नलिस्ट वेलफेयर फाउंडेशन के लिए धनसंग्रह में उनका बहुत बड़ा योगदान रहा है। पत्रकार साथियों की मदद के लिए तो वे सदैव तत्पर रहे ही। विभिन्न अखबारों के संपादक रहते हुए भी उन्होंने न कभी अपनी यूनियन की पहचान छिपाई और न ही मीडिया ट्रेड यूनियन गतिविधि छोड़ी। हालाँकि वे बाल्यकाल से राष्ट्रीय स्वयंसेवक संघ के स्वयंसेवक रहे हैं, परंतु उन्होंने सभी विचार से जुड़े लोगों को यूनियन में आगे बढ़ाया। बिहार प्रेस बिल से लेकर आपातकाल के विरोध तक यूनियन नेता की हैसियत से वे हमेशा आगे रहे। मेरे एनयूजे से जुड़ने का एक कारण अच्युता जी भी थे। यूनियन में बहुत से लोग इनके

व्यक्तित्व से प्रभावित होकर जुड़े।" (मिश्र, 202)

वरिष्ठ पत्रकार एवं एनयूजे के संस्थापक सदस्यों में से एक श्री केदारनाथ गुप्ता ने दिनांक 21 अक्टूबर, 2024 को ईमेल के माध्यम से प्रदान की गयी जानकारी में कहा, "श्री अच्युतानंद मिश्र एक सम्मानित पत्रकार नेता हैं। आईएफजे द्वारा नीदरलैंड में आयोजित सम्मेलन के दौरान हमारी अधिक निकटता हुई। उनसे मेरी मित्रता आज भी वैसी ही है। वे अत्यंत साधारण, सरल और विद्वान व्यक्ति हैं। अलग-अलग विचार के लोगों से भी मित्रता स्थापित कर लेना उनके व्यक्तित्व का गुण है। मुझे तो कई बार आश्चर्य होता है कि इतना संपर्क होने के बाद भी वे राजनीति में क्यों नहीं आये! एक वरिष्ठ पत्रकार एवं लेखक होने के अलावा वे एक बेहतरीन मीडिया ट्रेड यूनियन लीडर हैं।" (गुप्ता, 2024)

शिष्टाचार में कृत्रिमता नहीं :

माधवराव सप्रे स्मृति समाचारपत्र संग्रहालय एवं शोध संस्थान, भोपाल, के संस्थापक एवं वरिष्ठ पत्रकार श्री विजयदत्त श्रीधर बताते हैं, "श्री अच्युतानंद मिश्र के लोकाचार-आग्रहों का प्रत्यक्ष परिचय मुझे तब मिला, जब भोपाल में नेशनल यूनियन ऑफ जर्नलिस्ट्स (इंडिया) का राष्ट्रीय अधिवेशन आयोजित हुआ था। तब वे इस संगठन के राष्ट्रीय अध्यक्ष थे। देशभर से आये प्रतिनिधियों को जहाँ-तहाँ ठहराया गया था। वे सुबह-शाम वहाँ पहुंचते और उनके भोजन, विश्राम, परिवहन आदि सुविधाओं और आवश्यकताओं की जानकारी लेते। पहली बार भोपाल आने वाले पत्रकारों की पर्यटन रुचि के हिसाब से उन्होंने सांची, भीमबैठिका आदि के लिए भ्रमण की व्यवस्था की। बाद में भोपाल में और अन्यत्र भी अनेक अवसर आये जब विभिन्न आयोजनों में उनके साथ बाहर जाना पड़ा। तब भी प्रत्येक आमंत्रित प्रतिभागी की ऐसी ही चिन्ता करते हुए उन्हें पाया। यह अहसास हुआ कि मिश्र जी का शिष्टाचार-भाव उनके स्वभाव का अंग है। उसमें कृत्रिमता नहीं है।" (श्रीधर, 2014, पृ. 42)

निरभिमानी विद्वत्ता :

'दैनिक भास्कर' (रायपुर) के पूर्व संपादक श्री रमेश नैयर बताते हैं, "एक जिज्ञासु पाठक के नाते अच्युतानंद मिश्र से मेरा परिचय आधी सदी से अधिक समय का है। समाचार-पत्रों और पत्रिकाओं में उन्हें मैं पढ़ता रहा हूँ। 1982 के अंत में जब मैं चंडीगढ़ गया तो उन्हें पढ़ने के साथ ही देखने एवं सुनने के अवसर भी मिलते रहे। उनका सुदर्शन-सौम्य व्यक्तित्व और उनके विद्वत्तापूर्ण व्याख्यान नयी-नयी जानकारी और ज्ञान के निर्झर से मन-मानस को भिगोते रहे। अच्युतानंद जी से प्रथम परिचय कब हुआ यह तो याद नहीं, परंतु लगता है यह पुरातन है। उनसे प्रत्यक्ष

संवाद और उनके साथ कुछ काम करने के अवसर उन दिनों मिले जब अच्युतानंद जी नेशनल यूनियन ऑफ जर्नलिस्ट (इंडिया) के राष्ट्रीय अध्यक्ष थे। तब उनके छत्तीसगढ़ प्रवास के दौरान मुलाकात और संवाद के अवसर अधिक मिले। एनयूजे की छत्तीसगढ़ इकाई के संगठन का कार्य भी उनके दिशा-निर्देश से कुछ समय तक किया। पत्रकारों के हितों के लिए भी वह उतने ही सजग, सचेत सक्रिय और संघर्षशील रहते जितना पत्रकारिता के मूल्यों की रक्षा के लिए। अच्युतानंद जी की निरभिमानी विद्वत्ता और खुलापन मुग्ध करता है। अच्युतानंद जी की विनोदप्रियता प्रफुल्लित करती है। अच्युतानंद जी की पत्रकारिता में गणेश शंकर विद्यार्थी का जुझारूपन, पं. माखनलाल चतुर्वेदी की बलिदानी वृत्ति और अज्ञेय जी की विद्वता की त्रिवेणी को मैंने सदैव प्रवाहमान पाया है। उनका संपादन-कौशल और संपादकीय प्रबंधन किसी भी समाचार-पत्र के लिए वरदान बन जाता। संपादकीय टीम का नेतृत्व तथा मार्गदर्शन वह जिस सहज-स्वाभाविक दक्षता के साथ करते, वह अखबार की सर्वतोमुखी सफलता की गारंटी बन जाया करता। 'जनसत्ता' एवं 'अमर उजाला' के जिन संस्करणों को अच्युतानंद जी ने संभाला उनके प्रसार ने लम्बी और ऊँची कुलांचे भरीं।" (नैयर, 2014, पृ. 48)

अद्‌भुत प्रबंध कौशल :

भोपाल के वरिष्ठ पत्रकार श्री रामभुवन सिंह कुशवाह बताते हैं, "मेरी अच्युता जी से सबसे पहली मुलाकात श्रमजीवी पत्रकारों की सबसे बड़ी ट्रेड यूनियन नेशनल यूनियन ऑफ जर्नलिस्टस (इंडिया) के द्विवार्षिक अधिवेशन में हुई। उसी सम्मेलन में उन्हें यूनियन का अध्यक्ष निर्वाचित किया गया था। मैं उस समय मध्य प्रदेश इकाई का अध्यक्ष था। इसके बाद हमारी मुलाकातें होती रहीं। मिश्र जी के कारण एनयूजेआई अपने पत्रकारों के कल्याण के लिए करीब एक करोड़ का कोष बना सका। एनयूजेआई अध्यक्ष के रूप में उनकी इच्छा थी कि भोपाल में द्विवार्षिक अधिवेशन हो। यह प्रस्ताव उन्होंने मुझसे रखवाया और भोपाल में अधिवेशन का प्रबंधन जिस कुशलता से किया कि हम सब दंग रह गये। इसके बाद भी उन्होंने इसका श्रेय कभी स्वयं नहीं लिया। वे मुझे इस सबका श्रेय देते रहे। उन्होंने हमारे इस संकल्प का भी मान रखा कि हमने यह निश्चय किया है कि ऐसे सम्मेलनों में हम सार्वजनिक रूप से 'चंदा उगाही' नहीं करेंगे। सम्मेलन के कारण न केवल 'जम्प' (जर्नलिस्ट्स यूनियन ऑफ मध्य प्रदेश) की राष्ट्रीय स्तर पर प्रतिष्ठा बढ़ी बल्कि मध्यप्रदेश और भोपाल की मेहमानबाजी की देशभर के पत्रकारों में अभी तक प्रशंसा की जाती रहती है। श्री मिश्र द्वारा एनयूजेआई और यूरोपियन यूनियन के संयुक्त तत्त्वावधान में हॉलेण्ड और बेल्जियम में आयोजित 'पत्रकार जागरूकता अभियान'

में शामिल होने के लिए मुझे यूरोप के दौरे पर भेजना भी मेरे लिए आश्चर्यजनक घटना थी, क्योंकि मैंने उनसे न तो निवेदन किया था और न ही कोई अपेक्षा रखता था। वे जब तक भोपाल में रहे, मैं उनका कभी 'कृपाभाजन' भी नहीं बन सका, क्योंकि संकोची स्वभाव और किसी से न मांगने की प्रवृत्ति के कारण किसी की अनावश्यक खुशामद करना मेरा कभी स्वभाव नहीं रहा।" (कुशवाह, 2014, पृ. 80-81)

'वेब जर्नलिज्म' पर ट्रेनिंग प्रोग्राम :

इलाहबाद विश्वविद्यालय में प्राध्यापक डॉ. धनंजय चोपड़ा बताते हैं, "उन दिनों मैं 'हिन्दुस्तान' हिंदी दैनिक के इलाहाबाद कार्यालय में कार्यरत था। अखबारों में कम्प्यूटर की धमक के वे शुरुआती दिन थे। कम्प्यूटर के की-बोर्ड पर कम्पोजिटरों की थिरकती ऊंगलियां घबराहट-सी पैदा कर देती थीं। प्रबंधन की ओर से फरमान जारी हो चुका था कि अब संपादकीय विभाग में काम करने वाले सभी लोगों को कम्प्यूटर को 'हमराज' बनाना पड़ेगा। रिपोर्टरों को तो अलग से ताकीद किया गया था कि आने वाले दिनों में सभी को अपनी खबरें कम्पोज करनी होंगी। हालांकि मैंने कम्प्यूटर प्रोग्रामिंग का कोर्स किया था और कम्प्यूटर की वर्किंग से बखूबी परिचित था, लेकिन टाइपिंग के नाम पर शून्य था। उन्हीं दिनों इंटरनेट की धमक भी तेजी पकड़ रही थी। वेब जर्नलिज्म के फंडे आकार ले रहे थे। अखबारों के वेब संस्करण भी निकलने की प्रक्रिया में थे। कुछ ने तो पहले ही बाजी अपने हक में कर ली थी। ऐसे में एनयूजे स्कूल ऑफ जर्नलिज्म की ओर से 'वेब जर्नलिज्म' पर ट्रेनिंग प्रोग्राम शुरू करने की घोषणा की गयी। पहला ट्रेनिंग प्रोग्राम दिल्ली में आयोजित होना तय हुआ। कम्प्यूटर ट्रेनिंग के एक अग्रणी संस्थान एनआईटी के सहयोग से होने वाले उस प्रोग्राम के अगुआकार थे अच्युतानंद मिश्र। वे एनयूजे स्कूल ऑफ जर्नलिज्म एंड कम्युनिकेशन के चेयरमैन थे और उनकी ही पहल पर वह आयोजन हो रहा था। देशभर से इस ट्रेनिंग प्रोग्राम के लिए चुने गये बीस पत्रकारों में मैं भी शामिल था। यहीं श्री मिश्र से मिलने और उन्हें करीब से जानने का अवसर मिला। यह बात वर्ष 1998 की है। इससे पहले मैंने उन्हें आयोजनों में सुना भर था। मुझे याद है कि नई दिल्ली में 'डॉल म्यूजियम' के निकट आयोजित इस ट्रेनिंग प्रोग्राम में शामिल हर प्रतिभागी पत्रकार से श्री मिश्र व्यक्तिगत रूप से मिलते थे और उसका हाल-चाल लेते थे। फॉरेन कोरेस्पोंडेंट क्लब में डिनर होता था और साथ में चलता था एक-दूसरे को जानने-पहचानने-बतियाने का दौर। यहाँ भी श्री मिश्र बड़ी ही सक्रियता से हम सभी को दिल्ली के पत्रकारों और एनयूजे के पदाधिकारियों से मिलवाते और 'डिनर बहसों' में शामिल कर लेते।" (चोपड़ा, 2014, पृ. 82-83)

निष्कलंक पत्रकार नेता :

भारत के मीडिया श्रम आंदोलन में पाँच दशक से अधिक समय से श्री अच्युतानंद मिश्र सक्रिय हैं। देश के अग्रणी पत्रकार संगठन, नेशनल यूनियन ऑफ जर्नलिस्ट्स (इंडिया) की स्थापना में ही उनकी सक्रिय भूमिका नहीं रही, बल्कि वे इस पत्रकार संगठन के कई उतार-चढ़ाव के भी साक्षी रहे हैं। इस पूरे दौर में उनकी एक निष्कलंक नेता की छवि रही है। यही कारण है कि उनका व्यक्तित्व हर किसी को आकर्षित करता है। एनयूजे कार्यकर्ता के नाते लेखक का उनसे करीब एक दशक से भी अधिक पुराना संपर्क है। जब भी उनसे मिलते हैं तो नई ऊर्जा प्राप्त होती है। हालाँकि आजकल अत्यधिक आयु के कारण वे संगठन में बहुत अधिक सक्रिय नहीं हैं, परंतु परामर्श के लिए हर समय उपलब्ध रहते हैं। एनयूजे में उनके जिस एक कार्य की सब तरफ प्रशंसा होती है वह है जर्नलिस्ट वेलफेयर फाउंडेशन। इस फाउंडेशन के माध्यम से उन्होंने संकट में फंसे श्रमजीवी पत्रकारों के लिए तत्काल आर्थिक सहायता की व्यवस्था की है। फाउंडेशन के लिए धन संग्रह हेतु उन्होंने अपने सभी संपर्कों का भरपूर दोहन किया। लेकिन कभी इस बात का घमंड नहीं किया। आज जब भारत में मीडिया श्रम आंदोलन बिखराव के दौर से गुजर रहा है तो उसकी दशा सुधारने के लिए वे इसमें एक बड़ी सर्जरी की जरूरत पर जोर देते हैं। उनका मानना है कि इसके लिए कुछ कड़वी दवाई भी चाहिए। आवश्यकता इस बात की है कि मीडिया श्रम संगठनों के नेता अपने अहम और बहम को त्यागकर एकजुट हों और स्वयं ही यह बड़ी सर्जरी करें। श्रम संगठनों का अस्तित्व बचाने के लिए यह आवश्यक है। अपने पत्रकार जीवन में अच्युतानंद मिश्र जी एक व्यक्ति नहीं बल्कि संस्था हैं। उन्होंने उम्र को स्वयं पर हावी नहीं होने दिया और न ही कभी उम्र की दुहाई देकर अपनी किसी असमर्थता की बात की। अपने काम के प्रति निष्ठा, पत्रकारिता के प्रति एक समर्पण भाव सबके प्रति उनका स्नेह भाव उन्हें बहुतों से अलग ही नहीं दिखाता, उन्हें बहुतों से बेहतर भी बनाता है। वे अपनी श्रेष्ठता का दावा कभी नहीं करते। लेकिन यह हमेशा रेखांकित करते हैं कि एक पत्रकार के रूप में एक रचनाकार के रूप में हम जो कुछ करें, वह श्रेष्ठ से श्रेष्ठतर के ओर बढ़ने की हमारी कोशिशों का उदाहरण बनना चाहिए। राग-द्वेष और अपने-पराये के भेद से परे जैसी दुनिया उन्होंने रची है उसमें सबके लिए आदर है, प्यार है, सम्मान है और कुछ देने का भाव है।

संदर्भ

कुशवाह, आर. एस. (2014). लोक व्यवहार के धनी. भोपाल : मीडिया विमर्श. जनवरी-मार्च 2014. पृ. 80-81.

गुप्ता, के.एन. (2024). वरिष्ठ पत्रकार. दिनांक 21 अक्टूबर, 2024 को ईमेल से भेजी गयी जानकरी.

चोपड़ा, डी. (2014). पत्रकारों के अग्रसर हैं वे. भोपाल : मीडिया विमर्श. जनवरी-मार्च 2014. पृ. 82-83.

नैयर, आर. (2014). मुग्ध करती है उनकी निरभिमानी विद्वता. भोपाल : मीडिया विमर्श. जनवरी-मार्च 2014. पृ. 48.

मिश्र, एम. (2024). जनसत्ता से सेवानिवृत्त वरिष्ठ पत्रकार जिनका अच्युता जी से चार दशक का निकट संपर्क है. नई दिल्ली में दिनांक 13 अक्टूबर, 2024 को दूरभाष पर साक्षात्कार.

राय, आर. (2014). नहीं किया पत्रकारिता से राजनीतिक सौदा. भोपाल : मीडिया विमर्श. जनवरी-मार्च 2014. पृ. 27.

श्रीधर, वी. डी. (2014). सर्व समावेशी श्री अच्युतानंद मिश्र. भोपाल : मीडिया विमर्श. जनवरी-मार्च 2014. पृ. 42.

(लेखक भारतीय जन संचार संस्थान समविश्वविद्यालय, नई दिल्ली में प्रोफेसर, रणनीतिक संचार विभाग के अध्यक्ष एवं श्रेष्ठ शोध पत्रिका 'संचार माध्यम' के संपादक हैं।)

पत्रकार संगठनों में समन्वय के हिमायती

के. विक्रम राव

अच्युताजी और मैंने जनता पार्टी शासन के दौरान (1977-80) उत्तर प्रदेश विधानमंडल की रिपोर्टिंग एक साथ की थी। प्रेस दीर्घा में ही प्रथम भेंट, परिचय तथा प्रगाढ़ता हुई थी। हम दोनों में साम्य और तारतम्य बरकरार रहा। रिश्तों और नजरिए से न्यूनाधिक्य के अनुसार सिलसिला बना रहा। उस कालखंड में हम दोनों की सोच में गहरा सादृश्य था। 'टाइम्स ऑफ इंडिया' प्रबंधन ने बड़ौदा डायनामाइट केस में जॉर्ज फर्नांडिस के साथ मेरे कैद होने पर बड़ौदा जेल में रहते मुझे निलंबित कर दिया था और तिहाड़ में जब मैं बंदी था तो बर्खास्त कर दिया था। तभी इंदिरा गांधी की तानाशाही को शिकस्त मिली थी। तिहाड़ जेल से रिहा होकर मेरी पुनर्नियुक्ति यूपी ब्यूरो में 'टाइम्स आफ इंडिया' ने की थी। अच्युताजी तब दैनिक 'अमर उजाला' के प्रतिनिधि थे।

मेरे प्रति उनकी हमदर्दी अपार थी, क्योंकि उनके संगठन नेशनल यूनियन ऑफ जर्नलिस्ट्स-इंडिया (एनयूजे-आई) के तथा हमारे इंडियन फेडरेशन ऑफ वर्किंग जर्नलिस्ट्स (आईएफडब्ल्यूजे) ने पत्रकारी मसलों पर करीबी सहयोग 1989-91 में पहली दफा शुरू किया था। आपातकाल में आईएफडब्ल्यूजे के कतिपय शीर्ष नेतृत्व ने तानाशाही वाले राज के प्रति नरमी बरती थी। कम्युनिस्ट पार्टी का गुट हमारे संगठन पर हावी था। एक वर्ग तो प्रेस सेंसरशिप का विरोध करने में भी हिचक रहा था।

अच्युताजी के ही सतत प्रयास थे कि दोनों राष्ट्रीय संगठनों (आईएफडब्ल्यूजे और एनयूजे) आम पत्रकारी मुद्दों पर संयुक्त निर्णय लें और कदम उठाएं। एक उदाहरण है भारतीय प्रेस काउंसिल के सात पदों पर नामांकन का। तब आईएफडब्ल्यूजे की सूची में मेरे नाम तथा हमारे दो अन्य का एनयूजे ने अनुमोदन किया था। आईएफडब्ल्यूजे के हम लोगों ने जितेंद्र गुप्ता और दो एनयूजे के नामित लोगों को

समर्थन दिया था। सातवें पर हम सब की सहमति बनी कि रघुवीर सहाय (पूर्व संपादक, 'दिनमान') को काउंसिल में भेजा जाए। पहले भी ऐसी आम सहमति बनती रही है। मगर जब यह टूटी तो प्रेस काउंसिल एक फर्जी, कठपुतली और हास्यास्पद संगठन बन गया। मीडिया जगत में भी प्रेस काउंसिल अधुना एक मजाक बन कर रह गया है। आज आईएफडब्ल्यूजे और एनयूजे बाहर हैं।

एक खास घटना का जिक्र करता हूं, जो प्रेस स्वतंत्रता को पुख्ता बनाने वाली है। एकदा उत्तर प्रदेश मान्यता समिति में एक नामांकन पर निर्णय करना मुश्किल हो रहा था। अच्युता जी और मैं इसके सदस्य थे। तत्कालीन प्रधानमंत्री के प्रधान सचिव महाबली आर.के. धवन की सिफारिश एक व्यक्ति की मान्यता पर निर्णय होना था।

यह कदम सीधा और अहंकारी हस्तक्षेप था मान्यता समिति की निष्पक्ष तथा स्वतंत्र कार्यशैली पर। हम सबके विरोध का नतीजा था कि धवन की सिफारिश खारिज हो गयी, हालांकि मुख्यमंत्री तक का दबाव था।

दैनिक जागरण (कानपुर) के मसले पर अच्युता जी का प्रभाव ही था जो मैं उनके साथ कानपुर की रैली में गया। वहाँ जागरण के पीड़ित पत्रकारों के कोर्ट से मुकदमा जीतने पर वह रैली आयोजित की गयी थी। मैं वहाँ वक्ता था।

आज अच्युतानंदजी का सहयोग और मार्गदर्शन श्रमजीवी पत्रकार संगठनों के लिए अधिक आवश्यक है क्योंकि केंद्र सरकार की प्रेस मान्यता समिति तथा अन्य कमेटियों में आईएफडब्ल्यूजे और एनयूजे को काटकर फर्जी संगठनों को प्रतिनिधित्व दिया गया है। न्यायिक प्रतिनिधित्व का संघर्ष तेज करना पड़ेगा।

मेरी कामना है कि अच्युता जी दीर्घायु हों, स्वस्थ रहें और हमारे संघर्ष की गति तेज करने पर सलाह देते रहें।

(लेखक वरिष्ठ पत्रकार एवं इंडियन फेडरेशन ऑफ वर्किंग जर्नलिस्ट्स के राष्ट्रीय अध्यक्ष हैं।)

वात्सल्य भरा सौम्य व्यक्तित्व

ऋता शुक्ल

यह एक वृहद् पुस्तक संस्थान है, माँ सरस्वती की वरद संततियों का सृजन-साक्षी परिसर। 'साहित्य अमृत' के प्रधान संपादक शब्द तपी पंडित विद्यानिवास मिश्र मेरे सामान्य ज्ञान की परीक्षा लेते हुए समक्ष विराजमान हैं—इन्हें पहचानती हो? मेरे पार्श्व में बैठे महानुभाव के गांभीर्य भरे मुख पर स्नेह वत्सल स्मित है—मैं अच्युतानंद मिश्र। मेरे विस्मय सुख की सीमा नहीं।

अनेक प्रतिष्ठित समाचार पत्रों के संपादन कार्य से जुड़े रहने वाले 'जनसत्ता' की बागडोर संभालते अपने निर्भीक उद्‌गारों से जन-मन का रंजन करने वाले लेखक-पत्रकार अच्युतानंद मिश्र। अगाध गरिमा और अकूत स्नेह तारल्य से भरा एक श्लाघ्य व्यक्तित्व। मेरे मुख से उनके लिए बड़े भाई का संबोधन निकला था। मैं उन्हें बताना चाहती थी—आपके आलेखों को मैं दैनन्दिन पढ़ पाऊँ, इसलिए मैंने 'जनसत्ता' मँगवाने की पहल की। राँची में इस समाचार पत्र के पाठक गिने-चुने थे। पत्र विक्रेता इंदु बाबू की कठिनाई यह थी कि समाचार पत्र की एक भी प्रति कम पड़ जाती तो उन्हें लेने के देने पड़ जाते थे—मेरी हिदायत थी। इंदु भाई, मेरी प्रति इधर-उधर नहीं होने पाए। कहते हैं न, किसी को जानना-समझना हो तो उसके शब्द-मर्म को जानो, वाणी का अवलंब लेकर चेतना की अन्तर्स्थिति के साथ जुड़ाव संभव होता है।

'अमर उजाला', 'नवभारत टाइम्स', 'लोकमत समाचार' और 'जनसत्ता' जैसे प्रतिष्ठित समाचार पत्रों से जुड़कर पत्रकारिता का नया कीर्तिमान स्थापित करने वाले, विविध राष्ट्रीय, अन्तर्राष्ट्रीय सम्मान से सुशोभित अच्युतानंद मिश्र के व्यक्तित्व का सर्वाधिक आहार्य गुण है—उनकी सहजता, सौम्यता। मेरे बड़े भाई की संवेदनशीलता उस क्षीरसागर के समान है, जिसके तट पर बैठकर कोई भी मनुष्य सद्‌गुणों की आभा का वरदान पा सकता है। भारतीय सनातन मूल्यों के प्रति आंतरिक अनुराग से भरे

बड़े भाई की वात्सल्य भरी छवि उन्हें विशिष्ट बनाती है। वर्षों जिनके आलेख पढ़ती, गुनती, सराहती आई थी, अखबारों की कतरनें, पुस्तकें सहेजती आई थी, वे अच्युतानंद मिश्र मेरे समक्ष थे। मैं विस्मय जड़ित थी क्या कहूँ, किस प्रकार अपनी बात प्रारंभ करूँ? बड़े भाई, आपके शब्द संसार से पुराना परिचय है मेरा। उनके मुख पर अत्यंत स्निग्ध मुस्कान थी। क्या लिख रही हो इन दिनों? हमारे परिचय का वह पहला दिन था। मुझे ऐसा प्रतीत हो रहा था, जैसे मेरा बिछुड़ा हुआ अग्रज अप्रत्याशित रूप से मेरे समक्ष आ गया हो! बड़े भाई, आप एक बार राँची आयें। अवश्य! मेरे आग्रह को सद्यः स्वीकार किया था उन्होंने। राँची विश्वविद्यालय का पत्रकारिता एवं जनसंचार विभाग उमंगित था। विद्यार्थीगण बार-बार मेरे पास आ रहे थे—दीदीजी, एक बार चलकर सारी तैयारी देख लेतीं। व्याख्यान कक्ष सजा, सँवरा हुआ। मुख्य अतिथि के रूप में वरिष्ठ पत्रकार श्री अच्युतानंद मिश्र आ रहे हैं। बड़े भाई आये। विद्यार्थियों के बीच उन्होंने अपने विचार रखे। संतुलित सुष्ठु भाषा भारतीय मनीषा की, पत्रकारिता के जीवन मूल्यों की सहज परिचय देने वाला गंभीर स्वर, उदात्त चिंतन, अदम्य जिजीविषा के रस में पगे हुए स्पष्ट विचार। निस्संदेह पत्रकारिता के प्रशिक्षु विद्यार्थियों को एक अभिनव दिशाबोध प्राप्त हुआ था। अपराह्न बेला में मेरे आवास पर भजन-गीत संध्या का आयोजन था। चौकी पर बैठे हुए बड़े भइया और उनकी गोद में साधिकार विराजती वैष्णवी—मैं बड़े नाना जी के साथ ही बैठूँगी। मधुसूदन, वेला और संयुक्ता के गाए हुए सुंदर भजनों से वह संध्या आनंदमयी हो उठी थी। देवी माँ के मंदिर का अखंड दीप सबके हृदयों में नये सुख की अनुभव दीप्ति भर रहा था, ऐसे पाहुन रोज नहीं आते। मेरी छोटी बहन नमिता हिंदी की छात्रा है। उसने धीरे से कहा था दीदी, घर का मुखिया ऊँचे आसन विराजे तो कितना सुहाना लगता है न। न जाने कितने अलंकरण, कितने सम्मान, अकूत शब्द साधना और ऐसा निश्चल, निर्विष व्यक्तित्व। शुष्कता भरे परिवेश में संवेदना का निर्झर बनकर आये थे श्री अच्युतानंद मिश्र। अनचीह्ने आये और जन्मों के सहोदर भाव में बँधे सबके मन में रच बस गये। अच्छी तरह स्मरण है उन्होंने अपना वक्तव्य पूरा करते हुए कहा था—'मैं समझता हूँ, मनुष्यता से बड़ा कोई भाव-विभव नहीं होता और इसे जगाए रखने के लिए अपने भीतर निरंतर संघर्ष करना होता है।'

झारखंड के सुदूर वन प्रांतर में एक छोटी-सी पर्वतीय स्थली है, अत्यंत सुरम्य, सरस, अपने आपमें कुछ कहती हुई। प्रस्तर शिलाओं के द्वारा निसर्ग निर्मित छोटी सी अंगनाई और तनिक ऊँचाई से बीचों-बीच अविरल झरता जल प्रवाह। बहुत कम लोग वहाँ पहुँच पाते हैं। वहाँ जाएं तो झरने की शीतल धारा में भींगने का आनंद विलक्षण होता है। आज अनुभव कर रही हूँ, साधना के शिखर पर पहुँचकर कोई

मनुष्य बिन तपांग के उसी सतत प्रवाहित निर्झर की तरह हो जाता है। शब्द सृजन की पीयूष धारा बहाता हुआ भी नीरव, निस्संग, दूसरों को आनंदित देखकर परितुष्ट, परिशांत। सघन छायादार तरुवर की तरह सबको शीतल स्नेह देता ऐसा अग्रज मुझे मिला, यह मेरा सौभाग्य है।

प्रभात प्रकाशन के परिसर में हम अनेक बार मिले। मेरे उपन्यास 'कितने जनम वैदेही' का अंतिम प्रारूप मेरे सामने था। मैं टंकित पृष्ठों के संशोधन में व्यस्त थी, तभी बड़े भाई का स्वर सुनाई पड़ा था। प्रभात तत्क्षण उठ खड़े हुए थे –"बुआजी, ताऊजी आये हैं श्री अच्युतानंद मिश्र। आप बैठें, मैं उन्हें यहीं लिए आता हूँ। इस बार पंडित जी हमारे साथ नहीं थे। बड़े भाई उसी वत्सल भाव से मिले थे–अच्छा, तो यह तुम्हारी नई कृति है। उन्होंने भूमिका वाला अंश मनोयोगपूर्वक पढ़ा था–यह अंश प्रभावशाली बन पड़ा है। मेरी आँखें नम हो गयी थीं। संस्तुति के सच्चे उद्गार से बड़ा कोई अलंकरण नहीं होता। हम दोनों भाई-बहन सुख-दुःख बतियाते बैठे रहे। विदा लेते समय उन्होंने चेताया था–फोन करती रहना। विषपायी आस्था ही मनुष्य के जीवन का सबसे बड़ा अवलंब हुआ करती है। बंगला की महत्त्वपूर्ण कथा-लेखिका आशापूर्णा देवी ने एक बार प्रसंगवश मुझसे कहा था–भाई मान ले परेइ भाई। संबंध तो आत्मा के होते हैं। जिसे मान लिया वही भाई।"

मेरे घर के मुख्य द्वार पर पारिजात का घना वृक्ष है। श्वेत, वासंती पुष्पों का गलीचा बिछाता अपनी दिव्य सुगंधि से प्रत्येक अतिथि की मनुहार करने वाला। नन्हीं वैष्णवी ने अंजुरी भर फूल बड़े भाई को अर्पित किये थे–नानाजी, यह आप के लिए। अब कहती हूँ पारिजात की अलौकिक सुरभि से जिस पुलक का अनुभव होता है, नैहर से आये सहोदर की अभ्यर्थना में भी वैसा ही सुख मिलता है।

छठ पूजा का समय है। व्रती महिलाएँ छठ माता से विनती करती हैं–छठि मइया, सुनि लीहीं अरज हमार, नइहर सहोदर जेठ भाई माँगिले, जीयसु बरिस हजार।

(लेखिका सुप्रसिद्ध साहित्यकार हैं, राँची में रहती हैं।)

लोकतांत्रिक विवेक के शिल्प में जीवन

चन्द्रकला त्रिपाठी

अच्युतानंद मिश्र जी के विषय में लिखते हुए एक संपूर्ण वाक्य यह मिला कि वह जीवन जिसने लोकतांत्रिक शिल्प में बसना चुना है। हिंदी पत्रकारिता के संसार की दुर्लभ प्रजाति सरीखे हैं वे। मानवीय जीवन मूल्यों के प्रति अडिगता, उनका अर्जित विश्वास तो है ही, व्यवहार भी है। वैदुष्य उसका आलोक है, तथा सबके लिए ही प्रतीति से भरा हुआ, करुणामय व्यवहार उन्हें प्रिय है। यह कतई ओढ़ा हुआ बाना नहीं है, बल्कि चित्त की सहज निर्मलता का प्रकाश है।

इस दुनिया में उनके निकट आये सब जन उनका परिवार हैं। उन सबके योगक्षेम की चिंता, उनकी अपनी चिंता है। जब भी इसे अनुभव किया तो सोचा कि, 'कोई ऐसा कैसे हो सकता है?' वे सहज विश्वासी इनसान हैं, बाबा भारती की तरह के। इसीलिए उनकी चिंता होती है। उनसे मिलकर लौटते हुए हमेशा यह लगा कि जैसे उनकी वत्सल दृष्टि साथ चल रही हो। यह सिर्फ जग की रीत वाला सौजन्य कभी नहीं होता, अपितु अंतरंगता की लय हुआ करता है। कितना कठिन है, इस अहेतुक सहज नेह को लिखना! कहाँ से शुरू करूं इसे? बहुतेरे प्रसंग याद आते जा रहे हैं। जिसे छत्रछाया कहते हैं न! हमारे लिए वही हैं वे। उनके पास जाते ही बहुत छोटा हो जाने का मन करता है। एक सफल ओहदेदार और सम्मानित जीवन जीते हुए, कैसी भी चतुराई उन्हें काम की क्यों नहीं लगी? यह कौन से दाना-पानी से पले हुए लोग हैं, जैसे कि मेरे पिता, जिन्होंने गजब समाज अर्जित किया था। सूटेड-बूटेड वाले साहबी दिनों की अफसरी में थे बाहर, मगर घर में सीधे—सच्चे पिता थे, सोलह आना। मिश्र जी वही हैं! सोलह आना इनसानियत का भरोसा हैं वे। यहाँ मैं कुछ बढ़ा कर नहीं बल्कि कम ही लिख रही हूँ।

हाँ, एक अनुभव की विवेकशीलता का विदग्ध नजरिया उनमें कभी भी कम नहीं है। जिसे चतुराई कहते हैं, अगर वह कहीं है, तो आर-पार देखने वाली उनकी

दृष्टि की तीक्ष्णता में, मगर उससे वे समय को परखते हैं। समय उनके लिए सिर्फ वर्तमान नहीं है और निपट अतीत भी नहीं है। अतीत और वर्तमान को भविष्य की जागृत भूमिका में देखते हैं मिश्र जी। उनका अपना चिंतन पक्ष आधुनिकता की ऑर्गेनिक अन्तर्वस्तु पर यकीन करता है। यानी कि जो असली है और जो आज है, वह कल को छान कर आया है। आज में बीते हुए समय के स्फुलिंग बह रहे हैं, अगर उनमें दम होगा, तो वे कल भी जाएंगे। आधुनिकता के भीतर परंपरा का संश्लेष देखने वाला विरल नजरिया, जहाँ कहीं उसी भरोसे में बचा रह गया है, उनमें से एक शख्सियत वे भी हैं।

मैंने अचरज के साथ उन्हें उत्तर समय के विमर्शों को थहाते अनुभव किया है। मूल रुप में वे साहित्य की संस्कृति के व्यक्ति लगते हैं, मगर राजनीति भी उनका प्रिय विषय है। बहुत मन लगाकर समझते हैं उसे और पिछली ढ़ेरों घटनाओं और प्रक्रियाओं से उसके मेल और विच्छेद को समझते हुए देखते हैं। उनके साथ अपने इस परिदृश्य को देखना, दरअसल बहुत समझदार होना है। घर में, उस समय विशेष पर मौजूद तमाम लोगों और गहमागहमी से अप्रभावित वे उन प्रसंगों पर गजब केंद्रित दिखा करते हैं। मजेदार यह होता था कि बाकी सब भी हर समय उनके संज्ञान में हुआ करता था। घर भी और आने जाने वाले भी और किसने खाया नहीं या कौन पानी मांग रहा था और उसे अभी मिला नहीं है, इस सब कुछ से जुड़े बैठे वे किसी चर्चा की गहनता में भी वैसे ही हुआ करते हैं। एक विरल सजगता का बाना जैसे! हम जब भी उन्हें देखते हैं, सब कुछ से वाकिफ और जुड़ी एक उपस्थिति के रूप में देखते हैं। हमारे समय की टूट-फूट भरी राजनीति को समझते हुए वे उसकी तह तक गये हमेशा। हम जब उपरी किस्म की हलचलों के आवेग में बह रहे होते, तो उनके निष्कर्ष जो आते, उससे आँख खुल जाती हमारी। बहुत से ओझल पक्षों की भूमिकाओं को मिलाकर वह बात करना, जो लगभग उस राजनीति का मंसूबा हो, उनसे ही संभव हुआ करता है।

राजनीति उनके लिए संदिग्ध विषय नहीं है कभी। न वे उसे नियतिवादी सरलताओं में विश्लेषित करते हैं। उन्हें हमेशा लगा कि सब कुछ के तिरस्कार वाला रवैया गैर-लोकतांत्रिक है। राजनीति को उसमें निहित अन्तः क्रियाओं के साथ देखना और समझना हमारे विवेक का दायित्व है। इसके संदर्भ में फौरीपन को उन्होंने घातक माना, मगर आलोचनात्मक नजरिए, को हमेशा जरूरी भी माना है। उनकी बातों में मुझे हमेशा पिता की बातों की प्रतिध्वनि मिली है। वे भी कहा करते कि अपना दिमाग किसी के हाथ में नहीं देना चाहिए। गलती होती है तो कोई बात नहीं, उसी से सही का पता मिलेगा। हमारे इस समय की सर्वग्रासी प्रवृत्तियों में सबसे अधिक क्षरण उन्होंने राजनीति में ही देखा अवश्य, मगर मोहभंग वाली दुर्बलता में कभी नहीं हुए।

भारतीय जन पर अटूट आस्था वाले इनसान हैं मिश्र जी।

स्वाधीनता आंदोलन के उत्तर समय की बुनियाद से उठा हुआ भारतीय परिदृश्य उनका नजदीकी अनुभव तो रहा होगा, साथ ही उनके अपने सीखने समझने का समय निस्संदेह नेहरू युग रहा होगा। स्वतंत्रता का उषाकाल वह। सबको मोह में पकड़ रहा था। किंतु उनके भीतर तभी राजनीति में सर्वमंगल के उदात्त की उस घोषणा में निहित विचलनों को समझने की सूक्ष्म दृष्टि धीरे-धीरे पकती गयी और आज की राजनीति का विश्लेषण भी उनके लिए भारतीय राजनीति की पूरी परंपरा को समझते हुए ही संभव हुआ है। उनसे राजनीति की मौजूदा स्थितियों पर बात करते हुए हमेशा यह लगा कि उनका अर्थ उसकी सतह पर नहीं है। राजनीतिक दलों में आये विघटन को वे उनके ऐतिहासिक संदर्भ सहित देखते और परखते दिखाई देते, और हम इसे सुनते हुए दृष्टिवान हुआ करते।

वे स्त्री विमर्श पर लिख रहे थे और उन्होंने फ्रेंच नारीवादी सीमोन द बोउआर को उद्धृत करते हुए स्त्री मुक्ति के आयामों की उस जटिलता की ओर इशारा किया था, जिसमें प्रश्न स्त्री-पुरुष भेद से अधिक स्त्री दमन का संरक्षण करने वाली प्रवृतियों का रहा है। यहीं मुझे ऐसा कुछ लिखा मिला कि 'इक्कीसवीं शताब्दी उत्तरों से अधिक प्रश्नों की शताब्दी है' वाकई मैं इस निष्कर्ष पर ठिठक गयी। वे उत्तर समय के उस सजग वैदुष्य में दिखाई दिये, जिसने क्रमशः पूँजी के समाज की क्षरणशीलता को उसकी बुनियाद से समझ लिया है। उनके पास पूरी भारतीय परंपरा की शक्ति का आधार भी रहा है। इससे हुआ यह कि उनके लिए घटनाएं, विचार या प्रवृत्तियाँ भी खंडित विषय नहीं थीं और न उत्तर आधुनिक विखंडन के सर्वव्यापी दबाओं से आक्रांत हुए। एक भारतीय चित्त की स्थितिप्रज्ञता, उनका अर्जित है। वे जहाँ हैं, वहाँ से सब कुछ को थहा कर समझने वाली उनकी प्रज्ञा हमेशा जाग्रत है। वे पत्रकार हैं। ऐसे पत्रकार, जिसके संदर्भ में आचार्य रामचन्द्र शुक्ल का कथन याद आता है कि–'यात्रा पर निकली है बुद्धि, किंतु हृदय को साथ लेकर'।

वस्तुनिष्ठता उनके लिए पेशागत अनिवार्यता नहीं है, बल्कि यह उनके जीवनानुभवों की अगाधता का अर्जित है। इसके भीतर काम करने वाले द्वन्द्वात्मक विवेक को समझना भी जरूरी है, इसलिए कि तटस्थता का अर्थ किसी विषय के भीतर सक्रिय पैराडॉक्स या अन्तर्विरोधी तत्त्वों को बरी कर देना नहीं है। बल्कि यह है कि उसे किसी तरीके की संकीर्णता में न देखा जाए। तो यह किया है उन्होंने। जिसे पुरखे 'नीर-क्षीर विवेक' कहते हैं, उसकी साधना उनमें दिखाई देती है। वे एक विश्वसनीय स्वर हैं भाषा का।

समकालीन पत्रकारिता के इस कुहासा समय में किसी भी प्रसंग को, खंडित रूप में जानने को पूरा जानना, विज्ञापित किया जाता है। प्रायः यह विज्ञापनों के ही

जोर पर चलता हुआ समय है, और यह देश-काल के प्रति कैसी भी जवाबदेही से खाली है। शायद यह भी होता हो कि विषयवस्तु को समग्रता में जानने वाले भी अपनी कलम या नोट्स को जानबूझकर अवरुद्ध कर देते हों कि वहाँ बहुत साहस की जरूरत होती है। पत्रकारिता पर भी मुसाहिबी की छाया तो पड़ ही चुकी है। कई बार यह समझ में आता है कि ऐसे संवेदनशील मौकों पर कहने की आजादी को कैसे कायम रखा जा सकता है? तब भारतेन्दु की कलम याद आती है। प्रेमचंद याद आते हैं और वैदग्ध्य से भरी भारतीय मेधा याद आती है। यही मेधा, अपनी कला के साथ मिश्र जी में बनी रही है। कहना या लिखना केवल तोप चलाना नहीं है। भाषा में उसकी स्मृति को खेलने देना चाहिए। लोगों में विवेक के पक्ष की मजबूती तभी जिंदा रहेगी, जब उन्हें यह देश अपनी विरासत समेत याद रहेगा। स्मृति के इस भारी दारोमदार को कई बार आजमाते हैं वे। रमेशचन्द्र शाह जी ने इसी को लक्ष्य करके लिखा भी कि–'अच्युतानंद मिश्र की पत्रकारिता अक्षरशः इस भूलने के विरुद्ध है।'

उनके लेखन में व्यक्त हुए वृहत्तर संदर्भ विषय को समृद्ध करते हुए आये हैं। वे सिर्फ सूचनाओं के ऊसर की यात्रा नहीं करते बल्कि व्यापक सांस्कृतिक कर्म के भीतर पत्रकारिता के दायित्व को भी देखते हैं। आधुनिक दुनिया का यह स्तंभ कैसे मनुष्य को उसकी जवाबदेही में रच सकता है, इसका ध्यान है उन्हें और अपने लेखन में वे विषय को सीमित संदर्भों में न छोड़ कर देश और दुनिया के विविध आयामों से जोड़ देते हैं। यहाँ वे पश्चिम से आक्रांत बुद्धिजीविता के पक्ष पर अक्सर ठहरते दिखाई देते हैं और भारतीय ज्ञान की आत्मनिर्भरता की उनकी चिंता समझी जा सकती है।

अच्युतानंद मिश्र से संदर्भित पहली याद इतनी पुरानी और झिलमिल सी है कि लगभग धुंधली होती हुई, अब एक प्रभाव जैसी महसूस हुआ करती है। हमारे सुदूर बचपन वाले दिनों में बैठे कुछ छिटपुट प्रसंगों की याद है यह, जिसमें एक गुरु गंभीर व्यक्ति का सबसे अलग दिखना शामिल है। कौन हैं वे, और जहाँ मौजूद हैं, उस जगह का हम लोगों से क्या रिश्ता नाता है, यह जानने और समझने से बहुत दूरी पर ठिठके हुए वे दिन थे। सो बातें भी, याद रखने के सिलसिले से दूर छूटी हुई थीं। कार्य-कारण की संबद्धता जानने के प्रति सर्वथा अबोध हम और वे हमारे बचपन के दिन थे। मुझ तक जो पहुंचा था, वह उनका कोई भारी भरकम परिचय नहीं था। माँ के छोटे बहनोई हैं वे। उनकी सगी फुफेरी बहन के पति हैं। मौसी अब स्मृति शेष हैं। मिश्र जी की ससुराल मेरे ननिहाल से पड़ोस जैसी निकटता में थी और वहाँ आने जाने पर कभी-कभार उन्हें देखा था। बचपन में देखी हुई उनकी छवि में उनका आलोकमय गौरवर्ण ही याद रह गया था। फिर तो ऐसा मिलना-जुलना हुआ नहीं। वहाँ आने-जाने की उनकी यदा-कदा वाली स्थिति थी, मगर उसी में से उनकी जो तारीफ सुनने को मिला करती, वह यह थी कि 'कांति क दुलहा बड़ा सुघर हउंअ!'

यह भी कि बड़े आदमी हैं।

ननिहाल के बड़े आदमी हुए कुछ दामादों में एक दामाद थे, अच्युतानंद मिश्र जी। तब मेरा भी उन्हें इस रूप में जानने के काबिल बनना बाकी था। उसके बहुत बाद के समझदार होते हुए हमारे दिनों में, जब उनसे मिलने-जुलने के अवसर जुटने लगे, तब वे हमारे लिए अनिवार्य रूप से दुनिया देखने का विस्तृत मानवीय नजरिया होते गये। वह नैतिक आधार भी, जो हमें टोक सकती है, सुधार सकती है और किसी उटपटांग ठहराव से मुक्त भी कर सकती है। यह अक्सर लगा करता कि हम अब अपनी सीमित सोच को सामने से देख ही नहीं पा रहे हैं, बल्कि उससे बाहर भी आ रहे हैं। एक बड़ा और सक्रिय परिप्रेक्ष्य, हमारी पढ़ी जाने वाली किताबों से उठ कर व्यक्तित्व में शामिल होता महसूस होने लगा था। आज यह सब कुछ बहुत साफ होकर दिखाई दे रहा है। बौद्धिक बहसों में अपने सीमित ज्ञान के बावजूद कूद पड़ने की अपनी जल्दबाजी वाले प्रसंग याद आते जा रहे हैं और फिर उन्हें ही, सूचनाओं के उच्छिष्ट से भिन्न विश्वसनीय रूप में, जड़मूल समेत उनसे सुनना भी याद आ रहा है। यह भी याद है कि उनमें हमेशा कितना स्नेह रहा है और धीरज भी। सबके लिए आदर का उनका स्वभाव, जो कहीं से भी ओढ़ा हुआ नहीं है, वह पहले चकित करता था और अब सिखा रहा है।

तो पढ़ने-लिखने और सोचने वाली हमारी इस दुनिया के कई तार उनसे जुड़ रहे थे। खासकर पत्रकारिता का उनका विचारोत्तेजक संसार, जो बहुत समृद्ध था और आश्चर्यजनक रूप से गहरे मानवीय नजरिए से भरपूर था। उसमें गहराई थी जो उस दुनिया की सतह पर मचे शोर को सटीक ढंग से फरिया सकती थी। उसमें पक्ष विपक्ष या इसकी उसकी तरफ से होने वाले अवसरवाद की गुंजाइश नहीं थी। उसके भीतर हमेशा एक बेधक भविष्यदृष्टि सक्रिय थी, जो अनुभव सिद्ध और मजबूत भी थी। खासकर उठापटक और तालमेल वाले राजनीतिक परिदृश्य के संदर्भ में। पत्रकारिता के इस संसार का उनका अनुभव एकदम अलग था और उनके भीतर ज्ञान के लिए जो मूलग्राही आग्रह था, वह बहुत मूल्यवान था मेरे लिए। एक तरीके से चीजों को क्रिस्टल क्लीयर करने वाला। उन दिनों मन बहुत विचलित-सा हुआ करता था। जैसे किसी अंदेशे में घूम रहा हो। रातें दुःस्वप्नों में घूमा करतीं। बहुत भारी होता था सबेरा तब। उस रात देखा गया सपना भूलता ही नहीं। मेरे शयनकक्ष के बाहर की बालकनी से रेलिंग गायब है और मैं बेपरवाह-सी उसके छोर पर खड़ी हूँ। नीचे छोटे गेट से आते हुए अच्युतानंद मिश्र को देख रही हूँ और किनारे तक चली आई हूँ। वे जोर से पुकारते हुए कह रहे हैं, 'चंदन! पीछे जाओ, तुरंत पीछे जाओ!' और मेरी नींद खुल गयी थी। बची हुई रात वह बहुत कुछ सोचते बीती थी। यह कि मतलब क्या है इस सपने का। और मौसा जी को क्यों देखा मैंने! क्या हमारे लिए उनकी परवाह इतनी

गहरी है? उनके साथ होने पर हमेशा यह महसूस किया है कि ऐसी परवाह उन्हें सबकी है और जिसे संभालना है, उसकी सबसे अधिक है। वैसे ही जैसे किसी माँ को अपने दुर्बल बच्चे की चिंता होती है।

अच्युतानंद मिश्र जी हमारे अभिभावक हैं। उनमें स्थाई भाव में अगर कुछ है, तो वह है चित्त की निर्मल सदाशयता। मैंने जितना देखा, सबको उनके प्रति प्रेम से भरा हुआ ही पाया। ननिहाल के बड़े आदमी हुए कुछ दामादों में एक दामाद हैं, अच्युतानंद मिश्र जी। मेरी गति और रुचि में भी ये ही कुछ छिटपुट प्रसंग थे। इन प्रसंगों में मेरी जो दुबारा गति हुई, तो बस उन्हें जानने और पढ़ने के साथ-साथ कभी-कभार सुनने के लिए भी। मैंने कभी आगे आकर अपनी इस रिश्तेदारी का पक्ष नहीं रखा, मगर हमारे श्याम जी भइया को हमेशा लगता रहा कि मुझे उनसे मिलना ही चाहिए। श्याम जी, यानी श्याम नारायण पाण्डेय। उसी नाते से ममेरे भाई थे और मेरे रचनात्मक रूप से सक्रिय होने के लिए नया चैलेंज देते रहने वाले भाई भी। उनके प्रयत्न जारी रहे और हम मिले मिश्र जी से। उन दिनों शायद अम्मा भी थीं हमारे पास। बहुत खुश हुईं। कुछ बातें नई पुरानी हुईं तब। वैसे भी मुझे यह कहाँ लगना था कि यह परिचय भर नहीं था, हमारे सिर पर एक वत्सल छाया आ जाने वाली थी। जिसे मेरी आवाज से सब कुछ पहचान लेना था। हम अगर कहीं जा रहे हैं तो कौन है वहाँ जिसका पता मेरे पास होना चाहिए, मुझे किससे जरूर मिलना चाहिए और किसी प्रसंग के निष्प्रयोजन तत्त्व से कैसे अप्रभावित रहना चाहिए, यह शिक्षा थी, जो हमेशा मिलने लगी।

एक सिलसिला भोपाल जाने का बना था, बल्कि शायद रायपुर जाते हुए भोपाल में भी ठहरना था हमें। उस समय वहीं पर थे मिश्र जी। माखनलाल चतुर्वेदी राष्ट्रीय पत्रकारिता विश्वविद्यालय के कुलपति थे वे। हम उनके पास ही ठहरे। स्टेशन से उतरकर घर पहुंचने के रास्ते में पता नहीं कैसे थोड़ा भटक गये थे हम लोग और वहाँ वे स्टेशन से आवास तक पहुंचने में लगने वाले टाइम की गिनती पर बेचैन हुए बैठे थे। घर में दाखिल होते ही उनकी चिंता से भरी मुद्रा देखी हमने। बिल्कुल जैसे पिता बैठे थे, अगोरते हुए, वह सब कुछ जुटा कर, जो मेरी पसंद का हुआ करता था। भीग गया था मन और भीगता ही रहा। यह भाव केवल कृतज्ञता में छोड़ देने वाला था भी नहीं।

(लेखिका सुप्रसिद्ध साहित्यकार हैं, वाराणसी में रहती हैं।)

व्यक्ति का संस्था बन जाना

कैलाशचन्द्र पंत

अच्युतानंद जी का स्मरण करते ही मुझे 'जनसत्ता' में प्रकाशित उनके लेखों, टिप्पणियों की याद आने लगती है। मिश्र जी के साथ ही श्री बनवारी और श्री जवाहरलाल कौल तथा श्री रामबहादुर राय से भी मेरा प्रथम परिचय एक पाठक के रूप में हुआ। प्रभाष जोशी से तो पारिवारिक संबंध बचपन से ही रहा था। दिल्ली में उनकी प्रतिभा का सम्यक् निखार और राष्ट्रीय स्तर पर स्वीकार्यता भी बढ़ी। प्रभाष जी की यह विशेषता रेखांकित की जानी चाहिए कि वे विभिन्न विचारों के लेखकों को पूरी स्वतंत्रता देते थे। इसके फलस्वरूप पाठकों को वैविध्यपूर्ण विचार समझने की दृष्टि प्राप्त होती थी। मिश्र जी, बनवारी जी, राय साहब तथा कौल साहब के राजनीतिक विश्लेषण देश के विद्वत वर्ग को विमर्श की नई-नई सामग्री उपलब्ध कराते थे। 'जनसत्ता' की लोकप्रियता का रहस्य इसी वैविध्य में छिपा है। यह दुर्भाग्यपूर्ण है कि इस तिकड़ी के हटने और प्रभाष जी के निधन के बाद 'जनसत्ता' की लोकप्रियता में बहुत कमी आ गयी। इससे हिंदी पत्रकारिता भी एक वैचारिक शून्य बन गया। आज कल कुछ दैनिक पत्रों ने इस शून्यता को भरने का प्रयास शुरू कर दिया है। देखना है कि ये कोशिशें कहाँ तक सफल होती हैं, क्योंकि एकतरफा विचार भी इस शून्यता को भरने में सफल नहीं हो सकेंगे। आज तो इस शून्यता को भरने की कोशिश करने वालों के आलेख पढ़कर जिस व्यक्ति की याद आती है वह हैं श्री अच्युतानंद मिश्र।

वैचारिक परिचय के बहुत समय बाद प्रत्यक्ष परिचय हुआ। जब वे माखनलाल चतुर्वेदी राष्ट्रीय पत्रकारिता एवं संचार विश्वविद्यालय के कुलगुरु बनकर भोपाल आये। नया दायित्व उनके व्यक्तित्व में नया आयाम जोड़ने वाला सिद्ध हुआ। जो पहली परियोजना प्रारंभ की वह यह संकेत दे रही थी कि पत्रकारिता के छात्रों को देश के प्रसिद्ध पत्रकारों की भूमिका का ज्ञान होना आवश्यक है। इस परियोजना

के शुभारंभ पर उत्तर प्रदेश के तत्कालीन मुख्यमंत्री स्व. मुलायम सिंह यादव को आमंत्रित करना भी एक अन्य संकेत देता था। वैचारिक जड़ता पत्रकारों की सोच में नहीं होनी चाहिए। यादव जी ने इस परियोजना के लिए अपनी सरकार से पाँच लाख रुपये देकर प्रकाशन करने के कार्य को बल प्रदान किया। इसके अन्तर्गत उन्होंने निदेशक के रूप में श्री विजयदत्त श्रीधर को दायित्व सौंपा। मुझे निजी रूप से इसकी जानकारी है कि श्रीधर जी की नियुक्ति कुछ लोगों को खटकी थी। लेकिन श्रीधर जी ने अपनी कर्मठता का परिचय देते हुए अनेक पत्रकारों की एक शृंखला प्रकाशित की। मुझे इस बात की पीड़ा है कि विश्वविद्यालय की इस उपलब्धि को वह पहचान नहीं दी गयी, जिसकी वह वाजिब हकदार है। कई भूले-बिसरे पत्रकारों की स्मृति ताजा की गयी। उनकी संघर्ष-गाथा के साथ ही उन मूल्यों से भी परिचय हो जाता है जिनकी स्थापना के लिए उन्होंने बहुत त्याग किया था। इस तथ्य को रेखांकित करने के लिए इन्द्र विद्यावाचस्पति की पत्रकारिता पर लिखने के लिए 'हिन्दुस्तान टाइम्स' में कार्यरत श्री प्रकाश मनु के साथ इन्द्र जी के पौत्र से मिला था। लेकिन उनके पास भी संबंधित सामग्री नहीं मिल सकी। इन्द्र विद्यावाचस्पति से आज की पीढ़ी भले ही अपरिचित हो, पर उन्होंने हिंदी पत्रकारिता में राष्ट्रबोध का समावेश करते हुए 'वीर अर्जुन' का संपादन किया था और वह काफी लोकप्रिय था। यह तथ्य बताता है कि श्री अच्युतानंद मिश्र अपनी पूर्व पीढ़ी के प्रति कितने संवेदनशील हैं। तभी तो विश्वविद्यालय के लिए ऐसी परियोजना प्रारंभ कर सके। समय बीत जाने पर हमें कितनी महत्त्वपूर्ण जानकारी से वंचित होना पड़ सकता है। श्री मिश्र की विचारशीलता इसीलिए आकर्षित करती है।

हाल में उनकी पुस्तक–'तीन श्रेष्ठ कवियों का हिंदी पत्रकारिता में अवदान' सामने आई है। इस पुस्तक के अन्तर्गत मिश्र जी ने अज्ञेय, रघुवीर सहाय, धर्मवीर भारती की भूमिका की शोधपूर्ण जानकारी दी है। पुस्तक को पढ़कर लगता है कि अच्युतानंद जी केवल पत्रकारिता ही नहीं, साहित्य की भी गहरी समझ रखते हैं। वे आत्मप्रशंसा से दूर रहते हैं और दूसरों के कार्य को पूरी सहृदयता से स्वीकार करते हैं। यह औदार्य कितने लोगों में देखने को मिलता है? उनका यह गुण विरल है। अपनी सक्रिय पत्रकारिता के दौर में मिश्र जी का संपर्क देश के प्रमुख राजनेताओं से बना। अपने विचारों और पत्रकारिता के उच्च मानदण्डों के कारण उन नेताओं के मन में भी मिश्र जी के प्रति आदर भाव रहा है। इन पारस्परिक संबंधों को कभी भुनाया नहीं। न कभी कोई ऐसी पुस्तक लिखी जिससे किसी नेता के व्यक्तिगत जीवन पर प्रश्न चिह्न खड़े होते। उनके पास इस संदर्भ में विपुल सामग्री है। लेकिन मूल्यों के प्रति गहरी निष्ठा के कारण उन्होंने चर्चित होने या आर्थिक लाभ पाने के

अवसरों को छोड़ दिया। यह तथ्य उनके व्यक्तित्व का सर्वाधिक उज्ज्वल पक्ष है। विश्वविद्यालय के सेवा-काल में ही छात्रों के प्रति उनका संवेदनशील व्यवहार देखकर कई लोग चकित होते थे। बाहर से आने वाले छात्रों को वे ऐसा आश्रय देते थे कि उन्हें घर की याद नहीं आती थी। उनका घर सबके लिए खुला था। उनसे विषय की जानकारी ही नहीं, मनमर्जी व्यंजन की माँग भी वे निस्संकोच कर सकते थे। पढ़ाई पूरी करने के बाद उनकी नियुक्तियाँ करवाने में भी सहयोग देते थे। भारत का शायद ही कोई शहर हो, विशेष रूप से हिंदी भाषी प्रदेशों में, जहाँ उनके छात्र न मिलें। उनको देखते ही श्रद्धापूर्वक प्रणाम करने वालों की संख्या देखकर आश्चर्य होता था। छात्रों में ऐसी श्रद्धा मैंने डॉ. शिवमंगल सिंह सुमन के प्रति ही देखी थी, जो हिंदी के प्राध्यापक रहे और बाद में विक्रम विश्वविद्यालय के कुलपति रहे। एक सफल शिक्षक की निशानी यही है कि वह कितने छात्रों का विश्वास और श्रद्धा अर्जित करता है। यह संयोग ही कहा जायेगा कि मिश्र जी और सुमन जी दोनों के संस्कार गढ़ने में बनारस हिन्दू विश्वविद्यालय की भूमिका रही। वाराणसी में विश्वनाथ की नगरी होने या गंगा के पावन प्रवाह के कारण एक विशेष प्रकार की संस्कारनिष्ठा है। यह भी संभव है कि पंडित मदनमोहन मालवीय की निष्ठा के संस्कारों ने हिन्दू विश्वविद्यालय को विशिष्ट संस्कार से अभिहित कर रखा हो। पर काशी आज भी विद्वत नगरी है। उस नगरी में श्री मिश्र जी का अध्ययन हुआ। राष्ट्रीय स्वयंसेवक संघ के द्वितीय सरसंघचालक स्व. श्री माधवराव सदाशिवराव गोलवलकर ने भी इसी विश्वविद्यालय में अध्यापन कार्य किया था। यहीं से वे गुरुजी कहलाये जो बाद में लोकव्यापी हो गया। यह चर्चा केवल इसलिए कि अच्युतानंद जी में राष्ट्रबोध के बीजाणु इसी धरती ने रोपे। इसीलिए राष्ट्रहित को सर्वोपरि स्थान देते रहे और देते हैं। लेकिन उनके लेखन में किसी विचारधारा की प्रतिबद्धता दृष्टिगत नहीं होती। मुझे लगता है कि संकीर्णताओं से सदा मुक्त मिश्र जी के व्यक्तित्व को विराट रूप दिया है, उसको विस्तार मिला है।

मेरी मान्यता है कि वाराणसी में शिक्षा प्राप्त यह व्यक्ति, अनुभवों की झोली भरते हुए, मूल्यों की समृद्ध विरासत से अपना परिमार्जन करते हुए एक ऐसी संस्था बन चुका है जिसके प्रभाव में आते ही व्यक्तित्व की चन्दन गंध अपनी पूरी सामाजिकता के साथ वातावरण को सुवासित कर देती है। आज मिश्र जी की चन्दन-गंध से अनुप्राणित अनेक युवा विभिन्न क्षेत्रों में उसी गंध को प्रसारित कर रहे हैं।

(लेखक मध्यप्रदेश राष्ट्रभाषा प्रचार समिति एवं हिंदी भवन न्यास, भोपाल के मंत्री-संचालक हैं।)

व्यक्ति से अधिक संस्था

राज कुमार सिंह

हिंदी पत्रकारिता में प्रखर—प्रतिबद्ध संपादकों-पत्रकारों की जो समृद्ध परंपरा रही है, अत्युतानंद मिश्र जी उसके वास्तविक संवाहक हैं। यहां प्रश्न तुलना का नहीं है, पर इस सच को स्वीकार करना ही पड़ेगा कि सफलता की चमक में अक्सर सरलता-सहजता खो जाती है। आपको भी ऐसे संपादक-पत्रकार याद होंगे, जिन्होंने बड़ी सफलताएं प्राप्त कीं, लेकिन उनसे बनते गये आभामंडल में वह अपने ही साथियों, खासकर युवा पत्रकारों से दूर होते गये। ऐसे भी उदाहरण हैं कि जब एक क्षेत्र में मिली सफलता से उनकी स्वयं की अन्य क्षेत्रों में सक्रियता सीमित होती गयी। संभव है, यह सफलता के साथ बढ़ती जिम्मेदारियों का परिणाम हो, लेकिन अच्युतानंद मिश्र इस मामले में भी अपवाद हैं। बहुआयामी व्यक्तित्व अच्युता जी जैसे व्यक्तियों के लिए सर्वथा उपयुक्त शब्द है। एक सक्रिय और विश्वसनीय पत्रकार के रूप में अर्जित उनकी साख राष्ट्रीय समाचार पत्रों के संपादक, पत्रकार संगठन के अगुवा और माखनलाल चतुर्वेदी राष्ट्रीय पत्रकारिता एवं संचार विश्वविद्यालय के कुलपति के रूप में उत्तरोत्तर बढ़ी ही।

हम अक्सर अपने आसपास भी देखते हैं कि उच्च पदासीन व्यक्ति के इर्दगिर्द एक मंडली बन जाती है। अब आप इसे मानवीय स्वभाव की कमजोरी मानें या कुछ और, वह व्यक्ति उस मंडली द्वारा सायास प्रशंसा से आत्मुग्ध हो कर कान का कच्चा भी साबित होता है। परिणामस्वरूप जितने प्रशंसक होते हैं, उससे कहीं ज्यादा आलोचक या विरोधी भी बन जाते हैं। आत्ममुग्धता से मुक्त साफ मन और स्पष्ट सोच वाला व्यक्ति ही ऐसी दुर्बलताओं से बच सकता है। अच्युता जी इसका भी उदाहरण हैं। पत्रकार-संपादक के रूप में वह पत्रकार जगत में ही निर्विवाद नहीं बने रहे, बल्कि राजनीति की संकीर्ण दुनिया में भी उनकी निष्पक्षता एक मिसाल है। कमोवेश हर राजनीतिक दल के प्रमुख नेताओं से उनके संबंध रहे, लेकिन कभी

किसी ने उनकी पेशेवर निष्पक्षता पर संदेह या सवाल नहीं किया। अच्युता जी की पत्रकारिता और उनका लेखन हमें बताता है कि वैचारिक दृढ़ता के लिए आक्रामकता जरूरी नहीं है न भाषा में और न ही व्यवहार में। सही बात कहते हुए और सही काम करते हुए भी निष्पक्ष रहा जा सकता है। पत्रकारों के सबसे बड़े संगठन एनयूजे के अध्यक्ष के रूप में तो निष्पक्षता किसी के लिए भी अग्निपरीक्षा साबित हो सकती है, पर अच्युता जी उस पर भी खरा उतरे।

माखनलाल चतुर्वेदी राष्ट्रीय पत्रकारिता एवं संचार विश्वविद्यालय की अपनी विशिष्ट प्रतिष्ठा है, लेकिन इस सच से तो मुंह नहीं चुराया जा सकता कि अच्युतानंद मिश्र के कुलपति काल में शोध और दस्तावेजीकरण का जो काम हुआ, वह बेमिसाल है। स्वातंत्र्योत्तर हिंदी पत्रकारिता का इतिहास लेखन तथा पूर्वज संपादकों के व्यक्तित्व एवं कृतित्व पर पुस्तकें ऐसा श्लाघनीय कार्य है, जो कोई अच्युता जी सरीखा दूरदर्शी व्यक्ति ही कर सकता था। पत्रकारिता के विद्यार्थी और आनेवाली पत्रकार पीढ़ियां उनके प्रति आभारी महसूस करेंगी। मैं मानता हूं कि अगर कोई इनसान अच्छा नहीं है, तो वह किसी भी क्षेत्र में अच्छा साबित नहीं हो सकता। आंतरिक व्यक्तित्व से ही बाहरी व्यक्तित्व और कृतित्व संवरता-निखरता है। आप अपने क्षेत्र में वरिष्ठ हों या फिर एकदम युवा—अच्युता जी आपसे आत्मीयता और गर्मजोशी से ही मिलेंगे, चाहे वह पहली ही मुलाकात क्यों न हो। अच्युता जी ऐसे विरले व्यक्ति हैं, जो किसी की मदद के लिए सदैव तत्पर रहते हैं।

अच्युता जी से अपना परिचय मैं चार दशक से भी ज्यादा पुराना मान सकता हूं, जब वह हिंदी दैनिक 'अमर उजाला' के लखनऊ में ब्यूरो चीफ थे और मैं आगरा में पत्रकारिता शुरू कर रहा था। बाद में प्रभाष जोशी जी के बुलावे पर अच्युता जी 'जनसत्ता' के समाचार संपादक बन कर दिल्ली चले गये और मैं 'धर्मयुग' ज्वॉइन कर मुंबई पहुंच गया। मुलाकातों का सिलसिला तब शुरू हुआ, जब मैं 'संडे ऑब्जर्वर' ज्वॉइन कर दिल्ली आ गया। अच्युता जी के साथ काम करने का संयोग नहीं बना, पर कई बड़े संपादकों के साथ काम किया, अनेक से बात-मुलाकात भी हुईं, लेकिन वैचारिक दृढ़ता, गहरी समझदारी, पेशेवर प्रतिबद्धता और व्यावहारिक सरलता जैसे सभी गुण आसानी से किसी एक व्यक्ति में नहीं मिलते। 87 वर्ष की उम्र में शारीरिक सक्रियता पहले जैसी न भी रही हो, पर वैचारिक जागरूकता और सामाजिक-व्यावहारिक सहजता में कमी नहीं दिखती। कोरोना काल में पुत्र और पुत्रवधू के असामयिक निधन के वज्रपात के बाद आ रहीं दो नयी पुस्तकें भी प्रमाण हैं कि सदैव मुस्कराते इस सज्जन चेहरे के पीछे पेशेगत और सामाजिक सरोकारों के प्रति प्रतिबद्धता अटूट और असंदिग्ध है।

(लेखक दैनिक ट्रिब्यून, चंडीगढ़ के पूर्व संपादक हैं)

एक सहज, सौम्य और शालीन व्यक्तित्व

जयशंकर

अच्युतानंद मिश्र जी से मेरी पहली मुलाकात इस सदी के शुरुआती वर्षों में हुई थी। उन दिनों वे नागपुर से प्रकाशित हिंदी दैनिक 'लोकमत समाचार' का संपादन संभाल रहे थे। अपनी पहली ही संक्षिप्त-सी मुलाकात में उनके व्यक्तित्व के जिन तत्त्वों ने मुझे छू लिया था, वह उनकी सहज किस्म की सौम्यता, शालीनता थी। अपने किस्म का एक तरह का अभिजात्य, जो गहरे आत्मविश्वास और दूसरों के लिए समानुभूति से आता होगा। उनके नागपुर प्रवास के वर्षों में नागपुर के सदर स्थित कॉफी हाउस में उनसे हर रविवार को मिलना होता रहा था। कभी-कभार कांग्रेस नगर के उनके आवास में मुलाकात होती रही। उन मुलाकातों में देश, समाज, मनुष्यता, राजनीति, धर्म, साहित्य और पत्रकारिता जैसे विषयों पर उनसे जितना कुछ जाना- समझा था, उन सबको उतार पाना मुश्किल ही बना रहेगा। उनसे संवादों के दिनों में मैंने उनसे मानवीय जिंदगी, मानवीय समाज को लेकर बहुत कुछ सीखा और समझा था। इन सब विषयों के उनके गहरे और व्यापक अनुभव रहे थे, जिनको अपनी एक लंबी जिंदगी को जीते हुए उन्होंने जुटाया था।

लगभग बीस वर्षों के बाद उनसे हुए संवादों को याद करता हूँ तब उन संवादों में बाहर आती मानवीय जीवन को लेकर उनकी गहरी चिंताओं का ख्याल आता है। मनुष्य की नियति को बेहतर बनाने के लिए जरूरी मानवीय सक्रियताओं पर उनका चिंतन-मनन याद आता है। पिछली सदी की ढलती घड़ियों में हमारा देश, हमारी दुनिया कुछ बड़े और निर्णायक दौर से गुजरने के अनुभव से गुजरने लगी थी। भारतीय समाज और राजनीति में नये किस्म के नये प्रकार के निर्णायक बदलाव उभरने लगे थे। इन सब पर वे लिख रहे थे। इन सब पर आ रही चीजों को पढ़ और समझ रहे थे। संभवतः इन दिनों के लिखे गये में से ही कुछ उनकी किताब 'सरोकारों के दायरे' में आया था। उनके नागपुर छोड़ देने के बाद उनसे नागपुर, भोपाल, दिल्ली

और रायपुर में मुलाकातों का सिलसिला जारी ही रहा था। फोन और पत्र व्यवहार से उनके सोचने, समझने, लिखने-पढ़ने के संसार से मेरा संवाद बना ही रहा था।

2004 के नवंबर में निर्मल वर्मा दिल्ली के एक प्राइवेट नर्सिंग होम में भर्ती हुए थे। उन दिनों मैं दिल्ली में तीन-चार दिन रहा था। अच्युतानंद जी रोज मेरे साथ निर्मल वर्मा से मिलने जाते रहे थे। उस वक्त उनकी सहृदयता और सहानुभूति का साथ न मिलता तो मेरे लिए कठिन रहे उस वक्त की चुनौतियों से मैं सामना कर ही नहीं पाता था। निर्मल जी के स्वस्थ हो जाने के बाद हम दोनों उनसे मिलने के लिए निर्मल जी के पटपड़गंज के आवास में गये थे। उन दिनों की एक शाम में अच्युतानंद जी ने अपनी साहित्य और पत्रकारिता के रिश्तों पर किये जा रहे काम के सिलसिले में निर्मल जी से बातचीत की थी। निर्मल जी को अच्युतानंद जी के तनावों, चिंताओं ने प्रभावित किया था। वे इस तरह के विषय को एकदम अलग आलोक में देखे जा रहे दृष्टिकोण से प्रसन्न हुए थे। निर्मल जी ने बाद की अपनी एक चिट्ठी में अच्युता जी की हुई उस मुलाकात से मिली प्रसन्नता का जिक्र किया था।

दिल्ली में ही अच्युतानंद जी के साथ अनुपम मिश्र के राजघाट स्थित आवास में बीती दोपहर की याद आती है। अनुपम जी कैंसर का इलाज कराने के बाद एम्स से अपने घर लौटे थे। गांधीजी के जन्मदिन के आसपास का कोई दिन था। मैं, अच्युतानंद जी और अनुपम जी के बीच के संवाद का गवाह बना रहा था। उन दोनों के संवादों के बीच गांधी थे और गांधी का अद्भुत किस्म का चिंतन-मनन।

जब अच्युता जी भोपाल में माखनलाल चतुर्वेदी राष्ट्रीय पत्रकारिता एवं संचार विश्वविद्यालय के कुलपति हुए तब इनकी बौद्धिक मानवीय सक्रियताओं में खूब ज्यादा इजाफा हो गया। इन्होंने जगह-जगह पर पत्रकारिता से जुड़े हुए सवालों पर गोष्ठियों, व्याख्यानों का आयोजन किया। विश्वविद्यालय में किताबों, पत्रिकाओं के प्रकाशन का लंबा-सा सिलसिला शुरू किया था। अपनी रचनात्मक व्यस्तताओं के उन कठिन दिनों में भी वे भोपाल में मुझे ही नहीं मेरे मित्रों को भी अपना समय देते रहते थे। भोपाल के उनके आवास में तरह-तरह के स्वादिष्ट भोजन के साथ-साथ उनका आत्मीय किस्म का आतिथ्य याद आता है। उनके इस तरह के आतिथ्य को मंडी हाउस के नत्थूराम रेस्त्रां में भी बार-बार महसूस करता आया था।

(लेखक सुप्रतिष्ठित साहित्यकार हैं, नागपुर में रहते हैं।)

संस्कृति के सुहृद अध्येता

दयानिधि मिश्र

मेरा यह सौभाग्य रहा कि मूलतः हिंदी का विद्यार्थी न होते हुए भी मुझे हिंदीमय परिवेश में जन्म लेने और पलने-बढ़ने का अवसर मिला। धीरे-धीरे मेरी रुचि हिंदी साहित्य का आस्वाद पाने और समाज में उसके प्रयोग को लेकर बढ़ने लगी। अपने व्यावसायिक जीवन में मुझे एक पुलिस अधिकारी के रूप में लोक जीवन से जुड़ने का लंबा अनुभव मिला। उस दौरान मुझे भाषा की शक्ति और सीमा दोनों का निकट से अनुभव और साक्षात्कार हुआ। फिर सरकारी सेवा से अवकाश लेने के बाद मुझे हिंदी के लिए काम करने का एक नया दायित्व मिला। अपने अग्रज पंडित विद्यानिवास मिश्र की स्मृति को संजोने और उनकी हिंदी निष्ठा को आगे ले चलने की दृष्टि से हम लोगों ने विद्याश्री न्यास का गठन किया, जिसके द्वारा विगत दशक में निरंतर अनेक आयोजन होते रहे। इन सब के प्रसंग में आदरणीय अच्युतनंद मिश्र जी से मैं निकट संपर्क में आया और उनकी उदार दृष्टि का कायल हो गया। वे भाई साहब के साथ राष्ट्रीय दैनिक 'नवभारत टाइम्स' के संपादन में प्रमुख थे और उस बीच मेरी कुछ मुलाकातें हुई थीं। बाद में विद्याश्री न्यास से जुड़े व्याख्यान, संगोष्ठी और प्रकाशन की अनेक योजनाओं में अच्युता जी के साथ मैं और अधिक निकट संपर्क में आया। वे कुछ समय वाराणसी में भी रहे और कुछ महत्त्वपूर्ण योजनाओं पर कार्य करते रहे।

वे इन आयोजनों और संबंधित योजनाओं में न केवल परामर्श देते रहे बल्कि सक्रिय रूप से भाग भी लेते रहे। समाज की प्रवृत्तियों और भारतीय जीवन की मूल संवेदनाओं को लेकर उनके स्पष्ट, बेबाक और संतुलित विचारों ने मुझे सदैव प्रेरित किया। कई बार उनके साथ मेरी लंबी चर्चाएँ भी हुईं, जिनमें धर्म, शिक्षा, सरकार और प्रशासन जैसे व्यापक महत्त्व पर विचार किया गया। भारतीय चिंतन और

संस्कृति पर उनकी गहरी पकड़ ने मुझे बड़ा प्रभावित किया। उनकी पत्रकारिता की व्यापक पृष्ठभूमि ने उनको एक समग्र दृष्टि दी थी। वे बहुत-सी राष्ट्रीय गतिविधियों के साक्षी भी रहे। उनके विश्लेषण में तथ्यात्मकता और विवेचन की गहराई झलकती है। एक संवेदनशील विचारक और समाजसेवी के रूप में मिश्र जी ने अनेक लोगों को प्रभावित किया और पथ प्रदर्शित किया। हिंदी पत्रकारिता के वे जीवित इतिहास के रूप में अध्येताओं और श्रोताओं को प्रेरित और विचार संपन्न करते रहे हैं। भोपाल के माखनलाल चतुर्वेदी राष्ट्रीय पत्रकारिता एवं संचार विश्वविद्यालय के कुलपति के रूप में मिश्र जी ने पत्रकारिता के अध्यवसाय, अनुशीलन को समृद्ध कर एक अनुशासन के रूप में मानक स्थापित किया। व्यक्तिगत रूप में मुझे यह सदा स्मरण रहेगा कि विद्याश्री न्यास के आयोजन में वे अस्वस्थ होने और अनेक व्यस्तताओं के बावजूद न केवल वैचारिक योगदान देते रहे, बल्कि निरंतर आद्योपांत उपस्थित रह कर मेरा उत्साहवर्धन करते रहे। मैं उनके उत्तम स्वास्थ्य और दीर्घायु की हृदय से कामना करता हूँ।

(लेखक विद्याश्री न्यास के संस्थापक सचिव हैं।)

उदार व्यक्तित्व, कद्दावर संपादक

प्रणव प्रियदर्शी

'तुम जिस जगह पर जा रहे हो (लोकमत और नागपुर) वह तो अच्छी है ही, लेकिन जिस व्यक्ति के पास जा रहे हो, उसके बारे में जितना कहा जाए, उतना कम है। अच्युता जी जैसे व्यक्ति और संपादक की करीबी पाना कितनी बड़ी बात है, इसका अहसास तुम्हें जिंदगी भर होता रहेगा।' यह थी मुंबई 'जनसत्ता' में मेरे वरिष्ठ सहकर्मी सदानंद गोडबोले जी की पहली प्रतिक्रिया, जब मैंने उन्हें बताया कि मैं अच्युतानंद जी के बुलावे पर नागपुर का 'लोकमत समाचार' ज्वाइन करने जा रहा हूँ। यह दिसंबर 2001 की बात थी, तब तक अच्युतानंद जी को मैंने देखा जरूर था, फोन पर बात भी हुई थी कई बार, लेकिन आमने-सामने मिलना नहीं हुआ था।

दूसरी प्रतिक्रिया है 'जनसत्ता' दिल्ली में काम कर चुके वरिष्ठ और सम्मानित पत्रकार मनोहर नायक की, जब कुछ करीबी लोगों की बैठक में अच्युता जी की बात चलने पर उन्होंने कहा, 'अगर हममें से किसी के शरीर को छीला जाए, त्वचा की परत को हटाया जाए तो खून मांस हड्डी निकलेगी, लेकिन अगर अच्युता जी के शरीर के अंदर देखा जाए तो वहाँ रक्त-मज्जा वगैरह नहीं, रबड़ी, मलाई, मक्खन जैसी चीजें निकलेंगी। वे उन्हीं चीजों से भरे हुए हैं अंदर तक।'

ये दोनों प्रतिक्रियाएं अच्युता जी के व्यक्तित्व की उदारता और स्वभाव की मिठास का परिचय देती हैं। नागपुर के 'लोकमत समाचार' में उनके संपादकीय नेतृत्व का साक्षी रहा मैं, पूरे दिलो-जान से इन प्रतिक्रियाओं की प्रामाणिकता की पुष्टि करता हूँ। उनके केबिन में गये और थोड़ी देर भी बैठ गये, बातचीत का माहौल बन गया तो कुछ-न-कुछ अच्छा, अनोखा स्वाद चखे बगैर वापस नहीं आयेंगे। मथुरा, आगरा, कानपुर, बनारस, दिल्ली तमाम जगहों की खासियत मानी जाने वाली तरह-तरह की चीजें उनके ड्रॉअर में मौजूद होतीं। उनमें से कुछ-न-कुछ निकालकर वह खिलाते। आलम यह था कि संपादकीय मीटिंग में खाने-पीने की चर्चा केबिन

के बाहर भी फैली तो अर्चना चक्रवर्ती (जो उस वक्त मेन डेस्क पर सीनियर सब थीं) की अगुआई में दो-तीन पत्रकार उनके पास पहुंच गये कि हमने क्या गुनाह किया है? हमें भी संपादकीय मीटिंग में शामिल होने दिया जाए। हंसते हुए अच्युतानंद जी बोले, 'सबको खुला न्यौता है। अच्छा काम कीजिए, जल्द से जल्द प्रमोशन लेकर चीफ सब बन जाइए और आइए मीटिंग में।'

बतौर संपादक लोकतांत्रिक दायरे को परिभाषित करते हुए उनका सभी सहयोगियों के लिए कहना था, 'आप जो भी करना चाहते हैं, आपके सामने तीन विकल्प हैं। एक, मुझे कन्विंस कर लीजिए और जो चाहे कीजिए। दूसरा उपाय है कि अगर मुझे कन्विंस नहीं कर पा रहे तो खुद मेरी बात से कन्विंस हो जाइए। अगर ये दोनों बातें नहीं हो सकतीं तो फिर जैसा मैं कहता हूँ वैसा कीजिए।' लेकिन इस थियरी के अंदर भी उन्होंने अपनी सोच का दायरा इतना व्यापक कर रखा था कि कभी यह अहसास ही नहीं हुआ कि संपादक से वैचारिक असहमति हमारे कामकाज को संकुचित कर सकती है। उन्हें भी इस बात का पूरा अंदाजा था कि वामपंथ की ओर तीव्र झुकाव की वजह से मैं वैचारिक धरातल पर उनसे एकदम अलग खड़ा था। लेकिन फिर भी न तो कभी उनका स्नेह कम पड़ा, न उनके मार्गदर्शन की जरूरत कम पड़ी। उनका कहना होता था कि व्यक्ति में कमिटमेंट तो होना ही चाहिए और जो आपको सही लगे, वही करना चाहिए।

एक घटना खास तौर पर याद आ रही है, जो संपादक के रूप में उन्हें उतनी ऊंचाई देती है जिसकी मैं तब तक कल्पना ही कर सकता था। उसके बाद भी कोई और संपादक उस ऊंचाई तक पहुंचता हुआ नहीं दिखा। मैंने जनवरी 2002 में 'लोकमत समाचार' ज्वाइन किया। फरवरी में मुझे खुद संपादक अच्युतानंद जी ने एक साप्ताहिक कॉलम शुरू करने को कहा, जिसमें देश के प्रमुख अखबारों के संपादकीयों का विश्लेषण किया जाए। इसके दूसरे-तीसरे हफ्ते ही गोधरा कांड के बाद गुजरात में अभूतपूर्व दंगे शुरू हो गये। उस दौरान मेरे कॉलम में प्रायः देश के अंग्रेजी अखबारों के संपादकीयों का विश्लेषण आता रहा जिस पर बातचीत में वह सुझाव देते कि मुझे भारतीय भाषाओं के अखबारों को भी अपने कॉलम में शामिल करना चाहिए।

कुछ मेरी तब की वैचारिक संकीर्णता कहिए और कुछ उस समय का तनावपूर्ण माहौल, मुझे महसूस हो रहा था कि इस सुझाव के पीछे यह भाव है कि मराठी और गुजराती अखबारों में मोदी सरकार के लिए जताए जा रहे समर्थन को शामिल किया जाए। इसके लिए मैं खुद को तैयार नहीं कर पा रहा था। लेकिन जब दो-तीन हफ्ते हो गये, न उनका आग्रह आना बंद हुआ और न मेरा जज्बा कमजोर

पड़ा तो मैंने फैसला कर लिया कि चूंकि मैं संपादक के मापदंड को पूरा नहीं कर पा रहा, इसलिए मुझे यह कॉलम जारी नहीं रखना चाहिए। उस सप्ताह मैंने कॉलम नहीं दिया और एडिट पेज के तत्कालीन प्रभारी प्रकाश चन्द्रायन जी से कह दिया कि चूंकि संपादक जी को मेरा काम पसंद नहीं आ रहा, इसलिए मैं यह कॉलम बंद कर रहा हूँ।

संयोगवश अच्युता जी दो-तीन दिन के लिए बाहर गये थे। जब लौटे तो पता नहीं उन तक यह बात किस रूप में पहुंची, पर उन्होंने स्वाभाविक बातचीत के दौरान ही मुझसे पूछा कि इस बार फाइल में आपका कॉलम नहीं दिखा। मैंने कहा, 'जी, मैंने नहीं दिया इस बार।' 'अच्छा, कोई खास बात? तबीयत वगैरह' स्वर में चिंता थी।

'मैंने देखा आपको पसंद नहीं आ रहा है तो इसलिए मैंने बंद कर दिया।' वे थोड़ी देर खामोश रहे। फिर थोड़े सख्त स्वर में बोले, 'प्रणव जी, यह बताइए कि वह कॉलम शुरू करने का फैसला किसका था?'

'जी आपका'

'तो एक संपादक के रूप में मैं इतना अधिकार तो रखता ही हूँ कि कोई कॉलम अगर शुरू करवा रहा हूँ और वह पसंद नहीं आये तो उसे बंद करने को कह सकूं।'

'जी, बिल्कुल।'

'क्या मैंने आपसे कहा उसे बंद करने को?'

'नहीं कहा आपने।'

'फिर आपने अपने मन से उसे कैसे बंद कर दिया?'

यहाँ तक आते-आते मैं न सिर्फ उनकी आपत्ति समझ चुका था, बल्कि यह भी साफ हो गया था कि मैंने अपने अधिकार क्षेत्र का अतिक्रमण किया है, 'जी, आप सही कह रहे हैं। मुझसे गलती हुई। मुझे पहले आपसे बात करनी चाहिए थी, पूछना चाहिए था आपसे।'

अब उनका स्वर फिर से मुलायम हो चुका था, 'देखिए, मैं संपादक हूँ, लेकिन आपका पाठक भी तो हूँ। मुझे एक पाठक के रूप में जो लगता है वह भी तो मैं आपको बता सकता हूँ। उसे आप एक सुझाव के रूप में लीजिए। स्वीकार करने लायक लगे तो ठीक है न लगे तो भी ठीक है। लेकिन कॉलम अपने आप बंद मत कीजिए। वह जब करना होगा मैं बताऊंगा।'

और वह कॉलम मेरी वैचारिक संकीर्णता के ही अनुरूप लगातार लंबे समय तक चलता रहा।

(लेखक जाने-माने पत्रकार हैं।)

उनके द्वारा ही तराशा हुआ हूँ

यशवंत देशमुख

काका जी यानी अपने पिताजी के बारे में लिखने का कभी साहस नहीं रख पाया। क्योंकि जब भी कलम उठाता हूँ, लगता है कि क्या लिखूं? कैसे लिखा जा सकता है? असंभव है लिखना। और पिताजी के जाने के बाद में पितातुल्य उनकी जगह पर जो हैं; उनके लिए भी लिखना उतना ही असंभव है, उतना ही कठिन है जितना पिताजी के लिए हो सकता है। चाचा जी यानी अच्युतानंद मिश्र जी मेरे लिए काका के बाद, यानी पिताजी के बाद में दूसरे व्यक्ति हैं जिनके पास मेरे हर सवाल का जवाब होता है। बचपन से लेकर आज तक जब-जब जहाँ अटका, जहाँ-जहाँ कोई ताला बंद मिला, उस हर ताले की चाबी के लिए मेरे पास में सिवाय चाचा जी के पास में जाने के और कोई समाधान कभी नहीं होता था। इन स्मृतियों के दायरे इतने ज्यादा बड़े हैं और इतनी दूर तक फैले हैं कि उन्हें एक लेख में कहना समझना या साझा करना मेरे लिए असंभव है। बस इतना कह सकता हूँ कि जब से होश संभाला है, उनका हाथ अपने सर पर पाया है।

इमरजेंसी के समय और उसके बाद की सारी स्मृतियों में पिताजी के पीछे हमेशा चाचा जी को खड़ा पाया। सही मायने में वह लक्ष्मण की भूमिका में थे। इतना ही नहीं, अपने प्रोफेशनल जीवन में भी काम की शुरुआत से लेकर आज तक, जब भी जो कुछ भी करने का अवसर मिला, उसमें चाचा जी का रोल हमेशा ही रहा है। कहना गलत नहीं होगा की उंगली पकड़कर उन्होंने चलना सिखाया; अक्षरशः जीवन में भी, और पत्रकारिता में भी। और आज तक कोई भी काम करते वक्त या किसी भी काम को करने के बाद में अभी भी सहज रूप से उनकी ओर मुंह उठ जाता है केवल यह देखने और कन्फर्म करने के लिए कि मेरे द्वारा संपादित उस काम में उनकी मौन स्वीकृति या सहमति बन पाई कि नहीं बन पाई। वह काम उनके लायक हो पाया कि नहीं हो पाया। उन्होंने उसको सराहा या नहीं सराहा। उनकी बस एक लाइन

की भी प्रशंसा प्राप्त किया जाना मेरे लिए सबसे बड़ा पुरस्कार होता है। इतनी सारी स्मृतियां हैं कि उनको लिखना-कहना जैसा कि मैंने पहले भी लिखा, असंभव है।

कितना कुछ है जीवन में, जो पहली बार उनके ही सान्निध्य में करने को मिला या उनके कारण करने को मिला। जीवन की पहली कॉमिक्स जो पढ़ी, वह उन्होंने ही मुझे दिलाई थी। जीवन में पहली बार आइसक्रीम उन्होंने मुझे खिलाई थी। रत्ती के खस्ते हो या फिर देर रात पोखरे भैय्या की लस्सी, इन सभी चीजों का आस्वादन करना और उसको अप्रिशिएट करना, यह उन्होंने ही सिखाया। कुल जमा दस साल का भी नहीं था जब अपनी जिंदगी की पहली डिबेट, यानी वाद-विवाद प्रतियोगिता की तैयारी भी उन्होंने ही कराई। लखनऊ दूरदर्शन की उस डिबेट में आयु और हाइट दोनों हिसाब से मैं सबसे छोटा था और जीतने के बाद स्कूटर पर बैठाकर डोसा खिलाने भी वही ले गये। जीवन में पहली बार डेनिम जींस उन्होंने ही मुझे दिलाई। जीवन का पहला स्नीकर्स जूता भी उन्हीं का दिया हुआ था। हॉस्टल में इतने साल रहा और इतने रिश्तेदार नातेदार सब आये, लेकिन मुझे क्या चाहिए अकेले रहते हुए इसकी चिंता केवल एक व्यक्ति ही करते थे और वह थे चाचा जी। जीवन में पहला स्कूटर उन्होंने दिलवाया और तो और जीवन का पहला चुनावी सर्वे भी उन्होंने ही करवाया। मेरी पहली कंपनी, यानी सी-वोटर भी उन्होंने ही खुलवाई, जो आज तक चल रही है। उस पहली कंपनी के पहले चेयरमैन भी वही बने, जो आज तक वही हैं। जीवन का पहला लेख भी उन्होंने मुझसे लिखवाया और पहली बार कोई साक्षात्कार भी उन्होंने ही मुझसे करवाया। मेरी शादी भी उन्होंने ही करवाई, पहली बार घर लिया उसके पीछे भी उनकी अदृश्य भूमिका थी और पहली बार दफ्तर बनाने की बात आई तो उसका भी भूमि पूजन उनके हाथ से ही हुआ। कभी कुछ ऐसा जीवन में लगता ही नहीं कि जिसके पीछे चाचा जी नहीं खड़े थे या जिसकी नींव डालने में उनकी भूमिका नहीं थी। कभी कुछ ऐसा किया ही नहीं, या हो ही नहीं पाया जिसमें उनकी मदद उनकी सहायता न लगी हो। ताश में बिग फूल खेलना उन्होंने सिखाया तो अपने पैर पर खड़े होना भी उन्होंने ही सिखाया। अपने स्वाभिमान के साथ में किसी भी तरीके का कोई समझौता नहीं करना है, यह आइडियल सीख भी उन्होंने ही सिखाई। सबसे संबंध बनाकर रखना है यह भी उन्होंने ही सिखाया और एक्रॉस दी पॉलिटिकल लाइन सबसे दोस्ती बनाने में कोई भी विरोधाभास नहीं होता, यह उनको देख करके ही मैंने सीखा। इसलिए जो कुछ भी हूँ आज, मुझे यशवंत देशमुख बनाने में पिता के समान उनकी जो भूमिका है, इसको शब्दों में बयान कर पाना मेरे लिए संभव है ही नहीं।

मुझे लगता है कि मुझे जितना अच्छे से वह समझते हैं उसमें बोलने की जरूरत मुझे कभी आज तक नहीं पड़ी। मेरे बिना बोले ही मेरी सारी समस्याओं को

मेरी दिक्कतों को उन्होंने सुलझाया है। जीवन की हर ऊँच-नीच में वे मेरे बगल में पिता समान मेरे सिर पर हाथ रखकर खड़े हुए हैं। उनके जैसा व्यक्ति मैंने दूसरा कोई देखा ही नहीं है, जो किसी की भी अहेतुक मदद करने के लिए सतत तत्पर हो। अहेतुक मदद करना, यानी किसी की मदद करते समय बदले में कोई भी अपेक्षा नहीं रखना। मुझे कुछ मिले या मेरा कोई इसमें स्वार्थ हो, इस बात की चिंता किये बगैर अगर कोई शरणागत है या कोई मदद मांगने आया है तो उसकी मदद करना यह एक बड़ी क्वालिटी है। लेकिन किसी को बिना एहसास कराए या किसी के बिना बोले भी उसकी मदद कर देना यह अपने आप में बहुत ही बड़ी डिवाइन क्वालिटी है, जो गिने-चुनों के अंदर ही होती है। दूसरों की मदद और वह भी अहेतुक मदद करने के नाम पर मैंने जीवन में दो ही लोगों को पाया है, जिनके कारण मैं उन दोनों की बहुत इज्जत करता हूँ : एक अच्युतानंद मिश्र जी दूसरे हेमंत शर्मा, जो उनके 'जनसत्ता' के सहयोगी भी रह चुके हैं।

इस काम में इन स्थितियों में कभी भी उनकी मुझे डांट नहीं पड़ी, यह मैं कहूँ तो कोई अतिशयोक्ति नहीं होगी। हालांकि यह बात भी सही है कि वे कम क्रोध करने वाले व्यक्ति हैं, अजातशत्रु हैं। लेकिन जिनके ऊपर उनका स्नेह है उन पर वह क्रोध भी अच्छा खासा कर सकते हैं और इसलिए घर में जितने छोटे थे, सभी लोग उनके कमरे में घुसने से पहले उनके चरणों की ओर ध्यान रखते थे (क्योंकि अगर वे गुस्सा होते थे तो उनके पैर के अँगूठे और अँगूठे के बगल वाली उंगली आपस में चिटपिट-चिटपिट करते हुए दिखाई देती थी। अक्सर किसी अपराध बोध से ग्रसित हमारे बड़े भाई लोग मुझे इस ड्यूटी पर लगाते थे कि मैं जाऊं और टेबल के नीचे उनके पैर की स्थिति चेक करके आऊँ कि उनके पैर के अंगूठे और पैर के अँगूठे के बगल वाली उंगली आपस में चिटपिट-चिटपिट कर रही है या नहीं; और उसके हिसाब से उनके कमरे में उनके सामने जाने का दुस्साहस वे सभी 'साहसी' अग्रज करें या न करें। पैरों की चिटपिट-चिटपिट चेक करने का यह काम मैंने बहुत किया है और सभी अग्रज इसके साक्षी हैं और सच्चाई यह है कि आज भी उनके कमरे में उनके पास जाते समय निगाह पहले उनके पैर की ओर होती है कि मुझे डांट पड़ने वाली है या नहीं। उनकी डाँट हमेशा सीखने के लिए ही होती है। बहुत कम पड़ी है लेकिन जब पड़ी है तो अच्छी पड़ी। यही कह सकता हूँ कि आज जो कुछ भी हूँ, उनके कारण हूँ। उनके द्वारा ही तराशा हुआ हूँ। काका जब तक थे तब भी चाचा जी अपनी जगह पर थे और काका के जाने के बाद में अब काका की जगह पर जो हैं सो वही हैं। इससे ज्यादा न मैं कुछ कह सकता हूँ न लिख सकता हूँ।

(लेखक वरिष्ठ पत्रकार और सी वोटर के संस्थापक हैं।)

आत्मीय मार्गदर्शक

स्वामी जितेन्द्रानंद सरस्वती

यूँ तो संन्यासी जब घर, परिवार, समाज, सबकुछ छोड़कर संन्यास ग्रहण करता है, जब वह ॐ भू मयम् त्यक्ता, भुवः और स्व इन तीनों का त्याग करता है, तब ऐसा प्रतीत होता है कि उसके जीवन में और कोई नहीं है। लेकिन समाज के बीच जब वह संन्यासी किसी निश्चित प्रयोजन से, किसी मार्गदर्शन के लिए स्वयं को तैयार कर रहा होता है तो उस समय उसके जीवन में कुछ विशिष्ट व्यक्तियों का पदार्पण ही उसके जीवन की दिशा को तय करता है। उसमें से संघ के वरिष्ठतम प्रचारकों में से एक रहे श्री यादवराव देशमुख और श्री अच्युतानंद मिश्र जैसे सरीखे लोगों का मेरे जीवन को बदलने में एक विशिष्ट स्थान रहा है। श्री अच्युतानंद मिश्र ने हजारों लोगों का जीवन बदला, उनका मार्गदर्शन किया। मैं संघ के प्रचारक के दायित्व से 2004 में वापस आ गया। मुझे गंगा आंदोलन को खड़ा करने की जिम्मेदारी दी गयी। मेरा मार्गदर्शन श्री अच्युतानंद मिश्र और यादवराव देशमुख जी ने किया। श्रद्धेय अशोक सिंघल जी ने कहा कि हिंदू समाज मुर्दा है, आंदोलन खड़ा करने की तैयारी जिसमें नहीं रहती है लेकिन आंदोलन बहुत मुश्किल से खड़े होते हैं। उस समय गंगोत्री से लेकर गंगासागर तक गंगा के किनारे के संपूर्ण क्षेत्र में गंगा संस्कृति प्रवाह यात्रा के नाम से यात्रा निकाली गयी। यात्रा अद्भुत रही। अनेक जगह से लाखों लोग यात्रा में शामिल हुए। अनेक अखबारों में संस्कृति प्रवाह यात्रा प्रकाशित हुई। अखबारों में इस यात्रा के लिए 'जनसमुद्र' शब्द का प्रयोग किया गया। स्वाभाविक है कि जनता उस यात्रा में सम्मिलित हुई है। मैं 2008 के समय में आज जैसा सामर्थ्यवान संन्यासी नहीं था। मेरी कोई बड़ी पहचान भी नहीं थी, परंतु संस्कृति प्रवाह यात्रा सफल हुई तो अच्युता चाचा जी के मार्गदर्शन के कारण।

2008 में एक और घटना घटी। उस समय उत्तर प्रदेश में सुश्री मायावती मुख्यमंत्री थीं। टिहरी में गंगा आंदोलन को विफल कर दिये जाने के कारण और

टिहरी बाँध बन जाने के कारण बहुत उत्साहित भाव से गाजियाबाद से बलिया तक गंगा एक्सप्रेस वे गंगा के किनारे बनाने की योजना बनी। यह योजना शुरू में चालीस हजार करोड़ की थी जो बाद में एक लाख पच्चीस करोड़ की हो जाती। यह जेपी इंफ्रास्ट्रक्चर यानी जेपी गौड़ का प्रोजेक्ट था। यह प्रोजेक्ट नहीं बल्कि गंगा को नाले में बदलने की एक महत्त्वाकांक्षी योजना थी। इस योजना में गंगा के किनारे सड़क के बहाने बत्तीस नये नगर बसाने की तैयारी थी। अब संकट यह था कि गंगा को बचाएं कैसे? बहुत बड़े-बड़े लोग जेपी समूह की थैली के सामने झुक गये और बिक गये। गंगा महासभा ने इलाहाबाद हाईकोर्ट में मुकदमा किया। मुकदमे के बाद मुझे भय लगने लगा। भय का कारण था कि मुख्यमंत्री मायावती अचानक से कोई निर्णय लेकर, गलत आरोप लगाकर गिरफ्तार कर जेल न भेज दें। ऐसी परिस्थितियों में राजनीतिक संरक्षण की जरूरत थी। 2008 वह समय था जब उत्तर प्रदेश के अंदर राष्ट्रवादी शक्तियाँ बेहद कमजोर थीं। उनमें कोई आंदोलन खड़ा करने का सामर्थ्य नहीं बचा था। जब सारी परिस्थितियाँ अच्युता चाचाजी से बताईं तो चाचाजी ने 9 जनवरी, 2009 को मुझे और गंगा महासभा के राष्ट्रीय संगठन महासचिव गोविंद शर्मा को अपनी गाड़ी से साथ लेकर तत्कालीन उत्तर प्रदेश में विपक्ष के बड़े नेता श्री मुलायम सिंह यादव के पास गये। चाचाजी ने मुलायम सिंह से कहा है कि आप डॉ. राम मनोहर लोहिया की परंपरा के लोग हैं। जिस लोहिया ने गंगा को बचाने को लेकर लंबे व्याख्यान से लेकर आंदोलन तक किया। 1952-53 में वाराणसी में गंगा को लेकर लोहिया जी ने जो चर्चित भाषण दिया था, चाचाजी ने उस भाषण की भी याद दिलाई। मुलायम सिंह जी ने कहा कि आप चिंता न कीजिए। इन दोनों बच्चों को कुछ नहीं होगा। मुलायम सिंह जी ने गंगा के किनारे के अपने जिला अध्यक्ष से फोन पर बात की और कहा कि जहाँ भी यह सरकार गंगा के किनारे सड़क बनाने का प्रयास करती है, सड़क खोदकर फेंक दो। गंगा पर कोई भी अत्याचार बर्दाश्त नहीं किया जाएगा।

एक तरफ कोर्ट में गंगा महासभा वर्सेज यूनियन गवर्नमेंट ऑफ इंडिया का मुकदमा और दूसरी तरफ उत्तर प्रदेश की सबसे ताकतवर पार्टी का साथ मिल जाने के कारण गंगा का प्रोजेक्ट कार्य स्थगित हो गया। यह अच्युता चाचाजी का प्रयास था, जो संघ के प्रचारक रहे, माखनलाल चतुर्वेदी राष्ट्रीय पत्रकारिता एवं संचार विश्वविद्यालय में कुलपति के रूप में कार्य किया। स्वयं मुलायम सिंह यादव भी यह जानते थे कि वे राष्ट्रवादी हैं, जिन्होंने जीवन में अपने विचारों से कभी समझौता नहीं किया। मुलायम सिंह जी ने पूरा सहयोग ही नहीं किया बल्कि हमारे सहयोगी गोविंद शर्मा से कहा कि आप प्रेसनोट लिख दें, अभी दो घंटे बाद मेरी प्रेस कॉन्फ्रेंस है, उस

कॉन्फ्रेंस में गंगा पर तुम्हारी लिखी हुई बातों को यथावत रख दूँगा। मुलायम सिंह जी ने दो घंटे के अंदर अपनी प्रेस कॉन्फ्रेंस में वह वायदा पूरा करके दिखाया। 29 मई, 2009 को इस चर्चित मुकदमे में उच्च न्यायालय का फैसला आया। गंगा के किनारे पाँच सौ मीटर के दायरे में कोई निर्माण कार्य नहीं किया जा सकता यह आदेश देते हुए उच्च न्यायालय ने इस प्रोजेक्ट पर रोक लगा दी। इससे समझ सकते हैं कि जीवन में विचारधारा से समझौता किये बगैर, सभी से आजातशत्रु के रूप में उन्होंने राष्ट्र और धर्म के लिए समर्थन लिया, वह मेरे लिए स्तुत्य ही नहीं, एक मार्गदर्शन के रूप में जीवनभर हमारी स्मृतियों में यह याद बनी रहेगी।

(लेखक अखिल भारतीय संत समिति के महामंत्री और हिंद-बलोच फोरम के संस्थापक हैं।)

बौद्धिक ईमानदारी में भरोसा

विश्वनाथ सचदेव

जी...जी...जी....की खनकती हुई आवाज जब दूसरी ओर से सुनाई देती है तो टेलीफोन करते हुए अनायास एक चित्र सामने आ जाता है मुस्कुराते हुए अच्युतानंद जी का। अभी कुछ दिन पहले ही किसी मित्र से उनकी अस्वस्थता की बात सुनकर जब मैंने उन्हें फोन किया तो यही खनकती आवाज सुनाई दी थी। कुछ आश्वस्त होते हुए जब मैंने उनके स्वास्थ्य के बारे में पूछा तो उन्होंने कुछ उसी अंदाज में जवाब दिया था, जैसे विद्यानिवास मिश्र दिया करते थे। वे अक्सर कहा करते थे, "अरे, बीमारियाँ तो जग का आभूषण हैं।" कुछ ऐसा ही अंदाज अच्युतानंद जी का भी था। उम्र का बढ़ना एक सामान्य स्वाभाविक प्रक्रिया है, पर अच्युतानंद जी न कभी उम्र को स्वयं पर हावी होने दिया और न ही वे कभी उम्र की दुहाई देकर अपनी किसी असमर्थता की बात करते हैं। उनकी खनकती आवाज, उनकी मुस्कुराहट का अहसास और उनकी गतिशीलता को देखकर अक्सर उनसे ईर्ष्या करने का मन करता है। वैसे, और भी बहुत कुछ है उनसे ईर्ष्या करने लायक। अपने काम के प्रति निष्ठा, पत्रकारिता के प्रति एक समर्पण भाव, उनकी अजातशत्रु वाली छवि, मित्रों के प्रति उनका स्नेह-भाव उन्हें बहुतों से अलग ही नहीं दिखाता, उन्हें बहुतों से बेहतर भी बनाता है। वैसे कोई चाहे तो इस प्रशंसा को दोस्ती को चाहने का परिणाम बता सकता हो, पर मुझे यह सोचकर सचमुच अच्छा लगता है कि अच्युतानंद जी मेरी गणना अपने में करते हैं और इसी अधिकार से मैं अक्सर उनसे वह सब भी करा लिया करता हूँ, जो अक्सर उनके लिए करना मुश्किल होता है। पर ऐसी मुश्किल में पढ़ना उनका स्वभाव है। मुझे तो कई बार लगता है, वे चाहते हैं उनका कोई अपना उन्हें ऐसी मुश्किल में डाले और उनके ऐसे अपनों की संख्या कम नहीं है। कहना चाहिए बहुत है। कतई जरूरी नहीं है कि ऐसे उनके अपने वही हों जो विचारधारा अथवा स्वभाव से उनके अनुकूल हों। उन्हें मित्र बनाने का शौक है और मित्रता

निभाने का भी।

उनसे मेरी मैत्री तब शुरू हुई थी जब वे 'नवभारत टाइम्स' के दिल्ली कार्यालय में सहायक संपादक बने थे। वैसे उन्हें जानता मैं इससे बहुत पहले से था। अखबारों में उनके लेख आदि पढ़कर एक पहचान और एक छवि बन गयी थी। कुछ मुद्दों पर उनसे असहमति के बावजूद उनका लेखन प्रभावित करता था मुझे। सोच की एक ईमानदारी झलकती थी उनके लिखे में। इस ईमानदारी ने प्रभावित किया था मुझे। इसलिए, जब वे 'नवभारत टाइम्स' में आये तो अच्छा लगा था मुझे। मैं मुम्बई में था, वे दिल्ली में थे। ज्यादा मिलना तो नहीं होता था, पर आपसी जुड़ाव का एक भाव जरूर पनपने लगा था। वह जुड़ाव कब मैत्री में बदल गया, पता ही नहीं चला। फिर वे कई जगहों, कई पदों पर रहे, पर रिश्तों की गरमाहट लगातार बनी रही। अब भी, जब उन्हें फोन करता हूँ तो 'जी..जी..जी...' में वह गरमाहट छलक आती है। मैं मानता हूँ, यह गरमाहट मेरे लिए विशेष नहीं है, उनके ढेरों मित्र भी इसे महसूस करते होंगे। लेकिन, अच्युतानंद जी की इस विशेषता को भी स्वीकारना होगा कि ये आपको विशेष महसूस कराने में हमेशा सफल होते हैं। निश्चित रूप से यह कोई छोटी बात नहीं है।

छोटी बात तो यह भी नहीं है कि राजनीतिक दृष्टिकोण से भिन्न विचार वालों को भी अच्युतानंद जी से शिकायत नहीं रहती। शायद इसका कारण यह है कि वे असहमति और असहमत होने के दूसरे के अधिकार का सम्मान करते हैं। उनकी यह जनतांत्रिक सोच उन्हें ऐसे बहुतों से अलग करती है, जो राजनीतिक विचारधारा के आधार पर उसके अनुसार, रिश्ते बनाने-निभाने में विश्वास करते हैं। मैं जानता हूँ कि उनकी अपनी सोच है, अपनी विचारधारा है। इसके प्रति उनकी निष्ठा के प्रति संदेह नहीं किया जा सकता। लेकिन वे अपने से इतर विचारधारा वालों को भी सम्मान की दृष्टि से देखते हैं। वस्तुतः ये बौद्धिक ईमानदारी में विश्वास करने वाले व्यक्ति हैं और विचारधारा का नकली आवरण ओढ़ने वालों से उनकी पटरी नहीं बैठती। वे मानते हैं कि विचारधारा कोई भी हो, व्यक्ति को उसके प्रति ईमानदार रहना चाहिए। किसी विचारधारा से आतंकित होकर अथवा इतर कारणों से किसी विचारधारा में विश्वास प्रकट करने वाला व्यक्ति समाज के लिए अधिक घातक होता है। ऐसे भयभीत बुद्धिजीवियों से वे समाज को अक्सर आगाह किया करते हैं। उनका मानना है कि जनतंत्र में वैचारिक ईमानदारी का अभाव एक खतरनाक स्थिति पैदा करता है। अपने विचारों के प्रति निष्ठा और दूसरे के विचारों का सम्मान करना एक जनतांत्रिक मूल्य ही नहीं, एक सभ्य, सुसंस्कृत समाज की आवश्यकता भी है। बाल्तेयर ने कहा था, "मैं आपसे सहमत नहीं हूँ, पर अपनी बात कहने के आपके

अधिकार की रक्षा मैं करूंगा।" अच्युतानंद जी वाल्तेयर की इस बात में विश्वास करते हैं। जनतंत्र और जनतांत्रिक मूल्यों में विश्वास करने वाले हर व्यक्ति को वाल्तेयर की बात को समझना और मानना चाहिए।

एक पत्रकार और लेखक के रूप में अच्युतानंद की पहचान अपने इतिहास और अपनी संस्कृति के प्रति आदर-भाव रखने वाले की है। वे यह भी जानते-मानते हैं कि उनकी बिरादरी का एक बड़ा हिस्सा खोखली घोषणाओं से अपनी छवि बचाने में विश्वास करने लगा है। इस स्थिति से पीड़ित हैं, वे दुःखी भी। अपने एक लेख में उन्होंने लिखा है, "अत्यंत पीड़ा के साथ मैं यह कहना चाहता हूँ कि आज के बुद्धिजीवी अपने इतिहास और समय, अपनी संस्कृति और अपनी भाषा के सबसे सुंदर और पवित्र शब्दों जैसे अस्मिता, संस्कृति, लोकतंत्र, जीवन मूल्य, संयम, विमर्श को दोहराते हुए भी खोखले हो गये हैं। उन्हें इस बात की भी पीड़ा है कि हमारे बुद्धिजीवियों के बीच की खाई निरंतर चौड़ी होती जा रही है।"

इन वाक्यों में अच्युतानंद जी ने जिन पवित्र शब्दों का उल्लेख किया है, अस्मिता, संस्कृति, लोकतंत्र, जीवन-मूल्य आदि वे शब्द मात्र नहीं हैं। ये वे अवधारणाएँ हैं जो जीवन को परिभाषित भी करती हैं और उन आदर्शों को रेखांकित भी करती हैं जो जीवन को सार्थक बनाते हैं। आज का बुद्धिजीवी इन शब्दों को गेंदों की तरह उछालकर सर्कस के कलाकार की तरह एक आकर्षक दृश्य रचने में विश्वास करता है। यह हमारे समय और समाज दोनों की त्रासदी है। किसी भी निष्ठावान पत्रकार और ईमानदार, सजग रचनाकार के लिए यह स्थिति पीड़ादायक होती है, होनी चाहिए। वस्तुतः सवाल एक बुनियादी ईमानदारी का है। चूँकि पत्रकार केवल दृष्टमात्र नहीं होता, जो घट रहा है उसे दिखाने वाला दर्पण मात्र नहीं होता; उससे यह अपेक्षा भी होती है कि वह 'जो होना चाहिए' की परिकल्पना कर सकने वाला हो, इसलिए उसका दायित्व भी बढ़ जाता है। यह भी आवश्यक है कि वह बेहतर समाज की आवश्यकता और संभावना भी रेखांकित करे और उन रास्तों का संकेत भी दे जो लक्ष्य तक पहुँचने का माध्यम बन सकते हैं। यहाँ 'सकते हैं' पर गौर किया जाना जरूरी है। पत्रकार सर्वज्ञानी नहीं होता। हो भी नहीं सकता। लेकिन इतना दायित्व तो उसका बनता है कि वह ईमानदारी के साथ अपनी समझ के अनुसार बेहतरी की दिशाओं की ओर संकेत करे। उसकी समझ की सीमाएँ हो सकती हैं, लेकिन उसकी ईमानदारी पर संदेह होने की गुंजाइश नहीं होनी चाहिए।

ऐसी गुंजाइश न बने, यह दायित्व पत्रकार का होता है। बुद्धिजीवी के खोखले होते जाने की जो बात अच्युतानंद जी को 'अत्यंत पीड़ा' देती है, उसमें हमारी आज की पत्रकारिता में परसती विसंगतियों और ईमानदारी के अभाव के दुष्परिणामों

की पीड़ा सम्मिलित है। पीड़ा का यह अहसास उन्हें सामान्य पत्रकारों से अलग करता है। वे संवेदनशील पत्रकारिता के पक्षधर हैं; उन सांस्कृतिक मूल्यों-आदर्शों में विश्वास करते हैं, जो जीवन को बेहतर बनाने की शर्त होते हैं। वे मानते हैं कि 'हमारी संस्कृति, हमारी आस्था का सत्य हमारी आत्मा का सत्य' होता है। अपने लेखन में उन्होंने इस सत्य से साक्षात्कार की कोशिश की है। यही सत्य मिलकर उनकी पत्रकारिता को विशिष्ट बनाता है और उन्हें विशिष्ट पत्रकार।

वे अपनी श्रेष्ठता का दावा कभी नहीं करते। लेकिन यह हमेशा रेखांकित करते रहते हैं कि एक पत्रकार के रूप में, एक रचनाकार के रूप में हम जो कुछ भी करें, वह श्रेष्ठ से श्रेष्ठतर की ओर बढ़ने की हमारी कोशिशों का उदाहरण बनना चाहिए। उन्होंने कभी यह दावा नहीं किया कि वे आदर्श पत्रकारिता का उदाहरण हैं। करना भी नहीं चाहिए किसी को ऐसा दावा। लेकिन ऐसा दावा करने की कोशिश तो हर सच्चे पत्रकार को करनी चाहिए कि वह आदर्श पत्रकारिता करना चाहता है, आदर्श पत्रकारिता का उदाहरण बनना चाहता है। ऐसा करने का मतलब पत्रकारिता को उन आदर्शों पर चलने की कोशिश करना होता है, जिनके कारण पत्रकारिता सिर्फ व्यवसाय नहीं है अथवा मूलतः व्यवसाय नहीं है। पत्रकारिता को मिशन कहना अब दुर्भाग्य से दकियानूसी बात समझी जाती है। लेकिन सच तो यह है कि आज आप भले ही पत्रकारिता को मिशन न कहें, पर एक विशिष्ट व्यवसाय तो कहना ही होगा। यही विशिष्टता इसे एक का मिशन बनाती है। अच्युतानंद जी ऐसी ही पत्रकारिता के पक्षधर हैं। उनकी समूची पत्रकारिता इसी विशिष्टता को रेखांकित करने की एक कोशिश है।

एक पत्रकार और लेखक के रूप में अच्युतानंद मिश्र की पहचान अपने इतिहास और अपनी संस्कृति के प्रति आदर-भाव रखने वाले की है। वे यह भी जानते-मानते हैं कि उनकी बिरादरी का एक बड़ा हिस्सा खोखली घोषणाओं से अपनी छवि बचाने में विश्वास करने लगा है। इस स्थिति से पीड़ित हैं वे। दुःखी भी। किसी भी निष्ठावान पत्रकार और ईमानदार, सजग रचनाकार के लिए यह स्थिति पीड़ादायक होती है, होनी चाहिए। वस्तुतः सवाल एक बुनियादी ईमानदारी का है।

जब अच्युतानंद जी माखनलाल चतुर्वेदी राष्ट्रीय पत्रकारिता एवं संचार विश्वविद्यालय के कुलपति थे तो उन्होंने श्री नारायण दत्त एवं श्री कृष्णबिहारी मिश्र को डी.लिट्. की उपाधि प्रदान कर एक विशिष्ट पत्रकारिता-रचनाधर्मिता को सम्मानित करने का अनुकरणीय उदाहरण प्रस्तुत किया था। ये दोनों नाम हमारी कथित मुख्यधारा पत्रकारिता से भले ही न जुड़े हों, पर उस ईमानदार पत्रकारिता के उत्कृष्ट उदाहरण हैं, जिसे आज 'मिशन' कहकर एक तरह के पुरानेपन से जोड़ दिया गया है। संभवतः यह पहली बार था जब किसी विश्वविद्यालय ने पत्रकारिता को इस तरह

सम्मानित किया था। लेकिन, यह इस बात का भी उदाहरण है कि अच्युतानंद मिश्र किसी तरह की पत्रकारिता के पक्षधर और उदाहरण हैं। वस्तुतः अच्युतानंद जी यह मानते हैं कि आज यदि पत्रकारिता व्यावसायिकता के मूल्यों को अपने संघर्ष और त्याग से परिष्कृत नहीं कर पा रही तो इसके लिए कहीं न कहीं वह पत्रकार भी उत्तरदायी है जो अपने दायित्व को समझने में विफल हो रहा है। उन्होंने अपनी समूची पत्रकारिता में इस दायित्व को समझने की ईमानदार कोशिश के उदाहरण प्रस्तुत किये हैं। इस कोशिश को प्रणाम करने का मन करता है। पर मैं जानता हूँ यदि कभी मैंने फोन करके उन्हें यह कहने की कोशिश की तो उत्तर में खनकती मुस्कुराहट वाली आवाज ही आयेगी। 'जी..जी..जी..जी... आप कैसे हैं। आप भी कभी करके देखिए उन्हें टेलीफोन। उनका उत्तर निश्चित रूप से एक तृप्ति का अहसास देगा। आत्मीयता बिखेरती तृप्ति का।'

(लेखक सुप्रसिद्ध पत्रकार और स्तंभकार हैं, 'नवभारत टाइम्स' और 'धर्मयुग' के पूर्व संपादक हैं। संप्रति 'नवनीत' मासिक के संपादक हैं।)

मिठास बाँटते हैं वे

प्रकाश दुबे

बच्चों को कहानी सुनाने वाली नानी का पहला वाक्य हुआ करता था—बहुत पुराने जमाने की बात है... बात तब बहुत पुरानी लगती है जब मूल्य बदल जाते हैं। मसलन पत्रकारों के श्रम संगठन पत्रकारों से जीवंत संपर्क खो चुके हैं। कुछ महानुभाव पत्रकार संगठन और इसकी चल-अचल संपत्ति को पैतृक विरासत मानकर साख को समाप्त करने में कसर नहीं छोड़ते। तीस वर्ष पहले तक पत्रकार संगठन सक्रिय थे, ताकतवर थे। पत्रकारों के हित के लिए जूझते थे। आंदोलन और हड़ताल करते थे। उन दिनों राजेन्द्र माथुर जैसे संपादक को पत्रकार संगठन का सदस्य बनाकर ब्रांड इमेज सुधारी जाती थी। श्री माथुर को सेमिनार में आमंत्रित कर संगठन धन्य होते थे। दो सक्रिय पत्रकार संगठनों पर खास राजनीतिक विचार की छाया मानी जाती थी। दोनों विचार परस्पर विरोधी थे। एक पत्रकार संगठन में संपादक पदाधिकारी थे। मैं प्रतिस्पर्धी संगठन में सक्रिय था। हमारे उस वक्त के नेता ने बहुत कुछ बताया। नेता जी की बदौलत प्रतिस्पर्धी पत्रकार संगठन के मुखपत्र में पिछले दशक में संपादक पदाधिकारी के विरुद्ध सामग्री छपी। टिप्पणी पढ़कर मन में बैठा नारद अवतरित हुआ। नारद का प्रश्न मैंने उनके समक्ष रखा—आपके विरुद्ध अनेक विशेषण लगाकर सम्मानित किया गया है? मेरे व्यंग्य पर कुपित होने के बजाय संपादक ने दुःखी होकर कहा—प्रकाश जी... साहब को पता नहीं क्या हो गया है? अलग संगठन में काम करने मात्र से कोई विरोधी या शत्रु नहीं हो जाता। मैंने कभी उनके विपरीत हल्की बात नहीं की। कारण वे जानें। मुझे कुछ नहीं कहना।

विदुर नीति के उपदेशक संपादकों की कमी नहीं है। नीति पर अमल करना अग्नि परीक्षा से कम नहीं। संपादकी छोड़कर माखनलाल चतुर्वेदी राष्ट्रीय पत्रकारिता एवं संचार विश्वविद्यालय के कुलपति बनने का अवसर उन्हें मिला। कलमजीवी पत्रकार, पूर्व पत्रकार, पत्रकारिता छोड़कर पत्रकार संगठन चलाने वाले

पत्रकार, नेता-पत्रकार और नेताओं की निकटता एवं कृपा से आजीवन पत्रकार बने रहने वाले महानुभाव विचार अमृत छिड़कने के लिए विश्वविद्यालयों में आमंत्रित किये जाते हैं। विदुर नीति के भाष्यकार कुलपति ने बिना किसी द्वेष के उन महाशय को आमंत्रित किया जिन्होंने काली स्याही कागज पर पोतकर संपादक–श्रमजीवी पत्रकार के चेहरे पर कालिख पोतने का सुख पाया था। उसी संगठन के उसी मुखपत्र में बाद के वर्षों में संपादक को सम्मानित किये जाने का प्रशंसा भरा समाचार प्रकाशित हुआ। दुर्भावना का कारण कुछ यूं बताया गया। संपादक जी प्रभाष जी के नेतृत्व में 'जनसत्ता' की कमान संभाल रहे थे। कुछ पत्रकारों को लगभग तीन दशक पूर्व 'जनसत्ता' से सेवामुक्त किया गया। अखबार में दूसरे स्थान पर पदस्थ संपादक ने निर्णय का विरोध नहीं किया। जिस पत्रकार की नौकरी गयी वे प्रतिस्पर्धी संगठन के महासचिव और वकालत का व्यवसाय साथ-साथ करने लगे। शायद अभी भी कर रहे हैं। आजीवन अध्यक्ष और सबसे लम्बे समय तक महासचिव की जोड़ी का नया कीर्तिमान बनाने का लक्ष्य पूरा करने के आसपास हों।

दस साल पहले दिल्ली छोड़कर नागपुर नाम के देहात में संपादक बनने का मन बना। सभ्य का पर्यायी शब्द नागरिक होता है। मुंबई, दिल्ली जैसे महानगर में रहकर भी नागरिक नहीं बना। यानी बात छिपाना नहीं सीखा। नागपुर के एक हिंदी अखबार के संपादक का फोन आया। वे जानना चाहते थे कि क्या सचमुच मैंने नागपुर में संपादकी करने पर हामी भर दी है? जिस संस्थान में मैं जहाँ कार्यरत था, वहाँ सप्ताह में दो समाचार देना संपादकीय विभाग और संस्थान पर अहसान करने जैसा था। मैं तो फिर भी सप्ताह में एक-दो विशेष समाचार दिया करता था। नाम और नामा छोड़कर आने के पीछे कुछ कारण होगा? मैंने कुछ नहीं छिपाया। वेतन और अनुबंध की शर्तें तक बता दीं। दिल्ली के कुछ खबर-खोजी प्राणी अफवाह फैला चुके थे कि मैं उसी समाचार पत्र में संपादक बनकर जा रहा हूँ, जिसमें वे कार्यरत हैं। अफवाह का गुब्बारा फूटा। नागपुर जाकर उनसे भेंट की। मुझे उनके कार्यालय में जाने में आपत्ति नहीं थी। होड़ के हीन स्तर को देखते हुए काफी हाउस में मिलना तय हुआ। उन दिनों दो हिंदी अखबारों में कटुता चरम पर थी। दोनों अखबार प्रतिस्पर्धी के विरुद्ध छापने से नहीं चूकते थे। प्रतिस्पर्धी अखबार और उनके व्यक्तियों से संबंधित आयोजन और नाम छापने पर प्रतिबंध लगा था। मुलाकात और बात तो बहुत दूर की बात। संपादक जी का बड़प्पन देखिए। आयु और अनुभव में पिता तुल्य वे ठीक समय पर काफी हाउस पहुंचे। संपादक ने स्नेहपूर्वक आश्वस्त किया—हम मिलते रहेंगे। यहाँ की रीति से मैं प्रभावित नहीं हूँ। काफी की मिठास में पत्रकार की निस्पृहता घुली थी। हमने पत्रकारिता के सरोकारों पर बात की।

भारत देवी-देवताओं का देश है। उत्तराखंड से लेकर केरल तक देवलोक और देवभूमि है। कश्मीर स्वर्ग है और गांगेय प्रदेश में भगवान जन्म लेने पहुंचते हैं। हर धर्म में पुरुष और महिलाओं के नामों में देवी-देवता, अवतार-पैगम्बर-देवदूत विराजमान हैं। इसलिए देवत्व का कुछ अंश सब में होगा ही। आश्चर्य इस बात का नहीं है कि देव-असुर संग्राम की कहानियां कम हैं। हमारी पौराणिक कथाएं देवताओं के आपसी टकराव और गुत्थमगुत्था से भरी हैं। नारद का वंश अछूता नहीं रहा। इस लोक का हर पत्रकार शाप देने में सक्षम है। कई संपादक दुर्वासा के कलियुगी अवतार बने फिरते हैं। विश्वामित्र पत्रकार भी हैं जो किसी न किसी शिव-धनु आयोजन में पहुंच जाते हैं। साहित्यकार डॉ. गोविन्द प्रसाद उपाध्याय ने ऐसा एक आयोजन किया। आयुर्वेद के विशेषज्ञ डॉ. उपाध्याय प्राचीन और आधुनिक अर्थ में कविराज हैं। व्यंग्य भी लिखते हैं इसलिए शायद संपादकों की फजीहत का सार्वजनिक अवसर तलाश कर रहे थे। पावन-परम्परा पत्रिका के सालाना जलसे में तीन संपादकों को आमंत्रित किया। संयोग से तीनों पहुंचे। दो अखबार बनारस के बांकों की तरह दूसरे को न गली पार करने देते थे और न घाट चढ़ने देते थे। मंच पर साथ बैठे। एक संपादक पिछले अखबार से मुक्त होकर प्रतिस्पर्धी अखबार में पहुंच चुके थे। उन्होंने पुराने घाव उधेड़े। दर्शक मजा ले रहे थे। मुंबई से आये मंच संचालक किशन शर्मा ने आकाशवाणी की कि आजकल समाचार पत्रों में सांस्कृतिक समाचार नहीं छपते। हाशिये पर समाचार छप जाए लेकिन नाम काट दिये जाते हैं। मेरे मन का पत्रकार संपादक पर हावी हुआ। मैंने ऐलानिया कहा—दो सहयोगी समाचारपत्रों के संपादकों का नाम छपेगा और शर्मा जी का कम से कम दो बार। हमारे कथानायक संपादक प्रतिस्पर्धी की टिप्पणी से आहत हुए परंतु उन्होंने न दुर्वासा की तरह शाप दिया और न भरी सभा में धनुष तोड़ने वाले को देख लेने की धमकी दी।

पत्रकारिता का उपचार उन्होंने आयुर्वेद के नुस्खे से किया। कहा—स्वास्थ्य और आरोग्य में अंतर है। आयुर्वेद रोग को जड़ मूल से नष्ट करने की तरफ ही ध्यान नहीं देता। रोग होने से रोकना ही आरोग्य है। पत्रकारिता का शहद चटाकर बात पूरी की। विवाद से बचे। उससे कार्यक्रम चौपट होने से बच गया। मिठास बांटना उनका स्वभाव है। ऐसा कभी नहीं हुआ कि हम उनसे मिले हों और मिष्ठान प्राप्त न किया हो। मित्रों को ग्रंथ भेंट करना उनके स्वभाव का एक दूसरा हिस्सा है। कथाकार जयशंकर जैसे अनेक साथी साक्षी हैं। सबके लिए वे परिवार के मुखिया और मार्गदर्शक जैसे हैं।

उनके मन में एक वशिष्ठ विराजमान है। पत्रकारिता में प्रशिक्षण और शिक्षा की कमी को वे महसूस करते हैं। दायित्व का निवर्हन करने में अपना पराया

नहीं देखते। पत्रकारों की कार्यशाला कोयला खान में आयोजित करने की मेरी अफलातून योजना से कई लोग चौंके। मैंने उन्हें उद्घाटन के लिए आमंत्रित किया। सहर्ष राजी हुए। पुरस्कृत पत्रकारों को प्रेरित किया। रहने के लिए नामी होटल के बजाय मध्य बजट का होटल पसंद किया। कारण? शहर के मध्य में है। मिलने आने वालों को दिक्कत नहीं होगी। गांधी को मैंने तस्वीरों में देखा। उन्होंने देखा, हो या नहीं, उनकी-सी सादगी और सरलता अवश्य अपना-ली है। प्रभाष जोशी भी कभी-कभार पेंट सूट अपना लेते थे। राम बहादुर राय के अलावा वे दूसरे पत्रकार हैं जिन्हें हमेशा कुरते-पाजामे या धोती में देखा। ज्यादातर समय खादी में।

संपादक, पत्रकार संगठन के बरसों तक सक्रिय पदाधिकारी, माखनलाल चतुर्वेदी राष्ट्रीय पत्रकारिता एवं संचार विश्वविद्यालय के कुलपति जैसे अनेक दायित्व संभालने वाले अच्युतानंद मिश्र का उल्लेख कई लोग कई तरह से कर सकते हैं। उनके कामकाज के तरीके में किसी को मदर टेरेसा नजर आ सकती हैं और किसी को फक्कड़ दास कबीर। किसी को वे दानी और प्रेमी परिवारजन लग सकते हैं। माखनलाल चतुर्वेदी राष्ट्रीय पत्रकारिता एवं संचार विश्वविद्यालय के कुलपति के रूप में उन्होंने भवन, पाठ्यक्रम और वस्तुनिष्ठता दिलाने का प्रयास किया। भारतीय भाषाओं के प्रमुख जनों के हिंदी पत्रकारिता में योगदान पर काम कराया। शोध कार्य का प्रस्ताव मुझे भी मिला। मन में हिचक थी। मैंने उनके नेतृत्व में 'नवभारत टाइम्स' में काम किया था। वे कार्यकारी संपादक थे। उन्होंने स्वयं दो बार फोन कर याद दिलाया। शोध परियोजना के संचालक विजयदत्त श्रीधर जी ने उत्साहित किया। मेरा आलस दूसरा बड़ा कारण था। मुझे छोड़कर संभवतः बाकी सबने काम पूरा किया। यह उनके मार्गदर्शन का प्रभाव था। उनकी गरिमा और आत्मीयता का कायल हूँ। उनके कार्यकाल में विश्वविद्यालय ने संवाद-माध्यम पर पत्रिका आरम्भ की। इसमें अखबारों की त्रुटियों की तरफ ध्यान दिलाया जाता था। मैं नागपुर के दैनिक से नया जुड़ा था। मुझे अक्षम साबित करने के लिए कुछ लोगों ने पत्रिका को हथियार बनाया। अखबारी गलतियों को देश भर में प्रचारित करने के लिए टाइम्स आफ इंडिया की त्रुटियां भी मेरी झोली में डाली। यानी उन्हें 'दैनिक भास्कर' के नागपुर संस्करण की त्रुटि बताया गया। फोन कर शिकायत करने के बजाय मैंने संपादक को पत्र लिखा—निंदक नियरे राखिए की परम्परा का मैं कायल हूँ। सचाई और पक्ष-निरपेक्षतां होनी चाहिए। कुलपति संपादक ने पत्र नहीं छापा। मुलाकात होने पर उन्होंने खुले दिल से स्वीकार किया कि किसी ने दुरुपयोग किया। उनका कथन मेरे लिए पर्याप्त था। उनके मन में कलुष नहीं था।

विचार और वाद का ध्यान रखे बगैर अनेक लोगों को जोड़ा। व्यंग्य

चित्रकार इरफान से लेकर रूबी सरकार और शचीन्द्र त्रिपाठी से लेकर प्रदीप सिंह तक अनेक मित्र मानेंगे कि इस परम्परा को कायम रखना बहुत कठिन है। वे जब भी नागपुर पहुंचे शाहिद, देवेश ठाकुर, सुनील सोनी से तो मिले ही। शहर के नये पुराने साहित्यसेवियों से संवाद किये बगैर वापस नहीं गये। हर शहर और वहाँ के वासियों को इस तरह अपनत्व देकर ढाई आखर को उन्होंने जीवन में अपनाया। अपनाते हैं। जब भी अवसर मिला, औरों को आगे बढ़ाने का प्रयास किया। जनसत्ता का मुंबई संस्करण आरंभ करते समय उन्होंने पूरी टीम जमाई। मैं उन दिनों नवभारत टाइम्स में रिपोर्टर था। मिश्र जी चाहते थे कि मैं जनसत्ता से जुडूं। मैंने प्रश्न किया–संपादक बनाएंगे। मिश्र जी ने स्पष्ट कहा–तुरंत नहीं। कुछ दिन तक राहुल देव संपादक रहेंगे। बाद में वे दिल्ली लौट जाएंगे। छह महीने रुकना होगा। तब तक आप समाचार संपादक होंगे। मैंने कहा–पंडित जी। नभाटा में नाम से खबरें छपती हैं। इसलिए नाम है। नामा यानी धन भी ठीकठाक है। भविष्य के आश्वासन पर आना नहीं होगा। मेरी अशिष्टता के बावजूद उन्होंने कहा–आप विचार करें। नई पारी की शुरुआत का अवसर मिलेगा। न उनका स्नेह कभी घटा और न उन्होंने इस बात की गांठ बांधी।

संयोग देखिए। नवभारत टाइम्स में पंडित विद्यानिवास मिश्र प्रधान संपादक बने। अच्युता जी कार्यकारी संपादक। डॉ. विद्यानिवास मिश्र जी की विद्वत्ता और लेखन अद्वितीय था। पत्रकारिता उनके लिए रोजगार नहीं थी। उनके विरोध में समाचारपत्र के अंदर वातावरण बना। कार्यकारी संपादक ने स्थिति संभालने का भरसक प्रयास किया। हालांकि बात नहीं बनी। इसके बावजूद उन्होंने सहयोगियों के साथ संबंध में मधुरता को सूखने नहीं दिया। मिश्र जी के लिए मैं पंडित जी संबोधन का प्रयोग करता हूँ। उनके मार्गदर्शन में काम करनें का अवसर मिला। अनेक भूमिकाओं में उन्होंने काम करते समय स्नेह दिया। वे सक्रिय रहें। लिखें और लिखने के लिए प्रेरित करें। पत्रकारिता कोश जैसी अनेक योजनाओं को उनका मार्गदर्शन मिलता रहे।

(लेखक दैनिक भास्कर के समूह संपादक हैं।)

सुनने की सीख

अंशुमान तिवारी

2013 में एक फिल्म आई थी 'हर' (HER), निर्देशक स्पाइक जोंस की इस फिल्म को मौलिक स्क्रीनप्ले का ऑस्कर मिला था। जोकर वाले मशहूर अभिनेता जैक्विन फीनिक्स इसके नायक हैं। इस फिल्म में फीनिक्स, थियोडोर नाम के एक चुप्पा आत्मकेंद्रित लेखक बने हैं जो अपना लेखन सुधारने के लिए आर्टिफिशियल इंटेलीजेंस (एआई) सहायक खरीदते हैं। इसका नाम है सामंथा जिसे स्कॉरलेट जॉनसन ने अपनी आवाज दी। एआई सामंथा के साथ लंबे और अर्थपूर्ण संवादों में बीच यह फिल्म सुनना सिखाने की एक अद्भुत वर्कशॉप बन जाती है। यह मशीन थियोडोर को समग्र और अविभाजित ध्यान के साथ सुनती है। थियोडोर इससे बात करते हुए महसूस करता है कि उसे गहराई से सुना गया है। मनुष्यों के साथ संवाद सुनने में यह एकात्मकता अब दुर्लभ है क्योंकि हम सुनने की कला भूल गये हैं। इस फिल्म को देखने के बाद हमें यह अहसास छोड़ता ही नहीं कि किसी को तादात्म्य के साथ सुनने भर से उसे बहुत कुछ बदला जा सकता है।

यह फिल्म मैंने, आदरणीय अच्युतानंद मिश्र से पहली भेंट के लगभग 24-25 साल बाद देखी थी। 'हर' में थियोडोर और सामंथा के संवादों को महसूस करते हुए जो पहली स्नेही छवि मेरी स्मृति में आई वह अच्युता जी की थी। वह मेरे पहले संपादक हैं यानी कार्यक्षेत्र के प्रथम आचार्य। परंतु उनसे पहली भेंट में मैंने खबर तलाशना या लिखना या काम करना यह सब नहीं बल्कि सुनना सीखा था। सुनना कितना मूल्यवान है यह मेरे लिए अमूल्य पाठ था जो आज तक मेरे साथ है।

वह 1991 का साल था। मैं पत्रकारिता का प्रशिक्षण पूरा कर चुका था। अखबारों में नियमित लेख आते थे। नौकरी की चाह से अधिक एक संपादक से मिलने की उत्कंठा के साथ कानपुर 'अमर उजाला' के कार्यालय पहुंचा। दोपहर का वक्त था। गेट की औपचारिकतायें पूरी कर मैं अच्युता जी के कक्ष में था। तब मोबाइल नहीं थे। डेस्क फोन से उन्होंने ऑपरेटर से कॉल न देने के लिए कहा।

इसके बाद युवा, लगभग अपरिचित और उत्कंठित मैं, अपनी बात बोलता गया अच्युता जी अविभाजित ध्यान, समग्र उपस्थिति, संकेतों से सहमति और प्रोत्साहन वाली मुस्कान के साथ मुझे सुनते गये।

लगभग पंद्रह मिनट की यह भेंट 'एक्टिव लिसनिंग' की एकल कक्षा थी। आज जब हर कोई हर जगह बोल रहा है। बस बोले जा रहा है कुछ भी। रील्स पर, फेसबुक पर, एक्स पर, असंख्य माध्यमों पर। इस बड़बड़ाती, फुफकारती, लड़ती, मुंह से झाग छोड़ती, शब्दों के संस्कार की दुर्दशा करती दुनिया के बीच सुनना अनुपस्थित है। वक्ता से तादात्म्य के साथ सुनना कहीं खो गया है। तब मुझे अच्युता जी के साथ दो दशक पुरानी श्रवण कक्षा सदैव प्रेरित करती है। हमारे सक्रिय जीवन में कई आचार्य होते हैं—जैसे श्रीमद्भागवत के एकादश स्कंध में दत्तात्रेय और महराज यदु का विलक्षण संवाद है जिसमें ब्रह्मवेत्ता दत्तात्रेय 27 गुरुओं से सीखने का संदर्भ देते हैं। परंतु सबसे पहले और सबसे अलग कुछ सिखाने वाले आचार्य की प्रेरणा पूरे जीवन साथ रहती है।

'अमर उजाला' के उस छोटे से कार्यकाल के बाद बीते दशकों में आज तक जितनी बार मैं अच्युता जी से मिला, सुनने की कला वाली इस कक्षा का पुनर्पाठ ही हुआ है। अच्युता जी एसे संपादकों में विरले हैं जिन्हें मैंने कम से कम बोलते और अधिक से अधिक सुनते देखा है। उनसे मिलना मानो वचोगुप्त का साधक के पास बैठना है। जिस सहज, सजग, निर्मल और सचेतन ढंग से वह किसी को सुनते हैं, वह विलक्षण है। मैं अक्सर यह सोचता हूँ, कि खबर कैसे लिखी जाए, कैमरा कैसे फेस किया जाए, स्क्रिप्ट कैसे बने, एडिट कैसे हो, ऑडियो क्या है? यह सब तो स्कूलों में सीखा सिखाया जा रहा है। रहा बचा न्यूज रुम और सक्रिय रिपोर्टिंग सिखा देती है। डेटा, एनालिसिस, एआई सीखने के असंख्य माध्यम हैं, परंतु यह सब सीखने के लिए सुनना जरूरी है उसे सिखाने का क्या?

पत्रकारिता की यात्रा में आगे बढ़ते हुए मैंने बार-बार यह अनुभव किया कि बोलने से ज्यादा सुनना महत्त्वपूर्ण है और हम इसे गंभीरता से नहीं लेते। 1935 में 'एस्क्वायर' पत्रिका में अर्नेस्ट हेमिंग्वे का एक लेख छपा था। जिसमें उन्होंने कहा कि जब लोग बात करते हैं तो उन्हें पूरी तरह से सुनो... ज्यादातर लोग कभी नहीं सुनते। लोग कभी नहीं सुनते! यह बात कुछ असंगत सी लगेगी। अलबत्ता यदि हम अपनी चर्चाओं को याद करें तो हमें महसूस होगा कि हमने अक्सर लोगों को नहीं सुना है, उनकी बात में अपने काम की बात चुनी है। बीते एक दशक में मनोवैज्ञानिकों ने सुनने को गहरे मनोगत संदर्भों में विवेचित किया है। 20वीं सदी के प्रतिष्ठित मनोवैज्ञानिक कार्ल रोजर्स ने सुनने की मनोवैज्ञानिक कमजोरी को करीब से पकडा। रोजर्स ने अपने लंबे अध्ययन और प्रयोगों में पाया कि एक्टिव लिसनिंग मनुष्य का सबसे कम समझा गया गुण है। अक्सर संवादों में लोग या तो

अन्यमनस्क होते हैं या फिर दंभ से भरे। दूसरों से बात करते हुए या तो स्वयं को सुन रहे होते हैं या उनकी बातों में स्वयं को तलाश रहे होते या फिर उत्तरों पर विचार कर होते हैं। यह ईमानदार सुनना नहीं हुआ। केट मर्फी की किताब 'यू आर नॉट लिसिनिंग' और कैथरेन मैनिक्स की किताब 'लिसेन, हाउ टु फाइंड वर्डस इन टेंडर कनवर्सेशंस' ने सुनने की मनोवैज्ञानिक आवश्यकता पर हमारी समझ बदली है। मर्फी कहते हैं कि हमें अपने दिल की बात सुनना सिखाया जाता है, अपनी चेतना से बात करने को कहा जाता है। हमें दूसरे को सुनना कभी नहीं सिखाया जाता।

कैथरीन बताती हैं एक्टिव लिसिनिंग बड़ी सूक्ष्म परंतु अनिवार्य प्रकिया है। समझने के लिए सुनना, मौन का उचित प्रयोग, कही बात स्वीकारना, सवाल करना, आश्चर्य जाहिर करना और सामने वाले को बोलने के लिए जगह देना ... असंख्य कार्यव्यवहार हैं जो सुनने की प्रक्रिया से जुडे हैं। आदरणीय अच्युता जी से मेरी भेंट किसी संपादक से मेरा पहला संवाद था। जिसमें मैंनें गहराई से खुद को सुना गया महसूस किया। ऐसे अनुभव उसके बाद कम ही हुए। सुनना सीखते हुए हम यह भी सीखते हैं कि उत्सुकता को उपयुक्त प्रश्नों में कैसे बदला जाए। पत्रकारिता विज्ञान की तरह उत्सुकता पर केंद्रित है। सब कुछ पता होने का दंभ तिरोहित हो तब उत्सुकता जन्म लेती है।

बुद्ध गहराई से सुनते थे फिर प्रश्नों को प्रेरित करते थे। सुकरात की कक्षाएं सुनने और सवालों पर केंद्रित थीं। उत्तरों से अधिक प्रश्न सुनने पर ध्यान देता था सुकरात। इसी सॉकर्टिक मेथड पर जीवन और विज्ञान के गहरे रहस्य तलाशे गये। मेरा सौभाग्य है कि मैंने आदरणीय अच्युता जी से सुनना सीखा है। प्रश्न करना सीखा है। पत्रकारिता के पूरे जीवन में इन दो पाठों ने मुझे सर्वाधिक समृद्ध किया है। अच्युता जी से जो मैंने सीखा, वह उनके प्रिय कवि नरेश मेहता की कविता में कुछ इस तरह आता है—

इसलिए मैं एक भाषा का अनुभव करता हूँ
जो ग्रंथों में नहीं होती
पर प्रायः जिसे मैंने
एकांत और कोलाहलों में सुना है
रात और दिन के कृष्ण शुक्ल स्वरों में
ये सूर्यायें
यजुर्वेद हो जाती हैं
इसलिए मैं एक भाषा का अनुभव करता हूँ
जो ग्रंथों में नहीं होती।।

(लेखक 'इंडिया टुडे' के पूर्व संपादक हैं।)

सज्जन सकृत सिंधु सम
सच्चिदानंद जोशी

कभी-कभी आश्चर्य होता है, यह सोचकर कि किसी के साथ सम्बन्धों की प्रगाढ़ता के मापदंड क्या होने चाहिए। किसी के साथ बिताए गये समय की मात्रा या गुणवत्ता। यानी क्वांटिटी ऑफ टाईम या क्वालिटी ऑफ टाईम। देखा गया है कि कुछ लोग किसी के साथ वाली डेस्क पर काम करते बरसों बरस गुजार देते हैं और फिर भी उनके बीच सम्बन्धों की प्रगाढ़ता का स्तर बेहद सतही या प्राथमिक होता है। ये एक-दूसरे के बारे में मामूली-सी बात भी नहीं जानते। कई बार पति-पत्नी या दो सहकर्मी वर्षों तक साथ रहने, काम करने के बावजूद भी एक-दूसरे को नहीं जान पाते हैं। एक-दूसरे के मन की थाह नहीं पा पाते। लेकिन इसके ठीक विपरीत कभी-कभी किसी के साथ बिताए कुछ पल ही आपको उसके इतने निकट ला खड़ा करते हैं कि आपको लगता है कि आप इनके साथ कई बर्षों से न सिर्फ परिचित हैं, बल्कि प्रगाढ़ सम्बन्ध रखते हैं। इस बात का दुःख भी होता है कि मैं इतने वर्षों तक इनसे अपरिचित क्यों रहा।

अच्युतानंद मिश्र जी से मेरा प्रत्यक्ष परिचय सितम्बर 2004 में ही हुआ। इसके पहले उनसे पत्रों के जरिये संवाद हुआ था, लेकिन बेहद औपचारिक और सरकारी। याद नहीं पड़ता कि विश्वविद्यालय के किसी काम के अलावा उनसे कभी कोई पत्र व्यवहार हुआ हो। जब खतो-खिताबत हुई थी उस समय वे 'जनसत्ता' के संपादक हुआ करते थे। दो-चार बार किसी अकादमिक काम से उन्हें मैंने पत्र लिखा था और उनका उत्तर प्राप्त हुआ था।

मैं उन दिनों माखनलाल चतुर्वेदी राष्ट्रीय पत्रकारिता एवं संचार विश्वविद्यालय में था। किसी अत्यंत महत्त्वपूर्ण काम के लिए मुझे अच्युतानंद जी से भेंट करनी थी। फोन पर बात हुई तो मालूम पड़ा कि वे बाहर हैं, लेकिन भेंट के लिए दिल्ली आ जाएँगे। सितम्बर 2004 में भी उनसे मुलाकात विश्वविद्यालय के काम से ही हुई थी

और इस पहली ही मुलाकात में उन्होंने मुझे अपना बना लिया था। कभी भी भेंट न होने के बावजूद लगा कि इनसे तो न जाने कब से परिचय है, कब से मुलाकात है और उसी पहली ही भेंट में अच्युतानंद जी के—अधीन हो गया। बिना किसी अहंकार के कह सकता हूँ कि ऐसा मेरे साथ कम होता है कि पहली ही भेंट में मैं किसी के आगे समर्पित हो जाऊँ। लेकिन यह स्वीकारने में मुझे कोई संकोच नहीं कि अच्युतानंद मिश्र जी के साथ भेंट में ऐसा ही हुआ। एक और रोचक बात यह रही कि आमतौर पर किसी के साथ भेंट के पूर्व हमारे मन में उस व्यक्ति के बारे में कोई-न-कोई पूर्वाग्रह बन जाता है, अपना इम्प्रेशन बन जाता है। अच्युतानंद जी के साथ भेंट करने से पूर्व ऐसा कुछ भी नहीं हुआ। वे जब मिले लगा उन्हें जैसा होना चाहिए था वे वैसे ही हैं। जो लोग दर्शन शास्त्र को गहराई से पढ़ते और समझते हैं, वे शायद इस बात को रेखांकित करेंगे कि किसी के व्यक्तित्व का यह गुण उस व्यक्ति को आम लोगों से पृथक करता है और उसे विशिष्ट संत समान व्यक्तियों में शुमार करता है।

पहली ही मुलाकात दो-ढाई घंटे चली। समय का पता ही नहीं चला और इस बात का कोई संकोच भी नहीं हुआ कि वे मुझसे इतने ज्यादा वरिष्ठ हैं। उसके बाद तो मुलाकातों और फोन पर चर्चाओं का सिलसिला ही बन गया। उन्हें माखनलाल चतुर्वेदी राष्ट्रीय पत्रकारिता एवं संचार विश्वविद्यालय का कुलपति नियुक्त किया गया था और शीघ्र ही कार्यभार ग्रहण करने आने वाले थे।

कुलसचिव होने के नाते उनकी आगामी सारी व्यवस्थाएँ मुझे करनी थीं। सम्बन्धों के लिए यह एक नया टर्निंग प्वाईंट था, जब आपकी अंतरंगता, बॉस और सबार्डिनेट के रिश्ते में बदल रही हो। मेरे मन में किंचित संकोच था। लेकिन अच्युतानंद जी ने कभी ऐसा महसूस ही नहीं होने दिया और उसी अंतरंगता से, उसी स्नेह से उनका मिलना बतियाना जारी रहा।

उनके कार्यभार ग्रहण करने से पहले भोपाल में उनके निवास का इंतजाम करना जरूरी था। जब मैंने उनसे फोन पर भोपाल में उनके घर की पसंद और फर्नीचर आदि की पसंद के बारे में पूछा था तो उन्होंने झट उत्तर दिया, 'जोशी जी मुझे आपकी पसंद पर विश्वास है, जो आप चुनेंगे अच्छा ही होगा। बस इतना ध्यान रखिए सारा मामला बहुत खर्चीला न हो। जितना सादा होगा उतना मेरे लिए अच्छा होगा।' कुलपति निवास के लिए सारा इंतजाम मैंने अपनी बुद्धि और क्षमता से किया। मैंने उनके निर्देशों का पालन करने का भरसक प्रयास किया था। आश्चर्य की बात यह है कि जब उन्होंने पहली बार उस घर में प्रवेश किया तो तुरंत बोले, "बहुत बढ़िया जैसा मैंने सोचा था वैसा ही है।" मुझे लगा कि मेरी मेहनत सफल हो गयी। हो सकता है यह उनकी सादगी हो या फिर सचमुच उन्होंने उस व्यवस्था को पसंद कर

लिया हो। लेकिन ये शब्द हम सभी का मनोबल बढ़ा गये। अगले पाँच साल न तो उन्होंने वह मकान बदला न ही वहाँ की कोई चीज। उनके लिए किये गये सारे इंतजाम से मिले अनुभव का लाभ मुझे कुछ ही महीनों बाद रायपुर में मिला जब मुझे वही सब अपने लिए करना पड़ा।

एक और प्रसंग बताने का मोह संवरण नहीं कर पा रहा हूँ। सभी लोग जानते हैं कि अच्युतानंद जी कुर्ते बहुत अच्छे पहनते हैं। उनका रोज नया कलफदार कुर्ता देखकर मुझे रश्क होता था। फैब इंडिया उन दिनों नया था और एक किस्म का स्टाईल स्टेटमेंट माना जाता था। तरह-तरह के कुर्ते पहनना मेरा शौक रहा है और मुझे बड़ा घमंड था कि मेरे कुर्तों का कलेक्शन नायाब है। लेकिन मैं रोज उनके कुर्ते देखता था तो हीनता के बोध से ग्रसित हो जाता था। सोचता था कि उनके पास आखिर कितने कुर्ते हैं, जो हर बार वे एक नया कुर्ता, वह भी शानदार डिजाईन का पहने रहते हैं। हिम्मत जुटाकर एक दिन उनसे कह ही डाला, "सर, आपके कुर्तों के कलेक्शन को देखकर रश्क होता है। मैं समझता था कि फैब इंडिया का सबसे अच्छा कलेक्शन मेरा ही है। लेकिन आपके कलेक्शन के सामने तो मैं चींटी भी नहीं हूँ।" मुझे लगा कार्यालयीन समय में, फाइलों के अम्बार के बीच कही गयी इस बात का वे बुरा मानेंगे। लेकिन उन्होंने मुस्कुराकर कहा, "आप भी कुर्तों के शौकीन हैं, मुझे नहीं पता था। पहने हुए तो देखा नहीं।" "सर, कार्यालय में मेरा कुर्ता पहनकर आना अच्छा नहीं लगता। वह तो आपके पद और आपकी गरिमा को ही शोभा देता है। हाँ, अन्य आयोजनों में भी कुर्ते ही पहनता हूँ।" मैंने कहाँ यह बात उस समय की है जब उन्हें कार्यभार ग्रहण किये जुम्मा-जुम्मा पंद्रह दिन ही हुए थे।

इसके कुछ दिनों बाद वे किसी काम से दिल्ली गये थे। अचानक दिल्ली से उनका फोन आता है–"जोशी जी आपके कुर्ते का साइज क्या है?" मैं चौंका, "जी सर? साईज पूछ रहा हूँ कुर्ते का, उन्होंने फिर जोर देते हुए कहाँ मैं संकोच में पड़ गया। "सर इसकी क्या जरूरत थी", मैंने कहना चाहा। उन्होंने प्यार से डपटते हुए कहा, "वो सब छोड़िए मुझे अपना साइज बताइए" मैं फैब इंडिया की शॉप पर खड़ा हूँ। अपने कुर्ते का साइज मैंने बताया और उन्होंने फोन काट दिया।" जब वे दिल्ली से आये तो फैब इंडिया का एक कुर्ता, जो विशेष रूप से मेरे लिए लाया था, उन्होंने मुझे दिया। मेरी तो आँखों में आँसू ही आ गये। कैसे कोई इतना प्रेम कर सकता है, कैसे कोई किसी की इतनी छोटी-सी बात का भी ध्यान रख सकता है, मेरे लिए इसकी कल्पना करना भी कठिन है।

संयोग कुछ ऐसा हुआ कि अच्युतानंद जी का भोपाल आना हुआ और उसके कुछ ही दिनों बाद रायपुर जाना तय हो गया। बहुत कम उम्र में कुलपति पद

पर मेरी नियुक्ति हुई थी। मन जिम्मेदारी लेने से घबरा रहा था। नयी जगह, नया विश्वविद्यालय, नया वातावरण और परिवार छोड़कर जाना सभी कुछ हतोत्साहित करने वाला था। मुझे तो अच्युतानंद जी को बताने में भी संकोच हो रहा था। लेकिन उन्होंने ही बात छेड़ी। मेरा हौसला बढ़ाया और कहा, ‘‘मौका मिला है तो उसका लाभ लीजिए। सामने मिली चुनौती को पूरा करने की कोशिश कीजिये। हम सभी लोग आपके साथ हैं। कभी किसी चीज की जरूरत पड़ेगी तो आपका यह विश्वविद्यालय तो है ही आपकी मदद करने के लिए।’’ ये अच्युतानंद जी का ही आश्वस्त करने वाला मार्गदर्शन था, जिसके कारण मैं रायपुर आया और कुशाभाऊ ठाकरे पत्रकारिता एवं जनसंचार विश्वविद्यालय के संस्थापक-कुलपति के रूप में कार्यभार संभाला।

मेरे रायपुर आने को लेकर जुड़ा एक और प्रसंग उनके व्यक्तित्व औदार्य की एक और छटा को दिखाता है। 16 मार्च, 2005 को मेरी भोपाल से रायपुर जाने की तारीख निश्चित हुई। माखनलाल चतुर्वेदी राष्ट्रीय पत्रकारिता एवं संचार विश्वविद्यालय में खुशी और दुःख का समिश्रण वातावरण था। खुशी इसलिए कि मैं कुलपति बनकर जा रहा था और दुःख इसलिए कि जिन सब लोगों के साथ विश्वविद्यालय की स्थापना के समय से जुड़ा था, उनसे बिछड़ रहा था। इसके एक दिन पहले विश्वविद्यालय में एक शानदार आयोजन कर सभी सहयोगियों ने इस खुशी को साझा भी किया था।

16 तारीख को सुबह कार्यालय जाकर मैंने अच्युतानंद मिश्र जी और ओ. पी. दुबे जी का आशीर्वाद लिया। अच्युतानंद जी ने पूछा, ‘‘किस ट्रेन से जा रहे हैं।’’, मैंने कहा ‘‘शाम चार बजे महानदी एक्सप्रेस से।’’ उन्होंने कहा, ‘‘मैं आता हूँ स्टेशन छोड़ने।’’ मैंने तुरंत कहा, ‘‘सर, मुझे और अधिक लज्जित मत कीजिए। आपका बहुत सहारा है, मुझे आप स्टेशन छोड़ने आयेंगे मुझे अच्छा नहीं लगेगा। आप कुलपति हैं और हमारे लिए बड़े आदरणीय हैं। आपकी अपनी गरिमा है।’’

शाम साढ़े तीन बजे स्टेशन पहुंचा तो माहौल ही अलग था। लगता था कि पूरा विश्वविद्यालय ही स्टेशन पर आ गया है। कुछ और मित्र लोग, कुछ अत्यंत आदरणीय वरिष्ठजन जैसे श्री यशवंत अरगरे जी भी विदाई देने के लिए आ गये थे। गुलदस्तों से स्टेशन गुलजार था। मैं सभी से मिलने में व्यस्त था, तभी किसी ने कहा, ‘‘सर आ रहे हैं।’’ हम सभी की निगाहें ओवर ब्रिज की ओर गयीं। देखा अच्युतानंद जी सुर्ख लाल गुलाबों का एक बड़ा-सा गुलदस्ता लिए चले आ रहे हैं। मैंने दौड़कर उनके चरण छुए। उन्होंने मुझे गले लगा लिया। मैंने कहा, ‘‘सर, मैंने आपसे रिक्वेस्ट की थी कि आप नहीं आयेंगे, लेकिन फिर भी आप माने नहीं।’’ हँसकर बोले, ‘‘सारा विश्वविद्यालय तो यहाँ जमा है, सोचा मैं ही अकेला बैठकर वहाँ क्या करुंगा। आपको लोग इतना चाहते हैं कि ये देखकर मेरा भी सीना गर्व से फूलता है।’’

मेरे मन में उमड़ रहे भावों का वर्णन करने का सामर्थ्य मेरी लेखनी में नहीं है। ज्यों ही मेरी ट्रेन चली, सबने विदाई दी और तब पहली बार मेरी पत्नी मालविका को अहसास हुआ कि मैं कुछ दिनों के लिए उन लोगों को छोड़कर जा रहा हूँ। मेरे कुलपति बनने की खुशी ट्रेन के साथ जाती रही और अकेले रह जाने का दर्द उसकी आँखों में उमड़ आया और उसे रुलाई फूट गयी। बाद में मालविका ने बताया कि अच्युतानंद जी ने पास आकर उसे ढांढ़स बंधाया और कहा, ''तुम क्यों चिंता करती हो बेटी, हम सब तो हैं तुम्हारे साथ।'' उनके वे शब्द संबल बने मालविका के लिए, भोपाल में अकेले रहकर बाकी चुनौतियों को झेलने के लिये। उनका इस तरह स्टेशन पर आकर मुझे विदा करना और मेरे जाने के बाद मालविका को दिलासा देना, मुझे जन्म भर के लिए उनका ऋणी बना गया।

रायपुर आने के बाद भोपाल जाने पर भी माखनलाल चतुर्वेदी राष्ट्रीय पत्रकारिता एवं संचार विश्वविद्यालय जाने का मन होता था। अच्युतानंद जी से मिलने का मन होता था। मैं जब भी भोपाल जाता, उनसे अवश्य मिलने जाता। संभव होता तो उन्हें घर पर भोजन के लिए आमंत्रित करता। वे भी यदि समय होता तो उस आग्रह को स्वीकारते और आकर हमारे परिवार के सदस्य की तरह परिवार में घुल-मिल जाते। अच्युतानंद जी के विश्वविद्यालय के कुलपति रहने तक कभी भी विश्वविद्यालय जाने में संकोच का अहसास नहीं हुआ, बल्कि आनंद की अनुभूति से ही वहाँ जाता था। वे भी कहते थे, ''जोशी जी यह तो आपका अपना विश्वविद्यालय है। आप यहाँ आने में इतना संकोच क्यों करते हैं।'' भोपाल में एक सेमिनार में मैंने माखनलाल चतुर्वेदी राष्ट्रीय पत्रकारिता एवं संचार विश्वविद्यालय को अपने मायके के रूप में सम्बोधित किया था। उस जुमले को लेकर भी वे मुझे छेड़ते रहते।

मैंने जब भी उन्हें रायपुर बुलाया, उन्होंने मेरे आग्रह को स्वीकार किया और वे रायपुर आये। हमने यथायोग्य उनका आतिथेय भी किया। उन्होंने कभी किसी बात की मांग नहीं की या किसी विशेष व्यवस्था की अपेक्षा नहीं की। रायपुर आना उन्हें हमेशा अच्छा लगता है। रायपुर में उनके मित्रों की, शुभचिंतकों की एक लम्बी जमात है। जिसमें विनोद कुमार शुक्ल जी, राजेन्द्र मिश्र जी, कनक तिवारी जी, हिमांशु द्विवेदी जी, बबनप्रसाद मिश्र जी, रमेश नैयर जी, सुशील त्रिवेदी जी हैं। गाजीपुर से उनके विस्तारित परिवार के सदस्य डॉ. डी. एन. वर्मा जी हैं, जो पाँच वर्षों तक कुशाभाऊ ठाकरे पत्रकारिता एवं जनसंचार विश्वविद्यालय, रायपुर के कुलसचिव भी रहे। और भी न जाने कितने लोग हैं जो उनके यहाँ आने की बाट जोहते हैं।

अच्युतानंद जी का भी आग्रह देखिए कि वे चाहे कितने भी कम समय के लिए आये, सबसे मिलना या बात करना नहीं चूकते, फिर भले ही यह मुलाकात

कुछ मिनटों के लिए ही क्यों न हो। एक जिम्मेदार होस्ट की तरह, उनके अनन्य भक्त की तरह मेरा उनके साथ हर जगह जाना होता है। कभी-कभी मैं थक जाता हूँ पर वे नहीं थकते। एक-दो बार जब उनके पास समय की कमी थी मैंने कहा, "सर हम, सबको यहीं किसी एक जगह बुलवा लेते हैं।" उन्होंने कहा, "नहीं जोशी जी। उन्हें बुलवाना ठीक नहीं। हमें ही जाकर मिलना चाहिए।" समझ में आ गया कि क्यों बढ़ते फलों के साथ पेड़ और ज्यादा झुकता चला जाता है। विनय और विनम्रता, सज्जनता और अपनापन, विद्वत्ता और वकृता न जाने कितने गुणों का संगम है अच्युतानंद जी में। और इतना होने के बाद भी घमंड, गर्व, ईर्ष्या कहीं उन्हें छू तक नहीं गयी है। मैंने उनके बारे में खराब बोलते, कम ही लोगों को सुना है। उनके भी मुँह से शायद ही कभी किसी की निंदा सुनी हो। बहुत अंतरंग बातचीत में कभी किसी नकारात्मक भाव को उन्होंने प्रकट किया हो तो वे तुरंत उसे दूसरे अर्थों में समझाने का प्रयत्न करते हैं और उस नकारात्मकता को खुद ही दूर कर देते हैं। समझ में नहीं आता कि इतना विशाल हृदय उन्हें ईश्वर ने कैसे दे दिया है, जिससे वे सिर्फ प्रेम और स्नेह की ही वर्षा करते हैं।

एक बार वे जब रायपुर आये तो पीलिया की चपेट में थे और ताजा-ताजा ठीक हुए थे। इतना कमजोर हमने उन्हें पहले कभी नहीं देखा था। उन्हें देखकर हम दोनों को लगा कि इन्हें गेस्ट हाऊस का खाना खिलाना ठीक नहीं है। मालविका ने विशेष रूप से सादा खाना बनाकर उन्हें पहुंचाया। एक दिन तो उन्होंने खाया और दूसरे दिन अपने संकोची स्वभाव के कारण कहने लगे, "मैं यहीं का खाना खा लूँगा, क्यों मालविका को कष्ट देते हैं।" मैंने कहा, "बहू है आपकी। आपकी तबीयत का ख्याल रखने में कौन-सा कष्ट है।"

सादगी और विनम्रता के कारण उनकी तबीयत को नुकसान हो, यह कैसे हो सकता था। हालांकि उनके वापस जाने के बाद हमें लगा कि हमारे आग्रह और प्रेम की खातिर वे यहाँ आ तो गये, पर उनकी तबीयत आने लायक नहीं थी। न जाने कितने दिनों तक यह अपराधबोध हम लोगों को सालता रहा। हम लोगों की खोज -खबर लेने के लिए उनका फोन हमेशा आ जाता है। कई बार हम ही उन्हें फोन करने से चूक जाते हैं, लेकिन वे प्रायः सभी महत्त्वपूर्ण अवसरों पर याद कर लेते हैं।

कभी-कभार यूँ भी फोन लगाकर कह देते हैं, "बहुत दिनों से आप लोगों की कोई खबर नहीं थी, सोचा खबर ले लूँ।" इतनी शर्म आती है तब हमें। हम अपनी व्यस्तता के आडंबर में कैसे भूल जाते हैं, उन्हें फोन लगाना। अभी वे कुछ दिनों से बीमार हैं। बीमारी में उनसे बात नहीं कर पाया, लेकिन उनके स्वास्थ्य के हालचाल मालूम करता रहा। दो-चार दिन पहले उनसे बात हुई। उनकी आवाज सुनकर अच्छा

लगा। स्वास्थ्य में सुधार हो रहा है, वे जल्द ही ठीक होंगे और फिर उसी उत्साह से, उसी जोश से हम सबके लिए उपलब्ध होंगे।

उनके साथ स्नेह के अटूट बंधन को और उनके साथ लगातार दृढ़ होते सम्बन्ध को किसी भी तरह शब्दों में बाँधना संभव नहीं है। अपने शब्दों का भंडार और अपनी अभिव्यक्ति की क्षमता, अपने भावों और संवेदनाओं के आगे कितनी बौनी है इसका अहसास हो जाता है, जब मैं अच्युतानंद जी के बारे में लिखने-बोलने लगता हूँ। मुझे विश्वास है कि यह अनुभव मेरा अकेले का नहीं है, ऐसी अनुभूति उन तमाम लोगों को होती होगी, जो अच्युतानंद जी के स्नेह के भागीदार रहे हैं। वे जितने बड़े लेखक, विचारक, पत्रकार हैं, उससे कहीं बड़े वे एक इनसान हैं। उन्होंने सदा दूसरों की खुशियों में अपनी खुशी देखी है, दूसरों के उत्कर्ष में आनंदित हुए हैं। तुलसीदास जी ने रामचरित मानस में कहा भी है–

बहुनर सर सरि समभाई। जे निज बाढ़ि बढ़हि जल पाई।।
सज्जन सकृत सिंधु सम कोई। देखि पूर विधु बाढ़ई जोई।

अर्थात् ज्यादातर लोग तालाबों और नदियों के समान ही होते हैं, जो अपने ही उत्कर्ष से खुश होते हैं जब उनमें पानी भरता है। समुद्र की तरह सज्जन बिरले ही होते हैं जो दूसरों की खुशी, दूसरों का उत्कर्ष देखकर खुश होते हैं, आह्लादित होते हैं।

अच्युतानंद जी एक ऐसे ही विशाल समुद्र हैं, जिसके अंदर सबके लिए अपार प्रेम, स्नेह, आदर और आह्लाद का भाव है। उनका दिया कुर्ता आज भी सुरक्षित है, मेरे पास किसी अमूल्य धरोहर की तरह। उसे मैं सिर्फ विशेष अवसरों पर ही पहनता हूँ। इतने वर्षों बाद भी न उसका रंग फीका पड़ा है, न चमक कम हुई है, हमारे सम्बन्धों की तरह।

(लेखक इंदिरा गांधी राष्ट्रीय कला केंद्र, नई दिल्ली के सदस्य सचिव हैं।)

बहुआयामी व्यक्तित्व के धनी

रघु ठाकुर

श्री अच्युतानंद मित्र बहुगुणी, बहुआयामी और कुछ बहुरूपी व्यक्तित्व के धनी हैं। ये मूलतः पत्रकार हैं और इसके साथ-साथ वे एक शिक्षक और प्रशासनिक क्षमताओं के भी धनी हैं। 'अमर उजाला' से 'नवभारत टाइम्स', 'जनसत्ता', दिल्ली 'लोकमत', नागपुर जैसे अखबारों में उन्होंने संपादक का कार्य किया और यह महत्त्वपूर्ण है कि इस संपादन के काम में वे जिन अनेक स्थानों पर रहे, वहाँ उनसे एकाकार भी हुए।

चूंकि ये उत्तर प्रदेश के रहने वाले हैं, अतः लखनऊ में उनकी कर्मभूमि सबसे आरंभिक दौर में रही है, जहाँ उन्होंने 'अमर उजाला' के संपादक के रूप में न केवल काम किया, बल्कि उत्तर प्रदेश के अनेक राजनेताओं से उनके आत्मीय संबंध थे और हैं। यह उनके व्यवहार कौशल और संतुलन का ही कमाल है कि वे चौधरी चरण सिंह, नारायण दत्त तिवारी, अटल बिहारी वाजपेयी, मुलायम सिंह यादव, कल्याण सिंह, राजनाथ सिंह आदि के नजदीकी भी रहे तथा समान रूप से विश्वासपात्र भी। 70 के दशक में जब चौधरी चरणसिंह उत्तर प्रदेश की राजनीति के केन्द्रबिन्दु थे, जो मुख्यमंत्री भी रहे और विरोधी दल के नेता भी रहे, तब श्री अच्युतानंद मिश्र निरंतर उनसे संपर्क और संवाद में थे। चौधरी चरणसिंह जैसे कठोर पसंद-नापसंद वाले राजनेता भी श्री अच्युतानंद मिश्र के प्रति न केवल ममतामयी थे, बल्कि उनकी कार्य निष्ठा के प्रशंसक भी थे।

60 दशक में जब उत्तर प्रदेश डॉ. लोहिया के 'अंग्रेजी हटाओ' आंदोलन का प्रमुख संघर्ष क्षेत्र था तथा समाजवादी विचारों की रोशनी फैल रही थी तब उसके भी श्री अच्युतानंद मिश्र सहभागी थे तथा हिंदी के प्रति निरंतर समझ के साथ समर्पित रहे। श्री अटल बिहारी वाजपेयी के विश्वासपात्रों की सूची में एक प्रमुख नाम श्री अच्युतानंद मिश्र का था और श्री वाजपेयी की सिफारिश पर तत्कालीन मुख्यमंत्री

श्री बाबूलाल गौर ने उन्हें माखनलाल चतुर्वेदी राष्ट्रीय पत्रकारिता एवं संचार विश्वविद्यालय का कुलपति मनोनीत किया था। श्री मुलायम सिंह यादव की सरकार ने उन्हें उत्तर प्रदेश के प्रतिष्ठित राजकीय पुरस्कार 'यश भारती' से सम्मानित किया था।

श्री अच्युतानंद मिश्र अपने संपादक के कार्य के दौरान जिस भी शहर में रहे, उन्होंने उस शहर के साहित्यिक, पत्रकार और राजनीतिक जगत के साथ समरसता स्थापित की। लखनऊ में हर क्षेत्र में उनकी मित्र मंडली या प्रशंसक मंडली है, उसी प्रकार दिल्ली में, नागपुर में या भोपाल में उन्होंने अपना एक बड़ा मित्र समूह और प्रशंसक समूह कायम किया है।

नागपुर में लोहिया अध्ययन केन्द्र के श्री हरीश अडयालकर, पत्रकार श्री प्रकाश दुबे आदि कितने ही उनके प्रशंसक व मित्र हैं। इसी प्रकार भोपाल में हिंदी भवन से लेकर लोहिया सदन, सप्रे संग्रहालय जैसे अनेक संस्थाओं के वे स्थाई सहयोगी, मित्र और प्रियपात्रों की सूची में हैं। उनकी यह विशेषता रही है कि वे जिस किसी शहर में रहते हैं उसमें रहते भी हैं और रमते भी हैं। वहाँ के खानपान के साथ वहाँ के इतिहास और संस्कृति के साथ वहाँ के लोगों के मिजाज और शैली के साथ वे काफी हद तक समरस हो जाते हैं।

वे निरंतर अध्ययनशील व्यक्ति हैं और बतरस के लिए भी वे एक महत्त्वपूर्ण पक्ष रहते हैं। वे एक उदारमना व्यक्ति हैं, जिन्होंने कभी अपनी विचारधारा की रेखा को संबंधों की रेखा नहीं बनाया। वामपंथी और दक्षिणपंथी, समाजवादी हो या कम्युनिस्ट, भाजपाई हों या कांग्रेसी, उनके मित्र मंडल में सभी मिल जाते हैं।

भोपाल में माखनलाल चतुर्वेदी राष्ट्रीय पत्रकारिता एवं संचार विश्वविद्यालय के कुलपति रहते हुए उन्होंने 'स्वतंत्र भारत में भारतीय भाषाओं की पत्रकारिता' पर एक शोध परियोजना शुरू की थी। आजादी के बाद की पत्रकारिता के ऊपर एक शोधग्रंथ माला तैयार कराई थी। यह एक ऐतिहासिक कार्य है जो उन्होंने संपन्न कराया तथा आजाद भारत की पत्रकारिता का इतिहास तथा नवोदित पत्रकारों के लिए एक महत्त्वपूर्ण ग्रंथ उपलब्ध कराया। उनके कार्यकाल में माखनलाल चतुर्वेदी राष्ट्रीय पत्रकारिता एवं संचार विश्वविद्यालय न केवल शांत, स्व-अनुशासित, रहा बल्कि उसे राष्ट्रीय स्तर पर ख्याति भी मिली।

वे कुलपति के रूप में एक अभिभावक जैसे थे, जिनके साथ शिक्षकों, छात्रों, कर्मचारियों का परिवार जैसा रिश्ता था। कोई भी छात्र, शिक्षक, कर्मचारी कभी भी घर जाकर उनसे मिल सकता था और अपनी बात कह सकता था। अगर उनके भोजन के समय कोई छात्र उनसे मिलने आये तो उन्होंने उसे बगैर भोजन कराए नहीं

जाने दिया। यहाँ तक कि छात्रों को यह भी अधिकार था कि उनके रसोई घर में प्रविष्ट होकर उनकी खाद्य सामग्री में से कुछ भी सरलतापूर्वक खा सकते थे।

पंडित जी खाने और खिलाने, दोनों के शौकीन हैं। वे मिष्ठान्न प्रिय, मिठभाषी और मितभाषी तीनों एक साथ हैं। उन्हें लेशमात्र भी घमंड नहीं है। कुलपति रहते हुए वे प्रतिदिन एक कोई पीरियड स्वतः भी पढ़ाते थे। उनके मन का शिक्षक, सदैव जिंदा रहा। वे इसे कुलपति का दायित्व मानते थे तथा कहते थे कि कुलपति को पहले शिक्षक होना चाहिए।

हिंदी और राष्ट्रभाषा के प्रति उनका अनुराग बहुत गहरा है। जब केन्द्रीय लोक सेवा आयोग में अंग्रेजी पर्चा अनिवार्य था और उसके विरुद्ध आंदोलन की तैयारी हो रही थी, हम लोगों ने एक बैठक दिल्ली में बुलाई थी, जिसमें श्री अच्युतानंद मिश्र शामिल भी हुए। उस समय के प्रधानमंत्री श्री वाजपेयी तक उन्होंने इसका संदेश भी पहुंचाया था।

'जनसत्ता' के संपादन के दिनों में उन्होंने 'चौपाल' में, 'पत्र संपादक के नाम' कालम को स्थापित व प्रतिष्ठित कराया। वे प्राप्त सभी पत्रों को स्वतः संपादित भी करते थे तथा उनसे कई बार बड़ी खबरें भी निकालते थे। एक बार श्री शिशिर द्विवेदी (आजकल 'अमर उजाला') ने 1984 में 'जनसत्ता' के चौपाल के लिए, ललितपुर के सहरिया आदिवासियों की पीड़ा के बारे में पत्र लिखा। मिश्र जी ने उसे छापा तथा उन्हें पत्र लिखकर दिल्ली बुलाया तथा उनसे सहरिया आदिवासियों की स्थिति पर बड़ा लेख लिखवाया जिसे क्रमशः दो भागों में छापा। उनकी पत्रकारिता की शैली शोधपरक, वस्तुपरक, मानवीय संवेदनाओं से परिपूर्ण तथा सामाजिक दायित्व की प्रतीक है। श्री अच्युतानंद मिश्र अजातशत्रु जैसे हैं जिनके मित्र तो बहुत हैं, परंतु शत्रु शायद ही कोई हो।

वे भारतीय संस्कृति के मूल्यों के प्रति सजग और जागरूक हैं। उनकी वेशभूषा, उनके रहन-सहन और जीवन-शैली में भारतीयता कूट-कूट कर भरी है। गोष्ठियों में उनका आना सुखद और ज्ञानवर्धक होता है। वे सदैव विषयवस्तु और वातावरण में संतुलन भी स्थापित करते हैं और न्याय भी करते हैं। अभी कुछ दिनों पूर्व 'यथावत' पत्रिका, जिसके संपादक श्री राम बहादुर राय हैं, के लोकार्पण समारोह में पंडित जी अध्यक्ष और मैं लोकार्पणकर्ता था। पंडित जी ने अपने उद्बोधन में 'दिनमान' की पत्रिका को याद करते हुए पत्रकारिता, सामाजिक मूल्य और आंदोलन के रिश्तों की बेहतर व्याख्या की।

उनके शब्द सदैव नपे-तुले और लक्ष्य केन्द्रित होते हैं। वे चोट भी इतने

प्रेम से करते हैं जैसे कोई डॉक्टर या नर्स मरीज को इंजेक्शन लगाता है। उनका व्यंग्य तीखा और अचूक होता है, परंतु जो निशाने पर ही लगता है। हालांकि वे व्यंग्य विधा का इस्तेमाल लगभग नहीं ही करते हैं और व्यंग्य का इस्तेमाल भी कभी-कभार। मेरी उन्हें स्वस्थ और सक्रिय रहने के लिए शुभकामनाएं।

(लेखक प्रसिद्ध समाजवादी विचारक हैं।)

मेरी पत्रकारिता के गुरु

संजय देव

हमारे अच्युता चाचा और बड़े भाई श्री राहुल देव के भाई साहब कहलाने वाले श्री अच्युतानंद मिश्र जैसे सिखाने वाले आज की पत्रकारिता में अमूमन नहीं मिलते। मेरा सौभाग्य कि मुझे काका (स्व. यादवराव देशमुख) और अच्युता चाचा जैसे पत्रकारिता के गुरु मिले। इनसे न केवल पत्रकारिता के प्रारंभिक पाठ सीखने को मिले, बड़प्पन के साथ जीने की जीवंत सीख भी मिली। दोनों राष्ट्रीय स्वयंसेवक संघ के समर्पित कार्यकर्ता रहते हुए पत्रकारिता में अजातशत्रु की तरह पहचाने जाते रहे हैं।

अच्युता चाचा ने जिस तरह से पत्रकारिता का ककहरा अमर उजाला के लखनऊ कार्यालय में बैठकर सिखाया उसका मजा अलग ही था। प्रदेश के सर्वाधिक प्रभावशाली पत्रकारों में से एक अच्युता चाचा अपनी लिखी खबर दे देते और कहते, इसका संपादन करो और बताओ क्या काटा-सुधारा और क्यों सुधारा। अपन ठेठ विज्ञान के विद्यार्थी, न्यूनतम शब्दों में बात कहने की सीख और तीखे अंदाज में साफ बात कहने के फेर में खूब कतरब्यौंत करते...और शाम को किसी-न-किसी बहाने कुछ मीठा खाने के साथ अपनी कतरब्यौंत की सही हैसियत का पाठ पढ़ते 'चाचाजी' से।

अमर उजाला के इन ब्यूरो चीफ ने जो यह साहस के बीज रोपे, वे ऐसे गहरे पैठे भीतर कि फिर कभी पत्रकारिता की किसी भी बड़ी से बड़ी हस्ती से बरतते हुए कभी भी सहमी विनम्रता की चादर ओढ़ने की नौबत नहीं आई। इसके नुकसान भी हुए, क्योंकि नाम के बड़े पत्रकारों के अहम उनकी काबिलियत से बहुत बड़े हुआ करते हैं, लेकिन राजेन्द्र माथुर या एस.पी. सिंह जैसे दिग्गज पत्रकारों से बरतने में कभी दिक्कत न हुई।

सबको साथ लेकर चलने की जो सीख अच्युता चाचा ने बिन कहे, अपने बर्ताव से दी, उसने जीवन में बहुत अच्छे और गहरे संबंध दिये...पत्रकारिता में भी

और पत्रकारिता के बाहर भी। उनकी एक बात से बड़ी खीज होती थी शुरू में वह यह थी कि जो लोग पीठ पीछे उनको गाली भी देते लेकिन सामने मिलने पर विनम्रता की मूर्ति बन जाते, ऐसे अनेक शातिर पत्रकारों की भी उनने कभी मदद करने में कोई कंजूसी नहीं की। अपन दिल मसोस कर रह जाते कि ये धोखेबाज भी अच्युता चाचा से उतना ही प्रोत्साहन पा रहे हैं जितना अपन को मुहैया है...बल्कि हमारे जैसे उनके घरू अपने तो अनेक मौकों पर पीछे ही छूट जाते थे और मुँहदेखी प्रशंसा के शातिर हमेशा बाजी मारते दिखते थे।

लेकिन यह बड़प्पन उनका बहुत बाद में समझ में आया जब नानाजी देशमुख के साथ सात साल चित्रकूट में बिताकर दिल्ली पहुँचा और जीवन की अनेक भूलभुलैया की अंदरूनी सच्चाई समझी।

पत्रकारिता में भाषा की सटीकता, विषय की व्यापकता और गहराई तक जाने की ललक और सामंजस्य के साथ बात कहने की बातें अच्युता चाचा ने कब कैसे सिखा दीं, पता ही नहीं चला। अपन थोड़े नटखट किस्म के पत्रकार थे, जहाँ गलती दिखी, कमल की तीखी तलवार निकाल लेते थे, दौड़ा-दौड़ा कर कलम के वार करते थे। ऐसे पागलों का हमारा एक छोटा-सा दल था...सब संघी नहीं थे लेकिन सब ईमानदार थे। सबको अच्युता चाचा खूब भाते थे।

नवभारत टाइम्स लखनऊ में पत्रकारिता करते हुए हमने 1984 से 1993 तक खूब ऊधम काटा, भीतर बाहर की लड़ाइयाँ लड़ीं...ऐसा कई बार हुआ कि अच्युता चाचा के मित्र के रूप में जाने जाने वाले कुछ लोग भी हमारी इस अक्खड़ पत्रकारिता की जद में आ जाते... चाचाजी ने, एक बार भी कुछ नहीं कहा।

वे संगठक, गुणग्राहक और संरक्षक की भूमिका से कभी डिगे नहीं। बड़े दिल से बरतने की जिद उनने कभी छोटी नहीं की। नेशनल यूनियन ऑफ जर्नलिस्ट की लखनऊ इकाई के अध्यक्ष ताहिर भाई, सचिव मैं, संजय और गिरीश मिश्र, अजय सिंह (टाइम्स ऑफ इंडिया वाले, जन संस्कृति मंच वाले नहीं) हम चार की खूब छनती थी। हमने एन.यू.जे. के तत्कालीन राष्ट्रीय महासचिव श्री अच्युतानंद मिश्र जी के प्रोत्साहन में, लखनऊ में एक ऐसी राष्ट्रीय गोष्ठी आयोजित करने की ठानी, जिसमें देश के दिग्गज संपादकों और अध्येताओं को 'संवेदनशील मुद्दों पर प्रेस की भूमिका : अयोध्या एक संदर्भ' पर मंथन करना था। प्रेस कौंसिल के तत्कालीन चेयरमैन, प्रभाष जोशी, मुंबई से गुजरात समाचार के हरींद्र दवे और मुंबई 'जनसत्ता' से श्री राहुल देव के अलावा और अनेक वरिष्ठ पत्रकार शामिल हुए थे। अयोध्या का मुद्दा तब ऐसा संवेदनशील था कि इस पर मीडिया जगत् में बड़ा तीखा विभाजन था। हमारी स्मारिका में धुर दक्षिण और धुर वाम, दोनों के वरिष्ठ पत्रकारों के लेख छप

रहे थे...माहौल कुछ ऐसा बनने लगा कि एन.यू.जे. की प्रदेश इकाई को हमारी 'हरकतों' से तीखा ऐतराज हो गया। हम लोग तो सच की तलवार भाँजने की धुन में किसी की सुनते नहीं थे, सो बढ़ते रहे। हमारे मूल संरक्षक और गाइड तथा एन. यू.जे. के राष्ट्रीय महासचिव श्री अच्युतानंद मिश्र की दुविधा हमने बहुत बढ़ा दी।

हमारी सारी शैतानियाँ ऐसी थीं, जिनमें सच्चाई थी। यह वे भी जानते थे, लेकिन वे संगठक थे और राष्ट्रीय महासचिव थे और उस संगठन की प्रदेश इकाई लखनऊ इकाई की इन शैतानियों को सहने को कतई तैयार न थी। हम झुकने को तैयार न थे...सच के साथ, निष्पक्ष पत्रकारिता की कसौटियों के 'ध्वजवाहक होने के गुमान' से लबरेज थे। अंततः राष्ट्रीय महासचिव ने अपनी ही कल्पित इस गोष्ठी में न आने का निर्णय किया, हमें रोका नहीं। संघ के स्थानीय वरिष्ठ अधिकारी भी हमारी टोली से काफी दुःखी थे...कारण स्पष्ट ही थे। एक समय ऐसा भी आया कि मुझे संघ की ओर से संदेश मिला कि यह गोष्ठी होने नहीं दी जाएगी।

तब मैं अपने, श्री राहुल देव और श्री अच्युतानंद मिश्र जी की पत्रकारिता के गुरु काकाजी (स्व. यादवराव देशमुख) के पास पहुँचा और उनको सारी बात बताई। उनकी मजबूत मदद से हमने वह गोष्ठी की..यादगार गोष्ठी। लेकिन हम सबके दिल टूट गये। जिनके कारण और जिनकी सूझ से हमने गोष्ठी रची, वे ही उस आयोजन से दूर रहे... ताहिर भाई, अजय सिंह और मेरी उसके बाद एन.यू.जे. की लखनऊ इकाई से रुचि ही खत्म हो गयी।

आज मुड़कर देखता हूँ तो पाता हूँ कि अच्युता चाचा ने हमारी ऐसी अनेक शैतानियों के कारण बहुत कुछ झेला, लेकिन कभी इसका रत्ती भर भी उलाहना उनकी वाणी-व्यवहार से नहीं झलका। शिवजी की बारात थी उनकी तो उसमें हम जैसे शैतान, स्वार्थी, मुँह देखे प्रशंसक और सरल-सीधे पत्रकार सबके लिए सदा जगह रही।

अच्युतानंद मिश्र जी की छाया में सबने अपने विकास के लिए जरूरी मार्गदर्शन सदा पाया, मदद पाई, प्यार पाया। जिनने उनको लगातार छला, उनने भी यह सब पाया।

(लेखक वरिष्ठ पत्रकार हैं।)

यों ही कोई अच्युताजी नहीं बन जाता

रूबी सरकार

26-27 साल पहले की बात है, उस समय बड़े अखबार के संपादकों से मुलाकात आसान नहीं थी। उनसे मिलने के लिए सिफारिश की जरूरत पड़ती थी। समय लेना पड़ता था। बड़े-बड़े राजनेता मिलने के लिए संपादकों के कक्ष के बाहर इंतजार करते थे। उस समय इन बड़े संपादकों में एक नाम था अच्युतानंद मिश्र जी का। बहुत ही सरल, सहज, मृदुभाषी और सादगी से भरा व्यक्तित्व। कोई ऐंठ नहीं, कोई तामझाम नहीं, जबकि उस समय वे दिल्ली में 'जनसत्ता' जैसे बड़े अखबार में वरिष्ठ संपादक के पद पर आसीन थे। नवोदित पत्रकार समय लेकर आसानी से उनसे मिल सकते थे। मैं भी उन्हीं में से एक थी। 'जनसत्ता' अखबार हिंदी पत्रकारिता को नया आयाम देने वाले समाचार पत्रों में गिना जाता था। उस समय मैं पत्रकारिता की विद्यार्थी थी। बहुत समझ नहीं थी, लेकिन जोश था। बड़े अखबारों में लिखना चाहती थी। चूंकि बनारस में उनकी लंबी-चौड़ी मित्रमंडली है। वहाँ रहते हुए मैं अक्सर उनका नाम सुना करती थी। मन में विश्वास था कि उनसे मुलाकात हो जाएगी, इसलिए उनसे मिलने मैं दिल्ली पहुंच गयी। सुबह-सुबह फोन लगाया, जी...जी... की आवाज सुनाई दी। मैंने अपना परिचय दिया, साथ में यह भी बताया कि मैं बनारस से आपसे मिलने आई हूँ।

सहृदय मिश्र जी ने आसानी से मुझे मिलने का समय दे दिया और मैं दिल्ली 'जनसत्ता' अखबार के दफ्तर पहुंच गयी। उस समय अच्युता जी 'जनसत्ता' के वरिष्ठ संपादक हुआ करते थे। जब मैं दबे पांव उनके कमरे में दाखिल हुई तो देखा कि सफेद पैजामा कुर्ता, कुर्ते के उपर बंडी, आँखों में मोटी फ्रेम का ऐनक, तर्जनी अँगूली में सोने से जड़ी हुई चमकती पुखराज की अँगूठी, एकदम लकदक व्यक्तित्व। उस समय मेरे चेहरे पर डर और खुशी का मिश्रित भाव था। मिश्रा जी भाप गये, मुझे असहज देखकर उन्होंने अपने मृदुभाषी स्वभाव से मुझे सहज कर दिया। जिस

तरह अपने बच्चों के लिए माँ का पहला वाक्य होता है, खाना खाया? नाश्ता किया? वही ममत्व से भरे शब्द मेरे कानों में गूँजे। शायद मैं बनारस से उनसे मिलने गयी थी, इसलिए उन्हें मेरे खाने की फिक्र हुई। चंद मिनटों में ही मैं उनसे घुल-मिल गयी। कक्ष में मेरे लिए चाय मंगवाई गयी, चाय के साथ पारले जी बिस्कुट भी। साथ ही नियमित रूप से लिखने का ऑफर भी मिल गया। मैं अचंभित थी, क्योंकि उस समय 'जनसत्ता' में लिखना बड़ी बात थी। बड़े-बड़े लेखकों के लेख संपादकीय पृष्ठ में प्रकाशित हुआ करते थे। मैं उन लेखों को पढ़ा करती थी। मेरे लिए राष्ट्रीय अखबार के संपादकीय पृष्ठ में प्रकाशित होना सौभाग्य की बात थी। बस यही वह क्षण था, जब मेरा मन उनके प्रति आदर और सम्मान से भर गया।

इसके बाद अक्सर उनसे चर्चा और कला-संस्कृति पर लेख भेजने—छपने का सिलसिला शुरू हो गया। लेख भेजने का सिलसिला तब तक जारी रहा, जब तक वे 'जनसत्ता' में वरिष्ठ संपादक के पद पर रहे। 'जनसत्ता' में लेख प्रकाशित होने से लोग मुझे जानने लगे, साहित्यकारों के बीच मेरे लेखन पर चर्चा होने लगी। तभी से मेरे मन में लेखक व पत्रकार बनने की ललक और दृढ़ हो गयी। हालांकि उस वक्त मुझे मालूम नहीं था कि इस पेशे में बड़ी अस्थिरता व संघर्ष है। बस एक ही धुन थी—एक अच्छी पत्रकार बनना है। आहिस्ता-आहिस्ता यह संघर्ष भी मुझे अच्छा लगने लगा। मैं संघर्ष करती हुई एक-एक सीढ़ी चढ़ रही थी और अच्युता जी एक स्तम्भ की भांति मुझे सहारा देते रहे। मुझे भरोसा देते थे कि मैं जिस मार्ग पर चल रही हूँ वही मेरे लिए सही है। उनका धैर्य, विनम्रता, सहनशक्ति, संवेदनशीलता और बुद्धिमत्ता सब मुझे बहुत प्रभावित करती थी। मैं उनकी कायल होती चली गयी। मैंने कभी उन्हें गुस्सा करते नहीं देखा। बस जब वे 'तुम' से 'आप' पर आते थे, तब लगता था कि मेरी कोई बात उन्हें अच्छी नहीं लगी। वे मुझे इस पेशे में डटे रहने के लिए प्रेरित करते रहे। कभी मुझे भटकने नहीं दिया। यही नहीं, हर समय एक अभिभावक की तरह मेरे ऊपर निगाह रखी। न जाने कितनी बार मुझे भटकने से बचाया, अँगूली पकड़कर मुझे सही रास्ते पर ले आये। इस दौरान सैकड़ों बार उनसे मेरी 'कट्टी व मिल्ली' होती रही। कई-कई दिनों तक गुस्से में बातचीत बंद रही, फिर जब गुस्सा शांत हो जाता था, तब वे मुझे माफ कर देते थे। फिर बातचीत का सिलसिला शुरू हो जाता था। ऐसा नहीं कि उन्होंने मुझे कभी डांटा न हो, परंतु हजारों बार नादान समझ कर माफ भी किया है। उस उम्र में मुझे कभी ऐसा लगा ही नहीं कि उनका व्यक्तित्व इतना विशाल है। उन्होंने कभी मुझे यह एहसास होने ही नहीं दिया। जब थोड़ी समझदारी आई तो मुझे अपनी गलती का आभास हुआ। वैसे भी नवोदित पत्रकारों को आगे बढ़ाने में उनका कोई सानी नहीं। मैं दावे के साथ कह

सकती हूँ कि सैकड़ों युवाओं को उन्होंने आगे बढ़ने का मौका दिया, जिनमें संभावना दिखाई दी, तन मन धन से उन्होंने उनकी मदद की। हालांकि मुझे उनके साथ काम करने का कभी मौका नहीं मिला और न ही नौकरी तलाशने में उन्होंने मेरी कोई मदद की हो, शायद उनके मन में यह रहा होगा कि संघर्ष के बाद किसी चीज को हासिल करने से आत्मविश्वास बढ़ता है। वे मुझे आत्मविश्वास से भरी हुई देखना चाहते थे। रोना-धोना उन्हें पसंद नहीं था।

'जनसत्ता' के बाद जब वे 'लोकमत' के संपादक बनकर नागपुर गये। तब भी उन्होंने मुझे 'लोकमत समाचार' के लिए लिखने को कहा। ऐसा नहीं कि मेरा संबंध केवल लेख लिखने तक सीमित रहा, बल्कि मैं उनकी सलाह भी मानने लगी थी। उन्हे पसंद हो या न हो, मैं हर संकट पर उनसे सलाह लेने लगी थी। कई बार ऐसा क्षण भी आया कि उन्होंने कह दिया–"हर बात मुझसे क्यों पूछती हो।" मुझे तनिक बुरा भी लगा हो, लेकिन मुझे यह आश्वस्ति हमेशा रही कि उनकी जो भी राय होगी, वह मेरे हित में होगी। शायद इसका आभास उन्हें भी हो चुका था। तभी वे मेरी निरर्थक बातों को आज भी चुपचाप सुना करते हैं।

'लोकमत समाचार' के बाद वे माखनलाल चतुर्वेदी राष्ट्रीय पत्रकारिता एवं संचार विश्वविद्यालय में कुलपति के पद पर नियुक्त हुए। ठीक उसी समय 'दैनिक जागरण' लखनऊ ने मुझे भोपाल 'दैनिक जागरण' भेज दिया। यह सर्वविदित है कि पत्रकारों का हाथ हमेशा तंग रहता है। मैं भोपाल आ तो गयी, परंतु मेरे रहने का कोई ठिकाना नहीं था। 'दैनिक जागरण' भोपाल के पास अन्य शहर से आये पत्रकारों को रुकवाने की कोई व्यवस्था नहीं थी। नये शहर में अकेली लड़की को कोई फ्लैट भी किराये पर देने को तैयार नहीं था। मिश्र जी ने उस वक्त मेरी परेशानी समझी और और मेरी मदद की और मुझे नौकरी छोड़कर जाने से रोक लिया।

मुझे वह दिन याद है, जब 'दैनिक जागरण' के संपादक राजीव मोहन गुप्ता जी ने मुझे पहला 'टास्क' दिया कि मैं 'सास भी कभी बहू थी' पर संडे पेज के लिए एक कवर स्टोरी तैयार करूँ। मेरे पास उस वक्त टीवी, रेडियो कुछ नहीं था। मैं सिर्फ एक अटैची लेकर भोपाल आई थी। सोशल मीडिया भी इतना सक्रिय नहीं था। महीनों तक मैंने यह सीरियल देखा भी नहीं था। लेख तैयार करने के लिए मेरे पास इनपुट नहीं थे और केवल एक रात का समय था। हमेशा की तरह मैं फिर मिश्रजी के पास नोटबुक लेकर भागी। उस दिन विश्वविद्यालय में एक बड़ा आयोजन था। देश के तमाम बड़े पत्रकार मेहमान बनकर आये थे। उन्होंने हमेशा की तरह मुस्कुराकर मुझे आश्वस्त किया कि 'हो जाएगा, चिंता मत करो।' मैं उधेड़बुन में थी कि इतनी भीड़ में कैसे यह संभव हो पाएगा। क्या मिश्र जी मुझे इनपुट उपलब्ध करा

पाएँगे? लेकिन उन्होंने लेख तैयार करने में मेरी मदद की और दफ्तर में मुझे शर्मिंदा होने से बचा लिया। यही मिश्रजी की खूबी है कि वे कभी किसी को न नहीं कह पाते। चाहे इसके लिए उन्हें कितनी तकलीफ उठानी पड़े। मेरा विश्वास उनके प्रति और गहरा हो चला था। वे आज भी इसी तरह नये पत्रकारों की मदद करते हैं। उनकी छत्रछाया में देश के कई बड़े पत्रकार पनपे। उनके पास सारे संकटों का हल मौजूद है। किसी भी तरह की समस्या हो, वे चुटकियों में उसका समाधान निकाल लेते हैं। उनकी यह भी खूबी है कि चाहे जिस उम्र के पत्रकार हों, सबके बीच वे मित्र बनकर मौजूद रहते हैं। जो भी उनके साथ बैठते हैं, आसानी से उनसे घुलमिल जाते हैं। सभी के वे अपने हैं और अच्युता जी के लिए भी सभी उनके अपने हैं।

मुझे वह दिन भी याद है जब विश्वविद्यालय के कुलपति के दायित्व से वे मुक्त हो गये तो राष्ट्रभाषा प्रचार समिति की ओर से दादा कैलाशचन्द्र पंतजी ने उनके सम्मान में एक भव्य समारोह का आयोजन किया। उस आयोजन में इतने गणमान्य उपस्थित हुए कि वह परिसर ही छोटा पड़ गया। वे इतने सहृदय हैं कि सैंकड़ों गणमान्य उनके सम्मान समारोह में पहुंच गये। मध्य प्रदेश के तत्कालीन मुख्यमंत्री शिवराज सिंह चौहान से लेकर कई कैबिनेट मंत्री, विश्वविद्यालय के अधिकारी-कर्मचारी और उनके प्रिय विद्यार्थी तो इस समारोह में फूट-फूटकर रोने लगे। दादा ने ढांढ़स बंधाया कि यह उनका विदाई समारोह नहीं है। यह स्वागत समारोह है। वे हमेशा हमारे बीच रहेंगे।

आज जब मैं इसी विश्वविद्यालय में अतिथि प्राध्यापक के रूप में काम कर रही हूँ तो मैं उनके व्यक्तित्व की प्रशंसा हर अधिकारी-कर्मचारी से सुनती हूँ। उनके जाने के बाद कई कुलपति आये और अपनी सेवा देकर चले गये, परंतु मिश्रजी से उनका आत्मीय नाता आज भी उतना ही गहरा है। वे मिश्रजी को याद करते नहीं थकते हैं। उनके दफ्तर के दराज हमेशा मिठाइयों से भरे रहते थे। जो हर कर्मचारी को प्रसाद के रूप में मिल जाया करती थीं। छोटे से छोटा और बड़े से बड़ा कर्मचारी भी यह कहते हुए नहीं थकता कि उनके जैसा कोई कुलपति अब तक इस विश्वविद्यालय में नहीं आया। अद्‌भुत है उनका व्यक्तित्व, जहाँ जाते हैं अपनी छाप छोड़ देते हैं। जिन्हें सब चाहते हैं, सब याद करते हैं, जिनको सब अपना समझते हैं।

हाल ही की बात है जब पद्मश्री विजयदत्त श्रीधर जी और डॉ. मंगला अनुजा जी लखनऊ में उनके आवास पर उनसे मिलकर लौटे, तो मैंने डॉ. मंगला अनुजा जी से पूछा कि कैसे हैं मिश्रजी। वे कहने लगीं—"अरे उनसे मिलने जाओ तो लगता ही नहीं है कि मैं किसी अन्य के घर गयी हूँ। वह तो बिल्कुल अपने लगते हैं। लगता है उनको उठाकर ले आऊँ।" दरअसल मेरा मन भी यही करता है कि

मैं भी उन्हें अपने घर ले आऊँ, उनकी खूब सेवा करूँ। कुछ तो मन का बोझ हल्का हो। जिंदगी भर उनसे काम लिया ही है, कभी उन्होंने कोई सेवा करने का अवसर नहीं दिया। मैं यह भी बता दूँ कि यह सिर्फ मिश्रजी की ही बात नहीं है, पूरा परिवार ही स्नेहमयी है। उनकी बहुएँ भी मिश्र परिवार में बेटी बनकर मेहमानों की इतनी ही सेवा करती हैं कि अपराध बोध होने लगता है। ऐसा लगता है कि मेरी वजह से उन्हें इतनी तकलीफ हुई। इतना निश्छल अपनापन कम से कम मुझे तो अभी तक इस धरती पर कहीं नहीं मिला। कभी-कभी सोचती हूँ कि एक मन को कई मनों में बाँटकर कैसे एक मनुष्य सबके भीतर समा जाता है कि सबको अपना सा लगने लगता है। मैंने यह भी देखा कि मिश्रजी किसे ज्यादा प्यार करते हैं, इस बात को लेकर भी कई बार लोग आपस में बहस करने लगते हैं। वे सबके सुख-दुःख में शामिल होते हैं और उनके दुःख में भी मैंने सबको रोते हुए देखा है। बहुत कठिन है ऐसा हो पाना। समान रूप से सभी को एक जैसा प्यार दे पाना, समान रूप से सबका प्यार पाना। ऐसा तो मैंने इस धरती पर केवल अच्युता जी को ही देखा है।

आज हालत यह है कि रोज सुबह जब तक दिनभर की बात उनसे साझा न कर लूँ, मेरे दिन की शुरुआत ही नहीं होती है। ज्यादा व्यस्त न हो तो वे भी बतियाते हैं। इसी बातों-बातों में मिश्रजी मुझे कई 'टास्क' भी दे देते हैं और मैं उसे पूरा करने में फक्र महसूस करती हूँ। उनके दिये हुए 'टास्क' के चलते मेरी पुस्तक 'ग्रामीणों के संघर्ष और सफलता की यात्रा' प्रकाशित हुई। कहीं किसी भी विषय पर व्याख्यान देना हो, तो भी मैं उनसे सलाह-मशवरा करती हूँ। उनके पास हर विषय से संबंधित खजाना है। चाहे वह समकालीन हो या प्राचीन या फिर आने वाले समय की बात हो, वे हर विषय पर बहुत अच्छे से बात को समझा देते हैं। कोई सहमत हो या न हो, पर उनकी बातों को कोई सिरे से खारिज नहीं कर सकता। मेरे परिजन कहते हैं उन्होंने मुझे गढ़ा है। मैं बहुत जिद्दी थी। मन का न होने पर ज्वालामुखी की तरह फूट पड़ती थी। आज मुझमें जो अच्छाई है, जो कुछ मैंने हासिल किया सब उनका है। जो भी कमी है वह मेरे हिस्से में आता है। अब मेरा गुस्सा भी बहुत कम हो गया है। बस रोज मुझे सुबह साढ़े आठ का इंतजार रहता है। मेरे परिजन भी मेरा हाथ का काम छीन कर कहते हैं जाओ साढ़े आठ बजने को है। यह मेरे लिए मात्र घड़ी की सुई नहीं है। यह समय मेरी साँसों से जुड़ गया है।

(लेखिका वरिष्ठ पत्रकार हैं, संप्रति हरिभूमि, भोपाल से संबद्ध हैं।)

बन गया नाता

कमलेश मिश्र

नाम तो सुना था लेकिन उन्हें देखा नहीं था। वर्षों पहले की बात है। शाम हो रही थी। अपने पिता के साथ एकांत में बातें कर रहा था। तभी उनके कमरे के सामने कृपाशंकर चौबे को देखा। उनके साथ दो व्यक्ति थे। उनमें से एक को तो पहचानता था। वे 'जनसत्ता' कलकत्ता के (जनसत्ता संस्करण) प्रभारी शंभूनाथ शुक्ल थे। दूसरा व्यक्ति अत्यन्त सुन्दर और कुर्ता पायजामा परिधान में थे। पिताजी (कृष्ण बिहारी मिश्र) की कुटिया छोटी थी, पर उस आदमी के प्रवेश करते ही मुझे ऐसा लगा था कि कमरे में उजाला छा गया था। सचमुच बहुत दिनों बाद इतने सुंदर एक व्यक्ति को देख रहा था। उन्होंने अपना नाम बताया था। नाम बड़ा था। नाम से पिताजी भी परिचित थे। पत्रकारिता से थोड़ा भी जिसका नाता था, उनमें ऐसा कोई नहीं था जो उन्हें नहीं जानता था। उस दिन पिताजी बड़े प्रसन्न हुए थे उन्हें देखकर। पता चला था कि वे विशिष्ट पत्रकार अच्युतानंद मिश्र थे। थोड़ी देर तक शंभूनाथ शुक्ल और कृपाशंकर चौबे बैठे रहे। चाय बिस्कुट खाकर दोनों बुजुर्गों से आज्ञा लेकर 'जनसत्ता' कार्यालय के लिए प्रस्थान कर चुके थे, क्योंकि उन दोनों के लिए शाम का वक्त बड़ा ही महत्त्वपूर्ण हुआ करता था। अब कमरे में दो ही आदमी थे। एक बड़ा और विशिष्ट पत्रकार अच्युतानंद मिश्र और दूसरा पत्रकारिता के अधिकारी विद्वान कृष्ण बिहारी मिश्र। दोनों मिश्र थे। दोनों एक ही प्रदेश के। एक गाजीपुर जनपद के और दूसरे बलिया के। हिंदी में दोनों बातें करते रहे और ऐसा करते-करते अनायास भोजपुरी पर आ गये थे। अब दोनों की बातचीत भोजपुरी में होने लगी थी। दरअसल पंडित अच्युतानंद मिश्र जी एक प्रयोजन से कृष्ण बिहारी मिश्र जी से मिलने आये थे। उनके दिमाग में एक पुस्तक तैयार करने की परिकल्पना थी। दोनों ने इस परिकल्पना पर चर्चा शुरू कर दी थी। अच्युतानंद जी ने अपनी परिकल्पना का खुलासा कर दिया था। विषय सामने आते ही कृष्ण बिहारी जी ने परिकल्पना की महत्ता पर

अपनी खुशी जाहिर की थी। यह बैठकी तीन घंटे चली थी और दोनों एक-दूसरे से बड़े प्रभावित होने लगे थे। अब रात हो रही थी और अच्युतानंद मिश्र जी 7 बी हरिमोहन राय लेन से लौट गये थे। इन दोनों विद्वानों की यह पहली बैठक थी।

अब दोनों में पत्राचार शुरू हो गया था। कृष्ण बिहारी जी की एक आदत थी। वे पत्र खूब लिखा करते, जबकि अच्युतानंद जी पत्राचार से अधिक फोन करते। लंबी बातचीत हुआ करती। हिंदी और भोजपुरी में। दोनों के मन में एक-दूसरे के प्रति सम्मान की छवि बन गयी थी। सन् 2005 की बात है। तब संभवतः अच्युतानंद मिश्र जी माखनलाल चतुर्वेदी राष्ट्रीय पत्रकारिता विश्वविद्यालय के कुलपति बन चुके थे। उसी वर्ष कृष्ण बिहारी मिश्र जी की बड़ी पौत्री का विवाह तय हो चुका था। कृष्ण बिहारी जी ने अच्युतानंद मिश्र को विवाह में आमंत्रित किया था। मिश्रजी भोपाल से कोलकाता पहुँचे थे। केवल न्योता की औपचारिकता पूरी करने के लिए ही नहीं, बल्कि उन्हें इस बात का ज्ञान था कि उनके अग्रज मित्र की पौत्री का विवाह है। कन्या के विवाह में कई रूपों में सहयोग किया जाता है। यह भोजपुरी क्षेत्र के लोग अच्छी तरह से जानते हैं। विवाह से दो दिन पहले ही वे पहुँच चुके थे। पूरी तरह से तैयार होकर पहुँचे थे। लड़की के विवाह में पैसे की जरूरत पड़ती है। उनके मन में था कि कृष्ण बिहारी जी की पौत्री केवल उन्हीं की पौत्री नहीं है, बल्कि उनकी भी पौत्री है। उनके इस बड़े मन और उदारता का जिक्र इन पंक्तियों के लेखक से कृष्ण बिहारी जी ने किया था। इस विवाह कार्यक्रम में बड़े-बड़े लोग उपस्थित हुए थे। उन दिनों प्रोफेसर कृपाशंकर चौबे 'जनसत्ता' के कोलकाता संस्करण में कार्यरत थे। कृष्णबिहारी जी के प्रिय पात्र थे। उनकी तेजस्विता से कृष्ण बिहारी जी परिचित थे। उन्हें एक तरह से पत्रकारिता संबंधी बारीकियों के इतिहास के बारे में बताया करते। इस बात की जानकारी अच्युतानंद मिश्र जी को भी थी। इसलिए कृपाशंकर जी के साथ ही वे कहीं भी आते-जाते रहते। उन्हें यह पता था कि परिवार के सभी लोग व्यस्त होंगे। दरअसल यह उनका मानवीय गुण है। अच्युतानंद मिश्र जी जिससे एक बार जुड़ जाते हैं तो पूरी तरह से पारिवारिक स्तर पर जुड़ जाते हैं। कभी उन्हें गुस्सा करते हुए मैंने नहीं देखा, जबकि कृष्ण बिहारी जी कभी-कभी गुस्साते थे। एक बार उन्हें मैंने कृपाशंकर जी पर गुस्साते हुए देखा था और उस बैठक में दोनों मिश्र जी थे। यह गुस्सा ठीक वैसा ही था जैसे बड़े बुजुर्ग अपनी संतान पर करते हैं।

एक बार की बात है। कृष्ण बिहारी जी अपने दूसरे बेटे के यहाँ हफ्ते भर के लिए आये हुए थे। फोन आया अच्युतानंद जी का कि वे तीन-चार दिनों के लिए कोलकाता आ रहे हैं। एक योजना है और उस पर दो-तीन दिन बैठकी करेंगे। ठहरेंगे रामकृष्ण मिशन में। वे जानते थे कि कृष्ण बिहारी जी यात्रा भीरु आदमी हैं।

आश्वस्त थे कि कोलकाता में वे हमेशा उपलब्ध रहते हैं। दरअसल कोलकाता एयरपोर्ट से कृष्ण बिहारी जी के दूसरे पुत्र का घर करीब था। अब कृष्ण बिहारी जी ने कृपाशंकर जी के जिम्मे लगाया यह काम कि वे अच्युतानंद जी को रिसीव करें और वीआईपी रोड पर स्थित प्रफुल्ल कानन मोहल्ले में उनके डेरे पर पहुँचाएँ। कृपाशंकर जी ने ऐसा ही किया। कृपाशंकर जी जिस प्रकार कृष्ण बिहारी जी के स्नेहभाजन थे, ठीक उसी प्रकार महाश्वेता जी के भी प्रिय थे। अच्युतानंद जी अब डेरे पर पहुँच चुके थे। जलपान कर चाय जब उन्होंने पी ली तो अब कृष्ण बिहारी जी ने एक दूसरा राग छेड़ा। कृपाशंकर जी के विषय को लेकर। दरअसल कृपाशंकर जी ने एक लेख महाश्वेता देवी पर लिख दिया था। कुछ मतांतर थे दोनों के बीच। जबकि महाश्वेता जी कृपाशंकर जी को पुत्रवत मानती थी। जवानी का जोश था और कुछ-कुछ कृपाशंकर जी का बलिया जाग उठा था, जो उस लेख में दिखाई दे रहा था। इससे कृष्ण बिहारी जी थोड़े दुःखी थे। वे भी ठहरे बलिया के ही। उन्होंने अच्युतानंद जी को सारा किस्सा सुनाया और कहा कि अब कृपाशंकर जी के पास यही काम बचा रह गया है। कृपाशंकर जी सफाई पर सफाई देने लगे, पर दोनों मिश्र जी उनकी सफाई सुनने के लिए तैयार ही नहीं थे। उस समय मैंने देखा था अच्युतानंद जी का क्रोध। मसला कुछ शांत हुआ तो दोनों ने मिलकर कृपाशंकर जी को समझाना शुरू किया। कैसे किसके बारे में लिखा जाता है, लेख कैसे लिखा जाता है और पत्रकारिता कैसे की जाती है, यह सब दोनों मिश्र जी ने कृपाशंकर जी को उस दिन सिखाया था और कहा था कि आपकी हिम्मत कैसे हुई इस प्रकार के लेख लिखने की। उसके बाद तीनों ने एक साथ बैठकर भोजन किया था। पूर्व कार्यक्रम के अनुसार अब अच्युतानंद जी को गेस्ट हाउस जाना था। कृष्ण बिहारी जी ने कहा कि आप गेस्ट हाउस न जाएं, यहीं ठहरें। अच्युतानंद जी कृष्ण बिहारी जी के आग्रह को आदेश समझ कर वहीं पर ठहर गये थे। मुझे जहाँ तक याद है तीन या चार दिन ठहरे थे। दोनों मिश्र जी बैठते, फर्श पर आमने-सामने सोते, खाते, योजना पर बातें करते और साहित्य, साहित्यकार, पत्रकारों के बारे में चर्चा करते। इस प्रकार तीन-चार दिनों की संगत उन दोनों की बीती थी प्रफुल्ल कानन में। अब उसके बाद हम लोगों को कभी ऐसा महसूस नहीं हुआ कि वे बहुत बड़े पत्रकार, कुलपति हैं या समाज विशिष्ट। अब लगने लगा था कि पिताजी (कृष्ण बिहारी मिश्र) के बाद वे ही हैं। जिस दिन वे लौट रहे थे, वे सीधे रसोई घर में किसी से बिना कुछ बताए पहुँच गये थे और कृष्ण बिहारी जी के दूसरे बेटे की पत्नी के हाथों में कुछ नहीं, बल्कि एक मोटी रकम रखकर आशीर्वाद दिया था। दरअसल थोड़े में वे संतुष्ट नहीं होते हैं। हमेशा उनके मन में एक चाह रहती है, जितना हो सके उतना अधिक वे दूसरों में बाँटते रहें।

कृष्णबिहारी मिश्र के साथ अच्युतानंद मिश्र

उसके बाद यह देखा गया कि जो भी और जिस प्रकार के अनुष्ठान कृष्ण बिहारी जी पर कोलकाता में आयोजित हुए, उनमें उनकी उपस्थिति अवश्य रही। कृष्ण बिहारी मिश्र जब पचहत्तर वर्ष के हुए तो एक बड़ा सम्मान हुआ उन पर। उसमें ऋषितुल्य पत्रकार नारायण दत्त जी के साथ अच्युतानंद जी भी उपस्थित रहे। कोलकाता की एक विशिष्ट संस्था संस्कृति सौरभ प्रत्येक वर्ष साहित्य, संस्कृति और संगीत के किसी एक विशिष्ट व्यक्ति को सम्मानित करती है। दो वर्ष पहले कृष्ण बिहारी जी को यह सम्मान देने का निर्णय लिया गया। उसके एक साल पहले यही सम्मान संगीत मार्तण्ड पंडित जसराज को मिल चुका था। अब कृष्ण बिहारी जी को मिलना था। आयोजकों ने पूछा कृष्ण बिहारी जी से कि अनुष्ठान में यदि आप किसी की उपस्थिति चाहते हैं तो बताइए, हम उन्हें ही आमंत्रित करेंगे। कृष्ण बिहारी जी ने एक ही नाम सुझाया था और वह नाम था अच्युतानंद मिश्र का। वे आये। उनका

स्वास्थ्य आने की गवाही नहीं दे रहा था। फिर भी वे मुख्य अतिथि के रूप में आये थे। सचमुच वे स्वस्थ नहीं थे। फिर भी अपने स्नेहभाजन मनीषचन्द्र शुक्ल को लेकर आये थे। ऐसा दोनों में प्रेम था। दोनों का एक-दूसरे के प्रति सम्मान। दोनों मिश्र जैसे बड़े और छोटे भाई हों। इस संबंध ने ही मुझे और मेरे भाइयों को यह कहना सिखाया कि हम उन्हें चाचाजी कहें। हमारी परवर्ती पीढ़ी उन्हें बाबाजी कहती है।

वर्ष 2018 के फरवरी महीने में इंदिरा गांधी राष्ट्रीय कला केंद्र ने कृष्ण बिहारी मिश्र का सम्मान जब किया तो एक पुस्तक उन पर प्रकाशित करने की योजना बनायी। कृपाशंकर जी को संस्था के अध्यक्ष वरिष्ठ पत्रकार रायबहादुर राय ने पुस्तक संपादन करने का दायित्व सौंपा था। उस काम को बड़ी जागरूकता के साथ पूरा भी किया संपादक ने। उस पुस्तक की चर्चा खूब हुई। उस अनुष्ठान में देशभर के विद्वान उपस्थित हुए थे, पर रामबहादुर राय अपने साथ अच्युतानंद मिश्र को भी लेकर आये थे। राय साहब को दोनों की मित्रता और प्रेम के बारे में पता था।

नवंबर 2022 में संस्कृति सौरभ सम्मान में अच्युतानंद मिश्र आये थे। 6 फरवरी, 2023 को कृष्ण बिहारी मिश्र अस्वस्थ होकर हॉस्पिटल में भर्ती होते हैं। एक महीने बाद 6 मार्च को वे अपने घर आते हैं और 7 मार्च को अपनी लोकयात्रा समाप्त कर इस लोक से प्रस्थान कर जाते हैं। महीने भर प्रत्येक दिन शाम को मुझे सारा विवरण पूज्य चाचाजी (अच्युतानंद मिश्र जी) को बताना पड़ता था। लंबी अवधि तक फोन पर बात होती। सच कहूँ तो मेरे लिए न तो वे बड़े पत्रकार हैं न कुलपति। पिता के बाद ही हैं। पिता से कम भी नहीं हैं।

(लेखक कृष्णबिहारी मिश्र अध्ययन मंडल के संयोजक हैं।)

ऋषि परंपरा के वाहक

अभय प्रताप

श्रद्धेय अच्युतानंद मिश्र से मेरी पहली मुलाकात 'नवभारत टाइम्स' के दिल्ली कार्यालय में जनवरी 1995 में हुई थी। तब वे 'नवभारत टाइम्स' के वरिष्ठ सह संपादक थे। उस समय पं. विद्यानिवास मिश्र 'नवभारत टाइम्स' के मुख्य संपादक थे और उनका सारा दायित्व अच्युतानंद जी ही निभाते थे। हम लोग उस समय आजादी बचाओ आंदोलन की ओर से लगभग दर्जन भर बच्चों की एक टीम लेकर इलाहाबाद से दिल्ली पहुंचे। आजादी बचाओ आंदोलन प्रतिवर्ष स्कूलों-कालेजों के बच्चों के बीच कुछ प्रतियोगिताओं का आयोजन करता और प्रतियोगिता में अव्वल रहे बच्चों को दस दिवसीय प्रशिक्षण टूर दिया जाता था। टूर में बच्चे स्कूलों-कॉलेजों का भ्रमण करके छात्रों से सीधा संवाद करते थे और अपने सांस्कृतिक कार्यक्रमों के माध्यम से बच्चों में जागरूकता बढ़ाने का कार्य करते थे। प्रतिदिन उन्हें किसी एक विशिष्ट व्यक्ति से मिलाने का कार्यक्रम भी रखा जाता था। इसके अंतर्गत हम लोग ऐसे विशिष्ट व्यक्तियों से बच्चों को मिलाने का कार्यक्रम रखते, जिसके जीवन में मूल्यात्मकता का बाहुल्य रहा हो, जो देश-समाज के लिए साफ समझ तो रखता ही हो, अपनी समझ के प्रति ईमानदार भी हो और उसके व्यक्तित्व में सामाजिकता का जादू सिर चढ़कर बोलता हो। हम लोगों ने इस सूची में अनेक विशिष्ट लोगों के साथ अच्युतानंद मिश्र का भी नाम तय कर रखा था।

पहली बार इनसे मैं मिला तो मेरे साथ एक और मेरे मित्र थे। हम लोगों ने उनसे बच्चों के लिए समय की मांग की और अपना उद्देश्य बताया। यह सुनकर अच्युतानंद जी प्रसन्न हुए और बजाय समय तय करके बच्चों को अपने स्थान पर बुलाने के, उन्होंने साफ शब्दों में यह कहा कि ऐसे बच्चे मेरे जैसे कुछ लोगों से मिलने इलाहाबाद से दिल्ली तक आ गये हैं और मैं उन्हें समय देकर अपने पास बुलाऊं, यह ठीक नहीं है। आप लोग खुद बताइए ये बच्चे कहाँ ठहरे हैं, मैं वही

आ जाऊंगा। हाँ, उनका मिलने का समय अवश्य बता दीजिए। मेरे जैसे आदमी के लिए यह बात छोटी मगर दूर तलक जाने वाली थी। बहरहाल, दूसरे दिन सुबह आठ या साढ़े आठ बजे की बात तय हुई और हम लोग वापस आ गये। दुर्भाग्य से दूसरे दिन नियत समय से पहले ही बरसात शुरू हो गयी। हम लोग आपस में यह चर्चा कर रहे थे कि अब अच्युतानंद जी नहीं आ पाएंगे या उन्हें आने में बहुत देर सकती है। बाद के समय में उनकी व्यस्तता का अंदाज भी हम लोगों को था। लोगों ने कुल मिलाकर यह समझ लिया था कि अब उस दिन उनका मिलना या आना संभव नहीं हो पाएगा और उनसे पुनः समय तय करना पड़ेगा। इसी बीच, ठीक नियत समय पर अच्युतानंद जी हाथ में छाता लिये उस छात्रावास में आ पहुंचे जहाँ हम लोग बच्चों के साथ ठहरे हुए थे। हम सबको सुखद आश्चर्य हुआ। उन्हें उस स्थिति में वहाँ देखकर बच्चे कितने प्रसन्न हुए, कहने की जरूरत नहीं।

पहुँचने के बाद बातचीत का सिलसिला शुरू हुआ। उन्होंने बहुत सारी बातें बच्चों से कीं। बातचीत पत्रकारिता के मूल्यों-आदर्शों तक भी पहुंची। तात्कालिक पत्रकारिता की स्थिति के प्रति असंतोष प्रकट होने लगा। मैंने भी अभी जल्दी ही आजादी बचाओ आंदोलन की पत्रिका 'नई आजादी उद्घोष' के संपादन का दायित्व संभाला था। अखबारों के बिगड़ते हालात और अपसंस्कृति को बढ़ावा देने वाली खबरों, तस्वीरों के बढ़ते प्रतिनिधित्व के खिलाफ अच्युतानंद जी ने हम लोगों के समक्ष एक महत्त्वपूर्ण सुझाव रखा। उनका कहना था कि जगह-जगह पाठकों के फोरम बनने चाहिए और इस तरह की खबरों के खिलाफ पाठक फोरम को अपना कार्यक्रम बनाना चाहिए। उन्होंने एक सुझाव यह भी दिया कि अश्लील तस्वीरें और अश्लील सामग्री छापने वाले अखबारों की प्रतियों को पाठक फोरम द्वारा बड़ी संख्या में फूंकने का कार्यक्रम बनाया जा सकता है। उनका कहना था कि ऐसा होने से अखबार मालिक और संपादक सबको सदमा लगेगा और वे अपनी प्रवृत्ति में बदलाव को मजबूर होंगे।

मैं उनकी इस बात को गले के नीचे नहीं उतार पा रहा था, क्योंकि वे खुद देश के एक बड़े अखबार के विवेकवान संपादक थे। मैंने आंदोलन के दौर के कुछ संपादकों के आदर्श-दायित्व और संपादकीय विवेक के बारे में पढ़ रखा था। उस पैमाने से मेरे मन में संपादक अच्युतानंद मिश्र की स्थिति को लेकर अनेक प्रश्न खड़े होने लगे। तब तक मैं संपूर्ण बौद्धिक जगत् में संपादक की स्थिति से ज्यादा स्वतंत्र व गौरवशाली स्थिति अन्य किसी बुद्धिजीवी की नहीं समझता था। अतः मैं एक संपादक के संपादकीय विवेक को पाठकों और समाज की उपेक्षा के मद्देनजर कठघरे में खड़ा करने की कोशिश करने लगा, मगर शीघ्र ही उन्हें आहत होता महसूस कर

मैं संभल गया। हमें अपनी व्यावहारिक क्षमता की सीमा का भी अहसास हुआ। तब तक मैं व्यावसायिक पत्रकारिता की सीमाओं और कार्पोरेट मीडिया के चाल-चरित्र से ठीक से अवगत भी नहीं था। फिर भी, मैं मन ही मन उनसे कुछ नाराज जरूर हुआ। मेरी नाराजगी उनके संपादकीय दायित्व को 'बाइपास' करके बात करने से थी, लेकिन उसके बाद उनसे जब भी मुलाकात हुई, मित्रवत वातावरण में हुई।

पं. अच्युतानंद मिश्र से मेरी दूसरी मुलाकात उसके लगभग डेढ़ साल बाद हुई। गांधी भवन ने इलाहाबाद विश्वविद्यालय के मनोविज्ञान विभाग के साथ मिलकर अपसंस्कृति के मुद्दे पर एक बड़ी गोष्ठी रखी थी। इस गोष्ठी में वक्ता के रूप में अच्युतानंद जी भी आमंत्रित थे। कार्यक्रम मनोविज्ञान विभाग में था, जबकि अच्युतानंद जी इलाहाबाद स्टेशन से सीधे गांधी भवन पहुंचे। संयोग से गांधी भवन में उस वक्त मेरे और एक अन्य साथी के अलावा और कोई नहीं था। सभी मनोविज्ञान विभाग के कार्यक्रम में थे। मैं अपने साथी के साथ 'नई आजादी' के पेज बनवाने में तल्लीन था। अच्युतानंद जी वहीं पहुंचे और गोष्ठी के बारे में उन्होंने पूछा। हम लोगों ने उन्हें मनोविज्ञान विभाग का पता बताया और अपने काम में लग गये, लेकिन इस दौरान मैं उन्हें पहचान नहीं पाया था। हमारे दूसरे साथी उन्हें पहचान रहे थे। बाद में मनोविज्ञान विभाग में उनसे भेंट हुई तो मैंने इसके लिए माफी भी मांगी। उस दौरान मैंने उन्हें आजादी बचाओ आंदोलन द्वारा प्रकाशित साहित्य प्रचुरता में खरीदकर ले जाते हुए देखा।

इसके बाद उनसे तीसरी मुलाकात इलाहाबाद के गांधी भवन में आयोजित पत्रकारिता एवं लेखन कार्यशाला में हुई। पत्रकारिता एवं लेखन में मूल्यों-आदर्शों को बढ़ावा देने के उद्देश्य से हम लोगों ने यह कार्यशाला प्रारंभ की थी। कार्यशाला बारह या पंद्रह दिवसीय होती थी। एक बार तो यह पचीस दिवसीय भी हुई। इसे हम लोग वर्ष में एक बार आयोजित करते थे। अच्युतानंद जी इस कार्यशाला के प्रशंसकों में थे। हम लोगों को उनसे काफी नैतिक बल मिलता था। पीठ पीछे भी वे इस कार्यक्रम के प्रशंसक थे। उनका कहना था कि वैसा कार्यक्रम देश में कहीं भी किसी संस्थान या संगठन द्वारा नहीं चलाया जाता। कार्यशाला के निमित्त हम लोगों ने उन्हें जब भी याद किया वे सहर्ष आते रहे। इससे भी बड़ी बात यह कि हमेशा वे अपने खर्च पर आते रहे और कभी भी अपने ठहरने की व्यवस्था उन्होंने हम लोगों को नहीं करने दी। हमेशा वे अपनी व्यवस्था से आते और अपने ठिकाने पर रुकते। जब भी इलाहाबाद आते उनकी लोकप्रियता की झलक देखने को मिलती। उनसे मिलने वालों का तांता लगा ही रहता था। इलाहाबाद की भूमि पर उनको चाहने वालों की एक बड़ी संख्या है। किसी राजनेता को उनकी लोकप्रियता से रश्क हो सकता है।

कार्यशाला के ही दौरान एक बार उन्होंने व्यक्तिगत बातचीत में कहा था कि 'अखबार में हम लोग सत्य नहीं तथ्य छापते हैं।'

पत्रकारिता एवं लेखन कार्यशाला के अलावा अच्युतानंद जी से संभवतः दो बार संक्षिप्त मुलाकात नई दिल्ली के 'जनसत्ता' कार्यालय में भी हुई। बाद में जब वे 'लोकमत समाचार' के संपादक बनकर नागपुर चले गये तब भी इनसे कभी-कभार भेंट होती रही। मेरा उस दौरान सेवाग्राम आश्रम में काफी आना-जाना होता था। इस दौरान सेवाग्राम आश्रम में एक बार आजादी बचाओ आंदोलन के कार्यकर्ताओं का एक हफ्ते का शिविर रखा गया था। शिविर में एक सत्र में उनका सान्निध्य भी देश भर से आये हुए कार्यकर्ताओं को प्राप्त हुआ। शिविर में व्याख्यान के बाद कुछ कार्यकर्ता उनके ऊपर सवालों की बौछार करने लगे, लेकिन उन्होंने कोई नकारात्मक प्रतिक्रिया व्यक्त करने या असुविधा महसूस करने के बजाय उसे हँसते हुए सकारात्मक रूप में ही लिया। 'लोकमत समाचार' के 'रविवारीय परिशिष्ट' में छपने वाला उनका स्तंभ 'जान-पहचान' एक लोकप्रिय स्तंभ था और जब भी मैं 'लोकमत समाचार' के प्रसार क्षेत्र में होता था, इसे पढ़ने की कोशिश करता था। अच्युतानंद जी के 'लोकमत समाचार' में जाने से पहले इस अखबार की भाषा, सामग्री, लेख, समाचार संयोजन आदि का स्तर कुछ और ही था, लेकिन इनके जाने के बाद 'लोकमत समाचार' के कलेवर में काफी सुधार हुआ और यह दिल्ली से छपने वाले किसी भी राष्ट्रीय अखबार के समकक्ष रखने लायक बना।

किसी जमाने में राष्ट्रीय सहारा से जुड़े रहे वरिष्ठ पत्रकार बसंत पांडे दिल्ली से नौकरी छोड़कर देशव्यापी भ्रमण पर निकल गये। घूमते-घूमते वे वर्धा पहुंचे। एक दिन उनका सेवाग्राम आना हुआ तो हम लोगों से मुलाकात हुई। फिर वे वर्धा में ही रहने लगे। राष्ट्रभाषा परिषद् के परिसर में रहते हुए उन्होंने 'लोकमत समाचार' के लिए कुछ लेख लिखे। उनका पहला लेख रविवारीय परिशिष्ट की कवर स्टोरी बना तो वे मुझे दिखाने ले आये। मैंने उनका पूरा लेख आद्योपांत पढ़ा। उन्होंने उसके बाद मुझसे सवाल पूछा कि इस लेख में आश्चर्यजनक तथ्य क्या है? मैं उनका सवाल ठीक से समझता इसके पहले ही उन्होंने उत्तर दिया कि लेख में प्रूफ की एक भी गलती नहीं है। मैंने फिर से देखना शुरू किया। सचमुच यह मेरे लिए भी आश्चर्यजनक था कि अहिंदी भाषी क्षेत्र से निकलने वाला अखबार जिसमें प्रायः प्रूफ की ढेर सारी गलतियां दिखा करती थीं, लगभग डेढ़ हजार शब्दों के उस लेख में कहीं बिंदी या कॉमा तक की गलती नहीं थी। उसके बाद सेवाग्राम आश्रम में रहते हुए मैंने भी दो लेख 'लोकमत समाचार' को दिये। दोनों ही लेख पंद्रह दिन के अंतराल पर रविवारीय परिशिष्ट की कवर स्टोरी बने। प्रूफ के मामले में इन दोनों लेखों का

भी वही हाल था। कवर स्टोरी के अलावा अखबार के अन्य लेखों में भी प्रूफ की स्थिति उस समय लगभग वैसी ही दिखती थी। शायद हिंदी क्षेत्र का कोई बड़ा अखबार भी प्रूफ को उतना नहीं साध पाता है जितना उस समय अच्युतानंद मिश्र के नेतृत्व में 'लोकमत समाचार' की टीम ने साध रखा था। इसके लिए हम लोगों ने अलग से उन्हें बधाई भी दी।

अच्युतानंद जी से कभी-कभार मिलना होने के बावजूद उनके व्यक्तित्व को पूरा समझने का मौका कभी नहीं मिला। 'लोकमत समाचार' का कार्यकाल समाप्त होने के कुछ दिनों बाद वे माखनलाल चतुर्वेदी राष्ट्रीय पत्रकारिता एवं संचार विश्वविद्यालय (भोपाल) के कुलपति बनाए गये। कुलपति बनने के थोड़े दिनों बाद ही इन्होंने स्वातंत्र्योत्तर भारतीय पत्रकारिता के इतिहास पर एक अति महत्त्वाकांक्षी शोध परियोजना प्रारंभ की। इस शोध परियोजना की व्यापकता ने पत्रकारिता विश्वविद्यालय के सम्मान को रसातल से आसमान में पहुंचा दिया। इस महत्त्वाकांक्षी शोध परियोजना के माध्यम से पत्रकारिता के अनेक आदर्श प्रयासों तथा तमाम दैदीप्यमान नक्षत्रों को लिपिबद्ध इतिहास का हिस्सा बनवाकर उन्होंने उन्हें इतिहास से ओझल होने से बचा लिया। उनके प्रभाव से शोध परियोजना के अलावा विश्वविद्यालय की अन्य गतिविधियों में भी गुणात्मक परिवर्तन दर्ज किया जाने लगा। विश्वविद्यालय के आमंत्रण पर मैं भी शोध परियोजना से जुड़ा। परियोजना की व्यापक परिकल्पना एवं उसके रचनात्मक पक्ष ने हमें आकर्षित किया। हमें उत्तर प्रदेश की पत्रकारिता के इतिहास पर काम करने का दायित्व दिया गया। पहले इलाहाबाद जिले का प्रोजेक्ट, फिर मेरठ अंचल, रुहेलखंड तदुपरांत आगरा अंचल की पत्रकारिता के इतिहास पर कार्य। आगरा अंचल के साथ 'अमर उजाला' की केस स्टडी का काम भी मैंने पूरा किया। फिर बाद में पूरा पूर्वी उत्तर प्रदेश और इलाहाबाद अंचल की स्वातंत्र्योत्तर पत्रकारिता का इतिहास भी पूरा करने का सौभाग्य मिला। इस दौरान मैं एक-एक जिले घूमता रहा और वहाँ के वरिष्ठतम पत्रकारों, साहित्यकारों, सामाजिक कार्यकर्ताओं, लेखकों-विचारकों आदि से मिलता रहा। अखबारों के कार्यालयों, जिला सूचना कार्यालयों, पत्रकारिता संस्थानों, विभिन्न विश्वविद्यालयों के हिंदी एवं पत्रकारिता विभागों, संग्रहालयों आदि से संपर्क करता रहा। सभी जगहों पर पत्रकारिता विश्वविद्यालय की शोध परियोजना की व्यापकता को समझते ही लोग विश्वविद्यालय के प्रति प्रशंसा-भाव से तो भर ही जाते थे, हमारे कार्य में यथासंभव पूरी मदद को भी तैयार हो जाते थे। इस शोध परियोजना की व्यापक कल्पना ने पत्रकारिता विश्वविद्यालय की प्रतिष्ठा में कितना इजाफा किया, यह अलग से शोध का विषय हो सकता है। अच्युतानंद जी की कल्पना एक-एक अंचल की पत्रकारिता

के इतिहास पर संदर्भ ग्रंथ तैयार कराने की थी। उत्तर प्रदेश की पत्रकारिता के इतिहास पर काम पांच खंडों में किया गया था, मगर पता नहीं क्यों विश्वविद्यालय और छत्तीसगढ़ हिंदी ग्रंथ अकादमी ने इसकी रिपोर्ट को काले पानी की सजा दे रखी है। इस बीच जिन वरिष्ठतम संदर्भ व्यक्तियों से इस कार्य में जगह-जगह से मदद ली गयी थी, उनमें से लगभग एक-चौथाई लोग उस इतिहास के प्रकाशन का इंतजार करते-करते अब दिवंगत हो चुके हैं। बहरहाल, शोध परियोजना ने पत्रकारिता विश्वविद्यालय की छवि में निखार तो ला ही दिया, उसके राष्ट्रव्यापी व्यक्तित्व को भी उभारा। इसके बाद वहाँ के छात्रों का सम्मान व बाजार-भाव भी ऊपर चढ़ा।

शोध परियोजना पर कार्य के दौरान अच्युतानंद जी के संपर्क में निरंतर रहने का मुझे सौभाग्य मिला। इस दौरान विभिन्न शोधार्थियों/लेखकों द्वारा तैयार की गयी पांडुलिपियों के संपादन और उन्हें प्रकाशन योग्य अंतिम रूप देने के निमित्त लगभग ढाई महीने मुझे भोपाल में भी बैठना पड़ा और उनसे बार-बार संपर्क का मौका मिला। मैं जितना ही उनके नजदीक होता गया, मेरा उनके प्रति श्रद्धा भाव उतना ही बढ़ता गया। उनकी व्यावहारिकता और हर तरह के लोगों से मधुर रिश्ते बनाकर रखने की क्षमता सामाजिक क्षेत्र में कार्य करने वाले प्रत्येक व्यक्ति के लिए अनुकरणीय हैं। अपनी मित्रता का माधुर्य वे हर वर्ग, हर आयु और हर तरह के स्वभाव के लोगों के बीच बिखेरे हुए हैं। संबंधों का निर्वाह करने में उनका कोई सानी नहीं है, लेकिन संबंधों का नाजायज लाभ उठाना या किसी को पहुंचाना उनके स्वभाव के खिलाफ है। उनके व्यक्तित्व में मौजूद माधुर्य का प्रभाव उनके कार्य क्षेत्र में भी पूरा दिखता रहा है। इसी के बल पर वे अनेक बड़े लेखकों-पत्रकारों से माखनलाल चतुर्वेदी राष्ट्रीय पत्रकारिता एवं संचार विश्वविद्यालय की शोध परियोजना का काम करा ले गये। शोध परियोजना के कार्य में मैं अत्यंत श्रद्धा-भाव से रत रहा और हमेशा यह कोशिश रही कि साधन और समय सीमा से आगे बढ़कर बेहतर से बेहतर परिणाम दिया जाए तो इन सबके पीछे अच्युतानंद जी का प्रेमपूर्ण व्यवहार एवं मधुर व्यक्तित्व ही काम कर रहा था। हमेशा मेरी यह कोशिश रही कि विश्वविद्यालय की शोध परियोजना की अपेक्षा से आगे बढ़कर परिणाम दिया जाए। शोध परियोजना पर कार्य के दौरान ही मैं उनके ज्यादा नजदीक आया। उनसे सबसे ज्यादा मिलना-जुलना भी इसी दौरान हुआ। उनके व्यक्तित्व से हमेशा हमें ऊर्जा मिलती रही। प्रतिकूल परिस्थितियों में भी बिल्कुल शांत मन से सूझबूझ के साथ अपना कार्य करते जाने की प्रेरणा उनसे कोई भी ले सकता है।

अच्युतानंद जी का जुड़ाव एक विचारधारा विशेष से रहा है। बावजूद इसके उत्तर प्रदेश की हिंदी पत्रकारिता के इतिहास पर अध्ययन के दौरान मुझे विपरीत

विचारधारा में उनके अनेक प्रशंसक मिले। उनकी पत्रकारिता और उनके संपादकीय व्यक्तित्व पर विचारधारा को हमने कभी हावी होते नहीं देखा। यह उनके बहुग्राही व्यक्तित्व का ही कमाल है कि नामवर सिंह जैसे लोग भी उनके प्रशंसक हैं और उनके किसी आग्रह को टाल नहीं पाते। उन्होंने कभी किसी का दिल दुःखी नहीं किया, इसलिए इस दुनिया में उनका भला चाहने वालो की संख्या बहुत बड़ी है।

अच्युतानंद जी के व्यक्तित्व में हम जैसे लेखकों-सामाजिक कार्यकर्ताओं का एक अच्छा मार्गदर्शक अथवा पितातुल्य अभिभावक होने के सारे गुण मौजूद हैं। उम्र में भी वे हम लोगों के पिताजी की उम्र के है। उनका आशीष भी हम सबको खुलकर मिलता ही रहा है। किसी भी सामाजिक कार्यकर्ता के प्रति वे हमेशा ही विशेष सम्मान का भाव मन में रखते आये हैं। उनका खुद का जीवन भी एक सामाजिक कार्यकर्ता की तरह का ही है। उनकी कार्यशैली में भी सामाजिक कार्यकर्ताओं वाली शैली ही है। अपने बारे में और अपनी परेशानियों के बारे में उनको शायद ही किसी ने कभी किसी से कोई चर्चा करते सुना हो। इस उम्र में भी उनकी बौद्धिक व सामाजिक सक्रियता बहुत कुछ कहती है। गत वर्ष बीमार होने के पहले तक वे हमेशा राष्ट्रव्यापी दौरे पर ही रहते थे। सही मायने में वे ऋषि परंपरा में जीने वाले बुद्धिजीवी पत्रकार हैं।

(लेखक जे.बी. कृपलानी ट्रस्ट के न्यासी सचिव हैं।)

अंध-युग के प्रकाश-पुंज

संत समीर

याद नहीं पड़ता कि अच्युतानंद जी से पहली मुलाकात कब हुई और कब वे परिवार के किसी बड़े-बुजुर्ग की तरह अपनी जिन्दगी के अनिवार्य-से हिस्से हो गये। 'अनिवार्य से' इसलिए कह रहा हूँ कि अच्युतानंद जी उन कुछ नामों में हैं, जिनका ख्याल आते ही अपनी ठहरी हुई सी जिन्दगी को गति मिलने लगती है।

एक हल्की-सी याद यह है कि दिल्ली में करीब 28-30 साल पहले आजादी बचाओ आंदोलन के एक कार्यक्रम के दौरान कार्यकर्ताओं से मिलने के लिए वे राजघाट पर आये थे। मजे की बात यह कि उस वक्त बरसात हो रही थी और वे अपनी तमाम व्यस्तताएं और बड़े पत्रकार का तमगा किनारे रख सिर पर छाता ताने पैदल ही टहलते चले आये थे। शायद इसी समय अच्युतानंद जी से मेरी पहली मुलाकात हुई, पर इस मुलाकात में गहन परिचय की कोई स्थिति नहीं बनी थी तो तब की कोई खास बात याद भी नहीं है। उन्हीं दिनों (सन् 1996) इलाहाबाद विश्वविद्यालय के गांधी भवन में पत्रकारिता और लेखन पर कार्यशालाओं के आयोजन का सिलसिला शुरू हुआ। योजना बनाने से लेकर आयोजन तक की जिम्मेदारी मेरी थी, पर उन दिनों अपनी हैसियत ऐसी नहीं बन पाई थी कि इलाहाबाद के बाहर के बड़े नामों को बुलावा भेजने की हिम्मत कर सकूं। यह वह समय था जबकि मेरे जैसे कई नौजवान इलाहाबाद विश्वविद्यालय से नये-नये पढ़कर बाहर निकले थे और राष्ट्रनिर्माण के जुनून में कैरियर का मोह छोड़ बहुराष्ट्रीय कम्पनियों के खिलाफ सन् 1989 में शुरू हुए 'आजादी बचाओ आंदोलन' के कार्यकर्ता बन गये थे। यह भी संयोग ही था कि उसी दौर में मेरे लिखे कुछ लेख खासे चर्चित हुए थे और 'नवभारत टाइम्स' में छपे 'साहित्यकारों के तीर्थ में साहित्य का चकलाघर' की अनुगूंज तो देश की संसद तक भी पहुंची थी। दरअसल, उसी जोश में अपने को लगा कि क्यों न पत्रकारिता जगत में प्रवेश कर रहे नौजवानों को सरोकारों के संस्कार देने का कोई

काम किया जाय। सो, हर साल पत्रकारिता कार्यशाला आयोजित करने की योजना बनी। आमंत्रण पत्र जरूर मेरे नाम का था, पर इलाहाबाद के बाहर के कुछेक को छोड़ ज्यादातर नामी लेखकों-पत्रकारों को बुलाने की जिम्मेदारी आंदोलन के हमारे अगुआ प्रो. बनवारीलाल शर्मा, रामधीरज जी वगैरह ने संभाली। इन कार्यशालाओं में प्रभाष जोशी, अच्युतानंद मिश्र, नरेश मेहता, मन्नू भंडारी, मुद्राराक्षस, प्रो. रघुवंश, दूधनाथ सिंह, वीरेन डंगवाल जैसे तमाम नामीधामी लोग शामिल हुए। अच्युतानंद जी से तो ऐसा अपनापा बना कि सन् 2000 में जब मैंने इलाहाबाद में रहते हुए आखिरी कार्यशाला आयोजित की तो समापन वाले दिन प्रसिद्ध साहित्यकार मुद्राराक्षस और मीडिया वाच ग्रुप के अध्यक्ष कुलदीप सिंह अरोड़ा के साथ वे भी मेरे आवास पर आये, मेरी पत्नी का बनाया भोजन स्वीकार किया और मेरी नई-नई शादी के लिए आशीर्वाद दिया। धीरे-धीरे अच्युतानंद जी परिवार के किसी बड़े-बुजुर्ग के मानिन्द हो गये, जिनसे अपने मन का अच्छा-बुरा मैं निःसंकोच बयान कर सकता था और जिन्दगी की तमाम जरूरी सलाह-मशविरे कर सकता था।

अच्युतानंद जी के व्यक्तित्व की खासियत ही है कि उनसे कोई भी एक बार मिले तो उनका मुरीद हुए बगैर नहीं रह सकता। हर तरह के लोगों से निभाना उन्हें आता है। किसी भी दल का नेता हो या कोई समाजकर्मी, सबसे एक अजब आत्मीयता से वे मिलते हैं। मैंने उनको कभी किसी से नाराज होते हुए नहीं देखा। जरूरत पड़े तो हर प्रकार से आपकी मदद को वे तत्पर दिखाई देंगे। जाने कितने लोगों का पत्रकारीय जीवन उन्होंने गढ़ा। ऐसे कम लोग होंगे जो अच्युतानंद जी की तरह से प्रथमदृष्ट्या बगैर ऊपरी व्यक्तित्व से प्रभावित हुए सामने वाले की अंदरूनी खूबियां पहचान लेते हों और उसे भरपूर इज्जत देने का माद्दा रखते हों। अपने बारे में बात करूं तो यह कहने में मुझे कोई हिचक नहीं है कि माखनलाल चतुर्वेदी राष्ट्रीय पत्रकारिता एवं संचार विश्वविद्यालय का कुलपति रहते हुए यदि अच्युतानंद जी ने इच्छा न व्यक्त की होती तो मेरे जैसा व्यक्ति 'हिंदी की वर्तनी (समाचार पत्रों के विशेष सन्दर्भ में)' जैसी किताब लिखने की शायद कभी सोचता भी नहीं। मुझे तो एहसास तक नहीं है कि क्या पहचान कर अच्युतानंद जी और विजयदत्त श्रीधर जी ने ऐसे गम्भीर विषय को लेकर मेरे ऊपर विश्वास जताया। इसी तरह जब प्रभाष जोशी जी का देहावसान हुआ तो एक दिन अच्युतानंद जी का सन्देश आया कि विश्वविद्यालय श्रद्धांजलि स्वरूप प्रभाष जी की जीवनी छापना चाहता है, और उन्होंने मेरे ऊपर भरोसा जताया कि मैं यह काम जल्दी करके दे सकता हूँ। बहरहाल, मैंने अच्युतानंद जी का आदेश मान यह काम हाथ में लिया और रामबहादुर राय जी से प्रभाष जी के बारे में कुछ बातचीत करने के बाद शायद दो हफ्ते से भी कम समय

में वह किताब लिखकर विश्वविद्यालय को सौंप दी।

अच्युतानंद जी जिस बात में अपने ढेर सारे समानधर्मा लोगों से अलग खड़े नजर आते हैं, वह यह है कि वे अपने पत्रकारिता-धर्म को जितनी शिद्दत से निबाहते हैं, उससे भी दो कदम आगे बढ़कर अपने समाज-धर्म को अपनी दिनचर्या का अंग बनाते हैं। तमाम प्रासंगिक मुद्दों पर उन्हें अकसर देश के विभिन्न सामाजिक संगठनों के साथ खड़े देखा जा सकता है। अखबार के दफ्तर में भी वे महज कलम-घिसाई तक कभी सीमित नहीं रहे। अपने साथ काम करने वालों के प्रति भी एक सामाजिक सरोकार उनका हमेशा कायम रहा। किसी भी नये अखबार में प्रवेश करते ही वहाँ के कर्मचारियों में खुशी का माहौल बनने लगता था कि अब शायद उनके दिन बहुरेंगे और उनकी मेहनत की कीमत कुछ-न-कुछ जरूर बढ़ जाएगी। कर्मचारियों के हित में वे मालिकों से टकराने में भी हिचकते न थे। अच्युतानंद जी का हिंदी-प्रेम भी जगजाहिर है। जब-जब हिंदी के हित में आंदोलन की जमीन तैयार करने की बात हुई, अच्युतानंद जी उसमें आगे रहे। उम्र के इस पड़ाव पर आज भी वे हिंदी के लिए एक प्रतिबद्ध योजनाकार के रूप में दिखाई देते हैं। हिंदी के लिए काम करने वालों को तो हमेशा वे भरपूर मदद देते ही रहे हैं। इधर हाल के दिनों में जब मैं गाजियाबाद में इन्दिरापुरम वाले उनके घर पर उनसे मिलने गया तो भी उन्होंने भाषा, शिक्षा और संस्कृति के सवालों पर ही सबसे ज्यादा चिन्ता जाहिर की।

ऐसी शख्सियत के साथ भला किसकी इच्छा न होगी काम करने की। मेरे भी मन में किसी वक्त यह इच्छा रह-रहकर उभरा ही करती थी कि कभी अच्युतानंद जी के सान्निध्य में पत्रकारिता का कोई काम करने को मिले, पर संयोग ही रहा कि जब वे सक्रिय पत्रकारिता कर रहे थे तो मैं सक्रिय समाजकर्मी था और जब वे सक्रिय पत्रकारिता से अवकाश ग्रहण कर चुके, तब कहीं पत्रकारिता की दुनिया में कायदे से मेरा प्रवेश हुआ। यह संतोष जरूर है कि अच्युतानंद जी जब माखनलाल चतुर्वेदी पत्रकारिता विश्वविद्यालय के कुलपति बने तो उनके साथ काम करने का एक बढ़िया अवसर मुझे भी मिला। इस दौरान उनके सान्निध्य में मेरे जीवन में कई उपलब्धियां जुड़ीं। अपने कामधाम में नौजवानों को भी मात देने वाले सप्रे संग्रहालय के कर्ताधर्ता विजयदत्त श्रीधर जैसी शख्सियत से अच्युतानंद जी की ही वजह से अपना गहरा नाता जुड़ा। सप्रे संग्रहालय की मंगला अनुजा, 'मीडिया विमर्श' के कार्यकारी संपादक संजय द्विवेदी, माखनलाल चतुर्वेदी राष्ट्रीय पत्रकारिता एवं संचार विश्वविद्यालय के पुष्पेन्द्रपाल सिंह व लालबहादुर ओझा जैसे कई भले लोगों से भी अपनी दुआ-सलाम शायद ही शुरू हो पाती, अगर अच्युतानंद जी की वजह से भोपाल जाने का सिलसिला न शुरू हुआ होता।

अच्युतानंद जी के साथ काम करने का संयोग भी अजब रहा। सन् 2005 के आसपास का यह वह दौर था जब राजस्थान के भीलवाड़ा में आंदोलन का एक केन्द्र खड़ा करने के दौरान अचानक मैंने फैसला लिया कि अब मैं कुछ वक्त तक दान-चन्दे पर रहने के बजाय सिर्फ अपनी मेहनत की कमाई से अपनी जिन्दगी बसर करूंगा। जाहिर है इस कठिन फैसले के बाद अपनी जिन्दगी में हर तरफ मुश्किलें ही मुश्किलें थीं। मेरे समाजकर्मी मित्रों को मेरे फैसले के बारे में पता चला तो एक-दो जगहों से कुछ इस तरह के प्रस्ताव आये कि अमुक-अमुक स्थान पर कुछ एकड़ जमीनें हैं और वहां मैं जैसा चाहूँ अपने हिसाब से कुछ काम शुरू कर सकता हूँ। कुछ लोगों ने पैसों से भी मदद करनी चाही पर मैंने यह सब नकार दिया। पत्नी और डेढ़ बरस की बच्ची को साथ लिए कहाँ जाऊंगा, क्या करूंगा, कुछ भी अंदाजा नहीं था। उसी दौरान एक दिन फोन पर अच्युतानंद जी ने पत्रकारिता पर विश्वविद्यालय की शोध परियोजना के बाबत चर्चा की तो मुझे भी लगा कि क्यों न कुछ समय के लिए इस काम से ही जुड़ा जाए और नये अनुभव हासिल किये जाएं। खैर, विश्वविद्यालय के लिए मैंने चार शोध प्रबन्ध लिखे और यह काम ही कुछ समय के लिए मेरी रोजी-रोटी का जरिया बना। अच्युतानंद जी की दरियादिली उनके साथ काम करते हुए मैंने और नजदीक से महसूस की। अकसर ऐसा होता था कि फकीरी वाली आदत के चलते अपनी जेब खाली ही रहती थी। न आने-जाने का किराया और न खाने-पीने का ठिकाना। लेकिन अच्युतानंद जी इन सब बातों का पूरा खयाल रखते थे। बड़ी जिम्मेदारी के साथ जरूरत पड़ने पर वे किराये-भाड़े की व्यवस्था तो कराते ही थे; इसके अलावा, मेरे जैसे लोग जब चाहे उनके घर में भी डेरा जमा सकते थे। कई बार ऐसा भी हुआ कि प्रचलित तौर-तरीके से हटकर मेरी फकीरी का खयाल करते हुए उन्होंने अग्रिम भुगतान तक कराया, ताकि मुझे मुश्किलों का सामना न करना पड़े। सच कहूँ तो जब मैंने खुद को अपने पैरों पर खड़ा करने की कोशिश शुरू की तो सही मायने में अच्युतानंद जी मेरे पहले अन्नदाता बने।

अच्युतानंद जी जैसी शख्सियत की अहमियत मेरे जैसे व्यक्ति की जिन्दगी के लिए शब्दातीत है। आमतौर पर जैसी लोगों की मान्यताएं हैं, पता नहीं उस तरह के देवी-देवताओं का वजूद इस ब्रह्माण्ड में कहाँ है, पर अपने लिए तो अच्युतानंद जी जैसे लोग ही जीवित-जाग्रत देवता नजर आते हैं; जिनकी याद आये तो अंधकार भरी जिन्दगी में जैसे हौसले का उजाला भरने लगता है।

(लेखक वरिष्ठ पत्रकार, भाषाविद् और समाजकर्मी हैं।)

लोक व्यवहार के धनी
रामभुवन सिंह कुशवाह

एक पत्रकार, पत्रकार बाद में है पहले वह मनुष्य है। मनुष्य के रूप में वह इस समाज का अभिन्न अंग, राष्ट्र का नागरिक और फिर इस धरती पर प्रकृति द्वारा प्रदत्त महत्त्वपूर्ण उपहार भी होता है। दुर्भाग्य से आज हम मशीनों की अमानुषिक कार्यप्रणाली के शिकार होकर व्यक्ति का उसकी उपयोगिता के आधार पर मूल्यांकन करने लगे हैं और उसके उन गुणों की चिंता ही नहीं करते जो अपने कार्य, व्यवहार, योग्यता और क्षमता से लोकजीवन को प्रभावित करते हैं। पंडित श्री अच्युतानंद मिश्र को मैंने जब भी देखा तो उन्हें अत्यंत शिष्ट, शालीन और निरभिमानी ही पाया है। उनका लोक व्यवहार भी बेमिसाल है। वे एक ऐसे पत्रकार हैं, जिन्हें देश के लगभग सभी दलों और नेताजों से सम्मान मिलता रहा है।

मेरी उनसे सबसे पहली मुलाकात श्रमजीवी पत्रकारों की सबसे बड़ी ट्रेड यूनियन 'नेशनल यूनियन ऑफ जर्नलिस्टस- इंडिया' के द्विवार्षिक अधिवेशन में हुई। उसी सम्मेलन में उन्हें यूनियन का अध्यक्ष निर्वाचित कर लिया गया। मैं उस समय मध्य प्रदेश इकाई का अध्यक्ष था। इसके बाद हमारी मुलाकातें होती रहीं। श्री मिश्र के कारण एन.यू.जे.आई. अपने पत्रकारों के कल्याण के लिए करीब एक करोड़ का कोष बना सका। बाद में तो वे भोपाल में ही आ गये माखनलाल चतुर्वेदी राष्ट्रीय संचार एवं पत्रकारिता विश्वविद्यालय के कुलपति बनकर।

महान विद्वान एवं नाटककार भवभूति ने 'उत्तर रामचरित' में एक स्थान पर लिखा है–

"प्रियप्राया वृत्तिविनयमधुरो वाचि नियमः
प्रकृत्या कल्याणी मतिरनवगीतः परिचयः।
पुरो वा पश्चात वा तदिदमविपर्यासितरसं
रहस्यं साधूनामनुपधि विशुद्धम विजयते।"

अर्थात् प्रेम में परिपूर्ण व्यवहार, विनय मधुर वाणी में संयम, स्वभावतः कल्याणी बुद्धि, विशेष परिचय और मिलने के पहले या बाद में अपरिवर्तित स्नेह से युक्त सज्जनों का निष्कपट और विशुद्ध चरित्र सदा विजयी होता है। (उत्तर रामचरित–2:2)

श्री अच्युतानंद मिश्र का व्यवहार मैंने सदैव उक्त वर्णित व्याख्या के अनुरूप ही पाया है। उनमें वे सब गुण हैं जिनको भवभूति ने गिनाया है। उनकी विशेषता 'पुरो वा पश्चात् वा तदिदमविपर्यासितरसं' भी है। मैं इस पर विशेष जोर देना चाहता हूँ। आजकल सामान्यतः इस तरह के लोगों का अभाव हो गया है। मैं भी प्रायः तुलसीदास जी के कथनानुसार 'जाहि न चाहिए कबहुं कछु, तुमसन सहज सनेह' लोगों से सम्बन्ध रखता हूँ और इस तरह का सम्बन्ध मुझे बहुत पसंद है, जबकि सामान्यतः लोग किसी हेतु से ही किसी से मिलना पसंद करते हैं। यह आज के संसार की स्थापित रीति हो गयी है कि कोई मिलने आया है तो जरूर उसका कोई मतलब होगा। पुरानी पीढ़ी के लोग सहज भाव से अपनत्व बढ़ाने के लिए मिलते- जुलते हैं। भवभूति उससे भी बढ़ाकर बात कहते हैं 'मिलने के पहले या बाद में अपरिवर्तित स्नेह' यह गुण असामान्य होता है। मैंने श्री मिश्र में यह गुण स्पष्ट पाया जो उन्हें 'अद्वितीय' बनाता है। उनसे कोई कई महीनों के बाद भी मिले तो उनका व्यवहार ऐसा होता है जैसे वह उनका 'अनन्य' हो और जैसे उनसे मिलता ही रहता हो। दूसरे को आदर देना उनकी स्वभावगत विशेषता है।

एन.यू.जे.आई. के अध्यक्ष के रूप में उनकी इच्छा थी कि भोपाल में द्विवार्षिक अधिवेशन हो, पर यह प्रस्ताव उन्होंने मुझसे रखवाया और भोपाल में अधिवेशन का प्रबंधन जिस कुशलता से किया कि हम सब दंग रह गये। इसके बाद भी उन्होंने इसका श्रेय कभी स्वयं नहीं लिया। वे मुझे इस सबका श्रेय देते रहे। उन्होंने हमारे इस संकल्प का भी मान रखा कि हमने यह निश्चय किया है कि ऐसे सम्मेलनों में हम सार्वजनिक रूप से 'चंदा उगाही' नहीं करेंगे। इस सम्मेलन के कारण न केवल 'जम्प' (जर्नलिस्ट्स यूनियन ऑफ मध्य प्रदेश) की राष्ट्रीय स्तर पर प्रतिष्ठा बढ़ी, बल्कि मध्य प्रदेश और भोपाल की मेहमाननवाजी की देशभर के पत्रकारों में अभी तक प्रशंसा की जाती है।

श्री मिश्र द्वारा एन.यू.जे.आई. और यूरोपियन यूनियन के संयुक्त तत्त्वावधान में हॉलैण्ड और बेल्जियम में आयोजित 'पत्रकार जागरूकता अभियान' में शामिल होने के लिए मुझे यूरोप के दौरे पर भेजना भी मेरे लिए आश्चर्यजनक घटना थी, क्योंकि मैंने उनसे न तो निवेदन किया था और न ही कोई अपेक्षा रखता था। वे जब तक भोपाल में रहे, मैं उनका कभी 'कृपाभाजन' भी नहीं बन सका, क्योंकि संकोची

स्वभाव और किसी से न मांगने की प्रवृत्ति के कारण किसी की अनावश्यक खुशामद करना मेरा कभी स्वभाव नहीं रहा।

श्री मिश्र अत्यंत धीर-गंभीर और मिलनसार व्यक्ति हैं। उनसे मिलने पर यह कभी अनुभव नहीं होता कि हम किसी ऐसे व्यक्ति से मिल रहे हैं, जिसने न केवल पत्रकारिता का शिखर छुआ है, बल्कि सामाजिक और राजनीतिक सरोकारों में भी उसका कोई मुकाबला नहीं है। उन्होंने 'अमर उजाला' से लेकर 'जनसत्ता', 'नवभारत टाइम्स' और 'लोकमत समाचार' जैसे दैनिक समाचार-पत्रों में चुनौतीपूर्ण दायित्व सम्हाले हैं और उनका संपादकीय राष्ट्रीय स्तर पर सदैव चर्चित रहा है। वे उत्तर प्रदेश शासन का सबसे बड़ा 'यश भारती' सहित अनेक सम्मान लेकर भी कभी दर्प से इतराते नहीं देखे गये और माखनलाल चतुर्वेदी राष्ट्रीय पत्रकारिता एवं संचार विश्वविद्यालय के कुलपति होकर भी विनम्र और सहज बने रहे। अपनी सहजता और सरलता के गुण के कारण वे ऐसा लगता है कि नियोक्ताओं को भी पूरी तरह संतुष्ट नहीं कर पाए। उन पर यह आरोप अक्सर लगाया जाता रहा कि उनका विश्वविद्यालय 'कम्युनिस्टों का गढ़' बनता जा रहा है, पर मेरी समझ में यह आरोप सही नहीं था। उन्होंने अपने कार्यकाल में विश्वविद्यालय को सभी दृष्टियों से सम्पन्न और श्रेष्ठ बनाया। बल्कि यूं भी कह सकते हैं कि उनके कारण विश्वविद्यालय अपनी बुलंदियों को छू सका। यही एक सच्चे और ईमानदार व्यक्तित्व की पहचान होती है कि जब वह वहाँ से अनुपस्थित होता है तब भी लगातार प्रशंसाएं बटोरता रहता है।

(लेखक वरिष्ठ पत्रकार हैं, 'स्वदेश' से संबद्ध रहे हैं।)

व्यक्तित्व-सा ही बड़ा है उनका दिल

सत्येन्द्र प्रताप सिंह

परिवर्तन जीवन का शाश्वत सत्य है। प्रायः हर क्षेत्र में ग्रह होता है। सो, पत्रकारिता भी इसका अपवाद नहीं। संतरा नगरी नागपुर से प्रकाशित प्रतिष्ठित हिंदी दैनिक 'लोकमत समाचार' के संपादक बदलने वाले थे। संपादकीय सहयोगियों, अखबारनवीसों, स्तंभकारों, साहित्यकारों सबों में (लोकमत समाचार का भूतपूर्व उपसंपादक होने के नाते मुझमें भी) इस बात की उत्सुकता थी कि नये संपादक के रूप में कैसा व्यक्ति आयेगा। लेकिन, जब वे आये, तो पहली ही मुलाकात में अपनत्व में पगी मुस्कान ने सबको अपना बना लिया। शफ्फाक, कफदार कुर्ता पायजामा, चश्मा, चप्पल और उम्र का कम, परिपक्व अनुभव ज्यादा बयां करता व्यक्तित्व यानी श्री अच्युतानंद मिश्र जी।

बेहद शालीन, मृदुभाषी, किसी को भी अपनी बात या व्यवहार से तनिक भी चोट न पहुंचाने की सावधानी रखने वाले, विनम्रता की अद्भुत मिसाल कायम करते हुए उन्होंने नागपुर में पत्रकारिता के नये मानक और नई परिभाषा गढ़ी। सोच और लेखनी में स्पष्टता कोई सीखे तो उनसे। वार्धक्य की दहलीज पर पहुंचने के बावजूद, इस शख्सियत के किसी कोने में छिपी बाल-मन की सरलता तो है ही, अनुकरणीय भी।

वर्तमान दौर के प्रबंधन के विविध दबावों और तनावों के बावजूद अपने सहयोगियों को उनकी भनक तक न लगने देना और उनके हितों तथा स्वायत्तता, स्वाभिमान की रक्षा करते हुए हर सुबह अखबार का नया संस्करण देना, सर्कस के नट की तरह पतली रस्सी पर चल कर दिखाने से कम नहीं। वह भी बहुत ही सहजता से करते रहे संपादकजी। ज्ञान, संपर्क और अनुभव की अकूत थाती होने के बावजूद कभी, किसी अवसर पर उन्होंने इसका न तो दावा किया, न दिखावा। सामने वाले को बड़ा बनाने का इससे अच्छा नुस्खा और क्या हो सकता है? निश्चित तौर पर

उन जैसी हस्तियों के लिए ही यह कहा गया है कि 'फलदार वृक्ष की डालियां हमेशा झुकी होती हैं।' देश-विदेश में उनका संपर्क, सभी क्षेत्र में, पर कभी उसका गुमान नहीं, बखान नहीं।

मुझे कभी उनके साथ काम करने का सौभाग्य नहीं मिला। 'लोकमत समाचार' में कार्यरत मेरी पत्नी आरती से उनका स्नेहिल व्यवहार आज तक है। सो, उनकी सरलता और उदारता है कि 'सुदामा' के घर भी वे कहकर 'खिचड़ी' का जूठन गिराने आते थे और हमारे सुपुत्र अभिनव की तो मानो पिकनिक ही हो जाती थी। मिठाइयां, गिफ्ट और अपने फ्लैट की छत पर पतंग उड़ाने का 'ऑफर' मुझ जैसे नाचीज को भी। (उम्र, अनुभव, औकात में वे कहाँ राजा भोज, मैं कहाँ गंगू तेली) 'सर' कहकर हमें अक्सर शर्मिंदा कर देते। उनके आवास पर 'होली मिलन' की भव्य, मगर शालीन यादें भला कोई कैसे भुला पाएगा। दिल्ली, लखनऊ या कहीं से आये तो आदतन मेरे बेटे के लिए कुछ-न-कुछ (यानि बहुत कुछ) जरूर लाते।

नागपुर, वर्धा, गोंदिया, अमरावती आदि शहरों में विभिन्न साहित्यिक-सामाजिक सरोकार वाले कार्यक्रमों में उनकी प्रमुख उपस्थिति सफलता की गारंटी होती। उन्हें जानने वाले यह अच्छी तरह जानते हैं कि उनके मुंह से न किसी की निंदा सुनी, न उनके बारे में किसी और के मुंह से। ऐसे लोगों को ही तो कहते हैं—अजातशत्रु।

> ''हजारों साल तक नरगिस अपनी बेनूरी पे रोती है,
> बड़ी मुश्किल से होता है चमन में दीदावार पैदा''

माखनलाल चतुर्वेदी राष्ट्रीय पत्रकारिता एवं संचार विश्वविद्यालय, भोपाल के कुलपति का गुरुतर दायित्व संभालने हेतु उन्होंने 'लोकमत समाचार' का संपादक पद छोड़ा। उसके बाद जब भी नागपुर आना हुआ उनका, हमारे लिए हो समारोह. ... हां, हर बार यह जरूर कहते ''सर जी, भोपाल आइए न सपरिवार, बहुत बड़ा घर है हमारा वहाँ, अकेला रहता हूँ। साथ घूमने चलेंगे हम लोग। कोई दिक्कत नहीं होगी।'' भोपाल में भी जिन स्वस्थ परंपराओं की नींव रखी आपने, बेमिसाल है। यह हमारा सौभाग्य है कि हमें उनका आशीर्वाद मिलता रहा है। उन पर लिखने को बहुत है। पर मुख्तसर तौर पर यही कहूँ कि—

> ''खुशी बांटते, जीवन जीना, उनसे कौन बड़ा है दानी
> परिचय केवल इतना-सा है, उमर सयानी पीर पुरानी।''

(लेखक केंद्र सरकार में जनसंपर्क अधिकारी रहे हैं, नागपुर में रहते हैं।)

जो अजातशत्रु हैं भी और नहीं भी

उमेश चतुर्वेदी

सन् 1993 की बात है। भारतीय जन संचार संस्थान, नई दिल्ली की हिंदी पत्रकारिता की कक्षा में हमें फीचर पढ़ाने के लिए मशहूर कथाकार बलराम आये थे। बलराम तब 'रविवार्ता' में काम करते थे। 'रविवार्ता', 'नवभारत टाइम्स का रविवारीय परिशिष्ट था। जिसके संपादक डॉक्टर गोविंद सिंह हुआ करते थे। उन दिनों हमारी कक्षाओं के आखिर में अपने शिक्षकों के साथ सवाल-जवाब का सत्र होता था। उन दिनों हिंदी पत्रकारिता में विद्यानिवास मिश्र कई तोपची पत्रकारों को बहुत खल रहे थे। प्रगतिकामी साहित्यकर्मियों को भी उनका 'नवभारत टाइम्स' का प्रधान संपादक होना चुभ रहा था। जाहिर है कि हम शावक पत्रकारों के बीच भी यह मान्यता तकरीबन विकसित हो गयी थी कि विद्यानिवास मिश्र हिंदी पत्रकारिता के अंगने में ऐसे अजनबी हैं, जिनके चलते पत्रकारिता का नुकसान हो रहा है। हिंदी पत्रकारिता को साहित्य से दूर होना चाहिए। इस विचार की बुनियाद सुरेंद्र प्रताप सिंह और उनके साथियों ने रखी थी। चूंकि एसपी की अगुआई में 'रविवार' ने हिंदी पत्रकारिता को लेकर आमूलचूल बदलाव ला दिया था। लिहाजा उनकी बात सुनी जाती थी। वह दौर था, जब पत्रकारिता पढ़ाने के लिए कुकुरमुत्तों की तरह आज के जैसे हर गली-कूचे में पत्रकारिता शिक्षण की फैक्ट्रियां नहीं खुली थीं। तब हर युवा पत्रकार एसपी बनने का सपना देखता था और हर लड़की के मन में मृणाल बनने की चाहत थी। ऐसे माहौल में हम शावक पत्रकारों के सामने 'नवभारत टाइम्स' से जुड़े बलराम थे तो हमारा पहला ही सवाल था कि क्या विद्यानिवास मिश्र खबरों को समझते हैं। किसी ने पीछे से इस सवाल के साथ विद्यानिवास मिश्र के लिए पोंगा पंडित का भी विशेषण लगा दिया। सवाल और उसके साथ जुड़े विशेषण से ठहाके उठने ही थे और इसी ठहाके के बीच बलराम ने 'नवभारत टाइम्स' में खबरों के चयन की प्रक्रिया समझानी शुरू की। जवाब देते हुए ही बलराम ने कहा कि विद्यानिवास जी भले ही

पत्रकार न रहे हों, लेकिन उन्होंने खबरों पर नजर रखने के लिए अच्युतानंद मिश्र को रखा है, जो वरिष्ठ पत्रकार हैं। पता नहीं मेरे कितने मित्रों को अच्युतानंद मिश्र का नाम तब तक पता होगा। लेकिन सच कहूँ तो तब तक इतना पढ़ने-लिखने के बावजूद मुझे अच्युतानंद मिश्र का नाम सचमुच पता नहीं था। तब मुझे इस बात का आभास भी नहीं था कि एक दिन इस नाम से इतना घरापा होगा कि मैं कई बार उनके बिना खुद को अधूरा महसूस करने लगूंगा।

अच्युतानंद जी से अपने रिश्ते की भी एक कहानी है। तब मेरे दो सहपाठी एनडीटीवी के मनोरंजन भारती और स्वतंत्र फिल्मकार मुकुल जैन (तब अग्रवाल) अच्युतानंद जी से 'नवभारत टाइम्स' मिलने पहुंचे। 1993 में पहली बार दिल्ली की विधानसभा गठित होने वाली थी। इसे लेकर तमाम तरह की राजनीतिक गहमागहमी थी। इसी गहमागहमी के बीच मेरे दोनों मित्र अपनी राजनीतिक रिपोर्टिंग करने की चाहत को लेकर 'नवभारत टाइम्स' के दफ्तर जा पहुंचे। अच्युतानंद जी ने न सिर्फ उन्हें ध्यान से सुना, बल्कि उन्हें दिल्ली के भावी विधानसभा चुनावों में पड़ने वाले राजनीतिक, सामाजिक और आर्थिक कारणों की पड़ताल को लेकर रिपोर्टिंग के तमाम एसाइनमेंट उन्हें थमा दिये। रोजाना उनकी रिपोर्ट छपने भी लगीं। यहाँ यह बता देना जरूरी है कि उस दौर का 'नवभारत टाइम्स' आज की तरह का नहीं था। तब उसका रविवार्ता यानी रविवारीय परिशिष्ट अपने बेहतरीन वैचारिक लेखों, फीचरों और कहानियों के साथ ही बच्चों की स्तरीय सामग्री के लिए जाना जाता था। संपादकीय पृष्ठ अपने वैचारिक लेखन के लिए मशहूर था तो रिपोर्टिंग टीम अपनी सधी और अनुशासित रिपोर्टों के लिए जानी जाती थी। ऐसे 'नवभारत टाइम्स' में अपने ही सहपाठियों का रोजाना प्रकाशित होना ईर्ष्या का पात्र बन गया था। इन्हीं दिनों एक दिन हिम्मत करके अच्युतानंद जी के पास दिल्ली के बहादुर शाह जफर मार्ग स्थित 'टाइम्स हाउस' जा पहुंचा। उन दिनों मैं कुछ ज्यादा ही संकोची हुआ करता था। तब 'टाइम्स हाउस' में प्रवेश पाना आज जितना कठिन भले न हो, आसान भी नहीं था। उसके बाद अच्युतानंद जी के सहायक से घुस पाने की अनुमति पाना एक और पहाड़ी चढ़ाई जैसा था। तब मुझे अपने लेखन पर थोड़ा गुरूर होता था। हालांकि यह बचकाना था तो मैं उसी को हथियार बनाकर संकोच तोड़ते हुए अच्युतानंद जी के सामने जा पहुंचा। 1993 में बलिया के मशहूर संत साहित्य मर्मज्ञ पंडित परशुराम चतुर्वेदी की जन्म शताब्दी चल रही थी। अच्युतानंद जी के केबिन में पहुंचा तो उनका पहला सवाल था, क्या करना चाहते हो? मेरा जवाब था आप शायद परशुराम चतुर्वेदी को जानते हों। उनकी जन्मशताब्दी चल रही है और मैं उन पर लिखकर एक लेख लाया हूँ। मेरा मकसद उनके सामने खुद को ज्ञानी साबित करना नहीं था। लेकिन

धुर देहाती बलिया से महज कुछ महीने पहले आये नौजवान की आवाज की खनक कहें या बोलने का टोन में अच्युतानंद जी को शायद लगा कि मैं अपना ज्ञान बघार रहा हूँ उनका जवाब था, अरे भाई हम भी जानते हैं परशुराम चतुर्वेदी को। काफी पढ़ा है उन्हें। उनका लहजा विनम्र, लेकिन उलाहना भरा जरूर था। मैं डर गया, फिर भी लेख देकर चला आया। यह मानकर कि वह छपेगा नहीं। लेकिन न सिर्फ छपा, बल्कि संपादकीय पृष्ठ पर छपा। अच्युतानंद जी से इस पहली मुलाकात के बाद लगा कि बात आगे नहीं बढ़ पाएगी। मैं खुद भी घर घुस्सू हूँ स्वभाव से भी और मिजाज से भी। तब कुछ ज्यादा ही था। मैं फिर दोबारा अच्युतानंद जी के पास जाना नहीं चाहता था। लेकिन मेरे सहपाठी 'आज तक' में कार्यरत नीरज कुमार के साथ मैं भी विधानसभा चुनावों से पहले दिल्ली के कुछ इलाके के सर्वे का काम मांगने पहुंच गया। अच्युतानंद जी 'आपकी दिल्ली-आपकी नजर में' नाम से एक सीरीज चलाने की योजना पर काम कर रहे थे। इसकी भी जानकारी मनोरंजन भारती से ही छनकर मिली थी। छनकर इसलिए कि वे हर जानकारी हम लोगों से साझा कम ही करते थे। बहरहाल हम भी पहुंचे और शाहदरा, सीमापुरी और नंद नगरी जैसी विधानसभा सीटों पर सर्वे आधारित पूर्वानुमान पर विश्लेषणात्मक आलेख लिखने की तैयारी में। लेकिन कुछ कारणवश वे टिप्पणियां नहीं छप पाईं। खैर, यह कहानी फिर कभी।

अच्युतानंद जी पूरी तरह पत्रकार हैं, उन्होंने 1994 की गरमियों में दिल्ली की जानी-मानी हस्तियों पर दिल्ली के इतिहास, संस्कृति और आ रहे बदलावों को लेकर इंटरव्यू आधारित लेख लिखवाना शुरू किया। इसमें सिर्फ नवेले फ्रीलांसरों को ही मौका दिया जाता था। दिल्ली के सिटी पृष्ठ पर प्रकाशित हो रहे इस स्तंभ का नाम था 'जिन पर दिल्ली को नाज है'। फाकामस्ती में जिंदगी गुजार रहे अपने राम को भी उम्मीद नजर आई और पहुंच गये। अच्युतानंद जी के दरबार 'नवभारत टाइम्स' के दफ्तर और अच्युतानंद जी ने निराश भी नहीं किया। मुझे होम्योपैथी के मशहूर डॉक्टर दीवान हरिश्चन्द्र, विश्वविद्यालय अनुदान आयोग के पूर्व अध्यक्ष सतीश चन्द्रा समेत कुछ हस्तियों से बात करने और 'नवभारत टाइम्स' में लिखने का मौका मिला।

अच्युतानंद जी से जुड़े संस्मरण में इन घटनाओं की तफसील से मुझ जैसे अकिंचन की जानकारी का कोई खास महत्त्व नहीं है। लेकिन ये घटनाएं दरअसल उनके चरित्र को समझने का सूत्र हैं। आज हिंदी मीडिया में नौकरियों की बहार महसूस की जा रही है। बेशक कुछ नौकरियां कुछ महीनों के लिए ही होती हैं, लेकिन उदारीकरण के बिरवा रोपे जाने के फौरन बाद यानी 1993-94 में हिंदी का मीडिया जगत् नये लोगों के लिए बेहद निराशा भरा माहौल लेकर आया था। तब मीडिया

के इतने सारे संस्थान भी नहीं थे। दिल्ली में हिंदी में सिर्फ दो ही जगह भारतीय जन संचार संस्थान और भारतीय विद्या भवन में ही पत्रकारिता पढ़ाई जा रही थी। कई बार लगता कि गांव लौट जाएं। लेकिन वहाँ लोगों ने इतने बड़े सपने पाल रखे थे कि अगर लौटते तो घर वालों का दिल टूट जाता। अपनी अहमियत परिवार ही नहीं, समाज में भी घट जाती। भोजपुरी समाज को जो लोग समझते हैं, उन्हें पता है कि नाकाम लोगों को लेकर वह व्यंजित और लाक्षणिक हमले भी खूब करता है। लिहाजा मैंने घर लौटने के बजाय फाकामस्ती करने, जमीन पर ही सोने और दो कपड़े में ही जिंदगी काटने का फैसला किया। इसमें फ्रीलांसिंग थोड़ी मददगार हो सकती थी। लेकिन दुर्भाग्यवश अच्युतानंद जी से मिलना कम हो गया। इसी दौरान एक साहित्यिक समारोह कांस्टीट्यूशन क्लब में हुआ। उसमें आकार से बड़े, लेकिन आयु से छोटे अनुज विकास मिश्र और अपने सहपाठी धर्मेंद्र त्रिपाठी जी के साथ जाना हुआ। वहाँ नाश्ते के वक्त अच्युतानंद जी मिले। यहाँ यह बता देना जरूरी है कि विकास विद्यानिवास जी के भतीजे हैं और इन दिनों 'आजतक' चैनल में कार्यरत हैं। धर्मेंद्र जी इन दिनों दैनिक 'हिंदुस्तान', गोरखपुर में कार्यरत हैं। अपने पारिवारिक पृष्ठभूमियों के चलते उन लोगों की अच्युतानंद जी से कुछ ज्यादा ही नजदीकी थी। बहरहाल नाश्ते के वक्त अच्युतानंद जी ने धर्मेंद्र जी और विकास की तरफ मुखातिब होकर कहा–आजकल कुछ लोग 'नवभारत टाइम्स' आते हैं, लेकिन मुझसे मिलते नहीं हैं। तब मैं गोविंद सिंह और इब्बार रब्बी के यहाँ जाता था। एक-दो महीनों में कृपा करके एक-दो लेख छाप देते थे। मैं समझ गया कि इशारा मेरी तरफ है। मैंने अच्युतानंद जी से माफी मांगी और उसी दिन रिश्तों की जो शुरुआत हुई, वह खट्टे-मीठे तरीके से लगातार आगे बढ़ती रही है। उसके बाद परिवार का अंग जैसा ही मैं बन गया। तब वे मंडी हाउस के पास तानसेन मार्ग पर रहते थे और वहाँ अपना जाना-आना बढ़ गया।

इसी दौरान देहरादून से प्रकाशित अखबार 'हिमालय दर्पण' के दिल्ली ब्यूरो में नौकरी मिल गयी। साहित्यिक और सांस्कृतिक घटनाएं, दिल्ली जनता दल और समाजवादी पार्टी मेरी बीट हुआ करती थी। इसके साथ ही रविवारीय परिशिष्ट में भी काम करना पड़ता था। लेकिन उस छुटल्ले अखबार में काम करते वक्त उम्मीद भी रही कि उस दौर के सबसे प्रतिष्ठित अखबार 'नवभारत टाइम्स' या 'जनसत्ता' में नौकरी भी मिल जाए और जिंदगी बन जाए। 'हिमालय दर्पण' में काम करते वक्त दिली इच्छा राजनीतिक पत्रकार बनने की थी। इस चाहत के स्वार्थ में मुझे अच्युतानंद जी के नजदीक जाने के लिए कुछ ज्यादा ही प्रेरित किया। अच्युतानंद जी के हाथों सैकड़ों लोगों को नौकरी मिली। 'जनसत्ता' और 'नवभारत टाइम्स' ही नहीं, 'अमर

उजाला' और 'लोकमत समाचार' में लोग प्रखर पत्रकार बने। कुछ बड़े नाम भी इनमें शामिल हैं। कुछ लोगों को उनके माखनलाल चतुर्वेदी राष्ट्रीय पत्रकारिता विश्वविद्यालय का कुलपति रहते प्रोफेसरी और लेक्चरारी मिली, जो मेरे और उनके घरेलू रिश्ते को जानते हैं, उनके मेरे प्रति प्यार को जानते हैं, वे पूछते हैं, इस संबंध से तुम्हें क्या मिला। मैं कहता हूँ रिश्ते पाने के लिए नहीं होते। लोग प्रति सवाल करते हैं तो रिश्ते किसलिए होते हैं और क्या तुम योग्य नहीं थे? मेरा जवाब होता है शायद उनकी नजर में कुछ ज्यादा ही योग्य मैं हूँ, मेरी योग्यताओं का क्षितिज उनके पास उपलब्ध नौकरियों की सीमाओं से कुछ ज्यादा ही प्रस्तारित होगा। बहरहाल, इस पर चर्चा कभी और।

अच्युतानंद जी जितने बड़े पत्रकार हैं, उससे कहीं ज्यादा नफीस और दिलदार इनसान हैं। 1996 की बात है। आज के दौर के एक सुपरिचित हिंदी पत्रकार खासे बीमार थे। इलाज कराते वक्त उनकी पत्नी खासी परेशान रहती थीं। दिल्ली में रिजर्व बैंक और योजना भवन के बीच की रेडलाइट पर एक शाम वे मिल गईं। मिलते ही उन्होंने पूछा, आपकी जेब में कितने रुपये हैं? उस वक्त शायद मेरी जेब में 106 रुपये थे। मेरा जवाब यही था। तब आज की तरह एटीएम कार्ड भी नहीं होते थे। बैंक खाते में भी कुछ सौ रुपये ही बचे थे। पूरी तरह फाकामस्ती का दौर था। मैंने उनसे बताया और अगले दिन देने का वादा किया, क्योंकि तब तक दो बज चुके थे। बहरहाल मैं उनकी मदद न कर पाने के लिए उदास हो गया। इसी दौरान शाम को अच्युतानंद जी से मिलने बहादुर जफर मार्ग की एक्सप्रेस बिल्डिंग पहुंचा। तब वे 'जनसत्ता' के कार्यकारी संपादक के तौर पर कार्यरत थे। उनसे मिलने पहुंचा तो उन्होंने उदास देखकर पूछा कि क्या बात है। मैंने बता दिया, उस समय उनके पास सफेद रंग की एक मारुति 800 कार थी, जिसे रवींद्र कुमार नाम का ड्राइवर चलाता था। उन्होंने अपने पीए से रवींद्र को बुलवाया और मुझे पंद्रह सौ रुपये दिये। उस रुपये को उन्होंने अपनी यानी मेरी तरफ से उस पत्रकार मित्र की पत्नी को देने के लिए ड्राइवर समेत भेज दिया। साथ में ताकीद भी की कि यह न बताया जाय कि पंद्रह सौ रुपये उन्होंने दिया है।

अच्युतानंद जी के मेहमान के तौर पर भी रहने का मौका मिला है। उनके घर ठहरिए तो आपकी नींद पूरी होने का ख्याल पूरी तरह रखा जाएगा। वे खुद अलसुबह जग जाते हैं, लेकिन आपको नहीं जगाएंगे। भोपाल में माखनलाल चतुर्वेदी राष्ट्रीय पत्रकारिता एवं संचार विश्वविद्यालय के कुलपति रहते वक्त वे शाहपुरा में रहते थे। मैं दो बार उनका मेहमान बना। हर बार यह परंपरा पूरी की जाती रही। सुबह-सुबह वे स्टेशन पर खुद लेने भी आ जाते रहे हैं। अच्युतानंद जी खाने और

खिलाने के बेहद शौकीन हैं। दिल्ली में बंगाली मार्केट की नत्थू की दुकान को उनके जानने वाले उनका ड्राइंग रूम बताते रहे हैं। किस रेस्तरां में क्या और खाने लायक मिलता है, इसकी जानकारी उन्हें तफसील से है और उसी के मुताबिक वे लोगों को खिलाते हैं। दिल की बाईपास के बाद से खाने पर थोड़ी लगाम लग गयी है। सबसे बड़ी बात यह कि उन्हें देखते ही पैर छूने की इच्छा होती है। उनके व्यक्तित्व में जरूर कुछ ऐसा है, जो पास आते ही सारी उदासी और तनाव को दूर कर देता है।

भारतीय राजनीति में दो ध्रुवों को साधने की कला भी उन्हें बखूबी आती है। नारायण दत्त तिवारी जैसे कांग्रेसी हों या फिर मुलायम सिंह यादव जैसे धुर समाजवादी, दोनों अच्युतानंद जी से गहरे मित्र हैं। बहुत कम लोगों को पता है कि 1990 में मुख्यमंत्री बनने के बाद राज्यों के आपसी पत्र-व्यवहार में हिंदी के इस्तेमाल का सुझाव मुलायम सिंह को अच्युतानंद जी ने ही दिया था। यह बात और है कि इसमें तब के तमिलनाडु के मुख्यमंत्री करुणानिधि ने जवाबी पत्र तमिल में लिखकर इस महती योजना को फ्लॉप करा दिया था। अच्युतानंद जी से उत्तर प्रदेश का शायद ही कोई बड़ा नेता होगा, जो परिचित नहीं होगा। आपातकाल में उनके घर कर्पूरी ठाकुर भी आकर मदद मांग गये थे। हेमवंती नंदन बहुगुणा से भी अच्युतानंद जी का घरापा रहा। भारतीय जनता पार्टी के राजनाथ सिंह उनके मित्र हैं ही। मित्रता में भी घोर सम्मान देखना हो तो इन नेताओं को अच्युतानंद जी के साथ देखिए। अच्युतानंद जी मितभाषी हैं और सामने वाले का सम्मान करना जानते हैं। यही वजह है कि उनकी घोर कांग्रेसी विजय दर्डा से आज भी निभती है। जबकि पूरी दुनिया जानती है कि उनकी सोच राष्ट्रवादी है। वे विजय दर्डा के अखबार 'लोकमत समाचार' के चार साल तक संपादक रहे। इस दौरान नागपुर और महाराष्ट्र में भी उनके दोस्तों की नई फेहरिश्त बनी। भोपाल से रिटायर होकर जब वे लौटने लगे तो वहाँ उनका बाकायदा नागरिक अभिनंदन किया गया। जिसमें राजनीतिक विचारधारा की सीमाएं टूट गयी थीं। सबको अपना बना लेने की कला अच्युतानंद जी की ताकत भी है और कमजोरी भी। राष्ट्रवादी खेमे में इसी वजह से उन्हें आशंकित नजरों से भी देखा जाता है। सबको अपना बनाने की इस कला ने उन्हें 'जनसत्ता' में काफी तकलीफ भी पहुंचाई। 1998 के दिन मुझे याद हैं, तब तक मैं 'दैनिक भास्कर' में आ गया था। उस वक्त रोजाना या एक दिन बीच लगाकर मैं रोज मिलता था। उन दिनों 'जनसत्ता' में उनका बतौर संपादक कांट्रैक्ट खत्म हो रहा था। उनका कांट्रैक्ट न बढ़ने देने को लेकर एक-दो लोग छोड़कर पूरा 'जनसत्ता' परिवार एक था। पिछवाड़े वाले दरवाजे से एक्सप्रेस के उस दौर की ताकतवर हस्तियां भी शामिल थीं। उनके खिलाफ आरोप लगाया गया था कि वे दिल्ली की तत्कालीन मुख्यमंत्री सुषमा

स्वराज से पैसे लेकर खबर रोकते और छापते हैं। इसी दौरान उनके छोटे भाई का निधन हो गया था। वे दो-दो मोर्चा पर जूझ रहे थे। चेहरे पर तनाव तो नजर आता था, लेकिन वे कुछ बोलते नहीं थे। 'जनसत्ता' में एक ही खबर तीन-तीन पेज पर छाप दी जाती थी। लगता था कि यह सब उन्हें परेशान और बदनाम करने के लिए किया जा रहा था। दिलचस्प यह देखना था कि इस पूरी कवायद में वे लोग भी शामिल थे, जिन्हें हमारे सामने ही अच्युतानंद जी ने प्रमोशन और इंक्रीमेंट दिया था। कुछ लोग ऐसे भी थे, जिन्हें उनकी ही सिफारिश पर नौकरी दी गयी थी। इसे लेकर एक बार उनसे पूछा तो उनके चेहरे पर दर्द भरी लकीरें तो उभरी लेकिन उनका जवाब था—अब छोड़ भी दो इन बातों को, इनका कोई मतलब नहीं है। उन्होंने उन लोगों को भी बाद में माफ कर दिया, जिन्होंने उन्हें 'जनसत्ता' से हटवाने में भूमिका निभाई। अच्युतानंद जी की ताकत और कमजोरी एक और बात भी है कि किसी पर सहजता से विश्वास कर लेना। इसकी कीमत उन्होंने बार-बार चुकाई है कुछ अपात्र भी उनकी इस सहजता का फायदा उठाते रहे हैं। पत्रकारिता को लेकर उनका सरोकार बेहद गहरा है। हिंदी की दुर्दशा के लिए वे सदा दुःखी रहे हैं। हिंदी को उसकी वाजिब जगह दिलाने के लिए उन्होंने अपनी ताकत भर कोशिश की। हिंदी समेत भारतीय भाषाओं के लिए संघ लोकसेवा आयोग के सामने धरना देने का आंदोलन अटल बिहारी वाजपेयी, बलदेव वंशी और अच्युतानंद मिश्र ने ही शुरू कराया था।

दुर्भाग्य देखिए कि राजकरण सिंह और पुष्पेंद्र चौहान की अगुआई में दुनिया के सबसे लम्बे समय तक चलने वाले इस धरने को उसी वाजपेयी सरकार ने उखाड़ फेंका, जिसके अगुआ ने हिंदी और भारतीय भाषाओं को उनका वाजिब हक दिलाने के लिए यज्ञ शुरू किया था। जब वाजपेयी प्रधानमंत्री बने तो भाषा सत्याग्रहियों की उम्मीद जगी, देखते-देखते सरकार ने तीन साल का कार्यकाल पूरा कर लिया, लेकिन इस दिशा में कुछ काम होता नजर नहीं आया। इससे सत्याग्रही निराश थे। इसी बीच एक बात याद आती है कि दिवंगत दीनानाथ मिश्र के दो व्यंग्य संग्रहों के विमोचन का कार्यक्रम प्रधानमंत्री निवास में हुआ। उस कार्यक्रम की अध्यक्षता एस.एन. विनोद ने की थी। इसी कार्यक्रम के खत्म होने के बाद नाश्ते का प्रोग्राम था। मैं अच्युतानंद जी के साथ खड़ा था। जिन लोगों को वाजपेयी के पास जाने का मौका मिला है, उन्हें पता होगा कि वे बेहतरीन मेजबान भी रहे हैं। उस दिन भी प्रधानमंत्री पद के सारे प्रोटोकॉल को धता बताकर प्रधानमंत्री हर व्यक्ति से नाश्ते का आग्रह कर रहे थे। इसी दौरान वे अच्युतानंद जी के पास पहुंचे और पूछा, अच्युतानंद जी, क्या हो रहा है नाश्ता लीजिए! अच्युतानंद जी का जवाब था—अटल जी, लड़के सोच रहे हैं कि धरने को प्रधानमंत्री निवास पर ही क्यों न ला दिया जाए?

अटल जी को शायद इस जवाब की उम्मीद नहीं थी। उन्होंने तत्काल बात पलट दी और मेरी तरफ इंगित करते हुए कहा—जवान आदमी के साथ हैं, मौका मिठाई खाने का है—इन्हें रबड़ी-जलेबी खिलाइए। अच्युतानंद जी अपना संदेश वाजपेयी को दे चुके थे। जाहिर है कि वे भाषा सत्याग्रहियों के साथ हो रहे व्यवहार से आहत थे। दुनिया में हर अच्छे व्यक्ति की चाहत अजातशत्रु बने रहने की होती है, लेकिन उसकी चाहत शायद ही पूरी हो पाती है। अच्युतानंद जी अपनी तमाम विचारधारा और दोस्तियों के बावजूद अजातशत्रु बने रहने की कोशिश करते रहे हैं। क्या वे अजातशत्रु बन पाए इस सवाल का जवाब तो भावी इतिहास ही देगा।

(लेखक वरिष्ठ पत्रकार एवं स्तंभकार हैं, संप्रति प्रसार भारती में परामर्शदाता हैं।)

एक कर्मयोगी ऋषि

आरती सारंग

क्या कोई इतना भी अच्छा हो सकता है? कहते हैं कि फलों से लदा पेड़ झुका होता है। यदि मैं सर (श्री अच्युतानंद मिश्र) के संबंध में इस बात को कह रही हूँ तो मुझे नहीं लगता कि मुझे इस वाक्य की व्याख्या करने की जरूरत है। सर इतने अच्छे हैं कि उनके लिए शब्दों का चयन उनके बड़प्पन के हिसाब से करना शायद मेरे वश की बात नहीं है, परंतु फिर भी उनके साथ का समय सबके साथ बांटना मेरा सौभाग्य है।

वी.सी. सर से मेरा परिचय विश्वविद्यालय में ही हुआ। आज भी वे मेरे लिए वी.सी. सर के रूप में ही हैं। मेरे लिए ही नहीं और भी बहुत से लोग, बहुत से विद्यार्थी इस बात को कहते हैं, क्योंकि उनके समय ही महानिदेशक पदनाम का रूपांतरण वी.सी. में हुआ। तो वो वी.सी. सर बन गये जो आज तक भी वी.सी. सर ही हैं। आज भी मेरे मोबाइल में सर का नंबर वी.सी. सर से ही सेव है।

सर पत्रकारिता के विशेष जानकार हैं। वे नवीनतम ज्ञान से भलीभांति परिचित और पत्रकारिता, शिक्षा एवं अन्य विषयों की गहनता तथा समस्याओं से पूर्णतः अवगत हैं। वह उत्कृष्ट वार्ताकार और वक्ता हैं। वे मानवीय मूल्यों के पोषक एवं संवर्धक हैं। उनमें एक विशिष्टता है जो आज के युग में कम ही देखने को मिलती है। वे एक सीमा तक परम्परावादी तो हैं किंतु आधुनिकता का अनोखा मिश्रण भी उनमें है। वेशभूषा, खान-पान और रहन सहन में वे परम्पराओं का पालन करते हैं, किन्तु उनकी सोच और ज्ञान आधुनिक हैं। सर जब भी मिलते थे सबकी नजरें उनकी वेशभूषा पर जरूर जाती थीं। सर बहुत ही नफासत पसंद हैं। जब भी सर से मिलने उनके पास गये उन्होंने कुछ न कुछ मीठा जरूर खिलाया है।

सर बहुत ही शांत स्वभाव के हैं, मैंने सर को कभी भी किसी पर क्रोधित होते नहीं देखा। शायद हम उनको वातानुकूलित कह सकते हैं। शांत, सामंजस्यपूर्ण

और सहृदय स्वभाव के कारण अन्तर्द्वंदों एवं खींचतान से ऊपर रहे हैं। सर अपने सहयोगियों के काम में हस्तक्षेप नहीं करते और उन्हें पूरा सम्मान देते हैं। उनके साथ अपने दायित्वों के निर्वहन की प्रायः पूरी छूट रहती है। उनकी निर्णय करने की योग्यता सभी प्रकार के प्रभावों से मुक्त और स्वतंत्र है।

सर के साथ काम करने का अनुभव बहुत ही उत्तम रहा। मैं कभी भी उस अमूल्य निर्देशन को नहीं भूल सकती। हालांकि उन सालों में हम अपने नियमितिकरण के लिए सोचते रहे पर माहौल इतना अच्छा था कि इसके लिए कभी भी परेशान नहीं हुए। मन में कोई भी संदेह, मलाल नहीं था। नियमितिकरण के लिए हम लोग सर से मिलने जाते और ये सोचकर जाते कि आज तो अपना काम कराकर ही आयेंगे। सोचकर जाते थे कि आज सर कितना भी आग्रह करें चाय वगैरह नहीं पियेंगे। मन में जो गुस्सा है उसका इजहार करेंगे, पर सब धरा का धरा रह जाता था। सर से मिलते और हम हंसते हुए कमरे से बाहर आ जाते और अपने-अपने काम में लग जाते थे। सर का बात करने का तरीका रुक-रुककर एक-एक शब्द को बोलना, जैसे शब्दों को तराश कर बोला जा रहा है। यह केवल मैं ही नहीं और भी बहुत लोग महसूस करते थे। उनसे मिलकर हमेशा लगता था कि आप अपने परिवार के मुखिया से मिल रहे हैं। सर में सज्जनता की पराकाष्ठा है। ऐसा मृदुभाषी एवं मितभाषी होने का समन्वय बिरले ही देखने को मिलता है। सर में ये दोनों ही खूबियां हैं। वो बहुत कम बोलते हैं पर जब बोलते हैं तो लगता है कि मोती झर रहे हैं।

जब सर भोपाल में रहे तो इतनी बात नहीं होती थी, वे हमेशा वी.सी. सर ही रहे। पर आज सर से मैं बहुत बात कर पाती हूँ। सर भोपाल में नहीं हैं, परंतु आज भी जब कोई भी परेशानी होती है तो मैं अवश्य ही सर से बात करती हूँ। उनसे पिता तुल्य स्नेह प्राप्त होता है। सर के साथ बहुत ही आत्मीयता महसूस होती है। जब भी सर से फोन पर बात होती है वे कहते है 'बच्चा कैसे हो?' सर अस्वस्थता के बावजूद, जब भी फोन लगाओ बहुत ही प्यार से बात करते हैं, उनसे बात करके बहुत ही संबल मिलता है।

विश्वविद्यालय के सभी लोग सर की सौजन्यता और उदारता की विशाल छाया तले शीतलता, सहजता और आत्मीयता महसूस करते थे। विश्वविद्यालय के समस्त वर्गों पर समान रूप से निगाह रखना और अपनत्व देना वी.सी. सर की कार्यशैली का अंग था। विद्यार्थियों के प्रति सर का मोह था। सर बड़े ही प्यार से छात्रों से बात करते थे। आज भी बहुत से पुराने विद्यार्थी इस बात को याद करते हैं कि सर में कितनी आत्मीयता है। विश्वविद्यालय में कोई सांस्कृतिक कार्यक्रम, संगोष्ठी आदि के बाद होने वाले भोजन में वे सबसे बहुत ही अपनेपन से मिलते

थे, लगता नहीं था कि वो विश्वविद्यालय के सर्वोच्च पद पर आसीन हैं। सर को मैंने हमेशा संतुलित एवं समन्वय की मुद्रा में देखा है। उनके चेहरे पर सदाबहार मुस्कान रहती है।

विश्वविद्यालय की शैक्षिक गुणवत्ता एवं उत्कृष्टता को स्थापित करने के लिए उन्होंने निरंतर प्रयास किये और वे इसमें सफल भी हुए। सर ने शैक्षिक उत्कृष्टता तक ही अपनी योजनाओं को सीमित नहीं रखा, वरन् राष्ट्रीय और अंतरराष्ट्रीय स्तर के सामाजिक, सांस्कृतिक, कार्यक्रमों का आयोजन बहुत ही रुचि के साथ करवाया। सर के सान्निध्य में मैंने बहुत अच्छे से काम किया, उन्होंने काम करने का बहुत ही सुन्दर और शुद्ध वातावरण दिया। पुस्तकालय का काम देखती हूँ तो सर से कुछ ज्यादा ही बातचीत होती थी। पुस्तकालय के विकास के लिए उनकी रुचि थी। सर को यदि पुस्तकालय से कोई पाठ्यसामग्री चाहिये तो वे स्वयं फोन करते थे और अपनी चिरपरिचित शैली में बहुत ही शांति से रुक-रुक कर अपनी बात कहते थे, जिसे समझने में कभी कोई दिक्कत नहीं आई। सर का आभामंडल श्रद्धा पैदा करता है। सर जैसे व्यक्तित्व विरला ही होता है। अंत में मैं यही कह सकती हूँ कि–

''वही लोग रहते हैं खामोश अक्सर
जमाने में जिनका हुनर बोलता है।''

(लेखिका माखनलाल चतुर्वेदी राष्ट्रीय पत्रकारिता एवं संचार विश्वविद्यालय, भोपाल में पुस्तकालय विज्ञान और जनसंचार विभाग की अध्यक्ष हैं।)

जैसा रूप, वैसा गुण

धर्मेन्द्र सिंह

बाबू अच्युतानंद जी मिश्र। अपने लिए बाबू जी। जितनी ऊंचाई। उतनी गहराई। पूज्य महामना मालवीय जी, गणेश शंकर विद्यार्थी या बाबू राव विष्णु पराड़कर जी। पत्रकारिता की उसी परंपरा को सहेज कर रखने वाले बाबू अच्युतानंद जी। गाजीपुर की माटी ने उन्हें सुदर्शन व्यक्तित्व प्रदान किया। जैसा रूप, वैसा गुण। सत्ता के गलियारे की चकाचौंध में समय गुजरा, पर इसके मोहपाश से परे रह गये। यही तो देवत्व है। गुरु वशिष्ठ ने प्रभु श्रीराम एवं चारों भाइयों को गुरुकुल में शिक्षा देते समय चक्रवर्ती सम्राट राजा दशरथ को सीख दी–

राजन् ! पुत्रों से प्रेम करिए पर मोह नहीं। बाबू जी के जीवन से जुड़े तमाम प्रसंगों पर गौर कीजिए। वह मोह से परे दिखते हैं। सब अपने हैं और कोई अपना नहीं। गीता में अर्जुन को उपदेश देते यदुनंदन श्रीकृष्ण कहते हैं–जीवन महल अटारियों के लिए नहीं, केवल और केवल यश के लिए होता है। युद्ध भूमि में खड़े पार्थ को समझा रहे हैं, देखो! मैं तुम्हें हस्तिनापुर देने के लिए यहां नहीं लाया हूं, तुम मेरे सच्चे भक्त हो, इस कारण तुम्हें यशी जीवन देने आया हूं और मेरे पास देने को केवल यही है। तो जीवन वैभव के लिए नहीं, केवल यश के लिए होता है और कहें तो बाबू जी को प्रभु ने यश प्रदान किया है। अनंतकाल तक कुछ जीवित रहता है तो केवल यश। जो उन्हें प्राप्त है।

कबीर कहते हैं– जस की तस धर दीन्हिं चदरिया। जीवन में वह बेदाग रहे। जो कुछ किया। जितने दूर चले। सब कुछ समाज की उच्च मर्यादा, सत्य, शील, धैर्य, धर्म के लिए–

सौरज धीरज तेहि रथ चाका। सत्य शील दृढ़ ध्वजा पताका

सागर की तरह गहराई। आकाश की तरह ऊंचाई। पृथ्वी की भांति धैर्य। नीम की छांह और शीतल बयार। इस छांव में जो पथिक कुछ देर भी ठहरा। विश्रांत

प्राप्त किया। गांव के पुराने कुंए की मिठास जिसमें हरेक के लिए दो अंजुल उपलब्ध, गले को तर कर मन आत्मा को तृप्त करने को। गांव के सीवानों को देखा था, साधु संत लेजुर में शकरमुद्धी लगा जल पात्र डाल देते, जेठ वैशाख की दुपहरिया में शीतल जल प्राप्त कर तृप्त। तो बाबू जी से जो भी जुड़ा, उसके लिए एक लोटा शीतल जल उपलब्ध होता ही।

पारिवारिक स्नेह प्राप्त होने के कारण मैं कई एक अंतरंग प्रसगों का साक्षी रहा। उनके सखा 'नेता जी' ने राज्यसभा के लिए नाम तय कर दिया। सब जगह प्रचारित हो गया। पर बाद में पता चला कि उन्होंने स्वतः मना कर दिया। यह उनके जीवन का सैद्धांतिक पक्ष था जो पद, प्रतिष्ठा के समक्ष दृढ़ता से खड़ा हो गया। पुत्र (भतीजे) विजय जी को गाजीपुर से टिकट मिल गया। सबको आभास था कि वह कुछेक बार तो आयेंगे ही, पूरे चुनाव भर गाजीपुर की ओर झांका तक नहीं।

अपने निजी अनुभवों से कह सकता हूं। बाबू जी अच्युतानंद मिश्र देश की एक ऐसी शख्सियत हैं, जिनके ज्ञान भंडार में आजादी के पहले और बाद की राजनीति भौगोलिक, ऐतिहासिक तथ्यों की गहरी समझ है, वह विरले लोगों के पास होगी।

प्रभु से प्रार्थना है कि उन्हें प्रकृति से प्राप्त बुद्धि विवेक, ज्ञान, विज्ञान अक्षुण्ण रहे।

बिनु सत्संग बिबेक न होई
राम कृपा बिन सुलभ न सोई
वह शिव के भक्त हैं और वही छवि उनके आचरण में।
सत्यम् शिवम् सुंदरम्

(लेखक वरिष्ठ पत्रकार एवं उत्तर प्रदेश विधान परिषद् के सदस्य हैं।)

गुरु पद पर अच्युता जी

रामबहादुर राय

संत कबीर का मशहूर कथन है, 'गुरु बिन सब निष्फल गया, पूछो वेद-पुराण।' इसका अच्युतानंद मिश्र से क्या संबंध है? गहरा संबंध है। यह संबंध बहुअर्थी नहीं है। एक ही अर्थ ढूंढ़ने और जानने की जरूरत है कि आज अच्युतानंद मिश्र पत्रकारिता के जगत् में गुरु स्थान पर हैं। पत्रकारिता अगर अपने गुरु से ज्ञान ग्रहण कर चले और कार्य करे तो उसका जितना उपकार होगा, उससे ज्यादा समाज का होगा। इसमें यह बात निहित है कि ऐसा हो नहीं पा रहा है। क्यों नहीं हो रहा है और कैसे संभव है, आदि प्रश्न अपनी जगह होंगे और वे महत्त्वपूर्ण भी हैं। फिर भी इन प्रश्नों के जंजाल में पड़ने का यह समय नहीं है। यह समय तो इस बात को जानने में हमें लगाना चाहिए कि पिछले एक दशक में अच्युता जी ने विभिन्न अवसरों पर जो कहा, वह बहुत सामयिक सिद्ध हुआ है।

कुछ अवसरों पर उनके बोले हुए शब्द और वाक्यांश मुझे याद हैं। उन पर मनन करते हुए कह सकता हूँ कि अच्युता जी ने समय-समय पर जो कहा, उसका संग्रह होना चाहिए। संभवतः वे सबसे अधिक यात्राएं करते रहे हैं। उनकी यात्राएं गोष्ठियों और पत्रकारिता के सम्मेलनों में शामिल होने के लिए होती रही है। उनके मित्र और शुभचिंतक भले ही कहते रहे कि यात्रा कम करिए, पर वे कुछ दिनों पहले तक जहाँ भी जरूरत होती थी, वहाँ जाने में कोई भी बाधा उन्हें बड़ी नहीं लगती थी। इन यात्राओं का पूरा चित्र किसी एक व्यक्ति के लिए प्रस्तुत करना असंभव है। इसलिए जहाँ-जहाँ मुझे रहने और अच्युता जी को सुनने का अवसर मिला, वे प्रसंग याद हैं। उनका ही उल्लेख यहाँ कर रहा हूँ। करीब 10 साल पहले 'यथावत' पाक्षिक का धूमधाम से लोकार्पण हुआ। उस अवसर पर अच्युतानंद मिश्र ने अपने अनुभव से यह उद्गार व्यक्त किया कि 'यथावत' मंच बने। बहस छेड़े। यह क्रम निरंतर चलता रहे। इसमें बिना कहे दो शर्तें छिपी हुई हैं। एक, 'यथावत' की निरंतरता और

दूसरी सामाजिक, राजनीतिक, सांस्कृतिक परिवेश को रूपांतरित करने के लिए सही समय पर कठिन सवाल उठाना और उसे पूरे परिप्रेक्ष्य के साथ प्रस्तुत करना आवश्यक है। यह आवश्यकता ही पत्रकारिता का गुण-धर्म है।

कुछ साल बाद 'यथावत', 'हिन्दुस्थान समाचार' समूह का अंग बन गया। इससे उसकी महत्ता बढ़ी। अच्युतानंद मिश्र भी 'हिन्दुस्थान समाचार' समूह के मार्गदर्शक बने। हम जानते हैं कि 'हिन्दुस्थान समाचार' एक न्यूज एजेंसी है। पुरानी है। देश की किसी भी न्यूज एजेंसी से कुछ साल पुरानी है। इसकी एक विशेषता इसका बड़ा बल है कि यह भाषाई न्यूज एजेंसी है। जिस दिन भारत में स्वराज का फूल पूरा खिलेगा, उस दिन भारतीय भाषाओं को अपनी सुगंध फैलाने का अवसर मिलेगा। इस तरह बीज के रूप में 'हिन्दुस्थान समाचार' भाषाई स्वराज का प्रतीक है। उसका संघर्ष उसी स्वराज के लिए है। इसे 'हिन्दुस्थान समाचार' में पत्रकारिता करते हुए पत्रकार अनुभव करें, इसका प्रयास अच्युतानंद मिश्र ने हर अवसर पर किया। जरूरत अनुभव करने पर अपने खास अंदाज में वे हस्तक्षेप इस तरह से करते हैं कि कटुता न हो, लेकिन सत्य पर पर्दा भी न पड़े।

पुराने पत्रकार आर.के. सिन्हा की अध्यक्षता में 'हिन्दुस्थान समाचार' अपनी बुलंदी को छू रहा था, लेकिन कोरोना काल ने जबरदस्त हस्तक्षेप किया। उस दौर में 'हिन्दुस्थान समाचार' पुनः विलुप्त होने के कगार पर था। इसकी चिंता हर अवसर पर अच्युता जी के बोलने से प्रकट हो रही थी। निदेशक मंडल की हर बैठक में वे दो प्रकार की चिंताएं प्रकट करते थे। पहली चिंता उन्हें उन पत्रकारों की थी जो कार्यरत हैं। तो वे हर समय यह जरूर पूछते थे कि वेतन मिल रहा है या नहीं? बिना मानवीय संवेदना और पारिवारिकता के यह भाव पैदा ही नहीं हो सकता, जो अच्युता जी में है। दूसरी चिंता 'हिन्दुस्थान समाचार' की संस्थान के रूप में बने रहने से संबंधित होती थी। इसके लिए कोरोना काल में अपनी उम्र और कोरोना वायरस के खतरे की परवाह किये बगैर हर छोटी-बड़ी बैठक में रहते थे। पूरे समय उपस्थित होते थे। छोटी-बड़ी सभी बातों के समाधान में उन्हें डूबे हुए पाया जाता था।

ऐसी संकटकालीन बैठकों की शुरुआत जब हुई तो राष्ट्रीय स्वयंसेवक संघ के तत्कालीन सरकार्यवाह भैया जी जोशी ने अनुभव किया कि 'हिन्दुस्थान समाचार' के लिए सही मार्गदर्शन जो व्यक्ति कर सकता है, वे अच्युतानंद मिश्र हैं। उन्होंने इस बारे में कार्यवाहक अध्यक्ष अरविंद मार्डीकर को इस आशय की सलाह भी दी। अच्युता जी के उचित मार्गदर्शन से 'हिन्दुस्थान समाचार' झंझावातों से निकल सका। यह इतिहास लिखा जाना है। जब भी लिखा जाएगा तो उसमें केंद्रीय नेतृत्वकारी भूमिका जिस पत्रकार की मानी जाएगी, वे अच्युतानंद मिश्र हैं। इस भूमिका का

निर्वाह वे इस समय भी कर रहे हैं। इससे एक शाश्वत संदेश निकलता है। यह संदेश समय, काल, परिस्थिति से परे है। हमेशा के लिए है। संदेश है, संस्थान भक्ति नहीं, गुरु भक्ति से बचेगी पत्रकारिता। यह अलिखित है।

लेकिन हमारे देश में लिखा इतिहास जितना नहीं पढ़ा जाता, उससे ज्यादा सुना हुआ ही चलन में रहता है। श्रुति परंपरा की यही पहचान है। यह देश जितना पुराना है उतनी ही पुरानी श्रुति पंरपरा है। गाजीपुर जिले को इसी कड़ी में देख सकते हैं।

श्रुति परंपरा और पुरातत्त्व की खुदाइयों को प्रमाण मानें तो गाजीपुर राजा गाधि के नाम पर कभी गाधिपुर था। जो मलिक उस-सादात गाजी के नाम पर 1330 में गाजीपुर हो गया। ज्ञात इतिहास में आज के गाजीपुर की शुरुआत तब से मानी जाती है। यह बनारस का पड़ोसी जिला है। गंगा और गोमती के कोण पर बसा है। इसकी जिजीविषा विख्यात है और अपार है।

यह भूमिका इसलिए है, क्योंकि यह जनपद जहाँ संतों और सिद्धों के लिए मशहूर है वहीं यह वीरभूमि भी है। साहित्य और पत्रकारिता में अनेक ऊंचे नाम इस जिले ने दिये हैं। मलिक मुहम्मद जायसी इसी जिले के थे। पत्रकारिता की दृष्टि से गाजीपुर का इतिहास 1900 के साल से शुरू होता है, यानी 124 साल पुराना। उसके पुरोधा रहे गोपाल राम गहमरी। सबसे पहले इनके बारे में 'आंचलिक पत्रकार' में पढ़ा था। इस पत्रिका को विजयदत्त श्रीधर निकाल रहे हैं। सालों पहले 'आंचलिक पत्रकार' के एक अंक में गोपाल राम गहमरी का विस्तार से उल्लेख था। वह अंक प्रभाष जोशी के घर पर देखा और पढ़ा। पत्रकारिता के संदर्भ में फिलहाल जिनका जिक्र करना चाहता हूँ, वे अच्युतानंद मिश्र हैं। उनके नाम-धाम और अच्छे कामों से लोग परिचित हैं। पत्रकार के रूप में उनकी ख्याति है। लेकिन कम लोग स्पष्ट तौर पर यह जानते हैं कि वे गाजीपुर से हैं। किसी जनपद का होना क्या संकीर्णता का सूचक है? ऐसा कोई नहीं मानेगा, बल्कि इससे जमीन में ढंकी उन जड़ों की सूचना मिलती है जिससे वह व्यक्ति बना है।

एक मायने में अच्युतानंद मिश्र और सुरेंद्र प्रताप सिंह में कुछ समानताएं हैं। सुरेंद्र प्रताप सिंह जिस पातेपुर गांव के थे वहाँ वे पैदा नहीं हुए। उनके माता-पिता कलकत्ता रहते थे। इसलिए उनका जन्म स्थान कलकत्ता हुआ। पर वे अपने गांव को याद करते रहते थे। बहुत बाद में लोगों ने उनके गांव को जाना और उनसे जोड़ा। ऐसा ही अच्युदानंद मिश्र के साथ है। सुरेंद्र प्रताप सिंह के गांव से थोड़ी ही दूर पर वीरभानपुर है, जो अच्युतानंद मिश्र का गांव है। उस इलाके में लोग वीरभानपुर का नाम अकेले नहीं लेते। साथ में दूसरे नाम भी लेते हैं और इस तरह वह जुड़वा नाम

जो चलन में है वह वीरभानपुर-मिश्रवलिया है। यह जुड़वा नाम कब से है, कोई नहीं जानता। ऐसे जुड़वा नामों की उस इलाके में परंपरा है। जब दो गांव पड़ोसी हों, उन्हें एक-दूसरे से जोड़कर रास्ता बताने के लिए लोगों ने यह रिवाज निकाला होगा। अच्युतानंद मिश्र भी गाजीपुर शहर में पैदा हुए, वीरभानपुर में नहीं।

उनकी पढ़ाई-लिखाई गांव में होने का सवाल नहीं था, क्योंकि उनके पिताजी शहर में रहते थे। हाईस्कूल तक गाजीपुर में पढ़ाई की और उसके बाद बनारस पहुंचे। 1954 में चिंतामणि एंग्लो बंगाली इंटर कॉलेज से 12वीं पास कर काशी हिन्दू विश्वविद्यालय में अगली पढ़ाई के लिए दाखिला लिया, जहाँ से 1960 में एम.ए. किया। राजनीति शास्त्र की डिग्री ली। वे स्वयं क्या बनना चाहते थे? यह अगर उनसे कोई पूछे तो वे अपनी पुरानी स्मृतियों में खो जाते हैं। इस सवाल को टालते तो नहीं हैं और ऐसा भी नहीं है कि वे जो बने, उससे असंतुष्ट नजर आते हों। उनमें अतृप्ति का भाव ढूंढ़ना संभव नहीं है। इसका कोई उन पर प्रक्षेपण करे तो वह अन्याय करेगा। वे जो बने और जैसा सामाजिक संस्कार पाया, उससे उनमें सार्थकता का बोध दिखता है।

पढ़ाई पूरी करने के बाद वे अपने भविष्य से बेफिक्र होकर सामाजिक सेवा के काम में लग गये। उन दिनों उनका लिखना-पढ़ना जारी रहा। बनारस से 'आज', 'गांडीव' आदि समाचार पत्रों में लिखते थे और छपते थे। तीन साल तक यह सिलसिला चला। वहीं से उन्हें पत्रकारिता की पगडंडी मिली। 1963 में वे लखनऊ आये। जहाँ 'पाञ्चजन्य', 'राष्ट्रधर्म' और 'तरुण भारत' से जुड़े। यादवराव देशमुख के संपादकत्व में संस्थान की पत्रकारिता करने लगे। कह सकते हैं कि 1970 से वे मुख्यधारा की पत्रकारिता में आये। 'अमर उजाला' से जुड़े, जहाँ 1985 तक रहे। ऐसा उदाहरण कम ही मिलेगा कि लखनऊ में करीब ढाई दशक तक कोई पत्रकार निष्कलंक बना रहे और पत्रकारिता के साथ-साथ उसकी राजनीति भी करता चले। पत्रकारिता की राजनीति से आशय पत्रकारों की ट्रेड यूनियन से है।

अच्युतानंद मिश्र उन लोगों में से हैं, जिन्होंने आई.एफ.डब्ल्यू.जे. की फिसलन को नया मोड़ दिया। उसे विचार और राह दी। नया संगठन बनाया। उस जमाने के शिखर पत्रकार फ्रेंक मोरेस से नये संगठन के स्थापना समारोह की शुरुआत करवाई। यह 1972 की बात है। हिरण्मय कारलेकर, पृथ्वीश चक्रवर्ती, मीनाक्षी सुंदरम जैसे दिग्गज पत्रकारों को जोड़ा। वही संगठन आजकल एन.यू.जे. के नाम से जाना जाता है। जो इस समय देश का सबसे बड़ा पत्रकार संगठन है। एक बात और कहना जरूरी है। 'अमर उजाला' अखबार को निष्पक्ष और स्वतंत्र बनाने में भी अच्युतानंद मिश्र के नाम से मदद मिली।

'जनसत्ता' अखबार 1983 में निकला। उसके दो साल बाद समाचार

संपादक पद के लिए अखबार के संस्थापक संपादक प्रभाष जोशी योग्य पत्रकार ढूंढ़ रहे थे। यह 1986 की बात है। उन दिनों मैं 'नवभारत टाइम्स' में विशेष संवाददाता था। लेकिन प्रभाष जी से मिलता रहता था। एक दिन उन्होंने अपनी तलाश के बारे में बात की। उनके पास कई नाम थे। मैंने उन्हें अपना मत बताया। वे सहमत हुए और इस तरह अच्युतानंद मिश्र 'जनसत्ता' के समाचार संपादक होकर दिल्ली आये। जब मैं 'जनसत्ता' वापस आया तो वे विद्यानिवास मिश्र के आग्रह पर 'नवभारत टाइम्स' गये। 1996 में वे 'जनसत्ता' लौटे। वरिष्ठ संपादक का दायित्व संभाला। साल भर बाद कार्यकारी संपादक हुए। वही दौर है जब अगले तीन साल तक उनके साथ काम करने का अपना अनुभव है। उसी दौर में उन्होंने 'जनसत्ता' के संपादकीय पृष्ठ को नई शक्ल दी। वह अब तक बनी हुई है। उन्हीं के समय में अशोक वाजपेयी का कभी-कभार स्तंभ रविवार को छपना शुरू हुआ। यह भी बता दूँ कि अच्युतानंद मिश्र ने ही प्रेरित करके मुझसे 1997 से 'पड़ताल' कॉलम लिखवाया जो रविवार को छपता था। ओम थानवी ने कार्यकारी संपादक बनने पर उसका दिन बदल दिया। फिर शनिवार को छपने लगा।

'जनसत्ता' से मुक्त होकर अच्युतानंद मिश्र घर नहीं बैठे। एडिटर सिंडिकेट बनाया। छुट्टा पत्रकार बने। फिर 'लोकमत समाचार' के संपादक हुए और उसके बाद माखनलाल चतुर्वेदी राष्ट्रीय पत्रकारिता एवं संचार विश्वविद्यालय के कुलपति पद को संभाला। उन्होंने भारतीय भाषाओं की पत्रकारिता पर शोध और लेखन के प्रकल्प का विश्वविद्यालय के कुलाध्यक्ष भैरोसिंह शेखावत से प्रारंभ कराया। यह ऐसा काम है जो उपेक्षित था, जिसका होना एक बड़े अभाव की पूर्ति करता है। इस काम के लिए उन्होंने विजयदत्त श्रीधर को चुना और उन्हें पूरी स्वतंत्रता दी। यही अच्युतानंद मिश्र की विशेषता है। उस प्रकल्प से अस्सी पुस्तकें बनीं। पत्रकारिता के अतीत का गौरवशाली इतिहास सामने आया।

अपनी सेहत से बेपरवाह अच्युतानंद मिश्र ने पत्रकारिता से सांस्कृतिक जागरण की दिशा ले ली है। उन्होंने महामना मालवीय संस्कृति संस्थान बनाया है। यह उनके स्वभाव और संस्कार में सहज बैठता है। ऐसे काम वे पहले भी करते रहे हैं। पी.वी. नरसिंह राव के समय में जब कथित उदारीकरण (उधारीकरण) का दौर शुरू हुआ, उस समय अच्युतानंद मिश्र ने प्रो. बनवारी लाल शर्मा के 'आजादी बचाओ आंदोलन' को बढ़ाने में सक्रिय सहयोग दिया। यह सब करते हुए वे पत्रकारिता के सरोकारों से कभी अलग नहीं हुए। पिछले साल की ही बात है जब दिल्ली के कांस्टीट्यूशन क्लब में 'यथावत' पत्रिका के लोकार्पण समारोह की अध्यक्षता करते हुए उन्होंने जो कहा, वह हम सबके लिए समझने का विषय है। उन्होंने कहा कि

आज ऐसी पत्रकारिता की जरूरत है जो समाज में बहस पैदा कर सके।

हिंदी पत्रकारिता की मूल धारा राजनीतिक रही है। कहाँ से और कब से? यह मत पूछिये। इसके बारे में अपने अध्ययन से अर्थ, भाव और तथ्य को समझने का प्रयास करें। जो मूल धारा से जुड़े हुए हिंदी पत्रकार हैं, उनमें जैसी राजनीति समझ हम पाते हैं वैसी अंग्रेजी के किसी फन्ने खां में नहीं दिखता। हिंदी के पत्रकारों की यह पूँजी उसी दिन सौदेबाजी में गिरवी रख दी जाती है जिस दिन वह किसी दल की राजनीति करने लगता है। वह पत्रकारिता छोड़ देता है या उसे भुनाने लगता है। जब अच्युतानंद मिश्र को देखता हूँ तो यह समझ मुझमें साक्षात और सहज ही पैदा होती है। वे भी अगर चाहते तो पत्रकारिता का राजनीतिक सौदा कर सकते थे। इससे वे बचे रहे और हैं। पत्रकार बनना उनका होनापन है। वे दूसरा कुछ भी हो सकते थे। अगर कोशिश करते तो उनके लिए हजार रास्ते खुले थे। आखिर पत्रकार ही क्यों बने, क्योंकि कहने-लिखने-बताने के लिए जिसमें कुछ होता है, वही पत्रकार बनता है। पत्रकारिता उसके लिए अभिव्यक्ति का माध्यम है। जीने का जरिया है। जीवन की सार्थकता उसके लिए और बातों से ज्यादा महत्त्वपूर्ण है। अच्युतानंद मिश्र आज भी अपने समय से संवाद बनाए हुए हैं। यानी उनकी पत्रकारिता चल रही है।

(लेखक जाने-माने पत्रकार, बहुभाषी समाचार समिति हिंदुस्थान समाचार के समूह संपादक और इंदिरा गांधी राष्ट्रीय कला केंद्र के अध्यक्ष हैं।)

अभिभावक, मित्र और संदर्भ कोश

राहुल देव

अच्युता जी से पहली भेंट आपात स्थिति के दौरान हुई थी। साल-महीना-तारीख याद नहीं। मैं तब छात्र ही था लखनऊ विश्वविद्यालय में, संभवतः बी.ए. का विद्यार्थी था। पूरे इमरजेंसी काल में हमारे घर में राष्ट्रीय स्वयंसेवक संघ के अधिकारी गुप्त रूप से कुछ-कुछ सप्ताह या महीनों के लिए रहते थे। उन्हीं में एक दिन स्वर्गीय श्री यादव राव देशमुख रहने आये। वे प्रचारक तो रह ही चुके थे लेकिन 'तरुण भारत' अखबार, 'पाञ्चजन्य' और 'राष्ट्रधर्म' के संपादक या वरिष्ठ संपादकीय कर्मी रह चुके थे। सबसे लंबे समय तक वे ही रहे। उनसे मिलने जो कुछ गिने-चुने लोग कभी-कभी आते थे, उनमें सबसे नियमित अच्युता जी थे। मेरे मन में जो पहली स्मृति उनकी छवि की है वह एक काले या गहरे सलेटी रंग का बंदगला सूट पहने, खूब गोरे, धीमे-धीमे और हर बात मुस्कुरा कर कहने वाले मृदुभाषी, धीर व्यक्ति की है। वे अपने स्कूटर से आते थे।

वैसे तो संघ के सभी प्रचारकों का, चाहे वरिष्ठ हों या कनिष्ठ, स्वभाव और प्रशिक्षण ही होता है वे बहुत जल्दी घर के सभी सदस्यों से हिल मिलकर धीरे-धीरे सदस्य ही हो जाते हैं। यादव जी के अलावा जिनकी बहुत स्नेहिल और अच्छी स्मृति इन अतिथियों की है, उनमें सूर्य कृष्ण जी भी थे। लेकिन जिनसे जीवन भर का संबंध बना वे यादव काका (श्री यादव राव देशमुख) थे। और उनके कारण ही जीवन भर का पारिवारिक जुड़ाव बना अच्युता जी से। वे तब दैनिक 'अमर उजाला' के लखनऊ ब्यूरो प्रमुख थे। उन्हें जानने वालों को उनकी बातचीत-व्यवहार की मधुरता और हास्य-प्रियता के बारे में बताने की जरूरत नहीं। एक-दो बार में ही हम दोनों भाइयों और माता-पिता सबके प्रिय हो गये। हम उत्सुकता से उनके आने की प्रतीक्षा करते थे।

यादव काका में एक विशेष बात यह थी कि वे कभी खाली हाथ नहीं बैठते थे। खाना बनाने में निपुण और तत्पर थे। तो यह घर का आम दृश्य हो गया कि

मम्मी के साथ बैठे गप करते हुए काका या तो कोई सब्जी छील रहे हैं या काट रहे हैं। वे कोई भी बात कर रहे हों, उनके हाथ में कोई-न-कोई काम रहता ही था। हाथ चलते ही रहते थे। वह काम सब्जी काटने से लेकर आसपास पड़े कागजों को व्यवस्थित कर देने का भी हो सकता था, हमारी इधर-उधर पड़ी किताबें व्यवस्थित कर देना हो सकता था, कागजों की कोरी साइड पलटकर लेखन पैड बनाने से लेकर लिफाफे बनाना भी हो सकता था। लेकिन उनके चिंतन के शांत क्षण भी याद हैं। पैड हाथ में लेकर लिखते हुए या केवल विचारमग्नता की उस मुद्रा की छाप गहरी पड़ती थी।

मैं इंदिरा गांधी का ऋणी हूँ। बड़ा अहसान है उनका मेरे ऊपर। उन्होंने इमरजेंसी न लगाई होती, संघ-जनसंघ-विद्यार्थी परिषद् आदि पर प्रतिबंध न लगाया होता, उसके अधिकारियों को गिरफ्तार करना न शुरू किया होता तो वारंटशुदा भूमिगत काका हमारे साथ रहने न आये होते और मैं पत्रकार न बनता। यह काका ही थे जिन्होंने पुस्तकें पढ़ने के मेरे शौक को देखा, अपने तरीके से परखा और तय किया कि मुझे पत्रकार बनना चाहिए। हालाँकि वहाँ रहते कभी कुछ कहा नहीं।

काका से जो हम जानते-सीखते थे, वह तो कीमती था ही लेकिन अच्युता जी की बातों की रोचकता अलग ही थी। यह याद नहीं कि उनके लालकुँआ वाले घर मैं उसी काल में गया या इमरजेंसी हटने के बाद। इतना याद है कि उसके बाद अपनी साइकिल या कभी-कभी पापा के स्कूटर से विश्वविद्यालय से लौटते हुए उनके यहाँ जाना शुरू हो गया था।

इमरजेंसी हटने के बाद काका अपने यदुनाथ सान्याल मार्ग वाले घर में चले गये तो हमारा वहाँ आना-जाना शुरू हो गया। जैसे वे हमारे घर के सदस्य बन गये थे वैसे ही मैं और संजय उस सान्याल रोड वाले घर उर्फ काका-काकू की धर्मशाला के हिस्से बन गये। जाने कहाँ-कहाँ से लोग अकेले या सपरिवार कम या ज्यादा दिनों तक रहने के लिए आते जाते रहते थे। सब या तो उनके परिवार के लोग या महा-विस्तृत संघ परिवार के। वे सब उस छोटे से दुमंजिला मकान में कहाँ कैसे आराम से समा जाते थे, पता नहीं चलता था। उस घर की लय इसी तरह की थी। इस बहाने बहुत से नये और कई तरह के लोगों से परिचय हुआ।

अच्युता जी के लालकुँआ वाले घर की लय अलग थी। वह टिकने वाली धर्मशाला नहीं वैसे ही तरह-तरह के लोगों के आने-जाने से हरी-भरी रहने वाली स्थायी बैठक थी। तो हर शाम सीढ़ियाँ चढ़ कर ऊपर पहुँचने पर आम नजारा यह होता था कि एक कमरे के उस संपादकीय कक्ष से हँसी-ठहाकों की आवाजें पहले कानों में पड़ती थीं, दिखायी बाद में देता था। किसी आगंतुक से अलग से बात करते कमरे

से पहले पड़ने वाली खुली छत पर अच्युता जी दिखते थे या कमरे में ही चल रही हास्य गोष्ठी के बीच में। उस छोटे से कमरे में कैसे तो तीन-चार लोग अलग-अलग काम कर लेते थे, उस आवा-जाही के घोर अनौपचारिक माहौल में, कैसे धीर-गंभीर कृशतनु सुभाष दवे जी अपनी खबरें लिख लेते थे, कैसे अच्युता जी धीरे-धीरे बोलते हुए अपनी खबर लिखवा लेते थे, कैसे विज्ञापन और सर्कुलेशन का काम देखने वाले अनिल अपना काम निपटा लिया करते थे, खुदा ही जानता है।

उस घर में कुल तीन कमरे थे। दो छोटे। एक थोड़ी बड़ी बैठक दोनों के बीच में। बैठक में अच्युता जी तभी जाकर बैठते थे, जब कोई विशेष व्यक्ति आता था। वह आने वाला मुलायम सिंह यादव भी हो सकता था, नारायण दत्त तिवारी भी, भाजपा के कलराज मिश्र या सारी बड़ी पार्टियों के बड़े या मध्यम श्रेणी के नेता भी। छोटे-मोटे नेताओं का साहस उनके ज्यादा करीब आने का कम ही होता था। यह प्रसिद्ध था कि अच्युता जी ही एक साथ तिवारी जी, मुलायम सिंह और संघ-जनसंघ-भाजपा के शीर्षस्थ नेताओं से गहरी और अन्तरंग मित्रताएं साध सकते थे। कमाल यह है कि इन सभी नेताओं को अच्युता जी के उनके घोर प्रतिद्वंद्वियों से सघन संबंधों की बखूबी जानकारी रहती थी। नारायण दत्त तिवारी और मुलायम सिंह यादव के बारे में तो प्रत्यक्ष जानकारी से कह सकता हूँ कि इन दोनों ध्रुवों के नेताओं से अच्युता जी के संबंध उनके पारिवारिक-सामाजिक-राजनीतिक दायरों तक फैले हुए थे।

मुझे इन दोनों से अच्युता जी ने ही व्यक्तिगत स्तर पर मिलवाया। तिवारी जी से जो विशेष संबंध बना केवल इस कारण कि अच्युता जी मुझे अक्सर साथ लेकर ही उनसे मिलने जाते थे चाहे वे उत्तर प्रदेश के मुख्यमंत्री रहे हों या केंद्र में वित्त, योजना और विदेश मंत्री। उन्होंने मुझ जैसे अत्यंत कनिष्ठ पत्रकार को इतना क्यों अपना माना, वे ही बता सकते हैं। शायद इसलिए कि पत्रकारिता उस शब्दातीत संबंध की सबसे सतही कड़ी थी। वह आज भी शब्दातीत है। मेरे लिए अपरिभाषेय।

संजय उन्हें चाचाजी कहता है। नवीन तिवारी, प्रदीप (सिंह)—साधना और मेरे अन्य मित्र भाईसाब कहते हैं। मल्लिका (हमारी वो) भी। हमारे बच्चों के वे बड़े ताऊजी हैं। लेकिन सामने होने पर उन्हें संबोधित करने के लिए आज भी मेरे पास कोई शब्द नहीं है। उनको और काका को बिना कोई संबोधन तय किये ही जीवन भर काम चला लिया। जरूरत ही नहीं लगी।

तो उस घरनुमा दफ्तर या दफ्तर मिश्रित घर का तीसरा सबसे छोटा भीतर का कमरा अच्युता जी का अकेला अपना कमरा था। उनका पुस्तकालय, अखबार-पत्रिका संग्रह और शयन कक्ष। एक तख्त, एक मेज, एक-दो अलमारियाँ, किताबें-अखबार यानी उनकी घर-गिरस्ती। उसमें प्रवेश कुछ लोग ही पाते थे। मैं उनमें एक था।

गाजीपुर या बनारस से उनके छोटे भाई या भतीजे आदि कभी-कभी आते थे। लेकिन काफी कम। अच्युता जी की स्वर्गीय पत्नी साल में एकाध बार गाजीपुर या बनारस से आती थीं। कुछ दिनों के लिए। बेहद स्नेही, भोली और वत्सल। बेटा राघवेंद्र खिलाड़ी था, खेल छात्रावास में रहता था। यदा-कदा ही आता था। मैंने जब से अच्युता जी को जाना है, लगभग एकाकी रहते हुए ही पाया है। राघवेंद्र के विवाह के बाद जरूर उसके और बहू के साथ रहने लखनऊ जाते रहते थे। वह उनका हृदयविदारक पक्ष है। एकमात्र संतान और बहू को कोविड में चंद दिनों के अंतर से एक साथ खो देना उन्होंने कैसे सहन किया है, वे ही जानते हैं। उसने उन्हें कितना तोड़ा है, वे ही जानते हैं। हम अनुमान ही लगा सकते हैं। उस बारे में भी कम-से-कम मुझसे वे कुछ नहीं बोले हैं।

लेकिन मैं आगे चला गया। ये सब तो मेरे उत्तर प्रदेश के सबसे बड़े और प्रतिष्ठित अंग्रेजी दैनिक 'द पायनियर' का पहले उप-संपादक फिर संवाददाता बनने के समय की बातें हैं। इमरजेंसी में हुए उस परिचय के बाद इमरजेंसी हटने पर काका जी (यादवराव देशमुख) ने अपना साप्ताहिक 'युग विवेक' शुरू किया और त्रिलोचन (सिंह) को और मुझे लखनऊ में तथा देहरादून से तरुण विजय को उससे जोड़ लिया। यानी कलम पकड़ा दी। वह रोमांचक काम था। छपाई और पत्रकारिता की तकनीक आरंभिक अवस्था में थी। 'युग विवेक' जैसे छोटे अखबार-पत्रिकाएँ छोटे प्रेसों में हाथ से एक-एक अक्षर जोड़कर बनाए जाने वाले पन्नों के 'फर्मों' वाले कठिन तरीके से छपती थीं। आये हुए लेखों के संपादन, छोटी-मोटी टिप्पणियों-शीर्षकों के लिखने के बाद 'कंपोजिंग' के उन कमरों में एक-एक पैरा और पन्ना बनते समय गीले अखबारी कागजों पर उनकी छाप लेकर वर्तनी आदि की जाँच करने से हमारी पत्रकारिता का प्रशिक्षण शुरू हुआ था। यह 43-44 साल पहले, इमरजेंसी के तुरंत बाद के दिनों की कहानी है।

'युग विवेक' का संपादकीय कार्यालय भी काका-काकू की धर्मशाला, यदुनाथ सान्याल मार्ग, लखनऊ था। वह लालकुँआ के पास ही था। अच्युता जी वहाँ हर दूसरे-तीसरे दिन आते ही थे। वहाँ आना मतलब खाना भी। यादव काका और अच्युता जी का संबंध बनारस-गाजीपुर के उनके अतीत से ही चल रहा था। वह संबंध भी अपरिभाषेय था। उसके बारे में कुछ कहने में अच्युता जी ही सक्षम हैं। वे भी उस पर कम बोलते हैं। काका के देहावसान के बाद हुई शांति सभा में मौजूद लोगों में कोई अगर काका को सबसे घनिष्ठता और पूर्णता से जानता था तो अच्युता जी थे। सबके अनुरोधों के बावजूद वे एक शब्द नहीं बोले। चुपचाप सब देखते अपने में डूबे बैठे रहे। जोर डालने पर जब मैं माइक पर पहुँचा तो यही कह पाया कि आज जो

सबसे ज्यादा बोल सकता है, वह चुप है तो मुझमें शक्ति नहीं कि कुछ कह सकूँ। उन दोनों के संबंध की गहराई और गुणवत्ता की थाह मुझे भी नहीं। केवल एक आभास है। कुछ यशवंत (देशमुख) को होगी। सबसे ज्यादा जिन्हें रही होगी, वे विलक्षण काकू यानी यशवंत की 'माँ' भी अब नहीं हैं।

'युग विवेक' के बाद काका ने 'पायनियर' के प्रबंध संपादक डॉ. के.पी. अग्रवाल से बात करके मुझे उनके पास भेजा। उन्हें लगा कि लड़का अंग्रेजी में एम. ए. कर रहा है तो इसके लिए अंग्रेजी अखबार ठीक रहेगा। कुछ दिन 'पायनियर' के प्रसिद्ध हिंदी दैनिक 'स्वतंत्र भारत' के यशस्वी और अनूठे संपादक अशोक जी ने मुझे कुछ समय पहले ही निकाले साप्ताहिक 'स्वतंत्र भारत सुमन' से जोड़ा। कुछ महीनों बाद मैं 'पायनियर' में प्रशिक्षु उप-संपादक बना। उसके बाद नौ साल अंग्रेजी पत्रकारिता में बीते।

यह क्षेपक कितना प्रासंगिक है, नहीं जानता। लेकिन लगा, बिना इसके उस वृहत्तर परिवार और परिवेश का आभास नहीं दे सकूँगा जिसमें काका-काकू, अच्युता जी, स्व. शशिधर अवस्थी 'मामा जी' और 'मामी जी', और आर्यनगर, लखनऊ का दवे परिवार–सुभाष जी (दवे, अच्युता जी के ब्यूरो के सहयोगी पत्रकार), 'बहन जी' (सुभाष जी की पत्नी), उनके बच्चे, तब वयोवृद्ध 'काकाजी', कितने पात्र हैं जो अपने भी परिवार का हिस्सा बन गये। वे सब जा चुके हैं। ज्यादातर असमय। लखनऊ के सान्याल मार्ग लालकुँआ–आर्यनगर के इस त्रिकोणीय स्नेह संकुल का एक हिस्सा बनना विरल सौभाग्य रहा है। इस संकुल के संक्षिप्त उल्लेख के बिना मैं अच्युता जी के बारे में बात नहीं कर सकता।

तो फिर लौटें लालकुँआ चौराहे। उसके एक अहाते में एक मकान की ऊपरी मंजिल पर 'अमर उजाला' ब्यूरो। 'पायनियर' से घर लौटते हुए वहाँ हर शाम रुकना नियम बन गया। लगभग तीन साल चला। कई बार पैदल आता था, कई बार स्कूटर से। यूँ हम 'अमर उजाला' ब्यूरो की स्थायी उपस्थिति बन गये। वहीं उसके संस्थापक संपादक स्व. डोरीलाल अग्रवाल जी से मिलवाया अच्युता जी ने। दो-तीन बार। एक या शायद दो बार 'अमर उजाला' के आगरा मुख्यालय भी साथ ले गये किसी पत्रकारिता सम्मेलन के सिलसिले में। डोरीलाल जी के घर जाने का एक बार का तो स्मरण है।

अच्युता जी ने शायद मेरे 'युग विवेक' काल में एक 'असाइनमेंट' दिया। दिल्ली के 'पाञ्चजन्य' के लिए कैसरबाग बारादरी में किसी दो दिन के मुस्लिम सम्मेलन की कवरेज करनी थी। उसमें मैंने तब अलीगढ़ मुस्लिम विश्वविद्यालय के छात्र संघ के काफी प्रसिद्ध हो चुके अध्यक्ष जावेद हबीब का साक्षात्कार किया था।

उनसे मिलकर उनकी संवेदनशीलता, विस्तृत वैचारिक दायरे और सांस्कृतिक समझ से प्रभावित हुआ था। याद आता है गंगा और बनारस की बात करते हुए उनकी आँखें भर आई थीं। मुझे उस साक्षात्कार के करने और छपने पर बड़ा सुख मिला था। उस पर 'पाञ्चजन्य' से मिला पारिश्रमिक मेरा पहला पत्रकारीय पारिश्रमिक था। उसके बाद लालकुँआ पर ही 'पाञ्चजन्य' संपादक स्व. भानु प्रकाश शुक्ल से मिला, स्नेह भाजन बना। भानुजी वहाँ अक्सर आते थे। हर बार मिलने पर पीठ पर दो-चार धमाकेदार प्रसाद मिल जाया करते थे। वे भी अच्युता जी की तरह परम विनोदी थे। उनसे शायद ज्यादा ही।

अच्युता जी पत्रकारों के दो अखिल भारतीय संगठनों में एक नेशनल यूनियन ऑफ जर्नलिस्ट्स (एनयूजे) के शीर्ष नेताओं में थे। उनके पीछे-पीछे हम भी उसकी गतिविधियों से जुड़े। जाना पत्रकारों की यूनियन क्या होती है, कैसे काम करती है, अखबार मालिकों से पत्रकारों के अधिकारों-हितों-वेतन-निकाले जाने पर बहाली के लिए कैसे वार्ता, फिर विरोध और आंदोलन किये जाते हैं, यूनियनों की आंतरिक राजनीति कैसी बारीक होती है, एकदम पार्टियों की तरह। यह सब देखा। उसके प्रांतीय-राष्ट्रीय अधिवेशनों में जाना हुआ। भुवनेश्वर अधिवेशन के लिए लखनऊ से कलकत्ता होते हुए भुवनेश्वर, पुरी की यात्रा अभी याद है। हम उप्र वालों के सबसे बड़े दल के नेता अच्युता जी और दादा भादुड़ी थे। अच्युता जी का काम ज्यादातर नेपथ्य से सूत्र संचालन का होता था। वे मंच पर भाषण-वाषण कम ही दिया करते थे।

चाहे देश-प्रदेश की राजनीति हो या पत्रकार यूनियन की, या जिन अखबारों में वे रहे, उनकी 'प्लांट' यूनियनों की, उनकी राजनीतिक पकड़ बहुत सूक्ष्म और रणनीति-कुशल होती है। अकारण नहीं है कि उनके बड़े नेता मित्र उनसे राजनीतिक -रणनीतिक सलाह लेते थे। वह सलाह कितनी उपयोगी रहती होगी, इसका अंदाज हम विपरीत राजनीतिक छोरों पर खड़े वरिष्ठ नेताओं के अच्युता जी पर गहरे और अटूट विश्वास से मिलता है। एनयूजे के नेता, चाहे उप्र के जिलों के हों, प्रदेश इकाई के हों या दिल्ली सहित दूसरे प्रदेशों के हों, फोन पर उनसे विचार-विमर्श किये बिना आगे नहीं बढ़ते थे। मैं जानता हूँ, उन कई वरिष्ठ आईएएस अधिकारियों को, जो अच्युता जी से ऐसी ही अंतरंग सलाह लेते थे, चिंताएँ और विचार साझा करते थे। उनसे भी मुझे मिलवाया है उन्होंने। ऐसे अपने महत्त्वपूर्ण मित्रों से सायास मिलवा कर मेरे पत्रकारीय परिचय वृत्त और समझ को विस्तृत करने के पीछे के उनके स्नेह और संबल की समझ बहुत बाद में आई मुझे। वे लखनऊ में रहे हों, नागपुर में 'लोकमत समाचार' के संपादक रहे हों या दिल्ली में 'जनसत्ता' और 'नवभारत टाइम्स' में अपने तरीके से मुझे आगे बढ़ाया है। 'लोकमत समाचार' के विजय दर्डा हों या

स्व. विद्या निवास मिश्र जी, मेरा प्रथम परिचय अच्युता जी ने ही करवाया।

अच्युता जी की स्मरण शक्ति असाधारण है। मेरी उतनी ही दुर्बल। राष्ट्रीय-अंतरराष्ट्रीय राजनीतिक इतिहास की प्रमुख घटनाओं-पात्रों के बारे में उनकी जानकारी उतनी ही गहरी रही है, जितनी उत्तर प्रदेश के एक-एक जिले-कस्बे-चुनाव क्षेत्र की बारीकियों की। उप्र के राजनीतिक और चुनावी इतिहास, नेताओं, घटनाक्रमों के तो वे जीवंत संदर्भ कोश हैं। आज मौजूद पत्रकारों में उनसे ज्यादा जानकार मेरी जानकारी में कोई नहीं है। सक्रिय पत्रकारिता से दूर होकर माखनलाल चतुर्वेदी राष्ट्रीय पत्रकारिता एवं संचार विश्वविद्यालय के कुलपति काल के दौरान भी, उसके बाद भी उनका इन सब विषयों और व्यक्तियों से संपर्क बना रहा है। उनकी वरिष्ठता के कम पत्रकार होंगे जिनके प्रति उनके संपर्क में आने वाले प्रत्येक पत्रकार और व्यक्ति की भावना ऐसे गहरे सम्मान की हो। हर विचारधारा के पत्रकारों में उनका नाम निरपवाद रूप से आदर के साथ ही लिया जाता है। वे जहाँ भी रहते हों, मकान जितना भी बड़ा हो, उनका 'घर' एक कमरा ही होता है। उस कमरे में भी वही चीजें होती हैं—किताबें, कुछ कपड़े, संगीत का कोई यंत्र और होम्योपैथिक-बायोकेमिक दवाएँ। जानने वाले जानते हैं कि वे पुराने शौकिया होम्योपैथ हैं। डॉ. ए.एन. मिश्रा से दवाएँ प्राप्त करने वाले कम हैं लेकिन हैं। अक्सर तो वे अपना ही इलाज कर रहे होते हैं। अंग्रेजी दवाओं से उन्हें चिढ़ है, हर सच्चे होम्योपैथ की तरह। वैसी ही अरुचि शारीरिक व्यायाम से है। भोजन और मिष्ठान्न-प्रियता के साथ व्यायाम-उदासीनता ने उनके दैहिक कष्ट बढ़ाए जरूर हैं, लेकिन उनके हृदय की कोमलता-मधुरता को पुष्ट किया है।

संगीत का शौक है। अकेले में सुनते हैं। इतनी व्यापक मित्र मंडली के पीछे के पंडित अच्युतानंद मिश्र मूलतः एकाकी और एकांतप्रिय हैं। लोकप्रिय लेकिन गीता के शब्दों में 'अरतिजनसंसदि' यानी भीड़ में रति न रखने वाले। लोगों के बारे में परम रोचक संस्मरण उनकी जबान पर रहते हैं, घंटों गप मार सकते हैं लेकिन अपने अंतरंग जीवन और भावनाओं-अनुभूतियों के बारे में शायद ही किसी से चर्चा करते हों। अपनी पत्नी के साथ बहुत ही कम रहे हैं। परिवारी संबंधियों से जुड़े रहे हैं लेकिन घिरे नहीं। संभव है मेरी ही खुशफहमी हो लेकिन अपनी कुछ बेहद निजी बातें-भावनाएँ जो मुझसे बाँटी हैं, वे किसी और से भी बाँटी होंगी, ऐसा मुझे नहीं लगता।

यात्राएँ पसंद हैं। हिंदी साहित्य, इतिहास, धर्म, दर्शन, आध्यात्मिक विभूतियों पर पुस्तकें पढ़ना उनका गहरा शौक है। घर और शहर बदलने के चक्कर में उनकी बहुत-सी मूल्यवान पुस्तकें कई वर्षों से मेरे पुस्तकालय की शोभा हैं। चिंतन और सरोकारों का फलक विस्तृत है। इसलिए उनके वैचारिक लेखों के संग्रह का नाम ही

है 'सरोकारों के दायरे'। माखनलाल चतुर्वेदी राष्ट्रीय पत्रकारिता एवं संचार विश्वविद्यालय में कुलपति रहते हुए उन्होंने कुछ ऐतिहासिक महत्त्व के काम किये हैं। हिंदी के बड़े संपादकों पर उत्कृष्ट जीवनियों की शृंखला तैयार करवाना पहली बार हुआ। कुछ और खूब महत्त्वाकांक्षी योजनाएँ या तो अधूरी रह गयीं या शुरू ही नहीं हो पाईं। हिंदी के बड़े साहित्यकारों-संपादकों पर उनकी हाल में आई दो पुस्तकें—'तीन श्रेष्ठ कवियों का हिंदी पत्रकारिता में अवदान' (अज्ञेय, रघुवीर सहाय एवं धर्मवीर भारती) और 'कुछ सपने, कुछ संस्मरण' अत्यंत समृद्ध और उनकी तलस्पर्शी दृष्टि का प्रमाण हैं।

जैसे-जैसे मेरा स्वतंत्र पठन-पाठन, स्वाध्याय, चिंतन बढ़ा है, संघ (रास्वसं) से मेरी वैचारिक दूरियाँ बढ़ती गयी हैं। लखनऊ और दिल्ली की दूरी के कारण हमारी चर्चाएँ भी घटी हैं, लेकिन जब भी हुई हैं, मैंने अपनी ईमानदार राय उनके सामने रखी है। सबसे ताजा तो कुछ सप्ताह पहले ही। वह राय उनकी मनोभूमि और वैचारिकी के बहुत विपरीत है। एक समय वे और मैं 'जनसत्ता' में सहयोगी भी रहे। उस विचित्र असाधारण समय और संबंध में मुझसे कई बार लज्जाजनक असभ्यताएँ हुईं। मैंने पीटे जाने लायक काम किया। लेकिन उनका वरद, अकुंठ स्नेह वैसा ही सघन और तरल बना रहा है।

इतने लंबे परिचय में उन्हें कभी क्रुद्ध नहीं देखा। कठोर वचनों का तो सवाल ही नहीं है। सुना है एक बार, शायद एनयूजे के संदर्भ में, किसी पत्रकार को किसी असभ्यता पर पीट दिया था। कमरा बंद करके। बात कितनी सच है नहीं जानता।

स्मृतियाँ और आयाम और भी हैं लेकिन शायद इतना भी फिलहाल पर्याप्त है। वह स्नेह-धारा हम पर बहती रहे...

(लेखक 'जनसत्ता' और 'आजतक' के पूर्व संपादक, भाषा समस्या के विशेषज्ञ और भारतीय दर्शन के अध्येता हैं।)

न सिर्फ संपादक बल्कि अभिभावक भी

सुरेंद्र किशोर

जब मैं 'जनसत्ता' का बिहार संवाददाता था, उस समय श्री अच्युतानंद मिश्र जी पहले उस अखबार के समाचार संपादक और बाद में स्थानीय संपादक बने थे। मेरा अनुभव रहा कि अच्युता बाबू न सिर्फ एक सफल संपादक रहे, बल्कि हमारे अभिभावक भी। 'अफसरशाही' की बू तक नहीं आती थी। बातचीत का उनका लहजा भी ऐसा कि मेरे जैसा कनीय स्टाफ भी संपादक के समक्ष खुद को छोटा न समझे। अपने अधीनस्थ पत्रकारों के प्रति किसी संपादक का ऐसा स्नेहिल व्यवहार विरल है। उससे काम पर सकारात्मक असर पड़ता था। हालांकि इस मामले में भी अच्युता बाबू से आगे दिवंगत प्रभाष जोशी थे। आखिर वह 'जनसत्ता परिवार' जो था! बात तब की है जब अच्युता बाबू समाचार संपादक थे। पटना से भेजी गयी मेरी एक खबर का 'डेस्क' पर यथोचित 'उपचार' नहीं हो सका था। मैंने प्रधान संपादक प्रभाष जोशी को यह बात बतायी। उन्होंने यह बात डेस्क तक पहुंचाई। ध्यान रहे कि डेस्क के सुप्रीमो समाचार संपादक होते हैं। इस संबंध में अच्युता बाबू ने मुझे पत्र लिखा। उनके पत्र में ये शब्द भी थे—"आपकी शिकायत सिर माथे पर।" मैं पत्र पाकर अपराधबोध से ग्रस्त हो गया। मैंने सोचा कि मेरी शिकायत को इतनी गंभीरता से लेने की भला क्या जरूरत थी? पर, बाद में मुझे लगा कि प्रभाष जी और अच्युता बाबू की राय थी कि फील्ड में विपरीत परिस्थितियों में काम करने वाले संवाददाताओं का मान रखना चाहिए।

इसके साथ ही अघोषित रूप से एक दूसरी बात भी हुई। मेरी इस शिकायत को अच्युता बाबू ने दिल से नहीं लगाया। बाद में भी मेरे प्रति लगातार उनके स्नेहिल व्यवहार से लगा कि वे बहुत बड़े दिल के व्यक्ति हैं। एक बार पटना आये तो मेरे घर भी आये थे। एक अन्य अवसर पर अच्युता बाबू ने मुझसे सवाल किया—"आप संपादक क्यों नहीं बनना चाहते हैं?" मैंने कहा कि मैं खुद को उस पद के योग्य नहीं समझता।

मैं उसी पद को स्वीकारता हूँ जिसे मैं ठीक ढंग से निभा सकूं। उसके जवाब में उन्होंने कहा कि–"दो सक्षम सहायक संपादक रख लीजिए। कोई दिक्कत नहीं होगी।" खैर, मैं फिर भी कभी संपादक तो नहीं बना, पर इस संवाद में एक बात पर गौर कीजिए। भिन्न सामाजिक और वैचारिक पृष्ठभूमि से आये मेरे जैसे पत्रकार को आगे बढ़ाने के लिए अच्युता बाबू की तत्परता देखकर मुझे सुखद आश्चर्य हुआ। साथ ही, उनके प्रति मेरा सम्मान कुछ और बढ़ गया।

आज के जमाने में वैसा व्यवहार विरल है। 'जनसत्ता' के बाद एक फीचर एजेंसी और माखनलाल चतुर्वेदी राष्ट्रीय पत्रकारिता एवं संचार विश्वविद्यालय की पत्रिका के लिए अच्युता बाबू ने मुझसे लगातार लिखवाया। समय-समय पर मैं अन्य मित्रों से भी अच्युता बाबू की तारीफ सुनता रहा। 'जनसत्ता' में काम करते समय मैं तो लगातार पटना में ही पदस्थापित रहा। दूसरी ओर, अच्युता बाबू दिल्ली में रहे। इसलिए उनसे अधिक मिलना-जुलना तो नहीं रहा, किंतु किसी व्यक्ति के बड़प्पन को जानने-समझने के लिए अधिक मिलना-जुलना अनिवार्य भी नहीं होता।

(लेखक वरिष्ठ पत्रकार और स्तंभकार हैं, बिहार की राजनीति और उसके इतिहास के विशेषज्ञ हैं, पटना में रहते हैं।)

उन 'बहुत अच्छे दिनों' की याद

अभय कुमार दुबे

अगस्त, 2024 के आखिरी सप्ताह में अनिमेष फाउंडेशन द्वारा आयोजित वार्षिक व्याख्यान देने के सिलसिले में लखनऊ जाना हुआ। इस यात्रा का एक अघोषित मकसद भी था। अच्युता जी से मिलना और कुछ देर तक बातें करके पुरानी यादें ताजा करना। वैसे भी उनके साथ बैठे हुए मुद्दतें गुजर चुकी थीं। मेरे साथ 'पब्लिक इंडिया' नामक लोकप्रिय सोशल मीडिया मंच के संस्थापक संपादक आनंद वर्धन भी थे। मेरी प्रारम्भिक विचार-दीक्षा अगर मार्क्सवादियों की सोहबत में हुई थी, तो आनंदजी की वैचारिक तैयारी समाजवादियों के सान्निध्य का नतीजा थी। जाहिर तौर पर हम तीनों का विचारधारात्मक स्कूल एक जैसा नहीं था। फिर भी इस भेंट के साथ एक गहरी उत्सुकता जुड़ी थी। जो भी हो, उनके निवास पर बैठक में जब उनके साथ चर्चा शुरू हुई तो इंडियन एक्सप्रेस ग्रुप के हिंदी दैनिक 'जनसत्ता' में गुजरे एक लम्बे दौर की स्मृतियों का कुरेदा जाना स्वाभाविक ही था।

अस्सी के दशक के उन आखिरी वर्षों में अच्युता जी मंडी हाउस में अपने एक मित्र के साथ रहते थे। मैं अक्सर वहाँ जाता, और जो बातें 'जनसत्ता' के न्यूजरूम में नहीं हो पाती थीं, वे वहाँ होतीं। मैंने दिल्ली की पत्रकारिता में कदम रखे ही थे। अच्युताजी की वरिष्ठता एक लम्बे और समृद्ध अनुभव से सराबोर थी। उनके संस्मरण सुनना मेरे लिए उस पेशे के इतिहास की यात्रा करने जैसा था। उन बैठकों में मैंने उन्हें सुनकर काफी कुछ सीखा। उन चर्चाओं में कई बार पत्रकारिता के संस्थागत आयामों में रची-बसी एक संतुलित दृष्टि और एक युवा उत्साही रवैये ने मिल कर अच्छी पत्रिकाओं और अच्छे अखबारों की उस दुनिया की कल्पना की जिसका शायद उन दिनों आखिरी दौर चल रहा था। हिंदी की पत्रिकाएँ बंद हो रही थीं। अखबारों की बागडोर संपादक के बजाय प्रबंधन के हाथों में जा चुकी थी। मेरी और अच्युताजी की मिलीजुली खुशकिस्मती से 'जनसत्ता' प्रभाष जी के सम्पादन में उस समय भी

मैंनेजमेंट की दादागीरी से अपेक्षाकृत मुक्त था। इस मुलाकात में जब मैंने उन्हें मंडी हाउस की उस छोटी-सी बैठक में हुई वार्ताओं की याद दिलाई तो उन्होंने अपनी स्वाभाविक स्मृति से कहा, 'बहुत अच्छे दिन थे वे।'

निजी तौर पर मेरे लिए उन अच्छे दिनों का एक और मतलब था। अस्सी के दशक के आखिरी पाँच साल मेरे लिए अपनी पहली पुस्तक 'क्रांति का आत्मसंघर्ष नक्सलवादी आंदोलन के बदलते चेहरे का अध्ययन' के लेखन और प्रकाशन की जद्दोजहद के थे। 1990 में जब अंततः उसका प्रकाशन हो पाया, तो मेरे वैचारिक हमजोलियों को यह देखकर आपत्ति-मिश्रित आश्चर्य हुआ कि मैंने उसकी भूमिका में अच्युता जी के प्रति कृतज्ञता व्यक्त की है। इन लोगों के मन में सवाल था कि नक्सलवाद के इतिहास को पौने तीन सौ पृष्ठों में उकेरने वाली इस पुस्तक से अच्युता जी का क्या संबंध हो सकता है? व्यक्तिगत रूप से मैंने बहुत से लोगों को इस सवाल का जवाब दिया है, लेकिन उसके बारे में सार्वजनिक रूप से आज पहली बार लिख रहा हूँ। मैं मानता हूँ कि अगर अच्युता जी न होते तो वह पुस्तक प्रकाशित नहीं हो सकती थी। हुआ यह था कि कोई तीन-चार साल लगाकर मैंने उसका लेखन किया, लेकिन कोई प्रकाशक उसे छापने के लिए तैयार नहीं हुआ। साल-डेढ़ साल तक पांडुलिपि यूँ ही पड़ी धूल खाती रही। दरअसल, हिंदी में इस तरह के समाज वैज्ञानिक लेखन का उन दिनों तक प्रचलन नहीं हो पाया था। इस तरह की किताबें यदा-कदा ही सामने आती थीं। यह अंग्रेजी की दुनिया का काम था। वहाँ सुमंत बनर्जी की 'ए सिरिंग रेवोल्यूशन' और शांता सिन्हा की 'माओइस्ट्स इन आंध्रा' प्रकाशित होकर चर्चित हो चुकी थी।

यह सोचकर कि यह किताब छप भी पाएगी या नहीं, मैं 'जनसत्ता' दफ्तर में एक दिन उदास बैठा हुआ था। अच्युताजी ने शायद मेरी उलझन भाँप कर ही मुझे बुलाया। पूछने पर मैंने बता दिया कि नक्सलवादी आंदोलन पर मैंने एक किताब लिखी है, लेकिन उसे छापने के लिए कोई तैयार नहीं है। तो, उन्होंने किताब की पांडुलिपि पढ़ने के लिए माँगी। तकरीबन एक हफ्ते बाद उन्होंने मुझे फिर बुलाया, और कहा कि किताब उन्हें पसंद आई है और इसे छपना ही चाहिए। अगर कोई और नहीं छाप रहा है तो आप स्वयं ही छापिये। इस पर मैंने कहा कि मेरे पास इसे छापने में लगाने लायक धन नहीं है। इस पर अच्युता जी ने कुछ सोचकर मुझे बीस हजार रुपये दिये और कहा कि इससे किताब छापने में मदद मिलेगी। इसके बाद मेरे बचपन के दोस्त कमलाकर त्रिवेदी ने भी मेरी आर्थिक मदद की और अंततः इस पुस्तक की दो हजार प्रतियाँ प्रकाशित हुईं। अब यह इतिहास की बात हो चुकी है कि ये दो हजार प्रतियाँ कोई छह महीने के भीतर फटाफट बिक गईं और मुझे पुस्तक

का दो बार पुनर्मुद्रण करवाना पड़ा। यह पुस्तक बेहद लोकप्रिय हुई। आज भी इसकी माँग है। हालाँकि, उसके बाद मेरी कई पुस्तकों का प्रकाशन हो चुका है, लेकिन बहुतों के मन में मेरी पहचान आज भी इस पुस्तक के रचनाकार के रूप में ही है। अगर अच्युता जी विचारधारात्मक खाँचों में बँधे रहते तो मेरे जैसे लेखक से उनकी निकटता कभी न हो पाती।

अच्युता जी की मदद से एक तो हिंदी में और दूसरे समाजविज्ञान की अनुसंधानपरक शैली में गैर-साहित्यिक विषयों पर लिखने वाले एक बुद्धिजीवी के तौर पर इस पुस्तक के जरिये मुझे अपने कदम जमाने में बहुत मदद मिली। दरअसल, इस पुस्तक का लेखन और प्रकाशन मेरे लिए एक पाठशाला की तरह था, जिसमें लेखक के तौर पर मेरे भविष्य की इबारत लिखी जा रही थी। पाठकों की बेहद पसंद के कारण इसके पुनर्मुद्रण और ऐसी ही किताबें छापने के लिए कई प्रकाशक तैयार होते हुए दिखायी दिये। इसका नतीजा कुछ आगे चलकर हिंदी जगत् के लिए व्यापक और दूरगामी निकलने वाला था। यह सोच कर हैरत होती है कि नक्सलवाद के इतिहास, मेरे उद्यम और अच्युता जी के सहयोग-समर्थन के इस तिहरे संसर्ग के गर्भ में विकासशील समाज अध्ययन पीठ (सीएसडीएस) के भारतीय भाषा कार्यक्रम के अगले बीस साल पक रहे थे। पुस्तक की सफलता से मेरे सामने तीन बातें साफ हुईं। पहली, हिंदी में इस तरह की अनुसंधानपरक समाजविज्ञान की शैली में लिखी हुई पुस्तकों का एक पाठकवर्ग है जो ऐसी सामग्री का इंतजार कर रहा है। दूसरी, प्रकाशक भी इसे समझ गये हैं और वे साहित्येतर प्रकाशन के इस प्रकरण को अपनाने के लिए तैयार होंगे। तीसरे, इस सिलसिले को आगे बढ़ाने के लिए हमें किसी संस्थागत प्रयास की आवश्यकता है।

यहाँ उल्लेखनीय बात यह है कि मेरे इन समाजविज्ञानपरक उद्यमों के अगले सिलसिले में भी अच्युता जी की भूमिका निकली। राजकमल प्रकाशन के प्रस्ताव पर 1996-97 में मैंने उत्तर-नेहरू युग की सात राजनीतिक हस्तियों पर एक अध्ययन-श्रृंखला तैयार की। इसमें तीन कड़ियाँ (बाल ठाकरे, कांशीराम और मुलायम सिंह यादव) मैंने लिखी थीं, बाकी चार क्रमशः अरुण कुमार त्रिपाठी (मेधा पाटकर और कल्याण सिंह), अरुण पांडेय (ज्योति बसु) और अम्बरीश कुमार (लालू यादव) की रचनाएँ थीं। जब अच्युता जी को मैंने इसकी जानकारी दी, तो उन्होंने सुझाव दिया कि इस श्रृंखला का लोकार्पण बौद्धिक-राजनीतिक परिप्रेक्ष्य के तहत आयोजित किया जाना चाहिए। उनके सुझावों और मार्गदर्शन के आधार पर हम लोग प्रभाष जी के पास गये, ताकि वे पूर्व प्रधानमंत्री विश्वनाथ प्रताप सिंह को इसके लोकार्पण के लिए तैयार कर सकें। सारी योजना सटीक बैठी। वी.पी. सिंह के बंगले पर यह लोकार्पण

हुआ। इसकी अध्यक्षता प्रोफेसर रजनी कोठारी ने की, संचालन पुरुषोत्तम अग्रवाल ने किया। स्वयं कांशी राम वहाँ पधारे। मुलायम सिंह और ज्योति बसु ने अपने संदेश भेजे। वी.पी. सिंह ने इस शृंखला के महत्त्व को रेखांकित करते हुए लोकार्पण किया। अच्युता जी के ही कहने पर 'जनसत्ता' में बड़ी-सी तस्वीर छपी। श्रोताओं में सीएसडीएस की तकरीबन पूरी फैकल्टी शामिल थी। इस शृंखला और उसके बौद्धिक राजनीतिक लोकार्पण ने सीएसडीएस का ध्यान मेरी लेखन-सम्पादन-अनुवाद संबंधी क्षमताओं की ओर आकर्षित किया। कुछ ही दिन बाद प्रोफेसर धीरूभाई शेठ, प्रोफेसर विजय बहादुर सिंह और प्रोफेसर योगेंद्र यादव की ओर से प्रस्ताव मिला कि अगर मैं चाहूँ तो सीएसडीएस में भारतीय भाषा कार्यक्रम की बागडोर संभाल सकता हूँ। बात धीरे-धीरे आगे बढ़ी। पत्रकारिता छोड़कर अकादमिक दुनिया में आना निजी धरातल पर एक बड़ा पुनराविष्कार था। तीन साल लग गये। तब मैं 'जनसत्ता' छोड़कर अध्ययन पीठ में काम शुरू कर पाया।

जो भी हो, मेरे लिए यह परिवर्तन जिंदगी बदलने वाला रहा। मैं वे सारे काम कर पाया जो मेरी महत्त्वाकांक्षाओं में कहीं सुप्तावस्था में पड़े थे। अगले बीस साल में करीब चालीस ग्रंथ प्रकाशित हुए। 'प्रतिमान' जैसी बहुचर्चित पत्रिका निकली जिसके अंकों की आज भी प्रतीक्षा की जाती है। इस समग्र उद्यम पर मेरा नाम प्रमुखता से अंकित है, लेकिन उसके पीछे एक हस्ती का सतत सहयोग-समर्थन और प्रेरणा रही। कहना न होगा कि उस हस्ती का नाम अच्युतानंद मिश्र है। मैं तो यह कहूँगा कि मेरे बहाने नई सदी में सीएसडीएस के जरिये हिंदी का जो समाज अध्ययन कांड घटने वाला था, उसकी बुनियाद में एक पत्थर अच्युता जी का लगाया हुआ भी है।

अच्युता जी 'जनसत्ता' में समाचार संपादक के रूप में आये थे। मैं उप संपादक था। पहले कभी उनके दर्शन नहीं हुए थे। न्यूज एडिटर की कुर्सी पर कुछ दिन बैठने के बाद ही एक दिन उन्होंने मुझे बुलाया और पूछा कि आप दुबे जी के बेटे हैं। मैंने कहाँ, हाँ। फिर उन्होंने मुझे बताया कि मेरे पिता श्री देवीदयाल दुबे जिन दिनों आगरा के प्रतिष्ठित समाचारपत्र 'सैनिक' के संपादक थे, उन दिनों उन्होंने उनके साथ काम किया है। यह परिचय दूर का था, लेकिन कुल मिला कर बहुत नजदीक का निकला। पलक झपकते उनके साथ संबंध गहनतर होते चले गये। मेरे माता-पिता और भाई इटावा में रहते थे। एक बड़े भाई के तौर पर उनका स्नेह, मार्गदर्शन और सान्निध्य मिला। मुझे याद है कि मैं करोल बाग के पास आरामबाग के एक फ्लैट में रहता था, और मुझे पथरी का दर्द हुआ। कम-से-कम डॉक्टरों का यही कहना था। अच्युता जी को जैसे ही पता चला, वे अपने स्कूटर पर होम्योपैथिक और बायोकैमिक दवाएँ लेकर आये। एक बार मेरे पैर के निचले हिस्से में अचानक

एक अनजान-सी पीड़ा होने लगी। अच्युता जी ने मुझे एक बायोकैमिक दवा दी जिससे जल्दी ही आराम मिल गया।

नई सदी में मैंने भी 'जनसत्ता' छोड़ दिया। वे भी पत्रकारिता को और समृद्ध करने के लिए दूसरी संस्थाओं का नेतृत्व करने चले गये। लेकिन, मेरी पुस्तकों पर उनका ध्यान बराबर बना रहा। मिलने पर उनकी सुचिंतित प्रतिक्रियाएँ प्राप्त होती रहीं। अभी जब अगस्त में उनके दर्शन हुए तो उन्होंने अपनी ताजा पुस्तक भेंट की। यह थी 'तीन श्रेष्ठ कवियों का हिंदी पत्रकारिता में अवदान : अज्ञेय, रघुवीर सहाय और धर्मवीर भारती।' मेरे पास राष्ट्रीय पुस्तक न्यास द्वारा प्रकाशित यह बेहतरीन किताब है, और इसका आवरण उलटते ही अच्युता जी के स्पष्ट हस्तलेख में लिखा हुआ है 'मेरे प्रिय लेखक और विद्वान भाई अभय दुबे को आदर और सम्मान के साथ।' यह उनकी नैसर्गिक उदारता ही है जिसके कारण उन्होंने ये विशेषण मेरे नाम के साथ जोड़े हैं। अस्सी के दशक से ही मैं जिस राह पर चल रहा हूँ, उसे दिखाने, समझाने और आगे बढ़ने के लिए सहायता हेतु जिन गिनीचुनी विभूतियों ने निःस्वार्थ और बहुमूल्य योगदान दिया है, अच्युताजी उनमें से एक हैं।

अच्युता जी आज भी सकारात्मक रचनाशीलता की ऊर्जा से लबालब हैं। अभी वे कुछ और साहित्यकारों के पत्रकारिता प्रसंगों पर लिखने वाले हैं। मुझे लगता है कि यही ऊर्जा उन्हें उनके हालिया जीवन के अत्यंत दुःखद प्रसंगों से परे ले जा सकी है। मेरी खुशकिस्मती थी कि मुझे उनका सान्निध्य मिला। छोटे शहरों से दिल्ली आने वाले नये पत्रकारों को ऐसे ही मार्गदर्शकों की आवश्यकता रहती है।

(लेखक जाने-माने समाज विज्ञानी हैं, संप्रति भीमराव अंबेडकर विश्वविद्यालय, दिल्ली में प्रोफेसर हैं।)

न्यूज रूम को उतना गुलजार फिर नहीं देखा

मनोहर नायक

बात अच्युतानंद मिश्र की हो तो कैसे बने बात 'जनसत्ता' के बगैर और 'जनसत्ता' का जिक्र कहाँ सम्भव है अनेकों हवालों के बगैर। उस समय के बखान के बिना भी तस्वीर पूरी खिंचती नहीं। तब की पत्रकारिता और उसके साथ के लोगों का शुमार भी अपरिहार्य। 'जनसत्ता' में ही उनसे साथ रहा तो दोनों एक-दूसरे की रौशनी में उजागर होते हुए। संघ की वैचारिकता में पले-पुसे होकर भी अच्युता जी उजले और आपसदारी वाले वक्त के बेहतरीन प्रतीक हैं। तब अच्युतानंद मिश्र जी जैसे लोग आसपास, दूर दराज काफी थे और उनमें से किसी को भी याद करते हुए अहसास होता है कि पिछले कुछ दशकों में, कैसा अनर्थ हो गया! कुलच्छी होती राजनीति व लम्पट होती पत्रकारिता के बीच भी वे निर्विकार बने रहे। उन्होंने अपना न स्वभाव खोया न सद्भाव। न कड़वाहट आयी, न मिठास गयी। मन में मलिनता जमने न दी और आह्लाद को जाने न दिया। जैसे वे सहज हैं, वैसे ही सहज 'जनसत्ता' में आये और सहज वहाँ बने रहे। उनका यह पहला आना 1986 की बात है। कुछ रहकर वे फिर कुछ सालों बाद जब लौटे तब सब कहीं बहुत कुछ काफी बदल चुका था, लेकिन ये खूबियाँ उनमें तब भी साकार थीं।

'जनसत्ता' की लोकप्रियता के वे अपार दिन थे। पत्रकारिता में उसी का चरखा चल रहा था और चहुँ ओर उसी की चर्चा थी। हिंदी पत्रकारिता में वह चमत्कार की तरह नमूदार हुआ। बासेपन में ताजगी की तरह औपचारिक को अनौपचारिक करते हुए। प्रभाष जोशी की तूती बोल रही थी। राजेंद्र माथुर सहित वे उन अंतिम संपादकों में से थे जिन्हें प्रबंधक, साथ काम करने वाले पत्रकार और पाठक, सब संपादक मानते थे। वे हीरो हो चुके थे और एक बड़ी हिट फिल्म के शेष कलाकार भी जिस तरह स्टार हो जाते हैं, 'जनसत्ता' के पत्रकार भी स्टारनुमा थे। प्रसिद्धि 'जनसत्ता' के पीछे हाथ धोकर पड़ गयी थी इसलिए आत्मधन्यता में तल्लीनता का

मामला था। जनसत्ताइयों में आपसी हँसी चुहल इफरात थी। वे बिल्डिंग में आपस में मिलते या यहाँ से वहाँ गुजरते हुए आमने-सामने पड़ते तो अनायास कुछ ज्यादा ही हँसते थे। अखबार का क्रेज उनकी बाँछें अहर्निश खिलाये रखता। माहौल में 'अपुन-अपुन' छाया हुआ था। सब नये और शरीफ बंदे थे, समझ नहीं पा रहे थे कि इस लोकप्रियता का करें क्या, कैसे इसे संभालें। प्रभाष जी के पीए रामबाबू हमेशा एक मुस्कुराती अकड़ में रहते और सेवक गणेश में भी उतावली और पुलक भरी रहती। अपन प्रभाष जी के हरावल दस्ते में नहीं थे। इस गर्वीली टीम के साथ बैठकर ही अखबार का खाका तैयार हुआ, जिसके किस्से सुनते हुए हम 'जनसत्ता' में बड़े हुए, क्योंकि नवम्बर तिरासी में निकले 'जनसत्ता' में अपनी आमद जून पचासी की है। मेरी शुरुआत 'रविवारी' में मंगलेश डबराल की टीम के सदस्य के तौर पर हुई। तभी हिंदी 'इंडिया टुडे' निकालने पुराने दस्ते में से एक बड़ा दस्ता 'जनसत्ता' छोड़ गया। तब हम डेस्क पर ले आये गये। न्यूज एडिटर श्याम आचार्य होते थे, जो 1986 में जयपुर 'नवभारत टाइम्स' चले गये। तब समाचार संपादक होकर आ गये अच्युतानंद मिश्र। उनके बारे में मालूमात यही थी कि 'पाञ्चजन्य' से पत्रकारिता शुरू करके वे 'अमर उजाला' में ब्यूरो चीफ रहे हैं। जैसा अंग्रेजी में कहते हैं–'वो आया, उसने देखा और जीत लिया।' मिश्रजी ने लगभग यही किया। 'जनसत्ता', ' इंडियन एक्सप्रेस' और 'फानेंशियल एक्सप्रेस' के उत्तर प्रदेश और खासकर लखनऊ वाले उन्हें जानते थे। वरिष्ठों से उनकी मेल मुलाकात थी और वे खुद संबंध बनाने-जोड़ने के उत्सुक थे। सुना था वे मुरली मनोहर जोशी के परिवार में घनिष्ठ थे। राहुल देव और प्रदीप सिंह दोनों मिश्र जी के लखनऊ से प्रियवर बताये गये थे। मिश्र जी के संबंध ऐसे ही शुरू होकर बने चले जाते हैं। उनके संबंधों की प्रचुरता और विविधता चकित करती है। इन रिश्तों का रास्ता कहीं टेढ़ा-मेढ़ा है तो कहीं चक्करदार, पर प्रायः सहज और तपाक।

'अमर उजाला' परिवार से उनके रिश्ते पुराने गहरे हैं। इस समाचार समूह के एक संस्थापक और संपादक डोरीलाल अग्रवाल ने उन्हें पत्रकारिता में बड़ा मौका दिया था। बरेली कॉलेज में डोरीलाल जी के बेटों को पढ़ाने वाले कवि वीरेन डंगवाल भी इस समूह के आत्मीय रहे और इस नाते मिश्र जी से उनका अपनापा रहा। वीरेन डंगवाल लेफ्टिस्ट थे जबकि मिश्र जी उग्र तो नहीं पर कम्युनिस्टों के विरोधी रहे हैं। उनके भाषण का एक वीडियो है लेखकों के पुरस्कार वापसी के खिलाफ, जिसमें वे वामपंथियों का मजाक उड़ा रहे हैं। मंगलेश डबराल ने भी साहित्य अकादमी का पुरस्कार लौटाया था पर मंगलेश से उनके संबंध लखनऊ वाले और मधुर बने रहे। वैसे मिश्र जी रिश्तों में दाँयें-बाँयें को तूल नहीं देते, वे तो उनके सीधे-सरल होने के कायल रहे। हरिशंकर व्यास तो खैर 'पाञ्चजन्य' जन्मना ही ठहरे, मगर अभय कुमार

दुबे से उनका संबंध इटावा होकर मुलायम सिंह वाला है। अभय के स्वतंत्रता सेनानी और संपादक पिता देवीदयाल दुबे को मुलायम सिंह अपना गुरु मानते थे। दुबे जी का इटावा में 'देशधर्म' अखबार था। अभय ने मुझे बताया था कि मुलायम सिंह उन्हें सदैव घर के नाम से ही बुलाते थे। मिश्र जी के मुलायम सिंह से ही नहीं, नारायण दत्त तिवारी, कल्याण सिंह आदि नेताओं से प्रगाढ़ संबंध रहे हैं। नीति, विचारधारा एवं व्यक्तित्व में विलोम इन लोगों से एक ही समय में अंतरंगता मिश्र जी की मित्रवत् खूबियों का तो पता देती ही है। वह उनके मन के उस सुथरेपन के बारे में भी बताती है जो इन संबंधों में भरोसा जीतती और उन्हें बनाये रखती रही। आत्मीयों की उनकी बड़ी बिरादरी है जिसमें राजनेता, नेता, अभिनेता, अफसर, कवि, लेखक, पत्रकार, संपादक, बड़े साहित्यकार और तमाम लोग शामिल हैं। इनमें तमाम रंगतों, किस्मों और बनावटों के लोगों का शुमार रहा है। 'इंडियन एक्सप्रेस' के डेस्क का रास्ता 'जनसत्ता' डेस्क से होकर गुजरता था इसलिए नीरजा चौधरी, शशि मेहता, बलबीर पुंज से लेकर अरुण शौरी तक तमाम जन ठिठक कर उनसे कुछ बतियाते दिखते। वे शायद ही कभी खाली बैठे दिखे हों। अखबार से जुड़े कामकाज वाले या यूँ ही दफ्तर के उनके मुरीद उन्हें घेरे रहते। बाहर से मिलने वाले अलग, इनमें अभिनेता अंजन श्रीवास्तव भी हुआ करते थे। एक समाचार संपादक के कारण न्यूजरूम को इतना गुलजार फिर नहीं देखा। मिश्र जी में युवा साथियों के प्रति लगाव, प्रोत्साहन के साथ बड़प्पन का भाव था। उनकी अनुपस्थिति में एक बार प्रभाष जी ने संपादकीय बैठक में उनकी इस खूबी की उन्मुक्त प्रशंसा की थी। वे कार्यक्षम, अनुभवी पत्रकार थे लेकिन उनकी पत्रकारीय सम्पन्नता में उनके व्यक्तित्व व स्वभाव की इस प्रेम-पूँजी का बड़ा निवेश रहा।

बम्बई संस्करण शुरू हुआ तो उन्हें कुछ दिनों के लिए कहकर वहाँ भेजा गया पर उन्होंने वहाँ करीब एक साल गुजारा। 'जनसत्ता' में 1991 तक रहे फिर 1992 में 'अमर उजाला', कानपुर के संस्थापक संपादक बनकर चले गये। 1993 से 1995 तक 'नवभारत टाइम्स' में रहे। मिश्र जी 'जनसत्ता' में 1996 में लौटे। 'जनसत्ता' से गये वापस लौटते रहे। 'इंडिया टुडे' वाले भी कुछ लौटे, राय साहब भी लौटे, त्रिपाठी जी भी लौटे और मिश्र जी भी फिर आये। इस बार 'जनसत्ता' का परिदृश्य बदल चुका था। प्रभाष जी संपादकीय पृष्ठ में मुख्य लेख 'संन्यस्तं मया, संन्यस्तं मया, संन्यस्तं मयेति' लिखकर 'जनसत्ता' से विदा ले चुके थे। राहुल देव प्रधान संपादक बन मुम्बई से दिल्ली आ गये थे। प्रभाष जी के जाने से सभी दुःखी थे लेकिन बहुतेरे जनसत्ताइयों के दिलों पर यह गाज का गिरना था। प्रभाष जी के बिना 'जनसत्ता' का तो सपने में भी उन्हें ख्याल न था। शायद प्रभाष जी भी एकाएक आ गये विदा-वेला के लिए तैयार न थे। राहुल देव की मातहती स्थानीय संपादक

बनवारी जी को गवारा न थी और वे जोशी जी के एकदम पीछे-पीछे निकल गये। बनवारी जी से पहली बार तब मिला था जब वे 1976 के शुरू में जबलपुर आये थे। तब वे 'दिनमान' आदि पत्रिकाओं के प्रबुद्ध व प्रखर पत्रकार, लेखक और ऊर्जा-उत्साह से लबालब समाजवादी हुआ करते थे। उन्होंने लोहिया जी की कुछ पुस्तकें भेंट करते हुए अन्य कुछ पढ़ने की सलाह भी दी थी। उनका एक वाक्य भूला नहीं। किसी बात पर वे बोले कि डॉक्टर साहब (लोहिया जी) की तरह मेरी भी 'मेरे जैसा आदमी' कहने की आदत पड़ गयी है। 'जनसत्ता' में वे मुझे बराबर चकित करते रहे। वे धार्मिक/आध्यात्मिक होते गये। अपने कमरे में धर्म ग्रंथ पढ़ते पाये जाते। खबरों को लेकर रोज उनके साथ होने वाली मीटिंग उबाऊ होती गयी। मुझे लगता रहा कि पत्रकारिता अब उनके तईं दोयम दर्जे का काम है। महाशिवरात्रि मनी, रामनवमी मनी, जैसी खबरों को पेज एक पर डीप सिंगल लेने को कहते। धर्म पर साप्ताहिक पेज भी उन्होंने शुरू कराया था, पर वे इस सब के पहले अपने सती समर्थक संपादकीय के लिए चर्चित-निंदित हो चुके थे। 'जनसत्ता' में फेरबदल से खुल्लमखुल्ला तो नहीं पर सतह के नीचे बहुतेरों के मन में क्षोभ और असंतोष था जो अहले नजरों से छिपता नहीं था। राहुल देव, अच्युता जी को इन बहुतेरों ने मन से ग्रहण नहीं किया। एक झीना और निष्क्रिय सा शीत युद्ध दरम्यान था। शांतिपूर्ण सह अलगाव जैसा कुछ। यह स्थिति राहुल देव और अच्युता बाबू ने काफी झेली, ओम थानवी के समय तक अनेक गणमान्य इधर-उधर जा चुके थे जिससे संपादक की मनमर्जी कायम हुई। अपनी काया और वजन खोते अखबार को इस सबने और पीछे धकेला। डेस्क तो स्वभाव से ही आज्ञापालक होती है पर सब कहीं माहौल कुलजमा बिगड़ता रहा। 'जनसत्ता' की 'भावना' क्षय होती गयी और तमाम सदिच्छाओं और प्रयत्नों के बावजूद वह बहाल न हो सकी। दरअसल वह भावना वहाँ लोगों के मन के अंदर वास करती थी और हर रोज अखबार में प्रगट होती थी। अब वह अपने 'घरों' से बेदखल हो रही थी। प्रभाषजी के बाद आये संपादकों ने उसे झेला। शायद सबसे ज्यादा अच्युता जी ने।

राहुल जी ने भी अपनी तरह से काफी कोशिश की कि 'जनसत्ता' की नैया पार लगे, पर बात बनी नहीं। प्रभाष जी के एकदम बाद उन्होंने कुर्सी संभाली थी इसलिए काँटों का ताज उन्हें गड़ता रहा और वे अपेक्षया जल्दी 'आज तक' के प्रमुख बनकर चले गये। वे अच्युता जी को वरिष्ठ संपादक बनाकर ले आये थे लेकिन सौम्य और प्रसन्नवदन दोनों मिलकर भी रस संचार नहीं कर सके। वैसे भी कायाकल्प अति कठिन था। कठोरता की कड़ी दरकार थी, मसलन फैसलों की, परिश्रम की। पर उसकी गुंजाइश न थी, उसका समय, उसका मन जा चुका था। फिर 'जी' और 'भाईसाब' का जनसत्ताई चाशनी वाला प्रेम भी बाधक था। यह दिखता नहीं था लेकिन उसकी चिपचिपाहट व्याप्त थी। प्रभाष जी जाकर भी वहीं विद्यमान थे। कभी-कभी

बेतरह लगता कि क्या वे 'मेरे बाद प्रलय' की ग्रंथि से ग्रस्त थे, यानी अब निकाल के दिखाओ वह 'जनसत्ता'! बेशक यह कर पाना एक चुनौती था, दुर्निवार-सा काम। अव्वल तो प्रबंधन की जनसत्ता वाली जेब और मुट्ठी कसती जा रही थी। माहौल में उत्साह, उमंग की जगह उचाट और उनींदापन था। प्रभाष जी अपने खड़े किये अखबार को इस तरह बैठा कर गये थे कि उस अजीज को फिर सेहत बख्शना आसन नहीं था। एक अदद रविवारी के सिवा अखबार में कुछ अतिरिक्त नहीं था। प्रभाष जी के समय ही सारे साप्ताहिक पृष्ठ, कला, सिनेमा, खेल, खोज खबर, खास खबर, गपशप, राजकाज बंद हो चुके थे, एक अदद किताब पेज बचा रहा। श्रीश मिश्र अपने बूते सिनेमा का पेज निकालते रहे लेकिन प्रबंधकीय हिसाब से वह बंद था। एक मीटिंग में जोशीजी ने बताया था कि सारे पेज नये ढंग से कल्पित करके निकाले जायेंगे, पर यह नहीं होना था। यूएनआई और यूनी वार्ता को रखकर पीटीआई और भाषा समाचार एजेंसियों की सेवाएँ बंद कर दी गयीं। हिंदी प्रदेशों में 'जनसत्ता' का व्यवस्थित समाचार-तंत्र था। मझौले शहरों में स्ट्रिंगर या रिपोर्टरों की तैनाती थी, यह तंत्र अब लगभग विपर्यस्त था। प्रमोशन आदि को लेकर खेल से राज्य डेस्क तक असंतोष अलग था। फिर प्रभाष जी की महाकाय उपस्थित अशरीरी नहीं, साक्षात। वैसे भी वे एक तरह से 'जनसत्ता' के पर्याय थे। आज भी 'जनसत्ता' के साथ फट से उन्हीं का नाम याद आता है। वे प्रधान संपादक से अब सलाहकार संपादक थे, पर रुतबे में कोई कमी नहीं थी। उनका प्रधान वाला कक्ष बरकरार था। साप्ताहिक 'किताब' के पन्ने पर एक तिहाई जगह घेरता उनका कॉलम था, कागद कारे। बहुतेरों के प्रेरणास्रोत वे थे ही।

संपादकों के गलियारे से तहखाने में डेस्क पर जाने के लिए बीच में एक पगडंडी जैसा रास्ता था, उस पर ही किनारे नये प्रधान संपादक राहुल देव का कमरा था। वैसे जोशी जी का कामकाज में कोई हस्तक्षेप नहीं था लेकिन निश्चित ही संपादक उन्हें मन पर एक दबाव की तरह अनुभव करते होंगे। यह अखबार की म्यान में दो संपादकों जैसा कुछ था। इस तरह की उपस्थिति अनेक रूपों में विभाजनकारी होती है। ये सब संपादक लोग प्रभाष जी के लाये हुए थे। फिर जोशी जी एक बड़ी लकीर खींच गये थे, उसे पार करना दुष्कर था, खासकर इन स्थितियों, बाधाओं, पर्यावरण और एक तरह के वर्चस्ववाद में तो महामुश्किल। इन संपादकों के पास खुलकर खेलने, पुराना दुरुस्त करने, कुछ घटाने, नया कुछ जोड़ने का पर्याप्त अवसर और माहौल नहीं था। ले दे कर उस पुरानी खस्ताहाल गाड़ी को हाँकने के सिवा कोई चारा नहीं था, जिसे घोर मरम्मत की दरकार थी। 'जनसत्ता' को नयी दृष्टि, नये विचार और सर्वांग अपडेट की सख्त जरूरत थी। पर अफसोस 'जनसत्ता' के वैभव को फिर पाना संकल्प न बन सका और प्रभाष जी भी इसमें एक बड़ी प्रेरणा बनने से चूकते रहे।

राहुल देव के बाद बागडोर अच्युता जी ने संभाली। उन्होंने सबको सहेजने के भरसक प्रयास किये और उत्तप्त हृदय कुछ पसीजे भी। मुझे याद है अभय कुमार दुबे के घर पर एकाधिक बार भोजन पर मिश्र जी के साथ सम्भावित सुधारों पर माथापच्ची की, निश्चित ही उन्होंने अन्यत्र और लोगों के साथ भी यह कसरत की होगी। इन कोशिशों से माहौल कुछ बदला। लोग सक्रिय हुए, पर पुराने खाँचे इतने सख्त थे कि उनमें और ना ही रूढ़ हो चुके संबंधों पर खास फर्क पड़ा। इसी बीच एक और बड़ा धक्का लगा कि 'जनसत्ता' को आईटीओ से उठाकर सेक्टर दो, नोएडा ला दिया गया। रिपोर्टरों और ब्यूरो वालों के लिए एक्सप्रेस बिल्डिंग में थोड़ी जगह रखी गयी पर नोएडा आने की बंदिश भी थी। इसने रिपोर्टिंग को गहरा झटका दिया। नोएडा मानसिक रुकावट बन गया। अब तो प्रायः सारा मीडिया वहीं आबाद है पर तब आईटीओ में होना पत्रकारों की मुराद हुआ करती थी। इस तरह नोएडा ने भी 'जनसत्ता' का मन तोड़ दिया। एक जगह साथ काम करने में जो संलग्नता होती है वह खंडित हो गयी। कामकाजी अराजकता की शुरुआत आईटीओ में ही पहले हो चुकी थी, नोएडा में वह बढ़ी और स्थिर हो गयी। एक्सप्रेस समूह में यह अराजकता आम चीज है। काफी पहले किसी संपादक या शायद संडे मैगजीन की पत्रकार ने अपने अखबार 'इंडियन एक्सप्रेस' को 'फंक्शनिंग अनार्की' कहा था। 'जनसत्ता' की अराजकता अलग थी और उसके कारण भी अलहदा रहे। फिर भी क्राइसिस में चमकने की खूबी पूरी तरह खत्म नहीं हुई थी। चाहे 11/9 हो या 2002 के दंगे हों या चुनाव हों, सब जुट जाते और असाधारण-सा कुछ प्रस्तुत हो जाता। किसी विशिष्ट अवसर पर अरविंद उत्प्रेती या अन्य कोई रात की पारी का प्रभारी अपने इक्का-दुक्का साथियों से तय करता और विशेष पेज निकाल देता। संपादक, समाचार संपादक भी सामान्य पाठक की तरह उसे सुबह अखबार में देखते। लेकिन ये अपवाद थे। अखबार में सब शिथिल और निर्बंध था। स्वेच्छित और स्वायत्त। मीटिंग नहीं, अखबार का कोई आकलन नहीं। 'यहाँ सुनता नहीं कोई किसी की' का माहौल। मिश्र जी के बाद हालत और बिगड़े। पुराने लोग छोड़ते गये। कलकत्ता, बम्बई संस्करण बंद हो गये। कठिन समय में सभी संपादकों ने 'स्तम्भों' पर अखबार को टिकाने की कोशिश की। संपादक (समाचार) रामबहादुर राय के पास 'पड़ताल' नाम का भरकम कॉलम था ही पर जब वे कुछ और देते तो मुझसे कहते, मनोहर जी आज अपना भाषण दे रहा हूँ, वे अपनी रपट या उस जैसे कुछ को भाषण कहते थे। 'द हिंदू' के निमंत्रण पर 1995 में भाषा शास्त्री और मार्क्सवादी विद्वान नोम चोम्स्की ने देश में कुछ शहरों में उदारीकरण, वैश्वीकरण और मीडिया पर भाषण दिये थे। मीडिया को लेकर उन्होंने कहा था अब मालिक खबरों पर पैसा लगाना कम करते जायेंगे। मजमाबाजी, खास तरह के भंडाफोड़ों और मनोरंजन पर पैसा लगेगा। आज यही हो रहा है। 'जनसत्ता'

में जब समाचारों पर पैसा खर्चना कमतर हुआ तो संपादकों ने स्तम्भों में पनाह देखी। वैसे भी हिंदी के संपादक, पत्रकार मौका पाते ही साहित्य-कला-संस्कृति की ओर तत्पर होते हैं। राहुल देव—अच्युता जी की युति ने कवि, लेखक अशोक वाजपेयी का 'कभी कभार' जैसा स्तम्भ शुरू किया जिसमें वाजपेयी जी पहले तो नामवर सिंह आदि के निमित्त वामपंथियों और साहित्य में वामपंथ की खिल्ली उड़ाने का अपना शगल पूरा करते रहे पर अब 'द वायर हिंदी' में प्रकाशित अपने इस कॉलम को उन्होंने मानवीय सरोकारों, स्वतंत्रताओं, अधिकारों, प्रतिरोध, गरिमा का बेबाक व उत्कृष्ट स्तम्भ बना दिया है। अत्युता जी ने संपादकीय पृष्ठ एक और छोटा व बहुमुखी स्तम्भ शुरू किया, 'दुनिया मेरे आगे'। साहित्यिक तौर पर एक और महत्त्वपूर्ण काम किया 'जनसत्ता' के लिए डॉक्टर रामविलास शर्मा से डॉक्टर नामवर सिंह की बातचीत। इस लम्बी बातचीत में मंगलेश डबराल भी थे। टेप से इसकी लिप्यांतर हुई कॉपी को 'करेक्ट' करने के लिए नामवर जी इसे शायद महीनों रखे रहे।

प्रभाष जी के बाद के जिन संपादकों से साथ रहा, उनमें अच्युता जी सबसे अधिक 'उपस्थित' संपादक थे। सर्वाधिक उपलब्ध भी और उन तक पहुंच अत्यंत सहज थी। समस्याओं के समाधान को सदैव उत्सुक। उनसे परस्पर और उन्मुक्त वार्तालाप सम्भव था। किस्सों, संस्मरणों, और पत्रकारीय प्रसंगों के वे अतिशय सम्पन्न कोष थे। वे उदार थे और नापसंद के साथ भी उनमें कटुता व प्रतिहिंसा दिखती नहीं थी। आवभगत को हमेशा प्रस्तुत, खिलाने-खाने के प्रेमी। उनके इस शौक का विस्तार ऑफिस की उनकी टेबल से नाथू स्वीट्स और मार तमाम स्वादिष्ट जगहों तक था। लगता था सुरुचि, सुस्वादु और मधुरता के अद्भुत मेल वाले अच्युता जी की इस प्रकृति को बनाने में पर्याप्त दूध-मेवे का इस्तेमाल हुआ होगा। मीठा और नमकीन दोनों प्रिय थे और उनका मामला भी 'मीठा भावे लोन पर और मीठे पर लोन' वाला था। 'जनसत्ता' में असामान्य स्थितियों में भी उन्होंने धैर्य रखा और संतुलन साधे रहे। अच्युता जी में नया कुछ करने की ललक और साध रही। जहाँ उन्हें मौका मिला वहाँ भरसक किया। कुलपति के रूप में भोपाल के माखनलाल चतुर्वेदी राष्ट्रीय पत्रकारिता एवं संचार विश्वविद्यालय में अनेक पहल कीं। पढ़ने के ढंग में सार्थक बदलाव से लेकर पाठ्यक्रम निर्धारण, पत्रकारिता और अखबारों पर पुस्तकें लिखवाने का काम किया। ऐसी जगहों पर काम करना मुख्यतः इस पर निर्भर करता है कि वह संस्थान आपको कहाँ तक छूट देता है। इसके बाद सफलता इस पर मयस्सर करती है कि संस्थान की बनावट और आपकी बनावट में कितनी रसबस हो पाती है। इसके बिना आप दमखम से भले बने रहें पर कुछ कर धर नहीं पाते। मिश्र जी में अपने लिए आत्मीय जगह बनाने की सलाहियत रही और कम से कम गुंजाइश का उपयोग करने की उन्होंने पूरी कोशिश की। उनके साथ सुखद संयोग यह रहा कि पत्रकारिता के अनेक

रूपों और स्तरों पर वे सक्रिय रहे। छोटी शुरुआत से रिपोर्टिंग आदि करते हुए शीर्ष पर पहुँचे। पत्रकारिता के साथ वे पत्रकारों के वर्तमान व भविष्य को लेकर नेशनल यूनियन ऑफ जर्नलिस्ट (एनयूजे) से जुड़े रहे। इस संगठन के वे मुख्य कर्ताधर्ता और प्रमुख रहे। मिश्र जी की अपनी राजनीतिक विचारधारा थी। दफ्तर में या लोगों पर उसे उन्हें लादते कभी नहीं पाया, जैसे कि एनयूजे के लिए कोई मुहिम चलाते वे नहीं देखे गये। अच्युता जी हमेशा मर्यादित, सहृदय और सप्रेम रहे। दिलचस्प यह है कि जब प्रभाष जी मंदिर आंदोलन, रथयात्रा, कारसेवा के विरोध में अपने लेखों में आग उगल रहे थे तब दूसरी ओर अखबार में बहुतेरी रपटें 'समर्थक' वाली छप रही थीं। अपने एक प्रिय संवाददाता को वे लाड़ से कारसेवक संवाददाता कहते थे।

मिश्र जी की पहली पारी में उनसे संबंध सामान्य कामकाजी ही रहे। दूसरी पारी में उनसे निकटता हुई, अभय कुमार दुबे और सत्यप्रकाश त्रिपाठी की बदौलत। तब उन्हें जाना-समझा। खूब सत्संग और गपोड़ी हुई। गपशप के लिए गपोड़ी शब्द हमारे ज्ञानी-ध्यानी जीवन मामा का है। मिश्र जी जब 'लोकमत समाचार' में प्रधान संपादक होकर नागपुर गये तब मैंने उनसे कहा वहाँ आप मामाजी से मिलते रहिये। गांधी-नेहरू युगीन संस्कारों वाले हमारे इन बेजोड़ मामाजी से उनका खूब मेलजोल रहा। मैं भी 'लोकमत समाचार' में मिश्र जी से एक बार मिल आया था। एक बार भोपाल में माखनलाल चतुर्वेदी राष्ट्रीय पत्रकारिता एवं संचार विश्वविद्यालय में भी मिला। उनकी बेटी या भतीजी के विवाह में बनारस भी गया। वे गलत को नकारने में पीछे नहीं हटते थे। तब 'जनसत्ता' आईटीओ में ही था। चुनाव का समय था, मैं चुनाव पेजों का प्रभारी था। मिश्र जी के मित्र पत्रकार यशवंत व्यास का नियमित कॉलम छपता था। एक दिन उनका नाम गलत छप गया, यशवंत सिन्हा। शाम को मिश्र जी ने हँसते हुए कहा कि यशवंत कह रहे थे कि कहिये तो आज इसी पर लिख दूँ। मैंने कहा उनसे कहिये कि ऐसा न करें, हम भूल-सुधार दे देंगे। उन्होंने कहा कि मैं उन्हें फोन करता हूँ। मैं तुरंत अपनी सीट पर पहुंचा और सहयोगी राजेश आहुजा ने बताया कि व्यंग्य का फैक्स आ गया है और वह उसी विषय पर है। मैंने कहा उसे नहीं लेंगे। इंटरकॉम से मिश्र जी से मैंने कहा व्यंग्य तो उसी पर आया इसलिए उसे फेंक दिया। उन्होंने कहा आपने ठीक किया। एक और प्रसंग है जो मिश्र जी के मानस और उनकी मित्र वत्सलता को दर्शाता है।

ऑफिस में एक शाम साढ़े सात बजे डॉक्टर हरीश भल्ला का फोन आया कि नायक जी आप जबलपुर के हैं और वहाँ से लुकमान अली आये हुए हैं। डॉक्टर चन्द्रशेखर अग्रवाल के यहाँ न्यू राजेंद्र नगर में नौ बजे से उनकी कव्वाली है। मित्रों के साथ आइये। लुकमान अनोखे कव्वाल थे। सीमाब, जिगर, फिराक, नूह आदि उस्तादों के साथ रवींद्रनाथ (अनूदित), निराला, महादेवी, नीरज आदि को उनसे सुनते

हुए हम बड़े हुए। उन्हें मैं चचा कहता था। तो अपना काम मित्र अभय को सौंप कर मैं और साथ में सत्यप्रकाश त्रिपाठी और रवीन्द्र त्रिपाठी चलने को तैयार हो गये। वह बसों में सवारी का समय था। चले तो जायें पर रात डेढ़-दो बजे ऑफिस तक कैसे पहुँचेंगे कि रात की पाली वालों को मिलने वाली गाड़ी की सुविधा का लाभ लेकर घर पहुँच जायें। तब मैं मिश्र जी के पास गया और खासे नाटकीय अंदाज में पूछा कि आपका आज का दिन कैसा गुजरा। हँसते हुए उन्होंने कहा, अच्छा रहा, क्यों क्या बात है? मैंने कहा आज का बचा वक्त अगर मैं यादगार बना दूँ तो आप क्या करेंगे। तुरंत बोले तो आपके साथ चलूँगा, कहाँ चलना है! मैंने सब कुछ बताया। उन्हें सुबह छह बजे ट्रेन से जयपुर जाना था, मैंने कहा दो तो बजेगा, आप ट्रेन में झपक लीजिये। हम चारों समय से पहुँच गये। खाने का बंदोबस्त वहाँ था ही। चचा भी हमें देख कर प्रसन्न हो गये। कोई दो बजे तक हम सब लुकमान को सुनते हुए झूमते रहे। मैंने उन्हें लुकमान का एक कैसेट भी दिया था। एकाधिक बार ऐसा हुआ कि मैं उनके साथ कार पर बैठा और जैसे ही उन्होंने रिकार्डर चलाया लुकमान सुनाई देने लगे— 'खुदा मुझको ऐसी खुदाई न दे कि अपने सिवा कुछ दिखाई न दे'।

बहुत बार आपकी पसंदों में आपका स्वभाव प्रगट होता है। अच्युता बाबू बड़े पदों पर रहते हुए भी सामान्य मनुष्य की गरिमा में ही रहे। अत्यंत उदार, उदात्त और मृदुल बने रहे। वे स्वाधीनता संग्राम, गांधी, नेहरू, जेपी, इंदिरा आदि का उल्लेख करते हैं तो उसमें भावना की सच्चाई होती है, कपट नहीं। लोहिया जी आदि पर उनके लेख इसके प्रमाण हैं। राज्यसभा टीवी पर 'कलम गवाह' सीरीज में उनका इंटरव्यू है, और यह 2016 का है। इसमें वे कहते हैं कि राष्ट्रवाद का मतलब सरकार को समर्थन नहीं है। वे कहते हैं कि अगर आप सरकार में हैं तो आपको आलोचना सहनी ही पड़ेगी, आखिर यह लोकतंत्र है। वे कहते हैं कि अगर सरकार और मीडिया के बीच किसी प्रकार का लेन-देन होगा तो लोकतंत्र, स्वतंत्रता सब खतरे में पड़ जायेगा। मीडिया, राजनीति, स्वतंत्रताएँ, लोकतंत्र सब अँधेरी सुरंग में हैं। भाईचारे का गला रुँधा हुआ है, सौहार्द सुबक रहा है। मैं जानता हूँ इन मूल्यों को हृदयंगम किये अच्युता जी इनके इस हश्र पर बेहद हैरान-परेशान होंगे।

(लेखक 'अमृत प्रभात', 'जनसत्ता', 'सहारा समय' और 'आज समाज' से संबद्ध रहे हैं। संगीत और साहित्य के मर्मज्ञ हैं।)

नाराज होने पर भी नाराजगी नहीं दिखाई

शंभूनाथ शुक्ल

जनवरी 1987 की एक कड़कड़ाती सुबह जब दफ्तर आया तो मुझे एक खरीता मिला। इस पर न भेजने वाले का नाम लिखा था, न पाने वाले का। मैंने टाइपिस्ट यादव से पूछा, किसने दिया तो वह बोला, मिश्रा जी (अच्युतानंद मिश्र) कल दे गये थे। मैंने वह पत्र खोला तो देखा उसमें झांसी, बुलंदशहर, देहरादून और मुरादाबाद के स्ट्रिंगर्स (अंशकालिक संवाददाताओं) को हटाने का निर्देश था। मैंने यह निर्देश न मानने का निश्चय किया और चारों संवाददाताओं की खबरें लगा दीं। झांसी के संवाददाता की खबर तो जान-बूझकर पहले पेज पर लगवा दी, वह भी बाई-लाइन के साथ। मिश्रा जी उस दिन लखनऊ गये हुए थे। दो दिन बाद जब वे लौटे तो मैंने कहा, इन संवाददाताओं को क्यों हटाया जाए? वे बोले, प्रभाष जी ने कहा है। मैं यह मानने को राजी नहीं था कि प्रभाष जी बिना किसी कारण के किसी को हटाने के लिए कह सकते हैं। उसी क्षण मैं प्रभाष जी के पास गया और पूछा कि इन्हें क्यों हटाया जाए? उन्होंने कहा, अच्युता बाबू ने तुम्हें बताया नहीं। तब मुझे लगा, मामला सीरियस है। दरअसल झांसी के स्ट्रिंगर पर गंभीर आरोप थे। आरोप लगाए थे, झांसी-ललितपुर के उस समय के सांसद सुजान सिंह बुंदेला ने।

मुझे एक-एक कर सारी बातें याद आने लगीं। सांसद महोदय मेरे पास भी पहले ऐसी ही शिकायत लेकर मिल चुके थे। मैं प्रभाष जी के कमरे से बाहर आया और अच्युता बाबू को सारा किस्सा सुनाया। यह भी कहा कि इससे गलत संदेश जाएगा कि चूँकि न्यूज एडिटर अच्युतानंद मिश्र पत्रकारों के एक संगठन नेशनल यूनियन ऑफ जर्नलिस्ट्स (इंडिया) से जुड़े हैं और झांसी का स्ट्रिंगर उनकी विरोधी यूनियन से है, इसलिए उसे हटाया गया। अच्युता जी को यह बात उचित लगी और बोले, मैं प्रभाष जी से बात करूँगा। उनकी यह बात दिल को छू गयी। लगा कि उन्हें कट्टर आरएसएस वादी कहा जाता है लेकिन यह सच है कि उनमें न्याय बुद्धि

का अभाव नहीं है। मिश्रा जी का नाम तो मैंने तब से सुन रखा था, जब कानपुर में पत्रकारिता में कदम रखा था। मगर उन्हें देखा दिल्ली के 'जनसत्ता' में ही। जब वे 'जनसत्ता' में आये तब मैं सीनियर सब एडिटर था और मुझे 'जनसत्ता' के राज्य डेस्क के पन्ने सौंपे गये थे। इस डेस्क में उत्तर प्रदेश, बिहार, राजस्थान और मध्य प्रदेश की खबरों को देखना होता था। मेरे साथ सात और लोग थे। मेरी डेस्क जनरल डेस्क के बाद सबसे बड़ी थी। असंख्य स्ट्रिंगर और चार राज्यों के स्टाफ संवाददाताओं की कॉपी हम लोग ही देखते।

राज्यों के मुख्य संवाददाता (स्टेट हेड) में हेमंत शर्मा (उत्तर प्रदेश), सुरेंद्र किशोर (बिहार), आत्मदीप (राजस्थान) और महेश पांडे (मध्य प्रदेश) थे। इनमें से हर कोई हेमंत शर्मा की कॉपी लेने को तत्पर रहता और जिसे भी महेश पांडे की कॉपी दो तो वह ऐसे भड़कता जैसे उसके हाथ में बिच्छू धर दिया गया हो। अजीब स्थिति हो जाती। चूँकि उत्तर प्रदेश उस समय सबसे महत्त्वपूर्ण राज्य था इसलिए उनकी हर कॉपी पहले पेज पर जाती। इसलिए डेस्क प्रमुख होने के नाते उसे मुझे देखना ही पड़ता। उनके बाद बिहार राज्य था। मध्य प्रदेश में भी उथल-पुथल थी किंतु कोई भी सब एडिटर महेश पांडे की कॉपी न लेता और वह एक्सप्रेस न्यूज सर्विस के माध्यम से आई भोपाल के एन.के. सिंह की अंग्रेजी कॉपी का अनुवाद कर देता। महेश पांडे रोज प्रभाष जी को कहते और प्रभाष जी अच्युता जी को। एक दिन अच्युता जी ने पूछा, कि महेश जी की कॉपी आप लोग क्यों नहीं एडिट करते। सब लोगों ने एक सुर से मना कर दिया। अंत में उन्होंने महेश पांडे की कॉपी तत्कालीन डिप्टी न्यूज एडिटर सत्य प्रकाश त्रिपाठी को देनी शुरू कर दी। वे जनरल डेस्क पर किसी को देते। जहां पर बैठा सब एडिटर एक्सप्रेस की कॉपी का अनुवाद करता और थोड़ा हिस्सा महेश पांडे की कॉपी को ले कर जोड़ देता। बस नाम महेश पांडे का दे देता। महेश पांडे ने फिर पता नहीं प्रभाष जी से कभी शिकायत की या नहीं।

अच्युता जी एक दिन बम्बई 'जनसत्ता' के संपादक हो कर चले गये। फिर उनसे दोबारा मुलाकात तब हुई जब वे 'नवभारत टाइम्स' में सीनियर एडिटर के पद पर दिल्ली आ गये। तब वहाँ प्रधान संपादक विद्यानिवास मिश्र थे। फिर 'जनसत्ता' में भी फेर-बदल हुआ। प्रभाष जी के बाद राहुल देव 'जनसत्ता' के संपादक बने। मगर कुछ ही महीनों में उन्होंने पद छोड़ दिया और 'जनसत्ता' दिल्ली के संपादक अच्युतानंद मिश्र बने। उन्होंने भी एक वर्ष में इस्तीफा दे दिया। उनके बाद ओम थानवी 'जनसत्ता' के संपादक बने। ओम जी ने मुझे पहले चंडीगढ़ और फिर कलकत्ता में स्थानीय संपादक बना कर भेज दिया। कलकत्ता में अच्युता जी अक्सर आते। एक दिन उन्हें सूचना मिली कि उन्हें भोपाल स्थित माखनलाल चतुर्वेदी

राष्ट्रीय पत्रकारिता एवं संचार विश्वविद्यालय का कुलपति नियुक्त किया जा रहा है। उस समय अच्युता जी कलकत्ता में ही थे। उन्होंने मुझे बताया और कहा कि फौरन भोपाल जाना है। वे कोलकाता से सीधे भोपाल चले गये। अच्युता जी ने कई अखबारों में संपादक का दायित्त्व संभाला और हर जगह उनके साथियों ने सदैव उन्हें पसंद किया। वे किसी से नाराज भले हों किंतु किसी का बुरा नहीं किया। न ही उन्होंने अपने अधीनस्थों का कभी अपमान किया। यहाँ तक कि अपने चपरासी और ड्राइवर को भी कभी उन्होंने डाँटा नहीं। इसलिए उनके साथ काम कर चुका हर पत्रकार उनका सम्मान करता है। उनके राजनीतिक संबंध भी बहुत व्यापक थे। उत्तर प्रदेश में तो कोई भी मुख्यमंत्री रहा हो, उन्हीं से जमीनी जानकारी माँगता।

अच्युतानंद मिश्र जी ऐसे पत्रकार हैं, जो साहित्य से दूर नहीं रहे। भले उन्होंने कभी कविता-कहानी न लिखी हो लेकिन साहित्य में उनकी दिलचस्पी सदैव रही। वे उन साहित्यकारों के काफी करीब रहे जिन्होंने साहित्य के इतर पत्रकारिता को अपनी जीविका का आधार बनाया। आजादी के बाद पहला दौर वही था, जब पत्रकारिता में वही लोग अग्रणी थे जो साहित्य से आये। चाहे वे सच्चिदानंद हीरानंद वात्स्यायन अज्ञेय हों या रघुवीर सहाय अथवा धर्मवीर भारती। तीनों मूलतः कवि थे मगर हिंदी पत्रकारिता के वे सिरमौर रहे। मजे की बाद तीनों 'टाइम्स ऑफ इंडिया' समूह की प्रतिष्ठित पत्रिकाओं के संपादक रहे। अज्ञेय जी के संपादन में निकली साप्ताहिक 'दिनमान' पत्रिका तो हिंदी में उच्च कोटि की राजनीतिक और सामाजिक विषयों की पत्रिका बनी। उनके बाद 'दिनमान' के संपादक कवि रघुवीर सहाय बने। जब 1982 में टाइम्स समूह ने उन्हें 'दिनमान' के संपादक पद से हटा कर अपने दैनिक अखबार 'नवभारत टाइम्स' में सहायक संपादक बना कर भेजा तो तहलका मच गया था। हिंदी बौद्धिक जगत के कई लोगों ने लिखा कि हिंदी पत्रकारिता का 'दिनमान' (सूर्य) मध्याह्न में ही अस्त हो गया। 'दिनमान' में रघुवीर सहाय के बाद कन्हैया लाल नंदन लाये गये फिर सतीश झा और अंततः प्रबंधन ने उसे बंद कर दिया। यह हिंदी की शिखर पत्रिकाओं के अवसान का काल था।

टाइम्स समूह की साप्ताहिक पत्रिका 'धर्मयुग' बम्बई से निकलती थी। उस समय 'टाइम्स ऑफ इंडिया' समूह हिंदी पाठकों के लिए कई-कई पत्रिकाएँ निकालता था और यह सब समूह की मालकिन रमा जैन के अपने प्रयास थे। बम्बई से 'धर्मयुग', 'सारिका' (कहानी पत्रिका), राजनैतिक पत्रिका 'दिनमान' दिल्ली से और यहीं से बच्चों की पत्रिका 'पराग' भी निकली। बाद में महिलाओं के लिए 'वामा' निकाली गयी। मगर 'धर्मयुग' ने प्रसार और विषयों की विविधता में जो झंडे गाड़े वे सबको पीछे छोड़ गये। धर्मवीर भारती इसके संपादक थे और उनका साहित्यिक

अवदान भी किसी से छिपा नहीं था। इस साप्ताहिक के हर अंक में एक कहानी रहती। भारती जी ने नये लेखकों को खूब प्रोत्साहित किया। जिस किसी भी लेखक की कहानी 'धर्मयुग' में छप जाती, वह खुद को कहानीकार मानने लगता। फिल्म, सिनेमा, नाटक की दुनिया में भी भारती जी की प्रतिष्ठा थी। अच्छे-अच्छे फिल्म निर्माता कथानक के लिए भारती जी से संबंध साधते। चूँकि 'धर्मयुग' पूरे परिवार की पत्रिका होती और उसमें परिवार के हर सदस्य के लिए कुछ न कुछ अवश्य होता। इसलिए उसकी लोकप्रियता का आलम यह था कि उसकी पांच लाख प्रतियाँ छपती थीं। 1970 के दशक में सूचना-प्रसारण मंत्रालय से यह निर्देश निकला कि हर पत्र या पत्रिका अपनी प्रसार संख्या के आँकड़े प्रकाशित करे, उसमें 'धर्मयुग' सबसे ऊपर होता। यहाँ तक कि टाइम्स समूह की अंग्रेजी पत्रिका 'द इलेस्ट्रेटेड वीकली' उससे काफी पीछे थी। जबकि उसके संपादक खुशवंत सिंह थे।

अच्युतानंद मिश्र जी ने इन्हीं तीन संपादकों (अज्ञेय, रघुवीर सहाय और धर्मवीर भारती) के पत्रकारीय अवदान पर केंद्रित पुस्तक 'तीन श्रेष्ठ कवियों का हिंदी पत्रकारिता में अवदान' लिखी है। इन बड़े साहित्यकारों के बीच के परस्पर द्वंद्व का भी उल्लेख मिश्र जी ने किया है। खासकर अज्ञेय जी और भारती जी के बीच कुछ वर्षों के लिए पनप आई कटुता का भी। अच्युतानंद मिश्र जी ने इस पुस्तक में विष्णुकांत शास्त्री के हवाले से लिखा है कि परिमल की एक गोष्ठी के दौरान कांग्रेस फॉर कल्चर फ्रीडम की भारतीय शाखा के एक मंत्री पाध्ये जी आये हुए थे। वे चाहते थे कि उस कांग्रेस की एक पुस्तिका सभी साहित्यकारों के मध्य बाँटी जाए। मगर भारती जी ने कहा, वे चाहें तो बाँटें पर परिमल की ओर से पत्रिका नहीं बंटेगी। इसके बाद अज्ञेय जी चाहते थे कि एक प्रस्ताव पारित कर सरकार से कुछ समितियाँ आदि बनाने की माँग की जाए। पर परिमल ने उनके इस आग्रह को नहीं माना। परिमल सम्मेलन के अध्यक्ष तारा शंकर बंद्योपाध्याय ने भी अज्ञेय जी का यह प्रस्ताव नहीं माना। इससे अज्ञेय जी बुरा मान गये। इसके अलावा कुछ और ऐसी घटनाएँ हुईं, जिससे अज्ञेय और भारती के संबंध बिगड़े। मसलन भारती के 'अंधा युग' का मंचन सत्यदेव दुबे और अलकाजी दोनों ने किया और उसे खूब सफलता मिली। इसके उलट अज्ञेय का 'उत्तर प्रियदर्शी' विफल रहा। अलकाजी ने 'उत्तर प्रियदर्शी' को अनुपयुक्त बता कर इसका मंचन करने से मना कर दिया। ये सब घटनाएँ दोनों के मध्य कटुता का कारण बनीं। 'धर्मयुग' की अपार लोकप्रियता भी अज्ञेय को रास नहीं आई क्योंकि 'दिनमान' का प्रसार अपेक्षाकृत कम था। अज्ञेय जी ने अपने 'दिनमान' में 'धर्मयुग' पर एक व्यंग्यात्मक टिप्पणी की जिसका टाइम्स समूह के प्रबंधन ने बुरा माना।

धर्मवीर भारती ने विष्णुकांत शास्त्री को बताया था कि काफी लंबे अंतराल के बाद हम लोगों के बीच की गलत-फहमियाँ दूर हुईं। ऐसे कई निच्छल प्रसंग मिश्र जी की पुस्तकों में मिलते हैं। हिंदी के शीर्षस्थ संपादक बाबूराव विष्णु पराड़कर पर उनकी संपादित पुस्तक अद्‌भुत है। मिश्र जी ने हिंदी पत्रकारिता का एक युग देखा ही नहीं, उसे जिया भी है। उनके हर प्रसंग लाजवाब हैं। अच्युतानंद मिश्र जी को गणेश शंकर विद्यार्थी पुरस्कार, उत्तर प्रदेश हिंदी साहित्य संस्थान द्वारा पत्रकार भूषण सम्मान भी मिला है। इसके अलावा उत्तर प्रदेश सरकार का प्रतिष्ठित 'यश भारती' पुरस्कार भी वे प्राप्त कर चुके हैं। अच्युतानंद मिश्र जी ज्ञान और संस्मरणों के जीवित कोष हैं।

(लेखक 'जनसत्ता' के चंडीगढ़ और कोलकाता संस्करणों के स्थानीय संपादक थे। संप्रति दैनिक हिंट के प्रधान संपादक हैं।)

पत्रकारिता की चलती-फिरती पाठशाला

अरविंद कुमार सिंह

जून 1986 में इलाहाबाद में भयानक सांप्रदायिक दंगे आरंभ हुए थे। सांप्रदायिक आग में कई दिनों तक इलाहाबाद जलता रहा था। 'जनसत्ता' संवाददाता के रूप में मैंने उस दौरान जान हथेली पर लेकर तमाम मुहल्लों में जाकर जमीनी हकीकत देखी और बहुत-सी खबरें लिखीं। हमारे एक जांबाज फोटोग्राफर साथी प्रमोद विश्वकर्मा मैत्री भाव से मेरी ढाल बन मेरे साथ होते थे। वह भयावह मंजर सायरन, पीएसी, पुलिस ये सब आज भी मेरी स्मृतियों में हैं। बेहद संकरी गलियों में खिड़कियों से झांकते चंद चेहरे कभी भूलते ही नहीं। कई जगहों पर हमारी जिद पर कर्फ्यू पास देखकर पुलिसवालों ने गलियों में जाने देने की इजाजत दी तो ये कहना नहीं भूले कि अपनी गारंटी पर जाइएगा। मीरापुर, रसूलपुर, करेली, अटाला-खुल्दाबाद जैसे मुहल्लों में उन दंगों के दौरान जाना कम हिम्मत की बात नहीं थी। वहाँ से आकर सीधे सीटीओ जाना और खबरें लिखकर देर रात घर पहुंचना ये रोज की बात थी।

सुपर स्टार अमिताभ बच्चन उस दौरान इलाहाबाद से सांसद थे। तमाम महत्त्वपूर्ण पत्रकार दंगा कवर करने बाहर से भी आये थे। प्रशासन और मामले में चुस्त रहा हो या नहीं, पर कर्फ्यू पास जारी करने में बहुत चुस्त था। लेकिन पत्रकारों को जारी कर्फ्यू पास के साथ दिक्कत यह थी कि उनमें पिता के नाम की जगह उनके अखबारों के नाम लिख दिये थे। 16 जून 1986 को मुझे अपर जिलाधिकारी की ओर से जो कर्फ्यू पास संपूर्ण कर्फ्यू अवधि के लिए जारी हुआ, उसमें मेरे पिता के नाम की जगह 'जनसत्ता' अंकित था। इस नाते कई जगह सिपाहियों ने शंका जतायी और धमकाया। लेकिन दादा सुनील विश्वास के साथ तो दुर्व्यवहार भी हुआ, क्योंकि उनके पास पर पिता का नाम 'नादर्न इंडिया पत्रिका' लिखा था। उस दौरान बहुत-सी घटनाएं घटीं। मीडिया के नाम पर प्रिंट का ही वर्चस्व था। उस दंगे में भी कुछ अखबारों ने केवल पुलिस सूत्रों के सहारे से कुछ ऐसा भी अनर्गल लिखा, जिसने आग भड़काने का काम किया।

अच्युता जी उस दौरान 'जनसत्ता' के समाचार संपादक थे, जिनका मैं प्रिय पात्र होता था। आम आदमी की आवाज बना 'जनसत्ता' निर्भीक पत्रकारिता के लिए अपनी अलग जगह रखता था, इस बात को फील्ड में रहते हुए हम सहजता से महसूस करते थे।

एक तरफ जान हथेली पर रखकर रोज रिपोर्ट लिखना और कई दिनों तक कुछ भी न छपना मुझे बेहद आहत कर गया। कई दिनों तक यह क्रम चला। मैं सोचता रहा कि कल तो छपेगा ही, पर कुछ न छपने पर निराशा और गुस्सा बढ़ता गया। हमारे एक-दो पत्रकार मित्रों ने इसे 'जनसत्ता' की लाइन बताकर मेरा गुस्सा और बढ़ा दिया था। मैं गँवई पृष्ठभूमि से आया हुआ था, राजनीति समझता नहीं था। एक सीनियर ने मेरा पारा इतना चढ़ा दिया कि मैंने 21 जून, 1986 को अच्युता जी को एक लंबा पत्र लिखकर भेजा। जो नहीं लिखना था, वैसी बहुत-सी बातें लिखीं। अखबार छोड़ने की धमकी दी और इस बात की भी कि दंगे में 'जनसत्ता' में कोई खबर न छपने से अखबार की और मेरी भी जो बेइज्जती हुई है, उसकी भरपाई निकट भविष्य में संभव नहीं है। ऐसी बहुत-सी बातें जिनका जिक्र फिलहाल जरूरी नहीं, पर इतना जरूर कहूँगा कि अगर मैं अच्युता जी की जगह खुद समाचार संपादक होता तो उस पत्र को पढ़ने के बाद यही कहता कि इस आदमी को तुरंत हटाओ, इसकी हिम्मत देखो, दो बित्ते का आदमी समाचार संपादक को धमकी दे रहा है, लेकिन अच्युताजी ने ऐसा कुछ नहीं किया। उन्होंने मेरे पत्र का जवाब 25 जून, 1986 को इन शब्दों में दिया–

प्रिय अरविंद,

21 जून का एक नाराजगी भरा पत्र मिला। निश्चय ही आपने बहुत परिश्रम कर इलाहाबाद के दंगों के बारे में समाचार भेजे होंगे, किंतु एक भी समाचार या तार यहाँ प्राप्त नहीं हुआ।

मेरी राय में आपके सभी तार इलाहाबाद में ही सेंसर किये गये। दंगों के समय अक्सर ऐसा होता है। ऐसे अवसर पर यह सावधानी बरती जानी चाहिए कि आसपास के जिलों में जाकर तार किये जाएं।

हम सभी इलाहाबाद की घटनाओं के सही कारण जानने के लिए चिंतित थे। कृपया इसकी अंतरंग कथा लिखकर शीघ्र भेजें। साथ ही यह सावधानी भी बरतें कि सेंसर न हो जाए।

सस्नेह

(ए.एन. मिश्र)
समाचार संपादक

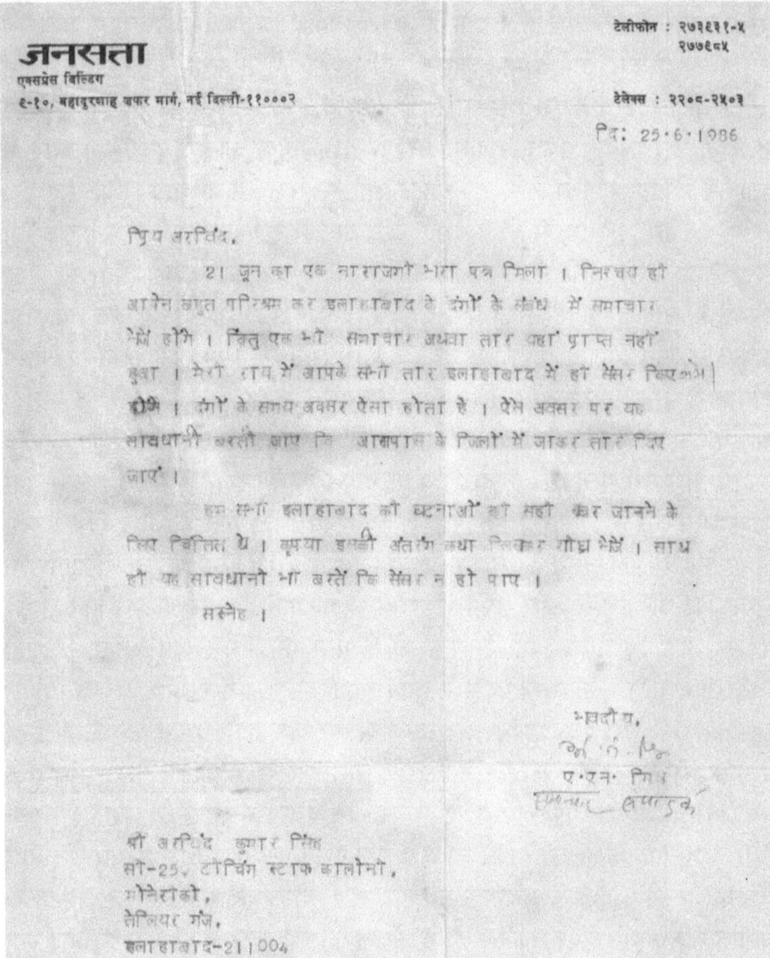

जनसत्ता
एक्सप्रेस बिल्डिंग
९-१०, बहादुरशाह ज़फर मार्ग, नई दिल्ली-११०००२

टेलीफोन : २७३६३१-५
२७७६८५

टेलेक्स : २२०८-२५०३

दि: 25·6·1986

प्रिय अरविंद,

21 जून का एक नाराजगी भरा पत्र मिला। निश्चय ही आपने बहुत परिश्रम कर इलाहाबाद के दंगों के संबंध में समाचार भेजे होंगे। किंतु एक भी समाचार अथवा तार यहां प्राप्त नहीं हुआ। मेरी राय में आपके सभी तार इलाहाबाद में ही सेंसर किए गए होंगे। दंगों के समय अक्सर ऐसा होता है। ऐसे अवसर पर यह सावधानी बरती जाए कि आसपास के जिलों में जाकर तार दिए जाएं।

हम सभी इलाहाबाद की घटनाओं की सही खबर जानने के लिए चिंतित थे। कृपया इसकी अंतर्कथा लिखकर शीघ्र भेजें। साथ ही यह सावधानी भी बरतें कि सेंसर न हो पाए।

सस्नेह।

भवदीय,
अ. नं. मि.
ए.एन. मिश्र
स्थानापन्न संपादक

श्री अरविंद कुमार सिंह
सी-25, टीचिंग स्टाफ कालोनी,
मोनेरीको,
तेलियर गंज,
इलाहाबाद-211004

जहाँ तक मुझे याद है उनका पत्र 28 या 29 जून को मिला तो मैंने किसी को कुछ नहीं बताया। एक बड़े ट्रेड यूनियन नेता की मदद से वास्तविक तथ्य का पता लगाने का प्रयास सबसे पहले किया। तो पता चला कि सेंट्रल टेलीग्राफ ऑफिस, जहाँ जाकर मैं इतने श्रम के साथ खबरें भेज रहा था, वे समाचार आगे जा ही नहीं रहे थे, उनको सेंसर किया जा रहा था। इसके पहले मैं ऐसे किसी अनुभव से नहीं गुजरा था। सारी बातों की पड़ताल के बाद पूरी घटनाओं पर एक विस्तृत खोजी रिपोर्ट मैंने तैयार की और उसे मैंने डाक विभाग में रेलवे मेल सेवा के एक संपर्क के माध्यम से पहले कानपुर और फिर वहाँ से रेलवे के ही एक सूत्र के माध्यम से निजी तौर

पर जनसत्ता के कार्यालय में अच्युता जी तक भिजवाई। जल्दी ही जनसत्ता में आधे पेज की जो खोजी रपट छपी उसने प्रशासन को हिला दिया। अमिताभ बच्चन तक ने उसे नोटिस में लिया और मेरा सारा गुस्सा काफूर हो गया, क्योंकि जो बातें उस रिपोर्ट में छपीं, उसे छापने से और खास तौर पर प्रशासनिक काहिलियत को छिपाने में स्थानीय मीडिया भूमिका निभा रहा था, उसे भी इस रिपोर्ट में बेनकाब किया गया था।

खैर, इस घटना के कुछ ही दिनों बाद मैं इलाहाबाद छोड़कर दिल्ली आ गया। कुछ ऐसी परिस्थितियां बनी थीं, जिससे मैं आहत था। पूरी कथा मेरे मित्र जानते हैं, सार्वजनिक करने का यहाँ कोई औचित्य नहीं, क्योंकि तबसे अब तक गंगा यमुना में जाने कितना पानी बह चुका है। 18 सितंबर, 1986 को अचानक चौथी दुनिया से मेरे पास पत्र आया, जिसमें 25 सितंबर तक मुझे दिल्ली आने को कहा गया था। पत्र मिलते ही आया और संतोष भारतीय जी, रामकृपाल जी और कमर वहीद नकवी जी के साथ मेरी मुलाकात के बाद तय हो गया कि मुझे लखनऊ संवाददाता के रूप में काम करना है, लेकिन साप्ताहिक अखबार की रीति-नीति को कुछ दिन दिल्ली में रह कर समझना जरूरी है, लिहाजा यहीं रहना होगा। यहाँ डेस्क पर मुझे सिखाया जाने लगा और एसपी सिंह और तमाम दिग्गजों से भी गाहे-बगाहे मुलाकातें होने लगीं।

मैं 24 सितंबर को अच्युता जी के पास गया। पूरी बात बताई, इस्तीफा दिया और उनसे एक प्रमाणपत्र भी लिया। काफी देर साथ में रहा तो वे बेहद चिंतित थे। कहा कि तुमको कुछ दिन और रहना था, पर जब यहाँ ज्वाइन कर लिया है तो ठीक है, लेकिन ध्यान रखो कि तुमको 'जनसत्ता' में ही आना है। बेशक मुझे फिर से 'जनसत्ता' में एक मौका मिला था, लेकिन वह खबर रामकृपाल जी तक पहुंच गयी और काफी भावुक होकर उन्होंने जो कुछ कहा उसने मुझे आहत किया और मैं 'चौथी दुनिया' में ही 1989 तक बना रहा। इस बीच श्री अतुल माहेश्वरी जी 1988 से लगातार कई बार अमर उजाला के दिल्ली ब्यूरो को ज्वाइन करने के लिए मुझे कह रहे थे। अधिकतर मित्रों की राय थी कि राष्ट्रीय साप्ताहिक अखबार, जिसकी इतनी धाक है, उसे छोड़कर 'अमर उजाला' में जाना ठीक नहीं होगा, पर जब अतुल जी ने अच्युता जी को मुझे समझाने के लिए लगा दिया तो मेरे पास कोई विकल्प नहीं था कि मैं 'अमर उजाला' ज्वाइन न करूं। इसके बाद मैं दिल्ली में 'अमर उजाला' के राजनीतिक ब्यूरो का हिस्सा बना। 'अमर उजाला' के केवल चार संस्करण थे आगरा, बरेली, मेरठ और मुरादाबाद। पर इस पूरे घटनाक्रम का एक नतीजा यह जरूर निकला कि मैं दिल्ली का ही होकर रह गया, हालांकि इलाहाबाद से वाया दिल्ली लखनऊ के लिए चला था।

मेरा अच्युता जी से पहला परिचय शायद उनको भी याद नहीं होगा। 1984

में 'अमर उजाला' के लखनऊ आफिस में उनसे मिलने गया था। उसके पहले, नौजवानों की टीम ने 1982 में स्थापित इलाहाबाद पत्रकार संघ को 1984 तक जिस बुलंदी पर पहुंचा दिया था, उसकी चर्चा एनयूजे तक में हो रही थी। श्रीधर दिवेदी और गोपाल रंजन के नेतृत्व में इलाहाबाद के सारे प्रमुख पत्रकार इस संगठन का हिस्सा बन गये थे। उसी दौरान हम लोगों ने महान संपादक बाल कृष्ण भट्ट तथा अमर शहीद गणेश शंकर विद्यार्थी पर बेहद स्तरीय दो स्मृति विशेषांक निकाले थे, जिसमें स्मारिका समिति और संपादन में एसके दुबे जी, रतन दीक्षित और डॉ. रामनरेश त्रिपाठी समेत कई दिग्गजों के साथ मैं भी सहभागी था।

1984 का आरंभिक महीना रहा होगा, क्योंकि इतना याद है कि जाड़े के दिन थे। दोपहर का समय था। अच्युता जी मुझे अमर उजाला दफ्तर में मिले। प्रणाम करके नाम बताया तो कहा कि तुमको जानता हूँ। उनका पहला सवाल था कि दफ्तर खोजने में दिक्कत तो नहीं हुई। मैंने सिर हिलाया तो उनका ही जवाब आया, जनसत्ता

टेलीफोन : २७३६३१-५
[illegible]
3311111

जनसत्ता
एक्सप्रेस बिल्डिंग
९-१०, बहादुरशाह जफर मार्ग, नई दिल्ली-११०००२

टेलेक्स : २२०८-२५०३

– प्रमाण पत्र –

प्रमाणित किया जाता है कि श्री अरीवन्द कुमार सिंह पुत्र श्री ठाकुर शरण सिंह ने जनसत्ता में इलाहाबाद मंडल के संवाददाता के तौर पर 2 जून 1984 से लेकर 24 सितम्बर 1986 तक की अवधि में अपनो सेवाएं दो । इनका कार्य और व्यवहार संतोषजनक रहा है । जनसत्ता में कामों के आधार पर इन्हें पुरस्कार भो मिले हैं ।

[illegible]
अच्युतानन्द मिश्र
समाचार संपादक

के खोजी पत्रकार के लिए यह क्या कठिन काम होगा। खैर, वह पहली मुलाकात ऐसी रही कि लगा जैसे जन्म जन्मांतर का कोई रिश्ता हो।

अच्युताजी के बारे में क्या लिखूं, यह समझना कठिन है। बहुत सी खट्टी मीठी यादें हैं। समाचार संपादक और संवाददाता के बीच के संबंधों की यादें, अमर उजाला के संपादक और दिल्ली ब्यूरो के बीच के संबंधों की यादें, एक अध्यापक और एक छात्र की यादें, एक ही संगठन में साथी के रूप में यादें, कई स्तर पर कई तरह की यादें। एक संरक्षक और मार्गदर्शक के रूप में। एक पिता और एक अवज्ञाकारी पुत्र जैसी यादें भी। मैं उन लोगों में शामिल नहीं हूँ, जो इस बात का उल्लेख करूं कि अच्युता जी कहीं किसी बड़े पद पर गये हों तो पीछे से मुझे भी कोई खास स्थान मिल गया हो। उनका कुछ भला कर दिया हो ऐसा भी नहीं। हाँ संगठन के स्तर पर मेरे बगावती तेवरों से उनका जरूर नुकसान हुआ, पर उन्होंने कभी कुछ नहीं कहा। एक मौका जरूर आया, जब एनयूजे के एक बड़े पदाधिकारी के दबाव में उन्होंने मुझे 8 बार फोन करके जिस बात के लिए मना किया, मैंने तुरंत उसका पालन किया। इस घटना को केवल मेरे बेहद करीबी साथी जय प्रकाश पांडेय जानते हैं, इस बात को एनयूजे और दिल्ली पत्रकार संघ से जुड़े लोग अच्छी तरह जानते हैं, इस नाते इस पर विस्तार से कुछ लिखना उचित नहीं।

अच्युता जी ने राष्ट्रीय स्तर पर हिंदी पत्रकारिता के नायकों को मुख्यधारा में लाने का काम किया। यह उनका प्रयास था कि 1993 में एनयूजे ने पंडित श्रीनारायण चतुर्वेदी की जन्मशती पर एक बहुत बड़ा आयोजन दिल्ली में किया, जिसमें उनकी याद के बहाने हिंदी पत्रकारिता की चुनौतियों पर बेहतरीन चर्चा हुई। श्री प्रभाष जोशी जी ने बहुत बेबाकी से इसमें कई बातें रखीं थीं और आयोजन में दिल्ली और देश के अन्य हिस्सों से करीब 300 पत्रकार शामिल हुए थे। उत्तर प्रदेश के राज्यपाल मोतीलाल बोरा, डॉ. विद्यानिवास मिश्र और राधानाथ चतुर्वेदी समेत कई दिग्गज इसमें पधारे। इसमें अच्युता जी ने खास तौर पर कहा था कि चतुर्वेदी जी की हिंदी पत्रकारिता को अनुवाद से पूर्णतया मुक्त कराने की चिंता रहती थी। हिंदी की जब तक अपनी स्वतंत्र संवाद एजेंसी स्थापित नहीं होती और और यह अनुवाद की सीमाओं से बाहर नहीं आती तब तक इसे वास्तविक प्रतिष्ठा नहीं मिल सकेगी।

अच्युता जी के साथ कई बार मंचों को साझा करने का मौका मिला। हमारे विचारों में कई बार मेल भी नहीं रहा। लेकिन इन बातों से भी कभी उनका स्नेह मेरे प्रति कम हुआ हो, ऐसा कभी दिखा नहीं। मेरे जीवन में उनका जो स्थान है, वह किसी और का नहीं, उनके प्रति जो आदर है, वह महज संयोग नहीं, उसके पीछे कुछ ठोस आधार हैं।

बीते एक दशक में उनसे बहुत कम बातें हुईं। लेकिन ऐसा भी नहीं रहा कि हममें कोई संवादहीनता हो। 2021 में उनका आदेश हुआ कि नेशनल यूनियन आफ जर्नलिस्ट्स की स्वर्ण जयंती पर विस्तार से आलेख लिखूं। 23 जनवरी, 2021 को उसकी स्वर्ण जयंती थी और अच्युता जी को इस बात की चिंता थी कि इस मौके पर कुछ खास आयोजन होना चाहिए। इसके पहले उसकी हीरक जयंती पर एक बड़ा आयोजन फिक्की में तब हुआ था जब मैं दिल्ली पत्रकार संघ का महामंत्री था। स्वर्ण जयंती आयोजन के बारे में अच्युता जी की अध्यक्षता में समिति बनी, इसमें श्री रामबहादुर राय, बलवीर पुंज, केएन गुप्ता, हिरण्यमय कालेकर, प्रभात झा, श्याम खोसला, पी.के. राय, जगदीश उपासने, बल्देवभाई शर्मा, गुलाब बतरा, आत्मदीप, विजय क्रांति, अशोक मलिक आदि शामिल थे।

मेरी निगाह में अच्युता जी हिंदी पत्रकारिता के अमिट हस्ताक्षर हैं। वे केवल हिंदी या भारतीय भाषाओं के प्रवक्ता भर नहीं, बल्कि डूब-उतरा रही हिंदी पत्रकारिता के दिग्दर्शकों में एक हैं। पत्रकारिता की चलती-फिरती पाठशाला हैं। वे उन लोगों में हैं, जो इस बात की जाने कब से मुखर पैरवी करते रहे हैं कि पत्रकार संगठनों को पत्रकारिता को बचाने के लिए नये पत्रकारों के प्रशिक्षण का काम करना चाहिए। साहित्य और पत्रकारिता के बीच बढ़ती दूरी को पाटने के लिए अगर किसी ने मुहिम चलाई तो वे अच्युता जी ही थे। छह दशकों से अधिक का उनका पत्रकारीय जीवन जितनी उपलब्धियों भरा है, उसका उल्लेख बहुत से लोगों ने किया है, पर मैं यही कहना चाहूँगा कि ग्रामीण पृष्ठभूमि के न जाने कितने लेखकों-पत्रकारों को उन्होंने राह दिखाई और संरक्षण दिया। प्रेस की आजादी के लिए हमेशा आवाज बुलंद करते रहे। साथ ही पत्रकारों को दायित्व बोध से हमेशा सजग और सचेत करते रहे।

जहाँ जिस भूमिका में अच्युता जी रहे, कुछ नया करने का प्रयास किया। अमर उजाला की विकास यात्रा में अच्युता जी का बहुत अहम योगदान रहा है। जनसत्ता, नवभारत टाइम्स और लोकमत समाचार को उन्होंने अपने अनुभवों से सींचा। एनयूजे स्कूल आफ जर्नलिज्म के गठन में उनका ही मानसिक श्रम लगा था। वह संस्था राजनीति का शिकार न बनी होती और उनके विजन पर चल निकलती तो आज पत्रकारों द्वारा स्थापित एक शानदार संस्थान होती।

अच्युता जी एक चलती-फिरती पाठशाला हैं। इसी रूप में मैंने उनको विभिन्न संस्थाओं में देखा है। चाहे वे नाथू स्वीट्स पर बैठे हों या फिर सड़क किनारे किसी चर्चा में मशगूल, एनयूजे के किसी बहुत जटिल मसले को सुलझाने में लगे हों, इनको मैंने पाठशाला के रूप में ही देखा है। माखनलाल चतुर्वेदी राष्ट्रीय पत्रकारिता और संचार विश्वविद्यालय के कुलपति के रूप में उन्होंने जितनी लंबी लकीर खींची,

वहाँ तक पहुंचना सरल नहीं होगा। उनके नेतृत्व में युग निर्माता संपादकों महामना मदन मोहन मालवीय, आचार्य महावीर प्रसाद द्विवेदी, बाबूराव विष्णु पराड़कर, गणेश शंकर विद्यार्थी, भीमराव अंबेडकर, पदुमलाल पुन्नालाल बख्शी, अज्ञेय, धर्मवीर भारती और प्रभाष जोशी जी पर शानदार मोनोग्राफ लिखवाए। कई अभिनव प्रयोग किये और इतिहास संरक्षण का प्रयास करने के साथ पत्रकारिता की विभिन्न विधाओं पर किताबें प्रकाशित कराईं।

6 मार्च, 2017 को अच्युता जी के 80 वर्ष पूरे होने पर 'हिंदुस्थान समाचार' और सप्रे संग्रहालय ने दिल्ली में एक ऐसा शानदार आयोजन किया था, जो विभिन्न वर्गों के आगंतुकों की संख्या के लिहाज से लंबे समय तक याद रखा जाएगा। रामबहादुर रायजी और विजयदत्त श्रीधर जी इस आयोजन के केंद्र बिंदु थे। अच्युता जी के सम्मान में बहुत कुछ कहा गया और उनको मानपत्र भी दिया गया। लेकिन अच्युता जी ने जो कहा, वह लोगों को दशकों तक याद रहेगा। उन्होंने इस आयोजन में कहा था कि "मैंने जो कुछ किया है, वह मेरे लिए उपलब्धि नहीं, बल्कि लोगों का सहयोग है।" ऐसी विनम्रता हमें सीखने के लिए प्रेरित करती है।

बीते दशकों में खास तौर पर सूचना और संचार क्रांति के कारण भारत में मीडिया का परिदृश्य काफी हद तक बदल चुका है। प्रिंट मीडिया, ब्राडकास्ट न्यूज और इंटरनेट आज इसकी दुनिया में एक नया आयाम जोड़ रहे हैं। वहीं देश में आरएनआई से पंजीकृत 1,44,893 अखबार और पत्र-पत्रिकाएँ निकल रही हैं। भारत में 926 अनुमति प्राप्त सैटेलाइट चैनल हैं।

मीडिया के विस्तृत परिवार में शब्दों के सौंदर्य और शानदार अतीत के कारण प्रिंट ही अधिक प्रभावी बना हुआ है। प्रिंट मीडिया का व्यवस्थित इतिहास 200 सालों से अधिक का है। लेकिन पेड न्यूज, सनसनी, पक्षपात पूर्ण रिपोर्टिंग से लेकर तमाम खामियों ने इसे कोविड़ के झटकों से कहीं अधिक कमजोर किया है। मीडिया गंभीर संक्रमण और अग्निपरीक्षा के दौर से गुजर रहा है। फिर भी समाज पत्रकारों से यह अपेक्षा समाज करता है कि वे सदाचार और शिष्टाचार का दामन न छोड़ें। ऐसी स्थिति का मुकाबला आखिर कैसे किया जा सकता है। रातों-रात तो यह संभव नहीं है। इसके लिए हमें देश भर में पाठशालाएं चाहिए। अच्युता जी जैसी चलती-फिरती पाठशाला।

(लेखक सुप्रसिद्ध पत्रकार और संचार विशेषज्ञ हैं।)

अजातशत्रु संपादक

हेमंत शर्मा

अच्युता जी अजातशत्रु हैं। आप उनसे किसी के प्रति कटुता का आभास भी नहीं पा सकते। वे सबके मित्र हैं। सब उनके मित्र हैं। निष्पक्ष और बेबाक, पत्रकारिता के लिए यह स्वभाव, सहज और उपयोगी नहीं होता। पर संपादक के तौर पर उनकी यही पूँजी रही जिसे उन्होंने जीवनभर जीया, निभाया। संपादक का स्वाभिमान, सहयोगियों को स्वायत्तता और अभिव्यक्ति की आजादी के जो अधिकार प्रभाष जी ने जनसत्ता कुटुंब को दिये थे, अच्युता जी उसके संशोधित संवाहक थे। जिंदादिल, जागरूक और तेज नजर वाले संपादक। समस्याओं के प्रति उनका दृष्टिकोण हमेशा सकारात्मक रहा।

इतनी सकारात्मक और 'मित्र वत्सलता' कभी-कभी पत्रकारीय धर्म में रुकावट बनती है। इस कारण प्रश्न पूछने और सवाल खड़े करने की ताकत कम होती है। कुरुक्षेत्र की तरह, जहाँ अर्जुन को चारों तरफ अपना कुटुंब ही नजर आता है। किस पर हमला करें? सब अपने हैं। मित्र वत्सलता से यह समस्या पत्रकारिता में भी आती है। पत्रकारिता अपने जन्म से ही प्रश्नाकुल लोक का स्वभाव है। शक्ति, सत्ता और समर्थ से प्रश्न करना इसका मूल चरित्र है। यही मानवीय चेतना का मूल धर्म भी है। यह धर्म वैदिक मंत्रों से लेकर पौराणिक आख्यानों, साहित्य और पत्रकारिता तक विस्तारित है। लोकतंत्र के औपचारिक जन्म से सदियों पहले सत्ता और व्यवस्था को उसकी सीमाएं और धर्म बताने के संस्कार प्रश्नाकुल लोक के रहे हैं। चाहे वह भारत के ऋषि हों या ग्रीक दार्शनिक या कि ब्रिटेन और अमेरिका का प्रबुद्ध समाज, सचेतक वर्ग। सवाल पूछना आदिम संस्कार थे। और यही हमारी पत्रकारिता का मूल उत्स है।

'जनसत्ता' का प्रकाशन हिंदी पत्रकारिता की ऐतिहासिक परिघटना थी। इसे शुरू करते वक्त प्रभाष जोशी ने हमें सवाल करना सिखाया। हम 'जनसत्ता' के

लोग इसी मंत्र और संस्कार में पले और बढ़े। अच्युता जी सत्ता, समाज में अपनी मित्र वत्सलता के बावजूद इस मंत्र से संतुलन साधते रहे। संपादक न तो आंदोलनकारी हो सकता है और न साहित्यकार जैसा कल्पनालोक का जीव। उसे यथार्थ का एक पवित्र युगानुबोध साधना होता है। जो बेहद कठिन है। अच्युता जी ने इसे विभिन्न भूमिकाओं में कुशलता से साधा। जो सीखने लायक है। मैंने इस मुद्दे पर बड़े-बड़े संपादकों को संतुलन गंवाते हुए देखा है।

पत्रकारिता और साहित्य दो अलग-अलग विधाएँ हैं। पर 'जनसत्ता' अखबार इन दोनों का 'फ्यूजन' था। प्रभाष जी इसके वास्तुकार थे, साहित्य, कला, संस्कृति के साथ खोज खबर/खास खबर और तीखी राजनीतिक टिप्पणियां सब एक जगह होती थीं। अखबार में ऐसा पहली बार हुआ, मेरी समझ में पत्रकार और साहित्यकार में कोई खास अंतर होता नहीं है। दोनों मानव संबंधों की तलाश करते हैं। एक क्षणिक साहित्य रच रहा होता है। दूसरा चिरंतन साहित्य। बेहतर पत्रकार अपने क्षणिक साहित्य से ही कालजयी हो जाता है और कमजोर साहित्यकार कच्चा लिखकर चिरंतन के प्रयास को क्षणभंगुर कर देता है। पत्रकार अपने तर्क और क्रमागत तथ्यों से आपको विश्वस्त करता है। जबकि साहित्यकार उन्हीं तथ्यों का गतानुगत क्रम उलट-पलटकर उन्हें नये सिरे से क्रमबद्ध करता है। वह एक नये सत्य की सृष्टि करता है। पत्रकार के लिए यथार्थ वही है जो संभव हो चुका है और साहित्यकार के लिए वह है जो संभव हो सकता है। आप सोच रहे होंगे मैं अच्युता जी पर बात करने की बजाय इस बहस में क्यों उलझ गया। दरअसल साहित्यकार बनाम पत्रकार की बहस में एक तीसरा पात्र भी होता है जिसे हम 'संपादक' कहते हैं। जो एक तरफ तो पत्रकार को यथार्थ लिखने की ताकत देता है और दूसरी तरफ समाज में जो संभव हो सकता है उसे अपनी कलम का समर्थन देता है, इसलिए अखबारों में खबर के पन्ने बीते कल की और संपादकीय पेज आने वाले कल की बात करते हैं। अच्युता जी साहित्यकार और पत्रकार, समाचार और विचार में सामंजस्य बिठाने वाले संपादक है।

हलांकि अब पत्रकारिता में खांटी संपादक नाम का प्राणी दुर्लभ हो चुका है। प्रभाष जोशी, राजेंद्र माथुर, सुरेंद्र प्रताप सिंह जैसे संपादकों के बाद अब इस संस्था का क्षरण हो चुका है। अच्युता जी के वक्त तो यह संस्था समाप्ति की ओर है। अखबारों में अब संपादक नहीं, समाचार प्रबंधक होते हैं। अच्युता जी संपादक, साहित्यकार और शिक्षक तीनों का समन्वय करते हैं। इसलिए वह ऐसे संपादक थे जिन्होंने पत्रकारिता के साथ-साथ नये पत्रकार भी बनाए, एक पीढ़ी-गढ़ी यह दूसरी बात है इसमें से कई कसौटी पर खरे नहीं उतरे। पर इसमें अच्युता जी क्या कर सकते

हैं? मैंने अच्युता जी को रिपोर्टर और संपादक दोनों रूप में देखा है। उनका संपादकीय व्यक्तित्व बेहद सजग था। कई मयानों में साहित्यकार से ज्यादा। वे युगीन यथार्थ को बटोरने, सहेजने और बांटने के सबसे जोखिम भरे उपक्रम का नेतृत्व करते हैं। मैंने अच्युता जी को अलग-अलग संस्थानों में संपादक की भूमिका में देखा है। उनकी सजगता अनुपम थी। इस सजगता से मेरा आशय उस कीमिया से है जो एक संपादक साधता है। उसे समाज के मूल्य, संस्थान के मूल्य, पेशे के मूल्य और व्यक्तिगत जीवन के मूल्यों के बीच एक बेहद नाजुक संतुलन बनाना होता है। अच्युता जी उसमें सफल रहे हैं। हालांकि 'जनसत्ता' में अच्युता जी के लिए यह मुश्किल काम था। क्योंकि प्रभाष जोशी जैसे वटवृक्ष संपादक के बाद उन्होंने काम संभाला। जिसने हिंदी पत्रकारिता, भाषा और अभिव्यक्ति की आजादी के नये प्रतिमान गढ़े थे। अच्युता जी के लिए यह बड़ा चुनौती भरा काम था। कोई भी इसमें सौ फीसद सफल नहीं हो सकता था। अच्युता जी भी नहीं हुए। पर अखबार को बचा लिया और उन परंपराओं को बहुत हद तक चलाया भी जिसे संपादक प्रवर प्रभाष जोशी ने शुरू किया था।

आलोचक नामवर सिंह की तरह अच्युता जी भी पत्रकारिता में 'वाचिक परम्परा' के संपादक रहे हैं। उन्होंने लिखा कम, कहा ज्यादा है, इसलिए उनके लिखे पर विमर्श नहीं हो सकता। उन्हें आप 'अध्यक्ष संपादक' कह सकते हैं। गोष्ठियों की अध्यक्षता और पत्रकार संगठनों के समारोहों के वे आमरण अध्यक्ष हैं। गोष्ठी कोई हो अच्युता जी ही अध्यक्ष दिखते हैं। यह उनकी लोकप्रियता की एक मिसाल है।

अच्युता जी जिस दौर में संपादक रहे, वह अखबारों में उलटफेर और संक्रमण का दौर था। अखबार को उत्पाद बताने की साजिश का दौर था। संपादक और प्रबंधन में कौन श्रेष्ठ, इस संघर्ष का दौर था। मीडिया में संपादक संस्था पर सीआईओ के अतिक्रमण का दौर था। अच्युता जी इस संक्रमण काल के संपादक थे, उन्हें इन मुद्दों से जूझना ही पड़ा होगा, इस कालखंड में मीडिया ने बदलाव के कई आयाम देखे। इसी वक्त 'परफेक्ट लीडरशिप' का सिद्धांत ग्लोबल कंपनियों में मैनेजमेंट की महत्ता के साथ उभरा। प्रबंधन और मशहूर लोगों की जीवन शिक्षाओं को बताने वाले प्रसिद्ध लेखक रॉबर्ट केली ने 1992 में एक किताब लिखी थी। नाम था "द पावर ऑफ फॉलोअरशिप"। इस किताब ने कंपनियों में प्रबंधकों और सीईओ के काम करने का तरीका बदल दिया। इसी के बाद 'एवरीवन इस लीडर', 'नेक्स्ट लाइन का लीडरशिप' जैसे सिद्धांत सक्रिय हुए। इस सिद्धांत ने ऐसे लीडरशिप की कल्पना की है जिसमें सबसे आगे खड़ा व्यक्ति दरअसल नेपथ्य में जाकर सबकी योजनाओं को आगे करता है। उसे सफल बनाता है और स्वयं को उन सफलताओं के श्रेय से बाहर कर लेता है। विश्वास कीजिए, संपादक होते हुए यह सबसे कठिन

काम है। स्वयं को 'अनसंग हीरो' बना देना। परंतु अच्युता जी मेरे देखे ऐसे बिरले संपादक हैं जिन्होंने संस्थाओं को संवार-निखार कर बड़ा कर दिया। पत्रकारों की पीढ़ियों को संपादक बना दिया। परंतु स्वयं सदैव नेपथ्य में रहे। संपादक अक्सर अपने तेवर-तुर्शी के लिए विख्यात रहे हैं। हो भी क्यों न... आखिर वर्तमान के सही-गलत का पहला निर्णय तो उन्हीं को करना होता है। परंतु अच्युता जी ने यह उदाहरण नहीं बनाया। वे ऐसे संपादक हैं जो न अड़े, न लड़े, पर झुके भी नहीं। किसी स्थितप्रज्ञ की तरह अपना योगदान करते हुए अपने मूल्यांकन का समय छोड़ते गये। प्रसिद्ध कवि नरेश मेहता और उनके कृतित्व से अच्युता जी का गहरा अनुराग रहा है। उनकी यह पंक्तियां अच्युता जी पर सटीक बैठती हैं। "पुत्र मेरे—देहजीवी हम नहीं दृष्टिजीवी हैं, हमारा भूगोल काटेगा नहीं इतिहास, हम तो यज्ञ हैं, यज्ञगाथा हैं, हमारी पुस्तक खुले खेतों-सी खुली है, रक्त हस्ताक्षर तुम्हारा चाहिए—तुम्हारा चाहिए।"

अच्युता जी के साथ काम करने का मुझे कोई ज्यादा अनुभव नहीं रहा है। वैसे मैं अच्युता जी के मठ का भी नहीं था। लखनऊ में पत्रकारिता में उन दिनों दो मठ थे। दोनों मठ मजबूत थे। एक एनयूजे दूसरा आईएफडब्ल्यूजे। अच्युता जी एनयूजे का नेतृत्व करते थे। मैं दोनों मठों में नहीं था। मुझे कुजात की श्रेणी में आप रख सकते हैं। डॉ. लोहिया गांधीवादियों के लिए यह शब्द प्रयोग करते थे। सरकारी, मठी और कुजात गांधीवादी। एक, वो गांधीवादी जो सरकार में चले गये। दूसरे मठी, जो गांधी संस्थाओं में काबिज रहे। तीसरे कुजात, जो दोनों में नहीं थे। कुजात होने के बावजूद मैं उनका स्नेह भाजन बना रहा। इसकी वजह शायद मेरे पिताजी थे। जिन्होंने बनारस में उन्हें पढ़ाया था।

हम प्रकृति में दो प्रकार के तत्त्वों से घिरे हैं। एक बहुमूल्य, दूसरा अमूल्य। बहुमूल्य शब्द अर्थशास्त्र से आता है। वे वस्तुएं जो कम हैं उनकी कीमत अधिक है। यह आवश्यक नहीं है कि वे वस्तुएं सबके लिए जरूरी हों। ऐसा भी नहीं कि इनके बिना काम नहीं चल सकता। लेकिन जो बहुमूल्य है वह कम है इसलिए उसकी गुणवत्ता पर हजार पारखी नजरें होती हैं। अमूल्य वह है जो सबको चाहिए और जिसका कोई विकल्प नहीं है। प्रकृति में नियमतः ऐसे सभी तत्त्व बहुतायत हैं। लेकिन उनका विकल्प नहीं है, जैसे हवा, पानी, आकाश आदि। इनका कोई मूल्य नहीं। अमूल्य है क्योंकि इनके बिना जीवन नहीं हो सकता। मैं पत्रकारिता को ऐसे ही अमूल्य वर्ग का तत्त्व मानता हूँ। बिल्कुल प्राण वायु जैसा। यह जरूरी नहीं कि जो वायु है उसका तापमान कैसा है? उसका परिवेश कैसा है? इसके आधार पर वायु की गुणवत्ता तय होती हो।

पत्रकारों की दुविधा होती है कि वह अक्सर यह तय नहीं कर पाते कि उन्हें सामान्य रूप से सूचना देनी चाहिए अर्थात केवल वायु का सामान्य धर्म निभाना चाहिए। या पत्रकारिता को वायु की गुणवत्ता मापक यंत्र की भूमिका भी निभानी चाहिए। इस बहस में आप किसी भी तरफ जा सकते हैं या दोनों भूमिकाएं अपना सकते हैं। क्योंकि ऐसा नहीं है कि समाज को एक ही तरह से हमेशा जीना है। जल के सैंकड़ों प्रयोग हैं। वायु के असंख्य उपयोग हैं।

बेहद गहरे संदर्भों में प्रकृति की सभी अमूल्य शक्तियां या तत्व सोद्देश्य ही होते हैं। मनुष्य अपने विकास क्रम में इन शक्तियों के उद्देश्य समझता गया और आधुनिक होता गया। जैसे जल के असंख्य उपयोग, पेयजल से लेकर बिजली तक या कि वायु प्राण से लेकर आकाश में उड़ान तक। समय ही किसी समाज के लिए आदर्श और उद्देश्य बदलता है और इनकी प्राप्ति के लिए पत्रकारिता आवश्यक है समाज अक्सर पत्रकारिता को पक्ष और निष्पक्ष, विचारपरक और निरपेक्ष, सकारात्मक और नकारात्मक, आक्रामक और समन्वयक में बांटता है और खूबी देखिए यह वायु या जल की तरह उन आकारों में बैठती नजर भी आती है। लेकिन इससे इसकी मूल ऊर्जा नहीं बदलती।

पत्रकारिता अपने चिरंतन मूल्यों में बुद्धिमान समाज की सबसे उद्देश्यपरक शक्ति है। अच्युता जी इसे पहचानते थे। भारत में पत्रकारिता कभी अंग्रेजों की शक्ति के विरुद्ध लड़ती थी तो कभी उसने आपातकाल के विरुद्ध संघर्ष किया। कभी वह शक्ति के दुरुपयोग को रोकने के स्वर गुंजाती है। कभी वह किसी विचार का प्रसार करती है तो कभी किसी विचार का निषेध भी। यही तो उन्नत होते लोकतांत्रिक समाज का प्राण है। बस यह प्राणवायु रुकनी नहीं चाहिए।

पत्रकारिता कला विलास का या मनोरंजन साधन नहीं है। ध्यान रखें कि पत्रकारिता में अपने परिवेश की गंध या दुर्गंध होगी ही। लेकिन वायु की दुर्गंध को हटाने के लिए भी हमें इसी प्राण वायु की आवश्यकता है। आदर्श, व्यवस्था और प्रेरणा की धूपबत्तियां इसी वायु की पीठ पर सवार होकर परिवेश को पवित्र और गंधमय कर पाएंगी। अच्युता जी के जीवन को समझने के लिए हमें इस पर गौर करना होगा। किसी व्यक्ति की सफलता है या असफलता काल तय करता है। पर जीवन की सार्थकता व्यक्ति खुद तय करता है। अच्युता जी ने एक सार्थक जीवन जीया। पर वे हमारा मार्गदर्शन करते रहें, ऐसी ईश्वर से कामना है।

(लेखक 'टीवी 9 भारतवर्ष' के प्रमुख हैं।)

निज दुःख गिरि सम रज करि जाना

अरुण कुमार त्रिपाठी

अच्युता जी यानी अच्युतानंद मिश्र 'यथा नामे तथा गुणे' हैं। सचमुच उनमें सदैव आनंद बना रहता है और वे दूसरों को भी आनंद में देखना चाहते हैं। 'ईश्वर' के महत्त्वपूर्ण अंश तो वे हैं ही। उनके मित्रता भाव के लिए रामचरित मानस की वह पंक्ति एकदम सटीक बैठती है कि—

निज दुःख गिरि सम रज करि जाना।
मित्रहिं दुःख रज मेरु समाना।।

सचमुच वे समाज में बैठकर और उसके लिए कुछ करते हुए कोरोना काल में आया अपना पहाड़ सा दुःख भूल जाते हैं। बीसवीं सदी के आखिरी और इक्कीसवीं सदी के पूर्वार्ध में जब पत्रकारों के काम और उनकी वैचारिकी ज्यादा चटख और तीखे ढंग से सामने आने लगी तो ज्यादातर पत्रकारों को उनके मातृ या पितृ संगठनों से ही पहचाना जाने लगा। लोगों को पद मिलने लगे और उनके विचार और व्यवहार आक्रामक होने लगे। पूरी पत्रकारिता चीखने लगी। लेकिन अच्युता जी की संघ के समर्थक पत्रकार की छवि के बावजूद उनका व्यक्तित्व इसे तोड़ता रहता है। वे एक उदार व्यक्तित्व के धनी हैं और उन्होंने भाजपा के सत्ता में आने और स्वयं सत्ता के प्रमुख पदों पर रहने के बावजूद अपनी उदारता और करुणा कभी छोड़ी नहीं। वे अपने इसी स्वभाव के कारण विरुद्धों का अद्‌भुत समन्वय करते हैं। एक तरह से वे विरोध का अनिवार्य आख्यान रचते हैं। सचमुच उनके व्यक्तित्व में एक उदार हिंदू झांकता रहता है। उदारता के बावजूद अच्युता जी में साहस की कमी नहीं है। वे पत्रकारिता के मुद्दों से लेकर समाज के विभिन्न मुद्दों पर होने वाले तमाम धरना प्रदर्शनों में खुलकर हिस्सा लेते रहे हैं। मुझे याद है कि जब पत्रकार आशुतोष पर कांशीराम ने हाथ उठाया था तो एक्सप्रेस बिल्डिंग से आईटीओ चौराहे तक हुए प्रदर्शन में डट कर खड़े थे। वे पत्रकारों की ट्रेड यूनियन के नेता रहे हैं। एक बार नहीं अनेक बार एनयूजे के

अध्यक्ष रहे हैं। उनके अधिकारों के लिए लड़ते रहे हैं।

मेरी मुलाकात उनसे तब हुई जब हम लोग लखनऊ विश्वविद्यालय में पढ़ रहे थे और पत्रकारिता की ओर आकर्षित हो रहे थे। यह बात 1980-81 की है। उसी समय जवाहरलाल नेहरू विश्वविद्यालय से पढ़कर आये और लखनऊ विश्वविद्यालय के राजनीति शास्त्र विभाग में लेक्चरर यानी सहायक प्रोफेसर के रूप में ज्वाइन करने वाले आशुतोष मिश्र ने उनसे परिचय करवाया। वे चारबाग के करीब लालकुआं स्थित 'अमर उजाला' के दफ्तर में बैठते थे। आशुतोष जी एक विद्वान राजनीतिशास्त्री और एक समर्थ लेखक के तौर पर उसी समय प्रतिष्ठित थे। हम लोग यानी मैं और मेरे मित्र (दिवंगत) पुनीत टंडन उनकी प्रतिभा को देखकर उनके साथ साए की तरह से लगे रहते थे। हम लोग जब भी अच्युता जी के पास जाते तो आशुतोष जी के साथ जाते। वे उनका चरण स्पर्श करते तो हम भी करते। उनको आशुतोष जी 'चाचा जी' कहते तो हम लोग भी वही कहते।

अच्युता जी उस समय 'अमर उजाला' के लखनऊ ब्यूरो के चीफ थे। लेकिन उनकी हैसियत किसी भी संपादक से बड़ी लगती थी। हालांकि मैं उन दिनों पत्रकारिता के पदानुक्रम से परिचित नहीं था और न ही यह जानता था कि पत्रकारों की पहुंच कहाँ तक होती है। लेकिन उनके दफ्तर में पत्रकारों का जमघट देखकर मजा आता था और अच्युता जी की कहानियां सुनकर बनारस और लखनऊ की पत्रकारीय परंपरा की नई-नई जानकारियां मिलती रहती थीं। मुझे याद नहीं कि राहुल देव और प्रदीप सिंह से परिचय कब हुआ लेकिन अनुमान है कि उन्हीं दिनों और अमर उजाला के दफ्तर में अच्युता जी के सान्निध्य में हुआ। राहुल देव बाद में अंग्रेजी और हिंदी दोनों और प्रदीप सिंह हिंदी पत्रकारिता के बड़े नाम बने। उन्हीं दिनों प्रशांत मिश्र से भी परिचय हुआ, जिन्होंने बाद में 'दैनिक जागरण' के माध्यम से राष्ट्रीय स्तर पर काफी ख्याति अर्जित की।

अच्युता जी के दफ्तर पर बड़े नेताओं का आना-जाना लगा रहता था। एक दिन मुलायम सिंह यादव को भी आते हुए देखा और तब हम लोग हट कर बगल वाली छत पर आ गये और वे अच्युता जी के साथ एक कमरे में वार्ता के लिए चले गये। जब वे चले गये तब हम लोग फिर अच्युता जी के पास गये।

मेरे सामने धीरे-धीरे विश्वविद्यालय में रहने और पढ़ने का खर्च उठाने की चुनौती आन पड़ी। कभी घर से पैसा आता था तो कभी नहीं आता था। आशुतोष जी ने सलाह दी कि क्यों नहीं पत्रकारिता में घुस जाते। अच्युता जी की सिफारिश पर मुझे लखनऊ के प्रतिष्ठित पत्र 'स्वतंत्र भारत' में प्रशिक्षु पत्रकार की नौकरी मिल गयी। तब मुझे पत्रकारिता के आरंभिक पायदान पर खड़े पत्रकारों की हकीकत मालूम

हुई। हालांकि तब इलेक्ट्रॉनिक मीडिया का सीमित प्रभाव था इसलिए अखबार में काम करने का एक रोमांच हुआ करता था। देर रात तक काम करके हॉस्टल लौटना और उस समय 'पॉयनियर' अखबार के बाहर रात में चहल–पहल और चाय पीने वालों की भीड़ देखकर लगता था कि हम खबरों के साथ जागते हैं और जीते हैं। हमें तमाम खबरें दूसरों से पहले से पता होती हैं। यह हमारी विशिष्टता है। यह हमारा सबलीकरण था।

लेकिन मेरे भीतर एक कमी शुरू से रही है और वह यह कि मैं संबंधों को तेजी से बनाने और उसे निभाने के मामले में बहुत कच्चा रहा हूँ। एक दो संबंध बन जाते हैं तो उसी में संतुष्ट रहता हूँ। 'स्वतंत्र भारत' के संपादक वीरेंद्र सिंह थे और वे मानते भी थे, लेकिन न जाने कब मैं उनके विरोधी गुट में चला गया। समाचार संपादक और ट्रेड यूनियन लीडर सियाराम शरण त्रिपाठी, गुरुदेव नारायण और ताहिर अब्बास जैसे लोगों से मेरा ज्यादा संवाद होने लगा और मैं संपादक की परोक्ष निंदा का भागीदार भी बनने लगा। उन दिनों वहाँ के एक समाचार संपादक मनोज तिवारी थे। वे भी मुझे बहुत प्यार करते थे। उन्होंने कई बार रात में मुझे अपने स्कूटर से हॉस्टल तक छोड़ा। लेकिन मेरा जो उनके प्रति फर्ज था उसे मैं नहीं निभा पाया। एक बार वे बहुत बीमार पड़े तो मैं उनका हालचाल लेने नहीं जा पाया। इसी दौरान मुझसे कह दिया गया कि मेरा प्रशिक्षण पूरा होने वाला है और मुझे आगे आने की जरूरत नहीं है। तब तक एक रिपोर्टर के रूप में प्रदीप सिंह वहाँ आ चुके थे। राहुल देव 'द वीक' के लखनऊ संवाददाता थे।

मैंने अपनी समस्या आशुतोष जी से बताई। वे मुझे तुरंत अच्युता जी के पास ले गये। अच्युता जी ने एक कुशल भिषक की भांति मेरी बीमारी की पूरी डॉयग्नोसिस की और कहा कि मनोज तिवारी तो वीरेंद्र सिंह के बड़े करीबी हैं और वे उनका सुझाव मानते हैं। आप को मनोज तिवारी से मिलना चाहिए। मैं मनोज तिवारी के घर गया लेकिन तब तक बहुत देर हो चुकी थी। हालांकि चलते-चलते उन्होंने पूछा कि 'नवभारत टाइम्स' में जाना चाहोगे? वहाँ प्रमोद जोशी और नवीन जोशी हैं मैं उनसे बोल देता हूँ। लेकिन मैंने हामी नहीं भरी। एक बार दुःखी मन से मैं पुनीत टंडन के साथ अच्युता जी के पास गया। उन्होंने चाय पिलाने के बाद मेरे मनोभाव को भांप लिया और पुनीत से कहा कि अब तुम लोग जाओ और मन हल्का करो।

अच्युता जी के स्वभाव में छोटों के लिए पितृवत स्नेह और समवय के लोगों के लिए मैत्री भावना की गहरी निष्ठा है।

किष्किंधाकांड में सुग्रीव से भगवान राम मैत्री की परिभाषा स्पष्ट करते हुए

कहते हैं–

जे न मित्र दुःख होहिं दुःखारी।
तिन्हहिं बिलोकत पातक भारी।।
निज दुःख गिरि सम रज करि जाना।
मित्रहिं दुःख रज मेरु समाना।।
जिन्ह के असि मति सहज न आई।
ते सठ कत हठि करत मिताई।।
कुपथ निवारि सुपंथ चलावा।
गुन प्रगटे अवगुनहिं दुरावा।।
देत लेत मन शंक न धरई।
बल अनुमान सदा हित करई।।
विपत्ति काल कर सतगुन एहा।
श्रुति कह संत मित्र गुन एहा।।

अच्युता जी इन सभी गुणों से संपन्न हैं, इसीलिए वे एक श्रेष्ठ मनुष्य हैं। शायद इन्हीं गुणों के कारण उनकी वैचारिकी कभी उन्हें किसी नक्सलवादी की भी मदद करने में बाधा नहीं बन पाई। वे विचारधारा और निजी संबंधों में अंतर करना जानते हैं। या शायद उनका दौर ही ऐसा था जब खाइयां इतनी गहरी नहीं थीं और लोग महज प्रेम के कारण एक दूसरे का साथ देते थे। रामचन्द्र शुक्ल का 'मैत्री' निबंध अच्युता जी पर एक दम फिट होता था। यानी मित्रता विपरीत गुणों वाले लोगों के बीच में कभी बहुत गाढ़ी होती है। क्योंकि वे एक-दूसरे के पूरक होते हैं। राम-लक्ष्मण और कृष्ण-बलराम यह सब अलग-अलग स्वभाव के थे। लेकिन प्रेम का तत्त्व प्रगाढ़ था। शायद मित्रता का रसायन ही अलग होता है और वही मनुष्यता का रसायन है। वही लोकतंत्र का भी रसायन है, जो विचारधारा की अकड़ को पिघला देता है और लोकतंत्र को मजबूत बनाता है।

हालांकि इसका उल्टा भी होता है और वह यह कि जो व्यक्ति अपने निजी संबंधों के प्रति एक सीमा तक वफादार रहता है उसे अपनी विचारधारा के लिए काम करने में सुविधा होती है। आशुतोष मिश्र ने एक दिन पुनीत और मुझसे कहा कि यार मुझे हैरानी होती है कि अच्युता जी कैसे मुलायम सिंह, नारायण दत्त तिवारी, लाल जी टंडन, कलराज मिश्र और कल्याण सिंह को एक साथ साध लेते हैं। मान लो कभी सब लोग एक साथ आ जाएं तो क्या करेंगे? यह अच्युता जी का कौशल था। हालांकि कई लोग कहते थे कि पश्चिमी उत्तर प्रदेश के बड़े अखबार के राजधानी के ब्यूरो चीफ हैं उन्हें कोई राजनीतिक दल नाराज कर भी नहीं सकता। उन्हें भी

सब से खबरें लेनी होती हैं इसलिए वे सबसे बनाकर रखते हैं।

समाजवाद और संघ परिवार के बीच की एकता को तो वे सहज मानते थे। उसका एक आधार तो गैर कांग्रेसवाद था। उसकी एक व्याख्या एक दिन हम लोगों के बीच अच्युता जी ने प्रस्तुत की। हम लोग डॉ. राम मनोहर लोहिया पर चर्चा कर रहे थे तो वे बोले कि डॉ. लोहिया की आर्थिक विचारधारा कम्युनिस्टों जैसी थी तो सांस्कृतिक विचारधारा संघ के करीब थी। शायद यह संघ के लोगों की एक सीख थी या सरल सूत्रीकरण था। वे कभी भी जटिल बौद्धिक बहस नहीं करते थे। लेकिन कहानियों और संस्मरणों के माध्यम से अपनी बात कहते थे। हम लोगों को सुनने में बड़ा मजा आता था। यह एक अच्छे रिपोर्टर का गुण भी होता है। एक दिन बनारस की तंत्र विद्या के प्रसिद्ध विद्वान गोपीनाथ कविराज के बारे में वर्णन करते हुए कुछ चमत्कारी बातें बताने लगे। हम लोगों को हंसी भी छूट रही थी लेकिन हम लोग खामोशी से सुनते रहे। वे गीता प्रेस के संस्थापक हनुमान प्रसाद पोद्दार के बारे में बड़ी रोचक जानकारियां रखते हैं। उन्होंने बाबा राघवदास के साथ भी कुछ समय बिताया है। बाबा राघव दास मराठी भाषी थे और स्वतंत्रता आंदोलन में कांग्रेस से जुड़ गये थे। उन्होंने देवरिया जिले में शिक्षा पर काम भी किया। उन्होंने अयोध्या के चुनाव में 1948 में आचार्य नरेंद्र देव को पराजित किया था।

धीरे-धीरे पता चला कि अच्युता जी तमाम बड़े नेताओं के प्रिय पत्रकार ही नहीं, पत्रकारों के नेता भी हैं। लखनऊ में पत्रकारिता पुष्पित-पल्लवित हो रही थी और पत्रकारों को सरकारी आवास के अलावा सरकार से कुछ और चाहिए था। वे अफसरों और नेताओं की संगत में रहते हुए सीख गये थे कि प्रदेश की इस राजधानी में अपना एक निजी आवास भी होना चाहिए। अच्युता जी के कार्यालय पर बैठकर पत्रकारों की समिति बनी और उसे गोमती नगर के पत्रकार पुरम में जमीन आवंटित हुई। उस समय मैं भी वहाँ बैठता था, लोगों के नाम जोड़े जाते देखता भी रहता था लेकिन एक बार भी मन में ख्याल नहीं आया कि यह भी होना चाहिए।

उस समय अपन तुफैल में रहते थे। एकेडमिक्स, कम्पटीशन, पत्रकारिता और क्रांति यानी सामाजिक परिवर्तन सभी क्षेत्रों में अपनी सामर्थ्य समझते हुए हर जगह हाथ-पैर मार रहे थे और कभी आर्थिक अभाव, कभी तैयारी का अभाव तो कभी बौद्धिक अक्षमता के चलते कहीं सफलता नहीं मिल रही थी। इस बीच 1983 में दिल्ली से 'जनसत्ता' अखबार निकला और उसने हमारे मानस पर जादुई असर डाला। हम लोग शाम को आशुतोष मिश्र के घर पर बैठकर उसका सस्वर पाठ करते थे। उस अखबार की सद्भाव भाषा, खबरों का सीधा संप्रेषण और विचारों की आक्रामक स्पष्टता से नसों में रक्त प्रवाह तेज हो जाता था। 'रविवार', 'दिनमान' जैसी

पत्रिकाओं के पाठक रहने के बाद 'जनसत्ता' अखबार ने वह भूख पूरी करनी शुरू कर दी। बहस, गोष्ठी, विचार केंद्र और काफी हाउस यही सब करते हुए दिन बीत जाता था। कुछ दिन 'दैनिक जागरण' में भी काम किया लेकिन वहाँ भी एक दिन छोड़ना पड़ा।

इस बीच एक दिन खबर आई कि अच्युता जी दिल्ली जा रहे हैं 'जनसत्ता' ज्वाइन करने। यह खबर लखनऊ से दिल्ली तक वायरल हो रही थी। मैं भी उनसे मिलने गया लेकिन अपनी निराशा कुछ इस तरह की थी कि 'बेल पका तो कौव्वे के बाप का क्या'। अच्युता जी जब दिल्ली गये तो मैं उन्हें विदा करने नहीं जा पाया। लेकिन सुना कि लखनऊ के चारबाग स्टेशन पर तमाम लोग खड़े थे। लोग बताने लगे कि उनके अखबार 'अमर उजाला' के मालिक-संपादक डोरीलाल अग्रवाल जी स्वयं आये थे। वे फफक कर रो रहे थे। यह था अच्युता जी के निजी संबंधों और मैत्री भाव का प्रभाव। वे जिससे जुड़ते थे, उससे दिल से जुड़े और फिर कभी उनका संबंध टूटता नहीं।

मेरे तमाम मित्र धीरे-धीरे पत्रकारिता की ओर जा रहे थे। अंबरीश कुमार बंगलुरु चले गये थे। वे वहाँ 'आदर्श पत्र' के संपादक हो गये थे। पुनीत टंडन 'माया' पत्रिका में दिल्ली ब्यूरो में चले गये थे। प्रदीप सिंह ने भी 'जनसत्ता' ज्वाइन कर लिया था। आशुतोष जी विश्वविद्यालय के अध्यापन में व्यस्त हो गये थे। कभी प्रोफेसर रमेश दीक्षित और आशुतोष जी के साथ पुनीत टंडन की राजदूत मोटर साइकिल पर हजरत गंज, इंदिरा नगर के चक्कर लगने बंद हो गये थे। हम लोगों के राजनीतिक गुरु राजीव हेमकेशव कोचिंग में लग गये थे। चन्द्रपाल सिंह इलाहाबाद बैंक के हिंदी अधिकारी होकर कलकत्ता चले गये थे। मैं बहुत अकेला और निठल्ला हो गया था। पुनीत टंडन को दुःखी होकर एक पत्र लिखा, फिर उनसे मिलने दिल्ली गया, लेकिन कोई बात बनी नहीं।

पर मेरे पीछे आशुतोष जी, पुनीत टंडन, राहुल देव और सबसे आगे अच्युता जी मेरी किस तरह चिंता कर रहे थे यह मुझे मालूम नहीं था। अच्युता जी ने मुझे प्रादेशिक यानी क्षेत्रीय पत्रकारिता में प्रवेश दिलाने की कोशिश की लेकिन मैंने उन्हें सफल नहीं होने दिया। पर शायद उन्होंने ठान रखी थी कि इस नौजवान को दिल्ली की राष्ट्रीय पत्रकारिता से जोड़ेंगे और आशुतोष जी जोर लगाए हुए थे। उन दिनों दिल्ली से आशुतोष जी के पुराने मित्र उदय सिन्हा लखनऊ 'द हिंदू' के संवाददाता होकर आ गये थे। हम लोग उनके माध्यम से भी पत्रकारों का रुतबा देखते सुनते रहते थे।

बात 1987 की है। अच्युता जी ने मुझे दिल्ली बुलवा लिया। वे 'जनसत्ता'

के समाचार संपादक थे। उन्होंने 'जनसत्ता' के जनरल डेस्क पर कुछ महीनों तक मुझे काम करने का मौका दिया। इससे मेरा आत्मविश्वास बना और वहाँ के पत्रकारों को भी लगा कि यह हमारी टीम के सदस्य बन सकते हैं। लखनऊ से सुबह चलने वाली गोमती एक्सप्रेस से दिल्ली आना जाना लगा रहा लेकिन कुछ सफलता नहीं मिली। मित्र पुनीत टंडन के किराये के घर पर कभी वसंत बिहार तो कभी वसंत कुंज में डेरा डाल दिया करता था। 'जनसत्ता' में कुछ महीनों तक काम कर लेना, अंग्रेजी से अनुवाद कर लेना और समाचार संपादक से परिचय होना 'जनसत्ता' परिवार का सदस्य बनने के लिए पर्याप्त नहीं था।

'जनसत्ता' ज्वाइन करने के लिए उसके लिखित और मौखिक टेस्ट से गुजरना होता था। चार पांच घंटे का टेस्ट और सिविल सर्विसेज के जनरल स्टडीज जैसा पेपर। लोगों से सुना था। इसलिए उसके पैटर्न के बारे में थोड़ी जानकारी थी लेकिन डर भी लग रहा था। अच्युता जी और राहुल देव ने हौसला दिलाया। चिंता मत करो। सब ठीक होगा। टेस्ट दे आया। इंटरव्यू हो गया। फिर लखनऊ पहुंच गया। इस बीच देवराला में रूपकंवर का सती कांड हो गया। लखनऊ उस कांड को लेकर काफी गर्म था। राजीव हेमकेशव और हमारी ही मंडली के दूसरे लोगों ने हजरतगंज में लंबा जुलूस निकाला। उस जुलूस में अमृतलाल नागर जी भी थे और मंच पर राजीव की माता जी भी थीं। मैं भी हाथ में तख्ती लेकर 'जनसत्ता' का विरोध जताते हुए चल रहा था। क्योंकि 'जनसत्ता' ने अपने संपादकीय में सती प्रथा का समर्थन किया था।

लखनऊ में कई सेमिनार भी हुए। उसमें भी सक्रिय भागीदारी हुई। इस बीच अच्युता जी लखनऊ आये। उनसे भेंट हुई। उन्होंने कहा कि बनवारी जी दरअसल भारतीय परंपरा का पक्ष रख रहे थे। वे नहीं चाहते थे कि इसकी यूरोपीय नजरिये से आलोचना हो। लखनऊ के मित्र कहने लगे कि तुमने अखबार के खिलाफ प्रदर्शन किया है। तुम्हारा फोटू दूरदर्शन के राष्ट्रीय चैनल पर दिखा है। अब तुमको तो नौकरी मिलने से रही। सोचा अब नौकरी मिले या न मिले जो किया सो ठीक किया। इस बीच लखनऊ में खास काम नहीं था तो गांव चला गया। परिवार वालों को लगा कि लौट के बुद्धू घर को आये। लेकिन फरवरी के दूसरे हफ्ते में टेलीग्राम आया कि आपका चयन हो गया है। जल्दी आकर ज्वाइन करो। मैं दिल्ली आया तो अखबार ज्वाइन करने के बाद बंगाली मार्केट में अच्युता जी से मिलने गया। पूछने लगे अच्छा, ठहरे कहाँ हो? मैंने बताया कि मित्र पुनीत टंडन के घर पर हूँ। कहने लगे कोई परेशानी होगी तो बताना। मैंने सोचा कि मेरे जैसा काहिल व्यक्ति ऐसे सज्जन पुरुष का कितना अहसान ले। वे उपकार करते थे लेकिन उपकारों का

बोझ किसी पर डालते नहीं थे। 18 फरवरी, 1988 को 'जनसत्ता' से संबध बना जो कि 1999 तक रहा। इस बीच तीन साल इंडियन एक्सप्रेस में रिपोर्टिंग करने के बाद एक माह के लिए 'जनसत्ता' के संपादकीय पृष्ठ पर लौटा और फिर 'हिंदुस्तान' चला गया।

अच्युता जी मेरे रहते हुए तीन चार साल 'जनसत्ता' में समाचार संपादक रहे और फिर वे 'नवभारत टाइम्स' चले गये। तब 'नवभारत टाइम्म' के प्रधान संपादक विद्यानिवास मिश्र थे। एक दिन 'नवभारत टाइम्स' में अच्युता जी से मिलने गया। तो कहने लगे कि आपने राजकिशोर जी के 'आज के प्रश्न' श्रृंखला में बहुत लिखा है। ऐसा करो कि जितने अंक आये हैं, वे सब मेरे लिए ले आओ। हो सकता है वे उसमें भी हमारा ही कुछ हित करने वाले हों। लेकिन मैं अपने आलस्य के चलते उन तक 'आज के प्रश्न' नहीं पहुंचा पाया। उन दिनों 'नवभारत टाइम्स' का एडिट पेज राजकिशोर जी देखते थे। मैं खूब लिखता था एडिट पेज पर। उसमें किसी प्रकार की कोई कमी नहीं आई। अच्युता जी की समावेशिता इतनी अधिक थी कि एक दिन संघ विचार के एक पत्रकार ने मुझसे शिकायत की कि देखिए न वे हम लोगों के बारे में कोई चिंता नहीं करते और एक नक्सली को उन्होंने 'नवभारत टाइम्स' में सहायक संपादक बनाने की सिफारिश कर डाली। वास्तव में वे प्रतिभाओं का और संबंधों का बड़ा सम्मान करते हैं।

फिर एक दिन 'जनसत्ता' में सत्ता परिवर्तन हो गया। प्रभाष जोशी सलाहकार संपादक रह गये और राहुल देव कार्यकारी संपादक बने। उनके साथ अच्युता जी वरिष्ठ संपादक बन कर आये। उस दौर में मेरी तरक्की भी हुई और मेरे लेख संपादकीय पेज पर छपने लगे। 'जनसत्ता' की राजनीति ने कई तरह के ध्रुवीकरण किये और उनसे फिर लगने लगा कि जैसे मैं तो राहुल जी और अच्युता जी के विरुद्ध हूँ। लेकिन वैसा कुछ था नहीं। फिर एक दिन राहुल देव जी 'आज तक' में चले गये और अच्युता जी 'जनसत्ता' के कार्यकारी संपादक हुए। बंगाली मार्केट में मैं अभय कुमार दुबे के साथ बैठा था कि अच्युता जी आ गये। वे हम दोनों को साथ देखकर बहुत खुश हुए।

दिल्ली में पत्रकारिता करने के बाद मेरे साथ बेरोजगारी के दौर आये। कई बार कुछ सूझता नहीं था कि किसके पास जाया जाए। 'हिंदुस्तान' अखबार की नौकरी छूटने के बाद राहुल देव ने 'आज समाज' में बुला लिया। वह पारी लंबी नहीं चली, लेकिन अच्युता जी और उनके मार्फत जानने वालों ने प्रतिदान में कुछ आशा न करते हुए सदैव मदद की। वे जब माखनलाल चतुर्वेदी राष्ट्रीय पत्रकारिता एवं संचार विश्वविद्यालय, भोपाल में कुलपति थे तो मैं संकट में था। वैचारिक दूरी मानते

हुए उनके पास नहीं गया। बाद में पता चला कि वे मेरी मदद करने को तैयार बैठे थे।

अच्युता जी के संबंधों का डाटा बैंक बहुत विशाल है। उनके आर्काइव में कम-से-कम सात दशक पुराने डाटा सेफ हैं। उन्हें हर फाइल का नंबर याद है। रोचक तथ्य यह है कि जो फाइल जहाँ थी, वहीं रखी हुई है। उसमें न तो वायरस लगता है और न ही वे उसका लागिन नेम भूलते हैं। वे कृतज्ञ लोगों की भी वैसी ही मदद करते हैं जैसे कि कृतघ्न लोगों की। जो व्यक्ति उनसे कभी मिला है और महीनों और वर्षों बीत गये लेकिन बात नहीं हुई, वह भी उनसे कभी भी फोन करके मदद मांग सकता है, वे मना नहीं करेंगे। उन्हें इस बात की चिंता नहीं है कि उसने संबंधों का कम-से-कम सालाना नवीकरण कराया या नहीं।

मेरे जैसा कृतघ्न व्यक्ति न तो उन्हें फोन कर पाता है और न ही मिल पाता है। फिर भी एक बार मेरे गांव में प्रापर्टी संबंधी मसला उलझ गया। किसी ने बताया कि हमारे जिला अधिकारी उनके जानने वाले हैं। मैंने उनसे महज फोन पर मदद का अनुरोध किया। उनका पलट कर फोन आया कि घर वालों से कह दीजिए कि जाकर कलेक्टर साहेब से मिल लें। समस्या के समाधान के लिए मेरे ताऊ जी गये मिलने। उन्होंने लौट कर बताया कि न सिर्फ डीएम साहब ने भरपूर आवभगत की बल्कि काम भी कर दिया। सचमुच अच्युता जी बड़े ही दिलवाले हैं।

इस बीच उनके इंदिरापुरम वाले आवास में दो बार गया। एक दो बार किन्हीं कार्यक्रमों में मिला। महात्मा गांधी अंतरराष्ट्रीय हिंदी विश्वविद्यालय, वर्धा में भी उनसे मुलाकातें हुईं। उनका व्यवहार सदैव 1982 जैसा ही रहा। कोरोना काल में उन पर दुःखों का पहाड़ टूटा। तब मैं जाना चाहता था, लेकिन उनसे मिलकर आये एक मित्र ने मना किया। वसुंधरा के मेवाड़ इंस्टीट्यूट में प्रभाष जोशी पर हो रहे एक कार्यक्रम में मिले। मैंने कहा, मेरी हिम्मत नहीं पड़ी आपसे मिलने की। कुछ नहीं बोले। काश! ऐसे संवेदनशील, करुणामय और मददगार लोग समाज में और अधिक होते तो समाज में कटुता काफी कम होती और वह और भी सुंदर होता। लेकिन शायद कॉरपोरेट जगत अब ऐसे मनुष्य बनाता नहीं।

(लेखक आइटीएम यूनिवर्सिटी, ग्वालियर में प्रोफेसर ऑफ प्रैक्टिस हैं।)

उनका होना हमारे लिए आश्वस्ति के आसमान का होना है

प्रियदर्शन

दुनिया में सफल लोगों की कमी नहीं है, लेकिन असफल लोगों की तादाद उनसे हजार गुना ज्यादा है। ऐसा नहीं कि जो सफल होते हैं वे अनिवार्यतः योग्य होते हैं और जो असफल होते हैं वे अपरिहार्यतः अयोग्य होते हैं। वैसे भी सफलता बहुत सापेक्षिक शब्द है। इसलिए इसको बहुत महत्त्व नहीं देना चाहिए।

लेकिन सफलता-असफलता या जीवन के संघर्ष में एक चीज बहुत जरूरी है—सही समय पर सही अवसर मिलना। बेशक, यह अवसर आपकी प्रतिभा या योग्यता के बल पर ही मिलता है, लेकिन इसमें भी बहुत सारी दूसरी कसौटियां काम करती हैं, दूसरे कारक सक्रिय रहते हैं। यह जरूरी होता है कि कोई आपकी प्रतिभा को पहचाने या समझे, किसी अन्य मानदंडों पर फैसले न करे, दूसरों की वरिष्ठता से आतंकित न हो, बहुत सारी सिफारिशों का दबाव न झेलने को तैयार हो। ऐसा कोई व्यक्ति मिल जाए तो आपको एक अवसर मिलता है कि आप खुद को साबित कर सकें।

अपने संदर्भ में मैं निःसंकोच कह सकता हूँ कि मुझे जिन कुछ लोगों ने ऐसे अवसर सुलभ कराए, उनमें सबसे महत्त्वपूर्ण अच्युतानंद मिश्र रहे। उनकी वजह से मुझे 'जनसत्ता' जैसे अखबार में एक सम्मानित पद से कैरिअर शुरू करने का अवसर मिला। 1996 में मैं जब उस दौर के सर्वाधिक महत्त्वपूर्ण अखबार 'जनसत्ता' का कनिष्ठ सहायक संपादक बनाया गया तो मेरी उम्र महज 28 साल थी। इस उम्र में लोग तमाम जगहों पर उपसंपादक या वरिष्ठ उपसंपादक हुआ करते हैं—बेशक, इसके अपवाद भी हैं जो इसी उम्र में संपादक बने, लेकिन अमूमन यह उम्र एक वरिष्ठ

पद के लिए छोटी मानी जाती है। लेकिन अच्युतानंद जी ने मुझ पर भरोसा किया, मुझे अवसर दिया। उन शुरुआती दिनों में 'जनसत्ता' के भीतर मेरा बहुत तीखा विरोध भी हुआ, जो अब समझ पाता हूँ कि स्वाभाविक भी था, क्योंकि वहाँ बहुत सारे लोगों की प्रोन्नति रूकी हुई थी, जबकि मैं वहाँ फ्रीलांसिंग करते-करते संपादकीय लिखने योग्य मान लिया गया था।

लेकिन अच्युतानंद जी ने मुझे मौका क्यों दिया? मेरा उनसे दिल्ली आने से पहले कोई परिचय नहीं था। दिल्ली आने के बाद भी मुझे नहीं मालूम था कि 'नवभारत टाइम्स' में अच्युतानंद मिश्र नाम के कोई पत्रकार हैं। मैं वहाँ जाता था और रिसेप्शन पर अपने लेख छोड़ आता था। उनके प्रकाशन के बाद मैंने आग्रह किया कि मुझे किसी से मिलने दें तो उन्होंने मुझे अच्युतानंद जी के बारे में बताया।

वह पहली मुलाकात एक तरह से यादगार रही। उनके कमरे के बाहर करीब आधे घंटे से कुछ ऊपर खड़ा मैं बेचैन हो रहा था, यह सोचता हुआ कि लौट जाऊं। लेकिन फिर मुझे बुलावा आया और अगले दो घंटे हम बैठे रहे। इन दो घंटों में उन्होंने ढेर सारी गपशप की। घर-परिवार से लेकर साहित्य-समाज, कविता और शायरी तक। मिठाई भी खिलाई, उन्होंने मेरे अध्ययन और लेखन की तारीफ की और कहा कि मैं लिखता रहूँ।

लेकिन 'नवभारत टाइम्स' में फ्रीलांसिंग में मुझे अच्युता जी से ज्यादा मदद नहीं मिली। वह मुझे राजकिशोर से मिली जो संपादकीय पृष्ठ देखते थे और मुझसे लिखवाते थे और इससे भी ज्यादा प्रयाग शुक्ल से, जिन्होंने मुझे 'नवभारत टाइम्स' का लगभग सांस्कृतिक संवाददाता बना डाला। इन दोनों से मेरे बहुत आत्मीय संबंध रहे।

मगर अच्युतानंद जी से एक अलग तरह का रिश्ता रहा। वे एक आश्वस्ति जैसे थे। मिलने-जुलने-गप करने में बहुत सहज। वे न अपनी बौद्धिकता से आक्रांत करते थे और न अपने विचारों से प्रभावित करने की कोशिश करते थे। वे अभिभावक जैसे थे। जो अपनों की फिक्र करते थे। उनमें एक सहज उदारता थी। इसी उदारता से उन्होंने अपने आसपास एक बड़ा आत्मीय संसार बसाया था जो उनके प्रभामंडल के ईर्द-गिर्द चक्कर नहीं काटता था, उनके अपनत्व की ऊष्मा से बंधा रहता था। इस आत्मीय संसार में भी वे कसौटीविहीन नहीं थे। उन्हें मालूम था कि किस व्यक्ति से उन्हें क्या काम लेना है और कैसी अपेक्षाएं रखनी हैं। उन फ्रीलांसिंग के दिनों में वे अक्सर मेरे लेखन पर नजर रखते, मेरे अनुवादों में दिलचस्पी लेते। उन्होंने मुझसे कुछ अनुवाद भी करवाए। जिस एक अनुवाद की स्मृति मेरे भीतर है, वह इंदर कुमार गुजराल का लेख था जो तब इत्तिफाकन प्रधानमंत्री बनने से तीन बरस दूर थे और विदेश सेवा में रहते हुए लिखा करते थे। तब उनका नाम इंद्र कुमार गुजराल छपा

करता था। इसी तरह उन्होंने मुझसे एक और काम कराया जिसने मेरी पत्रकारिता की समझ को कुछ नये आयाम दिये। शायद तब बिहार में चुनाव होने वाले थे और उन्होंने मुझे कहा कि मैं अखबारों में छपने वाली चुनावी भविष्यवाणियों पर कुछ शोध करके लिखूं। वे आज की तरह इंटरनेट और गूगल के दिन नहीं थे कि एक बार टाइप करने पर सारी सूचनाएं निकल आती हैं। उन्हें इस फ्रीलांसर की मुश्किल का अंदाजा था इसलिए उन्होंने मुझे सिर्फ हाउस लाइब्रेरी में बैठने का अधिकार दिलाया। 'नवभारत टाइम्स' के लेटरपैड पर उन्होंने एक चिट्ठी लिखकर दी जिसके बाद मैं कई दिन लगातार वहाँ जाकर चुनावी खबरों से जुड़ी पुरानी कतरनों वाली फाइलें खंगाला करता और वहाँ प्रकाशित खबरें देखकर हैरान हुआ करता। मैंने पाया कि अखबारों में छपने वाली ज्यादातर चुनावी भविष्यवाणियां औंधे मुंह गिरती रही हैं। मिसाल के तौर पर 1984 के चुनावों में कई अखबारों ने राजीव गांधी के हारने की भविष्यवाणी की थी। आज हम जानते हैं कि राजीव गांधी ने जो जीत हासिल की, वह अब तक किसी और को नसीब नहीं हुई है। इसी तरह 1989 के चुनावों में जो अनिश्चित माहौल था, उसे भी अखबार पकड़ पाने में विफल रहे थे। मैंने अखबारी भविष्यवाणियों की व्यर्थता पर यह लेख लिखा जो उन दिनों 'नवभारत टाइम्स' के चुनावी पृष्ठों पर करीने से छपा।

'जनसत्ता' में नियुक्ति का किस्सा भी दिलचस्प है। मुझे दिल्ली के किसी प्रतिष्ठित अखबार में कोई नौकरी दिख नहीं रही थी और छोटे-मोटे संस्थानों की बहुत सारी मजबूरियों से समझौता करने की स्थिति मैं आने नहीं देना चाहता था। मेरे सामने रांची में प्राध्यापकी की राह भी खुली हुई थी। तो मैंने किसी से कभी नौकरी के लिए बात नहीं की थी। कई लोगों ने कहा था कि अच्युतानंद जी इस सिलसिले में मदद कर सकते हैं, लेकिन ऐसी मदद मैंने मांगी नहीं।

यह जनवरी 1996 की बात है जब मैं रांची में था और राजेश प्रियदर्शी ने मुझे फोन किया कि आपको अच्युतानंद जी खोज रहे हैं। मैं महीने भर बाद रांची से लौटा। 'नवभारत टाइम्स' आता-जाता रहा लेकिन अच्युतानंद जी से मुलाकात ही नहीं हुई। मुझे लग रहा था कि वे लंबी छुट्टी पर हैं। जब कई दिन बीत गये तो मैंने किसी से पूछा कि वे कब आयेंगे। जवाब कुछ गुस्ताख हंसी के साथ मिला कि वे कभी नहीं आयेंगे, क्योंकि वे 'जनसत्ता' जा चुके हैं। अब मैं वाकई हैरान था। मैं भागा-भागा 'जनसत्ता' पहुंचा। उनसे मुलाकात हुई। उन्होंने फौरन कहा कि वे मुझे खोज रहे थे। उन्होंने बताया कि 'जनसत्ता' में एक जगह है।

अगले कई दिन इस जगह की जद्दोजहद में गुजरे। तब प्रभाष जोशी संपादकीय सलाहकार की भूमिका में आ चुके थे और राहुल देव कार्यकारी संपादक

थे। राहुल देव भी लगभग भावुकता को छूते संवेदनशील संपादक थे—आधुनिकता के आग्रही—हालांकि उन दिनों भारतीयता की दक्षिणपंथी अवधारणा के प्रति उनका एक ममत्व था। बहरहाल, कई दौर की बातचीत में दो-तीन महीने निकल गये और मुझे लगा कि 'जनसत्ता' में नौकरी की कोशिश मुझे छोड़ देनी चाहिए। उसी बीच संजीव क्षितिज दिल्ली से 'अमर उजाला' का संपादकीय पृष्ठ देखने का काम शुरू कर रहे थे। उनसे रांची के दिनों से ही मेरा परिचय था और उसके बाद भी गहरा रागात्मक संबंध था। मेरी माँ के देहावसान के समय लगभग आधी रात वे मेरे घर पहुंचे थे और रांची के विमान के टिकट के लिए मेरे साथ स्कूटर पर हवाई अड्डे के चक्कर काटने से लेकर दूसरे काम तक में बिल्कुल अग्रज की तरह मददगार रहे थे। वे अच्छे कवि भी थे और कविता की प्रखर समझ रखते थे। तो उन्होंने मुझे सहयोगी के तौर पर अपने साथ जुड़ने को कहा। आज 'अमर उजाला' बहुत बड़ा संस्थान है और 'जनसत्ता' अपनी पुरानी चमक-धमक और समझ लगभग खो बैठा है, लेकिन उन दिनों 'जनसत्ता' की जगह 'अमर उजाला' से जुड़ने का खयाल कुछ मायूस करने वाला जरूर था। बहरहाल, बस पंद्रह दिन की नौकरी के बाद अचानक मुझे संदेश मिला कि मुझे 'जनसत्ता' ज्वाइन करना है। निस्संदेह, मैं उत्फुल्ल था।

'जनसत्ता' के दौर की पत्रकारिता के अपने अनुभव पर कभी अलग से लिखूंगा, फिलहाल अच्युतानंद जी पर लौटें। अगले तीन-चार बरस उनसे लगभग रोज मिलना, उनको लगभग रोज कुछ-न-कुछ जानना होता रहा। उनमें निजी आत्मीयता के अलावा एक वैचारिक उदारता भी थी जिसको लेकर कुछ किस्से लगभग किंवदंतियों की तरह उन दिनों युवा पत्रकारों की मंडली में प्रचलित थे। माना जाता था कि यूपी की राजनीति में उनकी बड़ी धाक है और कल्याण सिंह और मुलायम सिंह यादव दोनों उनके पांव छूते हैं। ये दोनों दिग्गज नेता उस समय यूपी की राजनीति के शिखर पर हुआ करते थे। पांव छूने वाले किस्से की पुष्टि तो मैंने कभी न उनसे करवाई और न किसी और से पूछा, लेकिन मुझे इसमें संदेह नहीं कि तमाम नेताओं से उनके करीबी संबंध थे और वे उनका सम्मान करते रहे थे।

दूसरी बात मैंने यह पाई कि अच्युतानंद जी युवाओं से बहुत स्नेह करते थे और कुछ तो बिल्कुल उनके घरेलू सदस्यों जैसे थे। आज सर्वे एजेंसी 'सी वोटर' से मशहूर यशवंत देशमुख उन दिनों अपनी यह कंपनी शुरू करने वाले थे और अक्सर अच्युतानंद जी के पास आते थे। उन दिनों किसी हादसे में उनके पांव में गहरी चोट लगी थी और उन्हें स्टिक की मदद लेनी पड़ती थी। तो सुदर्शन व्यक्तित्व के युवा यशवंत उसी स्टिक के सहारे चलते हुए पहुंचते और अच्युतानंद जी की प्रतीक्षा करते हुए कभी जवाहरलाल कौल साहब से गपशप करते और कभी मेरे सामने लगी कुर्सी

पर बैठे किसी और से। जहाँ तक मुझे याद आता है, 1996 में कश्मीर में हुए चुनावों के साथ उन्होंने अपने सर्वेक्षणों की शुरुआत की थी। इसके अलावा अब फिल्म-आलोचना के लिए मशहूर अजित राय और वरिष्ठ पत्रकार उमेश चतुर्वेदी भी उनके बेहद करीब थे और लगभग रोज आया-जाया करते थे। यह सूची लंबी थी और अच्युतानंद जी का बहुत समय सबकी समस्याएं सुनने और उन्हें दूर करने में जाता था।

यह सवाल अक्सर पूछा जाता है कि वे संपादक कैसे थे? 'जनसत्ता' जैसे अखबार का संपादन करना आसान काम नहीं था। प्रभाष जोशी जैसे बीहड़ और विराट व्यक्तित्व की छाया में 'जनसत्ता' और उसके पत्रकारों ने जो व्यक्तित्व अर्जित किया था, उसमें स्वाभाविक रूप से एक गुरूर और ऐंठ का भाव था। 'जनसत्ता' की राष्ट्रीय कीर्ति में उसके पत्रकारों का भी हाथ और हिस्सा था। तो प्रभाष जोशी के बाद ऐसी टीम को संभालना आसान काम नहीं था। इस काम के लिहाज से राहुल देव और अच्युतानंद मिश्र दोनों बेहद सज्जन लोग थे दूसरों को तकलीफ न देना, अपनी शक्ति का बेजा इस्तेमाल न करना, सबका सम्मान करने की कोशिश करना, सबकी शिकायत समझना यह सब करते हुए वे 'जनसत्ता' को संभालते रहे। इस दौर में भी 'जनसत्ता' के पुराने तेवर बने रहे। लेकिन जाने-अनजाने 'जनसत्ता' की यह तेजस्विता एक अराजकता में बदलती चली गयी और अखबार पर भी उसका असर पड़ा।

अच्युतानंद जी मूलतः राजनीतिक खबरों से जुड़े पत्रकार होने के बावजूद साहित्य-संस्कृति को लेकर बहुत संवेदनशील रहे। वे अपनी पहल पर कई काम करते रहे जिनका दीर्घकालिक महत्त्व रहा। अशोक वाजपेयी के जिस स्तंभ 'कभी-कभार' की बाद के वर्षों में उनके लेखन में केंद्रीय जगह रही, उसे शुरू करने का आग्रह अच्युतानंद मिश्र का ही था। बल्कि अशोक जी के भीतर एक संशय था कि वे इसे नियमित लिख पाएंगे या नहीं; और इसीलिए इस स्तंभ का नाम 'कभी-कभार' रखा गया। करीब डेढ़ दशक तक यह स्तंभ 'जनसत्ता' में चलता रहा और फिर 'सत्याग्रह' और 'वायर' जैसे संस्थानों की मार्फत अब भी चल रहा है।

इसी तरह अच्युतानंद मिश्र ने एक दिलचस्प और बहुत लंबी बातचीत डॉ. रामविलास शर्मा और नामवर सिंह के बीच कराई थी। शायद दो दिन में यह पूरी रिकॉर्डिंग हुई थी, जिसके गवाह मंगलेश डबराल और मनोहर नायक भी थे। अब यह याद नहीं आ रहा कि किन वजहों से यह साक्षात्कार प्रकाशित नहीं हो पाया। अगर हुआ होता तो हिंदी की अन्यतम धरोहरों में गिना जाता।

लब्बोलुबाब यह कि एक संपादक के रूप में अच्युतानंद जी में अखबार की सोद्देश्यपूर्ण भूमिका के प्रति गहरी आस्था थी और साहित्य और पत्रकारिता के अन्योन्याश्रित रिश्तों में गहरी निष्ठा। यह अनायास नहीं है कि बरसों बाद उन्होंने

तीन कवि संपादकों—धर्मवीर भारती, अज्ञेय और रघुवीर सहाय पर केंद्रित एक पूरी किताब तैयार की—'तीन श्रेष्ठ कवियों का हिंदी पत्रकारिता में अवदान।'

यह भी दिलचस्प है कि मूलतः समाचार के व्यक्ति होते हुए भी अच्युतानंद जी ने विचार को प्रधानता दी। उनके समय 'जनसत्ता' में अलग-अलग विषयों पर महत्त्वपूर्ण आलेख छपते रहे। निस्संदेह उनमें परंपरा के प्रति गहरा प्रेम था और इस वजह से आधुनिकता के कई तत्त्वों को वे हल्के संदेह से देखते थे, लेकिन उनके प्रति सहज तौर पर उदार बने रहने में उन्हें कतई मुश्किल नहीं हुई। कई बार मैंने उन्हें अपनी निजी मान्यताओं से बाहर आकर अखबार का रुख हमारे तर्कों के हिसाब से तय करते देखा। कम-से-कम एक प्रसंग की मुझे याद है। तब फिल्म 'फायर' को लेकर विवाद चल रहा था। उस पर एक संपादकीय लिखा जाना था। फिल्म की अभिव्यक्ति की आजादी को लेकर कोई संदेह किसी के मन में नहीं था, लेकिन अच्युतानंद जी के भीतर यह सवाल था कि क्या हमें समलैंगिकता का समर्थन करते दिखना चाहिए? कुछ तर्क-वितर्क के बाद उन्होंने हमारी बात मानी और जो संपादकीय गया, वह निष्कंप रूप से फिल्म 'फायर' और उसके विषय के पक्ष में था। इसी तरह हुसेन के सरस्वती चित्रण को लेकर उठे विवाद में अंततः उन्होंने हुसेन के चित्र बनाने के अधिकार का समर्थन किया।

ऐसे प्रसंग ढेर सारे हैं जो सबकी स्मृति में अलग-अलग ढंग से दर्ज होंगे। अब चूंकि ये सब पच्चीस बरस से ऊपर के पुराने प्रसंग हैं, इसलिए उन्हें लिखना कई अलग-अलग विस्मृतियों से भी उलझना होगा।

मेरे लिए उन्होंने निस्संदेह नौकरी के अलावा भी अवसर बनाए। 'जनसत्ता' से जुड़ने से पहले मैं वहाँ मंगलेश डबराल के कहने पर 'पुस्तकायन' नाम का एक स्तंभ लिखा करता था, जिसमें हर रविवार चार-पांच उन किताबों की चर्चा होती थी जो बीते दिनों छप कर आई हुई हों। 'जनसत्ता' से जुड़ने के बाद अच्युतानंद जी ने मुझसे दो स्तंभ लिखवाए। एक स्तंभ का नाम था 'माध्यम' जिसमें अखबारों में छपी सामग्री के आधार पर कुछ टिप्पणियां की जाती थीं। इस स्तंभ को लेकर मुझे इतनी छूट मिली हुई थी कि मैं 'जनसत्ता' में छपी सामग्री की भी खबर ले सकता था। एक बार जनसत्ता में एक खबर छपी—'पुलिस ने 13 नक्सली टपकाए।' जनसत्ता की सरल भाषा की मुहिम को इस संवेदनहीनता तक पहुंचते देख मैंने अपने स्तंभ में इस पर ही टिप्पणी कर डाली। इसको लेकर अखबार के भीतर कुछ विरोध के स्वर उभरे, लेकिन अच्युतानंद जी चुप रहे।

1998 के मध्यावधि चुनावों के दौरान अच्युतानंद जी ने मुझे एक और जिम्मेदारी सौंपी। यह भी एक नई तरह का प्रयोग था जो तब तक अखबारों में नहीं

देखा गया था। उन्होंने कहा कि 'जनसत्ता' के चुनावी पन्ने पर मैं रोज एक कॉलम लिखूं जिसमें यह बताऊं कि टीवी चैनलों पर चुनाव किस तरह कवर किया जा रहा है। वे भारत में चौबीस घंटों के चैनलों के बिल्कुल प्रारंभिक वर्ष थे। यह कॉलम चालीस दिन लगातार चला। दिलचस्प यह है कि इस कॉलम की जिम्मेदारी मिलने से पहले मैं टीवी नहीं देखा करता था। दोस्तों के साथ रहते हुए फ्रीलांसिंग के पैसे से मैंने जो छोटा-सा ब्लैक ऐंड वाइट पोर्टेबल टीवी खरीदा था वह अरसे से खराब पड़ा था। शाम घर पहुंच कर मैंने कहा कि यह टीवी बनवा लेते हैं। लेकिन पता चला कि इसमें सारे चैनल नहीं आयेंगे। फिर हमने किस्तों पर उसी शाम एक नया टीवी ख़रीदा। बिना किसी डाउन पेमेंट के खरीदे गये थॉमसन नाम की कंपनी के उस टीवी की कहानी मनोरंजक है, लेकिन वह फिर कभी।

अच्युतानंद जी को अमूमन तनाव में आते मैंने नहीं देखा था। बहुत जल्दी से कोई फैसला करने से भी वे बचते थे। लेकिन ऐसे कुछ अवसर आये जब मैंने पाया कि फैसले लेने में उनमें कोई हिचक नहीं है। उस दौर में 'जनसत्ता' के संपादकों की एक मुश्किल यह भी थी कि पूरा एक्सप्रेस समूह घाटे में जा रहा था और इसकी ज्यादातर कीमत 'जनसत्ता' को चुकानी पड़ रही थी। रामनाथ गोयनका के निधन के बाद आये मालिकान की ज्यादा दिलचस्पी 'इंडियन एक्सप्रेस' को बचाने में थी। 'जनसत्ता' का प्रसार भी कम किया जा रहा था, उसके संसाधन भी सीमित किये जा रहे थे। बीच में कंपनी इस अखबार से ही पीछा छुड़ाने की कोशिश कर रही थी। कंपनी का तर्क था कि 'जनसत्ता' का घाटा बहुत बढ़ चुका है। तो एक कोशिश यह हुई कि इस अखबार को मूल समूह से अलग कर इसका एक ट्रस्ट बनाया जाए और वह ट्रस्ट इसे संचालित करे। ट्रस्ट बनाने की जिम्मेदारी कंपनी ने स्वाभाविक रूप से प्रभाष जोशी को सौंपी, जिनका नाम एक तरह से 'जनसत्ता' का पर्याय था तब भी और अब भी। लेकिन उस ट्रस्ट के लिए जो बैठक हुई, उसमें अच्युतानंद मिश्र को नहीं बुलाया गया था। यह कुछ हैरान करने वाली बात थी कि जो अखबार का संपादक है, उसे ही अखबार पर हो रहे फैसले की प्रक्रिया से अलग रखा जाए।

बहरहाल, जिस शाम यह बैठक हुई, उसके अगले दिन अच्युतानंद जी दफ्तर पहुंचे तो बिल्कुल सामान्य मुद्रा में थे। मैं यह पढ़ने की कोशिश कर रहा था कि वे क्या सोच रहे होंगे। लेकिन उनकी ओर से कोई इशारा नहीं मिला। फिर उन्होंने कुछ ही देर बाद मुझे बुलाया। कहा कि जनसत्ता के संपादकीय पृष्ठ का 'ले आउट' बदलना है—बिल्कुल आज से ही। यह सच है कि उन दिनों हम लोग 'जनसत्ता' के नये ले आउट पर विचार-विमर्श कर रहे थे, लेकिन ठीक उसी शाम

बदलने का आदेश कुछ चौंकाने वाला था।

लेकिन संपादक का आदेश था, इसलिए उसी शाम 'ले आउट' बदल दिया गया। ऊपर के छह कॉलमों में जाने वाला 'जनसत्ता' का अलग-सा संपादकीय अब ऊपर से नीचे की ओर जाने लगा। उसी दिन 'दुनिया मेरे आगे' नाम का नया कॉलम शुरू हुआ, जो आने वाले दिनों में खासा पसंद किया गया। यह मेरा ही दिया हुआ नाम था, जिसे कभी अपने किशोर दिनों में मैंने अपने किसी स्तंभ या अपनी किसी किताब के लिए सोच रखा था। लेकिन जब जल्दबाजी में कोई नाम देना था तो मैंने यही दे दिया। कुछ बरस पहले फिर इसी नाम से संस्मरणों की मेरी किताब आई।

लेकिन इस पृष्ठ परिवर्तन का प्रभाव क्या हुआ, यह कुछ दिन बाद मैंने देखा। प्रभाष जी ने मुझे फोन करके कहा कि वे इस 'ले आउट' में नहीं लिखेंगे। कुछ दिन बाद जब अच्युतानंद जी विदा हुए और उनकी जगह ओम थानवी आये तो सबसे पहले संपादकीय पृष्ठ को कुछ पुराने अंदाज में लौटाया गया। फिर प्रभाष जी ने संपादकीय पृष्ठ पर नये सिरे से लिखना शुरू किया। दरअसल अच्युतानंद जी ने बड़ी शालीनता से 'जनसत्ता' में अपनी हैसियत बताते हुए वहाँ चोट की थी जहाँ सबसे ज्यादा तकलीफ होनी थी। हालांकि यह शायद अपवाद ही था। वरना ज्यादातर अवसरों पर वे तकलीफ उठाते ही रहे दूसरों को तकलीफ देने से बचने के लिए। 'जनसत्ता' से विदाई के समय लिखा गया उनका अंतिम संपादकीय जिस तरह रोका गया, उससे वे आहत थे, लेकिन सार्वजनिक तौर पर वे यह दुःख व्यक्त करने से बचते रहे। बहरहाल, एक तरह की निस्पृहता उनके व्यक्तित्व में हमेशा से रही। आने वाले वर्षों में वे भोपाल गये और माखनलाल चतुर्वेदी राष्ट्रीय पत्रकारिता एवं संचार विश्वविद्यालय को संवारने में लगे रहे। उनके साथ निजी संबंधों पर लौटूं। यह सच है कि प्रेम या दोस्ती जताने या संबंधों को बाहरी स्तर पर व्यक्त करने में मैं भी बहुत शिथिल या संकोची रहा, इसलिए अच्युतानंद जी से बहुत आत्मीयता महसूस करने के बावजूद दफ्तर से बाहर मिलने-जुलने के अवसर नहीं के बराबर रहे। लेकिन बरसों पहले, मेरे जनसत्ता आने के कुछ ही दिन बाद, वे मेरे घर आये थे। पांडव नगर में तीसरी और पांचवीं गली के बीच से पिछवाड़े में जो तंग चौथी गली निकलती थी, उसके एक सिरे पर मैं छत पर किराये पर रहा करता था। वहाँ तक गाड़ी आ नहीं सकती थी। लेकिन अच्युतानंद जी ने बाहर गाड़ी छोड़ी और बहुत सहजता से घर आये। उन्होंने कई घंटे हमारे साथ गुजारे।

मगर 'जनसत्ता' छूटने के बाद यह साथ छूट ही गया। मिलना-जुलना नहीं के बराबर हो पाया। संवाद भी घटा। बीच में कोविड के दौर में जिंदगी ने उन पर जो बहुत सख्त और मर्मांतक आघात किये, उस दौरान भी उनसे बात नहीं कर पाया।

निस्संदेह अपने आत्मीय जनों से उनके बिछड़ने की इस खबर ने मुझे कुछ कातर और स्तब्ध छोड़ दिया था।

मगर अभी बिल्कुल हाल में, शायद दो-तीन महीने पहले ही, उनका फोन आया। उन्होंने मेरा एक लेख पढ़ा था और उसकी तारीफ कर रहे थे। मैं बेहद उत्फुल्ल था। मैंने उनका हालचाल पूछा, उनसे पता लिया और उनको किताब भेजने का वादा किया। अब याद आ रहा है कि पता सुरक्षित है और किताब भेजने का वादा भी बचा हुआ है। इस लेख का एक हासिल तो मेरे लिए यह है कि इसे पूरा करने के फौरन बाद उनको वह किताब भिजवाऊंगा। विकिपीडिया के मुताबिक उनका जन्म 1937 का है, यानी वे 87 साल के हो चुके हैं। लेकिन लेखन और पत्रकारिता की दुनिया में सजग-सक्रिय लोगों को लगभग सौ वर्ष का स्पर्श करते इन दिनों देख रहा हूँ। रामदरश मिश्र सौ के पार हैं और विश्वनाथ त्रिपाठी 95 पार। यानी शतायु होने की कामना इन दिनों कोरी शुभकामना नहीं है, ठोस यथार्थ है। मुझे विश्वास है, वे शतायु होंगे और मेरी तरह के युवाओं पर उनका स्नेह बरसता रहेगा। एक दौर में उनका होना दिल्ली की सख्त जमीन पर मेरे लिए आश्वस्ति के आसमान का होना था। जो उन्होंने किया, उसका कभी शुक्रिया अदा नहीं कर पाया। यह लेख भी शुक्रिया अदा करने के लिए नहीं लिखा है, बस अपनी स्मृति के जल में एक कंकड़ फेंककर याद दिलाया है कि कुछ लोग चुपचाप कुछ लोगों के जीवन में बड़ी भूमिका निभा जाते हैं।

(लेखक सुपरिचित रचनाकार हैं, एनडीटीवी से संबद्ध हैं।)

ज्ञान, विनम्रता और अपनत्व का ऐसा संगम कहीं नहीं देखा

बालेन्दु शर्मा दाधीच

'जनसत्ता' में उप संपादक के रूप में चयनित होने के बाद मैं जयपुर से दिल्ली आया था। पहले दिन जब काम संभालने दफ्तर गया तब अच्युतानंद मिश्र जी से दोबारा भेंट हुई, जो उस समय 'जनसत्ता' के समाचार संपादक थे। पहली बार, कोई 15 दिन पहले, मेरे इंटरव्यू के समय संक्षिप्त भेंट हुई थी। मिश्रा जी ने, जिन्हें अक्सर 'अच्युताजी' के नाम से भी संबोधित किया जाता है, पूछा–"बालेन्दु, दिल्ली में कहाँ ठहरे हो?" मैंने जवाब दिया कि चाँदनी चौक के आर्य समाज दीवान हॉल में अपने साथी आयेन्द्र उपाध्याय के साथ ठहरा हुआ हूँ। "आगे कहाँ रहने का इरादा है? किराये का कमरा देखा क्या?", उन्होंने पूछा। तब तक मैंने ऐसा कुछ नहीं किया था। पहले कभी दिल्ली में एक दिन से अधिक के लिए रुकना ही नहीं हुआ था। कोई जान-पहचान भी नहीं थी। मिश्र जी ने मुझे उलझन में देखकर कुछ वरिष्ठ उप संपादक साथियों से कहा कि बालेन्दु के लिए किराये के मकान की व्यवस्था की जाए। इन साथियों ने एकाध दिन में ही लक्ष्मीनगर में कमरा दिलवा दिया और दिल्ली में अपना पहला अस्थायी ठिकाना बन गया।

यह घटना अच्युतानंद मिश्र जी के व्यक्तित्व के अनेक सुंदर पहलुओं को दर्शाती है। उस दौर में मैंने देखा कि मिश्रा जी के आसपास हमेशा लोगों की भीड़ लगी रहती थी–क्या युवा, क्या अधेड़, सभी किस्म के लोग। कुछ सीखने की इच्छा रखने वाले, कुछ उनके अपार अनुभवों के खजाने में से जानकारियाँ और दृष्टांत जुटाने के इच्छुक, कुछ राजनीति, समाज या पत्रकारिता की गुत्थियों को समझने के तलबगार, कुछ नौकरी पाने के लिए संघर्षरत पत्रकार और कुछ उनके अपनत्व या मेहमाननवाजी से खिंचे चले आने वाले। वे सबकी मदद करते। शायद ही कोई शख्स

ऐसा हो जो उनसे मिले और आश्वस्त होकर न लौटे। उनके संपर्कों का दायरा विशाल है और वे इसे दूसरों के साथ साझा करने में बहुत उदार हैं। अगर किसी को उनके संपर्कों से लाभ हो सके तो वे इन दोनों व्यक्तियों को एक-दूसरे से परिचित करवाने में एक क्षण भी नहीं लगाएंगे। किसी मीडिया हाउस में नई भर्तियाँ हो रही हैं और एक काबिल पत्रकार नौकरी के लिए संघर्ष कर रहा है तो वे उसी समय फोन उठाकर संपादक से बात करने में संकोच नहीं करेंगे। उन्होंने दर्जनों की नौकरियाँ लगवाई होंगी। उनसे मिलने वालों में हर विचारधारा के लोग थे—धुर दक्षिणपंथी से लेकर धुर वामपंथी भी और मध्यमार्ग में विश्वास रखने वाले भी। हमारे मन में कौतूहल होता था कि कैसे कोई संपादक मार्क्सवादियों के लिए भी उतना ही आदरणीय हो सकता है जितना कि संघ या कांग्रेस की पृष्ठभूमि से आने वाले व्यक्तियों के लिए भी। लेकिन ऐसा ही था। मिश्रा जी तब भी इतने ही प्यारे इनसान थे जब उत्तर प्रदेश में पत्रकारिता करते थे, तब भी जब वे दिल्ली में बड़े-बड़े मीडिया हाउसों में सर्वोच्च पदों पर आसीन थे और उस समय भी जब वे भोपाल में एक विश्वविद्यालय के कुलपति थे। इतना आत्मीयता से भरा, विनम्रता से लबालब, पक्षपात रहित, अहं या दर्प से मुक्त, खुला और उदार व्यक्तित्व मैंने अपने जीवन में कोई दूसरा नहीं देखा। उनके साथ अपने लंबे करीबी संपर्क के दौरान न तो मैंने उन्हें कभी उग्र या नाराज होते देखा, न कभी किसी की आलोचना करते हुए सुना और न ही ईर्ष्या, द्वेष, निजी स्वार्थ आदि की भावना ही पाई। वे ऐसे संपादक रहे जिनके सामने जाने में पत्रकार साथियों को कभी झिझक महसूस नहीं हुई। एक कनिष्ठ पत्रकार के रूप में भी हम जानते थे कि अगर हम उनके दफ्तर के दरवाजे से भीतर झांक लेंगे तो वे यही कहेंगे—"आ जाओ, आ जाओ।" भले ही वे उस समय किसी टाइपिस्ट को अपना संपादकीय अग्रलेख डिक्टेट कर रहे हों फिर भी वे आपसे बात करेंगे और फिर अपना लेख लिखवाना शुरू कर देंगे।

मुझे एक अन्य संपादक का किस्सा याद आता है जिनके पास मैंने नौकरी की तलाश कर रहे एक पत्रकार को भेजा तो उन्होंने उसे पूरे दिन अपने कमरे के बाहर प्रतीक्षारत बिठाए रखा और शाम को सरसरी बात करके लौटा दिया। ऐसे संपादक जब सेवानिवृत्त होते हैं तो अकेले पड़ जाते हैं। मिश्रा जी के साथ बात उलटी है। वे सेवानिवृत्त हुए तो और अधिक लोगों से घिर गये। मैं निजी तौर पर मानता हूँ कि जीवन की सफलता एक अच्छा इनसान बनने में है। आप कितने भी बड़े पद पर आसीन हो जाएँ, कितना भी धन अर्जित कर लें और कितना भी यश प्राप्त कर लें वह सब बेमानी है यदि आप एक अच्छे व्यक्ति नहीं बन पाए। इस संदर्भ में, मैं मिश्रा जी को न केवल एक आदर्श व्यक्तित्व के रूप में देखता हूँ, बल्कि कई बार सोचता हूँ कि यदि उनके गुणों में से कुछ भी मुझ जैसे व्यक्ति को मिल जाएँ

तो जीवन को सार्थकता प्राप्त हो।

हिंदी पत्रकारिता में मिश्रा जी का बहुमुखी योगदान है—न सिर्फ एक संपादक के रूप में बल्कि माखनलाल चतुर्वेदी राष्ट्रीय पत्रकारिता एवं संचार विश्वविद्यालय के कुलपति के रूप में भी और एक लेखक के रूप में भी। जनसत्ता (दिल्ली) उस समय सफलता के चरम पर था जब वे वहाँ वरिष्ठ संपादकीय पदों पर रहे। यही बात नवभारत टाइम्स के उनके कार्यकाल के बारे में कही जा सकती है। राजनैतिक दलों के नेताओं में भी उनके प्रति अद्भुत सम्मान देखा—सभी राजनैतिक दलों में न कि किसी विचारधारा-विशेष पर आधारित राजनैतिक दल में। यह एक सुयोग्य संपादक के रूप में उनका सम्मान था—उनकी निष्पक्षता, स्वीकार्यता और समृद्ध पृष्ठभूमि का परिचायक था।

उस समय उनका कुशल प्रशासक और अद्वितीय शिक्षाविद् का नया रूप देखने को मिला जब वे माखनलाल चतुर्वेदी राष्ट्रीय पत्रकारिता एवं संचार विश्वविद्यालय, भोपाल के कुलपति नियुक्त हुए। पूरी तरह से सरकारी आश्रय पर निर्भर, गुमनाम से इस विश्वविद्यालय को उनके कार्यकाल में प्रतिष्ठा तथा लोकप्रियता तो मिली ही, वह आर्थिक दृष्टि से स्वायत्त भी बना। मुझे याद पड़ता है कि उनकी पहल पर उत्तर प्रदेश तथा मध्य प्रदेश की सरकारों के बीच एक समझौता भी हुआ था जिसके केंद्र में हिंदी पत्रकारिता का शिक्षण और शोध आदि था। उसी संदर्भ में उन्होंने एक कार्यक्रम आयोजित करके जो मिसाल कायम की वह पत्रकारिता तथा पत्रकारिता के शिक्षण के इतिहास में दुर्लभ है। इस कार्यक्रम में कई मुख्यमंत्री एक साथ सम्मिलित हुए थे, जिनकी विचारधारा अलग-अलग थी और राज्य अलग-अलग थे किंतु हिंदी के प्रति सरोकार साझा थे। इन सबको एक मंच पर लाकर खड़ा कर देना मिश्रा जी की अद्भुत उपलब्धि थी। न भूतो, न भविष्यति।

भोपाल में उन्होंने कई रचनात्मक तथा दीर्घकालीन परियोजनाएँ हाथ में लीं, जिनमें से 'हिंदी पत्रकारिता का स्वातंत्र्योत्तर इतिहास' विषय पर प्रस्तुत अतिशय उपयोगी एवं शोधपूर्ण पुस्तक-शृंखला भी शामिल थी, जिसने हिंदी पत्रकारिता के इतिहास का समग्र दस्तावेजीकरण करने में योगदान दिया। स्वयं मिश्रा जी, उनका व्यक्तित्व, कृतित्व तथा बहुमुखी योगदान भारतीय पत्रकारिता के इतिहास में प्रमुखता से दर्ज किया जाएगा। व्यक्तिगत स्तर पर भी, संस्थागत स्तर पर भी और पत्रकारिता के व्यापक कार्यक्षेत्र के स्तर पर भी अच्युतानंद मिश्र जी ने अपनी अमिट छाप छोड़ी है। मुझ जैसे अनगिनत लोग जो समय-समय पर उनके संपर्क में आये, हमेशा के लिए उनसे जुड़े रह गये। ऐसा अथाह आदर भाव, जो आज के दिनों में अकल्पनीय है, उन ऊँचाइयों का साक्षी है जो इस अप्रतिम व्यक्तित्व ने हासिल की हैं।

(लेखक विश्व की अग्रणी प्रौद्योगिकी कंपनी 'माइक्रोसॉफ्ट' में निदेशक हैं।)

पत्रकारिता के शिखर पुरुष

मनोज कुमार मिश्र

करीब चार दशक पुरानी घटना है। मैं रांची विश्वविद्यालय से एम.काम. करने के बाद दिल्ली विश्वविद्यालय में एम.फिल. में दाखिला लेने के लिए अपने बड़े भाई अरविंद मोहन जी के पास जमशेदपुर से दिल्ली आया। तब वे दैनिक 'जनसत्ता' में उप संपादक थे। करीब साल भर बाद वे हिंदी 'इंडिया टुडे' में चले गये थे। मेरे दिल्ली पहुंचने और एम.काम. का नतीजे आने तक देर हो चुकी थी, दिल्ली विश्वविद्यालय का उस साल का दाखिला संपन्न हो चुका था। खाली बैठने से परेशान हो जाने के चलते भाई साहब ने जमशेदपुर पर कुछ लिखने को दिया। टिस्को और समाज कल्याण नाम से वह कई किस्तों में 'जनसत्ता' में छपा। उन दिनों 'जनसत्ता' के लिए दिल्ली में संवाददाताओं के अलावा केवल एक अंशकालिक संवाददाता (स्ट्रींगर) होता था, जो दिल्ली विश्वविद्यालय की खबरें लिखता था। जो सज्जन स्ट्रींगर थे, उनकी 'इंडिया टुडे' के हिंदी संस्करण में नौकरी हो गयी थी। भैया ने तब 'जनसत्ता' में मुख्य संवाददाता का काम देख रहे कुमार आनंद जी को मुझे स्ट्रींगर बनवाने के लिए तब के 'जनसत्ता' के समाचार संपादक अच्युतानंद मिश्र जी से अनुरोध करने का आग्रह किया। उनके चर्चा करते ही मिश्र जी ने न केवल हां कहा बल्कि कुर्सी से उठकर मुझे बधाई दी और कल से काम शुरू करने को कहा। वह तिथि 9 जुलाई, 1986 थी। तब से जो अविभावक के नाते मिश्र जी से मेरा संबंध बना, वह 'जनसत्ता' में रहने, छोड़कर दूसरे संस्थान में जाने, वापस 'जनसत्ता' में पहले वरिष्ठ संपादक बनकर आने, फिर कार्यकारी संपादक बनने से लेकर आज तक बना हुआ है।

इन अड़तीस सालों में मैंने उनके कई रूप देखे। किसी भी सामान्य जन के लिए यह समझ पाना आसान न होगा कि कोई एक व्यक्ति जीवन के इतने आयामों पर अपने को खरा साबित करे। श्रेष्ठ पत्रकार तो उन जैसे प्रभाष जोशी, बनवारी आदि अनेक देखे, लेकिन मेरे जैसा सामान्य पत्रकार उनसे केवल श्री

रामबहादुर राय की ही तुलना कर सकता है। श्री राय भी अतुलनीय हैं। मिश्र जी न केवल पत्रकारिता के हर मापदंड पर श्रेष्ठ साबित हुए, बल्कि वे श्रमजीवी पत्रकारों के सबसे बड़े ट्रेड यूनियन–नेशनल यूनियन आफ जर्नलिस्ट्स (इंडिया) की स्थापना से जुड़े रहे। वे इस यूनियन की उत्तर प्रदेश ईकाई के हर पद से लेकर एनयूजे (आई) अध्यक्ष से लेकर हर महत्त्वपूर्ण पद पर रहे। इतना ही नहीं, उन्होंने पूरा जीवन पत्रकारों के नेता और अविभावक होने का भरपूर एहसास कराया। सालों विभिन्न संस्थानों के संपादक रहने के बावजूद उन्होंने अपने से न तो किसी पत्रकार का अहित किया और न ही किसी को करने दिया। इसका उन्हें अपने कैरियर में कई बार नुकसान उठाना पड़ा। उनका स्पष्ट मत था कि जो यूनियन उनकी विचारधारा की विरोधी है, उससे विचारधारा के स्तर पर लड़ेंगे, लेकिन संस्थान में उसके भी हित को संरक्षण दिलवाने में वे पीछे नहीं रहेंगे। वे राष्ट्रीय स्वयंसेवक संघ (आरएसएस) के प्रचारक रहे। उन्होंने इसे न तो कभी छुपाया, न कभी इसे प्रचारित कर कोई अतिरिक्त लाभ लेने का प्रयास किया। इतना ही नहीं, उन्होंने इसे पत्रकारिता से लेकर पत्रकार संगठन के काम को प्रभावित नहीं होने दिया।

अच्युतानंद मिश्र जी संबंध बनाने और उसे हर हाल में निभाने के लिए जाने जाते हैं। यह जानकारी किसी के लिए भी अजूबा होगा कि उन्होंने देश के शीर्ष हिंदी अखबारों के सबसे बड़े पदों पर काम किया बावजूद इसके उन्होंने पूरे जीवन किसी अखबार में नौकरी के लिए आवेदन नहीं किया। इतना ही नहीं, उन्होंने अपने मन के हिसाब से किसी संस्थान को छोड़ा या दूसरे संस्थान में गये। सबसे लंबे समय तक उत्तर प्रदेश की खबरें लिखीं इसलिए उत्तर प्रदेश के हर दल के बड़े नेता से उनके निजी संबंध रहे। राजनेताओं आदि से उनके संबंध केवल उत्तर प्रदेश तक सीमित नहीं रहे, अनेक राष्ट्रीय नेताओं से भी उनके निजी संबंध रहे और उनमें से कई से आज भी कायम हैं। छह दशक से ज्यादा की पत्रकारिता की शुरुआत उन्होंने 'पाञ्चजन्य' से की। 1972 में तब केवल आगरा से प्रकाशिक दैनिक 'अमर उजाला' के संस्थापक डोरीलाल अग्रवाल 'पाञ्चज़न्य' के संपादक यादव राव देशमुख से अनुरोध करके उन्हें 'अमर उजाला' लाए। वे लखनऊ ब्यूरो के प्रमुख बने। उनके रिश्ते डोरीलाल जी से कितने गहरे बने, इसके किस्से मिश्र जी ने खुद सुनाये। वे जब भी किसी बैठक आदि के लिए आगरा आते थे तो डोरीलाल जी के घर पर ही रुकते थे। 1986 में हिंदी पत्रकारिता के दिग्गज पंडित बाबूराव विष्णु पराड़कर के सम्मान में दिल्ली में आयोजित एक समारोह में उनकी मुलाकात 'जनसत्ता' के संस्थापक संपादक प्रभाष जोशी से हुई। मिश्र जी ने पराड़कर जी पर एक पुस्तक का संपादन किया था। तब 'जनसत्ता' के समाचार संपादक श्याम आचार्य 'जनसत्ता'

छोड़कर जयपुर 'नवभारत टाइम्स' के संपादक बन गये थे। प्रभाष जोशी ने अच्युता जी को समाचार संपादक बनने का प्रस्ताव दिया। मिश्र जी ने उनसे कहा कि अगर डोरीलाल जी छोड़ेंगे तभी 'जनसत्ता' आ पाऊंगा। वे बिना फोन किये आगरा गये और डोरीलाल जी को अपनी बात बताई। उन्होंने कहा कि अगर ज्यादा पैसे के लिए वहाँ जा रहे हैं तो उनसे ज्यादा मैं दे दूंगा लेकिन दिल्ली के अखबार नें काम करने से आपकी प्रतिष्ठा बढ़ेगी तो मैं आपको नहीं रोकूंगा। मैं केवल एक अनुरोध कर रहा हूँ कि जब कानपुर से 'अमर उजाला' शुरू होगा तब आप उसके संपादक रहेंगे।

मिश्र जी न केवल 'जनसत्ता' दिल्ली के समाचार संपादक रहे, बल्कि 'जनसत्ता' के चंडीगढ़ और मुंबई संस्करण निकालने में भी उन्होंने महत्त्वपूर्ण भूमिका निभाई। इसी दौरान 1987 में 'अमर उजाला' का मेरठ संस्करण निकला। डोरीलाल जी ने अपने पुत्र अनिल अग्रवाल और अपने सहयोगी के पुत्र अतुल माहेश्वरी के आग्रह पर उन्हें फोन किया, लेकिन कहा कि मेरी ओर से कोई दबाव नहीं है। आप को कानपुर संस्करण के लिए आना होगा। डोरीलाल जी से उनके निजी संबंध कैसे थे, इसके किस्से निराले हैं। 1986 में जब 'जनसत्ता' के लिए जब डोरीलाल जी तैयार हुए तो अचानक पूछ बैठे कि आप दिल्ली में कहाँ रहेंगे। आप का वहाँ कोई घर नहीं है। जब तक 'इंडियन एक्सप्रेस' का प्रबंधन आपके रहने के इंतजाम न कर दे आप मंडी हाउस के 'अमर उजाला' के अतिथि गृह में रहें। मिश्र जी वहीं रहते थे और भोजन आदि भी वहीं करते थे। डोरीलाल जी के निधन के बाद 1992 में 'अमर उजाला' का कानपुर संस्करण निकला। डोरीलाल जी की पत्नी का उनके पास फोन आया। वे अपने वायदे के अनुरूप कानपुर संस्करण का संपादक बनने को तैयार हो गये। परंपरा से हटकर पहली बार 'अमर उजाला' के परिवार से अलग किसी का नाम अखबार के प्रिंट लाइन में लिखा गया।

इसी दौरान मिश्र जी के आत्मीय और प्रकांड विद्वान डॉ. विद्यानिवास मिश्र को 'टाइम्स ऑफ इंडिया' समूह के अध्यक्ष अशोक जैन ने 'नवभारत टाइम्स' का प्रधान संपादक बनने के लिए तैयार कर लिया। उन्होंने यह भी कहा कि आप के काम में कोई हस्तक्षेप नहीं करेगा। उन्होंने मिश्र जी को तुरंत आकर काम शुरू करने का आग्रह किया। उनका कहना था कि मेरी समाचार की समझ नहीं है। मिश्र जी ने अज्ञेय जी का उदाहरण देते हुए कहा कि टाइम्स प्रबंधन ने जब उनके काम में अड़ंगा लगाया तब आपको कैसे काम करने देगा। उनके अनुरोध पर मिश्र जी ने प्रबंधन के कई आला अधिकारियों समेत अशोक जैन के पुत्र समीर जैन से मुलाकात की, लेकिन उनकी आशंका के अनुरूप प्रबंधन ने उन्हें ज्यादा लंबे समय तक काम करने नहीं दिया। विद्यानिवास जी से प्रबंधन का 6 दिसंबर, 1992 को बाबरी

मस्जिद के टूटने के दिन ही पहला मनमुटाव हो गया था। जैसे-तैसे उन्होंने दो साल पूरे किये। दुःखी होकर विद्यानिवास जी ने दो साल पूरे होने पर 27 अक्टूबर, 1994 को विदाई संपादकीय लिखकर 'नवभारत टाइम्स' को छोड़ दिया। मिश्र जी करीब आठ महीने और 'नवभारत टाइम्स' में रहे। 'जनसत्ता' के संस्थापक संपादक प्रभाष जोशी के संपादकी से मुक्त होने के बाद राहुल देव जी 'जनसत्ता' के कार्यकारी संपादक बने। वे अच्युतानंद जी को 'जनसत्ता' का वरिष्ठ संपादक बनाकर ले आये। करीब साल भर बाद राहुल जी के टीवी चैनल 'आज तक' के संपादक बनकर जाने के बाद 1999 के 6 मार्च तक वे 'जनसत्ता' के कार्यकारी संपादक रहे।

अनेक पुरस्कारों से सम्मानित अच्युतानंद जी ने अनेक पुस्तकें लिखीं। विभिन्न अखबारों के संपादक रहते हुए उन्होंने सैकड़ों लेख लिखे। उन्होंने राजनेताओं आदि से अपने संबंधों का उपयोग पत्रकारों के भले के लिए कराया। पत्रकार संगठन एनयूजे (आई) का अपने बूते अनेक राज्यों में विस्तार कराया। कई अधिवेशन देश भर में अपने बूते करवाए। इस संगठन के पत्रकार कल्याण कोष के लिए काफी धन जुटाये। सालों संपादक रहते हुए अपने संस्थानों में एक भी पत्रकार का अहित न होने दिया। उनके पास किस्सों का पिटारा तो है लेकिन अनेक घटनाओं का मैं खुद गवाह हूँ। उन्होंने खुद प्रयास करके अनेक बड़े माने जाने वाले पत्रकारों की नौकरी बचाई। अनेक पत्रकारों की मदद की। 'जनसत्ता' के एक संवाददाता को दफ्तर में ही दिल का दौरा पड़ा। हम सभी उन्हें लेकर पास के लोकनायक अस्पताल में ले गये। उन्हें प्रयास करके साथ के गोविंद वल्लभ पंत ले जाकर उपचार शुरू कराया गया। दफ्तर के साथी उनके बेटे के साथ अस्पताल में लगातार तब तक रहे जब तक वे ठीक होकर घर नहीं आ गये। पहली रात को खुद अच्युता जी अस्पताल में तब तक रहे जब तक डॉक्टर ने उन्हें खतरे से बाहर नहीं बता दिया। हमारे लगातार अनुरोध करने के बावजूद वे घंटों केवल दीवार का सहारा लेकर आईसीयू के बाहर खड़े रहे। परिवार के मुखिया के नाते इस तरह के उनके अनगिनत किस्से याद हैं। इतना ही नहीं, गलती करने पर भी अपने साथियों का उन्होंने हर दम बचाव किया। किसी की नौकरी अपने रहते नहीं जाने दी। 'जनसत्ता' के कार्यकारी संपादक रहते हुए एक वरिष्ठ मुख्य उप संपादक ने शराब के नशे में अखबार के भीतर के पन्ने को अखबार का पहला पन्ना बना दिया। कोई और संपादक होता तो तय था उनकी नौकरी जाना। मिश्र जी ने केवल उन्हें संस्करण का प्रभारी न बनाने का आदेश दिया। इतना ही नहीं, तब के समाचार संपादक के अनुरोध पर कुछ ही दिनों में उस आदेश को वापस ले लिया। पूर्व प्रधानमंत्री अटल बिहारी वाजपेयी की संघ के विचारक के. एन. गोविंदाचार्य से नाराजगी में मेरी एक रिपोर्ट को कुछ शब्दों को जोड़कर प्रकाशित

किया गया, उसने उस विवाद में आग में घी डालने का काम किया। मिश्र जी ने उसे बड़ा मुद्दा नहीं बनने दिया। दूसरे दिन सकारात्मक खबर बनवा दी। यह खबर 12 अक्टूबर, 1997 की थी। दिल्ली के फिक्की सभागार में राजमाता विजयराजे सिंधिया की पुस्तक का लोकार्पण हुआ था। उसमें संघ के आला नेता, अटल बिहारी वाजपेयी और लालकृष्ण आडवाणी आदि मंच पर बोले। अटल जी ने केवल यह कहा कि एक सवाल हवा में तैर रहा है कि लोकार्पण के लिए मुझे क्यों चुना गया। मैं तो मुख नहीं रहा, मुखौटा हो गया हूं। यह उनकी नाराजगी के स्वर थे, लेकिन उसमें जबरन आडवाणी जी का वह बयान जोड़ दिया गया, जो उन्होंने कहा ही नहीं था।

पत्रकारिता के अलावा अनेक किस्से मिश्र जी से जुड़े हैं, जो फुरसत में मिलने पर खुद सुनाया करते हैं। 1972 में जनसंघ का अधिवेशन कानपुर में हुआ था। वे लखनऊ से अधिवेशन की खबरें करने कानपुर आये थे। उसी अधिवेशन में जनसंघ के संस्थापकों में से एक प्रोफेसर बलराज मधोक को अपमानित करके अध्यक्ष पद से हटाया गया था। वे अपना सामान सड़क पर रखकर रेलवे स्टेशन जाने के लिए किसी वाहन का इंतजार कर रहे थे। कोई पार्टी का नेता उन्हें विदा करने नहीं आया था। मिश्र जी रिक्शा करके उन्हें रेलवे स्टेशन छोड़ने गये। आपातकाल के दिनों में मिश्र जी लखनऊ के लालगंज में रहते थे। एक दिन रात को उनके जानने वाले सत्यदेव त्रिपाठी मौलाना का वेश धरे कर्पूरी ठाकुर को लेकर आये। उन्हें उत्तर प्रदेश के पूर्व मुख्यमंत्री चन्द्रभानु गुप्त से मिलकर गोरखपुर के रास्ते नेपाल जाना था। उन्हें मिश्र जी अपने स्कूटर पर मिलवाने ले गये। काफी समय बाद कर्पूरी जी गिरफ्तार हो पाए। गाजीपुर के एक छोटे गांव से शुरू हुआ अच्युतानंद जी का सफर बनारस होते हुए लखनऊ पहुंचा। फिर दिल्ली, चंडीगढ़, मुंबई, नागपुर और भोपाल होते हुए देश के हर राज्य और शहर की यात्रा पूरी कर के 87 साल की उम्र में भी तमाम निजी हादसों के बावजूद कुछ नया करने के लिए सक्रिय हैं और मेरे जैसे सैकड़ों-हजारों पत्रकारों के प्रेरणा पुरुष बने हुए हैं। उन्हें पत्रकारिता का संस्थान कहना अतिश्योक्ति न होगी।

(लेखक वरिष्ठ पत्रकार और प्रभाष परंपरा न्यास के सचिव हैं।)

दिव्य स्नेह की छाया

प्रमोद भार्गव

मिश्र जी से मेरी पहली मुलाकात मित्र आलोक तोमर ने 'जनसत्ता' के दफ्तर में कराई थी। उन दिनों मैं अपने बड़े भाई मदनमोहन शर्मा 'शाही' की दुर्घटना में हुई मौत के चलते अनिश्चितता की गहन मनस्थिति से गुजर रहा था। लोकप्रिय उपन्यास 'लंकेश्वर' के लेखक भाई, भाभी समेत तीन नाबालिग बच्चों को छोड़ गये थे। सरकारी सेवा से निवृत्त पिता वृद्ध थे। बड़े भाई पूजा-पाठी इतने थे कि उनका दीन -दुनिया से ज्यादा लेना-देना नहीं था। भाभी समझदार और साहसी थीं, जो घर चला रही थीं। सबसे छोटे भ्राता इतने नटखट व उद्दंड थे कि वे कब क्या कर डालें, ईश्वर ही जान सकता था। बहरहाल दिल्ली से कारोबार समेट लेने में भलाई लग रही थी।

आलोक जब 'स्वदेश' ग्वालियर में रिपोर्टर और प्रूफ रीडिंग का काम देखते थे, तब उसमें और अन्य पत्रों में मेरे लेख व कहानियाँ छपने लगे थे। परंतु ग्वालियर में कभी उनसे मुलाकात नहीं थी। दिल्ली में जब आलोक अपनी खबरों के बूते पत्रकारिता में छाप छोड़ रहे थे, तब उनसे मुलाकात हुई और फिर मित्रता में बदलकर गहरी होती चली गयी। अपने भाई की मृत्यु के बाद एक दिन मैंने सुबह उन्हें फोन पर बताया कि मुझे 'जनसत्ता' का शिवपुरी स्थित जिला संवाददाता बनना है। वे थोड़ी देर चुप रहे, फिर बोले, 'यार तेरे लिए यह छोटा काम है।' लेकिन मेरे भाई की आकस्मिक मौत से वे अवगत थे, अतएव बोले, 'शाम को छह बजे 'जनसत्ता' आ जा, वहीं देखते हैं।' मैं छह बजे 'जनसत्ता' के दफ्तर में था। आलोक दिल्ली के रिपोर्टरों के लिए बनाए विशेष कक्ष में बैठते थे। मैं जब उनके पास पहुँचा तो वे समाचार लिख रहे थे। मैं बगल में पड़े स्टूल पर बैठ गया। थोड़ी ही देर में उन्होंने समाचार पूरा किया और उसे हाथ में लिए मुझे साथ लेकर चल दिये। आलीशान इंडियन एक्सप्रेस बिल्डिंग के आधार तल की गलियों से होते हुए सीढ़ियाँ उतरकर एक हॉल में पहुँचे, वहाँ राज्य स्तरीय संस्करणों के आंचलिक खबरों के पृष्ठ तैयार

किये जाते थे। कोई भव्यता नहीं थी। तमाम उप संपादक और सहायक संपादक आंचलिक संवाददाताओं की खबरों का पुनर्लेखन कर रहे थे। बीच में एक टेबल-कुर्सी पर अच्युतानंद मिश्र बैठे थे। आलोक ने परिचय कराया, इससे पहले मैं उन्हें नाम से नहीं जानता था। आलोक ने मेरा परिचय कराते हुए कहा था, 'यही प्रमोद भार्गव हैं' और आलोक निकल गये। कुर्ता-पायजामा पहने बैठे गोल चेहरे के हँसमुख मिश्र जी ने मुझे सामने पड़ी बेंच पर बैठने को कहा और एक कागज थमाते हुए बोले, 'एक आवेदन लिखकर दो।' तब मैं समझा मित्रों के काम के लिए तत्पर रहने वाले आलोक मेरे आने से पहले ही मिश्र जी से बात कर चुके हैं। अतएव कोई सवाल-जवाब करने के बजाय वे मेरे प्रति आश्वस्त दिखाई दिये। मैंने पाँच-सात मिनट के भीतर ही अर्जी लिखकर मिश्र जी को दे दी। मेरी हस्तलिपि और भाषा दोनों ही ठीक-ठाक थीं। 'जनसत्ता' से जुड़ने से पहले ही मेरे समस्यामूलक कुछ फीचर 'जनसत्ता' में छप चुके थे। मैंने कथाकार होने का जिक्र भी आवेदन में किया था। आवेदन पढ़ने के बाद धीमे और सधे स्वर में मिश्र जी बोले, 'ठीक है, आप शिवपुरी से समाचार भेजना शुरू कीजिए। हम छापेंगे। लेकिन साहित्य और पत्रकारिता के बीच दूरी बनाकर रखिए। समाचार से विचार को दूर रखिए।' लगा उनका वरदहस्त मेरे सिर पर रखा हो गया है। मैंने कहा, 'जी!' कहते हुए उन्हें प्रणाम किया और निकल लिया।

यह पहली संक्षिप्त मुलाकात थी, उन संपादक-पत्रकार मिश्र जी से जो कालांतर में माखनलाल चतुर्वेदी पत्रकारिता एवं संचार विश्वविद्यालय, भोपाल के कुलपति रहे और हजारों विद्यार्थी प्रिंट और इलेक्ट्रॉनिक मीडिया के लिए तैयार किये। मैं तो पत्रकारिता के किसी शिक्षण संस्थान में नहीं पढ़ा, उनके मात्र दिव्य आशीर्वाद से ही प्रिंट और इलेक्ट्रॉनिक माध्यमों का पत्रकार बन लंबी पारी खेली। आज तक यह यात्रा अनवरत है।

अपने समय और संवेदना के आग्रहों का प्रभाव एक संवेदनशील पत्रकार पर हमेशा रहता है। अतएव स्वतंत्रता संघर्ष से निकली हिंदी पत्रकारिता की राष्ट्रीय धरोहर सातवें दशक में पहुँची तो उसे संभालने-संवारने में हिंदी के तीन बड़े साहित्यिक पत्रकारों का योगदान रहा। इनमें अज्ञेय, रघुवीर सहाय और धर्मवीर भारती का अवदान अत्यंत महत्त्वपूर्ण है। इन्हीं में 'नई दुनिया' और फिर 'नवभारत टाइम्स' के संपादक रहे राजेंद्र माथुर को भी शामिल किया जाना चाहिए। माथुर साहित्य के सर्जक तो नहीं थे, लेकिन विचार को समाचार से पृथक किया।

सातवें और आठवें दशक की पत्रकारिता पर गर्व करते हुए उन्होंने आलोक तोमर के 'जनसत्ता' में छपे आलेखों की पुस्तक 'प्रति समाचार' की भूमिका में लिखा

है, 'भाषा यों तो चश्मा ही है, लेकिन भारत के सिलसिले में चश्मा ही आँख बन जाता हैं। वरना क्या कारण है कि कुछ साल पहले तक हिंदी का पत्रकार जब यात्रा वर्णन लिखता था, तब वह पाठकों को यह कहते-कहते उबा देता था कि हमारा विमान कब उड़ा और किस होटल में हमने नाश्ता किया, जबकि अंग्रेजी का पत्रकार अपने आस-पास की सार्थक तस्वीरों और गंधों को चुनकर एक वर्णनात्मक गुलदस्ता बना देता था? किंतु, अब हिंदी अखबारों में भी आजकल अच्छी रिपोर्टिंग होने लगी है, यह कुल मिलाकर एक सांस्कृतिक क्रांति की पूर्व सूचना है, जैसे कहें कि भूकंप से पहले पक्षी बैचेन होने लगे हैं।'

शायद इन्हीं महान पत्रकारों की भाव-प्रवणता से प्रभावित होकर ही अच्युतानंद जी ने अपनी पुस्तक 'तीन श्रेष्ठ कवियों का हिंदी पत्रकारिता में अवदान : अज्ञेय, रघुवीर सहाय, धर्मवीर भारती' में लिखा है, स्वाधीन भारत में भारतीय भाषाओं की पत्रकारिता को व्यवस्था विरोध की सशक्त भाषा, भाषा के संस्कार, सरोकारों के लिए संघर्ष और वैचारिक आधार देने का काम भी ऐसे संपादक-पत्रकारों ने किया था, जो मूलतः साहित्य से पत्रकारिता में आये थे। इन्होंने साहित्य के साथ-साथ पत्रकारिता को भी अपनी अभिव्यक्ति का साधन बनाया था।' अच्युतानंद जी के समाचार हों, समाचार फीचर हों या फिर उनकी पुस्तकें—तीन श्रेष्ठ कवियों का हिंदी पत्रकारिता में अवदान, कुछ सपने कुछ संस्मरण, सरोकारों के दायरे और पत्रों में समय-संस्कृति—इन पर दृष्टिपात करने से पता चलता है कि वे दैनिक अखबारों की भाषाई प्रतिबद्धता के प्रति कितने सजग रहे हैं। पत्रकारिता उनके लिए आंचलिक सूत्रवाहकों द्वारा भेजी खबरों का मात्र संपादित कर छापना नहीं रहा, बल्कि उन्हें भाषाई संस्कार के साथ एक कारगर तेवर में बदलना और असरकारी शीर्षक देना भी रहा है, क्योंकि समाचार मनुष्य से मनुष्य के बीच पहुँचाने वाला एक ऐसा संवाद संप्रेषण है, जो घटनाक्रम की सतही विवरणिका को आंतरिक अर्थ के रूप में आम पाठक से सीधे जोड़ता है।

अच्युतानंद मिश्र जब माखनलाल चतुर्वेदी राष्ट्रीय पत्रकारिता एवं संचार विश्वविद्यालय के कुलपति थे, तब मैं उनके भोपाल के त्रिलंगा स्थित कार्यालय में पहुँचा था। दरबान बोला, 'मिश्र जी भोजन ले रहे हैं।', मैंने आगुंतक की पर्ची दी और टहलने लगा। थोड़ी ही देर में उनका बुलावा आ गया, वे हाथ पोंछते हुए कुर्सी की ओर बढ़ रहे थे। मैंने उन्हें प्रणाम कर चरण छुए। बोले, 'खूब लिख रहे हो?' मैंने कहा, 'आप ही का आशीर्वाद है।' उन्होंने घर-परिवार के हालचाल जाने और संतुष्ट होते हुए बोले, 'हमारे संस्थान की पत्रिका में लिखो। इसका पारिश्रमिक भी अच्छा है।' मैंने उत्तर दिया, 'मुझे नहीं मालूम कि यहाँ से भी कोई पत्रिका निकलती

है?' उन्होंने टेबल पर ही रखा 'मीडिया मीमांसा' का अंक मेरी ओर खिसका दिया। मैंने पलट कर देखा। आश्वस्त हुआ कि इसमें मैं लिख सकता हूँ। उनके इस आत्मीय भाव से फिर लगा कि एक बड़े हृदय का उदारमना पत्रकार कैसे अपने व्यक्तित्व से दायरा विस्तृत करता है। नये पत्रकारों को जोड़े रखकर उनकी सृजनधर्मिता को प्रोत्साहित कर स्नेह से सींचने का काम अच्युतानंद जी निरंतर करते रहे हैं। प्रभाष जोशी जी ने यही काम करके 'जनसत्ता' को एक परिवार बनाया। धर्मवीर भारती ने यही काम हम जैसे नवोदित लेखक एवं पत्रकारों को चिट्ठियों से प्रोत्साहित करके किया। फलतः 'जनसत्ता' की तरह 'धर्मयुग' परिवार भी भारती जी के जमाने में बन गया था।

बद्री नारायण तिवारी कानपुर के प्रयाग नारायण मंदिर शिवाला में प्रतिवर्ष तुलसीदास और रामचरित मानस पर एक भव्य आयोजन और परिचर्चा करते रहे हैं। इसमें विदेशी हिंदी सेवियों और शोधार्थियों का सम्मान भी तिवारी जी करते हैं। करीब दो दशक पहले मैंने 'रामायणों में विज्ञान' शीर्षक से एक लेख लिखा था, जो अनेक पत्र-पत्रिकाओं में प्रमुखता से छपा था। तुलसी जयंती पर मुझे तिवारी जी का कार्यक्रम में भागीदारी के लिए फोन आया। मेरी स्वीकृति के बाद आमंत्रण का पत्र भी मिल गया। मैं कार्यक्रम की तिथि के एक दिन पहले ही कानपुर पहुंच गया था। तिवारी जी के सभी प्रबंध उत्तम थे। तिवारी जी ने बताया कल फ्लाइट से अच्युतानंद मिश्र जी भी आ रहे हैं। उन्होंने ही आपके 'रामायणों में विज्ञान' लेख की चर्चा की थी, बस आपको बुला लिया। मैं अच्युतानंद जी के व्यक्तित्व और उनकी दृष्टि को लेकर हतप्रभ हुआ। आखिर अच्युतानंद जी एक साथ कितनी धाराओं, विचारों और प्रतिबद्धताओं से जुड़े हैं? वास्तव में उनके संपर्क की परिधि व्यापक है। एक पत्रकार होने के नाते लेखक, पत्रकारों के अलावा राजनेताओं एवं शीर्ष अधिकारियों से उनका संपर्क स्वाभाविक है, लेकिन भक्त कवि तुलसीदास के अनुरागी बद्री नारायण तिवारी जी के भी वे मार्गदर्शक हैं, चौंकाने वाली बात थी। बाद में उनसे अत्यंत आत्मीय तथा यादगार मुलाकात हुई।

बात 2015 की है। पत्रकारिता पर मैं अनेक लेख लिख चुका था, जो अग्रज विजयदत्त श्रीधर जी के संपादन में निकलने वाली सप्रे संग्रहालय की पत्रिका 'आंचलिक पत्रकार' में प्रमुखता से प्रकाशित हो चुके थे। मैंने 'मीडिया का बदलता स्वरूप' शीर्षक से इन आलेखों का संकलन तैयार कर लिया। इसकी भूमिका के लिए अच्युतानंद जी और श्रीधर जी के नाम मन में निश्चय किये। फोन पर दोनों महानुभावों से बात की। दोनों ने पांडुलिपि मंगा ली। श्रीधर जी ने तो भूमिका लिखकर मेल पर भेज दी। लेकिन मिश्र जी अकसर सफर में रहते थे। तब उन्होंने

कहा मैं फोन पर लिखाऊँगा। तब मोबाइल पर आज की तरह एक बार पैकेज लेकर चाहे जितनी बात करने की छूट नहीं थी। मैं अकसर जनसंपर्क कार्यालय के फोन से उनके मोबाइल पर बात किया करता था। एक बार उनकी लखनऊ से दिल्ली की फ्लाइट में विलंब था। संयोग से उसी समय दोपहर बारह बजे के आसपास मैंने उन्हें फोन लगाया और मिश्र जी ने भूमिका का आधा हिस्सा फोन पर लिखा दिया। इसी समय उनका जहाज आ गया और उन्होंने आगे की किश्त दो-चार दिन में लिखाने को कहा और दिल्ली के लिए उड़ गये।

फिर एक दिन उनका जनसंपर्क कार्यालय के फोन पर फोन आया। जनसंपर्क अधिकारी भारती जी थे। उन्होंने फोन उठाया। आवाज बदली लगी, तब मिश्र जी ने कहा, ''प्रमोद जी से बात कराइए?'' भारती जी अत्यंत विनम्र व्यक्ति हैं। बोले, 'अभी तो नहीं हैं, आप उनके मोबाइल पर लगा लीजिए। वे अपने दफ्तर में होंगे।' ''तो क्या यह उनका नंबर नहीं है?'' ''नहीं सर! यह जनसंपर्क कार्यालय का नंबर है। प्रमोद जी फोन यहाँ से लगाते रहते हैं।'' ''अच्छा! समझा! आप कौन बोल रहे हैं?'' मैं पीआरओ भारती हूँ सर! मिश्र जी ने फोन काट दिया। वे समझ गये कि मैं पैसे बचाने के लिए जनसंपर्क से फोन करता हूँ। उन्होंने फिर मेरे मोबाइल पर बात की। बोले, 'तुम जनसंपर्क से फोन लगाते हो?' मैंने कहाँ, 'हाँ।' अब मत लगाना। मैं रात्रि में नौ बजे के करीब लगाऊँगा। तुम नहीं लगाना, मैं ही लगाऊँगा।' मैं समझ गया कि अनुभवी मिश्र जी मेरी चालाकी या मजबूरी जो भी कह लें, समझ गये। मुझे आत्मग्लानि हुई, परंतु मैं उनके आचरण और निर्देश में अंतर्निहित भाव समझ गया। पत्रकार और आंचलिक पत्रकारों की आर्थिक स्थिति की अनुभूति कर लेने वाले मिश्र जी वाकई संबंधों को मजबूती से साधने वाले व्यक्ति तो हैं ही, व्यावहारिक यथार्थदर्शी भी हैं। अब ऐसे निर्मल हृदय तत्त्वदर्शी के भद्र स्वभाव के प्रति आप क्या नतमस्तक नहीं होंगे? ऐसे में राग, द्वेष और अपने-पराये के भेद को परे रख उनके आभामंडल का जो विस्तृत ओहरा है, उसमें एक कण के बराबर मेरी भी जगह है। इस आत्मविश्वास की ऊर्जा से मैं प्रफुल्लित था।

(लेखक वरिष्ठ साहित्यकार और पत्रकार हैं, शिवपुरी में रहते हैं।)

पहली बार उन्हें क्रोध में देखा

कृपाशंकर चौबे

जिन लोगों को अच्युतानंद मिश्र की आत्मीयता मिली है, उसे वे कभी नहीं भूल सकते। 'जनसत्ता' में वे कार्यकारी संपादक थे और मैं उप संपादक, किंतु दिल्ली जाने पर वे अपनी गाड़ी तक हमें दे देते। बंगाली मार्केट में शानदार भोजन कराते। अच्युतानंद मिश्र समालाप शृंखला के हिमायती रहे हैं। यानी उनकी ख्वाहिश थी कि दो बड़ी शख्सियत आपस में संवाद करें। इसी शृंखला के तहत अच्युतानंद मिश्र ने 'जनसत्ता' के लिए रामविलास शर्मा से नामवर सिंह की बातचीत रेकार्ड कराई थी। तब रविवारी जनसत्ता के संपादक मंगलेश डबराल को यह दायित्व दिया गया था। मैं और अरविंद चतुर्वेद भी तब दिल्ली में थे और हम भी राम विलास शर्मा के आवास पर पहुंचे थे। कहने की जरूरत नहीं कि इस तरह का समालाप जैसा मौलिक प्रयोग वही कर सकता है जो विजनरी हो। साहित्य और पत्रकारिता के अंतर्संबंध पर अच्युतानंद मिश्र ने दिल्ली में अलग से संवाद शृंखला शुरू की थी। उसी कड़ी में वे धर्मवीर भारती, अज्ञेय और रघुवीर सहाय की पत्रकारिता पर अनुशीलन के दौरान कृष्णबिहारी मिश्र से मिलने कोलकाता आये। मैं और जनसत्ता, कोलकाता के संपादक शंभुनाथ शुक्ल उन्हें लेकर कृष्णबिहारी जी की कुटिया में ले गये। कृष्णबिहारी जी ने अज्ञेय और भारती जी की पत्रकारिता पर अच्युता जी के प्रश्नों के उत्तर दिये, किंतु लगे हाथ उन्होंने प्रभाष जोशी की भाषा पर भी टिप्पणी कर दी। प्रभाष जोशी ने रामनाथ गोयनका के निधन के बाद श्रद्धांजलि देते हुए उन्हें पत्रकारिता का पितृपुरुष लिख दिया तो कृष्णबिहारी मिश्र ने उसका तीव्र विरोध किया था। मिश्र जी का कहना था कि यदि गोयनका जी हिंदी पत्रकारिता के पितृ पुरुष थे तो बाबू राव विष्णु पराड़कर क्या थे? इस संदर्भ में मिश्र जी के विरोध को

प्रभाष जी सह नहीं पाए और उनके खिलाफ भी 'कागद कारे' में लिखा था। वह प्रसंग अच्युता जी सुनते रहे और कृष्णबिहारी जी को पूरा सम्मान देते हुए अत्यंत शिष्ट भाषा में प्रभाष जी का बचाव किया।

महाश्वेता देवी पर केंद्रित पुस्तक 'महाअरण्य की माँ' मैंने अच्युतानंद मिश्र को समर्पित की है। वह किताब जब छपकर आ गयी तो उसे देख महाश्वेता दी बहुत प्रसन्न हुईं। उन्होंने किताब पलटते ही सबसे पहले समर्पण का पृष्ठ देखा जिसमें लिखा था–पत्रकारिता के आग्नेय पथ के अप्रतिम यात्री पंडित बाबूराव विष्णु पराड़कर की स्मृति में उसी उज्ज्वल परंपरा के कृती संपादक पंडित अच्युतानंद मिश्र को। महाश्वेता दी ने पूछा कि जिन्हें किताब समर्पित है, उन्हें किताब भेजी है? मेरे न कहने पर महाश्वेता दी ने कहा, मैं परसों ही दिल्ली जा रही हूँ, तुम उनसे पूछ लो यदि वे इंडिया इंटरनेशनल सेंटर में आ सकें तो तुम्हारी तरफ से किताब मैं उन्हें भेंट कर दूंगी। अच्युता जी से मैंने बात की। वे इंडिया इंटरनेशनल सेंटर गये और महाश्वेता दी से किताब की प्रति प्राप्त की। महाश्वेता दी 'जनसत्ता' में स्तंभ भी लिखती रहीं।

अच्युता जी जब भी कोलकाता आते तो उनसे अवश्य भेंट होती। भले वे दूसरे संस्थान में चले गये हों। वे 'नवभारत टाइम्स', 'अमर उजाला' और 'लोकमत समाचार' के जब संपादक रहे तब भी उनसे संबंध बना रहा। एक बार कोलकाता आये और उन्हें लेकर मैं कृष्णबिहारी मिश्र के घर गया तो उसी दिन 'सन्मार्ग' में मेरी एक टिप्पणी छपी थी जिसमें मैंने एक बुद्धिजीवी की राजनीतिक लाइन की आलोचना की थी। उस टिप्पणी के लिए कृष्णबिहारी मिश्र ने मुझे आड़े हाथों लिया। अच्युता जी ने भी मुझे फटकारा। पहली बार उन्हें क्रोध में देखा।

मिश्र जी ने एक बार 'लोकमत समाचार' का दीपावली विशेषांक सिनेमा पर केंद्रित किया तो मुझे पत्र लिखा और फोन से भी बात करते रहे और अच्छी-खासी सामग्री उन्होंने मुझसे मंगवाई। सभी सामग्री विशेषांक में छपी भी। अच्युता जी जब माखनलाल चतुर्वेदी राष्ट्रीय पत्रकारिता एवं संचार विश्वविद्यालय के कुलपति बन गये तो उन्होंने मुझे वहाँ पीएचडी शोध निदेशक बनाया। कुलपति पद से हटने के बाद भी मिश्र जी से जीवंत संबंध कायम रहा।

रामबहादुर राय जब इंदिरा गांधी राष्ट्रीय कला केंद्र के अध्यक्ष बने तो उन्होंने जीवन के हर क्षेत्र के नायकों के साथ संवाद श्रृंखला शुरू की, साथ ही संवाद पुरुष पर पुस्तक प्रकाशन भी। अच्युतानंद मिश्र की सलाह पर रामबहादुर राय ने कृष्णबिहारी मिश्र पर भी एक संवाद कोलकाता में रखा। अच्युता जी ने उस आयोजन

का स्थानीय समन्वयक मुझे बनवाया। आयोजन के अवसर पर एक किताब भी छपनी थी। मेरे संपादन में निकली उस किताब का शीर्षक अच्युता जी ने रखा– 'विरल सारस्वत साधना'। मुझे याद है कि अच्युता जी और रामबहादुर राय उस दौरान लगातार मुझे फोन कर आयोजन और पुस्तक की प्रगति का जायजा लेते रहे। उस आयोजन में भाग लेने के लिए अच्युता जी और रामबहादुर राय कोलकाता पहुंचे। मैं उन्हें लेने कोलकाता हवाई अड्डा गया। मैंने देखा कि ट्राली में अच्युता जी का सामान लेकर रामबहादुर राय हवाई अड्डा से बाहर निकल रहे हैं। मैंने जाना कि सम्मान किसे कहते हैं। दोनों संपादकों को लेकर मैं आयोजन स्थल गया। कृष्णबिहारी मिश्र के आवास पर भी। कोलकाता के भारतीय भाषा परिषद सभागार में 11 फरवरी, 2018 को भव्य आयोजन हुआ। पश्चिम बंगाल के तत्कालीन राज्यपाल केशरीनाथ त्रिपाठी भी आये। भोपाल से विजय दत्त श्रीधर आये थे। वाराणसी से अवधेश प्रधान आये थे। इन सभी मनीषियों को लेकर मैं अगले दिन महात्मा गांधी अंतरराष्ट्रीय हिंदी विश्वविद्यालय के कोलकाता केंद्र में ले गया। बड़ी राष्ट्रीय संगोष्ठी हुई। महात्मा गांधी अंतरराष्ट्रीय हिंदी विश्वविद्यालय के जिस भी आयोजन में अच्युता जी को वक्तव्य देने के लिए मैंने आमंत्रित किया, वे आये। वर्धा भी आये और विश्वविद्यालय के कोलकाता केंद्र में भी। यहाँ तक कि महात्मा गांधी काशी विद्यापीठ, वाराणसी में एक अंतरराष्ट्रीय संगोष्ठी हमारे विश्वविद्यालय ने 14-15 जनवरी, 2017 को आयोजित की तो उसके उद्घाटन सत्र में भी अच्युता जी आये और संचार माध्यमों की भाषा एवं वैश्विक हिंदी पर सुचिंतित वक्तव्य दिया।

(लेखक महात्मा गांधी अंतरराष्ट्रीय हिंदी विश्वविद्यालय, वर्धा में प्रोफेसर हैं।)

पृथ्वी, मंगल और अंतरिक्ष

क्या आप खगोल जगत् की उस ऐतिहासिक और अविस्मरणीय घटना के साक्षी हैं जो 27 अगस्त, 2003 बुधवार को 60 हजार साल बाद घटित हुई थी? उस दिन पृथ्वी और मंगल के बीच की दूरी 50 करोड़ 58 लाख किलोमिटर से घटकर केवल 5 करोड़ 58 लाख किलोमीटर रह गयी। सूर्य के चारों ओर अंडाकार घेरे में अहर्निश चक्कर लगाते हुए मंगल को एक चमकदार नारंगी तश्तरी के रूप में पूरी दुनिया ने नंगी आँखों से देखा था। यह अद्भुत दृश्य देखने के लिए अमेरिका, जर्मनी, ब्रिटेन, ऑस्ट्रेलिया, जापान सहित अनेक देशों के लोग उल्लास से सड़कों पर उतर आये थे। तैयारियाँ महीनों से चल रही थीं और खगोलशास्त्र के वैज्ञानिकों ने शक्तिशाली लेंसोंवाली अपनी दूरबीनों तथा कैमरों को इसी एक दृश्य पर केंद्रित कर दिया था। लाखों तसवीरें खींची गयीं और उस दौरान मंगल की हर गतिविधि को कैमरों में कैद कर लिया गया।

क्या आप ज्योतिषियों की आशंकापूर्ण इस भविष्यवाणी से चिंतित हैं कि मंगल और पृथ्वी की इस निकटता का प्रभाव आतंकवादी हिंसा, दैवी आपदाओं, अनिष्टकारी दुर्घटनाओं या राजनीतिक उथल-पुथल के रूप में दिखाई देगा? वैज्ञानिकों ने इसे अवैज्ञानिक और अंधविश्वास घोषित करके नकार दिया है, लेकिन ज्योतिषी आज भी अपनी चेतावनी पर अड़े हुए हैं। एक छोटा वर्ग यह भी मानता है कि इसके परिणाम शुभ और मंगलकारी होंगे, लेकिन मंगल ग्रह की हलचलों पर नजर रखनेवाले ज्योतिषी मानते हैं कि 27 अगस्त से बहुत पहले 3 जून को ही यह भविष्यवाणी की गयी थी, जिस दिन मंगल ने कुंभ राशि में प्रवेश किया था। मंगल एक अत्यंत ऊर्जावान ग्रह है। पृथ्वी पर उसका विशेष प्रभाव पड़ता है। शायद इसीलिए उसे भूमिपुत्र कहते हैं। कुंभ राशि में अभी वह 'वक्रीय' है और 27 सितंबर को वह 'मार्गी' होगा। इस दौर में अनेक परिवर्तन हो सकते हैं और यह सिलसिला छह दिसंबर तक

चलेगा। मुंबई में हुए बम विस्फोट हों, नासिक की कुंभ दुर्घटना, उत्तर प्रदेश में मायावती सरकार का पतन या कश्मीर में हिंसक हमले, इन सबको पृथ्वी और मंगल की इस निकटता से जोड़कर देखा जा रहा है। परस्पर विरोधी इन भविष्यवाणियों में किसको और कितना विश्वसनीय मानें? क्या खगोल विज्ञान के मंगल और ज्योतिष विज्ञान के मंगल में उतना ही अंतर है जितना सत्य और अंधविश्वास में होता है?

60 हजार वर्ष पूर्व जब पृथ्वी और मंगल निकट आये थे तो क्या हुआ था? पृथ्वी पर दुर्घटनाएँ या दैवी आपदाएँ आई थीं या नहीं, यह जानने के लिए हमारे पास कोई साक्ष्य या प्रमाण नहीं हैं। भारत में खगोलशास्त्र और ज्योतिषशास्त्र के बीच रिश्ता कितना गहरा था, यह सवाल हम आज नहीं उठा सकते। 60 हजार साल पहले कालगणना का मानक क्या था? उस आधार पर समूचे ब्रह्मांड के रहस्यों की व्याख्या करनेवाले लोग थे या नहीं, हम नहीं जानते और यह भी नहीं जानते कि अपनी साधना-तपस्या के बल पर ब्रह्मांड का रहस्य भेदन करनेवाले ऋषियों का अस्तित्व था या नहीं, लेकिन इतना सत्य है कि उस समय आर्यभट प्रथम (499 ई.), उज्जैन के आचार्य वाराहमिहिर, राजस्थान के ब्रह्म गुप्त, गुजरात के भास्कर प्रथम या महाराष्ट्र के भास्कराचार्य, जिन्होंने केवल 36 वर्ष की उम्र में 'सिद्धांत शिरोमणि' जैसा ज्योतिष ग्रंथ लिखा था, मौजूद नहीं थे। इन विद्वान गणितज्ञों और ज्योतिषियों ने अनेक सिद्धांत प्रतिपादित किये और बाद के आचार्यों ने उन्हें अमान्य कर दिया था। आर्यभट ने 'भू-भ्रमण' सिद्धांत प्रस्तुत किया था, जिसे बाद के आचार्यों ने स्वीकार नहीं किया। ऐसा उल्लेख है कि वराहमिहिर (500-1000 ई.) ने ही गणित ज्योतिष और फलित ज्योतिष को अलग-अलग मान्यता दी थी। पश्चिमी दुनिया के गणित और ज्योतिष विद्वान भी इस पर मौन हैं, क्योंकि उस समय कोई 'पाइथागोरस' या 'नास्तेदमस', 'कीरो' या 'जीन डिक्शन' मौजूद नहीं थे। गणित और विज्ञान के प्रसिद्ध लेखक गुणाकर मुले मानते हैं कि ज्योतिषशास्त्र भारतीय मूल का नहीं है। वेदों में पृथ्वी के साथ अंतरिक्ष और द्यौस अंतरिक्ष माना गया है। पृथ्वी को स्थिर और ब्रह्मांड का केंद्र माना गया है, जो अब गलत सिद्ध हो चुका है। लेकिन उस समय राशियों या ग्रहों का उल्लेख नहीं मिलता है। महाभारत काल में भी राशियों की चर्चा नहीं मिलती।

अंतरिक्ष अर्थात् पृथ्वी को छोड़कर समूचे ब्रह्मांड के बारे में जानने का कौतूहल मनुष्य की उतनी ही पुरानी इच्छा है जितनी अपना भविष्य जानने की इच्छा। खगोल और भौतिकशास्त्र के वैज्ञानिकों ने भारतीय अवधारणा के अनादि और अनंत को जानने और समझने के लिए जिन दो प्रमुख साधनों को माध्यम बनाया है, वे हैं–प्रकाश (दृश्य) और ध्वनि (श्रव्य)। खगोल विज्ञान का अस्तित्व पुराना है, लेकिन

उसकी संपूर्ण उपलब्धियाँ केवल 500 वर्ष पुरानी हैं और इसी दौर में अनेक पुरानी मान्यताएँ ध्वस्त हुई हैं। अंतरिक्ष के ग्रहों, उपग्रहों अथवा सौरमंडल के ग्रहों की दूरी पृथ्वी से नापने के लिए खगोलीय इकाई तथा प्रकाशवर्ष का पैमाना पिछली शताब्दी का है। मान्यताएँ लगातार बदल रही हैं और उसके साथ ही स्थापनाएँ भी टूटती-बनती जा रही हैं। विशाल ब्रह्मांड में अपनी पृथ्वी का अस्तित्व महासमुद्र की एक बूँद जैसा है। विश्व की उत्पत्ति का सबसे चर्चित सिद्धांत है बेल्जियम के वैज्ञानिक जॉर्ज लेमेतर का, जिसे हम महाविस्फोट (बिग बैंग) के रूप में जानते हैं। आधुनिकतम मान्यता है कि यह सृष्टि सनातन है और 410 करोड़ वर्ष पूर्व पृथ्वी पर जीवन का उद्भव हुआ था। अंतरिक्ष से प्राप्त जानकारियाँ और उसके रहस्य आश्चर्य और रोमांच पैदा करते हैं। उसके आकर्षण से जुड़कर धर्म और साहित्य के हजारों मिथकों से हर देश का इतिहास भरा है। आकाशगंगा की कल्पना भी उसी में से एक है। भगीरथ की प्रार्थना पर भगवान शिव ने आकाश में स्थित गंगा को पृथ्वी पर उतारा था। तभी से तारों के उस विशाल पुंज को, जो गुरुत्वाकर्षण से एक-दूसरे से बँधे हैं, हमने मंदाकिनी या आकाशगंगा का नाम दिया है। आकाश में बहती प्रकाश की यह धारा पृथ्वी से दिखाई देती है। हजारों सुंदर नामों से वर्णित लाखों काल्पनिक कहानियाँ इस बात का प्रमाण हैं कि अंतरिक्ष के प्रति आकर्षण लगातार बढ़ रहा है।

सन् 1609 में गैलीलियो ने चन्द्रमा, सूर्य और बृहस्पति के बारे में जो सूचनाएँ दी थीं, उसे न्यूटन ने आगे बढ़ाया। प्रकाश दूरबीन का आविष्कार एक चमत्कार सिद्ध हुआ था। रेडियो दूरबीन, राडार और अब उपग्रहों के माध्यम से उपलब्ध हो रही जानकारियाँ विस्मय पैदा करती हैं। यह जानने का प्रयास निरंतर जारी है कि पृथ्वी के अलावा क्या किसी और ग्रह पर जीवन है। सन् 1930 में सौरमंडल के नये सदस्य प्लूटो की खोज हुई। सौरमंडल से बाहर अब तक जिन ग्रहों की खोज हुई है, उनमें एक ग्रह पर जीवन होने की संभावना बताई गयी है। लेकिन अभी तो हम अपने सौरमंडल के ग्रहों के बारे में भी बहुत ही कम जानते हैं। ज्योतिष की दुनिया में मंगल भले ही अमंगल हो, लेकिन खगोलशास्त्र में इसको जानने की उत्कंठा लगातार बढ़ रही है। सूर्य से 22 करोड़ 56 लाख किलोमीटर पर स्थित और 687 दिनों में सूर्य की प्रदक्षिणा पूरी करनेवाले इस ग्रह को जानने के लिए अब तक भेजे गये तीस मानवरहित अभियान लगभग विफल रहे हैं। इस विशाल अंतरिक्ष को जानने की हमारी जिज्ञासा कितनी प्रचंड है और संसाधन कितने अपंग हैं, इसको केवल एक तथ्य से समझा जा सकता है कि अंतरिक्ष के गहन अध्ययन के लिए 'नासा' (अमेरिका) से भेजा गया यान पायोनियर-10 एक लाख वर्ष बाद सौरमंडल के निकटतम तारे के पास पहुँचेगा।

'भारत' की संकल्पना

इक्कीसवीं सदी के 'इंडिया' में 'भारत' की संकल्पना पर बातचीत और भारतीय होने तथा भारतीयता को धर्म निरपेक्षता के चश्मे से व्याख्यायित और विश्लेषित करने के लिए विमर्श का एक साहसिक लेकिन सराहनीय प्रयोग है। ऐसे प्रयोग भारत की बौद्धिक परम्परा की विशिष्टता रहे हैं। देश के नाम को लेकर सबसे पहले संविधान सभा के उस फैसले की आलोचना हुई थी जिसमें नाम 'भारत' से बदलकर 'इंडिया' कर दिया गया और संविधान में लिख दिया गया 'INDIA That is BHARAT', अगर देश से पूछा गया होता तो शायद यह लिखा जाता 'BHART That was India'। एक देश के दो नाम और दो संकल्पनाएँ उसी समय से शुरू हुई हैं। राजनीति, शिक्षा या सरकारी दस्तावेजों में भारत' और 'इंडिया' को भले ही एक देश की संज्ञा और भौगोलिक पहचान के रूप में दर्ज किया जाता हो, लेकिन उनकी एक पहचान दो पृथक्-पृथक् सांस्कृतिक सत्ताओं के रूप में भी है। अतीत के संदर्भों को समझने की न्यायपूर्ण दृष्टि और उनसे संवाद करने की भाषा जानने वाले लोग ही इतिहास लेखन के साथ न्याय कर पाते हैं। सम्पूर्ण सृष्टि के इतिहास को ईसामसीह के पूर्व और पश्चात में बाँट देने वाली इतिहास दृष्टि और युद्ध तथा व्यापार के सहारे राजनीतिक और आर्थिक गुलामी थोपने वाली साम्राज्यवादी सोच के पैरोकार इतिहासकारों को कितना प्रामाणिक माना जा सकता है? पिछली कई शताब्दियों से अपने उपनिवेशों की सभ्यता, संस्कृति और इतिहास को विकृत करने वाली ताकतों ने भारत की परम्परागत पहचान को मिटाकर ब्रिटिश भारत के रूप में नई पहचान बनाने की कोशिश की है।

जो लोग प्रथम स्वतंत्रता संग्राम के बाद के बदलते भारत को समझना और परिभाषित करना चाहते हैं, उसकी मिथकीय विशेषताओं का गंभीर अध्ययन करना चाहते हैं, उन्हें 'रोटी और कमल', 'वन्देमातरम्' तथा 'चरखा' जैसे सांस्कृतिक प्रतीकों के महत्त्व को समझना होगा। स्वतंत्रता संघर्ष के सेनानियों के उत्कट देशप्रेम और रणनीति को भी समझना और रेखांकित करना होगा। इस पक्ष पर भी विचार अवश्य होना चाहिए कि 1857 में उत्पन्न एकता को बाद के संघर्ष में तोड़ने वाली ताकतें

कौन थीं? 'भारत' और 'इंडिया' अब एक नदी के दो किनारों की तरह हैं, जिनकी प्राथमिकताएँ और विकास दृष्टि बिल्कुल अलग हैं। 'भारत' को एक ऐसे आधुनिक राष्ट्र-राज्य में बदलने की कोशिश हो रही है जो पश्चिमी जीवन दृष्टि और शैली का गुलाम हो।

सर्वे भवन्तु सुखिनः

'भारत' की संकल्पना का अर्थ है—उसकी विशिष्टता और उसकी अस्मिता की अलग पहचान। इस संकल्पना को उसकी समग्रता में समझने के लिए उसके मानवतावादी दार्शनिक चिन्तन, सांस्कृतिक वैभव, वैदिक परम्पराओं, काव्यशास्त्रों, पुरातात्विक स्मारकों, मूर्तिशिल्पों के साथ राज्य प्रणालियों और भौतिक उपलब्धियों को भी इतिहास विज्ञान की कसौटी पर कसना होगा। वैदिक ऋषि की उस विश्वदृष्टि को समझना होगा जिसमें वह कहता है—'सर्वे भवन्तु सुखिनः सर्वे संतु निरामयाः'। राष्ट्रीयता हर मनुष्य की स्थायी पहचान होती है। राष्ट्रबोध हमारे जातीय बोध, इतिहास बोध, संस्कृति बोध से ही उत्पन्न होता है। हर दर्शन और धर्म का मूल स्वरूप उदात्त और व्यापक होता है लेकिन जब हम उसे धार्मिक अंधविश्वासों अथवा पंथिक स्वार्थों से संचालित करते हैं तो उससे प्रतिक्रिया उत्पन्न होती है, जो हमें संकीर्ण सोच और सामाजिक पिछड़ेपन की ओर ले जाती है। 'भारत' की उदात्त संस्कृति की पूरी दुनिया में स्वीकृति इसीलिए हो सकी, क्योंकि उसमें मानवता ही नहीं सम्पूर्ण प्रकृति के प्रति सम्मान और अनुराग की दृष्टि थी। इसलिए भारत की एक संकल्पना उन स्वप्नदर्शी क्रान्तिकारी ऋषियों के सार्वभौम धर्म वाले राष्ट्र की संकल्पना है जो दुनिया के प्रत्येक मनुष्य में अन्तर्निहित दिव्यता और ऊर्जा से उत्पन्न सृजनात्मक उपलब्धियों को मानव कल्याण के लिए प्रयोग और देशकाल के बंधनों से मुक्त होकर प्रत्येक मनुष्य को उसकी सहज प्रकृति के अनुरूप पूर्ण विकास का अवसर प्रदान करता है। आप चाहें तो इससे असहमत हो सकते हैं, लेकिन अमान्य नहीं कर सकते हैं।

संकल्पना के इसी दृष्टिबोध से हर युग में हमारा सामाजिक, आध्यात्मिक और राजनीतिक नेतृत्व भी उत्प्रेरित रहा है। इसी परम्परा ने कबीर, गुरुनानक, रामदास, तुलसीदास के साथ शिवाजी, गुरु गोविन्द सिंह, स्वामी दयानंद, विवेकानंद, रवीन्द्रनाथ टैगोर, महर्षि अरविंद, लोकमान्य तिलक, मदनमोहन मालवीय, महात्मा गांधी और हजारों नौजवान बलिदानी क्रांतिकारियों को राष्ट्र पर न्यौछावर होने के लिए प्रेरित किया था। अगर अंग्रेजों के आक्रमण को ही देखें तो 1757 से 1947 तक के महासंग्राम में इसी बलिदानी संकल्पना ने भारतीय मनुष्य की जिजीविषा को अपराजेय बनाया था। देशभक्ति का यह जज्बा विश्व युद्ध के दौरान जापान और यूरोप के अनेक देशों में भी दिखाई पड़ा था।

अगर प्रथम स्वतंत्रता संग्राम के बाद का भारत हमारा प्रस्थान बिन्दु है तो उस भारत पर विचार करने से पूर्व यह जानना भी उचित होगा कि उससे एक शताब्दी पूर्व का भारतीय और वैश्विक परिदृश्य कैसा था। 1740 में बाजीराव पेशवा की मृत्यु के बाद भारत में राजनीतिक बिखराव अपनी चरम सीमा पर था। फ्रांस, पुर्तगाल, हालैण्ड और इंग्लैण्ड की व्यापारिक कम्पनियों की भारत में घुसपैठ के लिए प्रतिस्पर्धा चल रही थी। 1757 में प्लासी के युद्ध में लार्ड क्लाइव ने बंगाल के नवाब सिराजुद्दौला को हरा दिया था। लेकिन 1761 में पानीपत की तीसरी लड़ाई में मराठों की पराजय ने ही वास्तव में भारत में अंग्रेजी राज का मार्ग प्रशस्त किया था। व्यापार करने का बहाना लेकर आई 'ईस्ट इंडिया कम्पनी' ने क्लाइव, विलियम बैन्टिंग या लार्ड डलहौजी की विजय का राजनीतिक रूपान्तरण कर ब्रिटिश राज्य की आधारशिला तैयार की थी। इस दौर में भी हर कदम पर अंग्रेजों का विरोध हुआ था। मराठों, सिक्खों, अवध के नवाबों के अलावा रियासतों और रजवाड़ों ने भी पहले घनघोर विरोध किया लेकिन आपसी एकता न होने के कारण पराजित होकर शरणागत हो गये। लंदन की अंग्रेजी शिक्षा और संस्कृति में दीक्षित स्वामिभक्त भारतीय बुद्धिजीवियों का एक वर्ग भी उसी दौरान तैयार किया गया था, जिसमें देशी रजवाड़ों के साथ बंगाल के भद्रलोक के अनेक लोग भी थे जो 'ईस्ट इंडिया कम्पनी' द्वारा भारत पर कब्जे को ईश्वर का वरदान मानते थे। रजनी पामदत्त जैसे मार्क्सवादी ने भी यह स्वीकार किया है कि पश्चिमी साहित्य और जीवनदर्शन से प्रभावित यह वर्ग सबसे अधिक लाभान्वित हुआ था। उन्होंने यह भी स्वीकार किया है, ''भारत पर अंग्रेजों की विजय और उनके द्वारा भारत के शोषण की सबसे पहली और महत्त्वपूर्ण भूमिका उसकी ध्वंसात्मक प्रवृत्ति थी, उसने भारत में पुरानी समाज व्यवस्था को निर्ममतापूर्वक नष्ट किया।'' ....अंग्रेजी शिक्षा परस्त इसी बौद्धिक वर्ग ने गुणगान शुरू किया कि भारत में राजनीतिक एकता स्थापित करने का श्रेय ब्रिटिश शासन को है। इसी वर्ग ने जान सीले और जान स्ट्रेची जैसे अंग्रेज इतिहासकारों के इस कथन को सत्य बताना शुरू किया कि 'भारत जैसी कोई चीज या कोई देश न तो है और न कभी होगा। न कहीं भारतीय राष्ट्र है, न कहीं भारत की जनता है। 1857 का प्रथम स्वतंत्रता संग्राम (जिसे कार्ल मार्क्स ने जन विद्रोह माना था) राष्ट्रीय आंदोलन न होकर कुछ सिपाहियों का विद्रोह मात्र था।' रमेशचन्द्र दत्त मजूमदार जैसे भारतीय इतिहासकार भी शामिल हैं इस वर्ग में। जबकि आक्सफोर्ड हिस्ट्री आफ इंडिया की भूमिका में इतिहासकार विंसेंट स्मिथ ने लिखा है, ''इसमें कोई सन्देह नहीं कि भारत में एक गहरी बुनियादी एकता है जो भौगोलिक अलगाव या राजनीतिक अधिराज्य से उत्पन्न स्थितियों से अधिक शक्तिशाली है। यह एकता खून, रंग, भाषा, पोशाक, तौर तरीके और संप्रदाय जैसे असंख्य विभिन्नताओं से परे है।'' इसी तरह 1845 में जोसेफ कनिंघम ने यह

लिखा, "काबुल से लेकर असम की घाटी तक और श्रीलंका द्वीप तक हिन्दुस्तान एक देश माना जाता है। इसलिए भारत आज भी और दो हजार वर्षों से भी अधिक समय से एक आदर्श राजनीतिक एकता का उदाहरण प्रस्तुत करता है।"

1857 में विद्रोह की असफलता और दमन के बाद भी यह इतिहास का एक चमकदार तथ्य है कि संग्राम के आतंक और धमक ने ब्रिटिश सत्ता की चूलों को हिला दिया था। भय इतना जबरदस्त था कि हिन्दुओं और मुसलमानों की इस चट्टानी एकता को तोड़ने की साजिश उसी समय रची गयी थी। 1858 में ही सर सैय्यद अहमद खान की पुस्तक 'असबाब-ए-बगावते-ए-हिन्द' प्रकाशित हुई थी जिसमें अलगाववाद ही नहीं द्विराष्ट्रवाद का बीज छिपा था। इतिहासकार पन्निकर मानते हैं कि सर सैयद की धारणा देश विभाजन की ओर निष्ठुरता से ले आती है। उन्होंने लिखा, "चूँकि अंग्रेजों के हाथ में मुस्लिम हित पूर्णतः सुरक्षित हैं इस कारण उन्हें अपने को सांस्कृतिक विकास तक सीमित रखना चाहिए। इससे वे राजनीति से अलग रहकर हिन्दुओं के राजनीतिक आंदोलनों को कमजोर करते रहेंगे।" इसी तरह 1885 में कांग्रेस की स्थापना के बाद 1888 में जब उन्हें बदरुद्दीन तैयब जी ने कांग्रेस अधिवेशन में आमंत्रित किया तो उत्तर में सर सैयद ने लिखा, "आप नेशनल कांग्रेस के भ्रामक नाम से पुकारी जाने वाली संस्था के कार्यों को भारत के लिए हितकर मानते हैं, किन्तु मुझे खेदपूर्वक कहना पड़ता है कि मैं इन कार्यों को अपनी जाति के लिए ही नहीं, सारे भारत के लिए हानिकारक मानता हूँ। मैं किसी भी कांग्रेस पर उसका स्वरूप चाहे जो भी हो, यदि वह भारत को एक राष्ट्र मानती है, उस पर आपत्ति करूंगा।"

द्विराष्ट्रवादी राजनीति की रणनीति का यह पहला धमाका था और दूसरा धमाका था अलीगढ़ कालेज की स्थापना और प्रिंसिपल विलियम आर्चबोल्ड के नेतृत्व में पूरे भारत के राजभक्त मुस्लिम नेताओं के प्रतिनिधि मंडल की शिमला में वायसराय लार्ड मिंटो से मुलाकात। 1909 में मार्ले-मिंटो सुधारों का एक्ट बन जाने के बाद एक अंग्रेज पदाधिकारी ने लार्ड मिंटो की पत्नी को लिखा, "छह करोड़ लोगों को राजद्रोहियों के विरोधी दल में शामिल होने से रोक लिया गया।" इसी एक्ट में मुसलमानों के लिए पृथक निर्वाचन की व्यवस्था थी जिसे ब्रिटिश संसद में मंजूरी दे दी गयी। रैम्जे मैक्डोनाल्ड ने जो बाद में ब्रिटेन का प्रधानमंत्री भी हुआ, अपनी पुस्तक 'द अवेकनिंग ऑफ इंडिया' में लिखा 'मुस्लिम नेता कुछ ऐंग्लो-इंडियन अफसरों से प्रेरणा लेते हैं। इन अफसरों ने परदे के पीछे अपनी चालें चली हैं और मुसलमानों के साथ विशेष पक्षपात करके हिन्दुओं और मुसलमानों में फूट के बीज बो दिये हैं।' इसी के बाद अंग्रेजी सत्ता की साजिश और सरपरस्ती में भयंकर साम्प्रदायिक दंगों का सिलसिला शुरू हुआ था जो बंगाल के विभाजन तक ही नहीं,

भारत के विभाजन तक और बाद में पूरी बीसवीं सदी तक चला है। मुस्लिम लीग भले ही न हो लेकिन यह सिलसिला आज भी थमा नहीं है।

सबसे गंभीर संकट :

देश के विभाजन ने न केवल भारत के इतिहास और भूगोल को विकृत किया बल्कि भारतीय राष्ट्र की अखंडता, एकात्मता, निरन्तरता और सांस्कृतिक विरासत को भी बाँट दिया है। राजनीतिक स्वतंत्रता के 60 वर्ष बाद आज हम भारत की नई संकल्पना और राष्ट्रीयता की परिवर्तित परिभाषा पर विचार कर रहे हैं। भारत को उपमहाद्वीप और उसके अन्दर निवास करने वाले समाजों को उपराष्ट्रीयता बताकर चर्चा कर रहे हैं। 1905 में जिस 'वन्देमातरम्' गीत ने बंगाल ही नहीं पूरे भारत में ऊर्जा जगाई थी, जिसने अंग्रेजों को झुकाकर बंगाल का विभाजन निरस्त करा दिया, उसे राष्ट्रीयता का प्रतीक मानने से इनकार कर रहे हैं। जिस राष्ट्रीयता, राष्ट्रभाषा और स्वदेशी को लेकर महात्मा गांधी ने पूरी ब्रिटिश सत्ता को चुनौती दी थी, ऐसे सभी सरकार, समाज और शिक्षा के मुद्दे प्राथमिकता से गायब हैं। मातृभाषा के स्थान पर अंग्रेजी भाषा में प्राथमिक शिक्षा देना राष्ट्रीय शर्म नहीं, बल्कि राष्ट्रीय गौरव का विषय बन गया है। कथित विश्वग्राम की परिभाषा और परिदृश्य में राष्ट्र का विचार संकीर्ण और सांप्रदायिक घोषित हो गया है। 1857 के बाद के भारत की संकल्पना का उदाहरण इस रूप में दिया जा रहा है कि भारत के राष्ट्र-राज्य की संकल्पना में स्थानीय, क्षेत्रीय और राष्ट्रीय संकल्पनाएँ बने रहने से कोई हानि नहीं है। अगर भारत में रहने वाले कुछ समूहों की धार्मिक और सांस्कृतिक निष्ठाएँ भारत के बाहर के देशों से जुड़ी हैं, तो इससे राष्ट्रीयता को कोई क्षति नहीं होती। यह संकल्पना भारत को राष्ट्र नहीं उपमहाद्वीप सिद्ध करने की है। एक नये विभाजन का दिशा संकेत है। 20 वीं सदी में यूरोप में हुए दोनों बड़े युद्धों और सैकड़ों छोटे युद्धों के पीछे राष्ट्रीय स्वार्थों ने ही साम्राज्यवादी प्रवृत्तियों को प्रोत्साहित किया था। इन्हीं साठ वर्षों में अमेरिका, रूस या चीन ने लाखों लोगों की हत्याएँ की हैं। क्या उनके अन्दर मानवता के प्रति प्रेम और सम्मान का कोई स्थान है? क्या उनकी कथनी और करनी में कोई साम्य है? द्वितीय विश्वयुद्ध के बाद पूर्वी यूरोप के अनेक देशों की स्वतंत्रता हड़पने के लिए रूस ने जो कुछ किया, चीन ने 1962 में भारत के एहसानों का जो बदला दिया, अथवा अफगानिस्तान, इराक के साथ अमेरिका जो कुछ कर रहा है, क्या इन लोगों ने अपने आचरण से मानवाधिकार और धर्म निरपेक्षता जैसी ऊँची घोषणाओं की धज्जियाँ नहीं उड़ाई हैं? भारत इन सभी राजनीतिक नारों और अर्थहीन घोषणाओं की प्रयोगभूमि रहा है।

अपने पूर्वार्ध में 20वीं शताब्दी एक ओर जहाँ नई राष्ट्रीय चेतना से ओतप्रोत भारत की राजनीतिक पहचान बन रही थी, दयानंद, विवेकानंद, लोकमान्य

तिलक, महर्षि अरविंद और गांधी जैसे लोग भारतीयों के हीनताबोध को दूरकर उसमें नये आत्मविश्वास का संचार कर रहे थे तो दूसरी ओर पश्चिमी सभ्यता में रंगे मैकाले और मार्क्स के अनुयायी स्वदेशी, स्वभाषा और स्वराज के महामृत्युंजय मंत्र से पुनर्नवा हो रहे भारत का ब्रिटिश सत्ता के एजेंट बनकर मनोबल तोड़ रहे थे। भारत की चिरन्तन संकल्पना का अवमूल्यन कर रहे थे। मखौल उड़ा रहे थे। उन्हें उस समय की सबसे बड़ी राजनीतिक ताकत कांग्रेस के एक छोटे लेकिन सत्ता पर काबिज वर्ग का समर्थन प्राप्त था। यह दुर्भाग्यपूर्ण है कि भारत की पहचान बदलने की वह कोशिश राजनीतिक स्वतंत्रता पाने के बाद और तेज हो गयी, क्योंकि एक या दूसरे रूप में सत्ता इन्हीं लोगों के प्रभाव में थी। परिणाम यह हुआ कि आधुनिकता और प्रगतिशीलता के इन स्वघोषित अग्रदूतों ने स्वतंत्रता संग्राम के सम्पूर्ण राष्ट्रवादी नेताओं और शक्तियों को प्रतिगामी, पुनरुत्थानवादी या हिन्दू राष्ट्रवादी घोषित कर दिया। दयानंद, विवेकानंद, तिलक, मदनमोहन मालवीय, पुरुषोत्तम दास टंडन, सरदार पटेल, महर्षि अरविंद, विपिनचन्द्र पाल, लाजपत राय, डॉ. राजेन्द्र प्रसाद जैसे सैकड़ों लोग रातोंरात हिन्दू राष्ट्रवादी और साम्प्रदायिक हो गये। 1942 में अंग्रेजों के जासूस बनकर काम करने वाले अनेक नेताओं ने स्वतंत्रता संग्राम सेनानियों को गिरफ्तार कराया था।

एक यह विडम्बना है कि अल्पकालिक सत्ता पाए चन्द अपवादों को छोड़कर स्वतंत्र भारत में सत्ता के शिखर तक पहुँचने वाले दलों और नेताओं ने उनका राजनीतिक गोत्र चाहे जो भी रहा हो, एक ओर राष्ट्रीय एकता के क्षरण का रोना रोते रहे हैं और दूसरी ओर राष्ट्रीय हितों पर राजनीतिक स्वार्थों को प्राथमिकता देते हुए वोट बैंक के लोभ में पंथ, भाषा, क्षेत्रीयता और जाति को प्रोत्साहन देकर स्वयं एकता को पलीता लगाते रहे हैं। भारत को एक सबल राष्ट्र के रूप में पहचान देने वाले इतिहास, संस्कृति, परम्परा और महापुरुषों को हाशिए पर धकेल दिया गया है। राष्ट्रीयता के प्रति यह एक अक्षम्य अपराध है। 11 सितम्बर, 1961 को जयप्रकाश नारायण ने पंडित जवाहरलाल नेहरू को एक पत्र में लिखा था, 'राष्ट्र अनेक तत्त्वों से मिलकर बनता है जैसे धर्म, नस्ल, भाषा इतिहास, संस्कृति आदि। ये सारे तत्त्व राष्ट्र की तुलना में संकीर्ण निष्ठाएँ हैं। राष्ट्रीयता ऐसी मनःस्थिति है जिसमें प्रत्येक नागरिक को इन निष्ठाओं और हितों की तुलना में व्यापक राष्ट्रीय निष्ठा और हित को तरजीह देना चाहिए।' इन्हीं वर्षों में यह सवाल भी तेजी से उभरा है कि क्या धार्मिक और सांस्कृतिक निष्ठाएँ राष्ट्रीय निष्ठा से ऊपर हैं? क्या धर्म और राष्ट्र में मौलिक विरोध है? क्या राष्ट्र-राज्य की संकल्पना में मनुष्य से बड़ी भी कोई प्राथमिकता है? ये जटिल प्रश्न राष्ट्रीयता को कमजोर करने वाली शक्तियों के द्वारा ही उठाये जा रहे हैं और उनका उत्तर भी वे अपनी मान्यता के अनुरूप चाहते हैं। सांस्कृतिक या धार्मिक रिश्ते तो राष्ट्रीय सीमाओं से बाहर हो सकते हैं, लेकिन राष्ट्रीय

निष्ठा से ऊपर नहीं हो सकते। जिन देशों में धर्म और संस्कृति को सत्ता पाने का हथियार बनाकर राजनीति की जाती है, वहाँ धर्म, विवेक शून्य होकर अंधश्रद्धा में बदल जाता है। ऐसी परिस्थितियों से जो कट्टरता पैदा होती है वही पूरी पीढ़ी को आतंकवाद में झोंक देती है।

बीसवीं सदी को विज्ञान अर्थात वैज्ञानिक उपलब्धियों की सदी माना गया है और 21वीं सदी पर सूचना प्रौद्योगिकी का नियंत्रण है। आज की दुनिया में युद्ध और परमाणु विस्फोट के खतरे से भी एक बड़ा खतरा यह है कि मनुष्य की चेतना को अधिक स्वायत्त, नैतिक और स्वतंत्र बनाने वाली शिक्षा पूरी दुनिया से घट रही है। दर्शनशास्त्र और विज्ञान, कला और मनोविज्ञान को दरकिनार कर दिया गया है। अब नवजागरण और आधुनिकता को संवाद से नहीं बल्कि संचार से परिभाषित किया जा रहा है। आदिम मनुष्य से आधुनिक मनुष्य अब तक संवाद से संचार करता था। यह संवाद गहन मानवीय और अर्थपूर्ण था। इसमें तकनीक गौण थी। मनुष्य की उदात्तता और मानवीय दृष्टि से उसका विकास नापा जाता था। लेकिन अब मनुष्यता ज्ञान के केन्द्र से हटकर सूचना केन्द्रित हो गयी है। सूचना या जानकारी ज्ञान या सत्य का विकल्प नहीं है। हमारी स्वीकृति से ही तकनीक मनुष्य की चेतना को नियंत्रित करने लगी है। यह हमारे ज्ञान की खिड़कियों को नहीं खोलती उल्टे विचारशक्ति को संकुचित करती है। स्वाधीन बनाने के स्थान पर बौद्धिक, आर्थिक और मानसिक गुलामी की प्रवृत्ति बढ़ाती है। शक्तिशाली माध्यमों के सहारे विदेशी कम्पनियों द्वारा शिक्षा, मनोरंजन और अनेक क्षेत्रों में फैलाई जा रही संचार की इस भाषा से भारत ही नहीं पूरी दुनिया और भावी पीढ़ियों की सुरक्षा खतरे में पड़ सकती है। जिस तरह हमें तथ्य और तर्क की भाषा में, विज्ञान और दर्शन की भाषा में सत्य को समझना पड़ेगा, उसी तरह भारत को उसकी परम्परा और इतिहास की भाषा में ही समझना पड़ेगा। वैश्विकता के नारे की आड़ में बौद्धिक घालमेल फैलाकर राष्ट्रीयता के सत्य को थोड़ी देर भटकाया तो जा सकता है, लेकिन उसको ओझल नहीं किया जा सकता। इतिहास के पन्ने गवाह हैं कि द्वितीय विश्वयुद्ध और राष्ट्र संघ की स्थापना के बाद राष्ट्रवाद की उग्रता और अधिक तीव्र हुई है। सोवियत संघ का विघटन इस का जीवन्त प्रमाण है। वैश्विकता का नारा इसे रोकने में असफल हो चुका है।

"गैर मुमकिन है के हालात की गुत्थी सुलझे
अहले दानिश ने बहुत सोचकर उलझाई है।"

एक सहस्राब्दी बेचने का सुख

दूसरी सहस्राब्दी के अवसान और तीसरी के आगमन पर आयोजित समारोहों की उलटी गिनती शुरू हो चुकी है। टेलीविजन के हजारों चैनल दुनिया के सबसे महँगे इस तमाशे को एक स्वप्न बनाकर उन करोड़ों लोगों को भी परोस रहे हैं, जिनके अतीत की तरह वर्तमान और भविष्य भी अंधकारमय है। विगत और आगत के इस संयोग को विश्व इतिहास की एक शानदार यादगार बनाने की तैयारियाँ पूरी हो चुकी हैं। एक हजार वर्ष का यह कालखंड दुनिया के मानव समूहों की स्मृतियों में किन-किन रूपों में कैद है, इसका प्रामाणिक दस्तावेज बेहद खौफनाक है। इस सहस्राब्दी के असली हकदारों पर नकली दावेदारों का कब्जा है। हजार वर्ष के इस काल निर्धारण की प्रामाणिकता को भी जाने बिना कोई आकलन एकांगी होगा। सूर्य और चन्द्रमा की गति के आधार पर ही पूरी दुनिया में काल नापा जाता है, लेकिन ब्रह्मांड के अस्तित्व से लेकर इतिहास की हर घटना को ईसामसीह के जन्म के पहले या बाद में बाँटकर देखने के पैमाने को भारत, चीन, जापान या मिस्र की कालजयी सभ्यताओं से जुड़े लोग प्रामाणिक कैसे मान लेंगे, जबकि ईसाई संवत के पंडितों में खुदा व ईसामसीह की जन्मतिथि को लेकर एक राय नहीं है। अमीर यूरोपीय देशों के चर्चों में लगभग एक दशक से यह बहस जारी है कि तीसरी सहस्राब्दी की प्रथम सदी के प्रथम वर्ष का प्रथम दिन सन् 2000 की 1 जनवरी को मनाया जाए या 2001 की। कैंब्रिज की 'रॉयल ग्रीनविच आब्जर्वेटरी' ने 2001 को 1 जनवरी को ही नववर्ष मान्य किया है।

लेकिन अब किसी के मान्य या अमान्य करने से कोई फर्क नहीं पड़ता। दुनिया की कोई ताकत इसे बदल नहीं सकती। अंतिम शताब्दी के अंतिम वर्ष के अंतिम दिनों को रोमांच और रोमांस में लपेटकर बेचने का फैसला काल गणना के विशेषज्ञों के फैसले पर भारी है। इतिहास चाहे जो दर्ज करे, चर्चों की घंटियाँ बजने से भी पहले पल-पल गिन रहे लोगों का अभूतपूर्व जश्न और हंगामा शुरू हो जाएगा। काल को बाँधने और तीसरी सहस्राब्दी में प्रवेश के जीवंत साक्षी बनने की ललक

लेकर लाखों महिलाओं ने अपना प्रसव पल प्रायोजित कर लिया है। प्रकृति को चुनौती देने का इतना बड़ा दुस्साहस पहले कभी नहीं हुआ था। दुनिया के सबसे महँगे होटलों, सुंदरतम सैरगाहों और समुद्री तटों पर जो लोग नई सहस्राब्दी में प्रवेश के क्षण को जीने के लिए बेताब हैं, उन्होंने अपनी तैयारी और प्रतीक्षा सन् 1986 से ही शुरू कर दी थी। कई देशों में सहस्राब्दी के डाक टिकट जारी हो रहे हैं। अकेले अमेरिका में बारह करोड़ टिकट छापे गये हैं। महँगी शराब और बीयर बेचनेवाली कंपनियों की अकूत मुनाफा कमाने की लपलपाती बेसब्री चरम पर है। अंतरिक्ष में छलाँग लगाकर तैरते हुए सहस्राब्दी में प्रवेश करने का दुस्साहस अकेले न्यूजीलैंड में ही नहीं हो रहा है। कारोबार का यह अपूर्व कौशल जाती हुई शताब्दी या सहस्राब्दी का ऐसा स्मारक बनाने की कोशिश है, जो बाजार की ओर से आयोजित एक उत्सव को नीलामी पर चढ़ाते हुए भी धर्म और इतिहास की एक अविस्मरणीय परिघटना में परिवर्तित कर दे।

पहली सहस्राब्दी की समाप्ति पर दुनिया का मानचित्र कैसा था? उस दिन सूरज की पहली किरण कहाँ पड़ी, इसकी खोज किसी ने नहीं की थी, क्योंकि उस सूर्योदय को न कोई बेचनेवाला था और न कोई खरीदनेवाला। दूसरी सहस्राब्दी को लहूलुहान करनेवाले युद्धलोलुप सूरमाओं ने अपनी विजय-गाथाओं को इतिहास की आड़ लेकर नई पीढ़ी के लिए किस रूप में पेश किया है, इसको जानने की दिलचस्पी सहस्राब्दी बेचनेवालों में बिलकुल नहीं है। उनकी रुचि यह इतिहास बताने में नहीं है कि रोमन साम्राज्य कैसे स्थापित हुआ और क्यों बिखर गया या सिकंदर की जिस सेना ने दुनिया के इतने बड़े भाग को रौंद दिया था वह व्यास नदी से आगे क्यों नहीं बढ़ पाई या दिल्ली, लंदन और पेरिस को कितनी बार हमलावरों ने लूटा और कत्लेआम किया? कितने साम्राज्यों और सम्राटों, संतों और सामंतों को इतिहास ने नायक या खलनायक घोषित किया है? और इस सहस्राब्दी का इतिहास रचनेवालों को कितनी ईमानदारी से पेश किया है इतिहासकारों ने। ईसा पूर्व की पहली सहस्राब्दी में जब कई महाद्वीपों का जन्म भी नहीं हुआ था और पूरा यूरोप कबीलाई खानाबदोशों की तरह एक-दूसरे के खिलाफ लड़ रहा था उस समय भारत और दुनिया के कई बड़े हिस्सों में सामाजिक विकास एवं राज्य व्यवस्था के सैकड़ों प्रयोग हो चुके थे यह कौन जानना चाहता है? उन लोगों की दिलचस्पी बताने से ज्यादा भुला देने और नष्ट करने में है, जो पूरी सहस्राब्दी के ज्ञान-विज्ञान, कला-कौशल, समृद्धि और संस्कृति के एकल ठेकेदार हैं। पूरी दुनिया यह जानती है कि यूरोपीय सभ्यता के दावेदारों ने विज्ञान और 'बाइबल' के बल पर एशिया, अफ्रीका, ऑस्ट्रेलिया और अमेरिका को अकल्पनीय यातनाओं और अन्यायों के साथ आक्रांत किया है। एक हजार वर्ष की इतिहास-गाथा को एक हजार शब्दों में समेटना मुश्किल है; लेकिन यह महसूस करना मुश्किल नहीं है कि

116 वर्ष तक लड़नेवाले ब्रिटेन और फ्रांस का युद्ध तो बंद हो गया था, लेकिन अंग्रेजी और फ्रेंच के बीच घृणा और कटुता आज तक भी क्यों जारी है।

अतीत में बार-बार लौटना एक निषेधात्मक और भविष्य के प्रति अपमानजनक दृष्टि है। इससे कोई इनकार नहीं कर सकता कि दूसरी सहस्राब्दी की जो विभाजक रेखा अक्टूबर 1492 में कोलंबस की खोज से शुरू होती है, उसके बाद की पाँच शताब्दियों ने अपने विकास और विज्ञान को पूरी दुनिया की प्रगति का प्रतिमान घोषित कर दिया है। जो अंतरिक्ष और समुद्र के रहस्यों को खोजने, विज्ञान को मनुष्य की सेवा में पेश करने; साहित्य, कला, संगीत, शिक्षा, चिकित्सा, पुरातत्त्व और स्थापत्य में अपनी श्रेष्ठता बघारते हुए नहीं अघाते, वे इसी सहस्राब्दी का अपना अतीत अब याद नहीं करना चाहते हैं। उन्होंने भूख, भय और युद्ध की गुलामी से मनुष्य को कितना मुक्त किया है? उलटे उसकी स्वाधीनता, सहजता और नैतिकता छीन ली है। दुनिया को आधुनिक बनाने की कीमत हमने नदियों की धारा मोड़कर, दैत्याकार बाँध बनाकर, पहाड़ों को काटकर, दलदलों को सुखाकर, जंगलों को साफ करके और समुद्रों को पाटकर और प्रदूषित करते हुए चुकाई है। मानवता के प्रति यह अपराध इसी सहस्राब्दी में हुआ है और इतिहास यह बताता है कि यूरोप के देशों में ही प्रकृति के इस विनाश के विरुद्ध बड़े-बड़े दंगे हुए हैं। इस सहस्राब्दी के यूरोपियन इतिहासकार खुद यह मानते हैं कि सभ्यता का कथित नवजागरण यूरोप में चौदहवीं शताब्दी में शुरू हुआ था और उससे पहले सदियों तक सबकुछ अज्ञात था। इसी दौर में नये-नये देश खोजे गये, नये उपनिवेश और साम्राज्य बने और टूटे। कनाडा और कोरिया, न्यूजीलैंड और ऑस्ट्रेलिया का अस्तित्व सामने आया। इसलाम और ईसाइयत की विस्तारवादी आदतों ने पूरा राजनीतिक मानचित्र बदल दिया था। ब्रिटेन, फ्रांस, जर्मनी, जापान, रूस और दर्जनों राष्ट्रों के बीच युद्ध हुए, गृहयुद्ध और धर्मयुद्ध भी हुए। रोमन कैथोलिक चर्च भी विभाजित हुआ। अमेरिका और फ्रांस, रूस और चीन में क्रांतियाँ हुईं। स्वतंत्रता, समानता, बंधुत्व और मानवाधिकार की बात करनेवाले लोगों ने इन क्रांतियों का इस्तेमाल गरीब और कमजोर राष्ट्रों को लूटने में किया है। मनुष्य बनानेवाली शिक्षा को डॉलर कमानेवाली शिक्षा में बदलने के लिए विज्ञान, मीडिया, उत्पादन, वितरण और संचार एक साथ खड़े हो गये हैं।

पूरी अंतिम शताब्दी राजनीतिक और आर्थिक उपनिवेशों, महायुद्धों, एटम बमों और आतंकवादियों की कहानी कह रही है। ताकतवर देशों की असभ्यताओं को पराजित देशों पर थोपना ही उसका इतिहास है। जो युद्ध का उन्माद और हथियार साथ-साथ पैदा करते हैं, वे विश्व संस्कृति, मानवाधिकार और सहस्राब्दी भी साथ-साथ बेचते हैं। इस सदी में मानव मूल्यों का अपहरण साम्यवाद और लोकतंत्र का नारा

बेचते हुए किया गया है। इसी दौर में नारी मुक्ति आंदोलन चलाकर उसे मातृत्व से काटकर सौंदर्य और सेक्स का प्रतीक बनाया गया है। करोड़ों नरसंहारों से लहूलुहान यह शताब्दी राजनीति और युद्ध, शोषण और अन्याय के इतिहास का अद्‌भुत संग्रहालय है, जो आगे आनेवाली पीढ़ियों को सचेत करने का काम करेगी। इस सहस्राब्दी को महिमामंडित करके बेचने का धंधा कौन लोग कर रहे हैं? क्यों पूरी दुनिया को लुभाने के लिए यह झूठ फैलाया जा रहा है कि तीसरी सहस्राब्दी के नये सूरज की पहली किरण देखनेवाले एक इतिहास के साक्षी बनेंगे। जो लोग इस सहस्राब्दी को संवेदना, सरोकार और संवाद की सहस्राब्दी मानते हैं, वे सत्य के साथ पाखंड कर रहे हैं। यह सहस्राब्दी वैज्ञानिक खोजों की सहस्राब्दी है, लेकिन भौतिकता और स्वार्थ इतना प्रबल है कि वह मनुष्य की अंतर्चेतना को स्पर्श नहीं करती। करोड़ों रूसी लोगों को साइबेरिया भेजकर स्तालिन ने ठंड और भूख से मार डाला था। लाखों यहूदियों की नाजियों ने गैस चैंबरों में ठूंसकर हत्या की थी और परमाणु बम गिराकर हिरोशिमा और नागासाकी के लाखों लोगों को मौत के घाट उतारने की अमेरिकी कुचेष्टाएं अकेली बीसवीं शताब्दी में हुई हैं। इन हत्याओं के जिम्मेदार लोग ही राजनीति और व्यापार के स्वार्थ से उद्वेलित हैं। उरुग्वे से सिएटल तक की वार्ताओं के चक्र और विश्व व्यापार संगठन भी इसी लक्ष्य की पूर्ति के लिए बनाया गया है। इसका रिश्ता किसी सहस्राब्दी या शताब्दी से जुड़ा नहीं, बल्कि कमजोर राष्ट्रों के बाजार और राजनीति पर कब्जा करने से है।

इस जश्न का संबंध देश, काल या धर्म की सीमाओं से अलग सभी राष्ट्रों में बढ़ रहे नये धन-कुबेरों से है, जिनके पास लूट की अकूत संपत्ति जमा होकर लगातार बढ़ती जा रही है। ऐसे लोग केवल यूरोप और अमेरिका में नहीं हैं। पूरा विश्व उनका आखेट क्षेत्र है और पूरी पृथ्वी उनके मनोरंजन के लिए कम है। उनका चेहरा-मोहरा, उनका पंथ, रहने का ढंग और पहनावा भले ही किसी खास देश से जुड़ा दिखाई दे, लेकिन उनकी कुटिलता और क्रूरता का दायरा बहुत व्यापक है। सहस्राब्दी बेचने का काम यही लोग कर रहे हैं। उनकी ताजा चिंता में यह शामिल नहीं है कि पाकिस्तान के फौजी तानाशाहों से नवाज शरीफ को कैसे बचाया जाए, लेकिन यह शामिल जरूर है कि इक्कीसवीं शताब्दी में कहाँ-कहाँ से बटोरकर क्या-क्या और बेचा जा सकता है। जिन्हें अपनी राष्ट्रीयता, अपनी परंपरा, अपने संस्कार, अपने जीवन-मूल्य, अपनी भाषा और कुल मिलाकर राष्ट्रीय अस्मिता की फिक्र सताती है और जिनको यह सबकुछ होना वीभत्स और बेतुका लगता हो, वे कृपया अगली सहस्राब्दी में प्रवेश करने की हरकत न करें। वे अभी इस शानदार जश्न में शामिल होने के लायक नहीं हैं। शासकों और शासितों के बीच इतना अंतर तो होना ही चाहिए।

परंपरागत ज्ञान को कृत्रिम मेधा और संचार क्रांति की चुनौतियाँ

भारत में परंपरागत ज्ञानधारा के दो मुख्य स्रोत बताए गये हैं—पहला-'लोक', दूसरा-'शास्त्र'। लोक के परंपरागत ज्ञान की समृद्धि विविधतापूर्ण और विशाल है। भारतीय लोकमानस में अनादि काल से पूर्वजों द्वारा अर्जित और संचित व्यावहारिक ज्ञान की यह ऊर्जा मानवीय मेधा के परिश्रम, संकल्प, त्याग और तपस्या से एकत्रित ऐसा ज्ञान है, जिसमें लोक भाषाएँ, लोक संस्कृतियाँ, लोक कलाएँ, लोक संगीत, लोकनाट्य में निरंतर प्रयोग का ज्ञान मिलता रहा है। लोकसंचार की इन्हीं शक्तियों द्वारा इसे समाज तक पहुँचाया जाता रहा है। इसका वास्तविक उद्देश्य समाज में जीवन मूल्यों का संदेश तथा लोकमंगल की स्थापना होता है। इस लोक में व्यष्टि नहीं समष्टि प्रमुख है। इसमें वाचिक परंपरा और समग्रता का बोध है। इन परंपराओं और अनुशासनों से ही विकसित होकर यह ज्ञान लोकोत्तर बन जाता है। लोकसंचार परंपरा का लक्ष्य केवल सूचनाएँ उपलब्ध कराना नहीं होता बल्कि इच्छित सामाजिक परिवर्तन होता है। प्रसिद्ध चिंतक और विद्वान पंडित विद्यानिवास मिश्र मानते हैं कि—"शास्त्र की पहचान भी लोक से ही होती है और शास्त्र भी लोक की ही देन है और वाचिक परंपरा इस लोक को स्पंदनहीन नहीं होने देती।" भारतीय ज्ञान परंपरा के एक और विद्वान, चिंतक डॉ. वासुदेवशरण अग्रवाल ने लोक की परिभाषा करते हुए लिखा है—"कश्मीर से कन्याकुमारी तक फैले हुए भू-भाग पर पनपता हुआ मानव समाज ही भारतीय लोक है। भारतीय लोक हमारे सुदीर्घ इतिहास का अमृतफल है, जो कुछ हमने सोचा, किया और सहा उसका प्रकट रूप हमारा लोकजीवन है। इसलिए यह लोक राष्ट्र की अमूल्य निधि है। हमारे इतिहास में जो भी सुंदर और तेजस्वी तत्त्व हैं, वे लोक में कहीं-न-कहीं सुरक्षित हैं। इसलिए जीवन के आनंदमय पर्वोत्सव, पर्व, नृत्य, संगीत, कथावार्ताएँ, आचार-विचार सभी कुछ भारतीय लोक में ओतप्रोत हैं।"

भारतीय लोक पश्चिमी जगत का 'फोक' नहीं है जो अपढ़, पिछड़ों और अशिक्षितों के ज्ञान का प्रतीक माना जाता है। अंग्रेजी शासन के दौरान अंग्रेजी लेखकों ने भारतीय लोक को भी इसी रूप में वर्णित किया है। इसी शिक्षा के कारण अंग्रेजी पढ़े-लिखे शिक्षित भारतीयों को भी अपनी परंपरा और ज्ञान का गर्व न होकर हीनता का बोध होता रहा है। भारतीय लोक निरंतरता का प्रतिमान और जीवन का अंग है। उसकी परंपरा और ज्ञान का सामर्थ्य अद्‌भुत है। इसमें विकसित तमाम अनुशासनों ने लोकमंगल की भावना को दृढ़ किया है। लोक संचार की विधा से ही भारत में पत्रकारिता सबसे पहले सामने आई थी।

स्वाधीनता संग्राम के दौरान की पत्रकारिता विशेषकर भाषायी पत्रकारिता पेशेवर नहीं थी। हालाँकि उसका उत्स यूरोप में पेशेवर हो चुका था, लेकिन भारत में पत्रकारिता संकल्प, संघर्ष और सेवा की प्रतीक थी। लोकमान्य तिलक, महर्षि अरविंद, लाला लाजपत राय, महात्मा गांधी, विपिनचन्द्र पाल या पंडित मदनमोहन मालवीय की पत्रकारिता को उनकी समग्रता में ही समझा जा सकता है। वे साहित्य, स्वदेशी, संस्कृति, राजनीतिक स्वाधीनता और पत्रकारिता के भी आदर्श थे। उनके जीवन के मूल्य और आदर्श भारत ही नहीं, भारत की स्वतंत्रता ही नहीं, विश्व की मानवता को मुक्ति दिलाना था। पश्चिमी मीडिया और स्वाधीनता संग्राम के दौर की भारतीय पत्रकारिता के आदर्श और मानक अलग-अलग थे। लोकतंत्र की स्थापना में हथियार की भूमिका वाली क्रांतिकारी पत्रकारिता और गांधीजी का अहिंसात्मक आंदोलन, स्वदेशी का आग्रह, जनजागरण, असहयोग और सत्याग्रह भी नैतिक आदर्शों से ओतप्रोत थे। स्वाधीनता संग्राम के दौर की पत्रकारिता सादगी, नैतिकता, शिक्षा, स्वदेशी के संकल्पों के सहारे राजनीतिक परिवर्तन के लिए की जा रही थी। उसमें स्वाधीनता आंदोलन के सेनानियों, संपादकों, साहित्यकारों और पत्रकारों ने भाग लिया था। उन्हें किसी एक विचारधारा अथवा किसी एक संगठन या किसी एक मार्गदर्शक से बाँधकर परिभाषित नहीं किया जा सकता है, लेकिन उन्होंने भारत में अपने सपनों के लोकतंत्र की प्रयोगशाला का विचार किया था। उस दौर में महात्मा गांधी जैसे विचारक जिस तरह पश्चिमी लोकतंत्र को अस्वीकार कर रहे थे उसी तरह उन्होंने पश्चिमी मीडिया की कार्यशैली को भी खारिज किया था। हिंदी साहित्य और हिंदी पत्रकारिता का इतिहास साथ-साथ विकसित और स्वाधीनता आंदोलन के इतिहास से जुड़ा हुआ है। इस इतिहास की गाथा जितनी रोमांचक और प्रेरक है, साम्राज्यशाही के विरुद्ध संघर्ष की गाथा उतनी ही शानदार है। साहित्य हो या पत्रकारिता राष्ट्रीय जागरण, सामाजिक परिवर्तन और स्वदेशी की भावना से भी जुड़े हुए थे। यूरोप में यद्यपि अखबारों को 'बाइबिल' का दर्जा दिया जाता था लेकिन

पत्रकारिता वहाँ व्यावसायिक हो गयी थी। जबकि वह भारत में सत्ता और व्यवस्था के विरुद्ध जनप्रतिरोध खड़ा करने का देशव्यापी लोक शिक्षण का काम कर रही थी। भारत के स्वाधीनता संग्राम के दौर में पले और विकसित हुए हिंदी साहित्यकार भारतेंदु हरिश्चन्द्र से रामधारी सिंह दिनकर तक हिंदी को राष्ट्रभाषा बनाने की कोशिश कर रहे थे। इसमें उस दौर के स्वाधीनता संग्राम सेनानी सम्मिलित थे।

द्वितीय विश्वयुद्ध के बाद दुनिया के भूगोल, संस्कृति, सुरक्षा, विज्ञान और तकनीकी का संचार माध्यमों पर भारी प्रभाव पड़ा था। भारतीय पत्रकारिता भी उन्हीं दिनों पूँजी और तकनीक के सहारे इस नये रूप में सामने आई थी। उसका परिणाम यह हुआ कि समाचारपत्र उद्योग बन गये। विचार पक्ष कमजोर होने लगा। समाचारों के माध्यम से विचार प्रसारित होने लगे और संपादक की संस्था जो सत्य, न्याय, मानवता और राष्ट्रीयता की रक्षक मानी जाती थी, नष्ट होती जा रही थी। इसका परिणाम भारत के स्वाधीनता के 25 वर्ष बाद ही आपातकाल में देखने को मिला, जब देश की राजनीति, पत्रकारिता, बुद्धिजीवी, न्यायपालिका और लोकतंत्र सभी गुलाम बन गये थे। उसके बाद का दौर उदारीकरण या वैश्वीकरण का दौर माना जाता है। हालाँकि 1962 में सबसे पहले 'ग्लोबल विलेज' की संकल्पना आई थी, लेकिन उसमें भारतीय आधार 'वसुधैव कुटुंबकम' की कल्पना नहीं थी। भारतीय कल्पना में पूरे विश्व के सुख, शांति और समृद्धि की बात थी जबकि 'ग्लोबल विलेज' में भौगोलिक निकटता और आर्थिक निर्भरता की कल्पना थी। पूँजी और उपग्रह संचार क्रांति ने मिलकर पत्रकारिता को पूरी तरह मीडिया में परिवर्तित कर दिया, जिसमें स्वतंत्रता संपादक को न देकर मालिक ने स्वयं हथिया ली थी। पत्रकारिता मीडिया बनकर मुनाफा कमाने का एक बड़ा उद्योग बन गया। इसकी भविष्यवाणी बहुत पहले ही 1925 में बाबूराव विष्णु पराड़कर ने, 1927 में पंडित माखनलाल चतुर्वेदी और 1930 में गणेश शंकर विद्यार्थी जैसे अन्य विद्वानों ने कर दी थी।

आज का मीडिया पूँजी, तकनीक और उपग्रह संचार क्रांति के अलावा मनोरंजन और विज्ञापन से संचालित है। आज स्थिति यह है कि औद्योगिक क्रांति के साथ मीडिया और पूरे समाज में मशीनीकरण बढ़ा है। 1945 में पेन्सिलवेनिया विश्वविद्यालय में पहला कंप्यूटर बना था। उसके बाद इस यंत्र ने इंटरनेट की मदद से मशीन की शक्ल में मनुष्य और मनुष्य की पराधीनता को रच दिया है। मशीनीकरण का यह दौर लगातार जारी है। 1955 में 'कृत्रिम मेधा' अर्थात् 'आर्टिफिशियल इंटेलीजेंस' के नाम का प्रयोग जॉन मैकार्थी ने किया था। इसका आशय है—मशीनों को बुद्धिमान बनाना अर्थात् कृत्रिम रूप से विकसित की गयी बौद्धिक क्षमता। इसकी विशेषता है मनुष्यों की तरह सोचना, व्यवहार करना तथा

तथ्यों को समझकर अपनी प्रतिक्रिया तर्कों और विचारों के आधार पर देना। यह आविष्कार अब मनुष्य की नियति और उसके भाग्य का नियामक हो गया है, मनुष्य को धीरे-धीरे अपने अधीन बना लिया है। आज रोबोट घर-घर तक पहुँच गया है, जैसे एक नाम 'एलेक्सा' है। वह हमारे घर में ट्यूबलाइट जलाने और टेलीविजन चलाने का काम करता है। मशीनी मानव मनुष्य का सहायक बने, यह कल्पना तो हो सकती थी, लेकिन वह आज नियंत्रक और नियामक की भूमिका में आ गया है।

उत्तर प्रदेश सरकार ने घोषित किया है कि 2025 में प्रयागराज में होने वाले 'महाकुंभ' की सुरक्षा व्यवस्था कृत्रिम मेधा की मदद से की जायेगी। हजारों वर्ष से दुनिया के सबसे बड़े परंपरागत मानव मेले का नियंत्रण कृत्रिम मेधा द्वारा होगा। यह एक नया प्रयोग होगा। मनुष्य और मशीन के बीच संवेदना विभाजक रेखा है। यह संवेदना ही मनुष्य को मनुष्य बनाती है। सुख और दुःख, उल्लास और उदासी, प्यार और अनुराग की अनुभूति केवल मनुष्य को होती है। इन अर्थों में देखा जाए तो मशीन संवेदनाशून्य मनुष्य और मनुष्य एक संवेदनापूरित यंत्र बन गया है। प्रख्यात ललित निबंधकार नर्मदाप्रसाद उपाध्याय लिखते हैं–"मनुष्य की अस्मिता की यात्रा मशीन छीन रही है। मनुष्य मूक हो रहा है और मशीन वाचाल। मशीन की भाषा शोर है, जिसमें कोई स्वर नहीं है, संगीत नहीं है, जिसका कोई अर्थ भी नहीं है। उसकी अभिव्यक्ति केवल उत्पादन है। आज सोशल मीडिया अनियंत्रित और अमर्यादित होकर इसको बढ़ावा दे रही है। वह उत्पादन जिसके सहारे कुछ खास लोग लाभान्वित होते हैं, शक्तिशाली बन जाते हैं।" महात्मा गांधी मशीन के विनाश की नहीं, लेकिन उसकी मर्यादा बाँधने के पक्षधर थे। उनका मानना था कि मशीनों के उपयोग के पीछे वास्तविक कारण श्रम की बचत नहीं है बल्कि धन का लोभ है। मशीन ने अपनी भाषा को गढ़ना आरंभ कर दिया है। वह मनुष्य की पराधीनता से मुक्त होने को आतुर लगती है। आज यह पूरी दुनिया की सबसे बड़ी चुनौती और संकट है। इस संकट के माध्यम से हमारे परंपरागत ज्ञान, लोक संचार और मानव संवेदना के भविष्य पर प्रश्नचिह्न लगाने की कोशिश है। मनुष्य के पास अपार कौशल और बुद्धि का भंडार है। उसकी संवेदना, उसकी संप्रेषण शक्ति आज भी शेष है। क्या यह संभव है कि मनुष्य को संवेदनाशून्य बनाकर मशीन को संवेदना से भर दिया जाए। ऐसी दुनिया की कल्पना भी भयावह है। साहित्यकार माणिक वर्मा की टिप्पणी कितनी व्यंग्यपूर्ण और सटीक है। खुदा को सम्बोधित करते हुए उन्होंने लिखा है–

तूने इंसा बनाए बुत मैंने
बुत को इंसा ने सर झुकाया है।
गर न माने बुरा तो ए यारब
मेरा फन तेरे फन पर छाया है।

राष्ट्रकवि दद्दा मैथिलीशरण गुप्त

दद्दा मैथिलीशरण गुप्त का चिंतन, उनका कविकर्म, उनके साहित्य की उदात्तता और ऊँचाई, उसमें राष्ट्रीयता और सांस्कृतिक चेतना के बारे में बात करने का मैं अधिकारी व्यक्ति नहीं हूँ। मैं कविता का एक सामान्य पाठक हूँ और स्वाधीनता संग्राम के उस दौर के सभी सेनानी कवियों की कविताएँ मुझे बचपन से आकर्षित करती रही हैं, जिनकी अग्रिम पंक्ति में दद्दा मैथिलीशरण गुप्त जैसे कवि उपस्थित थे। दद्दा के प्रशंसकों और आलोचकों के परस्पर विरोधी लेखन से मेरे जैसे पाठक के लिए हमेशा यह तय करना कठिन रहा है कि दद्दा, भारतेंदु हरिश्चन्द्र युग में आते हैं या महावीर प्रसाद द्विवेदी युग में। उनकी रचनाएँ छायावादी खेमे में शामिल होंगी या उत्तर छायावादी कवियों के खेमे में। इतिहास का सच यही है कि 1905 में बंगाल विभाजन और 'वंदेमातरम्' के साथ संपूर्ण देश अंग्रेजी सत्ता के क्रूर दमनचक्र का शिकार था। कांग्रेस और क्रांतिकारियों के मार्ग भले ही अलग थे, लेकिन उनका लक्ष्य उग्र राष्ट्रवाद का जागरण था। संपूर्ण भारतीय साहित्य, विशेष रूप से हिंदी में जो कुछ लिखा जा रहा था, राष्ट्रीयता उसके केंद्र में थी। उस युग के अधिकतर कवियों और चिंतकों ने स्वतंत्रता संग्राम को अपनी सर्जना का आधार बनाया था। स्वराष्ट्र चेतना का जागरण ही उनका आदर्श था। उनका समर्पण स्वराज और स्वराष्ट्र के प्रति था, किसी साम्राज्य के प्रति नहीं। अपनी चेतना को प्राणवान बनाने के लिए उन्होंने अपनी परंपरा, अपनी महान संस्कृति और अपने कालजयी धर्मग्रंथों का सहारा लिया था। उस दौर के सभी मनीषी कवियों, युग प्रवर्तक साहित्यकारों, विद्वानों तथा राजनेताओं ने भारतीय मनुष्य की स्वाधीनता का चिंतन किया था। भारी जोखिम उठाकर, सबकुछ दाँव पर लगाकर उन्होंने मरुभूमि में बसंतोत्सव के सपने बुने थे। इस देश के युवाओं को गुलामी तोड़ने के लिए रणभेरी बजाई थी। आधुनिक आलोचक उनका मूल्यांकन जैसे चाहे करें, लेकिन उनके योगदान से कोई कृतज्ञ राष्ट्र उऋण नहीं हो सकता।

क्या आज से लगभग नौ दशक पीछे लौटकर हम तय कर सकते हैं कि

छायावादी कविता में राष्ट्रीयता की अभिव्यक्ति जयशंकर प्रसाद और सूर्यकांत त्रिपाठी 'निराला' में अधिक थी और सुमित्रानंदन पंत और महादेवी वर्मा में कम थी? दुर्भाग्य से आज लोगों को बाँटने और एक-दूसरे से छोटा दिखाने की कोशिश हो रही है, जो अविभाज्य हैं। यह सचाई है कि दद्दा मैथिलीशरण के युग में ही श्रीधर पाठक, अयोध्यासिंह उपाध्याय 'हरिऔध', रामनरेश त्रिपाठी, पदुमलाल पुन्नालाल बख्शी जैसे समर्थ रचनाकार थे, जिन्होंने स्वाधीनता और स्वाभिमान की अलख जगाई थी। क्या उस दौर की राजनीतिक, सामाजिक परिस्थितियों को समझे बिना आज हम लोग तय करेंगे कि उनको एक समान लोकप्रियता क्यों नहीं मिली? हम सभी जानते हैं कि दद्दा मैथिलीशरण गुप्त की लोक प्रसिद्ध रचना 'भारत भारती' 1912 में प्रकाशित हुई थी। 'भारत भारती' ने खड़ीबोली का स्वरूप निर्धारण करने में जो योगदान दिया था, उसकी तुलना नहीं हो सकती। यद्यपि उसकी भाषा क्रांति भड़काने वाली नहीं है, सीधी, सरल और सपाट है। हम कौन थे, क्या हो गये हैं, और क्या होंगे अभी; आओ विचारें बैठकर ये समस्याएँ सभी। इसी पुस्तक के अंत का विनयगीत इस प्रकार था— 'इस देश को हे दीनबंधो आप फिर अपनाइए, भगवान् भारतवर्ष को फिर पुण्यभूमि बनाइए।' इसी गीत को जब नागपुर में गाया गया तो मध्य प्रदेश की सरकार ने प्रतिबंध लगाया था। बाद में बिहार की सरकार ने प्रतिबंधित किया। विरोध में कानपुर में गणेश शंकर विद्यार्थी के नेतृत्व में इस गीत को गाते हुए हजारों लोगों ने उस तरह प्रदर्शन किया, जिस तरह अक्टूबर 1905 में कलकत्ता की सड़कों पर हजारों लोगों ने रवींद्रनाथ टैगोर के नेतृत्व में 'वंदेमातरम्' गाते हुए किया था। इस एक पुस्तक की लोकप्रियता ने अंग्रेजी सत्ता को हिला दिया था। राजनीतिक परिस्थितियों ने नये क्रांतिवीरों को जन्म दिया था। माखनलाल चतुर्वेदी, सुभद्रा कुमारी चौहान, सोहनलाल द्विवेदी, बालकृष्ण शर्मा 'नवीन', रामधारी सिंह 'दिनकर', रामेश्वर शुक्ल 'अंचल' जैसे अनेक कवियों ने राष्ट्रीयता जगाने के लिए ज्वालामुखी की तरह धधकती कविताएँ लिखी थीं। राजनेताओं में हो या क्रांतिदर्शी कवियों में, मध्य प्रदेश का योगदान बहुत महत्त्वपूर्ण रहा है और आज भी है।

दद्दा मैथिलीशरण गुप्त को राष्ट्रीय स्वाभिमान और गौरव के प्रतिनिधि कवि के रूप में पहचान मिली थी। राष्ट्रकवि होने का सम्मान भी उन्हें था। उसी परंपरा में कवि अयोध्या सिंह उपाध्याय 'हरिऔध', पंडित सोहनलाल द्विवेदी, रामधारी सिंह 'दिनकर' भी हुए। सच्चिदानंद हीरानंद वात्स्यायन ही नहीं, उस दौर के अनेक कवियों ने उन्हें अपने काव्यगुरु के रूप में स्वीकार किया था। हालाँकि दद्दा को शुरू से ही 'सरस्वती' के महान संपादक पंडित महावीर प्रसाद द्विवेदी का आशीर्वाद प्राप्त था। उन्होंने लिखा है कि उनकी काव्य रचनाओं को सुधारकर द्विवेदी जी ने 'सरस्वती'

में छापा था, लेकिन उनका सीधा संबंध पत्रकारिता से नहीं था। उनके छोटे भाई सियाराम शरण गुप्त का संबंध हिंदी पत्रकारिता से भी था। 'विशाल भारत' में पंडित बनारसीदास चतुर्वेदी ने उन्हें शामिल किया था। हालाँकि जिस दौर में गुप्तजी राज्यसभा के सदस्य थे, वह हिंदी लेखकों के लिए एक असाधारण महत्त्व का काल था। पंडित बनारसीदास चतुर्वेदी, पंडित बालकृष्ण शर्मा 'नवीन', हरिवंशराय बच्चन जैसे लोग वहाँ थे। बनारसीदास जी ने अपने संस्मरणों में दद्दा की टिप्पणियों और कटाक्षों का उल्लेख किया है। साहित्यिक योगदान के रूप में जहाँ उन्हें खड़ीबोली को काव्यभाषा के रूप में प्रतिष्ठित करने का श्रेय प्राप्त है, वहीं उन्हें 'रामायण' और 'रामचरितमानस' के अनेक अछूते पात्रों को सृजित और स्थापित करने का, गोस्वामी जी की परंपरा को आगे बढ़ाने का गौरव भी प्राप्त है। यह हिंदी में भारतीय संस्कृति की चेतना को आगे बढ़ाने का भी काम है। 'भारत भारती' के प्रकाशन के लगभग दो दशक बाद 1932 में 'साकेत और 1933 में 'यशोधरा', फिर 'विष्णुप्रिया' जैसे ग्रंथों का प्रणयन उन्होंने किया था। 'उर्मिला', 'यशोधरा' या 'विष्णुप्रिया' जैसे अप्रतिम चरित्रों की सृष्टि और 'मांडवी', 'कैकेयी', 'हिडिंबा' जैसे चरित्रों का अपने स्पर्श से उन्होंने पुनर्निर्माण किया था। नारी के प्रति जो संवेदना और आदर उनके साहित्य में है, उसकी तुलना शरद बाबू के साथ की जा सकती है। दो महाकाव्यों और उन्नीस खंडकाव्यों के प्रणेता दद्दा मैथिलीशरण गुप्त ने उत्तर भारत में हिंदी और हिंदी साहित्य की चेतना के साथ तीन पीढ़ियों को जोड़ने का जो सांस्कृतिक संस्कार दिया है, वह असंदिग्ध रूप से अभूतपूर्व है। अपने चिंतन और अपनी दृष्टि में मैथिलीशरण जी आज भी उतने ही सामयिक और प्रासंगिक हैं, जितने उस समय थे। 'महाकवि' और 'राष्ट्रकवि' जैसी उपाधियाँ उन्हें अलंकृत नहीं करती हैं, स्वयं अलंकृत होती हैं।

आचार्य हजारीप्रसाद द्विवेदी का लोक और उनकी लोकदृष्टि

मनीषियों, चिंतकों अथवा विचारकों के दर्शन और सृजन को समझने के लिए उनके परिवेश, संस्कार और लोकदृष्टि से गुजरना एक अनिवार्य शर्त है। ज्ञान की आध्यात्मिक अनुभूति से लेकर विज्ञान की आधुनिकतम खोज की अंतिम कसौटी लोकहित पर ही केंद्रित होती है। उसके लोक को जानना जरूरी है, जहाँ से उसे कर्म की प्रेरणा और अपने आदर्शों की परिपूर्ति के लिए संघर्ष की जिजीविषा प्राप्त होती है। आचार्य हजारीप्रसाद द्विवेदी के ज्ञानप्रदीप्त तेजस्वी व्यक्तित्व का निर्माण मुख्यतः काशी की पांडित्य परंपरा और विश्वभारती की भद्रलोक परंपरा के बीच हुआ था। महामना पंडित मदनमोहन मालवीय के लोक से निकलकर वे गुरुदेव रवींद्रनाथ ठाकुर के आलोक तक पहुँचे थे। रवींद्रनाथ को भारतीय साहित्य का प्राण, प्रतिभा और प्रार्थना का समुच्चय माना गया था। जहाँ द्विवेदी जी को कविता, कला, साहित्य चिंतन और बंगाल के नवजागरण को समझने की दृष्टि मिली थी। संस्कृत साहित्य के अतिरिक्त ज्योतिष, पालि, अपभ्रंश, जैन और बौद्ध साहित्य के मर्मज्ञ तो थे ही, वहीं उनकी मानवता में आस्था के साथ कबीर के जीवनदर्शन का दिग्दर्शन भी हुआ था। पिपासा ज्ञान की थी, तलाश आजीविका की और आत्मसम्मान की यह कड़ी चेतावनी थी 'दैन्यं न पलायनम्।' पारिवारिक दैन्य तो दैव प्रकोप का अभिशाप था। इसलिए काशी से पलायन उनकी ऐसी दुर्निवार्य नियति बन गयी, जो पूरे जीवन उनका पीछा करती रही। इसके बावजूद काशी सदैव उनकी ज्ञान चेतना और लोकचेतना के केंद्र में बनी रही। अवचेतन में लगातार कचोटती रही थी।

शांतिनिकेतन में बिताए गये दो दशक उनके जीवन के सर्वोत्तम वर्ष थे। उनके संपूर्ण साहित्य और चिंतन पर इन्हीं वर्षों की छाप है। गुरुदेव रवींद्रनाथ ठाकुर के सान्निध्य से उन्हें मानवता के लिए प्रेम और सम्मान को गहराई से समझने का

अवसर मिला था। वहाँ सुविधाएँ उपयुक्त थीं। माहौल विद्वेष की राजनीति से शून्य था। केवल गुरुदेव के गीत-संगीत ही नहीं, वहाँ आचार्य क्षितिमोहन सेन, विधुशेखर भट्टाचार्य, नंदलाल बोस, पंडित बनारसीदास चतुर्वेदी जैसे विद्वानों के पांडित्य और स्नेह की छाया उन्हें उपलब्ध थी, लेकिन उनका मन लगातार काशी के लिए भटक रहा था। पंडित बनारसीदास चतुर्वेदी, शिवमंगलसिंह 'सुमन' को लिखे गये अनेक पत्रों में आचार्य द्विवेदी के मन का संकल्प-विकल्प और अंतर्द्वंद्व की पीड़ा प्रकट हुई है। डॉ. नामवर सिंह जी ने अपनी पुस्तक 'दूसरी परंपरा की खोज' में 19 सितंबर, 1945 को बनारसीदास चतुर्वेदी, 18 अगस्त, 1948 तथा 30 मई, 1950 को सुमन जी को लिखे गये पत्रों के अंश उद्धृत किये हैं। काशी हिंदू विश्वविद्यालय में उस समय के कुलपति से उन्हें हिंदी विभाग का अध्यक्ष बनने के लिए आमंत्रण प्राप्त हो गया था। द्विवेदी जी ने बनारसीदास जी को लिखा था—"शांति निकेतन में निस्संदेह सुख था, लेकिन काशी से फेंके जाने का दुःख कहीं अधिक था।" एक अन्य पत्र में लिखते हैं—'काशी जो मेरा स्वप्न है, जिसके एक-एक कण में आकर्षण है, एक-एक दर्शन में उन्माद है, विश्वनाथ और अन्नपूर्णा की अहेतुक कृपा का प्रसाद है, उसी काशी में जाना है।'

पहली बार जब आचार्य द्विवेदी काशी न जाने का निर्णय करते हैं, उस समय भी लिखते हैं—'काशी विश्वविद्यालय की सेवा तो मैं करूँगा ही। चाहे जैसे हो, पर शांतिनिकेतन छोडूंगा नहीं। वह भी गुरुभूमि है, यह भी गुरुभूमि है।' नामवर सिंह प्रश्न करते हैं, विश्वभारती उस समय उत्कर्ष के शिखर पर थी, समूचे आश्रम का सांस्कृतिक वातावरण था। गुरुदेव रवींद्रनाथ और क्षितिमोहन सेन के अतिरिक्त प्रलोभन यह था कि कलकत्ते से पंडित बनारसीदास चतुर्वेदी 'विशाल भारत' जैसी प्रभावशाली पत्रिका निकाल रहे थे। यह सबकुछ था, फिर भी काशी के लिए मन में एक हुड़क थी। क्या विडंबना है? जिस काशी ने अपनी गोद से उतार दिया, उसी के लिए हुड़क? जी हाँ, क्योंकि काशी आचार्य हजारीप्रसाद द्विवेदी के लिए अनेक शहरों के बीच केवल एक शहर नहीं था। उनका अपना स्वप्नलोक था, एक ऐसा लोक जहाँ से उन्हें जीवनी शक्ति प्राप्त होती थी। अपने एक निबंध 'मेरी जन्मभूमि' में उन्होंने अपने गांव के समीप 'ओझवलिया' और पूरे क्षेत्र का उल्लेख करते हुए लिखा है कि उस क्षेत्र को 'लहुरी काशी' कहा जाता था। वह संस्कृत विद्वानों की खान थी। उन्होंने लिखा कि 'मेरे इस छोटे से गांव में भारत का बहुत बड़ा इतिहास पढ़ा जा सकता है।' पिंड से ब्रह्मांड को समझने की दृष्टि गांव से काशी और काशी से निर्वासित होकर आचार्य द्विवेदी शांति निकेतन पहुँचे थे। यह निर्वासन उतना ही त्रासद था, जैसे उनके प्रिय महाकवि कालिदास के 'मेघदूत' का यक्ष शापग्रस्त होकर

अल्कापुरी से चित्रकूट में भटक रहा था और मेघों के माध्यम से अपने लोक को, अपनी प्रिया को याद कर रहा था।

जो कलि माँझ कबीर न होते

आचार्य हजारी प्रसाद द्विवेदी के गंभीर पांडित्य में शास्त्र और लोक, प्राचीनता और आधुनिकता, विद्वत्ता और विनोदप्रियता, इतिहासदृष्टि और लोकदृष्टि के दुर्लभ संयोग का अध्ययन करने वाले अध्येताओं ने उनके उपन्यासों, ललित निबंधों और आलोचना ग्रंथों में भी मानवतावादी मूल्यों की स्थापना, इतिहास, समाज और संस्कृति के विभिन्न आयामों को साहित्य की अविच्छिन्न परंपरा से जोड़ने का महान उपक्रम माना है। लोक के पक्ष में शास्त्रों के अतिक्रमण की नवीन और क्रांतिकारी दृष्टि उन्हें कबीर से मिली है। उनके व्यक्तित्व में अंतर्निहित अनौपचारिकता, अक्खड़पन और फक्कड़पन भी कबीर की देन है। कबीर की पुनर्व्याख्या या उनके साहित्य को समझने की एक और नई दृष्टि आचार्य द्विवेदी ने अवश्य दी है, लेकिन यह एक सर्वमान्य तथ्य है कि एक लोक प्रतिष्ठित जनकवि के रूप में कबीर शताब्दियों पूर्व से प्रतिष्ठित हैं। कबीर के कवित्व और उनकी साखियों के सहारे उनके साहित्य में अवगाहन करने वाले लोग 15वीं शताब्दी से ही मिलते हैं। उत्तर भारत ही नहीं, संपूर्ण देश में वैष्णव आचार्यों की प्रेरणा से जिस भक्ति आंदोलन का सूत्रपात हुआ था और लोक भाषाओं के माध्यम से जिन जनकवियों ने उस आंदोलन को जनमानस तक पहुँचाया था, उनमें कबीर प्रथम थे। कबीर के समकालीन और संभवतः गुरुभाई संत 'पीपा' की वाणी में कबीर का महत्त्व रेखांकित हुआ है–'जो कलि माँझ कबीर न होते, तौं लोक, वेद और कलियुग मिलिकरि भगति रसातल देते।' यह एक कठिन काल था। सिकंदर लोदी जैसे बर्बर शासक द्वारा किये गये ऐसे अत्याचारों का उल्लेख मिलता है, जिससे कबीर को काशी छोड़कर 'मगहर' (जिला बस्ती) जाना पड़ा था, जहाँ 1565 में उनकी मृत्यु हुई थी। कबीर ने कर्मकांड का खंडन किया था और शास्त्रों की जगह सत्संग और अनुभवजन्य ज्ञान को प्रतीकों के माध्यम से तीखी सधुक्कड़ी भाषा में लोगों के सामने प्रस्तुत किया था। मिथकों और उलटबांसियों का प्रयोग करने वाले कबीर को आचार्य द्विवेदी ने 'वाणी का डिक्टेटर' कहा है। अनुभूत सत्य का कबीर ने ऐसा प्रयोग किया था, जिसमें धर्म और जाति की सभी सीमाएँ टूट गयी थीं।

कबीर के भक्तों, प्रशंसकों और अनुयायियों की एक नई धारा बन गयी। एक नया पंथ अर्थात् जीवनदृष्टि से संपन्न एक नया मानव समुदाय बन गया। कबीर की इसी जीवन दृष्टि ने शायद आचार्य हजारीप्रसाद द्विवेदी को भारतीय इतिहास के उस पक्ष को समझने की दिशा प्रदान की है, जिसमें शास्त्र की वैचारिक

दृढ़ता लोक की व्यावहारिक आचार संहिता के समक्ष नतमस्तक हो जाती है। यही उनका 'लोकधर्म' भी है, जो नामवरजी के शब्दों में साधारण जनों के विद्रोह की विचारधारा है। लोकमंगल की कामना से परिपूर्ण कबीर की लोकदृष्टि की पहचान इतिहासदृष्टि, सांस्कृतिक दृष्टि अथवा साहित्य दृष्टि से पृथक् है। आचार्य राममूर्ति त्रिपाठी ने आचार्य द्विवेदी की इतिहास दृष्टि को 'चिन्मुख मानवतावादी' कहा है और यह माना है कि उनकी प्रस्थान दृष्टि बिल्कुल नवीन है।

यद्यपि इतिहास दृष्टि को लोकदृष्टि का ही विस्तार माना गया है, लेकिन आचार्य द्विवेदी की लोकदृष्टि का सवाल साहित्य का ही सवाल न होकर सामाजिक वास्तविकता का सवाल है। हर रचनाकार अपने कृतित्व और व्यक्तित्व के माध्यम से अपने समाज को ही अभिव्यक्त करता है। अपनी परंपराओं से ऊर्जा ग्रहण करता है और अपने योगदान से उसी समाज को महत्तर बनाता है। फणीश्वरनाथ 'रेणु' ने 'मैला आंचल' में मिथिला के एक अंचल का सजीव चित्रण करके उसे आंचलिक कथा साहित्य की अमर कृति बना दिया है। रचनाकार की प्रतिभा उसके परिश्रम, अनुभूति, परंपरा और अध्ययन से निर्मित होती है। साथ ही वह अपने पाठकों का एक समूह, एक दृष्टि और नया साहित्य लोक भी निर्माण करता है। काव्य सृष्टि हो या गद्य सृष्टि, आचार्य द्विवेदी ने एक दशक तक एक विश्वप्रसिद्ध कवि को कविकर्म की अंतः प्रक्रिया से गुजरते हुए देखा था। गुरुदेव के गीतों, चित्रों, नृत्य नाटिकाओं का सृजन, चित्रांकन और मंचन भी देखा था। उनके मिथकों, बिंबों और जीवंत संवादों से सराबोर हुए थे। उन्हें ऐसे अनेक सुअवसर भी मिले थे, जिसमें महात्मा गांधी, कस्तूरबा गांधी, जवाहरलाल नेहरू, कमला नेहरू सहित देश के सैकड़ों विद्वानों, क्रांतिकारियों और स्वतंत्रता सेनानियों को गुरुदेव से आशीर्वाद और सहयोग प्राप्त करते देखा था। ब्रिटिश दमनचक्र के विरुद्ध उसी दौर में गुरुदेव ने 1932 में अपनी प्रसिद्ध कविता 'प्रश्न' लिखी थी। यूरोप, अमेरिका, इराक और ईरान की विदेश यात्राएँ भी गुरुदेव ने उसी दौर में की थीं, जहाँ उन्हें अभूतपूर्व सम्मान दिया गया था। उन्हें ईरान में 'पूर्व का आलोक' कहा गया और अमेरिका के राष्ट्रपति हूवर ने यहाँ तक कहा था कि 'आप अकेले इतने बड़े कारण हैं कि भारत को स्वतंत्र कर दिया जाए।' आचार्य द्विवेदी इस पूरे दौर के साक्षी रहे हैं। उन्होंने अविभाजित भारत में स्वतंत्रता पाने की बेचैनी के साथ-साथ देश विभाजन की क्रूरतम मानव त्रासदी को भी शांति निकेतन में रहते हुए स्वयं देखा और अनुभव किया था। उन्होंने उसी दौर में भारत छोड़ो क्रांति, द्वितीय विश्वयुद्ध तथा देश और दुनिया की राजनीति को देखा था। शिक्षा जगत् की राजनीति को देखा और उसके शिकार भी हुए थे। यह प्रश्न आज तक अनुत्तरित है कि उनके दौर की राजनीतिक उथल-पुथल किसी भी रूप में

उनके साहित्य में क्यों अभिव्यक्त नहीं हुई?

आचार्य हजारीप्रसाद द्विवेदी के साहित्य का मैं सामान्य पाठक हूँ, अध्येता नहीं हूँ। यह आलेख द्विवेदी के लोक पर लिखा एक पाठक का दृष्टिकोण है। उन्हें पढ़ते हुए यह बार-बार महसूस होता है कि उनका लोक उनके निबंधों की सीपी में पला-बढ़ा है। मैं नहीं जानता कि उसमें लालित्य पक्ष कितना है, व्यक्ति व्यंजकता और आत्म व्यंजकता कितनी है, लेकिन इन निबंधों में केवल पांडित्य ही नहीं, इतिहास भी है, सभ्यता, संस्कृति और धर्म की बानगी है। द्विवेदी जी जिस लोक में विचरते हैं, उसमें अशोक है, शिरीष है, देवदारु है, कुटज है, मौलसिरी है, चंपा चमेली है, पलाश और अमलतास है। 'अशोक के फूल' में अशोक के बहाने वनस्पति शास्त्र से लेकर इतिहास की सभ्यताओं और संस्कृतियों का गहरा और अचंभित करने वाला वर्णन है। उन्हीं के शब्दों में, 'अशोक का वृक्ष जितना भी मनोहर हो, जितना भी रहस्यमय हो, जितना भी अलंकारमय हो, परंतु वह उस विशाल सामंत-सभ्यता की परिष्कृत रुचि का ही प्रतीक है, जो साधारण प्रजा के परिश्रमों पर पली थी, उसके रक्त से स-सार कणों को खाकर बड़ी हुई थी।' 'अशोक यदि शोभा, गरिमा, पवित्रता और सुकुमारता का प्रतीक है तो शिरीष कालजयी अवधूत की भाँति जीवन की अजेयता का मंत्र प्रचार करता है।' 'कुटज' अपने मन पर सवारी करता है, मन को अपने पर सवार नहीं होने देता।' उनके निबंधों का प्रत्येक प्रतीक एक-एक फूल, नदियाँ, पर्वत, यहाँ तक कि कुत्ता, मैना तक उनके लोक परिवार के अविभाज्य अंग हैं। जैसे नामवर जी ने लिखा है कि 'पुनर्नवा' उनके समस्त रचनाकर्म का बीज शब्द है, उसी तरह लोक स्वीकृति और सामाजिक मान्यता भी आचार्य द्विवेदी के लिए सबसे बड़ी कसौटी है। उन्होंने लिखा है, 'कोई नाम इसलिए बड़ा नहीं होता कि वह नाम है, बल्कि वह इसलिए बड़ा होता है कि उसे सामाजिक स्वीकृति मिली है। रूप व्यक्ति सत्य है, और नाम समाज सत्य है।'

आचार्य द्विवेदी का लोक औसत प्रतिभावाले मनुष्य का लोक है। यही कबीर, तुलसी, रहीम, रसखान से लेकर नागार्जुन, धूमिल और दुष्यंत कुमार का भी लोक है। वहीं मनुष्य, जो साहित्य का लक्ष्य है, जिसकी औसत बुद्धि सही और गलत में अंतर करती है और जिसका विवेक हर जोखिम उठाकर सत्य के पक्ष में खड़ा होता है। यह मनुष्य साहित्य के ही नहीं, पत्रकारिता के केंद्र में भी है, जो स्वतंत्रता और लोकतांत्रिक मूल्यों का रक्षक है, जो अपनी सीमाओं, क्षमताओं, अपने मन की बुनावट, परंपरा के संस्कारों और अपने दैनंदिन जीवन के संघर्षों तथा अनुभवों से संचालित होता है, जो किसी विद्वान् दार्शनिक की तरह अंतिम या संपूर्ण सत्य के ज्ञाता होने का फतवा नहीं देता, लेकिन अपने सहज निर्णय से चुटकियों में बड़े-से-बड़े सत्ता

शिखर को ध्वस्त कर देता है। धूल में मिला देता है। यही मनुष्य आचार्य द्विवेदी का लोक सृजित करता है। इसी के उपासकों कबीर, तुलसी, विवेकानंद, दयानंद, रवींद्रनाथ, महात्मा गांधी से उन्हें लोकदृष्टि मिली थी। आज का मीडिया और संचारतंत्र भी लोक केंद्रित लोकदृष्टि का दावा करता है, लेकिन यह लोक दृष्टि समाज केंद्रित कम और अर्थ केंद्रित अधिक है। आचार्य द्विवेदी और उनके समकालीन साहित्यकार साहित्य और सामाजिक विमर्श से ऊर्जा ग्रहण करते थे। उनकी लोकदृष्टि समाज और पाठकों पर केंद्रित थी, जबकि आज मीडिया की लोकदृष्टि का वास्तविक उद्देश्य है सर्वशक्तिमान बनना, उपलब्ध हर अनैतिक साधन के सहारे दौड़ में शामिल हर प्रतिद्वंद्वी को बाहर फेंक देना। ऐसी लोक दृष्टि से प्रतिभाएँ पैदा नहीं होतीं, असुरक्षा बोध जन्म लेता है। चिंतकों और मनीषियों का एक स्वप्नलोक भी होता है, जिसका साक्षात्कार वे अपने सृजन और जीवंत भूमिका के माध्यम से करते हैं। उस लोक में धर्म, दर्शन, समाज, साहित्य और कला के अतीत और वर्तमान की व्याख्या होती है। सामाजिक, सांस्कृतिक मापदंडों का पुनर्मूल्यांकन होता है। दिशाहीन और मूल्यों से क्षरित हो रहे समाज को एक भविष्य दृष्टि प्राप्त होती है। यह दृष्टि भी उन्हें 'विश्व भारती' में ही मिली थी। पंडित बनारसीदास चतुर्वेदी के साथ हुए पत्रों के आदान-प्रदान में यह दृष्टि दिखाई पड़ती है। चतुर्वेदी जी का द्विवेदी जी के जीवन में अन्यतम स्थान है। 'विशाल भारत' के संपादक ही नहीं, अपने समय के प्रख्यात पत्रकार और अक्खड़ लेखक बनारसीदास जी ने शिक्षा, साहित्य, स्त्रियों के अधिकार, शहीदों और प्रवासी भारतीयों के लिए अतुलनीय कार्य किया था। चतुर्वेदी जी पंद्रह वर्ष बड़े थे आचार्य द्विवेदी से, लेकिन उनको अपना गुरु मानते थे। उनकी मेधाशक्ति और सृजनशील प्रतिभा को पहचानकर चतुर्वेदी जी ने उन्हें 'विशाल भारत' में लेखन का भरपूर अवसर दिया था। 'विश्व भारती' के संपादक के रूप में द्विवेदी जी द्वारा की गयी टिप्पणियाँ आज भी हर संपादक को प्रेरित करती हैं।

आचार्य द्विवेदी का लोक एक युगसंधि का लोक था। एक नया भारत करवट ले रहा था। स्वतंत्रता पाने के लिए संघर्ष, त्याग और बलिदान का दौर भी उन्होंने देखा। संसदीय लोकतंत्र की चुनौतियों और कर्णधारों का आचरण उन्होंने देखा ही नहीं, भोगा भी था। उन्होंने अपने दौर के कठपुतली बुद्धिजीवियों और सामाजिक क्रांति के पाखंडी अगुआवों का रेडिकलिज्म भी देखा था। उन्होंने नैतिक मनुष्य को आर्थिक मनुष्य में रूपांतरित होते देखा था। उसी दौर में उन्होंने टेक्नोलॉजी की खौफनाक सत्ता को भाँप लिया था। उन्होंने देखा था कि कैसे मनुष्य के आकार वाले लोगों का दिमाग मशीनों से संचालित होने लगा। जिसके व्यक्तित्व में संवेदनाएँ

घटीं तथा तर्क और संख्या का गणित बढ़ गया। टेक्नोलॉजी अब मनुष्य की चेतना को नियंत्रित कर रही है। मनुष्य की चेतना, जो स्वायत्त और स्वतंत्र है, सूचना और संचार तंत्र की दुरभिसंधि से नियंत्रित नहीं हो सकती, लेकिन विचार शक्ति को संकुचित करने का यह प्रयास जारी है। बाजारवादी मनुष्य ने नैतिक और अनैतिक, न्याय और अन्याय की परंपरागत परिभाषा को बदल दिया है। द्विवेदी जी ने अपने सीमित संसाधनों के बावजूद सादगी और आत्मसम्मान नहीं बेचा, क्योंकि उनकी लोकदृष्टि में विचार ही नहीं, विश्वास और आचरण भी योग्यता की वास्तविक कसौटी थे। नैतिकता और मूल्यदृष्टि, जिसमें बोध और अनुभूति होती है, उन्हें कबीर, रवींद्रनाथ, क्षितिमोहन सेन और महात्मा गांधी से मिली थी।

आचार्य द्विवेदी लोक-कसौटी से पूरी तरह अवगत थे। हर युग की कथाएँ उनके सामने मौजूद थीं। अपने निबंध 'भीष्म को कभी क्षमा नहीं किया गया' में उन्होंने अपने अंतर्द्वंद्व को ही अभिव्यक्त किया है। लोक में निंदित होने के दंड को भीष्म ने शिरोधार्य किया था। अकेले आचार्य द्विवेदी ही नहीं, उनके समकालीन अनेक वरिष्ठों ने भी इसे सिर झुकाकर स्वीकार किया था।

(आजार्य हजारीप्रसाद द्विवेदी जन्म शतवार्षिकी पर आयोजित संगोष्ठी में पढ़ा गया आलेख)

अज्ञेय और पत्रकारिता के प्रतिमान

सच्चिदानन्द हीरानन्द वात्स्यायन 'अज्ञेय' की कायिक अनुपस्थिति के लगभग दो दशक के दौरान हिंदी भाषा, हिंदी साहित्य और हिंदी पत्रकारिता में जो परिवर्तन रेखांकित किया गया है, उसमें सकारात्मक और नकारात्मक दोनों प्रवृत्तियाँ समाहित हैं। अज्ञेय जी जीवित होते तो वे हमें इन प्रवृत्तियों का विश्लेषण करते हुए बताते कि भाषा, साहित्य या पत्रकारिता को आँकने के जो मानक उन्होंने अपने लिए तय किये थे, आज वे कितने प्रासंगिक हैं। हम उनसे यह भी पूछते कि आज वे दूसरा 'दिनमान', चौथा 'प्रतीक' या पाँचवाँ 'तारसप्तक' निकालना चाहते या नहीं? और यह भी कि उत्तर आधुनिकता में पली-बढ़ी साहित्य की नई पीढ़ी, हिंदी शिक्षक की हीनग्रन्थि से ग्रस्त प्राध्यापक और पत्रकार से 'मीडिया परसन' बने लोगों के बीच आज वे तारतम्य बिठा पाते या नहीं। अदम्य जिजीविषा के स्वामी और युवाओं की तरह स्वप्नदर्शी अज्ञेय के लिए यह भी संभव था कि साहित्यकारों और पत्रकारों की नई पीढ़ी के पक्ष में एक नया अभियान छेड़ देते अथवा इस पूरी सोच को शालीनतापूर्वक नकारते हुए खारिज कर देते। इस आलेख में अज्ञेय के संपादक कर्म अथवा उनकी पत्रकारीय प्रतिबद्धता का बृहत् विश्लेषण करने की कोशिश नहीं है बल्कि उनके एक ऐसे अछूते और विस्मृत पक्ष को रेखांकित करने का प्रयास है, जिन्हें उनके प्रशंसकों या आलोचकों ने नोटिस लेने योग्य भी नहीं समझा। सिर्फ यह बताने की कोशिश है कि साहित्य की तरह अज्ञेय पत्रकारिता में भी उतने ही सिद्धहस्त थे। बल्कि लोगों तक उनकी पहुँच का दायरा उनके साहित्यिक दायरे से बड़ा था। अपने पत्रकारीय लेखन की गुणवत्ता और संपादक के पद की गरिमा का मान उन्होंने सदैव रखा है। उन्होंने समकालीन समस्याओं (युग सन्धियों पर) समकालीन लेखकों (स्मृति) पर लिखा है। व्यक्ति-व्यंजक निबन्ध (कहाँ है द्वारका) (छाया का जगत) भी लिखा है। वत्सलनिधि की व्याख्यान शृंखलाओं, लखनऊ, आबू, वृन्दावन, चित्रकूट, बोधगया, जम्मू और जबलपुर के शिविरों के माध्यम से उन्होंने न जाने

कितने युवाओं को जोड़ा, 'साहित्य और समाज परिवर्तन' नाम से वृंदावन शिविर का लेखन प्रकाशित भी हुआ है लेकिन भाषा, शिक्षा या राजनीति पर उनके अधिकतर विचार पत्रकारिता के माध्यम से ही अभिव्यक्त हुए हैं।

सच्चिदानंद हीरानंद वात्स्यायन अपने पाठकों के बीच 'अज्ञेय जी' और मित्रों तथा सहयोगियों के बीच 'वात्स्यायन जी' थे। यह सच है कि उनकी पत्रकारिता का आकलन उनके साहित्य को हाशिये पर रखकर नहीं किया जा सकता, लेकिन उनके व्यक्तित्व की संपूर्णता को केवल साहित्य और पत्रकारिता में बाँटकर भी नहीं देखा जा सकता। हिंदी के प्रति उनके संपूर्ण योगदान को अलग-अलग करके देखना सचमुच जरूरी है। अद्वितीय प्रतिभा के धनी अज्ञेय की छवि एक संपूर्ण सर्जक की है। उनकी रुचियों में कविता, उपन्यास, नाटक, संगीत, व्यंग्य, आलोचना, अनुवाद, ललित निबंध, पुरातत्त्व, रिपोर्ताज, कलाप्रेम, यात्रावृत्तांत, वनस्पति विज्ञान, फोटोग्राफी के साथ-साथ संपादन कर्म और संपादकीय टिप्पणियाँ भी शामिल हैं। उनकी संकल्पशक्ति, गंभीर अध्ययन, यायावरी, सुरुचि, अध्यवसाय और बौद्धिक अनुशासन के जो संस्कार उनके व्यक्तित्व में हैं, वही उनके साहित्य और पत्रकारिता में भी है। उनकी आकुलता और आत्मसंघर्ष की छाया भी दोनों जगह दिखाई देती थी। उनकी कविताओं को नई कविता के खाँचे में रखा जायेगा या प्रयोगवादी कविता के, उनके प्रतीक और उपमान परम्परागत उपमानों से कितने भिन्न हैं? भाषा और शैली के नये प्रयोगों को लेकर उनमें और उनके आलोचकों में कौन सत्य है? उनके लेखन में व्यक्तिगत अनुभूतियों ओर सामाजिक सरोकारों में से कौन अधिक हावी है। पहले 'तारसप्तक' के लिए चयनित सभी सातों कवियों के बीच समानताएँ क्या हैं और अंतर्विरोध क्यों हैं? एक ओर मैथिलीशरण गुप्त को वे वाचिक परम्परा का अन्तिम महाकवि और अपना काव्यगुरु मानते हैं और दूसरी ओर गजानन माधव मुक्तिबोध उन्हें इतने प्रिय हैं कि उनकी मृत्यु ने उन्हें अन्दर तक हिला दिया था। पूछा जाता है कि अज्ञेय ने दोनों के बीच कौन-सी समानता देखी थी? उनके साहित्य में चर्चित और अनुत्तरित सवालों को उठाने का जोखिम मैं नहीं ले सकता क्योंकि यह मेरे लिए अनाधिकार प्रवेश भी होगा और विषयान्तर भी। उनकी सजगता, सहजता, ग्राहयता एकाग्रता उनके अंतर्मुखी अनुष्ठान तथा उनके अल्पभाषी और अपरिभाषेय व्यक्तित्व का अविभाज्य हिस्सा था। उनके चारों ओर आभिजात्य का घेरा उनको और रहस्यमय बनाता था। अज्ञेय जी से यह भी पूछा जाता था कि वे इतने अल्पभाषी क्यों हैं? अन्य साहित्यिकों की तरह मुखर या वाचाल क्यों नहीं हैं? एकाकी और चुप-चुप रहना क्या उनका अहंकार था या कोई अदा थी? उनके निकटस्थ विद्यानिवास मिश्र ने लिखा है कि 1928 से 1936 की अवधि उनके क्रांतिकारी आंदोलन में प्रविष्ट होने,

गिरफ्तारी, यातना और मुकदमों का दौर था। आत्ममंथन, स्वप्नभंग और क्रांतिकारी जीवन के साथियों को आदर्शच्युत होते देखकर उनमें एकाकीपन का अभ्यास बढ़ता गया जो अन्त तक बना रहा।

अज्ञेय ने कई कहानियाँ और 'शेखर एक जीवनी' का लेखन तो लाहौर, अमृतसर की जेल यातनाओं और दिल्ली जेल की कालकोठरी में ही कर लिया था लेकिन आजीविका के लिए सबसे पहले आगरा में 'सैनिक' के संपादन मंडल में एक वर्ष तक रहे। स्वतंत्रता संग्राम सेनानी श्रीकृष्णदत्त पालीवाल उसके संस्थापक-संपादक थे। वहीं पर उनका परिचय नेमिचन्द्र जैन, रामविलास शर्मा, प्रभाकर माचवे से हुआ था। माचवे जी से उनको 'तारसप्तक' की प्रेरणा मिली थी। पालीवाल जी से मतभेद और 'सैनिक' छोड़ने की घटना संपादकीय अधिकार के अतिक्रमण और स्वाभिमान की कहानी है। बरारसीदास चतुर्वेदी के आग्रह पर अज्ञेय ने डेढ़ वर्ष तक कोलकाता से प्रकाशित हो रहे 'विशाल भारत' के संपादक मंडल में काम किया था और उन्हीं से मतभेद के कारण छोड़ा भी था। विद्यानिवास मिश्र ने लिखा है कि वहीं पर उन्होंने पत्रकारिता के आदर्श और व्यवहार के वैषम्य का साक्षात् अनुभव प्राप्त किया। उसके बावजूद पत्रकारिता के माध्यम से अभिव्यक्ति का उनका आकर्षण कम नहीं हुआ। उन्होंने चार 'सप्तकों' का संपादन किया था। 1943 में पहले 'तारसप्तक' के प्रकाशन के बाद उनकी चयन और संपादन प्रतिभा को सबने स्वीकार किया और सराहा। पहले सप्तक के सात कवियों में से चार मुक्तिबोध, नेमिचन्द्र जैन, रामविलास शर्मा और भारतभूषण अग्रवाल जैसे कवि मार्क्सवाद से प्रभावित थे। उन लोगों का चयन ही इस बात का प्रमाण है कि साहित्य या पत्रकारिता की राजनीति उन पर हावी नहीं थी। दूसरे सप्तक में भवानीप्रसाद मिश्र, नरेश मेहता, रघुवीर सहाय, धर्मवीर भारती और शमशेर जैसे कवि शामिल किये गये थे, जो अज्ञेय को वैचारिक मतभेदों के बाद भी प्रिय थे। अज्ञेय की निगाह में यह श्रेष्ठ संकलन था। जैसे उनके लिए भी एक बार यह तय करने की दुविधा थी कि मूलतः वे कवि हैं या उपन्यासकार और उन्होंने पहले कवि, फिर उपन्यासकार और अंततः कवि घोषित किया था। उसी तरह यह तय करना भी अत्यधिक कठिन है कि 'मैं उन लेखकों में से हूँ जो यह प्रयत्न करते हैं कि उनका जीवन दर्शन उनकी सर्जनात्मक कृतियों में निहित अथवा अनुस्यूत रूप में ही न रह जाए, बल्कि एक सार्थक विचार शृंखला के रूप में भी सामने आए, जिसे लेखक स्वयं और उसके पाठक भी कसौटियों पर परख सकें।' यह मानक उनके पत्रकारीय लेखन के लिए भी लागू है।

सामाजिक, सांस्कृतिक और नैतिक क्रांति के लिए मानवीय मूल्यों को उद्वेलित करना साहित्य का भी धर्म है और पत्रकारिता का भी। उनका संपादन कर्म

उनके साहित्य लेखन की तुलना में कम हो सकता है लेकिन गुणवत्ता में कमतर नहीं है। मुझे अब तक इस प्रश्न का कोई उत्तर नहीं मिला है कि अज्ञेय के घोर प्रशंसकों और कटुतम आलोचकों ने उनके साहित्यिक अवदान को जिस गहराई से विश्लेषित किया है, उसी गहराई से पत्रकारिता में उनके हस्तक्षेप को लेकर विश्लेषण क्यों नहीं किया गया। 'प्रतीक' और साप्ताहिक 'दिनमान' में उनके निकट सहयोगी रहे रघुवीर सहाय ने 1984 में चार दिन तक उनसे लम्बी बातचीत की थी, लेकिन उनकी पत्रकारिता के बारे में एक भी प्रश्न नहीं पूछा। यह मान लेना अन्याय होगा कि पत्रकारिता में उनका योगदान कमजोर अथवा अमहत्त्वपूर्ण है। साहित्य से बार-बार पत्रकारिता की ओर उनका लौटना, बार-बार 'प्रतीक' निकालने की उनकी ललक जड़ों की ओर वापस लौटने जैसी है। वे पत्रकारिता के व्यापक प्रभाव को भी जानते थे और अभिव्यक्ति के जोखिम को भी अच्छी तरह पहचानते थे। इलाहाबाद से निकले 'प्रतीक' के पहले अंक की संयोजना (संपादकीय) में उन्होंने लिखा था, 'प्रतीक' के पीछे जो उद्योग, जो योजना और जो आदर्श निहित हैं, वह पाठक की आलोचक बुद्धि को ही नहीं, संग्राम संवेदना को भी छू सके, उनके साथ हमारा संबंध उत्पादक-वितरक और ग्राहक-भोक्ता का नहीं, भावक और रसिक का हो।'' इससे स्पष्ट है कि साहित्य सृजन या संपादन कर्म उनकी दृष्टि में अभिव्यक्ति के एक ही लक्ष्य की पूर्ति थी, कोई भी कम महत्त्वपूर्ण नहीं था। रघुवीर सहाय ने लिखा है—'प्रतीक' बंद होने के बाद हठात यह मालूम हुआ कि अपने को कहने का, अपने को पहचानने का बहुत बड़ा साधन छिन गया। ऐसा सोचने वालों में बालकृष्ण शर्मा 'नवीन', सेठ गोविन्द दास, धर्मवीर भारती, सर्वेश्वरदयाल सक्सेना, शमशेर और नागार्जुन जैसे लोग थे।'' 'प्रतीक' तो बंद हो गया लेकिन उसने जो ऊर्जा फैलायी थी वह नये कवियों में अपने-अपने ढंग से विकसित होती रही। पंडित विद्यानिवास मिश्र ने लिखा है कि 'प्रतीक' का दायरा बहुत ही विस्तृत था और आज जो लोग साहित्य की नई पीढ़ी के रूप में प्रतिष्ठित हुए हैं उनमें से अधिकांश की प्रतिभा का उन्मीलन 'प्रतीक' में हुआ। 'प्रतीक' में अज्ञेय ने अपना सब कुछ लगाया और उसमें इतनी आर्थिक हानि सही कि उस हानि को पूरा करने के लिए उन्हें 1963 तक कठोर परिश्रम करना पड़ा। दिल्ली से निकला 'प्रतीक' अगस्त 1952 तक चलता रहा और उसका स्तर कभी गिरा नहीं।

साहित्य की तरह पत्रकारिता में भी अज्ञेय लीक से हटकर थे। वे एकाकी भी थे और सामूहिक कर्म के अगुवा भी। मितभाषी होते हुए भी वे बड़े संग्राहक और प्रतिभा पारखी थे। यूरोप, अमेरिका और अनगिनत देशों की बार-बार की गयी यात्राओं से उन्होंने एक अन्वेषक और खोजी पत्रकार की तरह लाभ उठाया था।

अनुभव के अपने विशाल भंडार को उन्होंने पढ़कर, सुनकर, मिलकर और घूम-घूमकर समृद्ध किया था। इन्हीं यात्राओं में उन्होंने नये औद्योगिक साम्राज्य का विस्तार और संस्कृतियों पर प्रचंड आक्रमण भी देखा था। दूसरे विश्व युद्ध से झुलसे हुए यूरोप और जापान को देखा था। उनके राजनीतिक, आर्थिक और सांस्कृतिक साम्राज्य के ध्वस्त होने की छाप उनके मन पर थी। उनकी बेचैनी, विरक्ति और एकाकीपन भी इसी दौर में बढ़ा था। मनुष्य की संवेदना और मेधा में उनकी बुनियादी आस्था थी। उनकी विद्वत्ता और व्यक्तित्व से प्रभावित प्रशंसक मानते हैं कि उनका सम्पूर्ण आकलन उनको किसी अकादमिक दायरे में बाँधकर नहीं किया जा सकता। उनके साहित्य की तरह उनकी पत्रकारिता भी अनुशासित लेकिन मुक्त थी। साथ ही यह भी है कि उनकी पत्रकारिता कई वर्षों तक प्रतिष्ठानों के प्राणहीन नियमों में निरुद्ध होकर छटपटाती रही थी। साहित्य में उनके काव्यगुरु मैथिलीशरण गुप्त थे, लेकिन पत्रकारिता में उनके गुरु या आदर्श कौन थे, इसका उल्लेख अभी तक नहीं मिला है। उनकी पत्रकारिता भी सम्पूर्ण अभिव्यक्ति की एक विद्या थी और उत्कट बेचैनी उनकी बहुमुखी रचनाधर्मिता को प्रेरित करती थी। पंडित महावीरप्रसाद द्विवेदी मानते थे कि संपादक की पहली योग्यता उसकी निर्भीकता होती है। इस कसौटी पर अज्ञेय पूरे खरे उतरते हैं। 'सैनिक' हो या 'विशालभारत', 'आकाशवाणी' हो या 'दिनमान' या 'नवभारत टाइम्स' उन्होंने अभिव्यक्ति की आजादी और संपादक के स्वाभिमान से कभी कोई समझौता नहीं किया। लेखक की गरिमा को कभी गिरने नहीं दिया। उनके उदात्त संपादकीय कौशल का इससे बड़ा प्रमाण क्या हो सकता है कि एक लेख माँगने के लिए वे नये लेखकों को भी बार-बार लिखकर तगादा करते थे और उत्साही नौजवान पत्रकारों का लेखन स्वयं सुधारकर छापते थे। डॉ. प्रभाकर माचवे ने अपने एक लेख 'संपादक अज्ञेय' में लिखा है कि वे मित्रों की रचनाएँ बेमुरौवत लौटाते थे और नये-नये लेखकों से लिखवाते थे।

'दिनमान' और अज्ञेय

हिंदी पत्रकारिता में साप्ताहिक 'दिनमान' का अवतरण बिलकुल नया, साहसिक, सार्थक और अद्वितीय प्रयोग था। स्वतंत्रता के लगभग दो दशक बाद शुरू हुआ 'दिनमान' का प्रकाशन हिंदी पत्रकारिता में आज भी अज्ञेय की अक्षयकीर्ति का स्तंभ है। संपादक के रूप में अज्ञेय के जुड़ने के कारण 'दिनमान' अपने प्रकाशन और पाठकों तक पहुँचने के पहले ही चर्चित हो गया था। स्वतंत्रता संग्राम से तपकर निकले सेनानियों के अलावा राजनीति, शिक्षा, प्रशासन, साहित्य और पत्रकारिता से जुड़े लाखों ऐसे लोग थे, जिनका सत्ता की राजनीति और व्यवस्था से मोहभंग तेजी से हो रहा था। उनमें माखनलाल चतुर्वेदी, मैथिलीशरण गुप्त, बालकृष्ण शर्मा 'नवीन',

शिवपूजन सहाय जैसे लोग भी थे जो राजनीति, साहित्य और पत्रकारिता में मूल्यों, सरोकारों, संवेदनाओं और ईमानदारी के क्षरण से बेहद व्यथित थे। उनके लिए एक नई ऊर्जा और ताजी बयार की तरह था। 'राष्ट्र की भाषा में राष्ट्र का आह्वान' के सूत्र वाक्य ने सबको मोह लिया था और इस आदर्श को 'दिनमान' ने अक्षरशः चरितार्थ किया था। नामकरण से लेकर 'दिनमान' के कलेवर, सामग्री चयन, पाठक वर्ग और उनकी भागीदारी पर अज्ञेय ने गंभीर विमर्श किया था। 'दिनमान' का वृत्त कितना बड़ा होगा इस पर भी विचार उन्होंने किया था। 1900 में जब 'सरस्वती' का प्रकाशन हुआ था तो उसके उद्देश्य में लिखा गया था 'इस पत्रिका में कौन-कौन से विषय रहेंगे। यह केवल इसी से अनुमान करना चाहिए कि इसका नाम 'सरस्वती' है।' इसी तरह साप्ताहिक 'दिनमान' (सूर्य) का क्षेत्राधिकार सम्पूर्ण सौरमंडल ही नहीं, उसके भी आगे सम्पूर्ण ब्रह्माण्ड था। उसमें हर सप्ताह ज्ञान-विज्ञान, देश-विदेश, इतिहास, अनुसंधान, भाषा, खेल साहित्य से लेकर राष्ट्रीय अस्मिता और मानवता की गरिमा तक सब कुछ झलकता और धड़कता था। अज्ञेय ने हिंदी के बुद्धिजीवियों, परिवर्तन के लिए मचलते नौजवानों, अपनी पहचान बनाने की तलाश में लगे लोगों को एक साथ जोड़ा था। संपादकों की एक ऐसी टीम जुटाई थी, जिनमें कुछ लोग आकाशवाणी के दिनों से उनके सहयोगी जरूर रहे थे, लेकिन पाठकों के बीच सुपरिचित नहीं थे। मनोहरश्याम जोशी ने इसे माना है कि रघुवीर सहाय के अतिरिक्त किसी की कोई पृथक् पहचान नहीं थी। उस दौर की लोकप्रिय पत्र-पत्रिकाओं के संपादकों के बीच भी अज्ञेय को अस्पृश्य ही माना गया था। साहित्य के पाठकों के बीच उनकी स्वीकार्यता जैसे अनेक साहित्यिकों को भयभीत करती थी, उसी तरह उस दौर के संपादकों में भी ईर्ष्या जगाती थी। इतने अवरोध और अस्वीकार के बावजूद अज्ञेय पूरी मजबूती से परम्परागत हिंदी पत्रकारिता में बिलकुल नई भाषा और नये तेवर वाला प्रयोग करने के लिए तैयार थे। यह प्रयोग आज भी मील का पत्थर माना जाता है। उनकी प्रतिमा को खंडित और प्रतिभा को खारिज करना संभव नहीं था। रघुवीर सहाय ने लिखा है कि 'राजनीतिक क्षेत्र में जब सहित्यिकों के नाम याद किये जाते हैं, वात्स्यायन का नाम सूची से अलग याद किया जाता है।' 'दिनमान' का प्रकाशन अपने समय की एक क्रांतिकारी घटना थी। हिंदी का बौद्धिक जगत इस सूचना से उत्तेजित था कि अज्ञेय जी हिंदी में 'टाइम' और 'न्यूजवीक' की तरह सुसज्जित एक पत्रिका निकाल रहे हैं। हर क्षेत्र के श्रेष्ठ पुरुषों ने प्रकाशन के लिए शुभकामनाएँ भेजी थीं।

उन दिनों श्रीमती इन्दिरा गांधी भारत सरकार की सूचना-प्रसारण मंत्री थीं। अज्ञेय को जानती थीं। उन्होंने अपने सन्देश में कहा कि—'वात्स्यायन जी जैसे

प्रतिष्ठित रचनाकार के निर्देशन में यह पत्रिका भारतीय पत्रकारिता के क्षेत्र में एक विशिष्ट स्थान प्राप्त करेगी।' प्रसिद्ध कवि रामधारी सिंह दिनकर ने अपने सन्देश में कहा 'दिनमान' के पन्ने गवाह हैं कि प्रधानमंत्री बनने के बाद 'दिनमान' और अज्ञेय द्वारा सबसे कटु आलोचना इंदिरा गांधी और उनकी सरकार की ही की गयी थी। 'हिंदी की राह के रोड़े' संपादकीय टिप्पणी में उन्होंने लिखा 'अच्छा नेता कम बोलता है, लोकतंत्र भारत के अधिकतर नेता अधिक बोलते हैं। इसलिए नेताओं की अधिकतर बातें अब अनसुनी कर देने लायक हो गयी हैं। लेकिन बीच-बीच में कोई बात ऐसी भी कह दी जाती है जिससे एकाएक कई खतरनाक संभावनाएँ उघड़कर सामने आ जाती हैं। खतरनाक इसलिए कि जिस मनोवृत्ति या पूर्वग्रह का परिचय वह बात देती है वह मनोवृत्ति दूषित है। प्रधानमंत्री जब गालिब और कृष्णचंदर के काम की तुलना करती हैं तब उनकी बात हँसकर उड़ा दी जाती है, क्योंकि वह केवल समकालीन साहित्य के बारे में एक राजनेता का अज्ञान ही सूचित करती है और ऐसे लोगों के इस अज्ञान के हम अभ्यस्त हो गये हैं।' ऐसी अनेक तीखी टिप्पणियाँ 'दिनमान' में मौजूद हैं। फणीश्वरनाथ रेणु के साथ घूमकर उन्होंने 1966 में बिहार के सूखे का जो मार्मिक विवरण चित्रों सहित छापा था उसी की नकल करते हुए देश के दूसरे अखबारों ने भी प्रकाशित किया था। अब इस कथा से सभी अवगत हैं कि 'दिनमान' से अलग होने के बाद इमरजेंसी के समय जयप्रकाश नारायण के आंदोलन में अज्ञेय ने कितना बड़ा जोखिम उठाकर, कितनी बड़ी भूमिका निभाई थी। उस दौर में देश के बड़े साहित्यकारों और बड़े पत्रकारों का सृजन कर्म कैसा था? उनकी लोकस्वीकृति कितनी थी? विद्यानिवास मिश्र ने लिखा है, "1965 फरवरी में उन्होंने 'दिनमान' साप्ताहिक का सम्पादन स्वीकार किया। घर-बाहर 'दिनमान' में जाने का विरोध भी हुआ, घर इसलिए कि स्वास्थ्य परिश्रम के लिए अनुकूल नहीं है और बाहर इसलिए कि पत्रकारिता साहित्यकार की बाधा है। पर एक तो वे इसके लिए वचनबद्ध हो चुके थे, दूसरे वे हिंदी पत्रकारिता के स्तर को ऊँचा उठाने में अपना योगदान करना चाहते थे। साथ ही वे अपने लिए प्रयोग भी करना चाहते थे कि सहृदय ही नहीं, जन-साधारण मात्र के स्तर पर मैं प्रेषणीय बनूँ। इसके अलावा एक जबर्दस्त कारण था।

अज्ञेय स्वातंत्र्योत्तर भारतवर्ष में अपनी राष्ट्रीय प्रतिबद्धता का निर्वाह करने के लिए यह जरूरी समझने लगे थे कि गैर पेशेवर राजनैतिक मत का सामने आना आवश्यक हो गया है। पेशेवर राजनीतिज्ञों के हाथ में देश को सौंपकर चुपचाप बैठ जाना जनतंत्र के लिए वांछनीय नहीं है।" 'दिनमान' में उन्हें सबसे पहला अनुभव यह हुआ कि हिंदी की प्रतिष्ठा की बुनियाद हिंदी की प्रेषणीयता में है, हिंदी की

आंतरिक शक्ति में है। हिंदी के पाठक की सुरुचि, प्रबुद्धता और जिज्ञासा में ही हिंदी की वास्तविक शक्ति है। इस विश्वास ने उन्हें अपनी समूची, संगठन-शक्ति, कल्पना और मनोनयन को लगाकर 'दिनमान' के विकास के लिए प्रेरणा दी। छह महीने के भीतर ही 'दिनमान' हिंदी का ही नहीं भारत का अनन्यतम साप्ताहिक समाचारपत्र बन गया। यहाँ तक कि विदेश के पत्रकारों ने कहा कि "जिस भाषा में 'दिनमान' जैसे साप्ताहिक पत्र निकले उसे क्षमाप्रार्थी होने की आवश्यकता नहीं। 'दिनमान' में ही एक तीखा अनुभव भी हुआ कि अंग्रेजी के लिए मानसिक दासता का ऐसा कुप्रभाव है कि हिन्दुस्तान के समाचारपत्र प्रतिष्ठान हिंदी पत्र और पत्रकार को अंग्रेजी से नीचे का दर्जा देते हैं और हिन्दुस्तान के तथाकथित प्रबुद्ध पाठकों का एक महत्त्वपूर्ण वर्ग अंग्रेजी में लिखी हुई बात को ही प्रमाण मानता है। पर 'दिनमान' अज्ञेय का साध्य नहीं है, एक साधन मात्र है। वे 'दिनमान' में उतने आसक्त नहीं है, जितने अपने कर्तव्य-बोध से आबद्ध हैं।"

इसी अन्तराल में उन्होंने जयपुर में 'कालबोध' पर गम्भीर व्याख्यान दिये। दिसम्बर 1972 में उन्होंने जयप्रकाश नारायण के आग्रह पर अंग्रेजी के एक नये वैचारिक साप्ताहिक 'एवरीमैन्स' का संपादकत्व ग्रहण किया। परंतु साल भर तक इस साप्ताहिक को एक निश्चित आकार देने के बाद उन्होंने अनुभव किया कि यद्यपि ऊपर से कागज पर संचालक एक स्वायत्त दीखने वाली संस्था का है, पर परिस्थितिवश भीतर से इसका प्रबंध क्रमशः अधिकाधिक एक व्यक्ति के हाथों में जा रहा है। 'एवरीमैन्स' की बदली हुई स्थिति उन्हें स्वीकार नही थी, इसलिए दिसम्बर 1973 में इस पत्र से अपने आप अलग हो गये। इसके साथ ही उन्होंने अनेक मित्रों तथा सहकर्मियों से बात करके 'प्रतीक' को नये सिरे से फिर से निकालने की योजना बनायी और दिसम्बर 1973 में 'नया प्रतीक' नाम से मासिक पत्र का प्रकाशन प्रारम्भ कर दिया। कुछ लोगों ने इसे अज्ञेय पर आक्रमण करने के लिए एक नये मसाले के रूप में देखा पर अधिकतर ऐसे लोगों ने जो खेमाबद्ध नहीं थे, नया प्रतीक को नई आकांक्षाओं और नयी प्रतिभाओं की अभिव्यक्ति के लिए एक सशक्त माध्यम के रूप में देखा।

उनके निधन के बाद 'पूर्वग्रह' के संपादक अशोक वाजपेयी ने लिखा था, "उनका खुले दिमाग से वस्तुनिष्ठ आकलन नहीं किया गया।" उन्होंने यह भी लिखा था कि "समूची हिंदी में उन जैसा कोई लेखक नहीं हुआ जिसने इतनी अधिक विधाओं में एक साथ और ऐसी समान मूर्धन्यता पायी हो। संक्षेप में यह कि अज्ञेय का कद बहुत ऊँचा था।" अपने एक अन्य लेख 'अज्ञेय की अनुपस्थिति' में उन्होंने यह भी लिखा कि "अज्ञेय मार्क्सवाद के विरोधी थे पर स्वाधीनता, व्यक्ति की गरिमा,

वरण की स्वतंत्रता और सामाजिक जिम्मेदारी के पक्षधर थे।'' ...'अज्ञेय ने 'प्रतीक' को जिस तरह सुरुचि और परख का अचूक प्रतिमान बनाया था, उस तरह का गौरव दूसरी कोई पत्रिका आज तक नहीं पा सकी।' साहित्य से अलग उनके व्यक्तित्व को लें तो इस कथन में सत्यांश है, लेकिन यह भी सच है कि उनके चारों ओर एक रहस्य का घेरा था और लोग उनके निकट जाने से घबराते थे। उनकी यायावरी और विवादों का घेरा, उनकी छवि या प्रक्षेपित छवि का सीधा रिश्ता उनके संपादनकर्म के मूल्यांकन से जुड़ा नहीं है फिर भी उनके लेखन को लेकर प्रोफेसर रामस्वरूप चतुर्वेदी ने अपनी पुस्तक में लिखा है, ''अज्ञेय का आकर्षण भी प्रबल था और विकर्षण भी। उन पर खुद को महिमामण्डित कराने का आरोप था। अपने चारों ओर की अनुकूलता या प्रतिकूलता से वे विचलित नहीं होते थे। कई बार तो वे खुद इसे आमंत्रित करते थे। कभी-कभी वे दोनों ध्रुवों पर साथ-साथ दिखाई देते थे। उनके व्यक्तित्व में रहस्यमयता भी थी और ज्ञान की गरिमा भी।''

अपने संपादन कर्म पर स्वयं अज्ञेय की एक टिप्पणी बहुत महत्त्वपूर्ण है, जो उन्होंने एक लेख 'कलकत्ते की याद' में की थी। यह लेख 'हिंदी साहित्य-बंगीय भूमिका' नामक ग्रंथ में प्रकाशित है जिसका संपादन पंडित कृष्णबिहारी मिश्र और राम व्यास पांडे ने किया है। उन्होंने लिखा कि ''जहाँ भी मैं संपादक रहा हूँ लगातार अपना उत्तराधिकारी तैयार करता रहा हूँ। इसे मैं काम के प्रति भी अपना कर्तव्य समझता हूँ और अपनी आजादी का अंग भी। यानी यह नहीं चाहता कि किसी काम के साथ मैं केवल इसलिए बँधा रहूँ कि इसे और कौन सँभालेगा। यह शायद भारतीय प्रवृत्ति नहीं है। यहाँ तो लगातार यही देखता आया हूँ कि शीर्षस्थ व्यक्ति सबसे पहले अपने आसपास एक शून्य बना लेता है जिससे वह अपने को सुरक्षित समझ सके और कुछ योग्य व्यक्तियों को काफी नीचे स्तर पर रखकर उनसे कुछ उस ढंग से काम लेता है जैसे बँधुआ मजदूरों से लिया जाता है।'' 'विशाल भारत', 'प्रतीक', 'नया प्रतीक', 'एवरीमैन्स' या 'थाट' जैसी पत्रिकाओं के साथ उनके जुड़ाव में आर्थिक हानि-लाभ का मुद्दा नहीं था। द्वितीय विश्वयुद्ध के दौरान जब वे असम-वर्मा फ्रंट पर नियुक्त थे तो उन्होंने सैनिकों के लिए असमिया रोमन में भी एक पत्र निकाला था। उन्होंने निराला द्वारा संपादित पत्र 'सुधा' में भी कुछ टिप्पणियाँ लिखी थीं। लेकिन साप्ताहिक 'दिनमान' और दैनिक 'नवभारत टाइम्स' का दौर ऐसा था, जिसमें उनकी पत्रकारिता किसी सीमा तक उनकी आजीविका भी थी। अगस्त 1977 में 'नवभारत टाइम्स' के संपादन के दौरान उन्हें विरासत में एक बँधा-बँधाया ढाँचा मिला था। उसमें अवरोध अधिक थे और सार्थक बदलाव की संभावनाएँ कम थीं। उस दौरान भी संपादकीय पृष्ठों, साप्ताहिक परिशिष्टों पर अज्ञेय की मौजूदगी दर्ज

है। उन्होंने एक ऐसा मजबूत आधार बना दिया था, जिसके आधार पर आगे चलकर 'नवभारत टाइम्स' की विश्वसनीयता बढ़ी और नया विस्तार संभव हो सका। 'नवभारत टाइम्स' में संपादकीय गरिमा के पक्ष में अंतिम लड़ाई पं. विद्यानिवास मिश्र ने लड़ी थी, जिसका मैं साक्षी हूँ। सांस्कृतिक संकट की पहचान साहित्य को पहले होती है और राजनीतिक संकट की पत्रकारिता को, लेकिन अज्ञेय जी को दोनों की सम्यक् पहचान थी। सांस्कृतिक बिखराव और राजनीतिक अवमूल्यन के विरुद्ध एक अभियान की तरह लेखन अकेले अज्ञेय जी या रघुवीर सहाय ने किया था। छोटे पत्रों और पत्रिकाओं को भी वे उदारता के साथ बिना किसी अपेक्षा के लेख भेजते थे।

उन्होंने पत्रकारिता के माध्यम से जो मुद्दे उठाये थे वह उनके भविष्यदर्शी संपादक होने का प्रमाण है। देश की मीडिया में आज यौन शिक्षा पर बहस हो रही है। 40 वर्ष पूर्व 'दिनमान' में अज्ञेय ने इस सवाल को उठाया था और उसके समर्थकों और विरोधियों की राय प्रकाशित की थी। अज्ञेय हिंदी साहित्य के ऊर्जापुंज थे, स्थायी निधि थे, यह बात 1987 में उनकी मृत्यु के बाद स्वीकार की गयी थी। उनके प्रचंड विरोधी भी उनकी बौद्धिक क्षमताओं को नकार नहीं पाते हैं। साहित्य में वे एक कालजयी रचनाकार के रूप में स्थापित हैं लेकिन पत्रकारिता में तो 'ज्ञानपीठ' जैसा एक पुरस्कार भी नहीं है, जिसे उन्हें देकर हम खुद को गौरवान्वित कर लेते। आज इस स्मृति व्याख्यान का लाभ उठाकर मैं यह रेखांकित करना चाहता हूँ कि महानायकों के साहित्य पर जिस गंभीरता से विमर्श हुआ है, विश्वविद्यालयों में शोधकार्य हुए हैं, ऐसी कोशिश उनके पत्रकारीय लेखन को लेकर नहीं हुई है। अज्ञेय अकेले नहीं हैं। भारतेन्दु हरिश्चन्द्र, प्रेमचंद या निराला ने अपने दौर की पत्रिकाओं या पत्रों में जो टिप्पणियाँ की थीं, उन पर कोई काम नहीं हुआ। माखनलाल चतुर्वेदी की कविताएँ चर्चित हुईं, लेकिन 'कर्मवीर' की फाइलों में बंद वे टिप्पणियाँ जिन्होंने अंग्रेज सरकार को हिला दिया था कभी चर्चित नहीं हुई। इन्हीं मनीषियों की तपश्चर्या के कारण पत्रकारिता की विश्वसनीयता आज तक कायम है। आज या कल मीडिया पर बाजार के कन्ट्रोल के विरुद्ध अगर कोई सार्थक प्रतिरोध खड़ा होगा तो पत्रकारिता के लिए प्रतिबद्ध लोगों के बीच से ही पैदा होगा। इसलिए इनकी उपेक्षा छोड़कर इनके लेखन से पत्रकारिता की नई पीढ़ी को परिचित कराया जाए। साहित्य, पत्रकारिता और राजनीति को जोड़ते हुए उनकी एक तीखी कविता है–"शाम सात बजे मंत्री ने पुस्तक विमोची, सुबह 6 बजे अखबार ने आलोची। प्रकाशक प्रसन्न हुआ, लेखक भी धन्य हुआ, दुःख यही कि किसी ने पढ़ने की नहीं सोची।"

धर्मवीर भारती और हिंदी पत्रकारिता

साहित्य में अपनी अद्भुत लोकप्रियता छोड़कर धर्मवीर भारती 'धर्मयुग' का संपादन करने मुंबई जनवरी, 1960 में पहुँचे थे। इलाहाबाद में रहते हुए भी पत्रकारिता और पत्रकारों के साथ उनका जुड़ाव अंतरंग था। पत्रकारिता उनके लिए अनजान विधा नहीं थी। सन् 1948 में उन्हें 'संगम' में पहले उपसंपादक और बाद में आयोजन संपादक के रूप में पं. इलाचन्द्र जोशी से प्रशिक्षण मिला था। यही इलाचन्द्र जोशी सन् 1950 में 'धर्मयुग' के संस्थापक संपादक थे। उससे पहले भारती 'अभ्युदय' के साथ भी कुछ समय तक जुड़े रहे, जिसका संपादन उन दिनों पं. पद्मकांत मालवीय कर रहे थे। पत्रकारिता में उनकी वैचारिक भावभूमि तैयार करने में इस पृष्ठभूमि ने भरपूर योगदान किया था। अभिव्यक्ति की स्वतंत्रता के प्रति उनकी साहित्यिक दृष्टि को और सचेत किया था। 'प्रतीक' और 'परिमल' ने इलाहाबाद में जो बौद्धिक चेतना जगाई थी उसका अनुभव तो साथ था ही। 'परिमल' के साथियों के साथ उन्होंने 'निकष' का संकलन भी निकाला था। डॉ. रघुवंश, विजयदेव नारायण शाही के साथ उनका संबंध 'आलोचना' के संपादन के समय से ही था। मार्क्सवादी स्थापनाओं के साथ वैचारिक टकराव और अलगाव का एक अध्याय भी है। इस तरह का टकराव उन दिनों पूरे बौद्धिक जगत में था। छठे दशक में आरंभ के कुछ वर्ष ऐसे भी थे जिसमें अज्ञेय, रघुवीर सहाय और भारती इलाहाबाद में ही थे। तीनों में गहरी निकटता थी। 'परिमल' ग्रुप के नेता थे भारती और अज्ञेय का पूरा समर्थन 'परिमल' को मिलता था। बाद के वर्षों में लखनऊ में रघुवीर सहाय और कृष्ण नारायण कक्कड़ ने कम्युनिस्ट पार्टी और उसके सांस्कृतिक संगठन 'इप्टा' से अलग होकर नौजवानों को समाजवादी विचारों की ओर आकृष्ट किया था। लेकिन मुंबई पहुँचने के बाद 1960 से 1987 के बीच सत्ताईस वर्ष का लंबा कालखंड भारती ने पत्रकारिता की एकांतिक साधना के लिए समर्पित किया था।

'धर्मवीर भारती ग्रंथावली' के संपादक डॉ. चन्द्रकांत बांदिवडेकर ने लिखा है कि, ''भारती जी का बौद्धिक आम आदमी की पीड़ा को अनसुना नहीं करता,

क्योंकि विरोध के सच्चे स्वर वहीं से निकलते हैं। इतिहास के सम्यक् आकलन से भारती ने यह निष्कर्ष निकाला है कि लोक के प्रति आस्था और जनता के परिश्रम की इज्जत तथा उसकी अटूट शक्ति पर भरोसा करके ही देश की खरी पहचान संभव है। राजनीति कर्मियों और बुद्धिजीवियों के बजाए संकट की घड़ी में वाजिब निर्णय जनता ने ही लिए हैं।'' उन्होंने लिखा है, ''मूल्यबोध, साहित्यकार का दायित्व, साहित्य की शक्ति और सौंदर्य, राष्ट्रीयता, जनतंत्रवादी जीवन प्रणाली, पत्रकार का शील, राजनीति, प्रगतिशीलता भारती के इन सभी विचार व्यूहों के केंद्र में एक महत्त्वपूर्ण भाव है—'भारतीय जनता के प्रति प्रगाढ़ आस्था।' संस्कृति प्रेम, साहित्य एवं कला चिंतन सबके मूल में यह आस्था विद्यमान है।''

'भारती के गद्य लेखन में पर्याप्त संरचनागत वैविध्य है। इनमें यात्रा विवरण है, डायरी के पन्ने हैं, पत्र हैं, साहित्यिक डायरी है, व्यंग्यात्मक निबंध हैं, संस्मरण हैं, साहित्यिक सर्वेक्षण हैं, समकालीन जीवन एवं युगबोध पर चिंतन है। सर्वथा निजी प्रसंगों का चित्रण है, व्यक्ति रेखाएँ हैं और पत्रकार का दायित्व निभाने वाले आलेख हैं।' डॉ. भारती के संपादकीय कृतित्व का एक गौरवपूर्ण पक्ष है उनका भारतीय विजयवाहिनी और बांग्लादेश की मुक्तिवाहिनी के सम्मिलित अभियान में शामिल होना। डॉ. बांदिवडेकर लिखते हैं, ''आश्चर्य है कि खूनी मुठभेड़ों, बम और गोलियों की वर्षा, घायलों और मुरदों के बीच से युद्धयात्र करते हुए भारती जी के असैनिक और अनभ्यस्त कदम रंचमात्र भी नहीं डगमगाए। उन्होंने अपनी आँखों से बांग्लादेश की जनता का राष्ट्रीय उत्साह और समर्पण भाव देखा था। समस्त भारतीय साहित्यकारों में डॉ. भारती ही ऐसे थे जिन्होंने अपनी जान की बाजी लगाकर दरिद्र जनजीवन की दुर्दम्य स्वातंत्र्य-आकांक्षा की अपरिमेय ऊर्जस्विता का आँखों देखा हाल प्रस्तुत किया था। उन्होंने अपने इस साहसिक अभियान से भारतीय लेखकों और पत्रकारों को गौरवान्वित किया है। धर्मवीर भारती के संपादन में 'धर्मयुग' जिस ऊँचाई तक पहुँचा उसका उल्लेख समकालीन लेखकों ने किया है। पंडित कृष्णबिहारी मिश्र ने अपनी पुस्तक 'हिंदी पत्रकारिता : राजस्थानी आयोजन की कृती भूमिका' में लिखा है।''

भारती ने चुनौती स्वीकारी :

'13 मार्च, 1960 यानी होली अंक में छोटी किंतु महत्त्वपूर्ण संपादकीय घोषणा प्रकाशित हुई थी। इसी अंक से सही अर्थ में भारती की परिकल्पना के अनुसार 'धर्मयुग' का प्रकाशन शुरू होता है। भारती ने हिंदी-पाठक के संबंध में चलती चली आ रही उस धारणा का प्रतिवाद किया कि ''हिंदी-पाठक खरीद कर पत्र-पत्रिका नहीं पढ़ता और यह कि वह सस्ती कुरुचिपूर्ण सामग्री की तलाश में रहता है।'' भारती इसे 'मिथ' यानी मिथ्या धारणा मानते हैं कि 'हिंदी में पाठक-वर्ग है ही नहीं।' न केवल यह कि हिंदी का पाठक है, बल्कि बहुत बड़ी संख्या में है, और यह भी कि वह स्थिर या जड़ नहीं है सक्रिय है, गत्यात्मक है। आप दो कदम आगे बढ़िए तो

वह चार कदम आगे बढ़कर स्वागत करने को तत्पर है, पर आप उस तक पहुँचने की पगडंडियाँ तो निकालिए। एक दूसरी मिथ है, वह यह कि हिंदी का पाठक महज सस्ती कुरुचिपूर्ण सनसनीखेज सामग्री और भोंडे चित्र पसंद करता है। जो लोग किसी भी कारण से हिंदी के पाठक को गिरी निगाह से देखते हैं वे इस 'मिथ' पर विश्वास जमाए रखना चाहते हैं और इसका निष्ठापूर्वक प्रचार करते हैं। इस 'मिथ' पर चोट करते हुए भारती ने हिंदी-पाठक के सजग मानस के प्रति आस्था प्रकट की, 'वे यह नहीं जानते कि अपने गांव की चौपाल में बैठकर, या छोटी-सी दुकान में बैठकर जो कबीर की उलटबाँसी का अर्थ बूझता है, सूर के पद तन्मय होकर गाता है और बैलगाड़ियों पर सवार होकर राजधानी में अंतरराष्ट्रीय अतिथियों को देखने जाता है, वह हिंदी का अर्द्धशिक्षित पाठक भी न तो ऊँचे संस्कारों वाली अपनी परंपरा से कटा हुआ है और न आधुनिक समस्याओं से बिल्कुल अनजान है। बड़ी-से-बड़ी, गहरी से गहरी और अहम से अहम बात को समझने की सामर्थ्य उसमें बीज रूप में मौजूद है।' हिंदी पत्रकारिता की नैतिक जिम्मेवारी की ओर संकेत करते भारती ने उसी में लिखा था, ''यह तो हिंदी पत्रकारिता का काम है कि उस पाठक के मर्म तक पहुँचने के केवल सस्ते या भोंडे तरीकों से आसान रास्ते खोजना, या सिर्फ बौद्धिक असमंजस में पाठक-वर्ग से मुँह मोड़कर बैठे रहना, ये दोनों गलत रास्ते हैं। उस पाठक तक पहुँचना, पहुँच कर उसकी जरूरतों को सहानुभूति से समझना और कुशलता से अपनी बात उसे समझाना, चाहे यह जितना ही श्रमसाध्य हो पर यह एक नैतिक जिम्मेवारी है।'' इसी जिम्मेवारी को ढाई दशकों में सचित्र साप्ताहिक 'धर्मयुग' के माध्यम से डॉ. धर्मवीर भारती ने पूरा किया। देश-विदेश में लाखों की संख्या में बिकने वाली इस पत्रिका के रूप-वैशिष्ट्य और विक्रय-स्तर को देखते हुए हिंदी-पाठक की विद्या-रुचि और सहज संस्कृति-स्पृहा के संबंध में फैली और मंतव्य विशेष से फैलाई गयी अन्यथा धारणाओं का अनायास निरसन हो जाता है।

'विपुल व्यावसायिक साधन-शक्ति से पत्र-पत्रिका का बाहरी आकर्षण बढ़ जाता है, लेकिन उसकी स्वतंत्रता समाप्त हो जाती है, व्यक्तित्व टूट जाता है और वह एक खिंची हुई लकीर पर चलने को विवश होता है। व्यावसायिक प्रलोभनों के कारण इस नियति को पत्रकार चुपचाप स्वीकार कर लेता है। भारती इस खतरे के प्रति सचेत थे जब उन्होंने 'धर्मयुग' में संपादक के रूप में प्रवेश किया। हाथी दाँत की मीनार में प्रवेश कर वे निरापद जीवन जीने के आकांक्षी नहीं थे। अपने व्यक्तित्व की रक्षा हुए लोकप्रिय पत्रकारिता में नये प्रयोग की महत्त्वाकांक्षा से प्रेरित होकर उन्होंने 'धर्मयुग' से संबंध जोड़ा था। चूँकि व्यावसायिक प्रतिष्ठान की रीति-नीति और अभाव-उपलब्धि को भारती अच्छी तरह समझते थे, अपने व्यक्तित्व और धर्म के प्रति सचेत थे, नये प्रयोग की अपनी महत्त्वाकांक्षा को समझते थे। इसलिए स्वयं उनके मन में यह आशंका थी, जिसे उन्होंने मराठी की सुप्रसिद्ध पत्रिका 'चित्रमय

जगत' द्वारा आयोजित विशेष परिचर्चा में स्वीकार किया है, ''प्रयाग विश्वविद्यालय में साहित्य की प्राध्यापकी छोड़कर 'धर्मयुग' का संपादन ग्रहण करने बंबई आया था, तब क्या यह सारी बातें मेरे सामने इतनी स्पष्ट थीं? नहीं, तब केवल एक धुँधला-सा सपना था इस बात का, और जिज्ञासा थी कि एक सार्थक, संस्कारपूर्ण साहित्यिक पत्रकारिता का लोकप्रिय प्रयोग करके देखा जाए। सफलता मिलेगी या नहीं, मिलेगी तो कहाँ तक मिलेगी, यह सब कुछ अज्ञात था लेकिन फिर भी चुनौती स्वीकार करने का साहस किया मैंने।''

''लेकिन रास्ता इतना आसान नहीं निकला। सभी के मन में आशंका थी, संशय थे और भ्रांतियाँ थीं। आरंभ में कुछ दिनों तक इस नये माध्यम से जूझना पड़ा। इसकी सीमाएँ और संभावनाएँ बहुत स्पष्ट नहीं हो पाईं। कुछ दिन तक पाठक-वर्ग नये परिवर्तनों का स्वागत करने में संकोचशील रहा, सर्कुलेशन स्थिर हो गया बल्कि एक-दो हजार गिर भी गया, लेकिन संचालकों ने धैर्य का परिचय दिया और कुछ नुकसान उठाते हुए भी संपादक के नये प्रयोग के प्रति सहानुभूति और समझदारी का रुख अपनाया और साल-डेढ़ साल में ही परिणाम दृष्टिगोचर होने लगा। फिर जो सर्कुलेशन बढ़ना शुरू हुआ तो हम सभी को एक सुखद आश्चर्य हुआ और संपादक को एक गौरव-भरा आत्मतोष कि साधारण पाठक की सुरुचि में जो उसकी धुँधली-सी आस्था थी, वह सही सिद्ध हुई।''

असल में व्यावसायिक प्रतिष्ठान से जुड़ना महज इसलिए बुरा है कि पत्रकार व्यावसायिक प्रलोभनों के दबाव से उस व्यक्तित्व को गँवा बैठता है, जिसकी ओर पराड़कर जी ने संकेत किया है और फिर गणेश शंकर विद्यार्थी की धारणा के मुताबिक वह इस पर चलने को विवश हो जाता है यानी पूरी तरह व्यक्तित्वहीन हो जाता है। दरअसल प्रश्न व्यक्तित्व का ही है। व्यक्तित्व-संपन्न संपादक, व्यावसायिक सुविधा-क्षमता का नियोजन अपने विवेक के अनुसार करता है। व्यावसायिक क्षमता ही नहीं, नीतियों को भी अपनी दृष्टि के अनुसार नवाता-झुकाता है। और जब ऐसा नहीं कर पाता और उसकी प्रतिभा स्वतंत्रता पर बाहरी दबाव और हस्तक्षेप हावी होने लग जाता है यानी उसके व्यक्तित्व को झुकाने की चेष्टा शुरू हो जाती है तो उसकी रक्षा के लिए वह उचित निर्णय लेता है। वैसा ही निर्णय जैसा बालमुकुन्द गुप्त ने 'हिंदोस्तान' और 'हिंदी-बंगवासी' से अपना संबंध समेट कर लिया था, अपने विवेक स्वतंत्रता की रक्षा के लिए। वैसा ही निर्णय धर्मवीर भारती और उनके मित्रों ने 'आलोचना' से अपना संबंध समेट कर लिया। 'कल्पना' के 'नवलेखन विशेषांक' में ठाकुर प्रसाद सिंह ने स्वीकार किया है कि उनकी लेखकीय स्वतंत्रता को जब प्रतिबंधित करने की चेष्टा शुरू हुई तो सामने आजीविका का कोई सहारा न होते हुए भी उन्होंने 'सर्वोदय' पत्रिका के संपादकीय विभाग से अपने को अलग कर लिया। इस स्वातंत्र्य-सजगता का अभाव वहीं दिखाई देता है जहाँ प्रतिभा-शक्ति

कमजोर होती है या प्रतिभा होती ही नहीं, प्रतिभा की छाया मात्र होती और जहाँ अहंकार औदत्य मुखर रहता है, जो अदना प्रलोभन के सामने शिथिल हो जाती है, संकट की घड़ी में काँप उठता है। प्रतिभा, आदेशों-निर्देशों पर नहीं चलती और न तो बड़े-से-बड़े प्रलोभन और बड़ी-से-बड़ी सत्ता के सामने झुकती है, मगर जो सुविधा के हर मौके पर सरासर झुके रहते हैं वे साहित्य संस्कृति की राह के राही नहीं हैं, गलत महत्त्वाकांक्षा के चलते यह राह पकड़ ली है! इस गली के चलते भटकते रहना उनकी नियति है! ये बदनाम करते रहेंगे, इस राह को अपनी भूल भुलैया के चलते किंतु अंततः इस भटकाव की पीड़ा उन्हें ही झेलनी पड़ेगी, राह उन्हें किनारे छोड़कर आगे निकल जाएगी और ये हर हवा से तालमेल बैठाने में जूझते रह जाएँगे। भारती को दूसरे कारण से जूझना पड़ा है। गिरी लोकरुचि को उठाने के लिए, व्यावसायिक शक्ति को की राह पर नियोजित करने के लिए निःसंदेह उन्हें जूझना पड़ा है। और 'धर्मयुग' का स्तर प्रमाण है इस बात का कि भारती, हवा में मुक्का नहीं मारते रहे हैं। पराड़कर जी की आशंका थी कि पत्र की विक्रय-संख्या लाखों में होगी, किंतु उसमें संपादक का व्यक्तित्व न होगा। लाखों की संख्या में बिकने वाले 'धर्मयुग' के पीछे महज व्यावसायिक क्षमता नहीं, बल्कि उसका समुचित नियोजन करने वाले संपादक का कृती व्यक्तित्व है, जो 'धर्मयुग' के प्रत्येक अंक में मुखर है। यह मुखर है सामग्री-चयन-दक्षता और प्रस्तुति कला में। आजाद देश के अंधकार काल-सरकारी आपातकाल में 'धर्मयुग' के ग़णतंत्र में अक्षर-स्वातंत्र्य के प्रवक्ता लोकमान्य तिलक, महात्मा गांधी, चतुर्वेदी और गणेश शंकर विद्यार्थी के व्यक्तित्व और वैचारिक स्वीकार्यता को उजागर करने वाले लेख अधिकारी-व्यक्तियों से लिखवाना और अपनी पत्रिका में छापना, भारती की विलक्षण सूझ तथा साहसी चरित्र का परिचायक है। उस काल के शासन तंत्र के निरंकुश मिजाज को देखते, भारती की यह व्यवस्था परोक्ष प्रतिरोध की व्यवस्था थी, मगर खतरों से खेलना 'धर्मयुग' संपादक धर्मवीर भारती के चरित्र की नैसर्गिक पहचान थी। गणेश मंत्री जैसे विचक्षण सहयोगी की भी 'धर्मयुग' के रूपायन में कृती भूमिका थी। देश-विदेश की राजनीति के प्रखर पारखी गणेश मंत्री के संपादन में 'धर्मयुग' का स्तर अस्खलित रहा।

'धर्मयुग' के संपादन का दायित्व सँभालने के लगभग एक वर्ष बाद सन् 1961 में भारती जी ने में अपना एक साप्ताहिक स्तंभ 'कहनी अनकहनी' नाम से शुरू किया था। यह स्तंभ बेहद लोकप्रिय हुआ था। समसामयिक घटनाओं पर की गयी ये टिप्पणियाँ उनकी पत्रकारिता का एक अनूठा नमूना हैं।

रघुवीर सहाय ने पत्रकारिता को नई ऊर्जा दी

लखनऊ में पैदा हुए, पढ़े और बढ़े रघुवीर सहाय उस शहर को अपना वतन मानते थे। उनकी साहित्यिक अभिरुचि और पत्रकारिता में दीक्षा लगभग साथ-साथ शुरू हुई थी। उनका पहला लेख 'हिंदी पर बंग भाषा का प्रभाव' तथा उनकी पहली कविता सन् 1946 में ही छपी थी। वे जितने गंभीर साहित्य में थे उतने ही सजग पत्रकारिता में भी थे। बेलौस, दो टूक और सीधी चोट करने वाली उनकी शैली औरों से अलग थी। शायद इसलिए भी कि उनकी जीविका और राजनैतिक प्रतिबद्धता दोनों की पूर्ति इससे होती थी। लखनऊ विश्वविद्यालय में उनके अनेक मित्रों में प्रसिद्ध रचनाकार और संपादक मनोहर श्याम जोशी भी थे। लेकिन दोनों की दोस्ती दिल्ली आकर प्रगाढ़ हुई थी। जोशी जी ने लिखा है कि पैसा कमाने के लिए उन्होंने रघुवीर जी से ही पत्रकारिता करना सीखा और बाद में 'प्रतीक' में छपवाकर रघुवीर सहाय उन्हें अज्ञेय कैंप में लाए। लखनऊ में कांग्रेस के मुखपत्र दैनिक 'नवजीवन' से शुरू था पत्रकारिता में उनका सफर। उन्हीं दिनों वे आकाशवाणी के लखनऊ केंद्र से भी जुड़े थे। 13 मई, 1950 को उनकी लिखी पहली संपादकीय टिप्पणी इलाहाबाद के दैनिक पत्र 'अमृत प्रभात' में छपी थी। सन् 1951 में उन्होंने दिल्ली में अज्ञेय जी के सहायक के रूप में 'प्रतीक' में काम किया था। नये कॉलम के साथ समीक्षाएँ भी लिखी थीं। मई, 1953 से मार्च, 1957 तक वे दिल्ली आकाशवाणी के समाचार विभाग में उपसंपादक रहे और बाद में इस्तीफा देकर 'कल्पना' के संपादक मंडल में शामिल होने हैदराबाद चले गये। 'कल्पना' अपने समय में विचार और साहित्य की सम्मानित पत्रिका थी। एक वर्ष बाद वे फिर आकाशवाणी लौट आये। सन् 1959 में दुबारा अज्ञेय जी के साथ अंग्रेजी त्रैमासिक 'वाक्' निकाला था। इसी दौर में वे एक छद्म नाम से एक कॉलम 'दिल्ली की डायरी' 'धर्मयुग' में भी लिख रहे थे। उसके बाद दिल्ली 'नवभारत टाइम्स' में फरवरी सन् 1968 तक विशेष संवाददाता बने रहे और वहीं

से सन् 1968 में समाचार संपादक बनकर 'दिनमान' के साथ जुड़ गये। वात्स्यायन जी के साथ उनकी यह पारी लंबी नहीं थी। एक वर्ष बाद कार्यकारी संपादक और दूसरे वर्ष पूरी तरह संपादक बनने के बाद रघुवीर सहाय ने अपनी मान्यताओं और मानदंडों के अनुरूप 'दिनमान' को जनसंबद्ध पत्रकारिता के पक्ष में खड़ा किया था।

पत्रकारिता में अपनी पहचान बनाने की कीमत सहाय जी को कई बार और कई रूपों में चुकानी पड़ी थी। अपमान सहकर भी उन्होंने हिंदी पत्रकारों का मान बढ़ाया था। मार्च, 1983 में 'दिनमान' से पृथक् होने के बाद उन्होंने अपने चुने हुए लेखन को संपादित कर तीन अलग पुस्तकें प्रकाशित की थीं। उनकी पत्रकारिता और गद्य साहित्य को समृद्ध करने वाली तीनों पुस्तकें डॉ. सुरेश शर्मा द्वारा संपादित रचनावली में शामिल हैं। स्थानांतरित होकर 'नवभारत टाइम्स' में आने के बाद उन्होंने इस्तीफा देकर लगभग सात वर्ष तक स्वतंत्र पत्रकार के रूप में देश के लगभग सभी श्रेष्ठ हिंदी पत्रों और पत्रिकाओं के लिए लेखन कार्य किया था। 'जनसत्ता' के पाठकों के बीच उनका स्तंभ 'अर्थात्' बहुत लोकप्रिय था। उन टिप्पणियों को संपादित करके हेमंत जोशी ने एक पुस्तक तैयार की थी। 'जनसत्ता', 'सारिका', 'रविवारी पत्रिका', 'माया' और अनेक पत्र-पत्रिकाओं में समसामयिक मुद्दों पर उनकी बेबाक टिप्पणियों के कुछ उत्कृष्ट नमूने इस आलेख में शामिल हैं। जीवन के अंतिम दौर तक उन्होंने जीवंत लेखन किया था। उनकी धारदार टिप्पणी का एक अंश जो अकर्मण्य बुद्धिजीवियों को लेकर की गयी है, यहाँ प्रस्तुत है। 'दैनिक अखबार में छपी खबरों के बारे में बुद्धिजीवियों की राय जानने की कोशिश कीजिए तो एक पते की बात मालूम होती है। वे सबसे पहले यह खोजते हैं कि जिस बौद्धिक क्षेत्र से उनकी रोजी-रोटी आती है उसमें क्या घटना घटी है। वे जानना चाहते हैं कि उस क्षेत्र में कौन-सा धमाका हुआ है। वे यह नहीं जानना चाहते कि उस क्षेत्र में धीरे-धीरे क्या बन रहा है या क्या टूट रहा है। टूटने की खबर जब तक किसी के सर पर पहाड़ टूटने की खबर न हो, उनके लिए खबर नहीं है। कहीं पहाड़ के धीरे-धीरे झरते होने की खबर या जंगल में चिंगारी के सुलगते रहने की खबर उन मंदबुद्धि पत्रकारों को व्यर्थ के प्रयास जान पड़ते हैं, क्योंकि वे पाठक को जानकारी देने के बाद खुद उसे सुलगते जंगल में छोड़ आते हैं और वहाँ जीव-जंतुओं को बचाने की चिंता अकेले पाठक को करनी पड़ती है। वह पूछता है, क्या इसीलिए मैंने अखबार खरीदा था? रघुवीर सहाय की कविता, राजनीति और पत्रकारिता में अद्‍भुत साम्य है। तीनों में वैचारिकता का आग्रह सर्वोपरि है। अशोक वाजपेयी ने लिखा है कि 'आजादी, बराबरी और न्याय की तरह रघुवीर सहाय ने कविता और राजनीति को केंद्रीय लक्ष्य माना है।...एक पत्रकार के रूप में उन्होंने राजनैतिक प्रक्रिया को सूक्ष्मता और बहुत निकटता से देखने का अवसर भी लगातार पाया था।'

त्रिलोचनजी की पीड़ा और जनसंस्कृति मंच

हिंदी साहित्य के ज्येष्ठ और श्रेष्ठ कवि त्रिलोचन शास्त्री को जनसंस्कृति मंच के अध्यक्ष पद से हटा दिया गया है। एक समाचार समिति के माध्यम से अखबारों में प्रकाशित इस खबर ने मेरे जैसे हजारों ऐसे लोगों को व्यथित किया है जो त्रिलोचन जी के साहित्य और व्यक्तित्व से थोड़ा भी परिचित हैं। उन्हीं के शब्दों में, 'मंच को यह डर था कि मैं मार्क्सवाद को नहीं मानता, मैंने मार्क्सवाद पर कविता भी नहीं लिखी, मैं कविता में धार्मिक प्रतीकों का इस्तेमाल करता हूँ, इसलिए उन्होंने मुझे कुजात समझा और मैं निकाल दिया गया।' आगे वे सवाल उठाते हैं, 'आप मार्क्सवादी प्रतीकों का इस्तेमाल करते हैं तो मैं हिंदू प्रतीकों का इस्तेमाल क्यों नहीं कर सकता?'

अखबारों में इस समाचार के प्रकाशित होने के एक सप्ताह बाद जहाँ हिंदी साहित्य में इस घटना और वक्तव्य पर एक गंभीर बहस शुरू हो गयी है वहीं मार्क्सवादी लेखकों या साहित्य में वामपंथी संगठनों की एक रहस्यमय चुप्पी बनी हुई है। साहित्यकार और मशहूर स्तंभ लेखक सुधीश पचौरी की इस प्रकरण पर की गयी टिप्पणी गौरतलब है, 'लेखकों से खाली एक क्रांतिकारी संस्कृति संगठन एक बड़े लेखक को सँभालता कैसे? फिर किस संगठन को लेखक चाहिए? क्रांतिकारी चेतना की ऐसी कृपा है कि किसी भी लेखक संगठन के पास कोई लेखक नहीं बचा है। प्रगतिशील लेखक संघ के पास कुछ पुराने पीस बचे हैं। भीष्म साहनी, नामवर सिंह आदि कुछ अटके-भटके यत्र-तत्र पड़े होंगे। 'जनवादी लेखक संघ' के पास कुछ टूटे-फूटे अधबने पीस पड़े हैं। 'जनसंस्कृति मंच' के पास भी एकाध पीस पड़ा हो तो पड़ा हो'... वे सांप्रदायिकता से लड़ने के नाम पर धर्म से ही टकरा जाते हैं। इस तरह क्रांतिकारी साथियों को एक बनी-बनायी जनता चाहिए, जो मिली नहीं। गरीब जनता धर्म में जीती है। ज्यों-ज्यों संकट घनीभूत होते हैं, जनता धर्म के भीतर राहत तलाशने लगती है, क्रांतिकारी विचारधारा का जो संस्करण बना है वह कहता है—'सेकुलर बनना है तो धर्म को न आने दो। धर्म के प्रतीकों को न आने दो। संस्कृति को आने दो, लेकिन

धर्म को न आने दो।' यह कैसा सांस्कृतिक बोध है साथी? क्लासिकल मार्क्सवाद की घड़ी 50-55 में जो खराब हुई सो अब तक ठीक नहीं हुई है। मैकेनिक मर गये। अब तो पुरजे भी नहीं मिलते। ऐसे में त्रिलोचन जी का क्या होता? ''एक अपराध त्रिलोचन जी का भी है। वे पहले तो यह बताएँ कि गये क्यों? जब संगठन में गये तो अनुशासन मानिये वरना बाहर आ जाइए। शिकायत कैसी? आप क्यों 'मार्क्सवादी' बने रहना चाहते हैं। हिंदी में मार्क्सवादी का जो भाववादी बाजार बना है, उसमें मार्क्सवाद की कोई परीक्षा तो होती नहीं, संगठन अपने-अपने ढंग से काम किया करते हैं। आप अलग कहें या रहें तो अनुशासन में रहें। त्रिलोचन जी हमेशा ही हादसों के शिकार रहे हैं। एक मनोरंजक हादसा यह भी सही।''

सुधीश पचौरी भी अपने व्यंग्यपूर्ण लेख के कारण उन लोगों के आक्रोश के शिकार हैं, जो अब यह प्रचारित कर रहे हैं कि ऐसा कुछ हुआ ही नहीं है। उनका दावा है कि त्रिलोचन जी जनसंस्कृति मंच के अध्यक्ष थे और उनका कार्यकाल समाप्त होने के बाद डॉ. मैंनेजर पांडे नये अध्यक्ष चुने गये, जो आज भी अध्यक्ष हैं। चर्चा यह भी है कि अध्यक्ष पद से मुक्त होने या निकाले जाने के बाद लगभग दो वर्ष पूर्व त्रिलोचन जी ने लखनऊ के एक दैनिक समाचार-पत्र को दिये गये साक्षात्कार में जनसंस्कृति मंच पर यह आरोप लगाया था। उसी साक्षात्कार को बनारस से प्रकाशित एक पत्रिका 'संवेद' ने दोबारा छापा है, जिसको आधार बनाकर एक समाचार एजेंसी ने इस खबर को जारी किया था। महत्त्वपूर्ण मुद्दा यह नहीं है कि साक्षात्कार नया है या दो साल पुराना, बल्कि यह है कि त्रिलोचन ने जनसंस्कृति मंच पर जो आरोप लगाया है उसमें कितनी सच्चाई है। मंच की नजर में अगर यह सरासर झूठ है तो पिछले दो साल में या कम-से-कम यह विवाद शुरू होते ही प्रतिवाद क्यों नहीं आया? इतनी लंबी चुप्पी क्यों है? अध्यक्ष बदलने के बाद पटना में मंच का जो अधिवेशन हुआ था, उसमें उस साक्षात्कार की चर्चा क्यों नहीं हुई, जो त्रिलोचन जी ने एक प्रमुख हिंदी दैनिक पत्र को दिया था। वर्तमान अध्यक्ष डॉ. मैंनेजर पांडे हिंदी साहित्य के सशक्त आलोचक और विद्वान् हैं। वे मार्क्सवादी हैं और त्रिलोचन जी उनके सहित अनेक मार्क्सवादी साहित्यकारों के प्रेरणास्रोत हैं। 85 वर्ष के त्रिलोचनजी को जो लोग जानते हैं वे उनकी सरलता, सादगी, यायावरी और फक्कड़पन को भी जानते हैं। त्रिलोचन जी आजादी के पूर्व और पश्चात् की पीढ़ियों के बीच सेतु हैं। वे मुक्तिबोध, अज्ञेय, नागार्जुन, रामविलास शर्मा या केदारनाथ अग्रवाल जैसे महाप्राण कवियों की परंपरा की कड़ी हैं। उनके काव्य संसार में गीतों, गजलों, लंबी कविताओं के अलावा हिंदी में सानेट लेखन का अभिनव प्रयोग भी शामिल है। पत्रिकाओं और भाषाकोशों के यशस्वी संपादक त्रिलोचन पर प्रसिद्ध

उपन्यासकार शिवप्रसाद सिंह ने लिखा था कि 'उन्हें लोकजीवन से उत्पन्न स्नेहगंधी मानस मिला है। वे निराला की तरह इस मानस में टोह लेते रहे हैं।' सन् 1936 में प्रेमचंद की मौजूदगी में जिस प्रगतिशील आंदोलन की शुरुआत हुई थी उसमें 19 वर्ष के त्रिलोचन भी शामिल थे। उन्हें प्रगतिशीलता का किसी मंच से प्रमाण-पत्र नहीं चाहिए। वे एक जन-पक्षधर योद्धा एवं साहित्यकार हैं और बने रहेंगे।

संगठनों की आवश्यकता से कोई इनकार नहीं कर सकता, लेकिन साहित्य के नाम पर गठित संगठन जब राजनीतिक मतवादों से प्रेरित होते हैं तो वे मार्गदर्शन से ज्यादा फतवा देने का काम करते हैं। जैसे हर जीवंत भाषा की अपनी शब्द संपदा, परिवार, व्याकरण और संरचना सूत्रबद्ध होती है, उसी तरह उसके बोलनेवाले जनसमुदाय के संकेत, प्रतीक और उत्प्रेरक तत्त्व भी अविभाज्य होते हैं। समाजों की तरह भाषाओं के विकासक्रम की प्रक्रिया भी ऐतिहासिक परिवर्तनों से होकर गुजरती है। समाज के प्रतीक से कटना अपनी भाषा, इतिहास और संपूर्ण सामाजिक अंतर्संबंधों से कटना है। किसी कविता के प्रतीक मार्क्सवादी होंगे या हिंदूवादी, यह कौन तय करेगा? उसके संप्रेषण, विश्लेषण या स्थापना तय करने का अधिकार क्या किसी मंच को सौंपा जा सकता है? मंचों पर काबिज ऐसे तत्त्वों को अपना दर्प छोड़ना पड़ेगा, चाहे वे मार्क्सवादी हों या सांस्कृतिक राष्ट्रवादी।

पंडित विद्यानिवास मिश्र और हिंदी पत्रकारिता

पंडित विद्यानिवास मिश्र की पत्रकारिता या संपादन-कर्म पर बोलना या लिखना एक जोखिम भरा काम है, कम-से-कम मेरे लिए। इसलिए नहीं कि उनके सृजन-संसार का विस्तीर्ण फलक और उनके अध्ययन, चिंतन तथा अनुभव को छूना मेरे लिए दुष्कर है, अपितु इसलिए भी कि समाचार पत्रों तथा वैचारिक पत्रिकाओं में प्रकाशित उनकी रचनाओं या समसामयिक विषयों पर लिखी गयी संपादकीय टिप्पणियों को उनके संपूर्ण लेखन के विचार सूत्र की समग्रता से अलग करके देखना मेरे लिए बेहद कठिन है। देश और देशज उनके समग्र चिंतन के केंद्रीय तत्त्व थे। उनके साहित्यिक और पत्रकारीय लेखन के बीच की विभाजक रेखा अमूर्त और काल्पनिक लगती है। लेखन, संपादन और संवाद उनका सर्वाधिक प्रिय तथा सहज कर्म था। उनमें एक संपादक का गहरा विवेक, निर्वैयक्तिक निर्ममता और नवोदित प्रतिभाओं में प्राण फूँकने की अद्‌भुत क्षमता थी। दैनिक अखबारों में नियमित स्तंभ लिखनेवालों को अगर शामिल न करें तो गंभीर लेखन से जुड़े शायद ही कुछ लोग होंगे, जिन्होंने समाचार पत्रों या साहित्यिक और सांस्कृतिक पत्रिकाओं के लिए इतना प्रचुर लेखन किया है। पंडित विद्यानिवास मिश्र के पांडित्य और वैदुष्य का फलक इतना उन्नत, उदात्त और सर्वग्राही है कि उसमें आगम और निगम, लोक और शास्त्र सहित ज्ञान-विज्ञान की आधुनिकतम विधाएँ और कला-कौशल सम्मिलित हैं। मेरी राय में उनके चिंतन, अध्ययन और अनुभवों की समेकित ज्ञान राशि पूरी तरह उनके ग्रंथों, निबंधों या व्याख्यानों में नहीं समा पाई है। उदाहरण के लिए, राजनीति, धर्म और अध्यात्म उस रूप में उनके नियमित लेखन के क्षेत्र नहीं थे, जिस तरह साहित्य, संस्कृति, दर्शन, भाषा, शिक्षा या कला का क्षेत्र था, लेकिन तीनों क्षेत्र उनकी चिंता और विमर्श के दायरे में गंभीरता से उपस्थित थे। राजनीति, धर्म और अध्यात्म के

राष्ट्रीय और अंतरराष्ट्रीय विद्वानों से उनका गहरा संपर्क था। राष्ट्रीय राजनीति और पत्रकारिता में शायद ही कोई ऐसा बड़ा राजनेता, स्तंभकार या संपादक हो, जो उनसे अपरिचित रहा हो। सामाजिक और सांस्कृतिक, मीडिया और राजनीति के मूल्यों में हो रहे क्षरण से वे निरंतर व्यथित और क्षुब्ध रहते थे। पिछले छह दशकों की राजनीति, प्रशासन, शिक्षा, साहित्य और पत्रकारिता के सभी उतार-चढ़ावों के न केवल वे साक्षी थे, बल्कि लाभार्थी और भुक्तभोगी भी थे।

पंडितजी का पहला लेख सन् 1947 में प्रसिद्ध दैनिक 'भारत' में प्रकाशित हुआ था। उन दिनों उसके संपादक थे—पंडित बलभद्रप्रसाद मिश्र। तब से पत्रकारिता से जुड़ा उनका लेखन अविच्छिन्न और आजीवन बना रहा। वह लेखन आज उनके साहित्य का अटूट हिस्सा बन चुका है। उनकी साहित्यिक यात्रा का माध्यम भी पत्रकारिता ही बनी थी। 'छितवन की छाँह' एक लेखमाला के रूप में उनके आदरणीय भाई सच्चिदानंद हीरानंद वात्स्यायन 'अज्ञेय' की पत्रिका 'प्रतीक' में 1950 में प्रकाशित हुई थी। बाद के वर्षों में देश की श्रेष्ठ हिंदी पत्रिकाओं जैसे 'धर्मयुग', 'साप्ताहिक हिंदुस्तान', 'ज्ञानोदय', 'कल्पना', 'माध्यम' और 'विवेचना' में उनके निबंध प्रकाशित होते रहे। उन लेखों की संपादित सामग्री अनेक पुस्तकों के रूप में मौजूद है। अज्ञेय जी के आग्रह पर साप्ताहिक 'दिनमान' में भाषा को लेकर उनकी जो लंबी लेखमाला प्रकाशित हुई थी, वही 'हिंदी की शब्द-संपदा' पुस्तक के रूप में उपलब्ध है। इसी तरह 'हिंदू धर्म जीवन में सनातन की खोज', 'फागुन दुई रे दिना', 'सपने कहाँ गये' जैसी अनेक पुस्तकें दैनिक 'नवभारत टाइम्स', 'जनसत्ता', 'साहित्य अमृत' या दूसरे पत्रों में प्रकाशित लेखमालाओं के संपादित संस्करण हैं। उनके ललित निबंधों की तरह इन लेखों में भी साहित्य, संस्कृति, आलोचना, शिक्षा, भाषा, समाजविज्ञान, दर्शन, इतिहास, धर्म, या पत्रकारिता पर मौलिक सोच एक गहरी अंतर्दृष्टि के साथ मौजूद है, जो पाठकों की न केवल जिज्ञासा शांत करती है, बल्कि उन्हें रसविभोर भी करती है। क्या लोकमान्य बाल गंगाधर तिलक, गणेश शंकर विद्यार्थी, माखनलाल चतुर्वेदी, रामवृक्ष बेनीपुरी या बालकृष्ण शर्मा 'नवीन' की राजनीति, स्वाधीनता संघर्ष और पत्रकारिता के लेखन का अलग-अलग मूल्यांकन करना न्यायपूर्ण होगा?

भारतीय पत्रकारिता की परंपरा, उसके योगदान, आम आदमी के बीच उसकी विश्वसनीयता और विशिष्ट लोगों की उससे जुड़ने की मजबूरी पर विद्यानिवास मिश्र की सोच प्रचलित धारणाओं से कुछ अलग हटकर है। कलकत्ता में पंडित कृष्णबिहारी मिश्र की एक पुस्तक का विमोचन करते हुए उन्होंने कहा था—'भारतीय पत्रकारिता निरी सूचना की पत्रकारिता नहीं रही है, वह एक प्रकार से भारत की

सांस्कृतिक तैयारी की पत्रकारिता रही है। उसने केवल सूचना देना अपना कर्तव्य नहीं समझा। पत्रकारों ने भारतीय जनता को शिक्षित करना अपना दायित्व समझा है। शिक्षित करने का अर्थ उनको उपदेश देना नहीं है, उनको सही विकल्प देना है। उनके सामने जो भी विकल्प थे, उन विकल्पों के उत्तर में नये विकल्प देना है। यह काम भारतीय पत्रकारिता ने, भारतीय भाषाओं की पत्रकारिता ने और विशेष रूप से हिंदी पत्रकारिता ने किया है।' इसी व्याख्यान में उन्होंने कहा था, ''कोई भी बड़ा राजनेता, बड़ा लेखक—चाहे निराला हों, अज्ञेय हों, नवीन हों या माखनलाल चतुर्वेदी हों, पत्रकार हुए बिना नहीं रहा है। सभी लोगों ने पत्रकारिता की, क्योंकि विवशता थी। हिंदुस्तान के साधारण आदमी से जुड़ने की भी विवशता थी और साथ-ही-साथ अपने साहित्य-कर्म को एक अलग कसौटी पर कसने की चेष्टा करनी थी।''

जिन दिनों आज की तरह समाचार-पत्रों का अस्तित्व नहीं था, उन दिनों संवाद कैसे होता था, यह जानना इसलिए जरूरी है, क्योंकि विद्यानिवास जी वाचिक परंपरा के प्रवक्ता और आचार्य थे। उनके ही शब्दों में, ''जब समाचार-पत्र नहीं थे, तब ऐसे उपक्रम वाचिक संस्थाओं द्वारा होते थे। प्रवचन होते थे, किस्सागोई होती थी। लोग शास्त्रार्थ करते थे। विचार-विमर्श करते थे। यह सब होता रहता था। एक संवाद की सतत प्रक्रिया इस देश में चलती रहती थी, जिसको निरक्षर व्यक्ति भी सुनता था और संस्कारी हो जाता था।'' विद्यानिवास जी आजीवन प्रयोगधर्मी रहे हैं। प्रयोगधर्मिता और विविधता पत्रकारिता की विशिष्टता है। ऐसा व्यक्ति कभी रूढ़िवादी नहीं होता। वह संकुचित करने वाली परंपराओं का कायल नहीं हो सकता। अपने प्रयोग की नई दृष्टि से परंपराओं के नये-नये वृत्त बनाता है। ऐसे अनगिनत प्रयोग उनके खाते में दर्ज हैं। साहित्य के वर्गीकरण में पंडित जी प्राचीन हैं, आधुनिक हैं या उत्तर आधुनिक, यह तो मैं नहीं जानता, लेकिन प्राचीनता, आधुनिकता और उत्तर आधुनिकता के बीच एक संगति तथा संयम पैदा करने का अद्‌भुत विवेक उनमें था। पत्रकारिता में भी उन्होंने अनेक प्रयोग किये थे, लगभग वैसा ही, जैसा भैया साहब पंडित श्रीनारायण चतुर्वेदी ने दो दशक तक 'सरस्वती' के संपादन के दौरान किया था, अज्ञेय जी ने 'दिनमान' में किया था। अनेक पाठकों को लेखक बनाया था। अकेले 'नवभारत टाइम्स' में पंडित जी की लिखी संपादकीय टिप्पणियाँ तीन सौ से अधिक हैं। उनमें विविधता के भरपूर प्रयोग हैं। उनके लेखों में अभिव्यक्त विचारों पर गोष्ठियाँ और चर्चाएँ होती थीं। एकाध में मैं भी शामिल हुआ था। सवाल सामाजिक हों, राजनीतिक या सांस्कृतिक, किसी संपादक की पहल को अगर विचारणीय समझा गया तो लोक जागरण के ऐसे प्रयोग सार्थक और सम्मानजनक माने जाते हैं। कितने समाचार पत्रों के संपादकों या टेलीविजन चैनलों के मालिकों

को अपनी यह भूमिका याद है?

पश्चिमी पत्रकारिता से आयातित हिंसा, ऐंद्रिकता और मनोरंजन की अपसंस्कृति को मीडिया का एक बड़ा समूह अपने पाठकों को सांस्कृतिक और व्यापारिक लाभ की गुलामी से बोझिल पत्रकारिता की ओर धकेल रहा है। यह खतरा शायद सबसे गंभीर है, जिसने विद्यानिवास जी को मुख्यधारा की पत्रकारिता की प्रवृत्तियों और तौर-तरीकों के प्रति बहुत तल्ख बना दिया था। 'नवभारत टाइम्स' में उनका कार्यकाल केवल दो वर्ष था। प्रबंधन के आग्रह के बाद भी उन्होंने वहाँ एक दिन भी अधिक बने रहना स्वीकार नहीं किया। ऐसा क्यों हुआ? एक संपादक के रूप में उनकी पीड़ा क्या थी? क्या उनका स्वाभिमान आहत हुआ था? उनके सहयोगी के रूप में इसका मैं प्रत्यक्ष साक्षी रहा हूँ, लेकिन अपनी ओर से कोई टिप्पणी करने के बजाय 'नवभारत टाइम्स' में संपादक के रूप में प्रकाशित उन्हीं के अंतिम संपादकीय को उद्धृत करना मुझे अधिक समीचीन लगता है। 27 अक्तूबर, 1994 को प्रकाशित इस टिप्पणी में अपने पाठकों से संवाद करते हुए जो कहा गया है, वह स्वतंत्रता के बाद की पत्रकारिता में संपादक के स्वाभिमान के इतिहास का एक दुर्लभ दस्तावेज हैं। पूरा संपादकीय प्रस्तुत है–'दो वर्ष समूह संचार माध्यम के मानदंड रूप 'नवभारत टाइम्स' का कार्यभार इन दुर्बल कंधों पर सँभल सका, इसका श्रेय मेरे योग्य सहयोगी बंधुओं को है तथा संवेदनशील प्रबंध तंत्र के मुख्य लोगों को है, जिन्होंने मुझे संपादक का यथोचित सम्मान दिया। मैं एक अनजान बेगाने व्यक्ति के रूप में अपरिचित संसार में आया, संशय की दृष्टि से देखा गया, कई-कई कोणों से जैसे शीशे में तैरती मछली की तरह परखा गया, तैरता रहा। आज उस शीशे के बक्से से बाहर अपने परिचित अनंत महासागर में प्रवेश कर रहा हूँ। उनका आभार मानता हूँ, जिन्होंने कार्यालयीन पद्धति में मुझे चलाया, मेरी रफ्तार खो गयी। उन लेखकों का आभारी हूँ, जिनकी रचनाएँ छपीं, उनका भी कम आभारी नहीं, जिनकी नहीं छपीं। सबने अपने-अपने ढंग से उलाहने दिये। उन उलाहनों की थाती यहीं छोड़कर जा रहा हूँ। उन पाठकों का आभारी हूँ, जिन्होंने 'नवभारत टाइम्स' को सराहा, उनका भी जिन्होंने पढ़कर या बिना पढ़े कोसा, उससे मेरी सजगता बनी रही। स्व. प्रसाद जी की कहानी है 'बिसाती।' उसमें बिसाती नये-नये सामान लाता है, छोटे आईने, कंघियाँ, बिंदियाँ, जाने कितने प्रसाधन के सामान सूई-धागे, दैनिक जीवन की छोटी-छोटी वस्तुएँ, सस्ते-महँगे इत्र-परफ्यूम की शीशियाँ, तरह-तरह के लोगों के लिए तरह-तरह के सुहावने चेहरे और जाने क्या-क्या जादुई पिटारी में भर लाता है। पिटारी खोलकर बिछा देता है। रोज चुननेवाले कुछ-न-कुछ कहा-सुनी, हँसी-ठिठोली करते ही हैं। एक दिन ऐसा आता है बिसाती सारा सामान फैला हुआ छोड़कर चला जाता

है। मोल-तोल करने को लोग आते हैं। बस इतना ही कहने को शेष रहता है, बिसाती चला गया। ऐसे ही बिसाते का काम किया, अब बिसाता छोड़ता हूँ। बिसाती की भूमिका छोड़ता हूँ और अत्यंत विनम्रतापूर्वक सभी को प्रणाम करता हूँ। न मुझे इस समय कोई संदेश देना है, न सफाई देनी है। अत्यंत अनाड़ी अपरिचित को आपने स्नेह दिया, मन से अनमने ढंग से स्वीकार किया, आपके प्रति कृतज्ञ हैं। इस गली में फिर कभी आना नहीं होगा, आपके पास ज़ो भी छोड़े जा रहा हूँ, यह आपका है, मेरा नहीं। वह सपना हो, यथार्थ हो, सुख हो, दुःख हो, आपका है।'

एक स्वाभिमानी संपादक की इस तीखी प्रतिक्रिया में अपमान की गहन पीड़ा है। जिसे अपने पाठकों के साथ बाँटना उसका विशेषाधिकार है। जानने वाले जानते हैं कि अज्ञेयजी भी इसी तरह 'नवभारत टाइम्स' में लाए गये थे और अपमान की यही पीड़ा उन्होंने भी भोगी थी, लेकिन उन्होंने अपने पाठकों से साझा नहीं किया था, लेकिन पंडितजी ने किया था। स्वतंत्रता के बाद जहाँ समाचार-पत्रों की संख्या और विविधता में विस्तार हुआ, वहीं संपादक के पद की गरिमा में तेजी से गिरावट भी आई है। समाचार-पत्रों के स्वामी और संपादक दोनों इसके लिए समान रूप से जिम्मेदार हैं। दर्जनों बड़े पदनामधारी संपादकों को ऐसे हादसों से गुजरना पड़ा है। कितने संपादकों ने अपनी नौकरी का मोह छोड़कर अपने पद की गरिमा बचाने की लड़ाई लड़ी। अगर अखबार, पत्रकार या संपादक की विश्वसनीयता का ग्राफ गिर रहा है तो इसके लिए जिम्मेदार कौन है?

विद्यानिवास जी को दृश्य-श्रव्य माध्यमों की चुनौती के मुकाबले मुद्रित पत्रकारिता (प्रिंट मीडिया) के भविष्य पर कोई खतरा नजर नहीं आता था। वे भारतीय भाषाओं की पत्रकारिता, खासतौर से हिंदी पत्रकारिता के समर्थ भविष्य के प्रति भी पूरे आश्वस्त थे। एक व्याख्यान में उन्होंने कहा था, ''आज तो संप्रेषण के पच्चीसों माध्यम हैं। बड़े सशक्त माध्यम हैं, लेकिन लोगों को जरा भी निराश होने की आवश्यकता नहीं है। ये सारे माध्यम छापे के माध्यम को विस्थापित नहीं कर सकते, क्योंकि छापे के माध्यम से जो संतोष मिलता है, जो परितोष मिलता है, वह इलेक्ट्रॉनिक माध्यमों से कभी नहीं मिल सकता।'' 1994 में 'नवभारत टाइम्स' छोड़ने के बाद विद्यानिवास जी ने 1995 में दिल्ली के प्रसिद्ध प्रकाशन संस्थान 'प्रभात प्रकाशन' की पत्रिका 'साहित्य अमृत' का संपादन शुरू किया था और अंतिम साँस तक उसे निभाया। पूरे दस वर्ष के कालखंड में 'साहित्य अमृत' ने साहित्यिक पत्रकारिता में जो मानदंड स्थापित किया है, वह अभूतपूर्व है। पत्रिका के प्रकाशन के उद्देश्य और नामकरण को लेकर उनकी दृष्टि क्या थी, इसके लिए प्रवेशांक की संपादकीय टिप्पणी का एक अंश उद्धृत करना उपयुक्त होगा—'साहित्यिक पत्रिका

का अपने आप में रचनात्मक व्यापार है और इसलिए वह सब विघ्न-बाधाओं की चिंता नहीं करता, वह दुर्निवार है। दूसरे, हिंदी की साहित्यिक पत्रकारिता ने जो गूँजें-अनुगूँजें हमारे खुले आकाश को दी हैं, उन्हें अनसुनी कैसे किया जा सकता है। तीसरा कारण है, व्यावसायिक दृष्टि से कुछ जोखिम उठाकर भी ऐसे पाठकों की अपेक्षाओं की पूर्ति का दायित्व, जो साहित्य की रचना में सहभागिता रखते हैं।''

'साहित्य के साथ अमृत जोड़ना दयावश या अभिमानवश नहीं है। जिस अमृत के लिए देवता और असुर इतने व्याकुल हुए, वह मनुष्यों का अमृत नहीं है, वह मरों को जिलानेवाला नहीं, मरणधर्मा जीवन को मरण से निरपेक्ष बनानेवाला है। साहित्य ही यह संभव बनाता है कि शरीर भस्म हो जाता है, शरीर से हुए कार्य कुछ समय तक ही स्मरण करते हुए रोते-बिलखते हैं, धीरे-धीरे यह सब निःशेष हो जाता है, पर बचती है उस शरीर की वीणा से बजे कुछ अनछुए रागों की गूँज। वही साहित्य है। वही अमृत है। वह गूँज हमें इस योग्य बनाती है कि मानुष देहवल्ली को वीणा न भी बना सकें, पर वीणा की लहर पकड़नेवाली जीवंत तंत्री तो बना ही सकते हैं। मृत्यु के अंतराल को नकारकर, काल को निचोड़कर हम संवेदनाओं की अमर ध्वनि जो बहा पाते हैं, वह साहित्य की भगीरथ साधना का प्रताप है।'

'हमारा निरंतर प्रयास होगा कि हम अपने जातीय जीवन के भीतर के मनुष्य को मथें और प्रतिस्पर्धा के भाव से, लोभ के भाव से न मथें। मथें कि हम सभी मुमूर्षु को एक बूँद अमृत दे सकें, संवेदना जो सबकी है। अकेली मेरी-तुम्हारी, उसकी एक की नहीं। साथ ही, हम के क्षेत्र में कितने भी उन्मुक्त रहें (और उन्मुक्त होना चाहिए) अपने साहित्य-आचार के क्षेत्र में कुछ अपेक्षाएँ रखें। पहली अपेक्षा देशकाल का स्मरण और देशकाल लाँघने की विधि का स्मरण, देशकाल वही लाँघ सकता है, जो सीस उतारने के लिए तैयार हो। दूसरी अपेक्षा है अपने लोक का ध्यान। साहित्य अलौकिक आलंबन को भी लेकर चलता है सही, पर वह संप्रेषित लोक का होता है। देवता और असुर न साहित्य रचते हैं, न साहित्य पढ़ते हैं। मनुष्यों में जो भोग और मद से ग्रस्त हैं, वे साहित्य से निरपेक्ष ही रहते हैं। लोक का अर्थ मनुष्य तक सीमित नहीं, वह मनुष्य के सभी दृश्य और अनुभाव्य संसार तक फैला हुआ है। हम ऐसी रचनाओं को सादर आमंत्रित करते हैं, जो विचारों के आकाश में उन्मुक्त विचरण करते हुए भी इस उदार रमणीया वसुधा से, एक तिनके का ही सही, भरोसा रखते हैं, भरोसे के नाते ही अटूट रिश्ता रखते हैं।'

'साहित्य अमृत' के उन एक सौ बीस अंकों में जितना और जो कुछ समाहित और संकलित है, उसका गहन अध्ययन किया जाना अत्यंत आवश्यक है। एक संपादक की योजकता, साहित्य और साहित्येतर विषयों को जोड़कर पाठकों की

सुरुचि का निर्माण कितने लोगों से कितना लिखवाया जा सकता है, उनकी चिंतनदृष्टि विकसित की जा सकती है; और भी बहुत कुछ निकल सकता है साहित्य अमृत के मंथन से। विद्यानिवास मिश्र के लिए साहित्य, पत्रकारिता और मुख्यरूप से हिंदी पत्रकारिता से जुड़े वे सभी लोग आकर्षण और प्रेरणा के केंद्र रहे हैं, जो ध्येयवाद और जीवन-मूल्यों के साथ साहित्य, पत्रकारिता या राजनीति के लिए प्रतिबद्ध थे। उन्होंने स्वतंत्रता संघर्ष का अंतिम दौर और उसके पश्चात् भी ऐसे मनीषियों को निकट से देखा था, जो दधीचि की तरह हड्डियाँ गलाकर हिंदी भाषा, हिंदी साहित्य और पत्रकारिता के उन्नयन के लिए प्रतिबद्ध और कटिबद्ध थे। यह सत्य है कि विद्यानिवास जी की प्राथमिकता में साहित्य का दर्जा प्रथम था और पत्रकारिता का दोयम। उन्होंने आजीविका के लिए भी शिक्षा का सहारा लिया था, पत्रकारिता का नहीं। इसके बावजूद हिंदी पत्रकारिता के संघर्षपूर्ण इतिहास और उसके सामाजिक सरोकारों के प्रति वे आशान्वित थे।

पत्रकारिता में उनके योगदान को किसी परिभाषा या पुस्तक के दायरे में बाँधा नहीं जा सकता। उनकी पीड़ा समझने के लिए एक संवेदनशील पाठक के रूप में उनका समकालीन होना पड़ेगा। उनके पत्रकारीय लेखन का कृष्ण पक्ष मैं ढूँढ़ नहीं पाया। आप खोज सकें तो आभारी रहूँगा।

गँवई संवेदना के साधक

उनको पढ़ा कम था, लेकिन उनके बारे में सुना बहुत था। उनसे मिलने की आतुरता तीव्र थी। एक दशक पूर्व 'जनसत्ता' के कलकत्ता संस्करण में उस समय के प्रभारी शंभुनाथ शुक्ल और प्रिय कृपाशंकर चौबे के साथ पहली बार पंडित कृष्णबिहारी मिश्र के निवास हरिमोहन राय लेन पहुँचा था। उनके विद्याविनय संपन्न व्यक्तित्व से अभिभूत होकर लौटा था। पहली भेंट की वह स्मृति आज तक यथावत् है। उसी भेंट में अपनी एक पुस्तक के लिए उनसे लंबी बातचीत करना चाहता था। अस्वस्थता और प्रथम परिचय के बावजूद कृष्णबिहारी जी ने अपरिचय की दूरी को उसी दिन पाट दिया था। उनके आत्मीय नेह का नाता लगातार मजबूत हुआ है। एक बड़े भाई के रूप में उनकी अहेतुक कृपा ने जीवन के न जाने कितने अधूरेपन को लबालब भर दिया है। उसके बाद कलकत्ता की मेरी हर यात्रा इसकी गवाह है।

पंडित कृष्णबिहारी मिश्र के विद्यासंस्कार उनके स्वाभिमानपूर्ण जाग्रत् विवेक, गांवों में रची-बसी चिंतनदृष्टि, अद्वितीय शिक्षक और अप्रतिम लेखक की छवि, अद्भुत लोक संग्रहकर्ता। कुल मिलाकर उनके समग्र सारस्वत अवदान पर अधिकारपूर्वक कुछ लिखने का दुस्साहस मैं नहीं कर सकता, क्योंकि उसके एक बड़े भाग से मैं आज भी अपरिचित हूँ। कृष्णबिहारी जी का यह सौभाग्य है कि उनके जीवन और रचनाधर्मिता को उनके ज्येष्ठों और वरिष्ठों ने सँवारा और सराहा है। उनकी निकटता और स्नेह भी उन्हें भरपूर मिला है। उदाहरण लें तो उनके निबंध लेखन को, जो उनकी सर्वाधिक प्रिय और सशक्त विधा है, सच्चिदानंद हीरानंद वात्स्यायन 'अज्ञेय', पंडित विद्यानिवास मिश्र और डॉ. शिवप्रसाद सिंह जैसे मूर्धन्य रचनाकारों ने सराहा है, प्रशस्ति की है। इसके बाद क्या किसी अन्य प्रमाण-पत्र की आवश्यकता है? हिंदी साहित्य और हिंदी पत्रकारिता में उनकी गति समान है, इसकी पुष्टि अन्य किसी ने नहीं, स्वयं उनके गुरु स्वनामधन्य आचार्य हजारीप्रसाद द्विवेदी ने चालीस वर्ष पूर्व डी.फिल. के लिए लिखे गये उनके शोध प्रबंध की भूमिका में

की है–'वे साहित्य के अच्छे विद्वान् हैं, यद्यपि पत्रकारिता के विकास की कहानी ही उन्हें कहनी थी, तथापि आनुषंगिक रूप से साहित्यिक अध्ययन का कार्य भी किया है। श्री कृष्णबिहारी मिश्र ने कलकत्ते की हिंदी पत्रकारिता के विवेचन के बहाने उस राष्ट्रीय चेतना का विकास भी स्पष्ट किया है, जो हिंदी पत्रकारिता का विशिष्ट रूप रहा है। उन्होंने उस चेतना को विशाल पृष्ठभूमि पर रखकर हिंदी गद्य के पुष्ट विकास का संकेत दिया है। हिंदी गद्य किसी छोटे उद्देश्य से नहीं, बल्कि विशाल राष्ट्रीय चेतना और मानवीय संवेदना के प्रचार का साधन बनकर निखरा है।' चार दशक पूर्व लिखी गयी आचार्य द्विवेदी की यह टिप्पणी आज भी यह अपेक्षा रखती है कि कृष्णबिहारी मिश्र के गद्य साहित्य और पत्रकारिता विषयक ग्रंथों का अनुशीलन इस ढंग से किया जाए, जिससे नई पीढ़ी को यह ज्ञात हो सके कि हिंदी पत्रकारिता की लगभग दो सौ वर्ष पुरानी परंपरा के उन ज्ञात और विस्मृत साधकों का योगदान कितना विशाल था, जिनको कृष्णबिहारी जी ने खोज-खोजकर आदरपूर्वक स्मरण किया है। हिंदी साहित्य और हिंदी पत्रकारिता के प्रति उनका समर्पण उन्हें पंडित अंबिकाप्रसाद वाजपेयी की परंपरा से जोड़ता है। दोनों का कर्मक्षेत्र कलकत्ता ही रहा है, अंतर केवल इतना है कि पं. कृष्णबिहारी मिश्र के मित्रों के पास कोई 'भारतमित्र' कभी नहीं रहा।

कृष्णबिहारी जी का मन और पूरा व्यक्तित्व उन्हीं के शब्दों में 'गवई संस्कार' में रचा-बसा है। कलकत्ता जैसे महानगर में कई दशक गुजारने के बाद भी वे न अपनी एकरसता से ऊबते हैं और न आधुनिकता के प्रदूषण को अपने भीतर प्रवेश करने देते। अपने गुरु आचार्य हजारी प्रसाद द्विवेदी की तरह उनका मन भी अपने विद्याकुल काशी के लिए हुड़कता है और हर यात्रा के बाद कुछ अधिक उदास हो जाता है। काशी में बिताए गये वर्ष उनकी स्मृतियों में आज भी सजीव हैं। 'नेह के नाते अनेक' पुस्तक में काशी के अनेक अंतरंग रिश्तों को उन्होंने शिद्दत से याद किया है। अत्यंत रोचक शैली में चित्रित संबंधों और संस्मरणों की इस पुस्तक में जहाँ एक ओर अपने गुरुजनों, प्रियजनों की ज्येष्ठताओं और मर्यादाओं का ध्यान रखा गया है, वहीं उनकी संकीर्णताओं, कुंठाओं के लिए उन्हें बख्शा भी नहीं गया है। विश्वविद्यालयों, शिक्षकों और शिक्षा जगत् की राजनीति के साथ एक पूरे कालखंड का इतिहास भी पुस्तक में समाहित है। अपनी सहज विनयशीलता के बावजूद कृष्णबिहारी जी की विनोदप्रियता, स्वाभिमान और अस्मिता बोध बहुत जाग्रत हैं। कृष्णबिहारी जी की साहित्य यात्रा तो काशी में छात्र जीवन से ही हैदराबाद की सम्मानित पत्रिका 'कल्पना' से शुरू हुई थी, लेकिन नये-पुराने निबंधों को समेटकर उनके नवीनतम संकलन 'अराजक उल्लास' में उनके अनुभवों के साथ उनके अंतर्मन

की पीड़ा भी अभिव्यक्त हुई है। पूर्व पुस्तकों की तरह इस पुस्तक की प्रस्तावना भी संवेदित करने के साथ-साथ आश्वस्त करती है कि उपेक्षा के बावजूद निबंध लेखन की विधा आज भी जीवंत और सशक्त है। कृष्णबिहारी मिश्र जैसे निबंधकार पूरी संवेदना और पूरी आश्वस्ति के साथ उसे नई पीढ़ी को हस्तांतरित कर रहे हैं। बुढ़ौती की साँझ की इससे सुखद परितृप्ति और क्या हो सकती है! अपनी पुस्तकों, संस्मरणों और निबंधों में कृष्णबिहारी जी ने अपने गुरुओं और साहित्य साधकों जैसे आचार्य हजारी प्रसाद द्विवेदी, आचार्य विश्वनाथ प्रसाद मिश्र, आचार्य नंददुलारे वाजपेयी, विजयशंकर मल्ल, कल्याणमल लोढा, अज्ञेय, धर्मवीर भारती, रघुवीर सहाय, रमेशचन्द्र शाह का गौरवपूर्ण उल्लेख किया है, लेकिन पंडित विद्यानिवास मिश्र के लिए, जिन्हें वे परंपरावादी चिंतक मानते हैं, उनके मन में अपार आदर है। उन्हें एक ऐसे समर्पित साधक के रूप में वे देखते हैं, जिसके मानस पर आधुनिकता का आतंक नहीं है। जिन्होंने परंपरा को रूढ़ियाँ, आडंबर न मानकर उत्तरोत्तर श्रेष्ठ और संपूर्ण मनुष्य के निर्माण की शक्ति माना है। कृष्णबिहारी मिश्र ने अपनी पुस्तक 'परंपरा का पुरुषार्थ' में विद्यानिवास मिश्र के संपूर्ण कृतित्व का समग्रता और आत्मीयता के साथ मूल्यांकन ही नहीं, बल्कि साक्षात्कार किया है। इससे पूर्व पंडित जी के व्यक्तित्व और कृतित्व का इतना वस्तुपरक समग्र आकलन मैंने नहीं देखा है। पुस्तक की भूमिका 'विमर्शकोण' में उन्होंने लिखा है, 'अज्ञेय की रचनायात्रा यदि विद्रोह से आस्तिकता की ओर प्रवृत्त होती है तो विद्यानिवास मिश्र की आंतरिक आस्तिकता लोक संवेदना से जुड़कर ही सर्जनशीलता के उत्कर्ष बिंदु को स्पर्श करती है। विद्यानिवास मिश्र की दृष्टि में लोक निकष द्वारा स्वीकृत शास्त्र निर्देश का ही मनुष्य के लिए विधायक मूल्य होता है।'

पंडित कृष्णबिहारी मिश्र स्वयं को यात्राभीरु मानते हैं। इसको अपना एक दुर्गुण भी बताते हैं। मुझे ऐसा लगता है कि उन्हें इस भीरुता में सुख मिलता है। सुखानुभूति की एक परिभाषा अप्रवास भी है, अर्थात् यात्रा न करने का सुख। कृष्णबिहारी जी को प्रवास से पीड़ा इसलिए भी अधिक होती है, क्योंकि उनकी राय में इससे उनके परिजनों को (जो उन्हें आमंत्रित करके व्यवस्था करते हैं) अधिक कष्ट होता है। उनके अनेक निकट मित्रों ने पिछले वर्ष मुझे इस बात पर बधाई दी थी कि मैं उन्हें कलकत्ता से भोपाल आकर माखनलाल चतुर्वेदी राष्ट्रीय पत्रकारिता एवं संचार विश्वविद्यालय के प्रथम दीक्षांत समारोह में डी.लिट. की मानद उपाधि स्वीकार करने के लिए तैयार कर सका। चुनौती बड़ी भी थी और कड़ी भी। इसके लिए मुझे उनके भी आदरणीय और ज्येष्ठ नारायण दत्त जी की मदद लेनी पड़ी थी। सच्चाई यही है कि दीक्षांत समारोह में उपस्थित होने से अधिक लोभ उन्हें नारायण दत्तजी

से मिलने का था। भोपाल में उन दोनों की प्रथम भेंट का मैं साक्षी अवश्य बना, लेकिन उनके भोपाल आने का पक्का भरोसा मुझे तभी हो पाया, जब ट्रेन के इलाहाबाद पहुँचने पर उन्होंने मुझे फोन करके आश्वस्त कर दिया।

कृष्णबिहारी जी ने हिंदी पत्रकारिता की अप्रतिम सेवा की है। कलकत्ता भारतीय पत्रकारिता और खासकर हिंदी पत्रकारिता की गंगोत्री है। पत्रकारिता के इतिहास लेखन का कार्य अधिकतर उन्हीं लोगों ने किया है, जो स्वयं कृती संपादक या मूर्धन्य पत्रकार रहे हैं। कृष्णबिहारी जी इसके अपवाद हैं। सागर विश्वविद्यालय में आचार्य नंददुलारे वाजपेयी के निर्देशन में यदि उन्होंने काव्यशास्त्र पर शोध करना मंजूर कर लिया होता तो हिंदी पत्रकारिता चार-चार श्रेष्ठ ग्रंथों से वंचित हो गयी होती। कलकत्ता लौटकर उन्होंने हिंदी पत्रकारिता पर शोध का मन बना लिया था। उन्होंने साहित्य की सेवा के लिए पत्रकारिता को जीविका का आधार नहीं बनाया, बल्कि हिंदी पत्रकारिता की सेवा के लिए साहित्य शिक्षण को आजीविका का माध्यम बनाया था। हिंदी पत्रकारिता के प्रति उनके समर्पण को आचार्य नंददुलारे वाजपेयी, आचार्य हजारी प्रसाद द्विवेदी, डॉ. कल्याणमल लोढ़ा जैसे विद्वानों ने सराहा और प्रोत्साहित किया था। पहले उनके शोध प्रबंध का मूल विषय था 1826 से 1930 के दौर में कलकत्ते की हिंदी पत्रकारिता के उद्भव और विकास को लेकर, लेकिन बाद में उसको विस्तार देकर हिंदी पत्रकारिता के संपूर्ण परिदृश्य को पाँच खंडों में बाँटकर एक ऐसा विशाल और दुर्लभ संदर्भ ग्रंथ बना दिया गया, जिससे सचमुच हिंदी पत्रकारिता के हर दौर के छात्रों, शिक्षकों और अध्येताओं के बड़े अभाव की पूर्ति हुई है। हिंदी पत्रकारिता को ही समर्पित उनकी दूसरी ऐतिहासिक रचना है 'राजस्थानी आयोजन की कृती भूमिका।' राजस्थान और राजस्थानियों के हिंदी पत्रकारिता में योगदान को केंद्र में रखकर लगभग साढ़े पाँच सौ पृष्ठों के इस ग्रंथ को अगर शोध प्रबंध से जोड़ दें तो इसे हिंदी का विश्वकोश कहा जा सकता है। अमर शहीद सेनानी और संपादक गणेश शंकर विद्यार्थी पर केंद्रित उनकी पुस्तक और 'हिंदी पत्रकारिता—इतिहास और प्रश्न' जैसी पुस्तकें तो पत्रकारिता के छात्रों और शिक्षकों के बीच दशकों से लोकप्रिय हैं।

चार वर्ष पूर्व प्रकाशित कृष्णबिहारी जी का एक अलौकिक ग्रंथ है 'कल्पतरु की उत्सव लीला', जिसमें श्री रामकृष्णदेव परमहंस की लोकयात्रा और लोकलीला वर्णित है। साहित्य और पत्रकारिता के निर्धारित ढाँचे से बाहर निकलकर ही अद्भुत शिल्पवाले इस ग्रंथ को समझने की कोशिश की जा सकती है। जिन लोगों ने नोबेल पुरस्कार से सम्मानित विश्वप्रसिद्ध फ्रेंच साहित्यकार रोमाँ रोलाँ की रामकृष्णदेव की जीवनी पढ़ी होगी, उन्हें यह समझने में कठिनाई नहीं होगी कि उन्हें जानने और

समझने के लिए किस विशिष्ट भावभूमि की आवश्यकता होती है। 'ठाकुर की बात' 'ठाकुर की ही वाणी' में परोस देने की कला कृष्णबिहारी जी को उनके 'ठाकुर' की अनुकंपा से ही मिली है। इसका न तो वर्णन संभव है और न अनुकरण। कृष्णबिहारी जी इसके प्रणयन का श्रेय विद्यानिवास जी को देते हैं, लेकिन उन्हें यह अच्छी तरह पता है कि ऐसी कृतियों के सृजन की प्रेरणा कहाँ से आती है।

मेरी नजर में श्री कृष्णबिहारी मिश्र का हिंदी साहित्य और हिंदी पत्रकारिता में सबसे समर्थ और सार्थक योगदान है लोकभाषाओं से शब्द चुनकर हिंदी की शब्द संपदा को निरंतर समृद्ध करना। अपने लेखन और व्याख्यान में वे इसका आग्रहपूर्वक प्रयोग करते हैं। वर्षों से चल रहे इस योजनाबद्ध योगदान का आकार कितना बड़ा है, इसका अनुमान केवल इस तथ्य से लगाया जा सकता है कि उनके एक निबंध में मुझे भोजपुरी और अवधी के सत्ताईस शब्द मिले थे। ढाही, जवार, करइल, सिवान, ओसारा, रहनि, खाँटी, गवई, मंडई, दलिद्दर, अगुवा जैसे सैकड़ों शब्दों को अपने प्रयोग से पुनर्जीवित करके उन्होंने प्रचलन में ला दिया है। महापंडित राहुल सांकृत्यायन, उदयनारायण तिवारी, विद्यानिवास मिश्र ने इसकी शुरुआत की थी, लेकिन ऐसे दौर में जब हिंदी पत्रकारिता में अंग्रेजी शब्दों को जबरन ठूँसा जा रहा हो, समृद्ध बोलियों को हाशिए पर धकेल दिया गया हो, कृष्णबिहारी जी जैसे लोगों के ऐतिहासिक योगदान को विशेष रूप से रेखांकित करना आवश्यक है। अपने दुर्बल स्वास्थ्य और क्षीण काया के बावजूद दधीचि की तरह उन्होंने अपना सामाजिक दायित्व निभाया है। हीरक जयंती से जन्मशताब्दी की ओर बढ़ती यात्रा में उनके लेखन की तेजस्विता, वाणी की ओजस्विता और विवेक की निर्भीकता के साथ उनके यशस्वी दीर्घजीवन के लिए प्रार्थना करते हुए मैं उन्हें प्रणाम करता हूँ।

कठघरे में कैद भारतीय बुद्धिजीवी

नोबेल पुरस्कार से सम्मानित भारतीय मूल के मशहूर लेखक विद्याधर नायपॉल ने पिछले पखवाड़े नई दिल्ली के पत्रकारों से बातचीत करते हुए भारतीय बुद्धिजीवियों के दायित्व बोध का सवाल उठाया है। भारतीय ही क्यों, पूरी दुनिया के संदर्भ में गौर करें तो यह सवाल बीसवीं सदी का सबसे चर्चित सवाल रहा है। पिछली सहस्राब्दी की अंतिम तीन शताब्दियों का इतिहास जहाँ साम्राज्यवादी राजवंशों, युद्धलोलुप सेनापतियों, अपनी खोजों से प्रकृति के रहस्यों को उद्‌घाटित करते वैज्ञानिकों, नये राष्ट्र-राज्यों और शासन प्रणालियों की व्याख्या करनेवाले चिंतकों से आच्छादित रहा है, वहीं इनके साथ-साथ साहित्य, कला, संस्कृति, न्याय, स्थापत्य, इतिहास, मनोविज्ञान, राजनीति और अर्थशास्त्र जैसे अनेक क्षेत्रों में अपनी स्थापनाओं से पहचान बनाते लोगों का भी है, जिन्होंने अपनी बौद्धिक प्रतिभा से पूरी दुनिया को प्रभावित किया है। विश्व भर में इनके योगदानों पर बहुत कुछ लिखा गया है, लेकिन बुद्धिजीवी की कोई सर्वमान्य परिभाषा तय नहीं हुई है। एक बुद्धिजीवी को उसके भौगोलिक, ऐतिहासिक, दार्शनिक या सामाजिक दायरे में कैद नहीं किया जा सकता। हाँ, यह जरूर है कि उसकी पहचान और वर्गीकरण उसकी पृष्ठभूमि के साथ अलग-अलग देश-काल में अलग-अलग ढंग से विकसित हुई है। एक व्यापक परिवेश में देखें और किसी परिभाषा में बाँधने का विचार छोड़ दें तो यह माना जा सकता है कि बुद्धिजीवी हर देश और जीवन के हर क्षेत्र में हैं। वे शुद्ध विज्ञान से जुड़े हों या चिकित्सा विज्ञान या समाज विज्ञान से, भौतिकवादी हों या अध्यात्मवादी अपने चिंतन, विवेक और तर्क के सहारे ज्ञान और सत्य तक पहुँचने की दृष्टि, अपनी बौद्धिक निष्ठा, मानवीय और सामाजिक सरोकारों के पक्ष में दृढ़ता से खड़े रहने का साहस उनसे न्यूनतम अपेक्षित है। अपने क्षेत्र में रचना-कर्म से उनकी बौद्धिकता और गहराई की पहचान होती है।

प्रकृति और मनुष्य के रिश्ते :

पिछली सहस्राब्दी में बुद्धिजीवियों के एक वर्ग का आक्रामक, शोषक और

नकारात्मक पक्ष बहुत महँगा पड़ा है। कबीलों की संस्कृति से राष्ट्र-राज्य की कथित उन्नत अवधारणा तक का यूरोपीय इतिहास आपसी युद्धों और एशिया, अफ्रीका या अमेरिका के मूल निवासियों को बौद्धिक तथा शारीरिक गुलाम बनाने का इतिहास है।

इस दौर की एक सच्चाई यह भी है कि पूरी दुनिया के वैज्ञानिक बुद्धिजीवी, जिसे अपनी श्रेष्ठतम उपलब्धियों का काल मानते हैं, उसमें प्रकृति और मनुष्य के बीच का असंतुलन सबसे अधिक बढ़ा है। पहिये की खोज से क्लोन बनाने तक में किसकी कितनी भागीदारी है, इस पर अंतहीन बहस तो जारी है ही, लेकिन यह निर्विवाद है कि लूट, हथियार और अत्याचार के बल पर अपने को विकसित माननेवाले देशों के वैज्ञानिक बुद्धिजीवियों ने पहाड़ों, महासागरों, जंगलों, खेतों और नदियों का अकल्पनीय शोषण इसी दौर में सबसे अधिक किया है। पर्यावरण के विनाश का जो अपराध विकासशील देशों के मत्थे मढ़ा जा रहा है, वह इतिहास का एक प्रमाणित झूठ है। इसका एक कारण जहाँ 'जिसकी लाठी उसकी भैंस' वाला पश्चिमी राजदर्शन है वहीं यह भी है कि विज्ञान तथ्यों की खोज पर आधारित ज्ञान है, जो निरंतर बदलते रहते हैं। मूल्यों और उसके प्रभावों की चिंता वैज्ञानिकों की ओर से उपेक्षित पक्ष है। विज्ञान का तथ्य इंद्रियों को दिखाई देता है, जबकि मूल्यों का सत्य अतींद्रिय और अनुभूतिजन्य होता है। शायद यह पूर्व और पश्चिम की चिंतनधारा का मौलिक अंतर है। इसीलिए पश्चिमी इतिहासकारों के बार-बार नकारने के बावजूद सच्चाई यही है कि ईसा का क्रॉस और ज्ञान का प्रकाश लेकर पीड़ित मानवता की सेवा के लिए जो लोग इन देशों में अवतरित हुए थे, उन्होंने धार्मिक, राजनीतिक, आर्थिक विकास के सपने दिखाकर उनकी सांस्कृतिक परंपराओं को नष्ट किया, साथ ही रोमन लिपि और अपनी भाषा की आड़ लेकर बौद्धिक गुलामी भी थोपी है। बीसवीं सदी के उत्तरार्ध में उपनिवेशों का खात्मा होने के बाद भी उन देशों में गरीबी, भुखमरी और पिछड़ेपन के साथ बौद्धिक गुलामी भी मौजूद है। भारत भी इसका अपवाद नहीं है। इतिहास की यह चेतावनी बार-बार सही साबित हुई है कि कोई भी देश, जो अपनी संस्कृति, लोक-परंपरा और इतिहास की उपेक्षा करके केवल आर्थिक उन्नति से जुड़ जाता है, उसका राष्ट्रीय चिंतन क्षीण हो जाता है। उसकी युवा पीढ़ी के आदर्श शिथिल हो जाते हैं। उनकी नैतिकता और ईमानदारी नष्ट हो जाती है। बौद्धिक गुलामी उसकी पहली शर्त है। आज की दुनिया के सभी देश, जिनमें रूस, चीन, ब्रिटेन, जापान, फ्रांस और जर्मनी शामिल हैं, युद्धों में बार-बार पराजित हुए हर देश की तरह उनमें भी बिखराव, टूट और हीनभाव पैदा हुए थे, लेकिन उन्होंने अपनी इतिहास-दृष्टि और पराजय के कारणों को भुलाने या ओझल करने का काम नहीं किया। निष्कर्षों से असहमत भले

ही हों, लेकिन तथ्यों को नकारा नहीं जा सकता। यह सच्चाई है कि नेपोलियन ने फ्रांस में, गैरीबाल्डी ने इटली में या बिस्मार्क ने जर्मनी में राष्ट्रवाद की अवधारणा को कट्टर, लेकिन सैद्धांतिक आधार दिया था।

आजादी के पूर्व का परिदृश्य :

भारतीय इतिहास में सन् 1857 में अंग्रेजों के विरुद्ध आजादी की पहली लड़ाई के पूर्व ही बौद्धिक दासता का जाल बुनने का काम शुरू हो गया था। सन् 1784 में रॉयल एशियाटिक सोसाइटी की स्थापना के बाद सभी भारतीय भाषाओं को रोमन लिपि में लिखे जाने की कोशिश की गयी थी। यूरोप में अंग्रेजी के दबदबे का इतिहास तो क्लाइव की जीत के बाद ही शुरू हो गया था। फ्रांस, जर्मनी और स्पेन के आपसी युद्धों में इंग्लैंड ने शक्तिशाली होकर स्पेन की मदद की थी। उससे कहीं पहले सन् 1835 में लॉर्ड मैकाले की भारतीय शिक्षा को लेकर लिखी गयी टिप्पणियों से बड़ा दस्तावेज क्या हो सकता है। मैकाले ने लिखा था, 'हमें एक ऐसे वर्ग की रचना करने की भरसक कोशिश करनी चाहिए, जो हम और हमारे करोड़ों शासितों के बीच दुभाषिए की भूमिका निभा सके; अर्थात् ऐसे व्यक्तियों का एक वर्ग जो त्वचा के रंग में तो भारतीय हो, लेकिन रुचि, अभिमत, नैतिक मानदंडों और प्रतिभा में अंग्रेज हो।' उस समय तक साजिश उजागर होने लगी थी। बंगाल के बुद्धिजीवियों पर अंग्रेजी भाषा, शिक्षा और रहन-सहन की गहरी छाप थी। एक ओर राजा राममोहन राय जैसे लोग थे, जो देश के प्रति गहरे प्रेम के बावजूद 'एक प्रबुद्ध राष्ट्र द्वारा शासित होने का गौरव' महसूस कर रहे थे, तो दूसरी ओर बंकिमचन्द्र चटर्जी भी थे, जिन्होंने सन् 1796 के एक लेख में भविष्य की बौद्धिक गिरावट को रेखांकित करते हुए मैकाले के उस बाबू वर्ग के बारे में लिखा था, 'यह बाबू काफी बातूनी, एक खास विदेशी भाषा में पारंगत और अपनी मातृभाषा को नीची निगाह से देखनेवाला होगा। कुछ बेहद योग्य बाबुओं के श्रीविष्णु की तरह दस अवतार—क्लर्क, अध्यापक, ब्राह्मण समाज के सदस्य, मुनीम, डॉक्टर, वकील, मजिस्ट्रेट, जमींदार, संपादक और बेरोजगार होंगे। ये लोग दोस्तों के घर सुरापान करेंगे और मालिकों की गालियाँ और फटकार खाएँगे।'

भारतीय विद्वानों के बीच अंग्रेजी भाषा शिक्षा और उसके योगदान को लेकर अंतर्द्वंद्व बहुत गहरा था। हिंदी भाषा के इतिहास में इसका गौरवपूर्ण उल्लेख भी है कि हिंदी तथा भारतीय भाषाओं के सर्वेक्षण में जॉर्ज अब्राहम ग्रियर्सन का योगदान बहुत बड़ा है। उन्होंने बिहार की भाषा-बोलियों और उपबोलियों का व्याकरण भी तैयार किया था, लेकिन बोलियों के आधार पर उन्होंने हिंदी क्षेत्र के लोगों को बाँटने की भी पूरी कोशिश की थी। पूरे बिहार की कचहरियों में उर्दू या हिंदी हटाकर मैथिली

को काम-काज की भाषा बनाने का आंदोलन डॉ. ग्रियर्सन ने ही शुरू कराया था। इसे किस रूप में देखा जाएगा। आजादी की लड़ाई के दौरान भी भारतीय बुद्धिजीवी कई श्रेणियों में विभाजित थे। अंग्रेजों से प्रमाणित बुद्धिजीवियों का वर्ग कभी भी स्वतंत्रता आंदोलन की मुख्यधारा से संबद्ध नहीं था। दूसरी श्रेणी के बुद्धिजीवियों को उस समय का सोवियत संघ प्रमाणित करता था। उनका पूरा इतिहास अंग्रेजी शासकों की वफादारी और देश-विरोधी कारनामों से भरा है। उनका शर्मनाक अतीत बार-बार माफी माँगने के बाद भी धुला नहीं है। सन् 1957 में इमरजेंसी और प्रेस पर पाबंदी लगाने का समर्थन उनका आजादी के बाद का करिश्मा है। मानवेंद्र नाथ राय भारत में कम्युनिस्ट पार्टी के संस्थापक थे। वे लेनिन से प्रमाणित बुद्धिजीवी थे, लेकिन जब सोवियत संघ से उनके मतभेद हो गये तो भारतीय कम्युनिस्टों ने उन्हें विकृत घोषित कर दिया था। उन्होंने लोकमान्य तिलक, महात्मा गांधी, सुभाषचन्द्र बोस, डॉ. राममनोहर लोहिया, डॉ. अंबेडकर, जयप्रकाश नारायण, विनोबा भावे या आचार्य नरेंद्रदेव जैसे सैकड़ों नेताओं को, जो अपने दौर के युवाओं तथा बुद्धिजीवियों के नायक थे, कभी बुद्धिजीवी के रूप में स्वीकार नहीं किया। लेकिन उन्हीं की नैतिकता और विश्वसनीयता को आज राजनीतिक दल भुना रहे हैं।

बौद्धिक पाखंड के पाँच दशक :

पश्चिमी पैमाने और भारतीय दृष्टिकोण के बीच यह अंतर है कि वाणी, कर्म और आचरण की जो एकरूपता भारतीय सोच में है, वह पश्चिमी चिंतकों के लिए आवश्यक तत्त्व नहीं है। यह अंतर सार्वजनिक और निजी जीवन की नैतिकता को लेकर भी है। आजादी की लड़ाई के दौर के भारतीय राजनेता चिंतक होने के साथ समाज-सुधारक तथा लोक जागरण के नायक भी थे। उन्होंने ईमानदारी और सादगीपूर्ण ढंग से दलितों, अल्पसंख्यकों, पिछड़ों को सामाजिक प्रतिष्ठा और न्याय दिलाने की लड़ाई भी लड़ी है। उन्हें अपनी प्रामाणिकता, सामाजिक प्रतिबद्धता और विश्वसनीयता का भरोसा था, इसलिए उन्हें बुद्धिजीवी से अलग लोक-जागरण के अग्रदूत की तरह सराहा गया। कबीर हों या तुलसीदास, नानक हों या रविदास, भगतसिंह, अशफाक उल्ला या चन्द्रशेखर आजाद हों, इन्हें देशभक्त या बुद्धिजीवी होने का किसी से प्रमाण-पत्र नहीं चाहिए। लेकिन आजादी के बाद के साढ़े पाँच दशकों में राजनेताओं तथा सभी क्षेत्रों के बुद्धिजीवियों की प्रामाणिकता घटी है। उनके राष्ट्रीय चिंतन, बौद्धिक ईमानदारी तथा सैद्धांतिक प्रतिबद्धता पर से लोगों का भरोसा उठता जा रहा है। क्यों? उनके जीवन आदर्श राजनेता और अभिनेता क्यों हो गये? इतिहास के मूल्यों तथा संस्कारों की ओर देखने की उनकी दृष्टि विखंडित क्यों हो गयी है? एक सोच यह है कि आजादी के बाद का भारतीय बुद्धिजीवी सुविधाभोगी,

समझौतापरस्त और अनुदार हो गया है। उसमें क्रांति का नकली आक्रोश है, बड़बोलापन और बुद्धिविलास है, लेकिन शिक्षा या समाज, खेत या कारखाने में परिवर्तन की दृढ़ इच्छाशक्ति लेकर खड़े होना उसके वश के बाहर की बात है। सेवा नहीं, तिकड़म के सहारे सत्ता शीर्ष पर पहुँचना, पार्टी और सरकार को परिवार के हित में इस्तेमाल करना उसकी फितरत हो गयी है। अभिजात जीवन-शैली की ललक में उसे कोई भी समझौता या समर्पण करने में शर्म नहीं है। उसे भरपूर कीमत पाकर अपनी बौद्धिक स्वतंत्रता को बंधक रखने में कोई पश्चाताप नहीं है।

राजनीति की इस महात्रासदी में बौद्धिक और विचारशील युवाओं की जगह उदंड, जातिवादी और अपराधी युवकों की भरती का दोष उन राजनीतिक दलों और राजनेताओं पर है, जो संसदीय लोकतंत्र तथा मूल्यों की राजनीति का नाम लेकर सत्ता में पहुँचे थे और अब बंदूक से भी सत्ता टिकाने के लिए संपूर्ण तंत्र को ध्वस्त करने पर आमादा हैं। एक संगोष्ठी की अध्यक्षता कर रहे बड़े राजनेता ने आरोप लगाया कि 'अगर राजनीति का अपराधीकरण करने का आरोप राजनीतिक दलों पर है तो शिक्षा, न्याय, प्रशासन, मीडिया, कला, साहित्य या इतिहास में फैली हुई विकृतियों के लिए वे बुद्धिजीवी जिम्मेदार क्यों नहीं हैं, जो अपने आपको सामाजिक नैतिकता का पहरुआ मानते हैं? इसका उत्तर वहाँ बैठे किसी बुद्धिजीवी ने नहीं दिया। उनके पास उत्तर मौजूद था, लेकिन वे किसी राजनेता के विरुद्ध मुँह खोलकर अपने रिश्ते खराब करना नहीं चाहते थे। यह एक खतरनाक बौद्धिक गुलामी की ओर बढ़ता हुआ संकेत है। इससे न तो उसकी नपुंसकता छिपती है और न जवाबदेही कम होती है। पाखंड में पड़ी इस पीढ़ी को नकारती हुई एक बौद्धिक पीढ़ी अपने पूर्वजों के नंगेपन को उजागर करने के लिए तैयार हो रही है। वह अपने इतिहास और अपनी जड़ों से उजाड़ी गयी है। उसका गुस्सा जायज है कि संस्कारों के बदले उसे युद्धों, उन्मादों और बाजारों को सौंप दिया गया है। राष्ट्रीय अस्मिता के साथ जुड़ने की कोशिश में उसके हथियार क्या होंगे? दिशा क्या होगी? इसकी केवल कल्पनाएँ की जा रही हैं। संसद में बैठे लोगों को चुनौती देते लोग सड़कों पर निकल आये हैं। धूमिल की यह पंक्ति बुद्धिजीवियों के भारतीय संदर्भ में बेहद सटीक है कि 'जो या तो अशिक्षित हैं या गरीब हैं, वे ही देश के ज्यादा करीब हैं।'

उस्ताद बिस्मिल्लाह खाँ के बहाने

पिछले जून में शहनाई के शहंशाह 'भारतरत्न' बिस्मिल्लाह खाँ ने प्रधानमंत्री अटल बिहारी वाजपेयी को दूसरी बार पत्र लिखा था। अपनी बीमारी और बिगड़ते स्वास्थ्य से चिंतित होकर उन्होंने पत्र में सरकार से आर्थिक सहायता की याचना की थी। 20 जून को यह बात एक खबर बनकर उस समय उजागर हुई जब प्रधानमंत्री ने राष्ट्रीय सहायता कोष से दो लाख रुपये की राशि उन्हें भेजने का आदेश दिया। बाद में मदद की पेशकश कुछ अन्य उदार लोगों ने भी की। मीडिया के लोग जब भागते हुए वाराणसी पहुँचे तो देखकर हैरान रह गये कि सुर और संगीत की दुनिया का महान् साधक, जिसे हमने सर्वोच्च राष्ट्रीय सम्मान से नवाजा है, एक सँकरी गली के ऐसे छोटे घर में रहने के लिए मजबूर है, जिसमें प्रचंड गरमी से राहत देनेवाला एक कूलर तक नहीं है। यह उनकी सादगी नहीं, आर्थिक मज़बूरी है। हृदय रोग से पीड़ित और 87 वर्ष के उस्ताद बिस्मिल्लाह खाँ अवसादग्रस्त हैं। वे बीमारी से कहीं ज्यादा अपनी उपेक्षा से टूटे हुए हैं। मीडिया के लोगों से बातचीत में उनकी गहरी पीड़ा और यह असुरक्षा-बोध सामने आया है कि उनके न रहने के बाद उनके परिवार का पोषण कैसे होगा? एक ऐसी शख्सियत, जिसे हमने सबसे बड़ा सम्मान प्रदान किया हो, जो भारतीय संगीत का पुरोधा-पुरुष और जीवित किंवदंती बन चुका हो, के साथ समाज और सरकार की यह उपेक्षा अक्षम्य अपराध है। 26 जनवरी, 1950 को देश के पहले गणतंत्र दिवस समारोह पर लाल किले की प्राचीर से अपनी शहनाई का जादू बिखेरते हुए उस्ताद बिस्मिल्लाह खाँ ने यह कभी सोचा नहीं होगा कि जीवन के अंतिम दिनों में उन्हें याचना भरे पत्र लिखने पड़ेंगे। यह पहली बार नहीं हुआ है। आजादी के बाद महापुरुषों, कलाकारों, संगीत और साहित्य के मनीषियों, स्वतंत्रता संग्राम के सेनानियों, सैनिकों या शिक्षकों की उपेक्षा और अपमान के सैकड़ों दर्दनाक हादसे हुए हैं। 'पद्मश्री' से अलंकृत और संगीत नाटक अकादमी जैसी प्रतिष्ठित दर्जनों संस्थाओं से पुरस्कृत सुप्रसिद्ध गायिका रसूलनबाई को ठुमरी, टप्पा

और खयाल गायकी में महारत हासिल थी। देश भर में उन्हें भरपूर शोहरत मिली थी, लेकिन उन्होंने संकल्प किया था कि अपनी किसी बेटी या बेटे को संगीत नहीं सिखाएँगी। उन्हीं के शब्दों में, "मैं नहीं चाहती कि वे भी मेरी तरह भूखे मरने को विवश हों।" अंतिम दिनों में लकवाग्रस्त रसूलनबाई का घर, संपत्ति, उपाधियाँ और तमगे भी अहमदाबाद के एक दंगे में जलकर राख हो गये थे। मिलने गये लोगों से उन्होंने कहा था, "मेरे भीतर का संगीत जल चुका है। लेकिन कहते हैं कि मैं बड़ी कलाकार हूँ। मेरे मरने पर लोग तसवीरें अखबारों में छापेंगे। मेरी मौत पर मातम मनाएँगे, पर मेरे जिंदा रहते वे कुछ नहीं कर सकते।" यह घटना तो केवल एक बानगी है।

उस्ताद बिस्मिल्लाह खाँ को यों तो पूरी दुनिया ने सिर-आँखों पर बैठाया है, लेकिन उन्हें अपना शहर बनारस सबसे ज्यादा प्रिय है। शहनाईवादकों के परिवार में 21 मार्च, 1916 को जनमे और पले-बढ़े बिस्मिल्लाह खाँ ने बनारस के पूरे संगीत घराने का नाम रोशन किया है। अपने गुरु और मामू अलीबख्श के साथ ईश्वर के आशीर्वाद और रियाज को अपनी बेपनाह कामयाबी का मूलमंत्र माननेवाले बिस्मिल्लाह खाँ संगीत और अपने वाद्य शहनाई को अपना जीवन और सबसे बड़ा मनोरंजन मानते हैं। उनकी उल्लेखनीय उपलब्धि है कि उन्होंने एक लोकवाद्य शहनाई को शादी के मंडप से उठाकर शास्त्रीय वाद्यों की शृंखला में प्रतिष्ठित किया है। सन् 1938 से ऑल इंडिया रेडियो पर मंगल ध्वनि के रूप में शहनाई की शुरुआत करनेवाले बिस्मिल्लाह खाँ खुद शहनाई के पर्याय बन गये हैं। बनारस के संगीत घरानों में अगर तबला घराना पंडितराम सहाय, कंठे महाराज, किशन महाराज, शारदा सहाय से जाना जाता है, गायकी को रसूलनबाई, सिद्धेश्वरी देवी या गिरिजादेवी ने नई ऊँचाइयाँ दी हैं, सारंगी घराना पंडित गोपाल मिश्र से शुरू हुआ है, कत्थक नृत्य में सितारा देवी ने अपने झंडे गाड़े हैं तो बिस्मिल्लाह खाँ ने नये शहनाई घराने की बुनियाद डाली है। इस उम्र में भी उनके चेहरे पर बच्चों जैसी रूठने, मान जाने और मुस्कराने की छवियाँ देखी जा सकती हैं। घटना पिछले वर्ष देहरादून के एक संगीत समारोह की है। 'स्पिकमैके' ने अपने 'सिल्वर जुबली समारोह' का आयोजन किया था। इंडियन मिलिटरी अकादमी का क्षेत्रपाल हॉल खचाखच भरा हुआ था। उस्ताद बिस्मिल्लाह खाँ के मंच पर आते ही श्रोताओं ने खड़े होकर देर तक तालियाँ बजाकर उनका अभिनंदन किया। बनारस और दूसरे शहरों में सावन के महीने में 'कजरी' गाने की परंपरा है। उन्होंने बड़े इसरार से कहा कि सावन अभी नहीं आया है, लेकिन वे शहनाई पर कजरी सुनाएँगे। उन्होंने खूब सुनाया और लगातार वाहवाही बटोरी। अंत में श्रोताओं से दर्द भरी आवाज में अपील भी की कि अपने बच्चों को भारतीय संगीत

से परिचित अवश्य कराएँ।

संगीत की खुशबू से महकते चहकते उस्ताद बिस्मिल्लाह खाँ को उनके श्रोताओं का भरपूर प्यार और सम्मान मिला है। पदकों और पुरस्कारों की बौछार उन पर बार-बार हुई है। 'पद्मश्री', 'पद्मभूषण', 'पद्मविभूषण' और अंत में सबसे बड़ा सम्मान 'भारतरत्न' प्राप्त करनेवाले संगीत के क्षेत्र में विरले ही हैं। 'संगीत नाटक अकादमी' और 'तानसेन अवार्ड' के अलावा सन् 1993 में उन्हें 'शिरोमणि अवार्ड' तथा 'राजीव गांधी सद्भावना पुरस्कार' से भी नवाजा जा चुका है। देश भर के तीन हजार से अधिक महत्त्वपूर्ण लोगों के बीच से उनका चयन हुआ था। उस समय के उपराष्ट्रपति डॉ. के.आर. नारायणन, जो सलाहकार समिति के चेयरमैन थे, ने उन्हें यह पुरस्कार देकर सम्मानित किया था। इसके अलावा भी सैकड़ों पुरस्कारों से उन्हें समय-समय पर सम्मानित किया गया है। वही बिस्मिल्लाह खाँ आज अपने स्वास्थ्य और परिवार के भविष्य को लेकर चिंतित हैं। उन्होंने अपने सामने बूढ़े कलाकारों का कारुणिक अंत देखा है। उनके दो बेटे तबला वादन और शहनाई के साथ जुड़े हैं, लेकिन कुल मिलाकर परिवार की आर्थिक स्थिति संतोषजनक नहीं है। राष्ट्र की धरोहर बन चुके एक विलक्षण कलाकार की चिंता और पीड़ा पूरे राष्ट्र की पीड़ा होनी चाहिए, लेकिन क्या सचमुच ऐसा है? राकेश श्रीमाल की कविता का एक अंश है–

"कितना निकल गया जीवन
मृत्यु के रास्ते चलते हुए
पता नहीं,
कितना और चलना है अभी।
यह संसार भी मेरा है
मेरी है यह देह भी।
मृत्यु भी मेरी है।"

मृत्यु की ओर देखने की एक वेदनापूर्ण दृष्टि जो इस कविता में है, वह उस्ताद बिस्मिल्लाह खाँ की शहनाई का एक मद्धिम सुर भी हो सकता है। संवेदनशील समाज के रूप में हमें अकृतज्ञता और अशालीनता के आरोप से तो बचना ही होगा।

'का'-पुरुषों को ललकारतीं तसलीमा

तसलीमा नसरीन और उनका पीछा करते कट्टरपंथियों के बीच जंग जारी है। एक बार फिर वे निशाने पर हैं और उनका सबसे ताजा अपराध है पिछले माह 23 अक्तूबर को नवीनतम पुस्तक 'का' का प्रकाशन, जो उनकी आत्मकथा का तीसरा खंड है। चार सौ पंद्रह पृष्ठों की इस बांग्ला पुस्तक के बाजार में आते ही बांग्लादेश और कोलकाता के बुद्धिजीवियों के एक वर्ग में भारी उथल-पुथल और गुस्से की लहर दौड़ गयी है। तसलीमा नसरीन ने उनके अपने साथ हमाम में नंगे नहाने के दृश्य को किताब में कैद कर लिया है। राजनीतिकों, बुद्धिजीवियों, पत्रकारों, अफसरों के दोहरे चरित्र और पाखंड को उन्होंने देखा, भोगा और अपनी बोल्ड बिंदास शैली में बार-बार बेपरदा किया है। बलात्कार, तिरस्कार और अपनी मातृभूमि से निर्वासन का दर्द भोगती तसलीमा ने इस पुस्तक में किसी को बख्शा नहीं है। अपने दोस्तों और बांग्ला साहित्यकार मित्रों की जिंदगी, खुद अपने साथ उनके रोमांटिक रिश्तों के बारे में बेहद बेबाक ढंग से उन्होंने लिखा है। आप इसे अनैतिक मानें या अश्लील, लेकिन तसलीमा इसे अभिव्यक्ति की आजादी का अपना मौलिक अधिकार मानती हैं। विवादों और चुनौतियों के बीच जीने का उन्हें शौक है। हत्या की धमकियों, मृत्युदंड की सजाओं और गालियों की बौछार से उन्हें कट्टरपंथियों को ललकारने की ऊर्जा मिलती है। उनकी आत्मकथा के पहले दो खंड 'मेरे बचपन के दिन' और 'उत्ताल हवा' भी चर्चित तथा विवादित हुए थे। तीसरा खंड 'का' सबसे लोकप्रिय हुआ है। केवल एक माह में 8 हजार प्रतियाँ बिक चुकी हैं। बांग्लादेश में प्रतिबंध के बाद भी दूसरा संस्करण और अनुवाद की तैयारी है।

स्त्री रोगों की डॉक्टर से लेखिका बनी तसलीमा नसरीन नारी उत्पीड़न के विरुद्ध सन् 1989 से ही समाचार पत्रों में लिखती रही हैं। उनके लेखों के पहले संकलन को सन् 1992 में कोलकाता में, आनंद बाजार पुरस्कार मिला था, लेकिन सबसे अधिक विवाद 1993 में उनके उपन्यास 'लज्जा' के प्रकाशन के बाद हुआ

था। कहर टूट पड़ा था उनपर। अयोध्या में बाबरी मस्जिद तोड़े जाने के बाद बांग्लादेश में एक हिंदू परिवार के उत्पीड़न और अत्याचार की दास्तान इस पुस्तक की कथावस्तु है। तसलीमा के खून के प्यासे नारे उछालते हजारों लोग सड़कों पर उतर आये थे। रैलियों में फाँसी की माँग हुई, मुकदमे दर्ज हुए। सन् 1994 में गिरफ्तारी का वारंट निकला और एमनेस्टी इंटरनेशनल तथा मानवाधिकार से जुड़ी दूसरी अंतरराष्ट्रीय संस्थाओं की मदद से उन्हें स्वीडन में राजनीतिक शरण मिली। बाद में म्यूनिख, बर्लिन, पेरिस, कोलकाता और दुनिया के तमाम शहरों में भटकती तसलीमा इन दिनों न्यूयॉर्क में हैं। तसलीमा नसरीन को पूरी दुनिया में एक जबरदस्त नारीवादी लेखिका माना जाता है। अखबारी लेखन के अलावा उनकी प्रसिद्ध पुस्तक 'औरत के हक में' इसका प्रमाण है। उन्होंने बांग्लादेश में अल्पसंख्यक हिंदुओं के उत्पीड़न पर भी बहुत कुछ लिखा है। मुसलिम कट्टरपंथियों की उनसे नाराजगी की यह एक बड़ी वजह है। कई दूसरे लेखकों को भी, जिन्होंने अल्पसंख्यकों के साथ सहानुभूति दिखाई या उत्पीड़न पर सवाल उठाया है, कट्टरपंथियों ने निशाना बनाया है। बंग्लादेश के युवा पत्रकार सलाम आजाद ने अपनी प्रसिद्ध पुस्तक 'बांग्लादेश से क्यों भाग रहे हैं हिंदू' में बड़ी पीड़ा, विरोध और जोखिम उठाकर लिखा है, 'ये लोग मध्ययुग के मगरमच्छ हैं। बांग्लादेश में कट्टरवाद के उत्थान के लिए संविधान से सेक्युलरिज्म को छुरा चलाकर काट दिया गया। इसमाल को राष्ट्रधर्म बनाने के कारण देश के दो करोड़ से अधिक अल्पसंख्यक तृतीय श्रेणी के नागरिक हो गये हैं।' बांग्लादेश के मशहूर कवि दाऊद हैदर को भी अपने विवादग्रस्त लेखन के कारण सन् 1974 में देश से निर्वासित होना पड़ा था। जर्मन लेखक गुंटर ग्रास की सिफारिश से उन्हें जर्मनी में पनाह मिली थी। एक बार तसलीमा नसरीन और दाऊद हैदर की शादी के चर्चे भी स्वीडन के एक अखबार में उछाले गये थे, जिसे बाद में बेबुनियाद और झूठ बताकर तसलीमा ने खंडन किया था। 'का' के प्रकाशन के बाद साहित्य से जुड़े जिन लोगों की बेचैनी बढ़ी है और जो दुष्प्रचार में आगे हैं, उनमें से कवि-नाटककार सैयद शम्सुल हक भी हैं, जिन्होंने बांग्लादेश की अदालत में 10 करोड़ टका (साढ़े सात करोड़ रुपया) की मानहानि का दावा किया है। 75 वर्ष के एक शीर्षस्थ कवि शम्सुर्रहमान लोकप्रिय उपन्यासकार इमदादुल हक मिलन, कोलकाता के युवा कवि हशमत जलाल अपने पूर्व पतियों-रुद्र मोहम्मद शहीदुल्ला, अबू हसन शहरयार जैसे अनेक लोगों की निजी जिंदगी को तसलीमा नसरीन ने उघाड़कर रख दिया है। कोलकाता के बांग्ला अखबारों, पत्रिकाओं और अंग्रेजी पत्र-पत्रिकाओं में जो कुछ इस बारे में छप रहा है, उससे लगता है कि परिणामों की परवाह किये बिना तसलीमा ने सबको बुरी तरह झकझोर दिया है। उन्हें इसकी कोई फिक्र नहीं है कि बंद कमरे के भीतर घटी सच्चाइयों

का अशालीन वर्णन करके वे स्वयं अपने चरित्र पर भी कीचड़ उछाल रही हैं।

तसलीमा नसरीन ने न्यूयॉर्क से निकलनेवाली एक बांग्लादेशीय पत्रिका 'ठिकाना' में दोटूक शब्दों में सबकी खिंचाई की है। इस बातचीत को बांग्लादेश के एक अखबार ने प्रकाशित किया है। अपनी आत्मकथा में प्रकाशित सनसनीखेज खुलासों, प्रसिद्ध व्यक्तियों के उल्लेख और अपने साथ हुए हादसों के लिए शर्मसार हुए बिना तसलीमा ने उन्हें सीधी चुनौती दी और बहस के लिए ललकारा है। उन्होंने कहा है कि जो लोग सत्य उजागर होने से बौखलाए हैं, हत्या की धमकियाँ दे रहे हैं या मुकदमे दायर कर रहे हैं, उनमें पुस्तक लिखकर सच का खंडन करने का साहस नहीं है। वे का-पुरुष हैं, उन्हीं के शब्दों में, 'एक बार नहीं दस बार भी मृत्युदंड की सजा देकर कोई मुझे अन्याय का प्रतिरोध करने से नहीं रोक सकता। जब भी मैं सत्य बोलती और लिखती हूँ, कुछ लोग मेरे विरुद्ध प्रचार अभियान शुरू कर देते हैं; क्योंकि उन्हें मेरे लिखने से डर लगता है।' यह निर्विवाद है कि तसलीमा नसरीन को विवादों में बने रहना पसंद है। यह सिलसिला सन् 1994 से जारी है, जब उन्होंने पवित्र 'कुरान' के बारे में टिप्पणी और समान नागरिक संहिता का सवाल उठाकर पूरे इसलाम को अपना विरोधी बना लिया था। सन् 1998 में जब वे अपनी बीमार माँ को देखने बांग्लादेश गयी थीं, उस समय भी मौत की सजा देने की माँग उठाई गयी थी। उनकी एक दर्जन से ज्यादा पुस्तकों, जिनमें उपन्यास, कविताएँ, आत्मकथा शामिल हैं, की गुणवत्ता को लेकर बार-बार सवाल उठाए गये हैं—उनपर आरोप है कि बिंदास और रोमांटिक लेखन तथा अपनी अराजक जीवन-शैली के द्वारा वे चर्चा में बनी रहना चाहती हैं और अपने निर्वासन को उन्होंने पूरी दुनिया से सहानुभूति बटोरने का माध्यम बनाया है। महिलाओं की समस्याओं के लिए विद्रोही और जुझारू तेवर दिखाकर थोड़ी अवधि में लोकप्रियता कमानेवाली तसलीमा इन आरोपों का खंडन करती हैं। उनका दावा है कि सलमान रश्दी या मुल्कराज आनंद जैसे लेखक ही नहीं, दुनिया भर में मानवाधिकार और नारी मुक्ति आंदोलन से जुड़े संगठनों का समर्थन उन्हें मिल रहा है। अपनी हर बातचीत में तसलीमा यह संकेत देती हैं कि अपनी मातृभूमि से निर्वासित होने का गम उन्हें सबसे ज्यादा है। कोलकाता को वे अपने रहने के लिए आदर्श शहर मानती हैं। अपनी जीवन-शैली को वे न तो पलायनवादी मानती हैं और न अनैतिक। उनके प्रिय शहर कोलकाता में भी बँगला समाचार पत्रों तथा पत्रिकाओं में इस पुस्तक के कारण उनकी कड़ी निंदा हो रही है, लेकिन तसलीमा आत्मकथा का चौथा खंड भी लिखने पर आमादा हैं। तसलीमा अपनी शैली में शायद पूरी दुनिया के पुरुषों से बदला ले रही हैं, परिणाम चाहे जो भी हो। उन्हें अब न तो प्यार खोने का दर्द है और न सारी हदों को चकनाचूर कर देने का कोई अफसोस।

अच्युतानंद मिश्र से गोरखनाथ तिवारी की बातचीत

गोरख नाथ तिवारी : आप गांव के परिवेश से उभरे हुए व्यक्ति हैं। तेजी से बदलते सामाजिक आयाम में आप इस ग्रामीण संस्कृति का कौन-सा चित्र देखते हैं?

अच्युतानंद मिश्र : हाँ, मैं एक गांव नुमा कस्बे की पैदाइश हूँ और मेरे भीतर वही संस्कार मूल्य बनकर जी रहे हैं। गांव से मेरा परिचय बहुत निकट का है। मैं ग्रामीण संस्कृति को और जीवन शैली को राष्ट्रीय संदर्भ में जीवंत और प्रेरणादायी अनुभव करता हूँ, लेकिन बदलाव इतना तेज हो रहा है कि अब गांव, गांव जैसा नहीं दिखता। गांव का बहुत तेजी से शहरीकरण हो रहा है। गांव अब अर्थवत्ता खो रहे हैं। उनका सांस्कृतिक आधार मिट रहा है। गांव की पारस्परिकता, भाईचारा, उन्मुक्त हृदय का व्यवहार तथा दुःख-सुख में भागीदारी, सब समाप्त हो रही हैं। उसकी जगह दूषित राजनीति ने अनैतिकता और भ्रष्टाचार को धरातल पर रख दिया है। संयुक्त परिवार और परिवार में एक दूसरे का आदर-सम्मान तथा स्नेह संभवतः किसी समय सिर्फ किताबों में पढ़ने को मिलेंगे।

गोरख नाथ तिवारी : आपने पत्रकारिता का चुनाव क्या सोचकर किया?

अच्युतानंद मिश्र : पत्रकारिता का चुनाव मेरा स्वैच्छिक चुनाव रहा है, यह कोई पेशागत चुनाव नहीं है। देश एक लंबे संघर्ष के बाद आजाद हुआ था और राष्ट्रीय जागरण के संकल्प मेरे मन को उद्वेलित करते थे। अपने शिक्षा काल में ही मैंने 'आज' जैसे राष्ट्रीय अखबार और अन्य पत्र-पत्रिकाओं में लिखना शुरू कर दिया था। इस लेखन ने मुझे पत्रकारिता की ओर आकर्षित किया और मुझको यह समझ में आया कि पत्रकारिता के माध्यम से ही राष्ट्रीय पुनर्निर्माण का संकल्प पूरा किया जा सकता है, अतएव मैंने पत्रकारिता का चयन किया।

गोरख नाथ तिवारी : आपने अपनी पत्रकार यात्रा में किन-किन पड़ावों को पार किया?

अच्युतानंद मिश्र : मेरी पत्रकार यात्रा का एक लंबा इतिहास है। इस लंबी यात्रा में कम-से-कम मैं देश के महत्त्वपूर्ण पाँच अखबारों से जुड़ा रहा हूँ जिनमें पत्र-पत्रिकाओं को छोड़कर 'तरुण भारत', 'अमर उजाला', 'नवभारत टाइम्स', 'जनसत्ता' और 'लोकमत' प्रमुख हैं। वैसे मैंने पत्रकारिता की शुरुआत बनारस में 'आज' और 'गांडीव' से की। उसके बाद मैं लखनऊ चला आया और वहाँ से मैंने 'पाञ्चजन्य' साप्ताहिक में काम शुरू किया। इसके बाद 'तरुण भारत' सांध्य दैनिक में भी कार्यरत रहा। 'अमर उजाला' के लखनऊ कार्यालय को स्थापित करने का भी दायित्व मैंने ही वहन किया है। 'अमर उजाला' से मैं 14-15 वर्षों तक जुड़ा रहा हूँ। उसके बाद 'जनसत्ता' का समाचार संपादक बनकर दिल्ली चला गया, तदुपरांत पुनः एक बार 'अमर उजाला' कानपुर में संपादक होकर लौटा। दिल्ली के प्रसिद्ध दैनिक 'नवभारत टाइम्स' में मैं प्रधान संपादक और वरिष्ठ साहित्यकार पंडित विद्यानिवास मिश्र के साथ वरिष्ठ संपादक के रूप में उनका सहयोगी रहा। पुनः साढ़े तीन वर्षों के बाद 'जनसत्ता' का कार्यकारी संपादक बना। 'जनसत्ता' छोड़ने के बाद 'लोकमत समाचार' नागपुर में मैं समूह संपादक था। इसके अलावा देश की हिंदी पत्र-पत्रिकाओं में निरंतर लेखन का कार्य करता रहा। इस तरह मेरी पत्रकार यात्रा विभिन्न पड़ावों से गुजरती हुई आज भी गतिशील है।

गोरख नाथ तिवारी : आपके लेखन से यह ज्ञात होता है कि आपके भीतर एक सफल साहित्यकार बैठा है। आपने अपने उस साहित्यकार को न उभारकर अपने भीतर के पत्रकार को किन कारणों से उभारा?

अच्युतानंद मिश्र : पत्रकारिता और साहित्य में कोई मूल-भूत अंतर नहीं है। आजादी के पहले के लगभग सभी श्रेष्ठ साहित्यकार पत्रकारिता से जुड़े रहे और उन्होंने पत्रकारिता में साहित्यिक विन्यास की रचना की। साहित्यकार भी सृजनशील होता है और पत्रकार भी। आज भी तमाम लोग जो साहित्य से जुड़े हैं, उनमें से बहुतेरे पत्रकारिता से भी जुड़े हुए हैं। पत्रकारिता में कार्यरत लोग भी साहित्य लेखन में प्रवृत्त हैं। हाँ, यह अवश्य माना जा सकता है कि कुछ लोग विशुद्ध पत्रकार हैं और कुछ लोग विशुद्ध साहित्यकार। लेकिन मैं गर्व से कह सकता हूँ कि हिंदी पत्रकारिता को आजादी के पहले ही एक साहित्यिक आयाम देने का काम किया गया था। यह प्रभाव हिंदी पत्रकारिता पर आज भी है। स्वयं मेरी भी पत्रकारिता की शुरुआत साहित्य लेखन से हुई है। मैंने सरकारी नौकरी नहीं की। इसका कारण यह था कि मैं अपनी भावाभिव्यक्तियों को कुचलना नहीं चाहता था। पत्रकारिता ने मुझे और मेरे साहित्यकार को इन भावाभिव्यक्तियों के साथ उभारने का ही काम किया है।

गोरख नाथ तिवारी : पत्रकारिता का सरोकार कभी मूल्य आधारित था। आप उसी

मूल्य आधारित पत्रकारिता की उपज हैं। क्या आप यह बताने का कष्ट करेंगे कि इस व्यावसायिक पत्रकारिता के समय में उस मूल्य आधारित पत्रकारिता के लिए कोई स्थान है या नहीं?

अच्युतानंद मिश्र : पत्रकारिता यदि मूल्य आधारित नहीं है तो वह व्यवसाय तो हो सकती है, पत्रकारिता नहीं हो सकती। यह सच है कि आजादी के पहले तक हिंदी ही नहीं, अन्य भारतीय भाषाओं की पत्रकारिता भी मूल्य आधारित थी। वह राष्ट्रीय नवजागरण का काल था। स्वतंत्रता संग्राम के प्रमुख सेनानी लोकमान्य तिलक, महात्मा गांधी, सुभाषचन्द्र बोस, अरविंद घोष जैसे लोग पत्रकारिता से जुड़े थे और उसे राष्ट्रीय धरातल पर खड़ा कर रहे थे। क्रांति की एक लहर पूरे देश में हिलोरें मार रही थीं और दासता मुक्ति का संकल्प सबसे बड़ा संकल्प था। उस समय सामाजिक, सांस्कृतिक, आध्यात्मिक, राजनैतिक और नैतिक मूल्य पत्रकारिता में प्रतिष्ठित थे। आजादी मिलने के बाद एक दुःखद संयोग यह घटित हुआ है कि हमारे सामाजिक मूल्य क्षरित होने लगे हैं। पश्चिमी सभ्यता और संस्कृति का प्रभाव हमारे भारतीय संस्कारों पर भारी पड़ रहा है। ऐसे में यह तो नहीं कहा जा सकता कि मूल्य आधारित पत्रकारिता का सर्वथा लोप हो गया है, लेकिन यह जरूर कहा जा सकता है कि बहुत अर्थों में मूल्यों की जगह व्यावसायिकता प्रधान हो गयी है। हमारे राष्ट्रीय संकल्प अगली पीढ़ी तक पहुँचे और भारतीयता का मौलिक रूप बना रहे, इसका दायित्व पत्रकार जगत को वहन करना होगा। अगली पीढ़ी को विरासत के रूप में हमें मूल्यवत्ता ही सौंपनी होगी। परिवर्तन तो सहज स्वाभाविक हैं, किंतु अंतःसलिला के रूप में बहने वाली राष्ट्रीय धारा का प्रवाह अक्षुण्ण और निर्बाध बना रहना चाहिए।

गोरख नाथ तिवारी : चौथे खंभे के रूप में कुछ घोटालों के पर्दाफाश और कुछ खोजी पत्रकारिता के अलावा क्या पत्रकारिता वह दायित्व निभा रही है, जिसे जनोन्मुखी कहा जा सके? पीत पत्रकारिता के विषय में आपके क्या विचार हैं?

अच्युतानंद मिश्र : जनोन्मुखी होना पत्रकारिता का सबसे बड़ा दायित्व है। अपने पाठक वर्ग को स्वस्थ सूचनाएँ प्रदान करना और सूचनाओं का विश्लेषण सही रूप में प्रस्तुत करना हर पत्रकार का परम कर्तव्य है। यदि कहीं किसी क्षेत्र में भ्रष्टाचार है, घोटाला है, अनीति है और अराजकता है तो पत्रकार को निश्चित रूप से उसका पर्दाफाश करना चाहिए। लेकिन यह पत्रकारिता की इतिश्री नहीं है। पत्रकारिता का सामाजिक संदर्भ बहुत व्यापक है तथा रचनात्मक है। भूख, दरिद्रता, बेरोजगारी, शिक्षा और अन्य नैतिक दायित्व भी उसे वहन करने चाहिए। कहने का अर्थ यह है कि बिना एक स्वस्थ और परिमार्जित दृष्टि के पत्रकारिता संभव नहीं है। हमारा पाठक वर्ग हमसे यह आशा करता है कि हम उसके सुख-दुःख में सहभागी हों ओर हमारी

गति जनोन्मुखी हो। यह सही है कि पत्रकारिता का आधुनिक संदर्भ में एक पक्ष व्यावसायिक भी है। पत्र-पत्रिकाएँ आज निकालना कोई हँसी-खेल नहीं रह गया है। प्रकाशन बहुत महंगा हो गया है, कागज, छपाई, उपकरण एवं श्रम सभी महंगे हैं। अतएव पत्र-पत्रिकाएँ या तो विज्ञापनों पर आश्रित हो गयी हैं अथवा बड़े घरानों के अधीन हो गयी हैं। इसमें कोई बुराई नहीं है, यदि पत्रकारिता अपने मूल उद्देश्यों को न भूले। उसे हमेशा अपने पाठक वर्ग के हितों की चिंता करनी होगी। जहाँ तक पीत पत्रकारिता का सवाल है, पत्रकारिता जगत के लिए यह बहुत पुराना 'शब्द' है। कुछ छोटे पत्रकार अपनी पत्र-पत्रिकाओं को चलाते रहने के लिए 'ब्लैक मेलिंग' जैसा धंधा अपनाते रहे हैं। लेकिन व्यापक रूप में श्रेष्ठ पत्रकारिता इसे हमेशा त्याज्य समझती रही है और आज भी समझती है। हाँ, यह माना जा सकता है कि बहुत निम्न स्तर पर इसका अस्तित्व आज भी बना हुआ है।

गोरख नाथ तिवारी : आधुनिक परिवेश में मूल्य आधारित पत्रकारिता के लिए और नव प्रवेशी पत्रकारों के प्रशिक्षण के लिए कोई गुंजाइश आपको दिखाई दे रही हैं?

अच्युतानंद मिश्र : हमारी पीढ़ी ने जो पत्रकारिता की यह राष्ट्रीय भावना से ओत-प्रोत थी और हमने पाठक की हित चिंता को हमेशा केंद्र में रखा। लेकिन उस व्यावहारिकता का दौर अब समाप्तप्राय-सा लगता है। नई पीढ़ी के पत्रकार अपने तरीके से सोच रहे हैं। पत्रकारिता भी बहुत हद तक रोजगार परक हो गयी है। रोजगार दायित्व को औपचारिक बना देता है। इसलिए पत्रकारिता के संस्कार पैदा किये जाने चाहिए। पत्रकारों को संस्कारित करने के दो ही क्षेत्र हैं या तो उन्हें अकादमिक तौर पर विश्वविद्यालयी शिक्षा के रूप में संस्कारित किया जाए और पत्रकारिता का महत्त्व समझाया जाए। इसके अलावा कुछ श्रेष्ठ समाचार पत्रों के कार्यालय भी इस भूमिका को प्रभावी बना सकते हैं। अपने समय में बाबूराव विष्णु पराड़कर जैसे मनीषी पत्रकारों ने अनेक श्रेष्ठ पत्रकारों को प्रशिक्षित किया है जो आगे चलकर पत्रकारिता जगत के सिरमौर बने। यह तो कहा ही जा सकता है कि तमाम मजबूरियों के बावजूद पत्रकारिता जगत को मूल्य आधारित पत्रकारिता को अपनाना ही होगा, क्योंकि समाज में सबसे बड़ा दायित्व उसका ही है।

गोरख नाथ तिवारी : दृश्य मीडिया और प्रिंट मीडिया के बीच तालमेल का अभाव है। दृश्य मोडिया, मीडिया जगत को विशेषकर प्रिंट मीडिया को निष्कासित करती जा रही है। ऐसी स्थिति में प्रिंट मीडिया जीवित रहे, इस विषय में आप क्या उपाय सुझाते हैं?

अच्युतानंद मिश्र : यह धारणा निर्मूल है कि दृश्य मीडिया के चलते प्रिंट मीडिया निष्कासित या कमजोर हो रही है। हाँ, दृश्य मीडिया के शुरुआती दौर में इसे खूब

प्रचारित किया गया था कि दृश्य मीडिया प्रिंट मीडिया को निष्कासित कर देगी, किंतु अब देखने में यह आ रहा है कि जितनी तेजी से खबरिया चैनल बढ़ रहे हैं, उतनी ही तेजी में अखबार भी बढ़ रहे हैं। दरअसल दोनों के आयाम अलग हैं। दृश्य मीडिया घटना केंद्रित होती है और प्रिंट मीडिया विश्लेषण केंद्रित। अभी वेब मीडिया और वैकल्पिक मीडिया के प्रवेश की बात कही जा रही है। कोई भी नई विधा किसी पुरानी विधा को समाप्त नहीं कर सकती। आज जरूरत मीडिया के हर रूपों की एक सहयोगात्मक भूमिका तैयार करने की है। जहाँ वे एक-दूसरे से प्रतिस्पर्धा न करके एक-दूसरे का सहयोग करें। खबरिया चैनल दिन-रात चल रहे हैं और प्रतिक्षण समाचार संप्रेषित कर रहे हैं लेकिन दर्शक वर्ग जब तक उन खबरों की संपुष्टि अखबारों से नहीं कर लेता तब तक उसे संतोष नहीं होता। क्या प्रिंट मीडिया की यह भूमिका उसके निष्कासन का कोई संकेत है।

गोरख नाथ तिवारी : तेजी से बदलती आर्थिक परिस्थितियों तथा वैश्वीकरण का प्रभाव मीडिया जगत को किस रूप में प्रभावित कर रहा है?

अच्युतानंद मिश्र : वैश्वीकरण की परिस्थितियों ने पत्रकारिता को भी उसके मिशन से हटाकर आर्थिक आयाम दे दिया है। आज तेजी से विश्व पटल पर मीडिया में भी बहुराष्ट्रीय कंपनियाँ भारी मात्रा में अपना पूँजी निवेश कर रही हैं। यह एक तरह से शुद्ध व्यावसायिकता को प्रमुखता देने वाली बात है, क्योंकि आर्थिक दृष्टिकोण अपनी पूँजी पर अधिक से अधिक लाभ कमाने का होता है। भारत में भी बहुराष्ट्रीय कंपनियाँ इस क्षेत्र में प्रवेश करने के लिए अपना दबाव बना रही हैं। जिस तरह हमारा नेतृत्व वैश्वीकरण का पक्षधर बनता रहा है, अगर उसकी सोच नहीं बदली तो इनका प्रवेश रोका नहीं जा सकेगा। मानना तो यह भी चाहिए कि इनका प्रवेश पश्चिमी सभ्यता और संस्कृति का प्रच्छन्न प्रवेश होगा, जिसका दृष्टिकोण लाभ कमाने का होगा। फिर हम मूल्य आधारित पत्रकारिता, राष्ट्रीय संदर्भ तथा सांस्कृतिक धरातल के विषय में सोच भी नहीं सकेंगे। मैं मानता हूँ कि वर्तमान मीडिया पर इस आसन्न खतरे से बड़ा खतरा कोई नहीं हो सकता। यह हमारी भारतीय पहचान को लील जाने वाला षड्यंत्र साबित होगा।

गोरख नाथ तिवारी : भाषाई पत्रकारिता का भविष्य क्या है?

अच्युतानंद मिश्र : भाषाई पत्रकारिता का भविष्य उज्ज्वल है। लेकिन हमारी भाषा नीति का नकारात्मक प्रभाव इस पर अवश्य पड़ रहा है। आज भी अंग्रेजी का वर्चस्व बना हुआ है। अंग्रेजी समझने बूझने वाले सिर्फ दो प्रतिशत लोग हैं। अंग्रेजी भारतीय भाषाओं को विकसित होने में बाधा डाल रही है। सरकारी स्तर पर भी अधिकाधिक सुविधाएँ अंग्रेजी अखबारों को ही दी जा रही हैं। लेकिन भारतीय भाषाओं के समाचार

पत्रों का विस्तार ग्रामीण स्तर तक है और उस जनता तक है जो अंग्रेजी नहीं जानती। इस दृष्टि से भाषाई समाचार पत्र काफी व्यापक क्षेत्रों का प्रतिनिधित्व करते हैं, लेकिन हमारी मानसिकता हीन भावना से ग्रस्त हो गयी है। हम हिंदी और अन्य भारतीय भाषाओं में स्वतंत्र और मौलिक चिंतन को तिलांजलि देकर नकल करने पर आमादा हैं। इसके बावजूद क्षेत्रीय भाषा की पत्र-पत्रिकाओं का तेजी से विकास भी हो रहा है। वे प्रसारित भी हो रही हैं। वैश्वीकरण का यह फायदा हुआ है कि रोज एक न एक चैनल क्षेत्रीय भाषाओं में सामने आ रहे हैं।

गोरख नाथ तिवारी : आज दैनिक समाचार पत्रों में, फैशन के समाचारों, सिनेमा के समाचारों, अपराध के समाचारों पर अधिक ध्यान दिया जाता है, ऐसा क्यों?

अच्युतानंद मिश्र : ऐसा इसलिए कि इससे विज्ञापन मिलता है। आर्थिक कमाई होती है। अखबारों तथा चैनलों के मालिकों को बेशुमार लाभ होता है। नई पीढ़ी मनोरंजन, अपराध जैसी चीजें ज्यादा देखना पसंद करती है। इस दृष्टि से इनके प्रति आकर्षण बढ़ा भी है और बढ़ाया भी जा रहा है। मनोरंजन होना चाहिए, लेकिन एक सीमा के भीतर। इस विषय पर एक राष्ट्रीय बहस की जरूरत है कि किस सीमा तक अपराध और मनोरंजन तथा सेक्स को दिखाया जाए। सिर्फ पैसा कमाने की गरज से नई पीढ़ी को संस्कारहीन नहीं बनाया जा सकता। इस दृष्टि से समाचार पत्र अब भी संयम और शालीनता का परिचय दे रहे हैं, लेकिन देशी-विदेशी चैनल सारी सीमाओं को तोड़ देना चाहते हैं। उनमें इस तरह की घटनाओं और प्रसंगों को दिखाने की होड मच गयी है। इसका प्रभाव बच्चों पर बड़ा खराब पड़ रहा है। इन्हें देखकर बच्चे अपराध भी सीख रहे हैं और सुपरमैन बनने की कोशिश भी कर रहे हैं। यह इतना खतरनाक है कि सुपरमैन बनने की कोशिश में कितने बच्चों ने जान दे दी। अभिव्यक्ति की स्वतंत्रता के नाम पर इनको इस तरह की छूट नहीं दी जा सकती है। मीडिया की यह जिम्मेदारी है कि वह मनोरंजन को, मनोरंजन की तरह परोसे और अपराध को अपराध की तरह। खास बात यह है कि अगर इस तरह की छूट मिलती रही तो हमारे भारतीय मूल्य निश्चित रूप से समाप्त हो जायेंगे।

गोरख नाथ तिवारी : अभिव्यक्ति की स्वतंत्रता के जिस मौलिक अधिकार की अक्सर चर्चा होती है, क्या आप मानते हैं कि वह स्वतंत्रता सचमुच प्राप्त है? अगर प्राप्त भी है तो किसको, मालिक को, संपादक को अथवा पत्रकार को?

अच्युतानंद मिश्र : संविधान में जो अभिव्यक्ति की स्वतंत्रता का मौलिक अधिकार है वह किसी वर्ग, समुदाय अथवा विशिष्ट व्यक्ति को ध्यान में रखकर नहीं दिया गया है। वह सबको प्राप्त है और समान रूप से प्राप्त है। मीडिया को भी प्राप्त है और अखबार के पाठकों तथा टी.वी. चैनलों के दर्शकों को भी प्राप्त है। इसका सदुपयोग

भी हो सकता है और दुरुपयोग भी। इस पर कानून से नियंत्रण कर पाना कठिन है। जितना जागरूक समाज होगा उतना ही जागरूक मीडिया भी होगी। अभिव्यक्ति की स्वतंत्रता नैतिक अवधारणा है। इसका दुरुपयोग नहीं होना चाहिए, वरना इससे तमाम विसंगतियाँ और अराजकता पैदा होती हैं। मीडिया में आज जो खेल खेला जा रहा है उस पर पूँजी का प्रभाव अधिक है। अखबारों के मालिक तथा टी.वी. चैनलों के मालिक संपादक, पत्रकार को अपने अधीन रखते हैं। इस कारण मालिक की नीतियाँ संपादक और पत्रकार को भी प्रभावित करती हैं। यहाँ उनके स्वतंत्र विचार और चिंतन को व्यावसायिक बना दिया जाता है। इस स्थिति में मौलिक अधिकार होने मात्र से अभिव्यक्ति की स्वतंत्रता संभव नहीं है। विज्ञापनदाताओं को, जिनमें सरकार भी है, खुश करने के लिए अक्सर ऐसी स्वतंत्रता का गला घोंटना पड़ता है।

गोरख नाथ तिवारी : माखनलाल चतुर्वेदी राष्ट्रीय पत्रकारिता विश्वविद्यालय के कुलपति के रूप में आप स्वस्थ परंपराओं के निर्माण का प्रयास कैसे कर रहे हैं?

अच्युतानंद मिश्र : स्वस्थ परंपरा का अर्थ है–विषय को उसके सही अर्थ में ढालना। इसका यही अर्थ है कि जो आज तक न हुआ हो उसे चरितार्थ करना। माखनलाल चतुर्वेदी राष्ट्रीय पत्रकारिता विश्वविद्यालय पत्रकारिता को एक नया आयाम देने के प्रति काफी सचेष्ट हैं। इसमें मैं भी सहभागी हूँ लेकिन काम टीम भावना से होता है। उसमें सब लोग मिल-बैठकर योजनाएँ निरूपित करते हैं। मिल-जुलकर काम भी करते हैं। हमने रचनात्मकता को और राष्ट्रीय हित को प्रमुख मानकर देश में पत्रकारों की एक नई फौज उगाने का संकल्प लिया है। इसे दृष्टि में रखकर हम छात्रों के लिए पाठ्यक्रम भी तैयार कर रहे हैं। शोध के नये और सार्थक विषयों का चयन भी कर रहे हैं। साथ ही पत्रकारिता क्षेत्र के विशिष्ट कीर्तिमान स्थापित करने वाले महापुरुषों की जीवनियां भी प्रकाशित कर रहे हैं। पत्रकारिता को अधिक प्रभावी बनाने की दृष्टि से हम नये शब्दकोश की रचना कर रहे हैं। हमारा यह प्रयास है कि इस विश्वविद्यालय के माध्यम से हम देश की हिंदी पत्रकारिता को प्रभावशाली तो बनायें ही, इसके अलावा वह पत्रकारिता मूल्य आधारित, समय सापेक्ष तथा राष्ट्रीय चेतना से उद्‌बुद्ध हो। यही स्वस्थ परंपरा है।

गोरख नाथ तिवारी : वैश्वीकरण बाजारीकरण के कारण नौकरियों में अंग्रेजी कम्युनिकेशन स्किल्स को बहुत महत्त्व दिया जा रहा है। इससे भारतीय भाषाओं में शिक्षित छात्रों के पिछड़ जाने की संभावना बढ़ गयी है। ऐसा हमारा मत है, क्या आप भी कुछ ऐसा ही सोचते हैं?

अच्युतानंद मिश्र : भारतीय भाषाओं की उपेक्षा हो रही है और लगातार हो रही है। यह विषय चिंतनीय है। वैश्वीकरण ने विदेशी कंपनियों को प्रवेश का मौका दिया

है। ये कंपनियाँ सिर्फ अंग्रेजी भाषा ही नहीं लेकर आ रही हैं अपितु अंग्रेजियत भी ला रही हैं। इसके अलावा हमने एक दूषित मानसिकता भी पाल रखी है कि सारी नौकरियाँ अंग्रेजी में ही निहित हैं। यह हमारे राष्ट्रीय परिवेश को भ्रमात्मक बना रही है। तथ्य ऐसा सिद्ध नहीं करते। यह सिर्फ प्रचारित भर किया जा रहा है कि अंग्रेजी पढ़ने वालों को नौकरी मिल जाती है। देश में लाखों लोग ऐसे हैं जो अच्छी अंग्रेजी लिखते-पढ़ते हैं और बेरोजगार हैं लेकिन अंग्रेजी को इस तरह प्रमुखता देना और भारतीय भाषाओं को पीछे ढकेलना किसी स्वस्थ प्रवृत्ति का सूचक नहीं माना जा सकता।

गोरख नाथ तिवारी : विश्वविद्यालय के आचार्यों के दिनों-दिन घटते स्तर को देखकर क्या आप एक कुलपति के रूप में दुःखी नहीं हैं?

अच्युतानंद मिश्र : दुःखी जरूर हूँ। यह एक गंभीर समस्या है। सचमुच आज का विद्यार्थी न तो पढ़ने में रुचि रखता है और न ही अध्यापक पढ़ाने में रुचि रखते हैं। शिक्षा को एक तरह से अकादमिक मान लिया गया है और डिग्री प्राप्त करना अंतिम उद्देश्य बन गया है। ऐसा नहीं है कि प्रत्येक विद्यालय, महाविद्यालय एवं विश्वविद्यालय में यह स्थिति सामान्य रूप से पाई जाती हो, लेकिन पाई जा रही है और दिनों-दिन विकसित भी होती जा रही है। उसे चिंतनीय माना जाना चाहिए। अध्यापक अब पाठ्यक्रम को पूरी तरह से तैयार करके कक्षाओं में छात्रों को पढ़ाने के लिए नहीं जाते हैं। वे भी अपने को एक कर्मचारी की हैसियत से आंकते हैं, जबकि वेतन भोगी होने के बावजूद शिक्षक कर्मचारी नहीं हैं। उनका समाज में एक विशिष्ट स्थान और विशिष्ट दायित्व भी है। अगर शिक्षा क्षेत्र को सुधार प्रक्रिया से नहीं गुजारा गया तथा पठन-पाठन में अभिरुचि नहीं पैदा की गयी तो आगे चलकर यह समस्या गंभीर रूप ले सकती है।

गोरख नाथ तिवारी : वंदेमातरम् शताब्दी समारोह के समय उसके गायन का जो विरोध हुआ, उस पर हम आपकी प्रतिक्रिया जानना चाहेंगे?

अच्युतानंद मिश्र : वंदेमातरम् का विरोध आजादी के पहले भी हुआ था और आज भी हो रहा है। यह विरोध राजनीतिक कारणों से हो रहा है। यह सर्वथा अनुचित है। वंदेमातरम् का संदर्भ पूर्णतः राष्ट्रीय है, राजनीतिक नहीं है। देश के प्रत्येक नागरिक के लिए राष्ट्रधर्म सबसे बड़ा धर्म है और सारे धर्म तथा संप्रदाय इसके बाद आते हैं। व्यक्ति अपने निजी जीवन में अपनी मान्यताओं का पालन कर सकता है। लेकिन राष्ट्रीयता के आधार राष्ट्रीय प्रतीकों की अवमानना गलत है। वंदेमातरम् ने देश की आजादी को तब भी बहुत बल दिया था, जब देश गुलाम था, देशभक्तों के लिए यह प्रेरणा स्रोत था। आज स्वतंत्र भारत में इस प्रेरणादायी गीत को अगर हम अपमानित करते हैं अथवा सांप्रदायिक संदर्भ में परिभाषित करते हुए राजनीतिक रूप देते हैं, तो इसे राष्ट्रीयता को कमजोर करना माना जाएगा।

गोरख नाथ तिवारी : आप किन-किन साहित्यकारों से प्रभावित हुए हैं?

अच्युतानंद मिश्र : जहाँ तक प्रभावित होने का सवाल है। मैं अपने अब तक के जीवन में बहुत सारे विशिष्ट व्यक्तियों से मिला हूँ उनमें साहित्यकार भी हैं, राजनेता भी हैं, खिलाड़ी भी हैं, वैज्ञानिक तथा अन्य प्रतिभा संपन्न लोग भी हैं। लेकिन प्रभावित होना कोई महत्त्वपूर्ण बात नहीं है। विशिष्टता सबके अंदर है। सबके अंदर एक विशेष प्रतिभा है, गुण है। हम प्रभावित होने के अलावा किसी के रचनात्मक गुणों का समावेश अपने जीवन में कैसे करते हैं, यह एक महत्त्वपूर्ण बात है। हम जितने लोगों से मिलते हैं अगर उनके विशिष्ट गुणों को अपने जीवन में उतारने की कोशिश करें तो यह बहुत बड़ी उपलब्धि हो सकेगी। जहाँ तक साहित्यकारों का प्रश्न है प्रसाद, पंत, निराला, प्रेमचंद, अज्ञेय लगभग सभी उत्कृष्ट साहित्यकारों ने मुझे आकर्षित किया है। उनके बाद की पीढ़ी के साहित्यकारों ने भी मनोहर श्याम जोशी, मोहन राकेश, नागार्जुन इत्यादि ने भी प्रभावित किया है। आज के नव लेखकों को भी पढ़ता हूँ और साहित्य के प्रति मेरी गहरी रुचि है। मैं साहित्य के बिना जीवन की कल्पना भी नहीं कर सकता। श्रेष्ठ साहित्य ही समाज को दिशा प्रदान करता है। प्रभावित होने की जगह हमें विशिष्ट गुणों का संग्रहण करना चाहिए।

गोरख नाथ तिवारी : आपके जीवन की भावी योजनाएँ क्या हैं?

अच्युतानंद मिश्र : जीवन की भावी योजनाएँ कुछ खास नहीं हैं। जो हैं उनकी शुरुआत मैंने अपने कार्यक्षेत्र में कर दी है। विश्वविद्यालय में हमने कुछ परियोजनाएँ शुरू की हैं। स्वतंत्रता के बाद की पत्रकारिता को नई पीढ़ी तक सकारात्मक रूप से पहुँचाना, उसको उसके कर्तव्य का बोध कराना तथा इस पीढ़ी के पत्रकारों को स्वतंत्रतापूर्व के उन पत्रकारों से परिचित कराना इस परियोजना का लक्ष्य है, जिन्होंने पत्रकारिता को मूल्य आधारित पत्रकारिता के रूप में विकसित किया था। इस संबंध में पुस्तकें, पत्र-पत्रिकाएँ तथा अखबार अथवा जो कुछ भी साधन उपलब्ध हो सकें, पत्रकारिता के लिए एक स्वस्थ वातावरण निर्मित करना ही मुख्य उद्देश्य है। विश्वविद्यालय के माध्यम से ऐसी पुस्तकों को प्रकाशित करना हमारे जीवन का सबसे बड़ा लक्ष्य है।

गोरख नाथ तिवारी : आप भोजपुरी क्षेत्र से हैं। आप अपने दैनिक व्यवहार में भोजपुरी का कितना उपयोग करते हैं?

अच्युतानंद मिश्र : भोजपुरी का प्रयोग मैं अक्सर किया करता हूँ। इसमें मिठास भी है और भाषागत सार्थकता भी है। इसके अतिरिक्त यह मेरी मातृभाषा है। अपनी इस मातृभाषा के प्रति मेरे मन में अगाध श्रद्धा है। इस भाषा के साथ मेरे हृदय में मेरा गांव, मेरे गांव के आत्मीय जन तथा मेरे पारिवारिक संस्कार हमेशा जीवित रहते हैं।

यह स्वीकार करूँगा कि भोजपुरी बोलने का अवसर बहुत कम मिलता है, क्योंकि अक्सर उन क्षेत्रों में कार्यरत रहा हूँ जहाँ भोजपुरी में बातचीत करने के लिए बहुत कम लोग मिलते रहे हैं, लेकिन अगर कोई अपने क्षेत्र का मिल जाता है तो उससे भोजपुरी में बात करने पर जो आत्मीय सुख मिलता है, उसका वर्णन में शब्दों में नहीं कर सकता। वैसे हिंदी की अनुषंगी होकर भी भोजपुरी बोली नहीं है। एक सशक्त भाषा है। इसका लोक साहित्य, लोक मंगलकारी भी है और लोकरंजक भी है। कभी जब भोजपुरी के पारंपरिक लोक गीत सुनने को मिलते हैं तो आँखें आह्लाद से भर आती हैं, लगता है कि अपनी माँ की गोद में मेरा शैशव एक बार पुनः लौट आया है।

गोरख नाथ तिवारी : आज के नव पत्रकारों, रचनाकारों और संकल्य के पाठकों को आप कौन-सा संदेश देना चाहेंगे?

अच्युतानंद मिश्र : आज के नव पत्रकारों, साहित्यकारों एवं युवकों को मेरा संदेश यही है कि वे अपने में एक रचनात्मक दृष्टि और प्रवृत्ति का विकास करें। ऐसा होना बिना सारगर्भित अध्ययन के असंभव है। इसलिए अपने इतिहास, अपनी संस्कृति, मान्यताओं और परंपराओं का गहन अध्ययन और चिंतन भी आवश्यक है। हर रचनाकार को यह सोचना चाहिए कि उसका लेखन समाज के लिए कितना उपादेय है। चिंतन मनन के बिना न कोई साहित्यकार बन सकता है और न कोई पत्रकार। छप-छपा भले ही जाए, लेकिन उसके लेखन में गहराई नहीं होती और न वह अपने पाठक पर कोई प्रभाव छोड़ पाता है। आज का राष्ट्रीय संदर्भ बहुत धूमिल होता जा रहा है। इसे प्रकाशमान बनाने के लिए अपनी 'भारतीयता' का अन्वेषण बहुत आवश्यक है। मेरा संदेश 'संकल्य' के रचनाकारों तथा पाठकों को यही है कि वे दिन-प्रतिदिन छीजते मूल्यों को पुर्नस्थापित करने में अपना पूरा सहयोग दें।

(गोरखनाथ तिवारी दक्षिण भारत हिंदी प्रचार सभा से संबद्ध हैं।)

अच्युतानंद मिश्र से आलोक मेहता की बातचीत

आलोक मेहता : 1963 से लेकर आज तक जिस तरह से पत्रकारिता में आपने काम किया, वह एक लंबी परंपरा रही है। आप 'अमर उजाला', 'जनसत्ता', 'नवभारत टाइम्स' और 'लोकमत' जैसे प्रतिष्ठित समाचार पत्रों से जुड़े रहे हैं। एक समय बनारस, जो राजनीति का अखाड़ा भी था और प्रशिक्षण का केंद्र भी, उस बनारस में रहकर पत्रकारिता में आने का आपका मन कैसे हुआ?

अच्युतानंद मिश्र : जब मैं काशी हिंदू विश्वविद्यालय में पढ़ता था, उस समय मेरा अखबारों के साथ संपर्क बढ़ गया था। राजनीति विज्ञान का छात्र था, इसलिए लेखन की एक स्वाभाविक प्रवृत्ति थी। उन दिनों बनारस से सबसे अच्छा अखबार 'आज' निकलता था। दैनिक 'आज' जो लोग संचालित कर रहे थे, उनमें विद्या भास्कर जी, चन्द्र कुमार जी, सिन्हा जी इन सब लोगों के पास मेरा उठना-बैठना होता था। वे मुझे लिखने के लिए प्रेरित करते थे। कई बार लिखने के लिए विषय भी देते थे। मैं लिखकर देता था और वह अखबार में छप जाता था। छपने के कारण लेखन का एक उत्साह बन गया। फिर लगा कि पत्रकारिता एक ऐसा पेशा है, जिसमें आजीविका भी हो सकती है और अपने विचारों को ठीक ढंग से रखा भी जा सकता है।

आलोक मेहता : जब अटल बिहारी वाजपेयी 'राष्ट्रधर्म' में थे, उस समय आपने 'पाञ्चजन्य' में कार्य शुरू किया?

अच्युतानंद मिश्र : अटल जी तो लखनऊ से दिल्ली आ चुके थे। मैंने जिस समय 'पाञ्चजन्य' में काम शुरू किया, उस समय यादवराव देशमुख जी 'पाञ्चजन्य' के संपादक थे। उसी समय उत्तर भारत में डॉ. लोहिया की ओर से 'अंग्रेजी हटाओ' आंदोलन चल रहा था। पूरे दक्षिण भारत में हिंदी को लेकर विरोध भी शुरू हुआ था। यह 1965 के आसपास की बात है। यादवराव जी ने मुझे एक असाइनमेंट दिया

था। हिंदी विरोध का जो आंदोलन है वह कितना वास्तविक है, कितना राजनीतिक है, दक्षिण भारत में घूमकर एक सर्वेक्षण किया। उसके लिए मैंने तमिलनाडु, केरल, आंध्रप्रदेश और हैदराबाद आदि राज्यों का दौरा किया था। मेरे लिए वह एक चुनौतीपूर्ण असाइनमेंट था। उस समय तमिलनाडु में कांग्रेस का शासन था। भक्तवत्सलम् जी तमिलनाडु के मुख्यमंत्री थे। भक्तवत्सलम् जी से मिलने गया। उस समय तमिलनाडु में हिंदी बोलने, समझने के लिए कोई तैयार नहीं था, लेकिन भक्तवत्सलम् जी ने मुझसे हिंदी में बात की। उन्होंने कहा कि गांधी जी के कहने पर हम लोगों ने हिंदी सीखी थी। दक्षिण में जो हिंदी थोपी जा रही है, उसका एक वातावरण है, इस समय दक्षिण में।

आलोक मेहता : हिंदी आंदोलन हो या वर्ष 1967 के बाद का समय देखें तो वह बहुत उथल-पुथल वाला था। एक तरफ इंदिरा गांधी दूसरी तरफ आंदोलन। प्रतिपक्ष भी मजबूत हो रहा था। उस समय आप लखनऊ में 'अमर उजाला' में आ गये थे। आज भी पत्रकारों पर बहुत दबाव है, लेकिन उस समय भी कई तरह के दबाव रहे होंगे, जैसे वैचारिक मतभिन्नता हो सकती है, असहमति भी हो सकती है। उस समय आपने किस तरह दबावों और चुनौतियों को झेला?

अच्युतानंद मिश्र : दूसरे राज्यों में और हिंदी राज्यों में हिंदी के जो समाचार पत्र थे विशेष रूप से भाषाई समाचार पत्र, उनका विस्तार हो रहा था। 'जागरण' के नये संस्करण निकल रहे थे, 'अमर उजाला' के संस्करण बढ़ रहे थे और दूसरे संस्करण भी सामने आ रहे थे। यह वह दौर था जिसमें संपादक की सत्ता धीरे-धीरे कमजोर हो रही थी। अखबारों का सरकारों के साथ निकट संबंध बन रहे थे। फिर भी मैंने महसूस किया कि राजनीतिक और प्रशासनिक स्तर पर खुलापन इतना था कि कभी यह दबाव नहीं आया कि आप यह खबर लिखिए और यह मत लिखिए। बाद के दौर में जिस समय दबाव आना शुरू हुआ, उस समय जो मालिक थे, उन्होंने उस दबाव का विरोध भी किया।

आलोक मेहता : जैसे डोरीलाल अग्रवाल जी। उस समय आर्थिक संसाधन भी कम होते थे। विज्ञापन पर भी कुछ हद तक निर्भरता रहती थी। आप चूँकि लखनऊ में थे, कानपुर में भी रहे, तो उस समय किस तरह के दबाव आप पर और मालिकों पर आते थे?

अच्युतानंद मिश्र : जब चन्द्रभानु गुप्ता जी उत्तर प्रदेश के मुख्यमंत्री थे, उस समय डोरीलाल जी लखनऊ आये थे। डोरीलाल जी के साथ मैं भी चन्द्रभानु गुप्ता जी मिलने गया था। चन्द्रभानु गुप्ता जी ने कहा कि 'अमर उजाला' एक ऐसा अखबार है, जिसने आज तक मुझसे न विज्ञापन की मदद माँगी न कोई आर्थिक सहायता ली।

एक दूसरी घटना मुझे स्मरण है जब हेमवती नंदन बहुगुणा मुख्यमंत्री थे, किन्हीं कारणों से वह मुझसे असंतुष्ट थे। उन्होंने डोरीलाल जी से मेरी शिकायत की थी। डोरीलाल जी ने मुझे केवल इतना ही कहा कि बहुगुणा जी का संदेश आया था, वे आपसे असंतुष्ट हैं। बस इतनी-सी बात थी। संपादक की सत्ता धीरे-धीरे कमजोर जरूर हो रही थी। मालिकों की सत्ता बढ़ रही थी, लेकिन एक हद तक वे सरकार का विरोध उठाते थे। खबरों में, लेखों में कोई समझौता नहीं करते थे। यह वह दौर था। उस दौर में मैंने कई अखबारों, जैसे 'अमर उजाला' में ही नहीं 'जागरण' में भी देखा था। मैं उन दिनों पत्रकारों की यूनियन में भी काम करता था। उस यूनियन में कई अखबारों के खिलाफ मुकदमे चल रहे थे। कर्मचारियों की ओर से अदालत में भी जाता था, मुकदमे में पेश होता था। बाकायदे बहस करते थे। कई जगह यूनियन को सफलता भी मिली।

आलोक मेहता : यानी दो तरह से लड़ाई थी, एक सत्ता से दूसरा प्रबंधन से भी?

अच्युतानंद मिश्र : प्रबंधन की तरफ से इस तरह का विरोध नहीं आया कि प्रबंधन के खिलाफ क्यों लड़ रहे हैं? मैंने कभी कोई हस्तक्षेप उस रूप में महसूस नहीं किया।

आलोक मेहता : इमरजेंसी के समय में भी आप लखनऊ रहे। आपातकाल में सेंसरशिप भी थी। उत्तर प्रदेश के मुख्यमंत्री नारायणदत्त जी से आपके संबंध अच्छे भी रहे। आलोचना भी उस समय जरूर छपती होगी। इमरजेंसी के समय में किस तरह पत्रकारों ने और खासकर आपने अपने संस्थान में इमरजेंसी को झेला?

अच्युतानंद मिश्र : इमरजेंसी का दबाव पूरे देश पर था। उस समय मैं उत्तर प्रदेश में था। नारायणदत्त तिवारी जी ने पत्रकारों की मीटिंग बुलाई। उन्होंने कहा कि इमरजेंसी चल रही है और उसके परिणाम भी आप लोगों को पता है। आप लोगों के साथ मेरे निजी संबंध हैं, अच्छे संबंध हैं। पूरी मर्यादा का ध्यान रखते हुए आप लोग खबर लिखेंगे, ऐसा मुझे विश्वास है। नारायणदत्त जी ने सेंसरशिप को खत्म कर दिया। उसके पहले बहुगुणा जी मुख्यमंत्री थे, तो सेंसरशिप लागू थी।

आलोक मेहता : फिर तो लोगों में उच्श्रृंखलता आई होगी? उस समय गिरफ्तारियाँ भी हुई थीं?

अच्युतानंद मिश्र : गिरफ्तारी राजनीतिक लोगों की होती थी। कुछ प्रेस के लोगों पर वारंट वगैरह थे। कुछ लोग गिरफ्तार भी हुए थे। उस समय के जो सक्रिय पत्रकार थे, उनके लिखने के कारण कोई गिरफ्तारी नहीं हुई थी, उनके लिखने के कारण कोई विरोध नहीं हुआ था। कभी-कभी ऐसी स्थिति आती थी तो तिवारी जी उनको फोन भी कर देते थे और लोग समझ जाते थे।

आलोक मेहता : एक संपादक के यदि नेता के साथ अच्छे संबंध हैं तो भी उसकी

छवि खराब होती है, जबकि संबंध इसलिए रखना होता है कि समाचार वहीं से प्राप्त होते हैं। दूसरी तरफ एक एक्टिविस्ट की तरह उसके खिलाफ अभियान चलाते हैं तो भी छवि खराब होती है। आपने प्रभाष जोशी जी के साथ भी काम किया। प्रभाष जी एक एक्टिविस्ट की तरह भी थे और राजेंद्र माथुर जी में यह था कि उन्हें जो सही लगेगा, वैसा ही लिखेंगे। न किसी एक पार्टी के साथ हैं न विरोध में हैं। आप किस पत्रकारिता स्कूल को ठीक मानते हैं, एक्टिविस्ट वाली पत्रकारिता को या एक प्रोफेशनल पत्रकार को?

अच्युतानंद मिश्र : प्रभाष जी के साथ मैंने काफी समय तक काम किया। प्रभाष जी एक जुझारू संपादक थे। 'इंडियन एक्सप्रेस' के मालिक रामनाथ गोयनका जी का व्यक्तित्व स्वयं जुझारू था। वे स्वतंत्रता संग्राम सेनानी भी थे। गोयनका जी के साथ और जेपी आंदोलन के साथ भी प्रभाष जी जुड़े हुए थे। प्रभाष जी का जो पत्रकारिता का व्यक्तित्व था वह जुझारू था, जो उस समय के दूसरे संपादकों का नहीं था। जब रामनाथ जी ने उनको 'जनसत्ता' निकालने की जिम्मेदारी दी तो उन्होंने अपनी एक टीम चुनी। उस टीम में उन्होंने एक्टिविस्ट लोगों के साथ जो सामाजिक व्यवस्था में परिवर्तन के लिए हस्तक्षेप करने वाले हों, इस तरह के लोग भी चुने। इसके लिए कई महीनों तक उन्होंने अखबार के लिए लेख लिखवाये। पूरे अखबार की डमी निकलवाई, प्रभाष जी के साथ एक अलग तरह की सिचुएशन थी। वे मानते थे कि समाचार पत्र उस तरह से तटस्थ नहीं रह सकता, उसके लिए हस्तक्षेप करना आवश्यक है, वह चाहे राजनीति में हो या प्रशासन में। परिवर्तन के लिए हस्तक्षेप बहुत जरूरी है।

आलोक मेहता : आप एक्टिवस्ट वाली पत्रकारिता को उचित मानते हैं या एक प्रोफेशनल तटस्थ भाव वाली पत्रकारिता को?

अच्युतानंद मिश्र : एक्टिविजम तब आता है, जब कहीं न्याय नहीं होता है। संपादकीय कार्यों पर जो धन का व्यय था, वह घट रहा था। विज्ञापन और दूसरी चीजों में बढ़ रहा था। अखबारों के अंदर काम करने वाले जो संवाददाता थे, उपसंपादक थे, दूसरे पत्रकार श्रेणी के जो लोग थे या गैर पत्रकार भी थे, उनके साथ कहीं-कहीं न्याय नहीं हो रहा था। इसलिए वह सक्रियता रही। मैं उसको उचित मानता हूँ। वह अपनी जगह पर ठीक रही है।

आलोक मेहता : आपने 'पाञ्चजन्य' में काम किया। अटल जी से आपके संबंध थे, संघ के साथ भी संबंध रहे, मुलायम सिंह यादव जी और नारायणदत्त तिवारी जी के साथ भी संबंध रहे और कांग्रेस से कई ऐसे नेता जो बाद में आये सक्रिय हुए। सबके साथ एक साथ संबंध रखना और फिर अखबार में लिखना भी। वह संतुलन

आपने कैसे बनाया? कभी आपको कड़वाहट के अनुभव हुए?

अच्युतानंद मिश्र : मैंने लिखने में कभी कोई संकोच नहीं किया। इस रूप में कभी नहीं लिखा कि लोगों को लगे किसी की चाटुकारिता करके लिखा जा रहा है। मुझे तिवारी जी की एक घटना का स्मरण है। उनके लोगों ने मेरे संदर्भ में तिवारी जी से कहा कि वह आपके बहुत नजदीक हैं। उनकी विचारधारा दक्षिणपंथी है। तिवारी जी ने कहा था कि वे मेरे व्यक्तिगत मित्र हैं। वे क्या लिखते हैं, इससे मेरा कोई संबंध नहीं है। मैं अभी तक इस प्रयास में हूँ कि कुछ उन्होंने मेरे पक्ष में लिखा हो यदि आप कहीं से लाकर दे दें, तो मेरे लिए बड़ा अच्छा रहेगा। मैंने कभी तिवारी जी या मुलायम सिंह जी के पक्ष में नहीं लिखा, लेकिन संबंध बने रहे। मेरा मानना है कि इस तरह के संबंध बड़े सार्थक होते हैं। संबंध बनाने में कोई हर्ज नहीं। संबंध बनाने से तो खबरें मिलती हैं।

आलोक मेहता : अटल बिहारी वाजपेयी, राजनाथ सिंह, कल्याण सिंह ये सब लोग भी आपको अपने नजदीक मानते रहे हैं। उन लोगों ने कभी दबाव नहीं डाला कि आप 'लोकमत समाचार', 'नवभारत टाइम्स', 'जनसत्ता' में क्या छाप रहे हैं या ऐसी आलोचना क्यों छप रही है हमारी सरकार की?

अच्युतानंद मिश्र : मुझे केवल एक घटना का स्मरण है कि संघ लोक सेवा आयोग के सामने हम लोग एक धरना देते थे। हिंदी को लेकर, भारतीय भाषाओं को लेकर युवाओं का आंदोलन चल रहा था। सारे विपक्ष के लोग जिसमें अटल जी, आडवाणी जी, रामविलास पासवान जी, मुलायम सिंह जी जैसे लोग शामिल थे। वे धरने के समर्थक थे और उन लोगों ने बहुत मदद की थी। जब अटल जी प्रधानमंत्री हो गये तो वह धरना वहाँ से हटवा दिया गया। अटल जी से मैं मिलने गया तो उनसे कहा कि हम लोग यह सोच रहे हैं कि वह धरना जंतर-मंतर के साथ रेस कोर्स-रोड के सामने ला दिया जाए। जिस धरने की आपने इतनी मदद की थी, वह धरना आपके ही कार्यकाल में बंद हो गया। उसके पहले एक घटना और हुई थी और शायद आप उसमें रहे होंगे। 10 मई, 1994 को संघ लोक सेवा आयोग के सामने हिंदी को लेकर, भारतीय भाषाओं को लेकर एक धरना हुआ था, जिस धरने में ज्ञानी जैल सिंह जी आये थे। उसमें अटल जी भी थे, विश्वनाथ प्रताप सिंह जी थे, चौधरी देवीलाल, माथुर साहब भी थे। चूँकि संसद में यह प्रस्ताव पारित कर दिया गया है कि अंग्रेजी का जो प्रश्नपत्र है उसको अनिवार्य न किया जाए, लेकिन उस पर हस्ताक्षर नहीं हुआ। संघ लोक सेवा आयोग उसको लागू नहीं कर रहा है, तो उस पर अटल जी ने आश्वासन दिया था उस सभा में कि मैं आज ही संसद में बात करके उसको पास कराऊँगा। नरसिंह राव जी प्रधानमंत्री थे। उन्होंने जाकर उस मुद्दे को संसद में उठा

दिया था। बहुत तेजी से यह मुद्दा उठा था। अंततोगत्वा उसमें कुछ हुआ नहीं।

आलोक मेहता : प्रधानमंत्री बनने के बाद जब आपने उनसे कहा तो उनकी क्या प्रतिक्रिया थी?

अच्युतानंद मिश्र : उनकी प्रतिक्रिया यह थी कि जो अंग्रेजी की लॉबी है, वह बहुत सशक्त है। वह यह नहीं चाहती है कि भारतीय भाषाएँ इस रूप में सामने आयें। मैंने उनसे कहा कि इस तरह का सवाल मोरारजी भाई के सामने आ चुका था। मोरारजी भाई ने ही उस समय संघ लोक सेवा में हिंदी का प्रश्नपत्र और भारतीय भाषाओं का प्रश्न पत्र शुरू कराया था। वह उनकी राजनीतिक मजबूरी थी। उस पर उन्होंने कहा कि मोरारजी की सरकार एक सशक्त सरकार थी, हमारी सरकार कई दलों को मिलाकर चलती है, इसलिए हम उसको नहीं कर पाए।

आलोक मेहता : एक धारणा जरूर होती है पत्रकारिता में जिसकी बातचीत हम पहले भी कर रहे थे कि यदि आप चाहते थे तो आप पर उतने दबाव नहीं आये, लेकिन ऐसा भी तो हुआ है कि हमारे संपादक या पत्रकार जो साथी हैं, वे यह मानकर चलते हैं कि इससे गोयनका नाराज होंगे, बिड़ला नाराज होंगे, अग्रवाल नाराज होंगे। मोर लायल दैन किंग जिसको कहा जाता हैं वे खुद ही नहीं लिखते और वे मानते हैं कि दबाव रहेगा। लेकिन दबाव खुद महसूस करना और दबाव को स्वीकार करते हुए भी अपनी बातें कहना, आपको क्या लगता है?

अच्युतानंद मिश्र : मेरा अपना अनुभव है कि संपादकों में या जो लोग उसके कर्ता-धर्ता होते हैं, उनमें पिछले कुछ वर्षों में एक असुरक्षा बोध बढ़ गया है। उनको ऐसा लगने लगा कि जहाँ पर हैं, वहाँ बने रहने के लिए कुछ-न-कुछ समझौता जरूरी है। वास्तविकता में उतना दबाव नहीं होता। उस तरह के दबाव नहीं आते कि क्या लिखिए, क्या नहीं लिखिए। पिछले कुछ दिनों से हिंदी भाषा के अखबारों में अंग्रेजी के शब्द प्रयोग ज्यादा तेजी से होने लगे हैं। अंग्रेजी शब्दों का प्रयोग पराड़कर जी, अंबिकाप्रसाद वाजपेयी जी भी करते थे। लेकिन वह दौर ऐसा था जिसमें हिंदी एक रूप ले रही थी, उसका शब्द भंडार बढ़ रहा था। दूसरी भाषाओं से भी शब्द ले रहे थे लोग।

आलोक मेहता : कई उर्दू शब्द भी आते रहे हैं। मतलब शब्दों को स्वाभाविक रूप से आने पर आपत्ति नहीं थी?

अच्युतानंद मिश्र : स्वाभाविक रूप से आने पर आपत्ति नहीं है। यह आपत्ति शुरू में थी। मुझे स्मरण है मैं अज्ञेय जी से मिलने गया था। उन्होंने पूछा कि 'जनसत्ता' अखबार में अंग्रेजी शब्दों का प्रयोग क्यों बढ़ रहा है? हिंदी का कोई समानार्थक शब्द नहीं है? आप सुप्रीमकोर्ट और हाईकोर्ट क्यों लिखते हैं, जब इसके लिए प्रचलित शब्द

उच्चतम न्यायालय और उच्च न्यायालय है। अज्ञेय जी के कहने के बाद मैंने एक प्रश्न राजेंद्र माथुर जी से किया था। उस समय 'नवभारत टाइम्स' में 'फोकस' कॉलम चला था। मैंने माथुर साहब से कहा कि अज्ञेय जी हिंदी अखबार में अंग्रेजी शब्दों के प्रयोग को पसंद नहीं करते। अंग्रेजी शब्द उन दिनों धीरे-धीरे आ रहे थे, लेकिन पिछले कुछ वर्षों में जानबूझकर और जबरदस्ती अंग्रेजी को ठूसने का काम हिंदी समाचार पत्रों में हुआ है।

अलोक मेहता : लेकिन यह काम केवल मालिकों ने नहीं किया। मेरा ख्याल है कि संपादक स्वयं जिम्मेदार हैं?

अच्युतानंद मिश्र : पिछले दिनों जब मैं भोपाल में था तो वहाँ मैंने कुछ साक्षात्कार कराए थे। 'दैनिक भास्कर' के एक पुराने संपादक थे। उनके दौर में अंग्रेजी के शब्द 'दैनिक भास्कर' में ज्यादा प्रयोग हो रहे थे। मैंने उनसे पूछा है कि आपके दौर में अंग्रेजी शब्द 'भास्कर' में बहुत प्रयोग हो रहे थे, ऐसा क्यों? उन्होंने मुझसे कहा कि कभी मालिकों ने मेरे ऊपर कोई दबाव नहीं डाला। मुझे खुद ही लगा जैसे, 'जिलाधीश' शब्द प्रयोग होता था। 'जिलाधीश' मुझे कठिन शब्द लग रहा था। मैंने उसे 'कलेक्टर' के रूप में प्रयोग करना शुरू कर दिया।

आलोक मेहता : आप 'नवभारत टाइम्स' अखबार में रहे हैं। 'नवभारत टाइम्स' में भी एक संपादक ने स्वयं 'अंग्रेजी सिखाओ' हिंदी अखबार में ही छापना शुरू किया था। वह भी शायद मालिकों ने नहीं कहा था जो मुझे जानकारी है। आचार संहिता की बात जब हम करते हैं। पहले का समय था कि यदि किसी को कष्ट है तो मुलायम सिंह जी, इंदिरा गांधी जी या अटल जी मदद कर दिया करते थे। 'पेड न्यूज' अब तो बहुत ही खराब रूप में सामने आया है। खासकर भाषाई अखबारों पर इस तरह के आरोप भी बहुत लगते हैं। इसको लेकर आपका अनुभव कैसा रहा है? यह क्यों बढ़ा? खासकर नेताओं ने उसको बढ़ाया या पत्रकारों ने या मालिकों ने बढ़ाया?

अच्युतानंद मिश्र : खबरों को बेचने का काम पिछले कुछ वर्षों में हुआ है। वह तेजी से बढ़ा भी है। यह बहुत चिंताजनक स्थिति रही है। 'पेड न्यूज' पर न केवल लोकसभा, राज्यसभा में चिंता हुई है, बल्कि दूसरे सामाजिक संगठनों ने, व्यापारिक संगठनों ने भी चिंता व्यक्त की है।

आलोक मेहता : इसका रास्ता क्या है? एक तरफ हम यह चाहते हैं कि व्यक्ति की स्वतंत्रता रहे। कोई सेंसरशिप न रहे। कोई सरकार हमें कानून से जेल न भेजे और हम खुद अपनी आचार संहिता लागू नहीं करते। क्या आपको लगता है कि कोई रास्ता है, जिसकी वजह से पूरी पत्रिकारिता की जो छवि बिगड़ रही है, उस पर अंकुश लग सके?

अच्युतानंद मिश्र : सरकार का किसी तरह का हस्तक्षेप उसमें मान्य हो नहीं सकता। कोई ऐसी स्वतंत्र संस्था हो जो सरकारी नियंत्रण से मुक्त हो, जिसमें संपादक भी हों, मालिक भी हों और समाज के दूसरे क्षेत्रों के भी लोग हों। अगर लोकतंत्र को जिंदा रहना है तो उसके लिए पत्रकारिता की स्वतंत्रता बहुत जरूरी है, क्योंकि इसकी चिंता न्यायपालिका में हुई है, साहित्य में भी हुई है। लोकतंत्र में अगर मीडिया और सरकार के बीच में कोई लेन-देन का रिश्ता बन गया किसी भी रूप में, इससे लोकतंत्र को बहुत खतरा है। कोई एक संगठन तो चाहिए उसका स्वरूप क्या होना चाहिए इस पर अलग-अलग लोगों के सुझाव आये हैं। ट्राई ने भी रिपोर्ट दिये हैं। लोकसभा में जो समिति बनी थी, उसने भी कुछ सुझाव दिये हैं।

आलोक मेहता : आप नागपुर में भी रहे, जहाँ संघ का कार्यालय है। इस समय यह कहा जाता है कि राष्ट्रवाद, हिंदुत्व विचारधारा को लेकर दबाव सा लोग मान रहे हैं। पहले एक दूसरा स्ट्रीम था जो बहुत लेफ्ट ओरियंटेड था या कुछ लोग ऐसे हैं जिन पर यह आरोप है कि नक्सलवादियों के साथ, उनकी मदद की छत्तीसगढ़ या झारखंड ऐसे राज्यों में। उन पत्रकारों पर भी यह कहा गया कि ये बहुत अलग तरह के कैंपेन में शामिल हैं या उस तत्त्व के साथ शामिल हैं। इस रेखा को जो लोकतंत्र के लिए भी खतरा है कि राष्ट्रवाद का मतलब सरकार का विरोध, सरकार की आलोचना या किसी विचार की असहमति नहीं हो सकती। न ही नक्सलवाद जिसको कहा जाए कि आप उस नक्सली या वैसे जो हिंसा का तरीका अपनाते हैं, उनके साथ सहानुभूति रखकर, उस पक्ष में एक अभियान की तरह लिखते हैं। इस रेखा को रोकने के लिए क्या कोशिश हो सकती है?

अच्युतानंद मिश्र : राष्ट्रवाद की जो बात आई है नई सरकार के आने के बाद। इसका प्रचार ज्यादा बढ़ा है। राष्ट्रवाद का यह अर्थ नहीं है कि सरकार का विरोध न हो। लोकतंत्र है, सरकार है तो उसका विरोध होगा। यह विरोध हर स्तर पर होगा। राष्ट्रवाद एक अलग तरह की अवधारणा है। उसका संबंध राजनीति से कम, संस्कृति से ज्यादा है। मेरी समझ से एक सांस्कृतिक राष्ट्रवाद का जो स्वरूप पिछले दिनों आडवाणी जी ने भी अपने व्याख्यान में कई बार कहा और पंडित दीनदयाल उपाध्याय जी, जो भारतीय जनसंघ के संस्थापक थे, उन्होंने जो एक पूरी परिकल्पना दी थी, उसमें से एक सांस्कृतिक राष्ट्रवाद की ध्वनि निकलती है। उसी का समर्थन राष्ट्रीय स्वयंसेवक संघ भी करता है। इसलिए पिछले कुछ दिनों में जो राष्ट्रवाद का एक वातावरण फैलाया जा रहा है, उसका प्रचारात्मक मूल्य ज्यादा है, वास्तविकता कम है।

आलोक मेहता : जो पत्रकार नक्सल समर्थन का अभियान चलाते हैं, वे कहते हैं कि

हम आदिवासियों का जो दर्द है इसलिए करते हैं। लेकिन वे हिंसा का तरीका भी अपनाते हैं। हम उनके लिए मदद भी करते हैं। उसे भी एक्टिविजम जैसा कहना चाहिए?

अच्युतानंद मिश्र : नक्सलवाद तो केवल भारत में नहीं, मतलब नक्सलवाद के नाम से नहीं लेकिन आतंकवाद के रूप में या किसी अन्य तरह से सारी दुनिया में फैला है। जो लोग नक्सलवाद से जुड़े हुए हैं, जो लोग हिंसा के रास्ते पर हैं, उनके साथ संवाद होना चाहिए। उनके साथ बातचीत होनी चाहिए। उनको तैयार किया जाना चाहिए कि हिंसा छोड़ें। जब तक वे हिंसक कामों में जुड़े हैं, जब तक देश और समाज का नुकसान कर रहे हैं, तब तक उनका समर्थन करना तो देश के खिलाफ होगा। निश्चित रूप से उन लोगों को मुख्यधारा में शामिल किया जाना चाहिए, इसमें तो कोई संदेह नहीं। उसके लिए सरकार की ओर से कम, समाज के दूसरे वर्गों की ओर से ज्यादा कोशिश होनी चाहिए। सामाजिक, सांस्कृतिक, राजनीतिक, साहित्यिक बाकी लोगों की ओर से यह कोशिश होनी चाहिए कि ऐसे लोग जो समाज की मुख्यधारा से अलग हैं, किन्हीं कारणों से नाराज हैं, उनको मुख्यधारा में शामिल किया जाए।

आलोक मेहता : आपने संस्कृति की बात की तो खान-पान की संस्कृति या संगीत, आपकी रुचि किसमें ज्यादा रही? मुझे याद है कि आपको सिनेमा भी देखने का शौक रहा। हर संपादक की अपनी कुछ-न-कुछ रुचि होती है। आपकी क्या अभिरुचि रही है?

अच्युतानंद मिश्र : मेरी रुचि तो साहित्य में, संगीत में और सिनेमा में यानी उसका जो सांस्कृतिक पक्ष है, उसके साथ मेरी स्वाभाविक रुचि रही है। ज्यादातर सुगम संगीत में रुचि रही है। वाद्यों में मुझे बांसुरी सबसे अच्छी लगती है। हरिप्रसाद चौरसिया मेरे प्रिय बांसुरी वादक हैं।

आलोक मेहता : आप खुद भी कभी कुछ गाते रहे हैं? आप नेशनल यूनियन ऑफ जर्नलिस्ट्स (इंडिया) के अध्यक्ष भी रहे, सांस्कृतिक कार्यक्रम होते होंगे, अपने ही मित्र या परिवार के बीच में कभी गाने का अवसर आपके सामने आया?

अच्युतानंद मिश्र : गाने की रुचि जरूर रही है सुनने की ज्यादा रुचि रही है। सांस्कृतिक आयोजन करने की उससे भी ज्यादा रुचि रही है। इन सब क्षेत्रों से जुड़े हुए लोग मुझे बहुत प्रिय हैं।

आलोक मेहता : सिनेमा में कौन लोग आपके प्रिय कलाकार रहे हैं?

अच्युतानंद मिश्र : 1950 से 1970 के दौर के जो गाने हैं, वे मेरे बहुत प्रिय गाने हैं। मदन मोहन जैसे संगीतकार मुझे बहुत प्रिय हैं।

आलोक मेहता : यदि हमारे दर्शकों को सुनना हो तो कौन-सा गाना बार-बार सुनना

अच्छा लगता है?

अच्युतानंद मिश्र : 'मुसाफिर हूँ यारो' किशोर कुमार का गाना है। लता मंगेशकर के गाने मुझे बहुत प्रिय हैं।

आलोक मेहता : आपने किस तरीके की फिल्में देखीं, नई पीढ़ी वाली शाहरुख खान, अमिताभ बच्चन, दिलीप कुमार की फिल्में?

अच्युतानंद मिश्र : अमिताभ बच्चन की फिल्में मुझे पसंद रही हैं। बाद के दौर की फिल्में मुझे कम पसंद हैं। फिल्मों में स्वस्थ मनोरंजन घटता जा रहा है, हिंसा का प्रभाव ज्यादा ही बढ़ रहा है।

आलोक मेहता : आपने विदेश यात्राएँ की। ऐसी यात्राएँ आपने किसी नेता के साथ भी कीं या बस अपने ही हिसाब से?

अच्युतानंद मिश्र : जब मैं नेशनल यूनियन ऑफ जर्नलिस्ट्स (इंडिया) का लंबे समय तक अध्यक्ष था और महामंत्री भी था, उनकी कॉन्फ्रेंस होती रही। यूरोप में कई बार हुई है। उसी सिलसिले में लंदन, पेरिस, अमेरिका भी जाना हुआ। जब मैं 'नवभारत टाइम्स' में था तो रिपोर्टिंग के सिलसिले में साउथ ईस्ट एशिया, सिंगापुर, मलेशिया और इंडोनेशिया के दौरे पर गया था।

आलोक मेहता : वहाँ की पत्रकारिता की दृष्टि से भारत की पत्रकारिता में उसका प्रभाव ज्यादा बढ़ा है या उसका प्रभाव नहीं है। वहाँ के पत्रकारों को इतनी स्वतंत्रता नहीं है, लेकिन भारत में पत्रकारों को उससे ज्यादा स्वतंत्रता है।

अच्युतानंद मिश्र : दुनिया के जो देश हैं उनमें जहाँ पत्रकारों को स्वतंत्रता है, भारत में स्वतंत्रता किसी मायने में उनसे कम नहीं है। भारत के पत्रकारों को पूरी-पूरी स्वतंत्रता है। उनके अपने अंदर का साहस होना चाहिए। एक रिस्क लेने की क्षमता उनके अंदर होनी चाहिए। थोड़ी-बहुत बीच-बीच में कठिनाइयाँ आती हैं। इलेक्ट्रॉनिक मीडिया के आने के बाद यह प्रभाव बढ़ा है। जो नई पीढ़ी पत्रकारों की आ रही है, चाहे वह प्रिंट में हो या इलेक्ट्रॉनिक में, वह परिवर्तन चाहती है। थोड़ा धैर्य रखेंगे तो आगे मीडिया का भविष्य बहुत अच्छा है।

आलोक मेहता : आपको नहीं लगता कि चाहे स्टिंग ऑपरेशन हो या भारत में सनसनीखेज पत्रकारिता, यानी टैबलॉयडीकरण, जो अखबारों का या इलेक्ट्रॉनिक मीडिया में हुआ है। न्यूयॉर्क टाइम्स, वॉशिंगटन पोस्ट या मर्डोक के कुछ अखबारों को छोड़ दें, तो देखा जाए तो एक दायरा रहता है कि टैबलॉयड अखबार अलग हैं। हमारे यहाँ क्षेत्रीय अखबारों ने कुछ हद तक वैसा किया। उन अखबारों में टैबलॉयड भी मिला दिया गया है, अलग टैबलॉयड अखबार निकालने के बजाय। यह खतरा पत्रकारिता के लिए नहीं है?

अच्युतानंद मिश्र : बिल्कुल सही कह रहे हैं आप। यूरोप में, अमेरिका में टैबलॉयड अखबारों का समाज में जो स्थान है, वह बहुत अच्छी दृष्टि नहीं है। ठीक है उसमें कुछ खबरें जरूर आ जाती हैं। टैबलॉयड अखबार ने बहुत सफलता प्राप्त की है। पैसा बहुत उन्होंने पैदा किया है, लेकिन आज भी जो प्रतिष्ठा 'न्यूयॉर्क टाइम्स' की है या 'लंदन टाइम्स' की है, टैबलॉयड अखबार न कभी प्राप्त कर सके, न कर पायेंगे। भारत में यह जरूर है कि इन दोनों को मिला करके छोटे हिंदी अखबार जरूर निकले हैं। बीच-बीच में टैबलॉयड टाइप जिसमें 'जागरण' ने एक अखबार निकाला, 'भास्कर' ने निकाला, या 'अमर उजाला' ने कुछ दिनों तक निकाला, इस तरह के प्रयोग हुए हैं। लेकिन वे बहुत सफल नहीं रहे हैं। गंभीर पत्रकारिता ही आगे चलने वाली है।

आलोक मेहता : जैसे मेल टुडे निकला 'इंडिया टुडे' से। लेकिन खतरा इस बात का है कि जो गंभीर अखबार थे उन्होंने भी ऐसा करना शुरू कर दिया। जैसे हम कहते हैं कि थाली में कहीं किनारे पर मिठाई रखी है, कुछ नमकीन रखा है लेकिन चाट को ही मुख्य भोजन बना दें, वैसा ही उसको चटखारे वाला, कुछ चित्रों के साथ परोसा जाने लगा। प्रेस काउंसिल में भी कुछ ऐसे मामले गये। दिल्ली से निकलने वाले अखबारों ने प्रसार संख्या बढ़ाने के लिए गंभीर अखबारों को भी टैबलॉयड बना दिया यानी टैबलॉयड जैसा अतिरेक हो गया। यह खतरा भारतीय पत्रकारिता में आपको दिखता है या नहीं?

अच्युतानंद मिश्र : यह खतरा दिखता है। लेकिन धीरे-धीरे वह कम हो रहा है, क्योंकि उसकी बहुत लोकप्रियता बन नहीं रही है। जो सफलता उनको यूरोप में मिली, उसको दोहराने की कोशिश इन लोगों ने जरूर की लेकिन उनको वह सफलता मिली नहीं। वह काम अब धीरे-धीरे इलेक्ट्रॉनिक मीडिया ने करना शुरू कर दिया है। जो इस समय न्यूज चैनल है, उनका अगर कंटेंट देखा जाए, उनका विश्लेषण किया जाए, तो वे सनसनीखेज बनाते हैं। उसमें धीरे-धीरे गंभीरता घटती जा रही है। न्यूज का प्रतिशत उनमें घटता जा रहा है। उनके जो विश्लेषण होते हैं, वे एक खास एंगल और दृष्टिकोण से होते हैं। प्राइम टाइम की जो बहसें होती हैं उनमें भी तथ्य कम होते हैं। उनका दृष्टिकोण सकारात्मक कई बार नहीं होता है। सनसनीखेज बनाने की कोशिश हो रही है, यह एक चिंता का विषय है।

आलोक मेहता : अंततोगत्वा जिसे कहते हैं कि पाठक, दर्शक, समाज ही तय करेगा कि यह लक्ष्मण रेखा कहाँ है? यूरोप में कई अखबार मुफ्त में बांटने वाले हैं। उस अखबार की कोई कीमत नहीं, लोग पढ़ते भी नहीं। अखबार लिया और फेंक दिया। ऐसे ही भारत में चाहे मुफ्त अखबार दीजिए या उसमें अश्लील छापकर कुछ समय के लिए बांट दीजिए, लेकिन बाद में उसका भविष्य ज्यादा नहीं रहने वाला है। ऐसी

आशा की जा सकती है?

अच्युतानंद मिश्र : बिल्कुल की जा सकती है। आपकी जो पहली पुस्तक आई थी 'पत्रकारिता की लक्ष्मण रेखा' उसमें आपने इसका संकेत दिया था। उसके बाद भी धीरे-धीरे चीजें बढ़ी हैं। फिर भी मुझे विश्वास है कि चीजें थोड़ा समय जरूर ले रही हैं परिवर्तन होने में। उसके पीछे और कई कारण भी हैं, लेकिन पत्रकारिता आकार ले रही है। पिछले दिनों आपने देखा होगा कि सोशल मीडिया का जिस तरह से प्रभाव बढ़ा है, तो उसके कारण लोगों को अभिव्यक्ति की स्वतंत्रता भी मिली है। उसमें आराजकता भी आई है। थोड़े दिनों के बाद ये चीजें थम जाएंगी और फिर से एक सकारात्मक शुरुआत होगी। जरूरत है एक संस्कार देने की, अगर वह संस्कार समाज से आयेगा, राजनीति से आयेगा, व्यवस्था से आयेगा, तब वह लोकतंत्र के लिए सार्थक बनेगा।

आलोक मेहता : आप माखनलाल चतुर्वेदी राष्ट्रीय पत्रकारिता एवं संचार विश्वविद्यालय के कुलपति रहे हैं। आपको लगता है कि नई पीढ़ी उच्छृंखलता का दुरुपयोग करने वाली है? या आप नई पीढ़ी से आशा रखते हैं कि आगे आने वाला उनका भविष्य बहुत अच्छा है पत्रकारिता में?

अच्युतानंद मिश्र : माखनलाल चतुर्वेदी राष्ट्रीय पत्रकारिता एवं संचार विश्वविद्यालय का जो मेरा अनुभव है वह बहुत सकारात्मक है। उसमें जितने नये बच्चे आते थे, वह बहुत अच्छे, बहुत तेजस्वी और आगे अगर उन पर कोई दबाव न डाला जाए तो वे सामाजिक परिवर्तन की ओर मुड़े हुए बच्चे थे और अभी भी हैं। अभी मैं दूसरे विश्वविद्यालय में जाता हूँ, वहाँ के बच्चों से मिलता हूँ, तो नयी पीढ़ी से मुझे बहुत उम्मीद दिखती है। उनकी दिशा भी सही है। इस समय की जो प्रवृत्तियाँ हैं चाहे वे मीडिया की हों, राजनीति की हों या दूसरे क्षेत्रों की हों, उनमें सुधार लाने की जरूरत है। जब बच्चे प्रशिक्षित होकर व्यवसाय में आते हैं, मीडिया उद्योग में आ जाते हैं, उनकी प्रतिभाएँ कुंठित होती हैं। जब उनको यह लगता है कि जो चीज वे करना चाहते थे, उस रूप में चीज नहीं है तो उनको निराशा होती है। मुझे विश्वास जरूर है कि धीरे-धीरे परिवर्तन नीचे से हो रहा है। वह कई और परिवर्तनों से जुड़ा हुआ है। समाज के परिवर्तनों से जुड़ा हुआ है, राजनीति के परिवर्तनों से जुड़ा हुआ है और दूसरे क्षेत्रों में जो परिवर्तन हो रहे हैं, उनसे भी जुड़ा है, तो मीडिया अलग नहीं है। जो भी परिवर्तन हो रहे हैं, वे समग्रता में हो रहे हैं।

(आलोक मेहता पद्मश्री से सम्मानित सुप्रसिद्ध पत्रकार, संपादक और लेखक हैं।)

अच्युतानंद मिश्र से अरविंद मोहन और अरुण कुमार त्रिपाठी की बातचीत

अरविंद मोहन : आपने पत्रकारिता की पढ़ाई किस संस्थान से की? आप एक विचारधारा से जुड़े व्यक्ति हैं। मुझे आपके साथ लंबे समय तक कार्य करने के दौरान यह बात समझ में आई कि आप किसी विचारधारा से इतना जुड़ाव रखते हैं। लेकिन आपने खबरों में यह चीज कभी नहीं आने दी कि यह खबर करिए या न करिए। दूसरा यह कि आपके पास आने वाले जो लोग थे वे हर विचारधारा, हर जमात के लोग थे। इन दोनों चीजों पर आप थोड़ी-थोड़ी बात करें।

अच्युतानंद मिश्र : लखनऊ आने से पहले मैं बनारस में था। बनारस में काशी हिंदू विश्वविद्यालय में पढ़ाई कर रहा था। यह सन् 1960 के आसपास की बात है। पढ़ाई करते समय 'आज' अखबार के दफ्तर में जाना होता था। 'आज' अखबार में संपादकों की बड़ी टीम थी। यह उस दशक की बात है जब हिंदी पत्रकारिता का विस्तार हो रहा था। हिंदी पत्रकारिता में धीरे-धीरे पूँजी का प्रवेश हो रहा था। मैं 'आज' के दफ्तर में चला जाता था। वहाँ थोड़ी देर बैठता था। वहाँ ईश्वरचन्द्र, चन्द्रकुमार, विद्याभास्कर, लक्ष्मीशंकर व्यास जी जैसे लोग रहते थे। ये लोग कभी-कभी लिखने के लिए कहते थे, मैं लिखकर लाता था और वह 'आज' में छप जाता था। अपना लिखा हुआ छपा देखकर अंदर से एक खुशी होती थी। मुझे याद है कि 'आज' अखबार से पहला पारिश्रमिक मुझे पंद्रह रुपया मिला था। उसके बाद धीरे-धीरे पत्रकारिता की तरफ आकर्षण बढ़ने लगा। बनारस से अपनी पढ़ाई पूरी करके मैं लखनऊ आ गया। लखनऊ में मेरा सबसे पहले संपर्क हुआ 'पाञ्चजन्य' साप्ताहिक अखबार से। यादवराव देशमुख जी 'पाञ्चजन्य' के संपादक थे। बनारस से लखनऊ आने में और पत्रकारिता के साथ जुड़ने की प्रेरणा भी यादवराव देशमुख जी की ही थी। मैं 'पाञ्चजन्य' में एक उपसंपादक के रूप में जुड़ गया। यह 1963 की बात

है। 'तरुण भारत' से भी जुड़ा। बनारस में शाम के अखबारों की एक परंपरा रही है। पहले 'आज' और 'गांडीव' अखबार शाम को ही निकलते थे। 'तरुण भारत' भी शाम का ही अखबार था। 'तरुण भारत' में थोड़े दिन काम करने के बाद यादवराव देशमुख जी 'अमर उजाला' के संपादक और मालिक डोरीलाल अग्रवाल जी से मिलने के लिए गये। वहाँ मेरा डोरीलाल अग्रवाल जी से परिचय हुआ। उस समय एक संयोग था कि 'अमर उजाला' लखनऊ के संवाददाता छुट्टी पर गये थे। 'अमर उजाला' में वह जगह खाली थी। डोरीलाल अग्रवाल जी ने चलते समय यह प्रस्ताव रखा। इस तरह से मेरा 'अमर उजाला' के साथ जुड़ाव हो गया। 'अमर उजाला' के साथ जुड़ने से दो फायदे हुए। एक फायदा यह हुआ कि 'पाञ्चजन्य' और 'तरुण भारत' के साथ एक विचारधारा का जुड़ाव था, वह कम हुआ। 'अमर उजाला' के साथ जुड़ने से एक व्यापक सहमति और स्वीकृति बनने लगी। मैं 1985 तक 'अमर उजाला' के साथ ही जुड़ा हुआ था।

अरविंद मोहन : डोरीलाल अग्रवाल जैसे लोग, जिन्होंने एक बड़ा अखबार और समूह खड़ा किया, वे हमारी पत्रकारिता के नायक नहीं बने। यही कर्पूर चन्द्र कुलिश के साथ हुआ। क्या उनमें मैनेजिंग स्किल ज्यादा थी या एडिटोरियल क्वालिटी कम थी? या मालिक होने के चलते उनको यह कीमत देनी पड़ी। आपको क्या लगता है?

अच्युतानंद मिश्र : जैसा मैंने बताया कि उस दौर में हिंदी पत्रकारिता का विकास हो रहा था। जितने नये समूह स्वतंत्रता के बाद खड़े हुए हैं, जैसे जागरण समूह, अमर उजाला समूह, राजस्थान पत्रिका—यह सब इन्हीं लोगों की तपस्या है। ये लोग मालिकों की श्रेणी में तो थे, लेकिन इन्होंने अपनी पूँजी लगाकर अखबार को खड़ा किया। ये लोग घर-परिवार से बहुत समृद्ध नहीं थे। छोटा अखबार निकाल करके ये लोग धीरे-धीरे बड़े हुए हैं। वे सब काम करते थे। अखबार बेचने का काम भी करते थे, बंडल पहुँचाने का काम भी करते थे। 'अमर उजाला' शुरू करने से पहले डोरीलाल अग्रवाल जी 'सैनिक' अखबार में काम करते थे, रिपोर्टिंग का काम करते थे। एक कॉलम लिखा करते थे, उस कॉलम की बड़ी धाक थी। 'सैनिक' से अलग होकर 'उजाला' अखबार के साथ जुड़े थे। 'उजाला' से अलग होकर अपने सहयोगी मोरारीलाल माहेश्वरी जी के साथ मिलकर 'अमर उजाला' अखबार की शुरुआत की। आज जिस बड़े पैमाने पर 'जागरण', 'अमर उजाला', राजस्थान पत्रिका या भास्कर को देख रहे हैं, उनके पीछे इन सारे लोगों की तपस्या है। यह तपस्या उसी तरह की थी जिस तरह से 'अभ्युदय' निकालने के लिए मदन मोहन मालवीय जी ने तपस्या की थी। इसी तरह प्रताप नारायण मिश्र कानपुर से 'ब्राह्मण' पत्रिका निकालते थे और खुद लोगों के पास पहुँचाते भी थे। इन लोगों के पास साधन नहीं थे।

अरुण कुमार त्रिपाठी : आप बनारस से लखनऊ आये। लखनऊ में आपने लंबे समय तक पत्रकारिता की। लखनऊ की पत्रकारिता की क्या विशिष्टता है? आप लखनऊ में थे तो वहाँ से 'पायनियर', 'स्वतंत्र भारत', 'नेशनल हेराल्ड', 'नवजीवन' भी निकल रहा था। बाद में वहाँ से 'नादर्न इंडिया पत्रिका' और 'अमृत प्रभात' जैसे अखबार भी शुरू हुए। आपके कार्यकाल में वहाँ अखिलेश मिश्र, चन्द्रोदय दीक्षित और अशोक जी जैसे पत्रकार भी थे। जिनका 'पायनियर' में संपादकीय पढ़ने के लिए लोग उत्सुक रहते थे। चेलापति राव भी आपके समय में ही थे। लखनऊ का जो पत्रकारीय वातावरण था, वह कितना बौद्धिक रूप से सक्रिय था? खबरों के लिहाज से वह कितना समृद्ध था? वहाँ के जो संपादक थे, उनकी क्या ऊंचाइयाँ थीं?

अच्युतानंद मिश्र : पत्रकारिता के लिए लखनऊ एक महत्त्वपूर्ण स्थान है। स्वाधीनता संग्राम के लिए भी वह स्थान महत्त्वपूर्ण था। 'पायनियर' अखबार पुराना था। उसका चरित्र बदल गया था। वह पहले अंग्रेजों की मिल्कियत हुआ करता था। बाद में अवध के ताल्लुकेदारों के संगठन ने उस अखबार को खरीद लिया था। उसी समय ताल्लुकेदारों के संगठन ने मिलकर 'स्वतंत्र भारत' अखबार निकाला था। अशोक जी 'स्वतंत्र भारत' अखबार के पहले संपादक थे। चन्द्रोदय दीक्षित जी उनके सहयोगी थे। 'स्वतंत्र भारत' में चन्द्रोदय दीक्षित जी के सहयोगी थे अखिलेश मिश्र। 'नेशनल हेराल्ड' अखबार की रजत जयंती मनाई गयी थी। उस समारोह में पंडित जवाहरलाल नेहरू स्वयं आये थे। नेहरू जी ने सार्वजनिक सभा में कहा था कि इस रजत जयंती कार्यक्रम में मैं जिसे ढूंढ़ रहा हूँ, चेलापति राव जी मेरे मित्र हैं। मुझे दिखाई नहीं दे रहे हैं। चेलापति राव जी अलग तरह के शख्सियत थे। वे किसी से मिलने नहीं जाते थे। 1947 के बाद जब कांग्रेस की सरकार बनी तो पंडित गोविंद बल्लभ पंत मुख्यमंत्री बने। चेलापति राव साहब से उम्मीद थी कि चूँकि कांग्रेस का अखबार था, पंत जी कांग्रेस के मुख्यमंत्री थे, तो उनके बारे में बहुत अच्छा छपेगा, लेकिन 'नेशनल हेराल्ड' में बहुत साधारण रिपोर्ट छपी थी। मुझे याद है 1976 में हेमवती नंदन बहुगुणा के बाद नारायणदत्त तिवारी जब मुख्यमंत्री बने, तो नारायणदत्त तिवारी के मुख्यमंत्री बनने की खुशी में चेलापति राव साहब ने एक संपादकीय टिप्पणी लिखी थी। संपादकीय में उन्होंने लिखा था कि नारायणदत्त तिवारी जी ने किस तरह की रिपोर्टिंग की थी। नारायणदत्त तिवारी सबसे युवा समाजवादी थे। विधानसभा के सदस्य थे। नारायणदत्त जी पंत जी के चुनाव क्षेत्र यानी नैनीताल शहर से कांग्रेस के प्रत्याशी को हराकर प्रजा समाजवादी टिकट पर जीतकर आये थे। बाद में वे कांग्रेस में शामिल हो गये। जब नारायणदत्त जी चुनाव हार गये थे, तो 'नेशनल हेराल्ड' ने उनको अमेरिका भेजा था और अमेरिका में नारायणदत्त जी ने एक पत्रकार की तरह काम

किया था। लिंडन बेंस जॉनसन जब राष्ट्रपति हुए थे, तो जॉनसन का पहला इंटरव्यू नारायणदत्त जी ने किया था। यह बात उसी संपादकीय को पढ़कर पता लगा था।

अरुण कुमार त्रिपाठी : उस समय क्या प्रतिभाएँ बनारस से लखनऊ आ रही थीं? जैसा अशोक जी के बारे में आपने कहा कि पराड़कर जी की टीम के सदस्य थे। वे बनारस से लखनऊ आये। आप भी बनारस में सक्रिय थे और लखनऊ आ गये। आपको लग रहा है कि 1960 के दशक में बनारस में पत्रकारिता के जो हस्ताक्षर थे, वे लखनऊ आ रहे थे?

अच्युतानंद मिश्र : दुर्भाग्य से ऐसा नहीं था। पराड़कर की जो टीम थी, उस टीम में बहुत बड़े पत्रकार और संपादक शामिल थे। उनमें से कोई भी बनारस छोड़ने को तैयार नहीं था। उनका बनारस के प्रति एक मोह था। बनारस में आम आदमी के लिए कहा जाता है कि 'चना चबैना गंगाजल जो पुरवै करतार, काशी कबहुँ न छोड़िए विश्वनाथ दरबार।' 1977 में जब आपातकाल खत्म हुआ, उसके बाद 1980 तक आते-आते दिल्ली के अखबारों में खास तौर पर टाइम्स आफ इंडिया ग्रुप में परिवर्तन हुआ। टाइम्स आफ इंडिया ग्रुप में अक्षय कुमार जैन 'नवभारत टाइम्स' के संपादक थे। उन्होंने कांग्रेस की बड़ी वकालत की थी। उस चुनाव में पूरे 'टाइम्स ग्रुप' ने किन्हीं कारणों से कांग्रेस का पक्ष लिया था। जब परिणाम बिल्कुल उल्टे हो गये और कांग्रेस की सरकार चली गयी, तो उन्होंने एक ऐसे व्यक्ति को संपादक बनाने का निर्णय किया जो कांग्रेस सरकार के विरोध में थे। अज्ञेय जी को संपादक बनाया गया। अज्ञेय के संपादन में 1965 में जब 'दिनमान' निकला था तो अज्ञेय जी ने सब लोगों से शुभकामनाएँ मांगी थीं। उस समय श्रीमती इंदिरा गांधी सूचना एवं प्रसारण मंत्री थीं। इंदिरा गांधी ने अपनी शुभकामनाएँ भेजी थीं। उन्होंने लिखा था—'पूँजीपति घरानों से जो अखबार और पत्रिकाएँ निकलती हैं, उन पर मैं ज्यादा भरोसा नहीं करती, लेकिन यह आपके संपादन में निकल रही है, इसलिए मैं यह शुभकामना भेजती हूँ।'

अरविंद मोहन : एक लंबा समय पत्रकारिता में बिताने के बाद आप एकेडमिक्स में आ गये। यह वही दौर है जब बड़ी संख्या में लड़के-लड़कियाँ घर से निकलकर पत्रकार बनने के लिए आये। जो आदमी अखबार निकालता रहा हो, वह अध्यापन कार्य करे तो यह बड़ी चुनौती हैं। आपने इस चुनौती को किस तरह से देखा? यह जो उभार आया है कि पत्रकारिता में बच्चों की पूरी फौज उमड़ पड़ी है। यह पत्रकारिता के लिए कितना शुभ है?

अच्युतानंद मिश्र : पत्रकारिता में अकादमिक को लेकर लोगों के मन में एक दिमागी अंतर्द्वंद्व बहुत पहले से था कि पत्रकार पैदा होते हैं, बनाये नहीं जाते। मैं अपने

माखनलाल चतुर्वेदी राष्ट्रीय पत्रकारिता एवं संचार विश्वविद्यालय में प्रारंभिक लेक्चर में इस बात को रखता था कि व्यक्ति में लेखन की शैली तो जरूरी है। उसके साथ यह भी बात रखता था कि विश्वविद्यालय के अंदर जो पढ़ाई है, मानसिक तैयारी के लिए है। टेक्नोलॉजी सीखा देंगे, कैमरा सीखा देंगे लेकिन टेक्नोलॉजी और कैमरा के सहारे एक मानसिक रूप से पत्रकार बनने की जो तैयारी होती है वह करनी चाहिए। मुझे लगा कि स्वाधीनता के पहले के संघर्ष का जो इतिहास है, वह इतना बड़ा इतिहास है कि किसी को भी पत्रकार बनना है तो इतिहास के साथ जरूरी न्याय होना चाहिए। इसलिए मैंने विश्वविद्यालय में प्रोजेक्ट कार्य शुरू किया।

अरविंद मोहन : अभी जो हालत है पत्रकारिता की पढ़ाई की उसको लेकर आप कितना संतुष्ट हैं? जैसे दिल्ली यूनिवर्सिटी में पत्रकारिता में हजारों बच्चे तैयार हो रहे हैं। लेकिन न कहीं डिपार्टमेंट है, न प्रॉपर सिलेबस है और न अध्यापक हैं। इस स्थिति को आप कैसे देखते हैं?

अच्युतानंद मिश्र : एक ऐसी व्यवस्था जिसमें एक सम्मानपूर्ण जीवन जीने का भी मौका मिल जाए और हमको अपनी बात रखने का एक अवसर मिल जाए।

अरविंद मोहन : हम लोग एडमिशन के लिए बच्चों का इंटरव्यू लेते हैं। समाज में पिछले चालीस साल से कोई बड़ा आंदोलन नहीं हुआ फिर भी ज्यादातर बच्चों का कहना होता है कि हम समाज के लिए कुछ करना चाहते हैं। पत्रकारिता में आने की एक प्रेरणा यह भी है कि हम अपने आसपास जो गड़बड़ी देख रहे हैं, उसे हम इस माध्यम से ठीक कर सकते हैं। बच्चों में यह प्रेरणा तो है। असली बात यह है कि अच्छे पत्रकार बनें तो ऐसे में इंफ्रास्ट्रक्चर देने में कोई दिलचस्पी न मीडिया हाउस की दिखाई देती है न सरकार की, इसका लाभ प्राइवेट संस्थान ले रहे हैं। दिल्ली एनसीआर में ही तीन सौ के करीब संस्थाएँ हैं। तो मीडिया हाउस और सरकार में कायदे से ये दो बड़े सोर्स होने चाहिए थे, वे क्यों नहीं बन पा रहे हैं?

अच्युतानंद मिश्र : मीडिया एकेडमिक्स और मीडिया की जो राजनीति है, उनके बीच में अंतर है, वह एक सोच का फर्क है। आज भी मीडिया के जो संस्थान चलते हैं, अखबार हों या चैनल हों, उनके अंदर जो ट्रेंड पत्रकार जाते हैं तो उनकी सारी कोशिश यह होती है कि उनको कैमरा चलाना आता है कि नहीं, पेज बनाना आता है कि नहीं। इस बात से उनका कोई मतलब नहीं है कि उनमें कमिटमेंट है कि नहीं है। इसको लेकर मीडिया या संस्थानों में और मीडिया की फील्ड में जो लोग काम कर रहे हैं, उनके बीच सामंजस्य नहीं है। संवाद नहीं है। मैंने माखनलाल चतुर्वेदी राष्ट्रीय पत्रकारिता एवं संचार विश्वविद्यालय में शुरू में यह कोशिश की थी। एग्जीक्यूटिव से यह प्रस्ताव पास कराया था कि हमारे यहाँ जो मीडिया के अध्यापक हैं, एक साल

के लिए वे अखबार के दफ्तर में जाकर काम करें। और एक साल के लिए उनकी जगह पर जो न्यूज ब्यूरो का चीफ है, वे आकर पढ़ायें।

अरुण कुमार त्रिपाठी : आपातकाल को आपने नजदीक से देखा है। अभी नेशनल ज्यूडिशियल अपॉइंटमेंट कमिशन पर जो उच्चतम न्यायालय ने फैसला दिया, उस फैसले में कई न्यायाधीशों ने बहुत महत्त्वपूर्ण बातें कीं। आडवाणी जी ने कहा है जिन ताकतों ने देश में आपातकाल को लागू किया था, वे ताकतें अभी शांत नहीं हुई हैं। वे ताकतें अभी देश में मौजूद हैं। उन ताकतों से रक्षा करने वाले जो संस्थान हैं वे मीडिया हो सकते हैं, आंदोलन या एनजीओ हो सकते हैं, लेकिन ये दोनों बहुत भरोसेमंद नहीं हैं। इसलिए न्यायपालिका ज्यादा भरोसेमंद संस्थान है। क्योंकि न्यायपालिका आने वाले आपातकाल से रक्षा कर सकती है। इसलिए हम राष्ट्रीय न्यायिक नियुक्ति आयोग नहीं बनायेंगे और न्यायपालिका में नियुक्ति की स्वायत्तता रखेंगे। आपातकाल को हम लोगों ने झेला और अनुभव भी मिला। उस अनुभव से हमने क्या सीखा? आज कितने खतरे हैं पत्रकारिता की आजादी को लेकर?

अच्युतानंद मिश्र : आपातकाल के समय यह बात साबित हो गयी थी कि इस देश का बुद्धिजीवी रीढ़विहीन है। उसने पूरी तरह से समर्पण कर दिया था। मीडिया ने तो पूरी तरह समर्पण कर दिया था। दूसरे क्षेत्र के बुद्धिजीवियों ने भी समर्पण कर दिया था। न्यायपालिका को समर्पण कराया गया था। पूरी व्यवस्था गड़बड़ हो गयी थी। वह व्यवस्था फिर से स्थापित करने की कोई कोशिश इमरजेंसी खत्म होने के बाद की सरकारों से नहीं हुई। मीडिया के अंदर क्या कारण थे उस गिरावट के और मीडिया फिर से कैसे खड़ा हो सकता है एक संस्था के रूप में, इसके लिए कोई कोशिश नहीं हुई। हमेशा मीडिया को कंट्रोल करने की, मीडिया को झुकाने की, किसी तरह से उसको खुश रखने की कोशिश हर दौर की सरकार ने किया है। नतीजा यह हुआ कि मीडिया के संस्थान बढ़ गये। चैनलों की संख्या बढ़ गयी। अखबारों की संख्या बढ़ गयी। स्वामित्व का स्वरूप भी बदलने की कोई कोशिश नहीं हुई। ये जो ठोस काम होने चाहिए थे, जिस पर देश को यह भरोसा हो सके कि अगली बार इमरजेंसी जैसी कोई चीज लागू होगी तो मीडिया खड़ा हो जाएगा। ये ग्लोबलाइजेशन के दौर की बात है। ग्लोबलाइजेशन ने मीडिया को कंट्रोल किया है।

(अरविंद मोहन और अरुण कुमार त्रिपाठी समाजवादी विचारक और वरिष्ठ लेखक-पत्रकार हैं।)

अच्युतानंद मिश्र से संत समीर की बातचीत

संत समीर : पत्रकारिता की नई और पुरानी दोनों पीढ़ियों के साथ आपने काम किया है। दोनों पीढ़ियों में आपको फर्क क्या दिखता है या अनुभव आपका कैसा रहा है?

अच्युतानंद मिश्र : पुरानी पीढ़ी के जो लोग थे वे स्वाधीनता के बाद 1960-62 तक दिखाई पड़े थे। वास्तव में उस दौर के जो लोग थे, उनके लिए पत्रकारिता एक मिशन थी, एक तपस्या थी। वे कम साधनों के बावजूद अपने उस मिशन पर डटे रहते थे। जो कुछ भी वे महसूस करते थे, चाहे सामाजिक दृष्टि से हो या राजनीतिक दृष्टि से, अपनी बातों को साहस के साथ अभिव्यक्त करते थे। अभिव्यक्त करते समय प्रकाशक, संपादक या राजनीति का कोई दबाव महसूस नहीं करते थे। यह पत्रकारिता की एक नैतिकता थी और इसी नैतिकता के बल पर वे जीते थे, हालाँकि उनके पास साधन संसाधन कम थे, उनको जानने-पहचानने वालों की संख्या भी कम थी। बाद की पीढ़ी में, खासतौर से हिंदी की पत्रकारिता में, मालिक ने संपादक की जगह ले ली। मालिक- संपादक परंपरा शुरू हुई। दरअसल, मालिक को यह लगने लगा कि संपादक की प्रतिष्ठा यदि है समाज में, राजनीति में तो उसकी अभिव्यक्ति के कारण नहीं, बल्कि संपादक के पद पर बने रहने के कारण है। इस तरह मालिक ने सोचा कि अगर मैं भी संपादक बन जाऊँगा तो मुझे भी वही सामाजिक प्रतिष्ठा प्राप्त होगी। नतीजतन, धीरे-धीरे संपादक के पद का अवमूल्यन शुरू हुआ। संपादक के अधिकारों में कमी आनी शुरू हुई। संपादक की सुविधाएँ बढ़ा दी गयीं, लेकिन उसका काम केवल अखबार को चलाना भर रह गया। अखबार की नीतियाँ तय करना, अखबार में क्या छपेगा, छपी हुई चीजों की जिम्मेदारी लेना इन सब कामों से धीरे-धीरे उसको मुक्त किया गया और एक व्यावसायिकता का दौर चल पड़ा। संपादक की अभिव्यक्ति की क्षमता पर कैंची चलाई गयी और प्रबंधकीय कामों में

उसकी मदद ली गयी। मेरा मानना है कि यहाँ से अवमूल्यन शुरू हुआ। संपादक के पद का अवमूल्यन असल में अखबार की व्यावसायिकता के साथ जुड़ा हुआ है और मालिक-संपादक परंपरा के साथ भी। यह ठीक है कि कुछ ऐसे भी मालिक थे, जिन्होंने उस दौर में अखबार शुरू किये, जिनमें पत्रकारिता के, पत्रकारों के पुट थे और जिन्होंने बहुत परिश्रम के साथ अपने अखबार को खड़ा किया। उनके अंदर लिखने की क्षमता भी थी। लेकिन, कुल मिलाकर उनको अखबार निकालने के लिए जो तामझाम जुटाना पड़ता था, उसमें वे इतने व्यस्त थे कि सदिच्छा के बावजूद अपना पूरा समय अखबार को नहीं दे पाते थे।

स्वाधीनता के बाद स्वाधीनता के दौर के जो अखबार थे, वे धीरे-धीरे बंद होने शुरू हुए। नये तरह के अखबार जैसे 'दैनिक जागरण', 'अमर उजाला', 'दैनिक भास्कर', 'नई दुनिया', 'राजस्थान पत्रिका' वगैरह ऐसे प्रकाशकों ने शुरू किये, जो मूलतः अखबार की दुनिया से पहले से जुड़े हुए थे किसी-न-किसी रूप में। शुरू में उन्होंने किसी-न-किसी संपादक का सहारा लिया। संपादक के साथ कठिनाई यह थी कि अखबार को कैसे व्यावसायिक बनाया जाय, वह यह नहीं जानता था। मालिक के साथ यह दिक्कत थी कि संपादक के लिए अखबार की विश्वसनीयता को लगातार कैसे बढ़ाए रखा जाय, समाचार पत्र की लोकप्रियता बनाए रखा जाय, जिसके बल पर उसका प्रसार बढ़ता था और संसाधन भी आता था, विज्ञापन वगैरह मिलते थे। यह सब काम संपादक को नहीं पता था। कहीं-कहीं मालिक ने अपने ढंग से शुरुआत की और अखबार की विश्सनीयता को दाँव पर लगाया साधन जुटाने के लिए। हालाँकि एक प्रतिबद्धता थी। इससे अखबार का सर्कुलेशन बढ़ा, अखबार के पृष्ठों की संख्या बढ़ी, अखबार में विविध प्रकार का विकास हुआ। जैसे कि स्वाधीनता के पहले के दौर में खेल वाला पन्ना नहीं होता था, आर्थिक समाचार के पन्ने नहीं होते थे, अलग-अलग तरह के विशेषांक नहीं निकलते थे। ये सब स्वाधीनता के बाद में शुरू हुए थे, जिसमें पत्रकार लगे। लेकिन उस दौर में भी पत्रकारों की ट्रेनिंग होती थी अखबार के दफ्तर में। जिनको विषय का सही ज्ञान हो, भाषा का सही ज्ञान हो और अखबार की नैतिकता के प्रति समर्पित हों, ऐसे लोगों को ही अखबार में नौकरी मिलती थी। बहरहाल, व्यावसायिकता ने मूल्यगत पत्रकारिता का क्षरण शुरू किया तो चीजें काफी बदल गयीं और मालिक और संपादक के बीच में एक दूसरे ढंग का रिश्ता शुरू हुआ।

संत समीर : आपने आजादी का जिक्र किया, तो एक बात अक्सर कही जाती है कि तब आजादी की लड़ाई का मामला था तो एक मिशन की जरूरत थी। ठीक है कि उस मिशन से निकले हुए लोग जब तक रहे, समाज के प्रति अलग तरह की

प्रतिबद्धता से काम भी करते रहे, लेकिन अब दौर दूसरा है। कहा जा रहा है कि अब मिशन की जरूरत नहीं है। क्या सचमुच इस जमाने में मिशन की कोई जरूरत नहीं है और अखबार को केवल व्यवसाय के आधार पर चलना चाहिए?

अच्युतानंद मिश्र : स्वाधीनता के बाद जब नई सरकार बनी थी यानी जवाहरलाल नेहरू जब प्रधानमंत्री थे, तो राज्यों में भी कांग्रेस की ही सरकारें थीं। सरकारी कामों का ठीक ढंग से प्रचार हो और अखबारों को चलाने के लिए, छोटे अखबारों को निकालने के लिए पूरी गुंजाइश हो, साधन-संसाधन उनको मिलते रहें, इसकी जरूरत महसूस की गयी तो सरकार की तरफ से एक तरह का लिखित प्रस्ताव जैसा संपादकों या मालिकों के पास था। उसके पहले स्थिति दूसरी थी। विदेशी सरकार थी। उससे लड़ना हमारा धर्म था। उसके खिलाफ अखबारों ने आवाज उठाई थी, तमाम तरह की सजाएँ भोगी थीं। अखबार अक्सर बंद होते थे। बहरहाल, अँग्रेज देश से बाहर चले गये तो दृश्य बदल गया। दृश्य यह है कि अब जो सरकार है वह अपनी है। अब हमारी जिम्मेदारी देश के निर्माण की है। देश के निर्माण में भी अखबार की भूमिका होनी चाहिए। ऐसे में अगर आप हमेशा तलवार ताने रहेंगे तो देश कैसे बनेगा। अगर हमने कुछ अच्छा काम किया है तो उसके बारे में भी कुछ छपना चाहिए, लोगों को पता चलना चाहिए। सरकार और मीडिया का एक सहयोगात्मक रुख बने, यह बात प्रचारित की गयी। यह बात पं. जवाहरलाल नेहरू ने संपादकों के सम्मेलन में कही थी। वैसे तब तो सरकार के पास ही सारी शक्ति थी। कागज का लाइसेंस हो, मशीन मंगाने का लाइसेंस हो, अखबार छापने का लाइसेंस हो या विज्ञापन देने का लाइसेंस हो यह सब सरकार के पास था। दिल्ली में पं. जवाहरलाल नेहरू ने संपादकों का एक सम्मेलन बुलाया था। सम्मेलन में बहादुरशाह जफर मार्ग, जहाँ अखबारों के दफ्तर रहे हैं, वहाँ की जमीन अखबार के मालिकों को बिल्कुल कौड़ियों के दाम में दी गयी थी। जवाहरलाल नेहरू ने आश्वासन दिया था कि इस पर आप बिल्डिंग बनाइए और अखबार निकालने के लिए जितनी जगह की जरूरत है उसका इस्तेमाल कीजिए, बाकी को किराये पर दे दीजिए, ताकि किराये की जो आमदनी हो, अगर विज्ञापन कहीं से नहीं मिलता है आपको, तो अखबार बंद न हो, घाटे में न चले। सरकारी विज्ञापन भी उनको दिये जाते थे।

लोकतंत्र में मीडिया की बहुत बड़ी ताकत है। चूँकि प्राइवेट सेक्टर में मीडिया था तो किस तरह से विकसित होता है, फलता-फूलता है, इस सबको ध्यान में रखते हुए एक सद्भाव का वातावरण पं. जवाहरलाल नेहरू ने बनाया था। लेकिन, तभी से सरकार और मीडिया के रिश्ते कुछ खट्टे-मीठे भी होने लगे थे। तब एक नीति अखबारों ने बनायी थी, जिसके तहत सत्ता में बैठे जो शीर्ष पुरुष या नेता थे, उनकी

आलोचनाएँ कम होने लगीं और प्रशासन की बढ़ने लगीं। प्रशासन की गलतियों को तो माफ नहीं करते थे मीडिया वाले, लेकिन पं. जवाहरलाल नेहरू प्रधानमंत्री थे तो उनकी आलोचना से बचा जाता था। इंदिरा गांधी की भी आलोचना बचाई गयी। संबंधों को नजदीक बनाने के लिए मुख्यमंत्रियों की आलोचना भी बचाई गयी। इससे अखबारों की विश्वसनीयता थोड़ी घटी। अखबार के छपे हुए शब्दों की बहुत बड़ी कीमत थी। स्वाधीनता संग्राम के दौरान मीडिया ने, हमारे राष्ट्रीय नेताओं ने मासिक, पाक्षिक, साप्ताहिक अखबार निकाल-निकाल कर छवि बनायी थी कि अखबार में छपी हुई चीज सत्य होती है, गलत नहीं होती। अखबार में छपी है तो पक्की है, यह जो मीडिया के बारे में आम धारणा थी और अभी तक चली आ रही थी, इसमें अब कमी हुई है।

संत समीर : वर्तमान का हाल यह है कि आमतौर पर अब बड़े लोगों के और बड़े घरानों के अखबार रह गये हैं। एक वक्त था कि कोई भी दो-चार लोग मिलकर बड़े आराम से अखबार या पत्रिका निकाल सकते थे। खर्चे वाली बात इतना बड़ा मुद्दा नहीं थी, लोग व्यवस्था कर लेते थे, लेकिन धीरे-धीरे यह हाल हो गया है कि कुछ लोग चाहें कि सरोकार की पत्रकारिता कर लें बगैर कोई बड़ी व्यवस्था किये, तो यह लगभग असंभव है। इस स्थिति को किस रूप में देखते हैं आप? क्या इसका कुछ समाधान नजर आता है?

अच्युतानंद मिश्र : अब तो यह वैश्विक मीडिया की ही समस्या है। पहले सस्ते में अखबार निकलते थे। प्रिंटिंग टेक्नोलॉजी बहुत पुरानी थी। टेक्नोलॉजी बढ़ी, तो टेक्नोलॉजी के साथ-साथ पूँजी का निवेश भी ज्यादा हुआ। पूँजी चूँकि धनी लोगों के पास ज्यादा थी, तो वही शुरुआत के मददगार भी होते थे। पहले दो तरह के अखबार निकलते थे। एक पूँजी वाले अखबार थे, टाइम्स ऑफ इंडिया, हिंदुस्तान टाइम्स जैसे। ये अखबार बड़ी-बड़ी मशीनों पर निकलते थे। बाद में अच्छी स्पीड वाली मशीनें आने लगीं। अच्छे कागज का प्रयोग शुरू हुआ, अच्छी कंपोजिंग मशीनें आने लगीं। ये अखबार इन सब सुविधाओं से संपन्न थे। इस तरह टेक्नोलॉजी के साथ-साथ पूँजी बढ़ी और पूँजी जिनके पास थी, खासतौर से उद्योग वाले लोग, तो उन लोगों ने पूँजी लगाई और अखबार को एक उद्योग की शक्ल दी।

जो अखबार एक मिशन था वह मिशन से व्यावसायिक हो गया और इससे उपजी स्पर्धा में पूँजीवादियों के संरक्षण में चला गया। यह परिवर्तन पूरी दुनिया में हुआ है। कुछ जगहों पर उसको बचाने के लिए तरह-तरह के उपाय किये गये। कहीं ट्रस्ट बनाए गये, कहीं और साधन जुटाये गये, लेकिन धीरे-धीरे अखबार को उद्योग की शक्ल दी गयी...और उद्योग का एक ही सिद्धांत है मुनाफा। अब सवाल यह है

कि मुनाफा कितना कमाया जाय? जब पहले-पहले प्रेस कमीशन बना हिंदुस्तान में, तो कमीशन ने सारी स्थितियों पर विचार किया था। इस बात पर भी विचार हुआ था कि अखबार के जो कर्मचारी हैं वे एक मिशनभाव से काम कर सकें तो उसके लिए मालिकों की तरफ से सेवाशर्तों का संरक्षण चाहिए। असल में तब मीडिया उद्योग में परिवर्तित हो रहा था। टेक्नोलॉजी बढ़ रही थी। ऐसे में पहली बार चेलापति राय, जो नेशनल हेराल्ड के संपादक थे और कमीशन के मेंबर भी थे, उनके सुझाव पर एक एक्ट पास हुआ। वर्किंग जर्नलिस्ट एक्ट। उसमें एक शर्त थी कि हर पाँच साल बाद पत्रकारों की सेवाशर्तों की समीक्षा की जाएगी। एक जज की अध्यक्षता में एक स्वतंत्र कमीशन बैठेगा बढ़ी हुई महँगाई वगैरह को देखते हुए नये वेतनमान की अनुशंसा करेगा। यह एक तरह का बड़ा क्रांतिकारी एक्ट था। वर्किंग जर्नलिस्ट के लिए या कहें श्रमजीवी पत्रकारों के लिए जो संगठन थे, उनकी चूँकि सरकार से सीधी लड़ाई नहीं थी, लड़ाई मालिकों से होती थी, तो सरकार उनकी सुनती थी। बाद में जब मालिकों और सरकार में पैक्ट हो गया तो उनकी सुनवाई कम होने लगी। पत्रकारों को न्यूनतम सुविधा मिले, जिससे वे ईमानदारी के साथ रहकर अपना जीवनयापन कर सकें और पत्रकारिता के पेशे के प्रति ईमानदार बने रह सकें, इसके लिए यही एक एक्ट है, लेकिन इस एक्ट को भी बाद में मालिकों ने चैलेंज किया है। मालिकों की एक नई थ्योरी है। अभी तक यह माना जाता था कि अखबार पत्रकारों के कारण चलते हैं, संपादक के कारण चलते हैं। जो छपता है उसके कारण बिकते हैं। मालिकों ने नई व्याख्या दी कि यह मैनेजमेंट के कारण बिकता है। साफ-सुथरा अखबार चाहिए, अच्छे कागज पर चाहिए, अच्छी प्रिंटिंग चाहिए, तस्वीरें अच्छी होनी चाहिए, पहुँचाने की व्यवस्था अच्छी होनी चाहिए। सर्कुलेशन का नेटवर्क अलग होना चाहिए। यह सब मिलाकर अखबार बिकने लायक बनता है, इसलिए यह कहना कि अखबार में छपी सामग्री के आधार पर बिकता है यह सही नहीं है. ..यह मालिकों की अपनी थीसिस है। इसके अलावा जो सवाल आपने पूछा है उसके जवाब में यही कहा जा सकता है कि आज की स्थिति में टेक्नोलॉजी, प्रिंटिंग, कागज इतना महँगा कर दिया गया है कि सामान्य व्यवस्था में यदि कोई व्यक्ति अपने विचार व्यक्त करना चाहता है, अभिव्यक्ति की स्वतंत्रता चाहता है तो उसके पास अपने विचार छापने के लिए और लोगों तक पहुँचाने के लिए साधन नहीं हैं, इसलिए यह असंभव-सा हो गया है। यही वजह है कि छोटे-छोटे अखबार, जो जिले से निकलते थे, वे धीरे-धीरे बंद होने लगे। साल में एक-दो बार वाली विज्ञापन की पॉलिसी भी वजह बनी। इन अखबारों ने पहले खबरों की जगह अफवाहों को छापना शुरू किया, फिर आलोचनाएँ छपने लगीं। अफसरों की निंदा-शिकायतें छपने लगीं। आज की

तारीख में ये धीरे-धीरे बाहर हो गये हैं।

प्रिंट मीडिया से इलेक्ट्रॉनिक मीडिया आया, दृश्य-श्रव्य माध्यम आया तो लोगों को अखबार की जरूरत कम लगने लगी, ऐसा लगा। चूँकि खबरों को जानने की और उसकी पृष्ठभूमि समझने की एक भूख होती है हर आदमी में, तो उसके लिए टेलीविजन पर खबर देखकर भी पूरा संतोष नहीं होता। पूरी बात जानने की इच्छा होती है, इसलिए प्रिंट की अहमियत बनी रही। जब टेलीविजन आया था तब अंदाज था कि अखबारों का सर्कुलेशन कम होगा। थोड़ा कम हुआ भी, लेकिन बाद में उच्च शिक्षा का विस्तार हुआ तो सर्कुलेशन फिर बढ़ गया। अब सोशल मीडिया आ गया तो हर आदमी को अपनी बात कहने का स्पेस है। मैं जो चाहता हूँ पोस्ट कर सकता हूँ। उसको कुछ लोग लाइक करने वाले हैं तो कुछ डिसलाइक करने वाले भी हो जाते हैं। एक टीम बन जाती है। ब्लॉगर हैं। अब हर आदमी को अभिव्यक्त करने के लिए किसी अखबार में छपना जरूरी नहीं है। किसी टीवी चैनल पर दिखाया जाना जरूरी नहीं है। सोशल मीडिया पर अराजकता जरूर है, पर सिटीजन जर्नलिज्म जिसको कहा गया है, उसके लिए अभिव्यक्ति का एक नया माध्यम आया है, धीरे-धीरे उसमें सुधार होगा। बहरहाल, अभिव्यक्ति की आजादी चाहने वाला हर आदमी, जो अपने विचार देना चाहता है या कोई संस्था अखबार निकालना चाहती है तो यह सीमित सर्कुलेशन पर ही संभव हो पाता है। व्यापक पैमाने पर अखबार निकालने के लिए साधन चाहिए।

संत समीर : पूँजी बढ़ी, साधन बढ़े, अखबारों का साइज बढ़ा, तो ऐसी स्थिति में पत्रकारों की सुरक्षा कुछ ज्यादा पुख्ता होनी चाहिए थी, लेकिन दिखाई उल्टा दे रहा है। आपने जिस एक्ट की बात की उसकी वजह से कुछ दबाव बना, लेकिन आज के वक्त में वे सारी चीजें जैसे धराशायी हो गयी हैं। पत्रकार शायद सबसे असुरक्षित जीव है। कोई संगठन नहीं है पत्रकारों का जो लड़े। ऐसे में पत्रकारिता अब किस हद तक बची रह पाई है?

अच्युतानंद मिश्र : मीडिया की पूरी भूमिका पर विचार होना चाहिए, क्योंकि मीडिया ने अपनी विश्सनीयता दाँव पर लगाकर एक उद्योग के रूप, बल्कि मुनाफे में चलने वाले उद्योग के रूप में अपने आपको स्थापित कर लिया है। उसमें जो बड़े अखबार, बड़े चैनल, बड़े घराने हैं उन्होंने राजनीतिक साँठ-गाँठ से सत्ता के अंदर भी घुसपैठ करके अपनी जगह बनायी हुई है। अब मीडिया ऐसा उद्योग हो गया है, जिसकी जिम्मेदारी समाज या देश के प्रति नहीं है। राजनीति के प्रति भी नहीं है, पर वह सुविधाएँ सारी लेना चाहता है। जिम्मेदारीविहीन अधिकार का वह एक ऐसा स्रोत बन गया है, जिसके प्रति हर आदमी में, जो मीडिया में है, लालच का भाव है। अब

नई पीढ़ी, जो पत्रकारों की आ रही है, उसी लालच से आना चाह रही है। बड़ी संख्या में नये पत्रकारों को लगता है कि इसी के सहारे वे राजनीति में पहुँच जाएँगे, इसके सहारे वे बड़े आदमी बन जाएँगे और इसके माध्यम से उनकी पहुँच-पहचान बढ़ जाएगी, प्रतिष्ठा बढ़ जाएगी। ऐसे में वे समझौते भी करने लगे हैं। अपनी नैतिकता खोकर, अपनी ईमानदारी खोकर जो लोग सरकार के लिए या अखबार के मालिकों के लिए या किसी संगठन के लिए अपनी जिम्मेदारी निभाते हैं, उनके लिए यही कहना पड़ेगा...जैसे नीरा राडिया केस हुआ था। अचानक मीडिया एक्सपोज हो गया। कई केस हैं कि अखबारों ने अपने संवाददाताओं से कहकर चुनाव में खड़े प्रत्याशियों के प्रचार का ठेका लिया। कुल मिलाकर अखबार की विश्वसनीयता गिर रही है। विश्वसनीयता गिरेगी तो अखबार या चैनल में काम करने वाले जो लोग हैं, चाहे रिपोर्टर हों, चाहे संपादक हों, उनकी विश्वसनीयता पर भी खतरा तो आयेगा। फिर वे यह नहीं कह सकते की हम मीडिया वाले हैं, हमको सुरक्षा दो। यह दोधारी तलवार है।

संत समीर : आपने कई अखबारों का संपादन किया। उनमें से किस अखबार के साथ आपने अपना अनुभव ज्यादा अच्छा महसूस किया? पूरी टीम की बात करें तो किस अखबार को आप मान सकते हैं कि वहाँ का माहौल ज्यादा अच्छा था, पत्रकारिता की दृष्टि से?

अच्युतानंद मिश्र : इस मामले में मैं थोड़ा भाग्यशाली था। जिन-जिन अखबारों में मैंने काम किया उनके मालिकों, संपादकों, सबके साथ मेरे बहुत अच्छे रिश्ते थे और उन्होंने कभी-भी मेरे काम में कोई हस्तक्षेप नहीं किया। कभी मुझसे यह अपेक्षा नहीं की कि अखबार के काम के अलावा प्रबंधन के काम में मैं उनकी किसी तरह की मदद करूँ। दूसरे अखबारों में लोग ऐसा कर रहे थे, लेकिन मैं इस मायने में भाग्यशाली था। मसलन, मैंने 'अमर उजाला' में काम किया। 'अमर उजाला' के जो मालिक संपादक थे डोरीलाल अग्रवाल जी, वे मालिक जरूर थे, लेकिन संपादक भी अच्छे थे। खुले विचारों के थे, पूरी छूट देते थे और खबरों को किसी दबाव के कारण कभी रोकने की कोशिश नहीं करते थे, चाहे जितना दबाव हो। कभी किसी पत्रकार का नुकसान नहीं होता था। 'लोकमत समाचार' में था नागपुर में, तो वहाँ भी यही स्थिति थी। विजय दर्डा जी मालिक थे अखबार के। बहुत अच्छे संबंध रहे उनके साथ। लेकिन अब धीरे-धीरे वे चीजें कम होती जा रही हैं। दबाव का पक्ष राजनीति की तरफ से या मालिकों की तरफ से जितना होता है, अखबार के संवाददाता या अखबार के कर्मचारी भी कई बार उसी हिसाब से झुकने के लिए तैयार रहते हैं। मेरे साथ का अनुभव अच्छा रहा, लेकिन आज स्थितियाँ धीरे-धीरे काफी बदल गयी हैं।

संत समीर : आपके पत्रकारीय जीवन पर निगाह डाली जाय तो कई बार ऐसा लगता

है कि आपके सामाजिक सरोकार पत्रकारिता पर भारी पड़ते हैं। यह स्थिति निष्पक्ष पत्रकारिता के लिए क्या मुश्किल वाली नहीं रही?

अच्युतानंद मिश्र : मुझे नहीं लगता। सामाजिक सरोकारों के जिन मुद्दों पर मैं सक्रिय था, वह बहुत स्पष्ट था। अखबार में क्या छपना चाहिए, यह भी उतना ही स्पष्ट था। भले ही किसी मुद्दे पर मैं किसी संस्था के साथ खड़ा रहा, पर अगर उस संस्था ने कोई ऐसा काम किया, जो आलोचना का विषय था तो वह भी अखबार में छपा। कोई ऐसा मुद्दा, जिसमें सरकार के साथ उसका टकराव था और सरकार का पक्ष सही था तो वह भी बराबर छपा। हाँ, यह जरूर है कि पत्रकारों के जिस संगठन के साथ मैं था, उसमें तो हम अपनी बात पूरी स्पष्टता से रखते थे, लेकिन उस तरह से उतनी सफाई के साथ हम उसको अखबार में नहीं पेश कर पाते थे। इस तरह से कई बार ऐसा हुआ। जब मैं अमर उजाला में था तो आगरा में अधिवेशन हुआ था नेशनल यूनियन ऑफ जर्नलिस्ट्स (इंडिया) का। मैं चाहता था कि मैं लिखूँ, लेकिन हमारे संपादक डोरीलाल अग्रवाल जी खुद भी उस सम्मेलन में आये थे और उन्होंने पूरे सम्मेलन की रिपोर्टिंग मुझसे न कराकर खुद की थी। वह बहुत अच्छे से छपी। उन्होंने मुझसे कहा कि यह तो मेरे खिलाफ ही सब प्रस्ताव है न, तो मुझे ही रिपोर्ट करने दीजिए। सचमुच उन्होंने बहुत ईमानदारी से रिपोर्टिंग की थी। वे ऐसे संपादक थे।

संत समीर : अब कुछ साहित्य की बात करते हैं। आपने काफी पहले लिखा था कि हिंदी मीडिया के भाषा, संस्कार और सांस्कृतिक सोच में बहुत बड़ा योगदान अज्ञेय, रघुवीर सहाय और धर्मवीर भारती का रहा है। ये तीनों ही बड़े साहित्यकार थे, लेकिन आज साहित्य के लोग पत्रकारिता में नहीं मिलते हैं। साहित्य और पत्रकारिता का यह जो रिश्ता रहा है उसे आप किस रूप में देखते हैं और खासतौर से इन तीनों के योगदान को देखते हुए?

अच्युतानंद मिश्र : स्वाधीनता संग्राम के दौरान भी जो लोग पत्रकारिता में थे वे ही लोग साहित्य में थे और वे ही राजनीति में भी थे। तमाम राजनीतिक लोग अखबार और पत्रिकाएँ निकालते थे। समाचार पत्र का जन्म तो खैर साहित्य की पत्रकारिता से ही हुआ है। ऐसे तमाम नाम मैं आपको गिना सकता हूँ। लोकमान्य तिलक को ले लीजिए। तिलक राजनीति में थे, स्वाधीनता संग्राम से जुड़े हुए थे और बाद में उन्होंने 'मराठा केसरी' निकाला। लेकिन, जनजागरण का, लोगों में चेतना जगाने का एक माध्यम बनाया था उन्होंने पत्रकारिता को। गांधीजी ने पाँच अखबार निकाले, अरविंद ने निकाले, सियालदास ने निकाले, विपिनचन्द्र पाल ने निकाले। लाला लाजपत राय से लेकर पूरे स्वाधीनता आंदोलन में लोग जो पत्रिकाएँ निकालते थे, उनमें समाचार भी होते थे, साहित्य भी होता था, राजनीति भी होती थी। पं.

माखनलाल चतुर्वेदी मूलतः कवि थे, पर पत्रकारिता में गहरे तक शामिल थे। महावीर प्रसाद द्विवेदी 'सरस्वती' निकालते थे और मूलतः साहित्यकार थे। साहित्यिक पत्रकारिता के पुरोधा थे। गणेश शंकर विद्यार्थी को याद कर सकते हैं। इन लोगों के लिए उस दौरान साहित्य, राजनीति और पत्रकारिता मिलीजुली चीजें थीं। पत्रकारिता चूँकि जनजागरण का हिस्सा होती थी, इसलिए इस पर जोर ज्यादा था। तब के लोगों ने साहित्य भी रचा और पत्रकारिता भी की। पत्रकारिता को उन्होंने प्रमुखता के साथ सामने रखा, क्योंकि जो समाचार छपते थे, जो लेख छपते थे, उनमें राजनीतिक मुद्दों पर सरकार ज्यादा ध्यान देती थी। उसी के आधार पर उनकी विचारधारा तय होती थी और अक्सर उनको सजा तक हो जाती थी।

तो साहित्य और पत्रकारिता के रिश्ते गर्भनाल संबंध वाले रहे हैं। इसमें विशेष बात थी भाषा। साहित्य की भाषा थोड़ी अलग होती है। पत्रकारिता की भाषा अपेक्षाकृत कुछ सरल होती है। साहित्यिक पत्रकारिता जो शुरू हुई थी, तो वह साहित्य में जो कुछ रचा जा रहा था, आम पाठक तक पहुँचाने का माध्यम थी। राजनीति में भी जो कुछ हो रहा था, उसको आम पाठक तक पहुँचाने की माध्यम थी राजनीतिक पत्रकारिता। यह सब मिलाजुला था। राजनीति के लोगों की, साहित्य के लोगों की, पत्रकारिता के लोगों की राष्ट्र के प्रति एक निष्ठा थी। राष्ट्रवाद एक ही था उनके लिए। स्वाधीनता के बाद धीरे-धीरे साहित्य और पत्रकारिता को अलग किया गया और राजनीतिक पत्रकारिता को मुख्य धारा की पत्रकारिता बनाया गया, क्योंकि अखबारों में दैनिक अखबार बढ़े, शिक्षा बढ़ी, पत्रिकाएँ बढ़ीं। पहले जो साहित्यिक और राजनीतिक पत्रिकाएँ निकलती थीं, उनमें भाषा एक माध्यम थी और अलगाव जैसी स्थिति नहीं थी, लेकिन स्वाधीनता के बाद जो अखबार निकले उनकी भाषा आम बोलचाल की भाषा थी। उनमें हिंदी के शब्द भी थे, उर्दू के शब्द भी थे, अंग्रेजी के शब्द भी थे। यह बात साहित्य के लोगों को बहुत नहीं पचती थी। साहित्य के लोग भाषा की शुद्धता पर जोर देते थे। आग्रह था कि हिंदी शुद्ध होनी चाहिए।

हिंदी को लेकर राजभाषा बनाने पर जो विवाद हुआ, हिंदी-उर्दू को लेकर जो विवाद हुआ, तो उसमें दो तरह के लोग आये पत्रकारिता में। एक, कुछ लोग साहित्य से पत्रकारिता में आये तो कुछ लोग शुद्ध पत्रकारिता में थे। जैसे गणेश शंकर विद्यार्थी स्वाधीनता संग्राम सेनानी थे, साहित्यकार भी थे, पर पत्रकार-लेखक ज्यादा थे। उनका एक राजनीतिक पक्ष था। वे पं. महावीर प्रसाद द्विवेदी के साथ सरस्वती में काम करते थे। द्विवेदी जी उनको बहुत पसंद करते थे। वे नहीं चाहते थे कि विद्यार्थी जी सरस्वती छोड़ें, लेकिन विद्यार्थी जी ने कहा कि मेरी प्रवृत्ति राजनीतिक है। मैं थोड़ा राजनीतिक लेखन भी चाहता हूँ, जिसकी गुंजाइश सरस्वती में कम है। इस तरह वे

वहाँ से छोड़कर चले गये और अखबार निकाला उन्होंने। हालाँकि दोनों के बीच में संबंध बहुत अच्छे थे। तो इस तरह साहित्य से कुछ लोग राजनीति में आये और कुछ लोग शुद्ध पत्रकारिता वाले लोग थे। पराड़कर जी हिंदी साहित्य सम्मेलन के अध्यक्ष थे। उन्होंने कई नये तरह के शब्द गढ़े हिंदी के लिए, लेकिन मूलतः वे पत्रकार थे गणेश शंकर विद्यार्थी की तरह। राजेंद्र माथुर बाद के दौर के लेखक तो थे, पर मूलतः पत्रकार थे, साहित्य के पाठक थे। प्रभाष जोशी मूलतः पत्रकार थे, पर साहित्यिक संस्कार भी थे उनमें। अपने अखबार में ढेर सारा साहित्य छापा था उन्होंने।

कुछ ऐसे लोग थे जो साहित्य में भी थे और पत्रकारिता में भी थे। उन्हीं में से हैं अज्ञेय, रघुवीर सहाय और धर्मवीर भारती। एक दौर था जब ये तीनों लोग टाइम्स इंडिया समूह में अलग-अलग समय पर काम करते रहे थे। अज्ञेय जी ने सबसे पहले 'दिनमान' निकाला। 'दिनमान' एक ऐसी ऐतिहासिक पत्रिका थी, जिसकी तुलना 'टाइम' से की जाती थी। इस पत्रिका में वे समग्र देते थे। साहित्य भी होता था, पत्रकारिता भी होती थी। स्पेशल रिपोर्ट होती थी। कला की सामग्री होती थी, संगीत पर भी बात होती थी। यह एक कंपलीट मैगजीन थी। अज्ञेय जी ने 1947 में 'प्रतीक' पत्रिका निकाली थी। उससे पहले 1946 में 'विशाल भारत' के संपादक रह चुके थे। इस तरह वे दोनों विधाओं में सक्रिय थे। कवि थे, उपन्यासकार थे, कहानीकार थे और पत्रिकाओं के संपादक भी थे। इसी तरह रघुवीर सहाय थे। मूलतः कवि थे। काम उन्होंने 'दिनमान' में किया 'नवभारत टाइम्स' में किया, 'धर्मयुग' के लिए किया। ऊँचाई पर पहुँचाया उन्होंने दिनमान को। धर्मवीर भारती जी मूलतः साहित्यकार थे। इलाहाबाद युनिवर्सिटी में थे वे। 'संगम' अखबार निकालते थे इलाचंद जोशी के साथ। उसके बाद वहाँ से बंबई चले गये 'धर्मयुग' जैसी पत्रिका के संपादक होकर। जितना साहित्यिक लेखन है भारती जी का, वह सब इलाहाबाद का है। सारे उपन्यास इलाहाबाद के हैं, पर बंबई में जाकर उन्होंने सत्ताइस साल पत्रकारिता की और 'धर्मयुग' को एक ऊँचाई तक पहुँचाया। मनोहर श्याम जोशी को देखिए कि उन्होंने 'साप्ताहिक हिंदुस्तान' को कहाँ से कहाँ तक पहुँचा दिया। वे मूलतः साहित्यकार थे। साहित्य और पत्रकारिता के जो अंतःसंबंध हैं, उनको देखा जाए तो पता चलता है कि एक-दूसरे पर गजब की आत्मनिर्भरता थी।

संत समीर : साहित्य और पत्रकारिता के भाषिक संस्कार पर क्या कहना चाहेंगे?

अच्युतानंद मिश्र : वास्तव में साहित्य के संस्कार पत्रकारिता को मिलने चाहिए, भाषा के संस्कार मिलने चाहिए। भाषा के संस्कार, साहित्य के संस्कार का मतलब है संस्कृति के संस्कार। वह न मिलने से ही पत्रकारिता की दिशा बदल गयी है। भाषा दूषित हो रही है। वह नीचे की ओर जा रही है। सड़क छाप भाषा हर तरफ

दिखाई दे रही है। यह इसलिए हुआ कि पत्रकारिता का साहित्य से संबंध कट गया। इसमें दोष साहित्य वाले लोगों का भी है। साहित्य से पत्रकारिता में बहुत से लोग आये, लेकिन ज्यादातर नौकरी करने के लिए आये। एक सुरिक्षत जगह मिल गयी, अखबार में नौकरी मिल गयी, इसी में वे संतुष्ट हो गये। आज कई लोग ऐसे हैं, जिनका पत्रकारिता में उतना योगदान नहीं है, जितना साहित्य में है। लेकिन रघुवीर सहाय वगैरह के साथ ऐसा नहीं था। रघुवीर सहाय की जो कविताएँ हैं वे पत्रकारिता की भाषा में हैं। एकदम चीरकर रख देने वाली भाषा। सपाटबयानी की हद तक। पत्रकारिता की भाषा दो टूक भाषा होती है। इन दोनों के अंतःसंबंध कुछ ऐसे हैं। ये जब तक ठीक नहीं होंगे तब तक न तो पत्रकारिता का कल्याण हो पाएगा और न ही उसकी दिशा ठीक हो पाएगी। भाषा ठीक न होगी तो संस्कार भी ठीक न होंगे। पत्रकारीय तेवर के लिए भाषिक संस्कार जरूरी है।

संत समीर : आप हिंदी आंदोलन में बढ़-चढ़कर हिस्सा लेते रहे हैं, पूरा समर्थन देते रहे हैं। एक दौर था कि हिंदी आंदोलन उभार पर था, लेकिन धीरे-धीरे स्थितियाँ कुछ ऐसी हो गयी हैं कि यह आंदोलन जैसे दम तोड़ रहा हो। उल्टे बोलियों के आंदोलन उभर रहे हैं। क्या ऐसा नहीं लगता कि हिंदी किसी साजिश का शिकार हो गयी है? जो लोग बोलियों के आंदोलन उठा रहे हैं, वही लोग हिंदी का आंदोलन नहीं उठा रहे। ऐसे में हिंदी की स्थिति आने वाले समय में कैसी बनती दिखाई दे रही है?

अच्युतानंद मिश्र : दरअसल, देखा जाय तो जो भाषा की राजनीति शुरू हुई थी, राष्ट्रभाषा की राजभाषा की, तो उस दौर में हिंदी को राजभाषा न बनने दिया जाए, इसकी साजिश संविधान के निर्माण के समय से ही शुरू हो गयी थी। संविधान सभा की बहसों में भी यह दिखाई देता है। वह तो हिंदी राजभाषा बन गयी दक्षिण के कारण। गैर हिंदी राज्यों के लोगों के कारण हिंदी राजभाषा बनी। गांधीजी हिंदी को बराबर राष्ट्रभाषा कहते थे। भारत की कल्पना ही नहीं की जा सकती हिंदी के बिना, ऐसा वे मानते थे। अंग्रेजी को वे तत्काल देश से बाहर करने की कोशिश में थे। उनकी बात किसी ने सुनी नहीं। बाद में यह राजभाषा बन पाई। पंद्रह साल के लिए संविधान में अंग्रेजी को दर्जा दिया गया। बाद में संशोधन आया तो अनंत काल के लिए अंग्रेजी सुरक्षित हो गयी। अंग्रेजीवालों की बराबर साजिश रही है कि भारतीय भाषाएँ एक साथ न रह सकें और वे आपस में लड़ती रहें। तमिलनाडु में हिंदी के खिलाफ आंदोलन चला, तो उसके पीछे की राजनीति भी यही थी। वैसे, अब धीरे-धीरे यह स्थिति हो गयी है कि गैर हिंदी राज्यों से हिंदी विरोध खत्म हो गया है। हिंदी विरोध अब कहीं नहीं है। उल्टे यह स्थिति है कि दूसरे राज्यों के लोगों को, नौजवानों को यह लगता है कि अगर हमको राष्ट्रीय राजनीति में रहना है या राष्ट्रीय सेवा में

रहना है तो हिंदी सीख लेनी चाहिए। या कि इस देश की मुख्य धारा में रहना है तो भी हिंदी आनी चाहिए। मराठी वालों के लिए दिक्कत नहीं है, टूटी-फूटी बोल लेते हैं। बांग्लावालों के लिए दिक्कत नहीं है, क्योंकि लिपि वही है, समझ लेते हैं। पंजाबी और उड़िया वालों को दिक्कत नहीं है। दक्षिण की चार भाषाओं के लिए यह दिक्कत होती है। अब अगर वहाँ पर भी हिंदी विरोध खत्म हो गया है, हिंदी सीखने के प्रति एक प्रवृत्ति बन गयी है, बिना उस क्षेत्र की भाषा जाने केवल हिंदी जानकर आप पूरे क्षेत्र का दौरा कर सकते हैं, आपकी सुरक्षा को कोई खतरा नहीं है, संवाद में भी कोई खतरा नहीं है, तो इसका मतलब है कि हिंदी की स्थिति धीरे-धीरे मजबूत हो रही है। यह वास्तव में अंग्रेजीवालों के लिए चिंता की बात है, क्योंकि अंग्रेजी को टिकाए रखने का काम इस देश के न्यायालय कर रहे हैं, कानून के विद्वान् कर रहे हैं या उच्च शिक्षा वाले कर रहे हैं। उच्च शिक्षा का माध्यम अंग्रेजी है। न्यायालय की भाषा आमतौर पर अंग्रेजी है। अब अंग्रेजीवालों को लग रहा है कि धीरे-धीरे हिंदी का वर्चस्व अगर ज्यादा बढ़ गया तो उनके लिए परेशानी हो जाएगी।

इधर बिना हिंदी का शोर किये हुए मोदी जी ने हिंदी को अनिवार्य कर दिया। मोदी जी के आने का परिणाम हुआ कि दिल्ली में सचिवालय में लोगों को हिंदी सीखनी पड़ी। दक्षिण भारत के आईएएस अफसरों को सीखनी पड़ती है। हिंदी सिखाने का कोई अभियान नहीं चलाया उन्होंने। खुद हिंदी बोलकर उनको राजनीति में जो सफलता मिल रही है, इससे हिंदी का प्रभाव बढ़ रहा है। अंग्रेजीवालों के लिए यह दूसरी चिंता की बात है। इसीलिए अब वामपंथियों के सामने भी यह चिंता का विषय है, क्योंकि अंग्रेजी के सबसे बड़े समर्थक वे ही हैं। वे हिंदी को बाँटना चाहते हैं।

यह सही है कि हिंदी भाषा का विकास डेढ़ सौ साल का है। इसे भारतेंदु हरिश्चंद से मानिये आप। इस हिसाब से राज्यों की भाषाओं से, दूसरी भाषाओं से होते हुए खड़ी बोली का विकास हुआ। बाईस बोलियों पर हिंदी टिकी हुई है यह। इसमें पाँच-छह बोलियाँ प्रमुखता से हैं। मैथिली, मगधी, अवधी, भोजपुरी, ब्रजभाषा, राजस्थानी खासतौर से। इन बोलियों को बोलने वाले ज्यादा हैं। अब बोली को भाषा बनाकर उसको हिंदी के सामने खड़ा करने की कोशिश की जा रही है। कुल मिलाकर हिंदी को नुकसान पहुँचाने की एक सुनियोजित कोशिश चल रही है।

आठवीं अनुसूची का निर्माण जिन स्थितियों में किया गया और बाद में जिस तरह की भाषाएँ उसमें डाली गयीं, वह एक राजनीतिक सवाल बन गया। राजनीति करने वाले कुछ लोगों को लगा कि उनकी बोली अगर मान्यता प्राप्त हो जाएगी, भले ही वे अपने घरों में उसे नहीं बोलते, तो उसके नाम पर आंदोलन करने की सुविधा हो जाएगी। आज जो बोली है कल उसे भाषा की तरह पेश करेंगे।

भोजपुरी उत्तर प्रदेश-बिहार की भाषा है या ब्रजभाषा उत्तर प्रदेश और राजस्थान की भाषा है। इस स्थिति का राजनीतिक लाभ लेने के लिए कोशिश चल रही है। यह एक राजनीतिक साजिश है। बात तो तब है, जबकि इन बोलियों का मातृभाषा के रूप में घर के भीतर प्रयोग हो। घर से निकलने वाले बच्चे जो हैं, आज के नौजवान जो हैं, वे अगर घर में अपनी मातृभाषा बोलते हैं, तो अच्छी बात है। इससे बोलियाँ बची रहेंगी। उनको बचाए रखना जरूरी भी है, क्योंकि उनसे शब्द मिलते हैं, शब्दकोश समृद्ध होता है। बोलियाँ हमारी संस्कृति का हिस्सा हैं। लेकिन उनको लेकर एक भाषा का दूसरी भाषा के साथ हमारी सांस्कृतिक लड़ाई कराना एक साजिश है।

(संत समीर वरिष्ठ पत्रकार, भाषाविद् और समाजकर्मी हैं।)

अच्युतानंद मिश्र से संतोष कुमार तिवारी की बातचीत

संतोष कुमार तिवारी : आपने पत्रकारिता में 50 वर्ष से अधिक का सफर तय किया है। इसमें आप तमाम राजनेताओं से मिले होंगे। उनमें से वे दो-तीन कौन हैं, जिन्होंने आपको बहुत प्रभावित किया है?

अच्युतानंद मिश्र : बहुत सारे लोगों से मिला हूँ। हर व्यक्ति में कुछ अच्छे गुण होते हैं। लेकिन एक राजनेता के रूप में और एक संवेदनशील मनुष्य के रूप में मुझे सबसे ज्यादा प्रभावित किया है नारायणदत्त तिवारी, अटल बिहारी वाजपेयी और नानाजी देशमुख ने, जिनके निकट रहने का मुझे सौभाग्य मिला।

संतोष कुमार तिवारी : आप पत्रकारिता में कैसे आये?

अच्युतानंद मिश्र : पत्रकारिता मेरी पहली प्राथमिकता नहीं थी। पहली प्राथमिकता थी शिक्षक बनना। बी.एच.यू. में पढ़ते समय और बचपन से ही पत्रकारिता के प्रति आकर्षण था और अखबारों में लिखा करता था। बाद में एक अखबार में नौकरी मिल गयी।

संतोष कुमार तिवारी : आपके समय में पत्रकारिता के स्कूल नहीं होते थे, तो आपने यह विधा कैसे सीखी?

अच्युतानंद मिश्र : उस समय डेस्क में काम करने वाले और वरिष्ठ रिपोर्टर अपने सहयोगियों को कड़ी ट्रेनिंग देते थे। प्रूफ रीडिंग से ट्रेनिंग शुरू होती थी।

संतोष कुमार तिवारी : पत्रकारिता के बाद आप माखनलाल चतुर्वेदी राष्ट्रीय पत्रकारिता एवं संचार विश्वविद्यालय में कुलपति के पद पर कैसे आ गये?

अच्युतानंद मिश्र : मैं उन दिनों नागपुर में 'लोकमत समाचार' का संपादक था। कुलपति की चयन प्रक्रिया में मेरा नाम कैसे शामिल हुआ था, यह मुझे पता नहीं है। एक दिन अचानक मुझे भोपाल से राज्य सरकार की ओर से पूछा गया और मैंने

उस पर अपनी सहमति दे दी।

संतोष कुमार तिवारी : हिंदी भाषा का भविष्य आपको कैसा लगता है?

अच्युतानंद मिश्र : हिंदी भाषा के भविष्य को मैं तब तक महत्त्वपूर्ण नहीं मानता, जब तक कि वह भारत के बौद्धिक विमर्श में पूरी तरह अंग्रेजी का स्थान नहीं ले लेती। अंग्रेजी को बढ़ावा देने में कारपोरेट कम्पनियां और मीडिया की बड़ी भूमिका है। इसके चलते सभी भारतीय भाषाओं का भविष्य प्रभावित हुआ है। माखनलाल चतुर्वेदी राष्ट्रीय पत्रकारिता एवं संचार विश्वविद्यालय में मैंने प्रतिवर्ष हिंदी दिवस के स्थान पर 14 सितम्बर को 'भारतीय भाषा दिवस' का आयोजन किया। इसमें देश के अन्य भागों से साहित्यकार, पत्रकार और विद्वान आमंत्रित होते थे। सबके व्याख्यानों में यह पीड़ा होती थी कि भारतीय भाषाओं के बीच सीधा संवाद और विमर्श ठप्प हो गया है। बिना इस संवाद के भारत की सांस्कृतिक और साहित्यिक एकता की कल्पना नहीं की जा सकती।

संतोष कुमार तिवारी : आपकी पसंद का कोई लेखक या कालम राइटर जिसे आप नियमित पढ़ना चाहते हों?

अच्युतानंद मिश्र : मैं इंडियन एक्सप्रेस के शेखर गुप्ता को पढ़ता हूँ। 'हिन्दू' के पी. साईनाथ के गांवों पर लेख पढ़ना मुझे पसंद रहा है।

संतोष कुमार तिवारी : कोई ऐसी पुस्तक जिसे आप रोज पढ़ते हों या पढ़ना चाहते हों?

अच्युतानंद मिश्र : गीता और रामचरित मानस मेरी प्रिय पुस्तकें हैं, परंतु मैं इनको नियमित नहीं पढ़ पाता हूँ।

संतोष कुमार तिवारी : भारतीय प्रेस परिषद के बारे में आपकी क्या राय है?

अच्युतानंद मिश्र : भारतीय प्रेस परिषद अपनी निर्धारित भूमिका के परिणाम देने में असफल रही है और इसका बड़ा कारण समाचार-पत्रों के मालिक, सरकार और पत्रकारों के संगठन हैं। बड़ी भूमिका के तौर पर मीडिया काउंसिल का गठन होना चाहिए।

संतोष कुमार तिवारी : पत्रकारिता में उन दो-एक लोगों के बारे में बताइए, जो आपके रोल माडल रहे हों?

अच्युतानंद मिश्र : मेरे सबसे पहले संपादक थे यादवराव देशमुख। इसके बाद 'अमर उजाला' के मालिक-संपादक डोरीलाल अग्रवाल, मैं उनको संपादक ज्यादा मानता हूँ। फिर थे प्रभाष जोशी और विद्यानिवास मिश्र।

संतोष कुमार तिवारी : देश में मीडिया को कटघरे में खड़ा किया जा रहा है। यह सवाल उठाया जा रहा है कि लोकतंत्र को सशक्त करने के लिए स्वाधीनता के नाम पर

मीडिया ने क्या किया है? आज मीडिया के सामने कौन-कौन सी बड़ी चुनौतियां हैं?

अच्युतानंद मिश्र : संचार माध्यमों की समेकित अभिव्यक्ति का नाम है मीडिया। लोकतंत्र तथा मीडिया के सामने चुनौतियां समान हैं, क्योंकि दोनों का घोषित उद्देश्य लोकहित है। इसलिए स्वाधीनता के बाद लोकतंत्र और मीडिया दोनों में अनगिनत प्रयोग हुए हैं। स्वाधीनता आंदोलन के दौरान राजनीति और मीडिया दोनों की प्रेरणा, देशभक्ति, राष्ट्रीय आंदोलन के नेताओं के संघर्ष और ईमानदारी और सांस्कृतिक जीवन मूल्यों की रक्षा करना था। दूसरे विश्वयुद्ध के पश्चात विज्ञान या वैज्ञानिक टेक्नोलॉजी, अर्थव्यवस्था, औद्योगीकरण का प्रभाव पूरी दुनिया की राजनीति और मीडिया दोनों पर पड़ा। इसलिए मीडिया टेक्नोलॉजी, पूँजी और संचार क्रांति के पूरी तरह प्रभाव में आ गयी। और उसने अपनी कार्य-संस्कृति के नये मूल्य विकसित किये। ऐसे में बढ़ते राष्ट्र-राज्यों ने टेक्नोलॉजी की मदद से राष्ट्रीय सीमाओं को पार करके एक आर्थिक नवसाम्राज्यवाद का सूत्रपात किया, जिसे वैश्वीकरण कहा जाता है।

राजनीतिक सत्ता केंद्रों ने सामाजिक शक्ति केंद्रों को पीछे ढकेल कर धीरे-धीरे आर्थिक केन्द्रों को या कारपोरेट्स को सब कुछ सौंप दिया। इसलिए राजनीति और मीडिया दोनों में नये मूल्य विकसित हुए। एक ऐसा वर्ग अचानक प्रभावशाली बनकर आ गया जिनमें सामाजिक सरोकार का बेहद अभाव था। धीरे-धीरे भारतीय मीडिया भी स्वाधीनता आंदोलन के अपने इतिहास, परम्परा और मूल्यों से हट गयी। इसलिए राजनीति में ईमानदार, पारदर्शी नेतृत्व और मीडिया की विश्वसनीयता पर बड़ा प्रश्नचिह्न लग गया। और यही आज के दौर की सबसे बड़ी चुनौती है। प्रिंट मीडिया के बाद जब इलेक्ट्रानिक मीडिया में विदेशी पूँजी के प्रवेश का दौर आया था, तब उसे एक बड़े परिवर्तन के रूप में देखा गया था। मीडिया पर पूँजी और तकनीक का नियंत्रण आज पूरी दुनिया में प्रचलित है। इसी प्रयोग को भारतीय मीडिया में भी अपनाया गया। इसकी पहल पुराने स्थापित अंग्रेजी मीडिया संस्थानों ने की। इसे बाद में आदर्श के रूप में क्षेत्रीय भाषाई मीडिया ने भी अपनाया। केवल 22 वर्षों में इलेक्ट्रॉनिक मीडिया में 700 से अधिक चैनल इस देश में खुले और कुछ बन्द भी हुए और अब धीरे-धीरे भारत के लगभग सभी बड़े उद्योग समूहों और अनेक राजनीतिक प्रतिष्ठानों ने अपने-अपने चैनल स्थापित कर लिए हैं।

संतोष कुमार तिवारी : क्या यह परिवर्तन लोकतंत्र और आम आदमी के सरोकारों के हित में कारगर हुआ है?

अच्युतानंद मिश्र : अब परिणाम यह है कि आज की भारतीय मीडिया राजनीति, उद्योग, व्यापार, शिक्षा का एजेंडा तय करने लगी है। सामाजिक, सांस्कृतिक, धार्मिक गतिविधियों में भी हस्तक्षेप करने लगी है। आरोप यह भी है कि यह सब कुछ बड़ी

वैश्विक कम्पनियों और सत्ता प्रतिष्ठानों के इशारे पर हो रहा है। यह एक चिंताजनक और खतरनाक प्रवृत्ति है। इससे जहाँ हमारे समाचारों की पवित्रता और विश्वसनीयता पर संकट है, वहीं स्वाधीनता और लोकतंत्र के मूल्यों पर भी खतरा है। स्वाधीनता के दौर में हमारे संपादकों और प्रकाशकों, जिनमें लोकमान्य तिलक, लाला लाजपत राय, महात्मा गांधी, अरविंद, गणेश शंकर विद्यार्थी राजद्रोही घोषित किये गये थे, वहीं आज के मीडिया संचालकों और कथित बड़े संपादकों को राजकीय सम्मान और 'पेड न्यूज' के तौर पर करोड़ों का पैकेज दिया जा रहा है।

संतोष कुमार तिवारी : अगर मुख्यधारा की मीडिया में विश्वसनीयता घट रही है तो लोकतंत्र में सरकारों की लड़ाई कमजोरों, अपराजितों और गरीबों के पक्ष में संघर्ष करने का काम कौन करेगा?

अच्युतानंद मिश्र : मुख्यधारा की मीडिया में समाचार और मनोरंजन दोनों का घालमेल हो गया है। मनोरंजन और विज्ञापन को समाचारों पर वरीयता दी जा रही है। इसलिए मीडिया की लोकप्रियता तो बढ़ती दिख रही है, पर विश्वसनीयता घटी है। क्योंकि इसमें अपने दर्शकों और पाठकों के लिए एक काल्पनिक दुनिया का सपना तो है, लेकिन सामाजिक, सांस्कृतिक, शैक्षिक गतिविधियां और विमर्श घट रहा है और इस क्षेत्र की कठोर वास्तविकताओं से दूर हो रहा है। वर्तमान मीडिया पर यह आरोप है कि वह पश्चिमी समाज के मूल्यों और संस्कृति का प्रचार करते हुए बाजार की संस्कृति और सत्ता के कुचक्र में फंसती जा रही है। और बहुराष्ट्रीय कंपनियों की आर्थिक गुलामी की साजिश में अपने पाठकों और दर्शकों को फंसा रही है।

वैकल्पिक मीडिया के रूप में अनेक प्रयोग हो रहे हैं, जिन्हें सकारात्मक कहा जा सकता है। ब्लॉग से लेकर फेसबुक और ट्विटर तथा इंटरनेट के साधनों का उपयोग करते हुए पूरी दुनिया का युवा वर्ग धीरे-धीरे खड़ा हो रहा है। उससे एक नये तरह की राजनीतिक, सांस्कृतिक और आर्थिक क्रांति का परिदृश्य दिखाई दे रहा है। भारत में भी पिछले कुछ वर्षों में इसका प्रभाव बढ़ा है और सत्ता प्रतिष्ठान भी घबराने लगे हैं।

फिलहाल विकीलीक्स से जो आंदोलन शुरू हुआ, वह गति पकड़ रहा है, लेकिन उसके स्थाई आर्थिक मॉडल की रूपरेखा अभी बननी बाकी है।

(संतोष कुमार तिवारी झारखंड केंद्रीय विश्वविद्यालय में जनसंचार विभाग के पूर्व अध्यक्ष हैं।)

अच्युतानंद मिश्र से ऋतेश चौधरी की बातचीत

ऋतेश चौधरी : जिस दौर में आप पत्रकारिता में आये, वह स्वतंत्रता प्राप्ति के पश्चात का दौर था। उस वक्त स्वतंत्रता से लोगों का मोह भंग हो रहा था। उस समय आप समाज में किस तरह का बदलाव देख रहे थे और आपने कैसे लोगों की निराशा को आवाज दी?

अच्युतानंद मिश्र : आजादी के बाद पत्रकारिता का स्वरूप कुछ आजादी से पहले जैसा ही था। पत्रकारिता काम कर रही थी देश की जनता के लिए और गरीब के लिए। आम आदमी के सरोकार, गांव और छोटा काम अखबार का हिस्सा हुआ करते थे। पत्रकारिता हुकूमत से आमजन के लिए हमेशा लड़ा करती थी। आजादी के बाद भी पत्रकारिता अपने लोगों द्वारा बनायी गयी सरकार से ब्रिटिश हुकूमत जैसा व्यवहार कर रही थी। ऐसे में विचार विमर्श का दौर चला, प्रेस आयोग बना और एक बात पर आम सहमति बनी कि अब आजादी की लड़ाई नहीं लड़नी है बल्कि सरकार और मीडिया दोनों को मिलकर देश को विकास के मार्ग पर बढ़ाने का कार्य करना होगा। उसके बाद शुरू हुई नई पत्रकारिता ने तत्कालीन सरकार के साथ कदमताल मिला लिया। इससे जनता कहीं न कहीं कुछ दूर हो गयी। यह दौर आपातकाल तक रहा। लेकिन आपातकाल में सरकार और मीडिया के बीच तना-तनी के माहौल ने फिर से मीडिया के स्वरूप और चरित्र को बदल दिया। अब मीडिया भी सत्ता के केंद्र में आ गयी थी और वह देश की राजनीतिक दिशा भी तय कर रही थी। आपातकाल के पश्चात मीडिया और समाज दोनों का रुख सरकार विरोधी हो रहा था और दोनों ने आपातकाल के बाद सरकार में परिवर्तन भी किया। उसके बाद से 1989 में भी मीडिया और समाज की यही भूमिका देखने को मिली, जो आज भी मिल रही है। कई देशों में मीडिया के लिए अलग से कानून है और ये वो देश है जहाँ मीडिया

बहुत सशक्त है, ऐसी मीडिया जो पूरी दुनिया पर राज करती है, जैसे अमेरिका और ब्रिटेन, तो भारत में प्रेस के लिए अलग से कोई कानून क्यों नहीं है?

आजादी के बाद यह बात जोर-शोर से विभिन्न पत्रकार संघों के अधिवेशनों में और संसद में उठी थी कि प्रेस के लिए भी अलग से कोई कानून होना चाहिए। इस बात को लेकर कुछ लोगों ने न्यायालय का दरवाजा भी खटखटाया था। तब सुप्रीम कोर्ट ने अपने आदेश में यह कहा था कि ''भारत में प्रेस की स्वतंत्रता का उल्लेख किया जाना आवश्यक नहीं है। प्रेस की स्वतंत्रता संविधान के अनुच्छेद (1) क में दिये गये वाक्य एवं अभिव्यक्ति की स्वतंत्रता में शामिल है।'' इस तरह से भारत में संविधान में प्रेस का उल्लेख न होते हुए भी उसे अन्य देशों की तरह स्वतंत्रता हासिल है।

ऋतेश चौधरी : कहा जाता है कि हिंदी बाजार की चीज है, फिर भी हिंदी में जो भी सामग्री उपलब्ध है वह अधिकांश अनूदित है। अधिकांश पत्रकार पहले 'गार्जियन' अथवा 'वाशिंगटन पोस्ट' पढ़ते हैं फिर अनूदित सामग्री प्रस्तुत करते हैं। तो क्या हिंदी पत्रकारिता में मौलिक चिंतन का अभाव है?

अच्युतानंद मिश्र : पत्रकारिता में मौलिक चिंतन का अभाव उसकी बदली परिस्थितियों का ही प्रतिफल है। जब तक पत्रकारिता विचार आधारित थी तब तक उसमें मौलिकता भी कूट-कूट कर भरी थी। स्थापित साहित्यकारों की भी रुचि पत्रकारिता के क्षेत्र में बनी रहती थी। तब साहित्य और पत्रकारिता में आपसी समन्वय देखने को मिलता था। लेकिन जैसा कि मैंने पहले कहा कि समय के साथ-साथ पत्रकारिता विचार से बाजार आधारित हुई तो साहित्य और साहित्यकारों को बदले माहौल में घुटन-सी महसूस होने लगी। उसी दौरान अनुवाद की नई व्यवस्था आई। बाजार आधारित अंग्रेजी शिक्षा से आये लोगों ने पत्रकारिता के क्षेत्र में पांव जमाने शुरू कर दिये। साहित्यकार हाशिये पर चले गये। ऐसे में मौलिकता की बात करना बेमानी है।

ऋतेश चौधरी : पुराने पत्रकारों की तुलना में आधुनिक पत्रकार लेखन, आचरण और संस्कृति सभी में भिन्न हैं। पुरानी पत्रकारिता और नयी पत्रकारिता में किस तरह का परिवर्तन आप देखते हैं?

अच्युतानंद मिश्र : आजादी के बाद की पत्रकारिता को दो भागों में बांटा जा सकता है। एक आपातकाल से पहले की पत्रकारिता और दूसरी उसके बाद की पत्रकारिता। पहले पत्र की दिशा और दशा संपादक तय करता था और अब यह काम समाचार-पत्र के मालिकों का हो गया है। पहले पत्र की नीति थी, देश और समाज में विकास और जागरूकता को बढ़ावा देना। लेकिन अब मालिक की नीति पूँजी बढ़ाना हो गया है, शीर्ष स्तर पर आये इस बदलाव ने पत्र, पत्रकार और पत्रकारिता तीनों की दशा बदल

कर रख दी है।

ऋतेश चौधरी : पिछले एक दशक में बहुत कुछ बदल गया है। समाचार-पत्र भी इस बदलाव से अछूते नहीं रहे। आज के दौर के समाचार-पत्रों के संपादकीय विभाग की कार्य शैली में किस तरह से बदलाव आये हैं?

अच्युतानंद मिश्र : वर्तमान में किसी भी हर पत्र के संपादकीय विभाग की कार्यशैली बिल्कुल बदली हुई है, अब वहाँ संपादक नहीं बल्कि मालिक के निर्देशों पर संपादकीय नीति तय की जाती है। संपादक मात्र वहाँ के कर्मचारी के तौर पर काम करता है। जबकि पहले ऐसा नहीं था। पहले संपादक सर्वोच्च सत्ता थी। तब मालिक भी संपादकीय नीति में किसी बदलाव आदि के लिए केवल अपना सुझाव ही रखता था, कोई जरूरी नहीं था कि संपादक उसको माने ही। संपादक की शक्तियों में आये इस बदलाव का फर्क पत्रकारों की स्थिति पर भी पड़ा। पहले पत्रकार आम जनता की रहनुमाई करते थे, लेकिन अब वे मालिक व बाजार की धारा में बहने लगे हैं। अब तो उनके लिए पहले की तरह अखबार के दफ्तरों में किसी तरह के नैतिक एवं व्यावहारिक प्रशिक्षण की भी व्यवस्था नहीं है। अक्सर देखा जाता है कि एक पत्रकार से मौजूदा समय में समाचार की कम विज्ञापन की ज्यादा मांग की जाती है। विज्ञापन के लिए विशेष मौकों पर लक्ष्य निर्धारित कर दिया जाता है।

ऋतेश चौधरी : आप पत्रकारिता की व्यावहारिक दुनिया में भी रहे और मीडिया शिक्षा के सबसे बड़े संस्थान के मुखिया के तौर पर भी आप रहे। ऐसे में अलग-अलग कार्य क्षेत्रों में आपका अनुभव कैसा रहा?

अच्युतानंद मित्र : यह मेरा सौभाग्य रहा कि पत्रकारिता और पत्रकारिता शिक्षा दोनों के क्षेत्र में मुझे कार्य करने का बेहतर माहौल मिला। दोनों ही क्षेत्रों में सहयोगियों का रवैया सकारात्मक एवं हौसला-अफजाई का रहा। यही वजह थी कि मुझे किसी भी क्षेत्र में कार्य करने में किसी तरह की दिक्कतों का सामना नहीं करना पड़ा। हाँ, पत्रकारिता से पत्रकारिता की शिक्षा का क्षेत्र कुछ नया जरूर था। पत्रकारिता में जहाँ स्वच्छंदता, स्वतंत्रता और समाज की निकटता का ज्यादा अहसास था वहीं पत्रकारिता शिक्षा में हर पल समाज को नई दिशा देने वाले छात्रों के नैतिक निर्माण की जिम्मेदारी का ज्यादा अहसास था।

ऋतेश चौधरी : पत्रकार व्यवस्था पर भी प्रश्न उठाता है और प्रश्न उठाकर निकल जाता है। आपने भी अपने जीवनकाल में ऐसे बहुत से प्रश्न उठाए होंगे। जब एक कुलपति के पद पर रहते हुए आप पर प्रश्न उठे तो ऐसी स्थिति में आपका पत्रकारिता का अनुभव काम आया अथवा जो प्रशासनिक अनुभव हो रहा था वह काम आया?

अच्युतानंद मिश्र : सच के लिए किसी अनुभव की जरूरत नहीं है। मैंने जब भी

एक पत्रकार की हैसियत से प्रश्न उठाए तो भी मेरे साथ सच था और जब प्रशासनिक पद पर मुझ पर प्रश्न उठे तो भी मेरे साथ सच था। मुझे दोनों स्थितियों में किसी भी तरह के अनुभव की जरूरत नहीं पड़ी। मैंने हमेशा सच के साथ काम किया। वे प्रश्न उठे हों या उठाए गये हों सच हमेशा ढाल बनकर मेरा साथ देता रहा।

ऋतेश चौधरी : विश्वविद्यालय अनुदान आयोग के अनुसार विश्वविद्यालय में शिक्षक होने के लिए कुछ नियम और कायदे-कानून बने हैं। अब जो व्यक्ति इन नियम और कायदे कानूनों के अनुसार पत्रकारिता में शिक्षक हैं उनके पास मीडिया का एक्सपोजर नहीं है और जो मीडिया के क्षेत्र से आकर शिक्षक बने हैं उनके पास शिक्षकीय अनुभव की कमी है। दोनों स्थितियों में छात्र का हित आड़े आता है। क्या आप भी ऐसा महसूस करते हैं?

अच्युतानंद मिश्र : मैं ऐसा नहीं समझता। पत्रकारिता जैसी व्यावसायिक शिक्षा में समय-समय पर विशेषज्ञों को अतिथि प्राध्यापकों के रूप में बुलाया जाता है। इससे जहाँ छात्रों को पत्रकारिता के व्यावहारिक अनुभव का ज्ञान मिलता है वहीं नियमित प्राध्यापकों द्वारा छात्रों में विश्वविद्यालय अनुदान आयोग के नियमानुसार शिक्षा और शोध की प्रवृत्ति में वृद्धि की जाती है। इस तरह से छात्र शैक्षिक और व्यावहारिक गतिविधियों से युक्त समाज में जाता है। कमोवेश शिक्षा दे रहे हर मीडिया संस्थान इसी परिपाटी का अनुसरण कर रहे हैं।

ऋतेश चौधरी : प्रेस कौंसिल मीडिया पर नियमन कर रहा है। उन लोगों पर इसका नियमन क्यों नही है जो पत्रकारिता शिक्षा के पेशे से जुड़े हुए हैं?

अच्युतानंद मिश्र : नियमन की व्यवस्था है, विश्वविद्यालय अनुदान आयोग के नियमन के अनुसार विश्वविद्यालय स्तरीय शिक्षा व्यवस्था संचालित होती है। हालांकि इसमें कुछ सुधार की आवश्यकता है, जिस तरह से वकालत के पेशे के लिए बार कौंसिल ऑफ इंडिया जैसी संस्था में पंजीकरण का प्रावधान है, जिस तरह से चिकित्सकीय पेशे के लिए मेडिकल कौंसिल ऑफ इंडिया जैसी संस्था में पंजीकरण का प्रावधान है, उसी तरह से पत्रकारिता के लिए भी पत्रकारों के पंजीकरण के लिए प्रेस कौंसिल ऑफ इंडिया या उस जैसी किसी स्वायत्तशासी संस्था में पंजीकरण का प्रावधान होना चाहिए।

ऋतेश चौधरी : आपने कुलपति के पद पर रहते हुए उस कार्यकाल के दौरान मीडिया शिक्षा में बदलाव के लिए किस तरह की पहल की?

अच्युतानंद मिश्र : मेरी एक योजना थी, मीडिया शिक्षा को मीडिया हाऊस से जोड़ने की। मेरी योजना यह थी कि मीडिया हाऊस के कुछ लोग मीडिया शिक्षण संस्थानों से कुछ समय के लिए जुड़ें और मीडिया शिक्षण संस्थानों से जुड़े लोग मीडिया हाऊस

से। इसका फायदा यह होता कि पत्रकारिता के क्षेत्र में आ रहे नित नये बदलावों से जहाँ हमारे छात्र परिचित होते, वहीं हमारे शिक्षक भी व्यावहारिक अनुभव से रू-ब-रू होते और इस तरह से मीडिया हाऊस और मीडिया शिक्षा के बीच का आपसी समन्वय भी बना रहता। हालांकि मेरी यह योजना व्यावहारिक धरातल पर साकार नहीं हो पाई। इसके अलावा मेरे कार्यकाल में विश्वविद्यालय में फिल्म को पत्रकारिता शिक्षा का विषय बनाया गया, क्योंकि बड़ा पर्दा समाज में व्यापक पैमाने पर प्रभाव डालने वाला माध्यम है। इसमें रोजगार के अवसर भी बहुत हैं। इसके लिए फिल्म उद्योग नगरी से गीतकार गुलजार जैसे प्रतिष्ठित लोगों को हमने विश्वविद्यालय में आमंत्रित किया। पत्रकारिता शिक्षा को सामाजिक बनाने के साथ-साथ रोजगार युक्त बनाने के लिए वह विश्वविद्यालय की अनूठी पहल थी।

ऋतेश चौधरी : क्या आप पत्रकारिता के वर्तमान स्वरूप से संतुष्ट हैं?

अच्युतानंद मिश्र : पूरी तरह से नहीं। इसके स्वरूप में पहले वाली व्यवस्था लानी आवश्यक है। आज पत्रकारिता में विश्वसनीयता का संकट बढ़ा है। स्थापित मीडिया के मालिक खबरों के लिए भी पैकेज की बात करते हैं। यह मुख्यधारा की पत्रकारिता के लिए शुभ लक्षण नहीं है। किसी भी द्वंद्वात्मक प्रजातंत्र में मुद्दे पहचानना, उन पर जन-मानस को शिक्षित करना और इस प्रक्रिया से उभरे जन-भावना के मार्फत सिस्टम पर दबाव डालना प्रजातंत्र की गुणवत्ता के लिए बेहद जरूरी होता है। सोशल मीडिया इस कार्य को बेहतर ढंग से कर रहा है। सोशल मीडिया नागरिक पत्रकार के साथ-साथ जनता की आवाज का सशक्त माध्यम बनता जा रहा है। सोशल मीडिया के दौर में सच्चाई को छुपा पाना मुमकिन नहीं है। जिस समय में मुख्य धारा की मीडिया में पेड न्यूज और पैकेज जैसे शब्द चर्चा में थे, उसी समय समाजसेवी अन्ना हजारे का जन-लोकपाल आंदोलन सोशल मीडिया के जरिये जन-जन का आंदोलन बन गया था। यदि सोशल मीडिया का प्रभाव ऐसा ही रहा और मुख्यधारा की मीडिया में खुद को तो उसके सामने अस्तित्व का संकट खड़ा हो जाएगा।

ऋतेश चौधरी : पत्रकारिता के सम्बन्ध में अकबर इलाहाबादी का एक शेर मुझे याद आता है जिसमें उन्होंने कहा था कि 'खींचो न कमानों को न तलवार निकालो, जब तोप मुकाबिल हो तो अखबार निकालो।' कुछ लोगों का ऐसा मानना है कि अकबर इलाहाबादी का यह विचार शायद वर्तमान पत्रकारिता के सम्बन्ध में सही नहीं बैठता। वर्तमान पत्रकारिता के संबंध में शायद यह बात ज्यादा सटीक बैठती है कि "खींचो ना मुखौटों को, खुद मुखौटा लगा लो, नाम, दाम, सम्मान चाहिए तो अखबार निकालो।" इस संदर्भ में आपकी क्या राय है?

अच्युतानंद मिश्र : मैं ऐसा नहीं मानता। नाम, दाम और सम्मान एक साथ नहीं

आ सकते। पत्रकारिता के क्षेत्र में या तो नाम और सम्मान ही मिल पाएगा या दाम। मैं फिर वही बात दोहराता हूँ कि अगर पत्रकारिता में दाम पाना है तो कहीं न कहीं समझौता करना पड़ेगा और अगर कोई पत्रकार यह समझौता अपनी विश्वसनीयता के बदले में कर रहा है तो उसके लिए तथा समाज के लिए यह सबसे दुःखद घटना है। परिणामस्वरूप मीडिया अपना अस्तित्व, अपना मूल, अपना स्वरूप और अपनी नैतिकता सब खो देगा।

(ऋतेश चौधरी वरिष्ठ पत्रकार एवं मीडिया प्राध्यापक हैं।)

अच्युतानंद मिश्र से मनीषचन्द्र शुक्ल की बातचीत

मनीषचन्द्र शुक्ल : स्वतंत्रता संग्राम के दौरान साहित्य और पत्रकारिता की भाषा में कोई विशेष अंतर नहीं था। साहित्य को सामान्य पाठक तक पहुँचाने के लिए पत्रिकाओं और समाचार पत्रों की प्रमुख भूमिका होती थी। जो लोग पत्रकारिता में अग्रणी थे, उनका साहित्य में भरपूर सम्मान भी था। भारतेन्दु हरिश्चन्द्र, आचार्य महावीरप्रसाद द्विवेदी, माखनलाल चतुर्वेदी, बाबूराव विष्णु पराड़कर, अम्बिका प्रसाद वाजपेयी जैसे लोग हिंदी साहित्य और हिंदी पत्रकारिता दोनों में समादृत रहे हैं। ये लोग साहित्यिक पत्रकारिता के साथ-साथ समाचार पत्रकारिता के भी पुरस्कर्ता रहे हैं। स्वतंत्रता के बाद, विशेषकर सातवें दशक तक पत्र-पत्रिकाएँ बहुत निकलीं, लेकिन साहित्यिक पत्रकारिता ने हिंदी साहित्य और पत्रकारिता के पाठकों पर कोई उल्लेखनीय प्रभाव नहीं बनाया। हिंदी को 'राजभाषा' बनाने में भी साहित्यिक पत्रकारिता का कोई ठोस योगदान नहीं रहा। आप इस बारे में क्या सोचते हैं?

अच्युतानंद मिश्र : यह स्थापित तथ्य है कि भारत की राष्ट्रीय चेतना के विकास में, स्वतंत्रता आंदोलन के समय की भारतीय पत्रकारिता ने महत्त्वपूर्ण भूमिका निभाई है। कारण कि पत्रकारिता के विकास एवं संवर्धन की कहानी देश की साहित्यिक, राजनीतिक और सांस्कृतिक चेतना के निर्माण के साथ होती है। उस समय राष्ट्रीय संग्राम में शामिल अधिकतर स्वतंत्रता सेनानी किसी न किसी रूप में पत्रकारिता से जुड़े थे। अधिकांश संपादकों ने स्वतंत्रता के लिए आंदोलन की कीमत भी चुकाई है। अखबार का बंद होना, संपादक का जेल जाना, जुर्माना होना, यह उस समय के संपादकों के लिए आम बात थी। भारतीय पत्रकारिता और साहित्य का कोलकाता में एक साथ विकास होना ही पत्रकारिता और साहित्य के गहरे सम्बन्ध को दर्शाता है। यदि भारतेन्दु युग से लेकर अज्ञेय जी तक का अवलोकन करें, तो हिंदी गद्य

लेखन का निर्माण, विकास और चिन्तन इस दौर में निरंतर होता रहा है। यह सच है कि प्रत्येक पत्रकार अंशतः साहित्यकार भी है और प्रत्येक साहित्यकार अंशतः पत्रकार भी होता है। स्वतंत्रता संग्राम के दौर के हिंदी पत्रकारिता के इतिहास में बालमुकुन्द गुप्त, अम्बिकाप्रसाद वाजपेयी, बाबूराव विष्णु पराड़कर, शिवपूजन सहाय, सूर्यकान्त त्रिपाठी निराला, पाण्डेय बेचनशर्मा उग्र, इलाचन्द्र जोशी जैसे लोगों ने हिंदी पत्रकारिता और हिंदी साहित्य के निर्माण में समानान्तर भूमिका अदा की। इसी साहित्यिक पत्रकारिता के गर्भ से ही यह मीडिया, जिसे आज हम मुख्यधारा की मीडिया कहते हैं, जन्मा है। यद्यपि भारतीय नवजागरण, आधुनिकता और प्रगतिशीलता का इतिहास तो राजा राममोहन राय के समय ही शुरू हो जाता है, लेकिन इसी चेतना ने भारतीय परम्परा, संस्कृति और ज्ञान के प्रति एक जिज्ञासा लोगों के मन में पैदा की। साथ ही लोगों में आधुनिक शिक्षा के प्रति रुझान भी पैदा हुआ।

भारतीय पत्रकारिता का दूसरा दौर उन्नीसवीं सदी में शुरू हुआ, जिसको भारतेन्दु युग और तदंन्तर महावीर प्रसाद द्विवेदी युग कहा जाता है। इसी समय बड़ी संख्या में पत्र-पत्रिकाएँ भी निकलीं। जिसने पूरे देश में, जनजागरण के साथ-साथ भाषा, साहित्य और लिपि के निर्माण में महती भूमिका का निर्वाह भी किया। यह बड़ा सत्य है कि दुनिया के किसी भी देश की पत्रकारिता ने वह भूमिका नहीं निभाई, जो स्वतंत्रता संग्राम के दौर में भारतीय पत्रकारिता ने निभाई। उस समय प्रायः हर स्वतंत्रता संग्रामी पत्रकार और संपादक भी था और हर पत्रकार, संपादक स्वतंत्रता संग्रामी भी। स्वतंत्रता आंदोलन भारतीय पत्रकारिता का स्वर्णिम दौर था, जो पत्रकारिता को विरासत के रूप में प्रेरणा देता रहेगा। इसी दौर में द्वितीय विश्वयुद्ध समाप्त हुआ था और पूरी दुनिया बदलाव के दौर से गुजर रही थी। दुनिया का इतिहास और भूगोल भी बदल रहा था। यूरोप की आर्थिक दशा बहुत खराब हो गयी थी। इसी समय जर्मनी, जापान और इटली में राष्ट्रीयता की लहर भी चली जिसने एक खास तरह की कट्टरता भी पैदा की। इसलिए स्वतंत्रता के बाद का जो दौर था, उसमें सब कुछ बदले हुए परिवेश में था। राष्ट्रीयता की वह अवधारणा जो स्वतंत्रता संग्राम के दौर में चल रही थी, उसे यूरोप में पसंद नहीं किया गया, क्योंकि पूरी दुनिया में साम्यवाद, समाजवाद, पूँजीवाद, राष्ट्रवाद का नया दौर चल रहा था। वैज्ञानिक क्रान्ति और औद्योगिक क्रान्ति भी अलग-अलग विकसित हो रही थी। उसका प्रभाव भारत पर भी पड़ा। भारत को स्वतंत्रता मिलते ही, देश का विभाजन हुआ। नये संविधान की संरचना भी शुरू हुई। राजनीतिक परिस्थितियाँ तो राष्ट्रीय चेतना के अनुरूप ही थीं, लेकिन वैश्विक दबाव इस तरह का था कि राष्ट्रीय चेतना की वह अवधारणा, जो स्वतंत्रता संग्राम के महापुरुषों जैसे महात्मा गांधी, बाल गंगाधर

तिलक, महर्षि अरविंद, लाला लाजपत राय आदि ने सोची थी, कमजोर हुई। इस नये भारत का या स्वाधीन भारत का निर्माण भारत के सांस्कृतिक मूल्यों के आधार पर होगा तथा भारतीय भाषाओं का विकास होगा, संविधान निर्माण के समय का यह सपना अधूरा रह गया। भारतीय भाषाओं में हिंदी जो सबसे बड़ी भाषा थी और स्वतंत्रता संग्राम के दौर में हिंदी को भारत की राष्ट्रभाषा घोषित किया भी जा चुका था। उस घोषणा में देश के सभी लोगों की सहमति थी, लेकिन संविधान बनते-बनते हिंदी राष्ट्रभाषा न होकर राजभाषा के रूप में परिवर्तित हो गयी। हिंदी जो अंग्रेजी का स्थान लेने जा रही थी, उसके खिलाफ साजिश हुई। जैसे राष्ट्रगान या राष्ट्रध्वज का महत्त्व होता है, उसी तरह राष्ट्रभाषा का भी महत्त्व होता है। संविधान निर्माण के समय राष्ट्रगान और राष्ट्रध्वज तो तय हो गया था, लेकिन राष्ट्रभाषा तय नहीं हो पाई। परिणाम यह हुआ कि भारतीय विमर्श की भाषा हिंदी नहीं हो पाई या कोई भी भारतीय भाषा विमर्श की भाषा नहीं बन पाई। विदेशी भाषा होते हुए भी अंग्रेजी का वर्चस्व लगातार बना रहा और वास्तव में अंग्रेजी ही राष्ट्रभाषा की जगह स्थापित हो गयी। दुर्भाग्य से इस वर्चस्व में थोड़ी संविधान की भूमिका भी रही। एक तरह से राष्ट्रीयता की अवधारणा कमजोर हुई और पश्चिम के पूँजीवाद का प्रभाव भारत में भी बढ़ा। इसलिए देश की राजनीति बदलने के साथ-साथ, पूरे सन्दर्भ, सरोकार और प्राथमिकताएँ भी बदल गयीं। हमारे संविधान में भारतीय शिक्षा और भारतीय राजनीति पर संस्कृति और परंपरा की जो छाप होनी चाहिए, वह नहीं बन पाई। भारतीय पत्रकारिता का राष्ट्रवादी स्वरूप कमजोर हुआ और व्यवसायवादी स्वरूप बढ़ गया। अब पत्रकारिता पूँजी प्रधान और संचार प्रधान हो गयी। इसके कारण भारतीय भाषाओं की पत्रकारिता का विकास तो हुआ, लेकिन भारतीय भाषाओं का जो प्रभाव भारतीय राजनीति, और अर्थव्यवस्था पर बनना चाहिए था, वह नहीं बन पाया। पश्चिम की संस्कृति, पश्चिम की भाषा, पश्चिम का विज्ञान, पश्चिम का तंत्र, ये पूरी तरह भारतीय शिक्षा और राजनीति व्यवस्था पर हावी हो गये। भारतीय पत्रकारिता इन सबके बोझ तले दब गयी।

भारत में जो राष्ट्रीयता की परिभाषा रही, वह परिभाषा पश्चिम ने नहीं मानी। पश्चिम ने राष्ट्र-राज्य की परिभाषा को तो स्वीकृति दी, लेकिन राष्ट्र-राज्य को समकक्ष रखा। पत्रकारिता में व्यवसायीकरण के कारण ही समाचार पत्रकारिता, जिसे मुख्य रूप से राजनीतिक पत्रकारिता कहते हैं, साहित्यिक पत्रकारिता से अलग हो गयी। अब इस राजनीतिक पत्रकारिता को ही मुख्यधारा की पत्रकारिता कहा जाने लगा। इसके कारण पत्रकारिता में राजनीति, अर्थनीति, खेल की भूमिका मुख्य हो गयी और साहित्य गौण हो गया। साहित्य के विद्वानों ने भी पत्रकारिता से अपनी

दूरी बना ली। इस दूरी में सबसे ज्यादा क्षरण 'भाषा' का ही हुआ, क्योंकि समाचार पत्रों की भाषा सुधारने का काम साहित्य ही करता था। यानी आम पाठकों तक एक सुरुचिपूर्ण भाषा, शुद्ध व्याकरणसम्मत भाषा पहुँचाने का काम अखबार करता है। किसी जमाने में हिंदी भाषा सीखने का काम अखबारों के माध्यम से घरों में होता था। वह स्थिति अब कमजोर हो गयी। अब अंग्रेजी का वर्चस्व पूरी राजनीति, पूरे प्रशासन, पूरी न्याय व्यवस्था, पूरी शिक्षा व्यवस्था पर ज्यादा बढ़ा है। उसका असर पत्रकारिता पर भी पड़ा है। जिसके कारण पत्रकारिता के पाठक तो बढ़ गये, कवरेज भी बढ़ा, लेकिन पत्रकारिता की विश्वसनीयता घट गयी है। स्वतंत्रता आंदोलन में छोटी-छोटी पत्रिकाएँ निकलती थीं। सौ दो सौ प्रतियाँ ही छपती थीं। लेकिन उन पत्रिकाओं में जो कुछ भी छपता था, उसका असर उस समय सरकार और समाज पर पड़ता था। उस समय अखबार या पत्र-पत्रिकाओं की ग्राहक संख्या तो कम थी, लेकिन पाठक संख्या ज्यादा थी। इस नये दौर में ग्राहक संख्या तो बढ़ गयी, लेकिन उसका प्रभाव क्षेत्र घट गया। अखबार में राजनीतिक खबरों के कारण आम लोगों में धीरे-धीरे यह धारणा बनने लगी कि समाचार पत्रों में सभी खबरें सत्य नहीं छपतीं। खबरों पर दबाव बढ़ने लगा और उसका प्रभाव पाठकों पर भी पड़ा। इस कारण खबरों की भी विश्वनीयता घट गयी। इसी बीच सरकार, विज्ञापनदाता और समाचार पत्रों के मालिक का एक त्रिगुट भी बना, जिसने समाचार पत्रों की व्यवस्था को प्रभावित किया। उसका असर यह हुआ कि गरीबी, बेरोजगारी, किसानों की समस्या, शिक्षा की समस्या, स्वदेशी की समस्या, यानी जो इस देश के वास्तविक राष्ट्रीय प्रश्न हैं, जिनको लेकर पत्रकारिता को जूझना चाहिए था, सरकार से जनता के पक्ष में, वह कमजोर हुआ। तो यह गुणात्मक परिवर्तन स्वतंत्र भारत की पत्रकारिता में हुआ और यह परिवर्तन पूरे देश में हुआ। इस प्रकार यह व्यवस्था सन 1975 यानी आपातकाल तक चली। कारण कि 1975 तक जितने पुराने अखबार थे, उनका स्थान नये अखबारों ने ले लिया। जो कुछ पुराने अखबार जीवित थे, उनकी दशा बहुत खराब थी। संपादक की संस्था भी खत्म हो गयी थी। एक नये तरह की संस्कृति ने जगह ले ली, जिसका प्रभाव आपातकाल में दिखा। आपातकाल के समय, दुनिया के सबसे बड़े लोकतंत्र में अभिव्यक्ति की आजादी दबा दी गयी। आपातकाल के सामने, देश के पूरे बुद्धिजीवियों चाहे वह साहित्य के रहे हों, मीडिया के रहे हों, प्रशासन के रहे हों या न्यायपालिका के, सभी ने समर्पण कर दिया। जो देश, दो सौ साल के अंग्रेजों के शासनकाल को परास्त कर, अपनी राष्ट्रीयता की ताकत के बल पर, साधनविहीन होते हुए भी, उभरकर सामने आया, वह देश लोकतंत्र को अपनाते हुए भी 27-28 साल में आत्मसमर्पण की स्थिति में क्यों आ गया? 19 महीने तक यह देश

असाधारण स्थितियों में चलता रहा। यह एक बहुत बड़ी चेतावनी थी; मीडिया के लिए, न्यायपालिका के लिए और चुनाव व्यवस्था के लिए भी।

सन् 1975 तक जितने समाचार पत्र थे, उनकी आर्थिक हालत बहुत अच्छी हो गयी थी, बावजूद इसके उन्होंने अपने दायित्व का निर्वहन नहीं किया। कारण कि उस समय भूमण्डलीकरण का दौर शुरू हो रहा था। पूरी दुनिया में पूँजीवाद छाया हुआ था, जिसने राष्ट्रीयता की चेतना को कम कर, वैश्विकता का आवरण फैलाया था। यह आवरण राष्ट्रीयता की आड़ में प्रचारित किया जा रहा था। उस दौर की जितनी भी विचारधाराएँ थीं, चाहे वह समाजवाद हो या मार्क्सवाद, अगर देखा जाए तो शुद्ध समाजवाद या शास्त्रीय मार्क्सवाद कहीं नहीं था, न रूस में न ही चीन में, न ही दुनिया के अन्य किसी भी देश में। शुद्ध रूप से लोकतंत्र भी कहीं नहीं था। हर जगह मीडिया और सरकार का साझा सरोकार बना हुआ था। एक तरह से वैश्विक पूँजीवाद बढ़ रहा था और उस आर्थिक पूँजीवाद का प्रभाव यूरोप, अमेरिका के माध्यम से पूरी दुनिया पर पड़ रहा था। उसने पूरी दुनिया के लोकतंत्र को प्रभावित भी किया, मीडिया के साथ-साथ अर्थव्यवस्था को भी। खासतौर से कमजोर देशों के साधनों और संसाधनों को हड़पने की एक योजना बनायी। उदाहरण के लिए, पश्चिम एशिया के देशों का प्राकृतिक संसाधन पेट्रोलियम था। पेट्रोलियम के बल पर ही वो देश विकास कर रहे थे। अमेरिका, ब्रिटेन और यूरोप ने मिलकर उनके साथ एक युद्ध शुरू किया। जैसे, ईरान-इराक का युद्ध, सद्दाम हुसैन के बहाने अमेरिका का इराक पर हमला आदि। इस तरह इंग्लैण्ड, यूरोपियन यूनियन और अमेरिका ने अपने आर्थिक संसाधनों से, अपनी सामरिक क्षमता बढ़ाकर, पूरी दुनिया को भूमण्डलीकरण के तंत्र में बाँधने का षड्यंत्र भी किया। उसी साजिश में पूरी दुनिया की मीडिया भी शामिल हो गयी। इसी दौर में इलेक्ट्रॉनिक मीडिया का विकास हुआ, जो प्रिंट मीडिया से ज्यादा ताकतवर थी, यानी दिखाए हुए दृश्यों के ऊपर लोगों की विश्वसनीयता थी। परिणाम यह हुआ कि इलेक्ट्रॉनिक मीडिया ने खबरों का वगीकरण कर दिया, क्योंकि इलेक्ट्रॉनिक मीडिया पर पूँजीवादी देशों का ही कब्जा था। इस तरह उन्होंने अपने यहाँ की खबरें दिखानी शुरू कर दीं, जिनकी भारत में कोई जरूरत नहीं थी। हिन्दुस्तान में आस्ट्रेलिया या किसी अन्य देश की खबरों को दिखाने का कोई औचित्य ही नहीं है। उसमें भी एक नये तरह की साजिश हुई। इस तरह धीरे-धीरे इलेक्ट्रॉनिक मीडिया की भी विश्वसनीयता गिर गयी। अब पूरी दुनिया के लोकतांत्रिक देशों के सामने, लोकतंत्र की विश्वसनीयता बनी रहे, यह एक नया संकट पैदा हो गया है। अगर लोकतंत्र को ठीक करने का काम चुनाव आयोग कर रहा है, तो चुनाव आयोग की सीमित भूमिका है। उसकी भूमिका चुनाव के दौर में ही है लेकिन मीडिया

की भूमिका हर दौर में है।

मीडिया की भूमिका एक तरह से विपक्ष की होती है। गरीबों, वंचितों, तथा किसानों के हित में सरकार पर दबाव बनाने की होती है, लेकिन मीडिया वह भूमिका नहीं निभा रहा है। यूरोपीय देशों की ताकत बढ़े, इसके लिए यूरोपीय यूनियन का भी गठन किया गया, लेकिन वह यूनियन भी टूट रहा है। ब्रिटेन उस यूनियन से अलग हुआ। अमेरिका जो दुनिया का सबसे विश्वसनीय लोकतंत्र था, वहाँ 'डोनाल्ड ट्रंप' जीत गया यानी जो व्यक्ति अनैतिक है, जो चुनाव के पहले लंबी-लंबी बातें करता है और अपनी अनैतिकता के किस्से बढ़ा-चढ़ा कर बताता है, कि वह दुनिया के सबसे बड़े लोकतंत्र का मुखिया चुन लिया गया। इसका मतलब साफ है कि अमेरिका में अब लोकतंत्र नहीं चल रहा है। यह भूमण्डलीकरण की प्रतिक्रिया है। भूमंडलीकरण ने जो साधन-संसाधन और संजाल फैलाया, उसमें यूरोप के देशों को भी, पश्चिमी एशिया के देशों को भी, आस्ट्रेलिया और न्यूजीलैण्ड को भी, हर देश को यह लगने लगा कि ये लोग हमारे साधन लूटना चाहते हैं और युद्ध थोपना चाहते हैं। पश्चिम एशिया में लगातार युद्ध के संकेत बढ़ते जा रहे हैं। भारत-पाकिस्तान युद्ध, भारत-चीन का युद्ध। यह सारा तंत्र इसलिए फैलाया गया है, क्योंकि ये देश अपनी रक्षा में लगे रहें और अपने संसाधनों को बेचकर हथियार खरीदें। इस तरह पूरी दुनिया में युद्ध का माहौल खड़ा किया गया। इस माहौल को रोकने में मीडिया की भूमिका नगण्य है। मीडिया ने सच्ची खबरों को छिपाया और नकली खबरों को उभारकर दिखाया और पूरी दुनिया में युद्ध का माहौल बनाने की कोशिश भी की। भूमंडलीकरण का उद्देश्य है शांतिपूर्ण और सहअस्तित्व के साथ रहना। लेकिन उसी अमेरिका ने इराक पर झूठा आरोप लगाकर हमला कर दिया। आज जो अफगानिस्तान की हालात है वह अमेरिका की देन है। इजराइल और अरब देशों का जो झगड़ा है, वह भी अमेरिका का ही क्रिएशन है। हिन्दुस्तान और पाकिस्तान का जो झगड़ा है, वह ब्रिटेन का क्रिएशन है, ब्रिटेन ने ही विभाजन कराया। इस तरह जो साम्राज्यवादी ताकते हैं, उनको द्वितीय विश्वयुद्ध के बाद लगा कि फौजों के बल पर किसी देश पर ज्यादा दिन सत्ता नहीं बनायी जा सकती, क्योंकि अब लोगों में राष्ट्रीय चेतना जग रही है। इस राष्ट्रीय चेतना को अलग रूप देने के लिए भूमंडलीकरण के नाम पर 'आर्थिक साम्राज्यवाद' शुरू हुआ, जिसमें युद्ध की विभीषिका का खतरा हमेशा बना रहता है। पूरी दुनिया इससे संचालित भी हो रही है, साथ में मीडिया भी। उदाहरण के लिए सन 2003 में जब अमेरिका ने इराक पर हमला किया था तो जार्ज बुश ने सद्दाम हुसैन पर झूठा आरोप लगाकर, प्रचार करवाया कि वह तानाशाह है, कुर्दों और शियाओं का कत्ल करता है। पूरी दुनिया की मीडिया में झूठी खबर छप

रही थी। संवाददाता युद्ध स्थल तक ही नहीं पहुँचे। उनको खबर की कापी भी अमेरिका से ही दी जाती थी। बाद में 'न्यूयार्क टाइम्स' ने लेख लिखकर माफी भी माँगी। सवाल है कि ऐसे मीडिया पर किसका भरोसा हो सकता है? अब मीडिया की विश्वसनीयता आम लोगों में भी गिरती जा रही है। भारत में सन 2009 के संसद चुनाव में 'पेड न्यूज' की खबर इसी का उदाहरण है। इस तरह पूरी दुनिया के साथ-साथ, भारतीय लोकतंत्र के सामने जो चुनौतियाँ है, उनमें मीडिया की भी बहुत बड़ी भूमिका है।

इस प्रिंट मीडिया और इलेक्ट्रॉनिक मीडिया के विकल्प में सोशल मीडिया सामने आया है। सोशल मीडिया में भी कोई गंभीर-विचार विमर्श होता नहीं दिखाई दे रहा है, क्योंकि इस देश के बुद्धिजीवी भी अलग-अलग गुटों में बँटे हुए हैं। यह एक तरह का भ्रम फैलाने की कोशिश भी कर रहे हैं। मीडिया में जो खबरें दिखाई जा रही हैं, उनमें सही खबरें न दिखाकर, ऐसी खबरें दिखाई जा रही हैं जो अंतरराष्ट्रीय खबरें हैं, या फिर मनोरंजन और अपराध की खबरें। जो वास्तविक राजनीति की खबरें हैं और जो अंदर से देश को खोखला कर रही हैं, उन पर बहस ही नहीं होती। उदाहरण के लिए, मोदी की नोटबंदी की घोषणा को लें। मोदी जी का एक तर्क हो सकता है; वह सही हो या गलत, वह सरकार का एक फैसला है। इसमें मीडिया दो तरह की भूमिका निभाता है। पहला, नोटबंदी से कितने लोग तकलीफ में हैं, दूसरा, इससे कितने लोगों को फायदा है। वास्तव में आगे चलकर इस नोटबंदी से पूरे देश को क्या-क्या लाभ होगा, इस पर कोई गंभीर बहस नहीं हो रही है। न प्रिंट मीडिया में, न इलेक्ट्रॉनिक मीडिया में और न ही सोशल मीडिया में। मीडिया का तो तात्कालिक प्रभाव होता है, लेकिन दूरगामी परिणाम के बारे में भी गंभीर बहस की जरूरत है। मीडिया अपनी एक राय बनाने का काम करे। वह काम मीडिया नहीं कर रहा है। यह काम सोशल मीडिया में भी नहीं दिखाई दे रहा है। सोशल मीडिया का ज्यादातर हिस्सा अपने व्यक्तिगत प्रचार के लिए या जो अंतरराष्ट्रीय संकट है, उन पर अपनी राय व्यक्त करने तथा मनोरंजन तक सीमित हो गया है। चूँकि सोशल मीडिया पर किसी तरह का नियंत्रण अभी नहीं है और वह हो भी नहीं सकता, इसलिए इस मीडिया का पूरे देश के पढ़े-लिखे लोगों पर क्या असर पड़ेगा, इसका दूरगामी परिणाम क्या होगा, यह कहना अभी मुश्किल है। लेकिन जो काम मुख्य रूप से मीडिया का होना चाहिए या करना चाहिए, मीडिया वह काम नहीं कर रही है। यह मीडिया के लिए अशोभनीय है।

मनीषचन्द्र शुक्ल : साहित्यिक लेखन करने वाले और समाचार पत्र चलाने वाले लोगों की सोच अलग-अलग है। सरलीकरण के नाम पर भाषा को भ्रष्ट करने का

आरोप है। आज की मुख्यधारा की मीडिया अथवा इलेक्ट्रानिक मीडिया या वैकल्पिक मीडिया का समवेत संदर्भ भाषा और साहित्य के साथ किस प्रकृति से जुड़ता है?

अच्युतानंद मिश्र : साहित्य लेखन करने वाले और समाचार पत्र चलाने वाले लोगों की सोच स्वतंत्रता के बाद ही अलग हो गयी। साहित्य को पत्रकारिता से जानबूझकर अलग कर दिया गया। साहित्य के लोगों को लगा कि साहित्य तो गंभीर विषय है, साहित्य का स्थायी महत्त्व भी है, जबकि पत्रकारिता एक तात्कालिक प्रक्रिया होती है। इसलिए साहित्य और पत्रकारिता लम्बे समय तक एक साथ नहीं चल सकते। यह सच है कि पत्रकारिता की भाषा बोलचाल की भाषा होती है। आज के मीडिया ने बाजार की संस्कृति को अपना लिया है। इस मीडिया ने हिंदी भाषा की बहुत उपेक्षा भी की है। आज अखबारों में अंग्रेजी भाषा का प्रभाव इस सीमा तक बढ़ गया है कि हिंदी के समाचार पत्र अंग्रेजी सिखाने का काम कर रहे हैं। उस समाचार पत्र को पढ़कर कोई बच्चा अच्छी भाषा सीखने की बजाय भ्रम में पड़ जाता है। इस तरह नई पीढ़ी में भाषा के प्रति असहिष्णुता और चिढ़ ही पैदा हो रही है। यह सच है कि आज अंग्रेजी को प्रचारित करने का काम और हिंदी या अपनी मातृभाषा के प्रति एक अरुचि पैदा करने का काम पत्रकारिता जगत कर रहा है।

मनीषचन्द्र शुक्ल : स्वतंत्रता आंदोलन के दौर की पत्रकारिता पर आपने गहरा अध्ययन किया है। स्वाधीनता के बाद की पत्रकारिता के आप साक्षी रहे हैं। आपका इस दौर के वरिष्ठ संपादकों से निकट संबंध भी रहा और संवाद भी हुए हैं। 21वीं सदी की हिंदी पत्रकारिता की दिशा किस ओर उन्मुख है?

अच्युतानंद मिश्र : साहित्यिक पत्रकारिता का एक प्रमुख उत्तरदायित्व होता है विमर्श करना। इतिहास गवाह है कि केवल साहित्य के ही नहीं, भाषा, इतिहास, राजनीति, पुरातत्त्व जैसे अनेक विषयों पर तथा तरह-तरह के प्रश्नों पर विमर्श करने और उसे प्रचारित-प्रसारित करने का काम साहित्यिक पत्रकारिता करती रही है। जो पत्रिकाएँ इस काम को ज्यादा गंभीरता से करती रही हैं, उनका साहित्य में एक बड़ा अवदान भी माना जाता रहा है। दूसरा, साहित्य में जो कुछ रचा जा रहा है, उसको सरल ढंग से आम पाठक तक पहुँचाने का काम साहित्यिक पत्रकारिता करती रही है। दुर्भाग्य से 21वीं सदी की हिंदी पत्रकारिता में कोई ऐसी साहित्यिक पत्रिका नहीं दिखाई पड़ रही है, जिसने इन सोलह सालों में अपनी एक जगह बनायी हो। कुछ मासिक पत्रिकाएँ जो कहानी, उपन्यास, कविता पर मुख्य रूप से आधारित होती हैं, उसमें कुछ मनोरंजन या साहित्य का पुट देकर, उसको साहित्यिक पत्रकारिता का स्वरूप दे दिया जाता है। उसमें वैचारिक विमर्श के लिए कुछ पन्ने जरूर होते हैं, लेकिन वह विमर्श किसी विषय पर केन्द्रित नहीं होता है। वह एक लेख की तरह हो जाता

है। यह सच है कि साहित्य और साहित्येतर विषयों से संबंधित पत्रिकाएँ 'धर्मयुग', 'साप्ताहिक हिन्दुस्तान', 'सारिका' या 'दिनमान' पिछले दिनों बंद हुईं। बीसवीं सदी के अन्त में कुछ नई पत्रिकाएँ भी शुरू हुईं, लेकिन उनमें कविता, कहानी, उपन्यास नाटक पर जब-तब विरोध भी दिखाई देते हैं। तीसरी बात, राजनीतिक विषयों पर लेखन और टिप्पणी करने का काम साहित्यिक पत्रकारिता में भी किया जाता रहा है, अब वह काम हिंदी के बड़े अखबारों और पत्रिकाओं में नहीं हो रहा है। इसका मुख्य कारण यह है कि अब हिंदी में भी साहित्यिक विमर्श करने और वैचारिक लेखन करने वाले मुख्य रूप से वही लोग हैं जिनकी सोच और चिन्तन की प्रक्रिया अंग्रेजी आधारित है। इसीलिए जिस तरह का हिंदी केन्द्रित विमर्श होना चाहिए, वह नहीं हो रहा है। कारण उनका भाषा की बजाय विमर्श पर ज्यादा ध्यान है। जो हिंदी के बड़े समाचार पत्र हैं, वो भी अंग्रेजी में छपे हुए लेखों का अनुवाद हिंदी में छाप देते हैं। क्योंकि हिंदी समाचार पत्रों को हिंदी भाषा में और हिंदी लेखकों में कमियाँ लगती हैं, कि हिंदी के लेखक कम पढ़े-लिखे हैं। इसलिए दैनिक समाचार-पत्रों में विमर्श के लिए अब कोई स्थान नहीं है। आज के इन राजनीतिक और सामाजिक हालात में हिंदी को राष्ट्रभाषा का स्थान दिलाने के लिए एक बहुत बड़ी राष्ट्रीय सहमति की आवश्यकता है। वह सहमति तभी संभव है, जब अंग्रेजी से लोगों का मोहभंग होगा। लोगों को लगे कि अंग्रेजी भाषा के कारण ही भारतीय भाषाएँ नष्ट हो रही हैं। जब तक उनको यह लगेगा कि हिंदी विमर्श की भाषा नहीं है, समाचार की भाषा है, तब तक देश में हिंदी को राष्ट्र भाषा बनाने का माहौल नहीं बनेगा। राष्ट्रभाषा का न रहना, यह बहुत चिन्ता की बात है। इसके लिए एक सामाजिक, सांस्कृतिक और राष्ट्रीय माहौल बनाना चाहिए और इसके लिए भारतीय भाषाओं की सहमति चाहिए। जिस तरह स्वतंत्रता संग्राम में हिंदी को राष्ट्रभाषा बनाने की माँग दक्षिण से आई थी, बंगाल से आई थी, उसी तरह की माँग फिर से आनी चाहिए। तभी हिंदी को राष्ट्रभाषा बनाने का सपना साकार हो सकता है, अन्यथा बहुत मुश्किल है।

मनीषचन्द्र शुक्ल : आज की भारतीय मीडिया को आप किस दृष्टि से देखते हैं? मीडिया से मेरा आशय समाचार पत्रों, टेलीविजन चैनलों और सोशल मीडिया से भी है। क्या आपको ऐसा लगता है कि आज की मीडिया भारतीय लोकतंत्र और उसकी संवैधानिक संस्थाओं को मजबूत करने में कोई सार्थक भूमिका निभा रही है?

अच्युतानंद मिश्र : मीडिया का धर्म ही है, लोकतंत्र की रक्षा करना तथा संवैधानिक संस्थाओं को मजबूत करने के लिए जनमत जाग्रत करना और लोगों को तैयार करना। मीडिया लोकतंत्र के रक्षक का दिखावा तो करता है, लेकिन उसकी वास्तविक भूमिका कुछ और है। यह सर्वविदित है कि चुनाव आयोग, चुनाव सुधार करना

चाहता है। सुधार के लिए बार-बार वह राजनीतिक दलों के साथ बातचीत भी करता है और मीडिया में यह रिपोर्ट दर्ज भी होती है। बावजूद इसके चुनाव आयोग और मीडिया के बीच कोई सार्थक बातचीत नहीं होती है। चुनाव आयोग जो चाहता है, उसके लिए राजनीतिक दलों पर दबाव कैसे बनाया जाए, जनता को जागरूक कैसे किया जाए? साथ ही जातिवाद, क्षेत्रवाद, वर्गवाद, संप्रदायवाद से अलग हटकर लोग कैसे वोट करें? इस तरह की मानसिकता तैयार करने का काम मीडिया का ही होता है, चुनाव आयोग का नहीं। लेकिन मीडिया के द्वारा ऐसा होता दिखाई नहीं दे रहा है। जब तक मीडिया और राजनीतिक दलों के संबंध अच्छे रहेंगे, तब तक 'पेड न्यूज' चलता रहेगा। लोकतंत्र के रक्षक का दिखावा तो मीडिया कर रहा है, लेकिन कोई सात्विक भूमिका निभा रहा है, इसमें संदेह है।

मनीषचन्द्र शुक्ल : बुद्धिजीवियों में और धीरे-धीरे सामान्य लोगों में भी मीडिया की विश्वसनीयता गिरती जा रही है। सोशल मीडिया एक विकल्प बनकर खड़ा होने की कोशिश कर रहा है, लेकिन अभी उसमें भटकाव और दिशाहीनता है। मीडिया को अधिक सार्थक बनाने के लिए क्या बुद्धिजीवियों की ओर से कोई पहल होनी चाहिए?

अच्युतानंद मिश्र : सोशल मीडिया पर जो बुद्धिजीवी हैं, ब्लॉग भी लिखते हैं, उनकी संख्या बढ़नी चाहिए। जो ब्लॉगर्स हैं, वो चाहे समाचार पत्रों में न छपें, लेकिन सोशल मीडिया के माध्यम से वह एक वैचारिक मंच तैयार कर सकते हैं। लोगों को जागरूक कर सकते हैं। लेकिन वो काम अभी नहीं हो रहा है। धीरे-धीरे सोशल मीडिया हिन्दुस्तान में मजबूत हो रहा है। आशा है शायद आगे ऐसी कोई भूमिका निभाए।

मनीषचन्द्र शुक्ल : अखबार के जो मालिक हैं या चैनल चलाते हैं, वे या तो बड़े पूँजीपति हैं या वैसे लोग हैं जो अपना कारोबार चलाने के लिए मीडिया का इस्तेमाल कर रहे हैं। ऐसे में मीडिया की प्रतिष्ठा या विश्वसनीयता लगातार गिर रही है। आपकी राय में यह प्रतिष्ठा कैसे बढ़ सकती है?

अच्युतानंद मिश्र : भारतीय मीडिया किसी जमाने में मिशन थी, बाद में प्रोफेशन बनी, अब वह 'वैश्विक उत्पादन' बन चुका है। जो लोग पूरी दुनिया की अर्थव्यवस्था, शिक्षाव्यवस्था और राजनीति का नियंत्रण कर रहे हैं, वही दुर्भाग्य से मीडिया का भी नियंत्रण कर रहे हैं। इस कारण अब मीडिया में निष्पक्षता की उम्मीद बहुत कम बची है। दूसरी बात; मीडिया का संचालन इतना महँगा है कि आम लोगों के लिए मीडिया को चलाना बहुत कठिन है। वह वैश्विक या राष्ट्रीय परिवेश में ही चलाया जा सकता है। हिन्दुस्तान में चार-पाँच बड़े औद्योगिक घराने अंबानी या बिड़ला जैसे समूह ही प्रिंट मीडिया के साथ-साथ, इलेक्ट्रॉनिक मीडिया को भी प्रभावी ढंग से नियंत्रित कर

रहे हैं। आज मीडिया को इन औद्योगिक घरानों के द्वारा जिस तरह से नियंत्रित किया जा रहा है, यह देश के लिए खतरा है। इसलिए सत्ता संस्थानों के खिलाफ आज मीडिया का जो स्वरूप सामने आ रहा है, वह दिखावटी ज्यादा है, वास्तविक कम। जो भी अपराध की घटनाएँ घटती हैं, वह मीडिया में दिखाया जाता है, लेकिन उस अपराध के पीछे कौन से लोग हैं, उस अपराध में कितना राजनीतिक हाथ है, यह मीडिया नहीं दिखाता। इसीलिए मीडिया निष्पक्षता का आभास तो देता है, लेकिन वह निष्पक्ष नहीं दिखाई देता है। पेड न्यूज की खबर जब अखबारों में छपी, तो राजनीतिक दलों में भी चिन्ता व्यक्त की गयी। संसद में सवाल भी उठे। मीडिया नियंत्रण के लिए कुछ संस्थाएँ भी बनीं, लेकिन कुछ नहीं हुआ। मीडिया में स्वामित्व के स्वरूप में बदलाव हो, ट्राई (भारतीय दूरसंचार विनियामक प्राधिकरण) ने भी विचार दिया, लेकिन सरकार कोई रुचि नहीं ले रही है। तीसरा प्रेस आयोग बनाने में भी सरकार और मीडिया घरानों की कोई रुचि नहीं है। जब तक इन समस्याओं पर सरकार और घराने गहन विचार करके लागू नहीं करेंगे, तब तक समस्या का निदान संभव नहीं है।

मनीषचन्द्र शुक्ल : आज मीडिया संस्थानों में आधुनिक शिक्षा की पढ़ाई खूब हो रही है। बच्चों को तकनीकी शिक्षा जैसे ब्लॉग बनाना, कैमरा चलाना, पेज बनाना आदि तो दी जा रही है, लेकिन उन्हें पत्रकारिता का इतिहास नहीं पढ़ाया जाता है। जिसके कारण बच्चों में मानवीय संवेदनाएँ गायब होती जा रही हैं। आप इसे किस रूप में देखते हैं?

अच्युतानंद मिश्र : यह सच है कि आज मीडिया का जो स्वरूप है, वह तकनीकी, संचार और पूँजी आधारित ज्यादा हो गया है। पहले मीडिया शिक्षा नहीं थी। संपादक की अपनी लेखन शैली होती थी। वह अपने साथ काम करने वाले सहायक संपादकों को अच्छी भाषा लिखना सिखाता था। आमजन का सरोकार उस समय के संपादकों के संस्कार में ही था। मीडिया में वही लोग आते थे, जो सामाजिक बदलाव चाहते थे। उनकी संवेदनाएँ सामाजिक सरोकारों के साथ जुड़ी होती थीं। एक घटना का उल्लेख करना चाहता हूँ। 'रतौना' (मध्यप्रदेश) में सरकार की तरफ से कत्लखाना बनाया जा रहा था। यह कत्लखाना जानवरों को काटने (विशेष रूप से गोकसी) के लिए बनाया जा रहा था, उसी कत्लखाना के मुद्दे को लेकर माखनलाल चतुर्वेदी ने 'कर्मवीर' पत्र के माध्यम से आंदोलन चलाया। जनता को जाग्रत भी किया। वह आंदोलन सतहत्तर दिन तक चला। अंततः सरकार को विवश होकर फैसला वापस लेना पड़ा। कत्लखाना नहीं बना। वह एक पत्र का अभियान था, जिसने जनजागरण पैदा किया। वह मुद्दा पत्र की प्रतिष्ठा के साथ-साथ, लोक भावना से भी जुड़ा था।

इस प्रकार अच्छे कार्य के लिए जनता के पक्ष में खड़े होना या जनजागरण में महती भूमिका का निर्वाह करना, उस समय की पत्रिकाओं का लक्ष्य होता था। उस समय पत्रकारी प्रशिक्षण आमतौर पर अखबारों के दफ्तरों में दिया जाता था। बच्चे सामाजिक सरोकार से जुड़ सकें, इसके लिए उन्हें प्रशिक्षित किया जाता था। साथ ही स्वतंत्रता आंदोलन की पत्रकारिता का इतिहास भी पढ़ाया जाता था। आज इस तरह का प्रशिक्षण न प्रिंट मीडिया में, न इलेक्ट्रॉनिक मीडिया में और न ही सोशल मीडिया में दिया जाता है। यह सत्य है। आज पत्रकारिता का स्वरूप बदल गया है। समाचार के साधन बदल गये हैं। अब पत्रकारिता के पाठ्यक्रम में स्वतंत्रता के पूर्व भारतीय पत्रकारिता के इतिहास को शामिल किया जाना अनिवार्य है।

मनीषचन्द्र शुक्ल : आप मीडिया शिक्षा में किसी बदलाव के पक्ष में हैं या नहीं? अगर हाँ, तो किस तरह का बदलाव चाहते हैं?

अच्युतानंद मिश्र : सन 1927 में माखनलाल चतुर्वेदी ने एक व्याख्यान में कहा था कि "पत्रकारिता की पढ़ाई के लिए शिक्षा केन्द्र होना चाहिए। पत्रकारिता का विस्तार हो रहा है, लेकिन पत्रकारिता का सरोकार क्या होना चाहिए, उसकी शिक्षा और साधना कैसी होनी चाहिए, इन बिन्दुओं को समग्रता में लेकर पाठ्यक्रम तैयार होना चाहिए।" माखनलाल चतुर्वेदी के जन्मशताब्दी वर्ष के समय खण्डवा, मध्यप्रदेश में लक्ष्मीमल सिंघवी और प्रभाष जोशी के सहयोग से एक बड़ा कार्यक्रम हुआ। उस कार्यक्रम में प्रधानमंत्री राजीव गांधी ने भारत में पत्रकारिता विश्वविद्यालय की स्थापना की घोषणा की। वह विश्वविद्यालय माखनलाल चतुर्वेदी राष्ट्रीय पत्रकारिता विश्वविद्यालय के नाम से भोपाल (1990) में स्थापित हुआ। उस समय तक इलेक्ट्रॉनिक मीडिया भी अपना स्थान बना चुका था। इस तरह विश्वविद्यालय में प्रिंट मीडिया और इलेक्ट्रॉनिक मीडिया के प्रशिक्षण की शुरुआत हुई। सन 1990 के बाद मीडिया विस्तार के साथ-साथ, व्यवसायीकरण की भी शुरुआत हुई। जिसके कारण जो भी छात्र इस विश्वविद्यालय में पढ़ने के लिए आते थे, उनमें रोजगार को लेकर बड़ा सवाल था। रोजगार के साथ-साथ बच्चों में सामाजिक सरोकार की भी भावना बनी रहे, यह विश्वविद्यालय का प्राथमिक उद्देश्य है। इसीलिए आज इस विश्वविद्यालय से निकले बच्चे, पूरे देश में अपना स्थान बना चुके हैं। सरोकारों के साथ जुड़े रहना मीडिया का धर्म भी है। विश्वविद्यालय में पढ़ने वाले अधिकांश छात्रों को अखबारों या चैनलों में अच्छी नौकरी भी मिली। अब कुछ प्राइवेट संस्थानों में भी मीडिया प्रशिक्षण दिया जा रहा है, लेकिन वहाँ पैसे ज्यादा लिए जाते हैं, बावजूद इसके बच्चों को बेहतर पत्रकारीय प्रशिक्षण नहीं मिल पाता है। माखनलाल चतुर्वेदी राष्ट्रीय पत्रकारिता एवं संचार विश्वविद्यालय में कम से कम साधनों और पैसों में बच्चों को

बेहतर ढंग से प्रशिक्षित किया जाता है। वहाँ जो छात्र पढ़ने आते हैं, वे अधिकांश गरीब परिवारों से होते हैं। उनका जुड़ाव भी सामाजिक सरोकारों के प्रति ज्यादा होता है।

मनीषचन्द्र शुक्ल : सवाल है कि जो बच्चे आज अखबारों या चैनलों से निकाल दिये जाते हैं, उन पर सरकार भी ध्यान नहीं देती, न ही बुद्धिजीवियों की तरफ से कोई पहल हो रही है। क्या उनके स्थायित्व के लिए कोई कदम उठाया जाना चाहिए? आपकी क्या राय है?

अच्युतानंद मिश्र : इसमें विश्वविद्यालय बड़ी भूमिका नहीं निभा सकते। विश्वविद्यालय बच्चों को अच्छे संस्कार दे सकते हैं, सामाजिक सरोकारों के साथ जुड़े रहने के। वही बच्चों की प्रेरणा भी है, जो उनको जिलाए रखती है। कारपोरेट संस्थान के साथ-साथ, उनके अधिकारों की रक्षा के लिए सरकार और प्रेस काउंसिल की भी महत्त्वपूर्ण भूमिका है। उसके लिए कानून भी है, लेकिन वह लागू नहीं होता है। कारण कि सरकार और मीडिया संचालकों के बीच जो जुगलबंदी चल रही है, उसका असर पत्रकारों पर भी पड़ रहा है। अब समाचार व्यवस्था में परिवर्तन के साथ-साथ, संपादक के पद का अवमूल्यन भी हुआ है। संपादक के पद पर ऐसे लोग नहीं हैं, जिनका जुड़ाव सामाजिक सरोकारों के साथ हो। अब ऐसे संपादक हैं, जो मीडिया मालिकों और संस्थानों का हित साधन कर सकें। यह एक नया परिवर्तन है। ऐसी स्थिति में पत्रकारों को नौकरी करते हुए सामाजिक सरोकारों का भी ध्यान रखना पड़ेगा। अब पत्रकारों को सरकारी संरक्षण मिलना बहुत जरूरी है। पत्रकारों के लिए 'वर्किंग जर्नलिस्ट एक्ट' सरकार ने ही बनाया है। पहले प्रेस आयोग ने भी पत्रकारों के अधिकारों की सुरक्षा, वेतनमान की सुरक्षा, नौकरी की सुरक्षा का सुझाव भी दिया है, लेकिन उसका पालन नहीं हो रहा है। उस कानून के अन्तर्गत हर पाँच साल बाद नये वेतनमान के लिए एक प्रारूप बनाने का प्रावधान है। वह भी नहीं बन पाया। सरकार की संस्तुति के बावजूद मीडिया मालिक लागू नहीं कर रहे हैं। प्रेस काउंसिल का भी कोई हस्तक्षेप नहीं होता है, क्योंकि उसके पास कोई अधिकार नहीं है। प्रेस काउंसिल प्रिंट मीडिया के विषय में ही विचार-विमर्श कर सकती है। अब यह माँग उठ रही है कि पूरी मीडिया यानी प्रिंट मीडिया, इलेक्ट्रॉनिक मीडिया और सोशल मीडिया के लिए एक 'मीडिया परिषद' का गठन किया जाए। उसके पास अधिकार भी हों, ताकि वह पत्रकारों की नियुक्ति, उनकी सुविधाओं के लिए हस्तक्षेप कर सके। प्रेस काउंसिल की भी सिफारिश है कि मीडिया परिषद बनायी जाए। अभी तक सरकार ने गंभीरता से इस पर विचार नहीं किया। यह बड़ा संकट है।

मनीषचन्द्र शुक्ल : न तो मीडिया परिषद ही बन रही है न तीसरा प्रेस आयोग।

इनके गठन में न सरकार की न ही मीडिया घरानों की कोई रुचि है। सैद्धान्तिक बातें तो हो जाती हैं कि ऐसा होना चाहिए, लेकिन हो नहीं रहा है। क्या बुद्धिजीवियों की तरफ से कोई पहल होनी चाहिए?

अच्युतानंद मिश्र : इस कार्य के लिए पूरे देश के बुद्धिजीवियों को पहल करनी पड़ेगी जो बुद्धिजीवी यह मानते हैं कि प्रभावी लोकतंत्र के लिए निष्पक्ष मीडिया का होना अनिवार्य है। वह मीडिया न पूँजी से प्रभावित हो, न सरकार से ही। वास्तविक रूप से इस देश के बुद्धिजीवी ही संकट हैं, क्योंकि वे सुविधाभोगी के साथ-साथ, सबसे ज्यादा समझौते भी करते हैं। वे किसी निष्पक्ष निर्णय पर अडिग नहीं रहते। इसीलिए आज लोकतंत्र की पूरी व्यवस्था ही दुष्चक्र में है। पूरी दुनिया का लोकतंत्र अप्रभावी होता जा रहा है, चाहे वह अमेरिका का हो या इंग्लैण्ड का। इसका बड़ा कारण है कि लोकतंत्र की संस्थाओं को जो गुणवत्ता मिलनी चाहिए, वह नहीं मिल पा रही है।

मनीषचन्द्र शुक्ल : आप हिंदी के चार शीर्षस्थ अखबारों के संपादक रहे हैं। 'जनसत्ता' (दिल्ली), 'नवभारत टाइम्स' (दिल्ली), 'अमर उजाला' (लखनऊ), 'लोकमत' (नागपुर)। अलग-अलग स्थानों पर आपने पत्रकारिता की। आप माखनलाल चतुर्वेदी राष्ट्रीय पत्रकारिता विश्वविद्यालय, भोपाल के कुलपति भी रहे हैं। आपने अपने कर्मठ अकादमिक नेतृत्व से इस विश्वविद्यालय को एक राष्ट्रव्यापी प्रतिष्ठा भी दिलाई। कुछ घटनाएँ जिन्होंने आपको बहुत प्रभावित किया हो? वह घटना जो आम लोगों में एक चेतना जगाने का कार्य कर सके? आपके अनुभव क्या रहे हैं?

अच्युतानंद मिश्र : काशी हिंदू विश्वविद्यालय, वाराणसी (उत्तर प्रदेश) में अध्ययन के दौरान ही मैंने तय कर लिया था कि सरकारी नौकरी नहीं करनी है। पत्रकारिता में ही काम करूँगा। कारण कि सामाजिक सुधार या सोच में बदलाव, पत्रकारिता के माध्यम से लाया जा सकता है। उस समय मेरे लिखे हुए को अखबार छापते भी थे, तो उत्साह भी बढ़ता था। जिस समय मैं पत्रकारिता के साथ जुड़ा, उस समय तक पत्रकारिता व्यवसाय बन चुकी थी। पत्रकारिता के इस व्यावसायिक स्वरूप के आने के बाद अनुशासन और व्यवस्था में ही काम करना है। यह उस समय की पत्रकारी माँग थी। सामाजिक बदलाव तो पत्रकारिता के माध्यम से खास नहीं हुआ। पढ़-लिखकर हम अच्छे संस्कार के साथ खड़े हैं, यह आत्मसंतोष मेरे मन में था। मेरा यह सौभाग्य रहा कि मुझे पत्रकारिता संस्थान के साथ-साथ, उसमें काम करने वाले लोगों और संपादकों ने मुझे पर्याप्त प्रोत्साहन दिया, साथ ही जीवित रहने के लिए व्यवस्थाएँ भी कीं। अखबारी व्यवस्था में रहते हुए छोटा-छोटा प्रयोग जरूर हर अखबार में करता रहा हूँ, अखबार की दृष्टि से उसका महत्त्व भी रहा होगा। महत्त्वपूर्ण बदलाव

माखनलाल चतुर्वेदी राष्ट्रीय पत्रकारिता विश्वविद्यालय भोपाल में आने के बाद हुआ। मुझे लगा कि स्वतंत्रता के बाद की पत्रकारिता का न कोई साहित्य लिखा गया, न इतिहास ही। तो स्वाधीनता के बाद पूरी पत्रकारिता का इतिहास बनाया जाना चाहिए कि अलग-अलग राज्यों में, अलग-अलग भाषाओं की पत्रकारिता में किस तरह के परिवर्तन हुए। माखनलाल चतुर्वेदी राष्ट्रीय पत्रकारिता विश्वविद्यालय, भोपाल में 30 मई, 2005 को 'स्वतंत्र भारत में भारतीय भाषाओं की पत्रकारिता शोध परियोजना' आरम्भ की गयी। उस परियोजना का शुभारंभ तत्कालीन उपराष्ट्रपति एवं विश्वविद्यालय के कुलाध्यक्ष श्री भैरोसिंह शेखावत ने मध्यप्रदेश विधानसभा के 'मानसरोवर' सभागार में किया था। मध्यप्रदेश के राज्यपाल और मुख्यमंत्री के साथ ही उत्तर प्रदेश, छत्तीसगढ़ के मुख्यमंत्रियों सहित देशभर से आमंत्रित प्रमुख पत्रकार, शिक्षाविद्, मीडिया चिंतक भी उपस्थित थे। देश भर से अनेक विद्वान शोधार्थियों ने अपने योगदान से केवल पाँच वर्षों की अवधि में पत्रकारिता के इतिहास का संकलन, विश्लेषण और संपादन पूर्ण किया। जैसे, विज्ञान पत्रकारिता, आर्थिक पत्रकारिता, साहित्यिक पत्रकारिता, राजनीतिक पत्रकारिता, प्रेस विधि एवं अभिव्यक्ति स्वातंत्र्य, फोटो पत्रकारिता, फिल्म पत्रकारिता, भारतीय इलेक्ट्रानिक मीडिया आदि। दूसरा, इस शोध परियोजना के अन्तर्गत महत्त्वपूर्ण कार्य यह हुआ कि स्वाधीनता के पहले जो महत्त्वपूर्ण मूर्धन्य संपादक थे, जिनके बारे में अधिकांश लोगों को जानकारी नहीं थी, उनकी एक शृंखला तैयार की गयी। यह भी कि अलग-अलग भाषाओं की पत्रकारिता का इतिहास क्या रहा है? राष्ट्रभाषा हिंदी को वांछित स्वीकार्यता और महत्त्व मिले, इसके लिए जरूरी है कि हिंदी क्षेत्रों में अन्य भारतीय भाषाओं के प्रति अपनेपन का भाव-बोध व्यवहार में प्रकट भी हो। शोध परियोजना के अन्तर्गत सभी भारतीय भाषाओं की पत्रकारिता का भाषावार इतिहास लिखवाया गया है। इस शृंखला में स्वतंत्र भारत में बांग्ला पत्रकारिता, तेलुगु पत्रकारिता, मलयालम पत्रकारिता, गुजराती पत्रकारिता और उर्दू पत्रकारिता, ओडिशी, असमिया पत्रकारिता, कन्नड़ और पंजाबी पत्रकारिता पर लेखन कराया गया है। इस परियोजना को क्रियान्वित करने का श्रेय इसके निदेशक श्री विजयदत्त श्रीधर और उनकी टीम को है।

मनीषचन्द्र शुक्ल : 2015 के बाद अचानक भारत की संकल्पना, अभिव्यक्ति की स्वतंत्रता और राष्ट्रवाद की परिभाषा जैसे प्रश्न बुद्धिजीवियों की तरफ से उठाए गये हैं। कुछ लोगों का अनुमान है कि इसके पीछे 2014 में केन्द्रीय सत्ता में हुआ परिवर्तन ही कारण है। साहित्य अकादमी को भी इस विवाद में जूझना पड़ा है। आप इस पूरी पृष्ठभूमि को किस रूप में देखते हैं?

अच्युतानंद मिश्र : मीडिया अभिव्यक्ति की स्वतंत्रता की बजाए अधिकार की बात

ज्यादा करता है। अखबार के मालिक या संपादक, अपने सहयोगी को भी वह स्वतंत्रता नहीं देता, जिस स्वतंत्रता की बात वह सरकार से करता है। इसलिए वह माँग भी नकली है। सवाल है कि जिसको अभिव्यक्ति की स्वतंत्रता मिल गयी है, वह उस स्वतंत्रता का संसद में इस्तेमाल किस रूप में करते हैं? संसद में तो हर व्यक्ति को अभिव्यक्ति की स्वतंत्रता है। संसद में कुछ भी बोलने पर, किसी पर कोई मुकदमा भी नहीं होता। संसद में जो लोग चुनकर जाते हैं, वह जिस तरह का भाषण और आचरण करते हैं, क्या इससे अभिव्यक्ति की गरिमा का हनन नहीं होता? आज अभिव्यक्ति की स्वतंत्रता का नारा एक मखौल बन चुका है। बुद्धिजीवियों की तरफ से भी जो सवाल उठाए जाते हैं, वे सवाल के लिए ही उठाए जाते हैं। उन सवालों में कोई गंभीरता नहीं होती है। हमारे देश में उन्नीस सौ से ज्यादा राजनीतिक दल हैं। चार सौ से ज्यादा राजनीतिक दल ऐसे हैं, जो कभी चुनाव ही नहीं लड़े। वे केवल लोगों से पैसे लेकर, ट्रांसफर जैसी हरकतों में शामिल होते हैं। संसद में सार्थक बहस भी नहीं होती। यह संसदीय लोकतंत्र का सबसे बड़ा मखौल है। सन् 2014 में केन्द्रीय सत्ता में परिवर्तन से कांग्रेस को बहुत धक्का लगा। अभी तक यही माना जाता था कि कांग्रेस पार्टी ही एक मात्र राष्ट्रीय पार्टी है, शेष सभी क्षेत्रीय पार्टियाँ हैं। भाजपा अपनी नीतियों और सिद्धान्तों के बल पर 2014 में सत्ता में आई है। सवाल है कि भाजपा अगर देशहित के पक्ष में कुछ परिवर्तन करना चाहती है, तो क्या इसके लिए देश तैयार है? इस पार्टी को न स्थापित राजनीतिक दलों से, न स्थापित बुद्धिजीवियों की तरफ से और न स्थापित मीडिया के लोगों से कोई समर्थन मिल रहा है। जिसके कारण भाजपा पर राष्ट्रीयता, सांप्रदायिकता और हिंसा आदि के आरोप लग रहे हैं। कारण साफ है-भाजपा को सत्ता से हटाना। अगर मोदी जी के नोटबंदी के फैसले को लें, तो मोदी जी का मकसद साफ है कि भ्रष्टाचार को देश से समाप्त करना। यह भी सच है कि इस नोटबंदी को लेकर मोदी जी की पूरी तैयारी नहीं थी। अब मोदी जी नियम पर नियम बना रहे हैं, नोटबंदी को लेकर। उनका साथ कोई नहीं दे रहा है। यह भाजपा सरकार दिन प्रतिदिन जिन परिस्थितियों से जूझ रही है, वह असामान्य है। आज पूरे देश में सही ढंग से ईमानदार लोकतंत्र स्थापित करने की बड़ी चुनौती है। यह सही है।

मनीषचन्द्र शुक्ल : आपने अपने पत्रकारी जीवन में यादवराव देशमुख, प्रभाष जोशी और विद्यानिवास मिश्र जैसे कृती संपादकों के साथ काम किया। इनके काम करने की शैली के बारे में क्या कहना चाहेंगे। आप उनसे कितना प्रभावित हुए? साथ ही, आपने अलग-अलग स्थानों जैसे लखनऊ, दिल्ली, कानपुर और नागपुर में रहकर पत्रकारिता की। उन स्थानों का पत्रकारी माहौल कैसा रहा?

अच्युतानंद मिश्र : मैं बहुत भाग्यशाली रहा हूँ कि जिन संपादकों के साथ मैंने कार्य किया, वे संपादक सच्चे अर्थों में योग्य भी थे और उदार भी। मैंने पत्रकारिता की शुरुआत बनारस में 'आज' और 'गांडीव' से की। उसके बाद मैं लखनऊ चला आया और वहाँ से मैंने 'पाञ्चजन्य' साप्ताहिक शुरू किया। यादवराव देशमुख 'पाञ्चजन्य' के संपादक हुआ करते थे। देशमुख जी की उस समय के समाज और राजनीति पर गहरी पकड़ थी। लोकसभा का तीसरा चुनाव यानी 1962 के समय 'पाञ्चजन्य' में विविध विषयों पर अच्छे विशेषांक भी निकले। साथ ही सामाजिक एवं राजनीतिक विषयों पर आधारित महत्त्वपूर्ण साक्षात्कारों को 'पाञ्चजन्य' ने गंभीरता से छापा भी। देशमुख जी 'पाञ्चजन्य' में काम करने वाले सभी सहयोगियों के साथ बैठकर योजना बनाते थे और सहयोगियों को अपना विचार रखने की पूरी स्वतंत्रता भी देते थे। उसके बाद मैं 'अमर उजाला' अखबार से जुड़ा। उस समय डोरीलाल अग्रवाल जी 'अमर उजाला' अखबार के संपादक थे और मालिक भी। बावजूद इसके उन्होंने कभी भी खबरों को लेकर कोई हस्तक्षेप नहीं किया। उस समय मैं 'अमर उजाला' अखबार का लखनऊ में ब्यूरो प्रमुख था। डोरीलाल जी मुझसे संपादकीय पृष्ठ पर लिखने के लिए आग्रह भी करते थे। डोरीलाल जी अच्छे संपादक के साथ-साथ, अच्छे संवाददाता भी थे। बड़े अवसरों पर वे खुद रिपोर्टिंग करते थे। कभी किसी संवाददाता पर उन्होंने कोई अनुचित दबाव भी नहीं डाला।

इसके बाद श्री प्रभाष जोशी ने मुझे 'जनसत्ता' अखबार में समाचार संपादक बनने का प्रस्ताव दिया। यद्यपि मैं 'अमर उजाला' अखबार में पूरी तरह संतुष्ट था, लेकिन प्रभाष जी के आग्रह को मैंने स्वीकार किया। 'जनसत्ता' अखबार का निर्माण पूरी तरह से प्रभाष जोशी का ही था। आमतौर पर दैनिक अखबार संवाददाताओं की खबरों पर आधारित होते हैं, लेकिन 'जनसत्ता' में प्रभाष जी समाचारों का डेस्क पर पुनर्लेखन कराते थे और इस रूप में समाचार लिखे जाते थे, जैसे एक ही व्यक्ति ने पूरे अखबार का समाचार लिखा हो। तो 'जनसत्ता' पहला अखबार था, जो खबरों के पुनर्लेखन पर आधारित होता था। इन खबरों में प्रभाष जी का कोई हस्तक्षेप नहीं होता था। वे स्वयं संवाददाताओं को ट्रेनिंग देते थे। राजनीतिक खबरों के अलावा खेल समाचारों या फिल्म से संबंधित समाचारों को पहले पेज पर स्थान देना 'जनसत्ता' ने ही शुरू किया। 'जनसत्ता' अखबार में मुख्य रूप से समाचार संपादन का काम मेरा ही था। लेकिन संवाददाताओं की खबरों का पुनर्लेखन, यह काम मैंने 'जनसत्ता' में ही सीखा। इसी प्रयोग के कारण 'जनसत्ता' की माँग भी बढ़ गयी थी और हम अखबार छापकर लोगों तक पहुँचाने में असमर्थ थे। प्रभाष जी ने एक लेख में लोगों से आग्रह भी किया था कि 'जनसत्ता' अखबार मिल बाँट कर पढ़िए।'

इसके बाद मैंने विद्यानिवास मिश्र जी के साथ 'नवभारत टाइम्स' में काम किया। विद्यानिवास जी साहित्यिक अभिरुचि के व्यक्ति थे। उस समय का 'नवभारत टाइम्स' साहित्य और पत्रकारिता के बीच गहरे और आदर्श संबंध को दर्शाता है। विद्यानिवास जी समाचार के मामले में कोई हस्तक्षेप नहीं करते थे। लेकिन संपादकीय पृष्ठ और साप्ताहिक परिशिष्ट स्वयं की देख-रेख में ही निकालते थे, जिसमें समाचारों और विचारों का बहुत सामंजस्य होता था। साहित्येतर लेखन करने वालों को भी उस समय 'नवभारत टाइम्स' में संपादकीय पृष्ठों और साप्ताहिक परिशिष्टों में स्थान मिलता था और उनको पारिश्रमिक भी मिलता था। उस समय तक अखबारों में प्रबंधन का कोई हस्तक्षेप नहीं होता था।

उसके बाद मैं 'लोकमत समाचार' (नागपुर) से जुड़ा। उस समय विजय दर्डा 'लोकमत समाचार' के मालिक थे। वहाँ भी किसी तरह का कोई दबाव न विज्ञापन और न ही प्रबंधन की तरफ से था। वह एक दौर का प्रभाव था, जिसमें पुराने संपादकों की छाया बनी हुई थी। उसके बाद अखबारों में विज्ञापन, प्रबंधन और प्रसार का दबाव बढ़ना शुरू हुआ। आज तो प्रिंट मीडिया और इलेक्ट्रॉनिक मीडिया का पूरी तरह से कॉरपोरेटाइजेशन हो गया है।

मनीषचन्द्र शुक्ल : स्वाधीनता संघर्ष के दिनों में जितने भी गैर हिंदी भाषी बड़े नेता थे जैसे महात्मा गांधी (गुजरात), सी. राजगोपालाचारी (दक्षिण), सुभाष बाबू (बंगाल)। इन सभी ने एक स्वर में कहा था कि देश को सांस्कृतिक एकता में बाँधने के लिए केवल एक ही भाषा काम आ सकती है वह है, 'हिंदी'। इसके बावजूद हिंदी आज तक राष्ट्रभाषा नहीं बन पाई। इसका मूल कारण क्या है?

अच्युतानंद मिश्र : स्वाधीनता संग्राम के दौरान हिंदी को राष्ट्रभाषा बनाने का प्रस्ताव महात्मा गांधी ने दिया था। चूंकि हिंदी दक्षिण भारत में लोकप्रिय नहीं है, इसलिए वहाँ कभी भी हिंदी का विरोध हो सकता है, यह समझ, महात्मा गांधी जब इंदौर हिंदी साहित्य सम्मेलन (1918) की अध्यक्षता कर रहे थे, उस समय आया। इंदौर अधिवेशन के बाद गांधी जी ने पाँच लोगों को जिसमें उनके बेटे देवदास गांधी भी थे, हिंदी प्रचार के लिए दक्षिण भेजा। इसी समय 'दक्षिण भारत हिंदी प्रचार सभा' की स्थापना हुई। किसी भी देश की एक राष्ट्रभाषा होती है। राष्ट्रभाषा के बिना देश अधूरा होता है। राष्ट्रभाषा का अर्थ होता है कि जिस भाषा में विमर्श और सैद्धांतिक बहसें होती हैं। हमारे देश में संविधान बनते ही हिंदी को राष्ट्रभाषा के रूप में नहीं, राजभाषा के रूप में स्थान दे दिया गया। राजभाषा यानी वह राजकाज और सरकारी कामकाज की भाषा होती है। दूसरे राज्य से संवाद की भाषा होती है। दुर्भाग्य यह है कि आज तक हिंदी राजभाषा ही नहीं बन पाई।

मनीषचन्द्र शुक्ल : दक्षिण के विरोध का मूल कारण क्या है? क्या उन कारणों को समाप्त करने की चेष्टा कभी भारतीय राजनीति के द्वारा की गयी?

अच्युतानंद मिश्र : दक्षिण भारत में हिंदी का विरोध केवल तमिलनाडु में था। आंध्रप्रदेश, कर्नाटक, केरल में इसका स्वर बहुत धीमा था। केरल में तो दसवीं तक हिंदी पढ़ाई जाती थी। सन् 1965 के संशोधन में ही सुनिश्चित हो गया था कि जब तक एक भी राज्य हिंदी को राजभाषा बनाने की स्वीकृक्ति नहीं देगा, तब तक हिंदी 'राजभाषा' नहीं होगी। इस तरह दक्षिण के विरोध से निजात मिली। साथ ही, भाषा को लेकर राजनीतिक एकता पर कोई खतरा न हो, राजनेताओं का यह डर भी दूर हो गया। भाषा के आधार पर राज्यों का सृजन भी एक भूल थी, जिसको बाद में सभी ने स्वीकार किया। इसके बावजूद हिंदी की स्थिति पर कोई बड़ा असर पड़ा हो, ऐसा नहीं दिखता।

हिंदी पर बड़ा संकट तो हिंदी भाषियों की ओर से है। केन्द्र के साथ राज्य स्तर पर संवाद तो अभी भी अंग्रेजी में ही होता है। जब तक केन्द्र सरकार हिंदी भाषी राज्यों से हिंदी में संवाद करना शुरू नहीं करेगी, जब तक ऊपर से लकर नीचे तक शिक्षा का माध्यम हिंदी भाषा नहीं होगा, तब तक हिंदी का सम्मान नहीं बढ़ेगा। जिन बोलियों से मिलकर हिंदी भाषा बनी है, राजनीतिक कारणों से आज उन बोलियों को आठवीं सूची में शामिल करने की बात हो रही है। कुछ लोग जो अपनी बोली का प्रयोग अपने घर परिवार में नहीं करते, लेकिन राजनीतिक कारणों से उनके पक्ष में आवाज उठाते हैं। जिसके कारण यह एक नया संकट पैदा हुआ है। हिंदी के अंदर जो बोलियाँ हैं, जिनसे मिलकर हिंदी बनी है, जिन्हें भारतीय भाषाओं से भी शब्द मिलते हैं, इसी को ध्यान में रखकर भारतेन्दु हरिश्चन्द्र और उसके बाद की पीढ़ी ने हिंदी को एक विधिवत भाषा का रूप देने का प्रयास किया और उनके इस रूप को पूरे देश में मान्यता भी मिली। अब हिंदी का कोई विरोध नहीं करता। दक्षिण में भी लाखों लोग अब न सिर्फ हिंदी बोलते हैं, बल्कि सीखते हैं। हिंदी का जो सार्वदेशिक प्रचार हुआ, उसके कारण हिंदी का मान तो बढ़ा, लेकिन राजभाषा के रूप में हिंदी को जो मान्यता मिलनी चाहिए थी, सरकारी स्तर पर, वह कार्य नहीं हुआ। उसका मूल कारण यह है कि हिंदी में साहित्य तो खूब लिखा गया और अनुवाद का काम भी खूब हुआ, लेकिन विज्ञान और तकनीकी की पुस्तकों का, उनके शिक्षण का, जो प्रामाणिक अनुवाद हिंदी में होना चाहिए था, जिसे हिंदी भाषी बच्चे पढ़ सकें, उनका कोई मानकीकरण नहीं हुआ। इसलिए अंग्रेजी का वर्चस्व बना रहा। हिंदी को शिक्षा में, उच्च शिक्षा का माध्यम भी नहीं बनाया गया। हिंदी राज्यों के उच्च न्यायालयों में तो हिंदी बोली जा सकती है लेकिन सर्वोच्च न्यायालय में हिंदी नहीं बोली जाती

है। इस तरह न्याय व्यवस्था में भी हिंदी की स्थापना नहीं हो पाई। इसके लिए किसी ने गंभीरतापूर्वक प्रयास भी नहीं किया। जिन लोगों की मातृभाषा हिंदी है, जिनको हिंदी से रोजगार भी मिलता है, जो हिंदी के शिक्षक और साहित्यकार हैं, उन्होंने भी हिंदी को 'राजभाषा' बनाने में कोई संगठित प्रयास नहीं किया। स्वाधीनता संग्राम के दौरान मदनमोहन मालवीय, पुरुषोत्तमदास टंडन सरीखे लोग जो हिंदी के साहित्यकार नहीं थे, हिंदी के जुनूनी सेवक थे, उन लोगों ने हिंदी को स्थापित करने की कोशिश की थी। अब इस तरह के लोग हिंदी क्षेत्र में नहीं दिखाई देते हैं, जो हिंदी को राजभाषा बनाने के लिए प्रतिबद्ध हों। हिंदी केवल एक भाषा ही नहीं, सांस्कृतिक एकता का आधार भी है। हिंदी भावनात्मक और सांस्कृतिक एकता का आधार तो बन गयी है, अब यह राजनीतिक एकता की भाषा न बन जाए, यह डर दक्षिण के लोगों को था। इसी कारण दक्षिण में हिंदी का विरोध भी हुआ था। स्वाधीनता संग्राम के दौरान हिंदी को राष्ट्रभाषा बनाने का जो प्रयास महात्मा गांधी, तिलक, स्वामी दयानंद, केशवचन्द्र सेन और दक्षिण के सभी नेताओं ने किया था, उसका कारण था कि हिंदी एक सर्वमान्य संस्कृति को जोड़ने वाली भाषा बन जाए। हिंदी को राष्ट्रीय एकता के सूत्र के रूप में देखा जाए। अब तो ये माँग होने लगी है कि अंग्रेजी को आठवीं अनुसूची में शामिल कर लिया जाए। इस समय भारत में अंग्रेजी तीन प्रतिशत लोगों द्वारा ही बोली जाती है। तीन प्रतिशत की भाषा ही राष्ट्रीय विमर्श की भाषा बनी हुई है। यही कारण है कि भारतीय भाषाएँ पूरी तरह से विकसित नहीं हो पाई। पिछले सत्तर सालों में हिंदी का विकास राजभाषा के रूप में ही नहीं हो पाया है, फिर राष्ट्रभाषा की बात करना तो बहुत आगे की बात है।

मनीषचन्द्र शुक्ल : मैं महसूस करता हूँ कि जब से हिंदी दिवस जोर-शोर से हिंदी क्षेत्र में मनाया जाने लगा, तब से दक्षिण का विरोध और तेज हो गया। ऐसा क्यों है? इसका समाधान क्या है? यदि इसको हम भारतीय भाषा दिवस के रूप में मनाते तथा दूसरी बोलियों को भी समाहित करते, तो शायद एकीकृत विकास होता। क्या इसको भारतीय भाषा दिवस के रूप में मनाया जाना चाहिए?

अच्युतानंद मिश्र : संविधान सभा ने 14 सितंबर, 1949 को 'हिंदी' को राजभाषा के रूप में स्वीकार किया। तभी से 14 सितंबर को हिंदी दिवस के रूप में मनाने की औपचारिकता निभाई जाती है। ये भी कोशिश हो रही है कि 14 सितंबर को ही सभी राजभाषाएँ प्रांतीय भाषाएँ घोषित हो जाएँ। सवाल है कि 14 सितंबर को हिंदी दिवस ही क्यों मनाया जाता है? अगर हिंदी को राजभाषा के रूप में मनाकर औपचारिकता निभानी है, तो उसको आधार बनाकर जो बाकी भारतीय भाषाओं में विरोध हो रहा है उसको दूर करने की कोशिश करनी चाहिए। इसलिए हिंदी दिवस

मनाने कौ बजाए 14 सितंबर को 'भारतीय भाषा दिवस' के रूप में मनाया जाए तो बाकी भारतीय भाषाओं को ये लगेगा कि हिंदी बड़ी बहन की तरह सबको साथ लेकर चल रही है और हिंदी की स्वीकार्यता भी बढ़ेगी। हिंदी की स्वीकार्यता या विकास अब राजनीतिक मुद्दा बन गया है, जैसे–भोजपुरी को आठवीं अनुसूची में प्रवेश की माँग। भोजपुरी लोक भाषा के रूप में बहुत समृद्ध है। उसके हजारों शब्द हिंदी में प्रयुक्त होते हैं। एक तरह से वह अंतरराष्ट्रीय भाषा है, लेकिन उसको हिंदी के मुकाबले खड़ा करना या हिंदी से उसको अलग कर देना, ये हिंदी को कमजोर कर देना है। जो लोग हिंदी विरोधी हैं, वे इसी रूप में उसको चाहते हैं। हिंदी तो बोलियों पर आधारित भाषा है। भोजपुरी हो, अवधी हो, राजस्थानी हो या बुन्देलखंडी हो, ये सभी बोलियाँ हैं, इनको अलग भाषा के रूप में दर्ज कराना हिंदी को कमजोर करना है। हिंदी की प्रतिष्ठा तभी बनेगी, जब हिंदी के बारे में ये दृष्टिकोण विकसित हो कि हिंदी केवल भाषा हीं नहीं, 'देशसूचक' शब्द है। इसलिए इसको मजबूत किया जाना जरूरी है। जिस भावना से स्वाधीनता संग्राम के दौर के हमारे नेताओं ने इसको राष्ट्रभाषा बनाने की कल्पना की, वो कल्पना अगर राजनीति से अलग हटकर लोगों में आयेगी, तब जाकर हिंदी का स्थान बनेगा, हिंदी की स्वीकृति बढ़ेगी और राज भाषा का सही रूप हिंदी पर दिखेगा।

मनीषचन्द्र शुक्ल : कहा जा रहा है कि हिंदी सिनेमा और बाजार दोनों ने हिंदी की विशेष उन्नति की है। जितना बढ़ावा हिंदी को बाजार और सिनेमा ने दिया उतना आज तक कोई भी संस्था (संवैधानिक, सामाजिक और राजनीतिक संस्था) नहीं कर पाई। इन दोनों ने जिस शैली का विकास किया है, क्या वह हिंदी के लिए आगे चलकर शुभ होगी? अब शब्दों की जगह अंक प्रयुक्त हो रहे हैं, यानी बाजार संवेदना को विस्थापित कर रहा है। ऐसा क्यों है?

अच्युतानंद मिश्र : हिंदी का विस्तार ही नहीं, उसका प्रयोग भी बढ़ रहा है। मनोरंजन और बाजार न किसी भाषा को सशक्त करते हैं और न ही संवेदना का विस्तार। चूँकि उस भाषा में बाजार को अपना सामान बेचना होता है, इसलिए वह उस भाषा का प्रयोग करते हैं। मनोरंजन और बाजार के कारण हिंदी का प्रचलन जरूर बढ़ा है, लेकिन भाषा और संस्कृति के स्तर पर कोई गंभीर विमर्श शुरू हो गया हो, ऐसा नहीं दिखता। इन दोनों में मिलावटी भाषा का प्रयोग हो रहा है और समाज को ये समझाने की कोशिश की जा रही है कि मिलावट की भाषा हो बोल-चाल की भाषा है। अगर इसको ही हिंदी का विस्तार या स्वीकार्यता मानी जाए तो यह सच नहीं है। यह विस्तार तभी संभव है, जब हिंदी में सभी स्तरों पर विचार-विमर्श की भाषा हिंदी बन जाए। अभी हिंदी अनुवाद की भाषा है।

इंटरनेट के आ जाने के बाद पूरी दुनिया की भाषाओं में क्रान्ति हुई है। सभी भाषाओं में तकनीकी के हिसाब से नये-नये शब्दों का निर्माण हुआ है। इंटरनेट का भाषा की संवेदना से कोई संबंध नहीं है। वह केवल सूचनात्मक भाषा बनाने की कोशिश करता है। इसका असर हिंदी पर भी पड़ा। चूँकि इंटरनेट की भाषा सर्वमान्य अंग्रेजी है। भारत के बाजार में क्षेत्रीय भाषा का प्रयोग होता है। इसलिए इन दोनों भाषाओं का एक दूसरे पर निर्भरता या घालमेल बन जाता है। चाहे शब्द की भाषा हो या अंक की, बाजार का जो भला करता है, बाजार उसी शब्द का प्रयोग करता है। जैसे Two की जगह 2 लिख देना आदि। इस भाषा का हिंदी भाषा, साहित्य या व्याकरण या उसकी स्तरीयता से कोई संबंध नहीं है। यह भाषा हिंदी को संवेदनात्मक स्तर पर स्थापित करने में समर्थ नहीं है।

मनीषचन्द्र शुक्ल : जो प्रवासी भारतीयों का साहित्य है, वह केवल प्रचार मात्र का साहित्य है या उसमें गुणवत्ता है?

अच्युतानंद मिश्र : साहित्य की जो मुख्यधारा है, जिसको हम गद्य साहित्य मानते हैं. जिसमें कहानी, उपन्यास नाटक, निबंध काफी लिखे जा रहे हैं और इसमें विस्तार भी है। प्रवासी भारतीयों द्वारा विदेशों में जो हिंदी साहित्य लिखा जा रहा है, वह उतना स्तरीय नहीं है, यह बात सच है। मनोविज्ञान, समाज विज्ञान, दर्शन, इतिहास जैसे जो गंभीर विषय हैं, वह भी कम लिखे जा रहे हैं और विमर्श भी कम हो रहा है। जब अंग्रेजी की किसी पुस्तक का अनुवाद हिंदी में आता है, तो उस मूल पुस्तक को आधार मानकर अनुदित पुस्तक का विमर्श होता है। मूल पुस्तक हिंदी में या भारतीय साहित्य में नहीं लिखी गयी। विमर्श का जो भारतीय साहित्य है, दूसरी किसी भाषा में लिखा जा रहा है, उस पर भी विमर्श नहीं होता है। इस तरह भाषाओं के बीच में जो आन्तरिक संवाद होना चाहिए, वह नहीं बन पा रहा है। आजकल पश्चिम में जो उपन्यास, कविताएँ लिखी जा रही हैं, उनका भी अनुवाद नहीं हो रहा है। 19-20वीं शताब्दी में जो कविता, कहानी, उपन्यास आदि लिखे गये हैं, उसी में से कुछ छाँटकर अनुवाद हो रहे हैं। इस पर शैक्षणिक स्तर पर शोध भी नहीं हो रहा है। हिंदी में जो शोध का स्तर है, वह उस मानक के अनुरूप नहीं है, जो होना चाहिए। शोध में जो विषय निर्धारित किये जा रहे हैं, उसमें भी किसी तरह का मानकीकरण नहीं है। किस विषय पर, किस विश्वविद्यालय में शोध हो रहा है, ऐसी कोशिश तो अपने-अपने स्तर पर होती है. लेकिन इसका कोई मानकीकरण नहीं है। इसलिए भाषा के स्तर पर जो एक सुधार होना चाहिए, उस पर कोई विमर्श नहीं हो रहा है। साहित्येतर जो लिखा जाना चाहिए, वह पक्ष भी कमजोर है।

मनीषचन्द्र शुक्ल : डिस्कवरी और बी.बी.सी. की भाषा बहुत ही अच्छी है। जबकि

ये विदेशी चैनल हैं। जो देशी चैनल हैं, उनकी भाषा तो बहुत ही खराब है। न उसमें कर्ता प्रधान है, न कर्म प्रधान और न ही क्रिया प्रधान। ऐसा परिदृश्य क्यों है?

अच्युतानंद मिश्र : चैनल को ज्यादा से ज्यादा लोग देखें, इनका मुख्य उद्देश्य यह होता है। देखने वालों का भाषा स्तर सुधरे, अच्छी हिंदी की समझ बने, यह कोशिश नहीं होती। जो 24 घंटे वाले व्यापारिक चैनल हैं खासतौर से समाचारों से जुड़े चैनल, उसमें भाषा का ध्यान नहीं रखा जाता है। सरकारी चैनल जैसे राज्यसभा, लोकसभा, दूरदर्शन, बी.बी.सी., डिस्कवरी में भाषा का ध्यान रखा जाता है। शब्दों का प्रयोग सही करते हैं। पहले आकाशवाणी में कौन शब्द कहाँ प्रयोग किये जाएँगे, इसकी सूची होती थी, जो अभी भी चैनलों में हैं, लेकिन वे हिंदी और अंग्रेजी मिलाकर जो भाषा बनायी जाती है, उस भाषा का प्रयोग करते हैं। जो लोक प्रचलित शब्द हिंदी में प्रचलित हो चुके हैं, उनके लिए अंग्रेजी शब्दों का प्रयोग करना समझदारी नहीं है। भाषा को भ्रष्ट करने का काम मीडिया कर रहा है, इस नाम पर कर रहा है कि यही प्रचलित शब्द हैं, यही बोलचाल की भाषा है।

अच्युतानंद मिश्र का संक्षिप्त परिचय

पिता	: श्री रामचन्द्र मिश्र
माता	: श्रीमती रामप्यारी देवी
जन्मतिथि	: 2 दिसंबर, 1937
जन्मस्थान	: गाजीपुर (उत्तर प्रदेश)
स्थायी निवास	: 3/25, पत्रकारपुरम्, विनय खंड गोमती नगर, लखनऊ (उ.प्र.)
शिक्षा	: एम.ए. (राजनीति विज्ञान) काशी हिंदू विश्वविद्यालय, वाराणसी
अध्ययन के क्षेत्र	: साहित्य और पत्रकारिता

पत्रकारिता में अनुभव :

1. विशेष संवाददाता और ब्यूरो प्रमुख, 'अमर उजाला', लखनऊ ब्यूरो (1972-1985)
2. समाचार संपादक, 'जनसत्ता' (इंडियन एक्सप्रेस समूह, दिल्ली 1986 से 1991)
3. संस्थापक संपादक, 'अमर उजाला', कानपुर संस्करण (1992)
4. कार्यकारी संपादक, 'नवभारत टाइम्स', दिल्ली (1993-1995)
5. वरिष्ठ संपादक और कार्यकारी संपादक, 'जनसत्ता' (1996-1998)
6. प्रधान संपादक, 'लोकमत समाचार' (नागपुर-अकोला और औरंगाबाद से प्रकाशित, 2001-2004)
7. कुलपति, माखनलाल चतुर्वेदी राष्ट्रीय पत्रकारिता एवं संचार विश्वविद्यालय, भोपाल (जनवरी 2005 से जनवरी 2010)

मौलिक पुस्तकें :

1. सरोकारों के दायरे, प्रभात प्रकाशन, नई दिल्ली, 2005
2. तीन श्रेष्ठ कवियों का हिंदी पत्रकारिता में अवदान (अज्ञेय, रघुवीर सहाय एवं

धर्मवीर भारती), राष्ट्रीय पुस्तक न्यास, नई दिल्ली, 2024

3. कुछ सपने, कुछ संस्मरण, प्रभात प्रकाशन, नई दिल्ली, 2024

संपादित पुस्तकें :

1. पत्रों में समय-संस्कृति (श्री हनुमान प्रसाद पोद्दार के नाम कुछ विशिष्ट

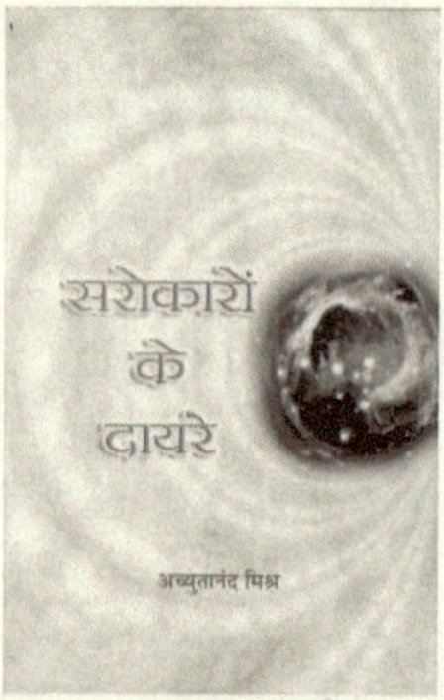

व्यक्तियों के पत्र), प्रभात प्रकाशन, नई दिल्ली, 2015

2. हिंदी के प्रमुख समाचार पत्र और पत्रिकाएँ, (चार खंड) सामयिक प्रकाशन, नई दिल्ली, 2010
3. हिंदी पत्रकारिता के शीर्षस्थ संपादक पंडित बाबूराव विष्णु पराड़कर पर एक पुस्तक का संपादन।

संगठनों / संस्थाओं से संबद्धता :

1. श्रमजीवी पत्रकारों की सबसे बड़ी संस्था 'नेशनल यूनियन ऑफ जनलिस्ट्स' (इंडिया) के संस्थापक सदस्य और राष्ट्रीय अध्यक्ष रहे।
2. 'एडिटर्स गिल्ड ऑफ इंडिया' नई दिल्ली की कार्यकारिणी के सदस्य रहे।
3. पत्रकारिता प्रशिक्षण के अनेक संस्थानों से संबद्ध।

सम्मान :

1. श्री गणेश शंकर विद्यार्थी पत्रकारिता पुरस्कार (महामहिम राष्ट्रपति द्वारा 2002)
2. हिंदी साहित्य सम्मेलन, प्रयाग द्वारा श्री अम्बिकाप्रसाद वाजपेयी सम्मान।
3. उत्तरप्रदेश हिंदी संस्थान द्वारा 'पत्रकार भूषण' सम्मान (2003)
4. उत्तरप्रदेश सरकार का 'यश भारती सम्मान' (2005-06)- 16 जनवरी 2006
5. विश्व हिंदी सम्मेलन (न्यूयार्क) में जुलाई 2007 में विश्व हिंदी सम्मान।
6. विद्याश्री न्यास द्वारा सन् 2021 का विद्यानिवास मिश्र पत्रकारिता सम्मान।

विदेश यात्राएँ : (अंतरराष्ट्रीय पत्रकारों के सम्मेलन में)

संयुक्त राज्य अमेरिका, कनाडा, इंग्लैंड, जर्मनी, फ्रांस, स्विट्जरलैंड, बेल्जियम, हालैण्ड, मारीशस, दक्षिण और दक्षिण पूर्व एशिया के देशों की यात्राएँ।

www.ingramcontent.com/pod-product-compliance
Lightning Source LLC
LaVergne TN
LVHW040548051026
849519LV00004B/1274

9789358698589